일러두기

하나. 옮긴이 주의 경우 괄호 안에 '옮긴이' 표기를 별도로 하였습니다.

둘. 원문에서 이탤릭체나 대문자로 표시된 부분은 본문에서 고딕체나 작은따옴표로 구분하여 표기하
  였습니다.

셋. 원문에서 이메일, 문자, 메신저 등 별도의 서체나 크기로 표시된 부분은 최대한 원문의 형식에 따
  라 표기하였습니다.

나쁜 남자
BAD BOYS

나쁜 여자
BAD GIRLS

빅 머니
BIG MONEY

미셸 밀러 Michelle Miller **장편소설**

박아람 옮김

RHK
알에이치코리아

차례

머피들*에게
이 책을 바칩니다.

* 머피(muppie): 경제적으로 여유 있고 유행에 민감한 도시 전문직 종사자를 일컫는 말—옮긴이

"남을 비판하고 싶을 때는······
세상 사람들이 전부 너와 똑같이 누리고 살아온 것은
아니라는 점을 기억해야 한다."

F. 스콧 피츠제럴드, 《위대한 개츠비》 중에서

1장
데이트 앱 후크

토드

"나쁜 자식."

붉어졌던 그녀의 얼굴이 하얗게 변했다. 그녀는 이불 속에서 맨다리를 빼냈다. 그러곤 어젯밤 거실에서 침대로 걸어온 길을 되짚어가며, 팽개쳐진 옷가지를 하나씩 품에 주워 모았다.

토드는 어색한 분위기를 소리로 무마하려고 리모컨으로 손을 뻗어 MSNBC(미국의 뉴스 전문 케이블 TV-옮긴이)를 켰다. 그는 이렇게 어색한 아침이 싫었다.

여자가 다시 방으로 들어와 이불 속을 뒤지며 속옷을 찾기 시작했다.

"정말 모르겠다……. 진지한 관계를 왜 그렇게 겁내는지."

그녀가 그를 보며 다시 입을 열었다.

"진지한 관계 겁내지 않아."

토드는 텔레비전에 정신이 팔린 척 짧게 대꾸했다. 해설자 두 명이 출연해 최근에 터진 L. 세실 스캔들에 대해 토론하고 있었다. L. 세실 트레이더들이 특정 주식이 과평가된 사실을 알면서도 순진한 투자자들에게 2억 달러어치를 팔아치워 논란이 되고 있었다. 토드는 텔레비전을 보며 얼굴을 찌푸렸다. 저것 때문에 보너스가 깎이면 안 되는데.

그녀는 마른 엉덩이 위로 스커트를 올리고 볼륨업 브래지어를 채웠다. 가슴은 훌륭했지만 허벅지가 너무 굵었고 서른다섯쯤 되면 풍선처럼 부푸는 체질인 듯했다. 매력 지수는 10점 만점에 8점, 토드가 선호하는 점수였다. 8점짜리는 충분히 매력적일 뿐 아니라, 10점짜리만큼 자신만만하지 않아서 상대를 즐겁게 해주려고 노력했다.

그러나 아이라이너가 번지고 금빛 머리칼에 기름기가 흐르는 지금 모습은 간신히 6점이 될까 말까였다.

"그럼 왜 밖에서 데이트하려고 하지 않는데?"

그녀가 나직한 소리로 물었다. 그래도 침대에서 나간 뒤 처음으로 목소리를 낮췄다.

"자긴 나한테 그런 사람이 아니니까."

그가 솔직하게 답했다.

"그럼 난 어떤 존재야?"

그녀가 더욱 낮은 목소리로 물었다. 그러곤 손으로 이불을 움켜쥔 채 듣고 싶지 않을 대답을 기다렸다.

"이러지 말자. 우리 즐거웠잖아. 이런 식으로 망치지 말자고."

토드가 말했다. 진심이었다.

그녀의 턱이 굳어지고 눈에는 눈물이 아른거렸다.

"나는 섹스 상대라는 뜻이구나."

토드는 아무 말도 하지 않았다. 그는 출근해야 했다.

"나 펜실베이니아 대학 나온 거 알아? 난 멍청하고 헤픈 여자가 아니라고. 나도 일류 로펌에 다녀. 난 데이트 상대지 섹스 상대가 아니야."

"그야 그렇지."

"그러니까 밖에서 저녁 먹자고!"

그녀는 화를 내기 시작했다.

"난 여자친구는 필요 없어."

"그럼 왜 나한테……."

"네가 먼저 시작했잖아."

토드는 더 이상 참지 못하고 그녀의 말을 잘랐다.

"위치 기반 데이트 앱에 프로필을 올리고 새벽 2시에 술집에서 잔뜩 취해 먼저 접근해놓고 대체 무얼 기대한 거야?"

그녀는 그에게서 눈을 떼지 않고 말했다.

"후크(Hook)는 사람을 만나게 해주는 앱이야. 자기도 아무렇지 않게 쓰잖아. 왜 나한테만 헤프다고 하는 거야?"

"헤프다는 얘기가 아니야. 그보단 자기가 하룻밤을 함께 보낼 상대로 나를 찾았다는 얘기지. 그러니까 우린 그런 관계라고."

"하지만 그러고도 네 번이나 더 만났잖아."

그녀가 반박했다.

토드는 이 여자에게 상처를 주고 싶지 않았지만 정말이지 이런 드라마를 찍을 시간이 없었다. 지금은 일에만 집중해야 했다. 얼마 전에 서른두 번째 생일을 넘겼으니 월가의 일류 투자은행 L. 세실에서 최연소 차장이 되는 목표를 달성하려면 앞으로 12개월 안에 큰 거래를 성사시켜야 했고, 그 때문에 마음이 몹시 급했다.

그녀는 그냥 넘어갈 수 없는 듯 계속 말을 이었다.

"그 뒤로 우린 서로를 알아가기 시작했어. 자기는 자기 일 얘기를 하고 난 우리 집안 얘기를 하고. 자기가 아침 섹스를 좋아해서 지난 주엔 지각까지 했단 말이야."

그녀의 입술이 떨리고 있었다.

"내가 요구한 건 아니잖아."

그녀의 뺨이 달아올랐다. 그의 말이 사실이었기 때문이다.

"어떻게 이럴 수가 있는지 믿어지지가 않아."

그녀는 끈 팬티 찾는 것을 포기하고 돌아서서 옷을 마저 입었다.

토드는 계속 텔레비전을 보았다. 해설가들은 L. 세실 트레이더들이 부실 주식을 권한 것은 불법이 아니라도 부도덕한 일이므로 벌금형을 내려야 한다는 데 의견을 같이했다. 말도 안 되는 주장이었다. 주식거래를 장려하는 것이 트레이더의 역할이 아닌가. 돈을 쏟셔 박을 가치가 있는지 없는지는 투자자 스스로 결정해야 한다.

토드는 잠자코 기다리다 현관문 닫히는 소리가 들리자 침대에서 나왔다. 그러곤 전미 대학스포츠협회가 인정한 1부 리그 수구 선수 출신의 건장한 190센티미터 몸을 이끌고 수압 강화 샤워기 아래 섰다.

여자를 집으로 데려올 것인지 자기가 여자의 집으로 갈 것인지는 늘 고민거리였다. 아무리 고상하고 얌전한 척하던 여자도 간결하게 꾸민 그의 널찍하고 값비싼 원룸 아파트를 보면 섹스하지 않고 배길 수가 없었다. 반면, 원정 경기를 뛰면 그가 내킬 때 아무 때나 나올 수 있었다. 어젯밤엔 여자의 집으로 갔어야 했다. 어차피 그 여자는 그와 섹스할 게 분명했으니까. 그러나 몽키 바에서 테킬라 소다를 너무 많이 마신 탓에 후크를 통해 그녀에게 메시지를 보낼 때는 판단력이 흐려져 있었다.

토드는 면도를 하고 평소처럼 맞춤 정장과 에르메스 넥타이, 아르마니 양말, 구찌 로퍼를 착용했다. 휴대폰 우버(미국의 모바일 차량 예약 이용 서비스-옮긴이) 앱으로 택시를 예약한 뒤, 거울을 흘끗 보고 흡족해하며 아래로 내려갔다.

아파트 출입구를 나서자 아까 나간 여자가 3월의 바람을 피해 문 옆에 서서 두 손을 호호 불고 있었다. 그는 나지막이 중얼거렸다.

"미치겠군."

그녀는 그를 보고 미안한 듯 입술을 깨물었다.

"미안해. 그렇게 질척거릴 생각은 없었어. 그냥 우리가 이보다 나은 관계가 될 수도 있지 않을까 해서. 내가 후크 프로필보다 더 나은 여자일 수도 있잖아. 사실, 난 그보다 나은 여자거든."

그는 한 손으로 그녀의 엉덩이를 가볍게 잡고 그녀의 뺨에 살짝 입을 맞췄다.

"그래. 그런데 난 신경 쓸 게 한두 가지가 아니야. 나한테는 지금 이 상태가 최선이야. 자기가 그 이상을 원하는 건 충분히 이해해. 하지만 내가 그걸 해줄 수는 없어."

그녀는 고개를 끄덕이며 땅을 내려다보았다.

"우리 다시 보는 거지?"

그녀는 눈을 들지 않고 조용히 물었다.

"난 아무 데도 안 가."

그는 교묘하게 대답을 회피했다.

"택시 잡아줄까?"

그녀는 고개를 저었다.

"아니, 걸을래."

"그래. 그럼 조심해서 가. 알았지?"

그는 파란 눈으로 미소를 지으며 그녀를 달랬다.

"알았어."

그녀는 걸음을 옮겼다. 10센티미터짜리 하이힐과 헝클어진 머리칼이 수요일 아침의 보도에 찍힌 주홍글씨인 듯했다.

토드는 검은 차에 올라타 후크의 '즐겨찾기' 목록으로 들어갔다. 저 여자 이름이 뭐였지? A로 시작했는데……. 에이미? 앨리슨? 어맨더. 그래, 어맨더야. 그는 그녀의 프로필을 찾아 바로 삭제했다.

'차단하시겠습니까?' 앱이 물었다. 그는 '네'를 눌렀다.

'후기를 남기시겠습니까?' '아니요.' 더는 시간을 투자할 가치가 없었다.

호주머니에서 업무용으로 쓰는 블랙베리가 윙윙거렸다. 그는 아이폰을 놓고 블랙베리를 꺼내어 밤사이에 들어온 이메일 26통을 훑어보았다. 여느 날 아침과 다르지 않았다. 아시아시장 업데이트, 일일 외환 예측, 그리고 L. 세실 기업금융 부문장인 캐서린 와일리의 이메일. 이 마지막 이메일에는 트레이딩 스캔들에 대해 문의하는 고객들에게 내줄, 준법감시 승인을 받은 주식내역서가 첨부되어 있었다.

그러다 후크 이메일 계정인 Josh@hook.com이 눈에 들어왔다.

토드, 상장을 결심했습니다. 그쪽에 맡기고 싶습니다. JH(조시 하트)

토드는 숨이 막히는 듯했다. 메일을 다시 읽어보았다. 그러곤 눈을 들어 운전사를 보았다. 자신의 손에 지금 무엇이 들려 있는지 운전사가 이해할 수 있기라도 한 듯. 심장이 빠르게 뛰었다. 조시 하트는 후크의 CEO였다. 토드 자신의 성생활을 매우 효율적으로 만들어준 앱이자, 무엇보다도 현재 실리콘밸리에서 가장 '핫'한 회사 후크의 CEO란 말이다. 그 회사가 기업 공개(IPO)를 한다면 많은 사람들이 많은 돈을 버는 데서 그치지 않는다. 그 일을 L. 세실로 끌어온다면 토드의 승진은 보장되는 셈이었다. 차장이 문제가 아니었다. 그 정도 규모의 거래라면 부장으로 바로 올라갈지도 모를 일이었다.

토드는 이메일 명함에 적힌 조시의 전화번호를 눌렀다.

신호음을 들으며 시계를 흘끗 보고 샌프란시스코는 이제 겨우 6시 15분이라는 사실을 깨달았지만 세 번째 신호에서 조시 하트가 전화를 받았다.

"여보세요?"

"조시입니다."

토드는 조금 과하게 흥분한 목소리로 외쳤다.

"조시, 저 토드입니다. 토드 켄트요. 방금 이메일을 읽었어요. 죄송해요. 너무 이른 시간이죠?"

"괜찮습니다."

조시의 목소리는 로봇 같았다.

"저, 그러니까……."

토드는 마음을 가라앉히려고 안간힘을 썼다. 얼른 기억을 더듬어 조시 하트를 언제 만났는지 생각해보았다. 2년 전 라스베이거스에서 국제 가전제품 박람회가 열렸을 때였다. 그들은 스트립 클럽에서 마주쳤다. 조시는 전형적인 컴퓨터광의 모습이었다. 밀가루 반죽처럼 허여멀건 얼굴에 소년 같은 곱슬머리가 들러붙어 있었고 눈 밑에는 진한 그늘이 자리했다. 그리고 후드 티셔츠와 주름 잡힌 면바지 차림이었다. 토드는 멀리서 그를 발견하고 곧장 그리로 향했다. 그런 모습으로 클럽에 올 수 있다면 중요한 사람이 분명했기 때문이다. 그는 조시를 자기 테이블로 초대했다. 조시는 그의 테이블에 앉아 마치 외계인을 연구하는 사람처럼 댄서들을 지켜보았다. 토드는 L. 세실이 개입할 방법을 모색하기 위해 자금 조달 전략을 펼쳐보였지만 그때마다 조시의 얼굴이 씰룩거렸다.

그날 자리가 파할 때 토드는 조시에게 명함을 건넸고 그 뒤로 아무런 연락도 받지 못했다. 그러나 그가 제대로 설득한 게 틀림없었다. 그로부터 2년이나 지나서 조시가 그 자신과 토드 모두에게 인생 최대가 될 거래를 하자고 연락하지 않았는가.

"후크의 자금 조달을 저희에게 맡기고 싶다고 하셔서 어떤 생각을 하고 계시는지 알아보려고 전화 드렸습니다."

마침내 토드가 말했다.

"이메일에 다 썼잖아요."

조시가 짜증 섞인 목소리로 말했다. 그 한 줄짜리 메시지면 IPO를 시작하기에 충분하지 않느냐는 듯이.

"기업 공개를 하기로 결심했고 그쪽에 맡기기로 했다고요. 시가총액 140억 달러에 18억 달러를 조달하고 싶습니다."

토드는 눈을 깜빡거렸다. 후크는 아직 흑자 전환을 하지 못했고 월가는 소셜미디어 애플리케이션의 가치를 의심하기 시작했다. 하긴, 월가는 페이스북의 가치도 의심했지만 지금 그들의 주가는 나

날이 오르고 있지 않은가. 생각해보니 페이스북의 시가총액이 1천 5백억 달러라면 후크 역시 140억 달러 이상의 가치가 있을 게 분명했다.

"그 정도라면 무리 없을 겁니다. 보통은 주관사 선정회를 열고 여러 은행들의 프레젠테이션을 보신 뒤에⋯⋯."

"주관사 선정회는 됐습니다. 그냥 그쪽에서 맡아주세요."

토드는 머릿속이 어지러웠다. 주관사 선정회를 생략하는 경우는 본 적이 없다. 그게 가능한 일일까?

"좋습니다. 그럼 저희도 시간이 많이 절약되겠네요. 제 상사인 래리와 얘기해보겠습니다. 그분이 IPO의 책임자로⋯⋯."

"아뇨. 그쪽이 맡아달라고요. 다른 사람은 됐어요."

"네? 제가요?"

"네. 그런 일 하는 거 아니었어요? 거래를 총괄하는 일 말예요."

조시가 말했다.

"그야 그렇죠. 지금까지 수십 번 해봤습니다만, 이번 일은 워낙 규모가 커서 저보다 상급자 분들이 많이⋯⋯."

토드는 입을 다물었다. 래리가 그보다 L. 세실에 더 오래 있긴 했지만 그렇다고 해서 그가 정말 토드 자신보다 더 많이 안다고 말할 수 있을까? 게다가 래리는 마흔다섯 살의 유부남이었다. 주로 밀레니엄 세대(2000년대에 성년이 되었다는 의미로 1980년대 이후에 태어난 세대를 지칭함—옮긴이)가 이용하는 위치 기반 데이트 앱에 대해 그가 무얼 알겠는가? 또, 서른 살인 조시가 후크 같은 기업을 만들었다면 그 IPO를 토드 자신이 이끌지 못할 이유가 없었다.

토드는 전화에 대고 다시 말했다.

"맞습니다. 당연히 제가 총괄할 수 있습니다."

"좋아요. 내일 여기서 확정을 짓죠."

조시가 말했다.

토드는 벌떡 일어나 앉았다.

"내일이요? 하지만 계약서도 준비해야 하고……."

그는 재빨리 머리를 굴렸다. 또 무얼 해야 하지?

"팀도 꾸려야 합니다."

"팀이요?"

"애널리스트 두어 명과 저희 부서의 어소시에이트 한 명, 그리고 시장 상황과 로드쇼(증권발행회사가 국내외 주요 금융도시를 순회하며 투자자를 대상으로 갖는 투자설명회-옮긴이)에 대해 조언해줄 증권자본시장부 담당자도 있어야 합니다. 또……."

"세 명이요. 딱 세 명만 더 합류하는 걸로 합시다."

토드는 웃음을 터트렸다.

"조시, 이 정도 규모의 IPO를 진행하려면……."

"분명하게 해두죠, 토드."

조시가 그의 말을 잘랐다.

"난 월가를 싫어해요. 아무것도 안 하면서 괜히 끼어들어 효율을 떨어뜨리고 거기서 이윤을 취하는 저능아들이 가득한 곳이죠. 내 힘으로 18억 달러를 끌어모을 수 있다면 그렇게 하겠지만, 난 회사를 경영하면서 금융서비스업까지 뜯어고칠 시간이 없거든요."

토드는 입이 다물어지지 않았다. 그도 캘리포니아 북부에서 자랐으므로 이공계 사람들이 월가를 싫어한다는 사실은 알았지만, 그래도 수백 년 동안 번영해온 제도를 저렇게 깔아뭉개다니, 보통 배짱

이 아니었다.

조시가 계속 말을 이었다.

"그러니까 어쨌든 최대 세 명만 더 데려오는 걸로 합시다. 하지만 고리타분한 꼰대가 끼어 있으면 이 거래는 없던 일로 할 겁니다. 이 해했죠?"

"알겠습니다."

"좋아요. 그럼 금요일에 봅시다."

"금요일이요."

토드는 고개를 끄덕였다. 적어도 하루를 더 벌었다.

"네, 금요일에 뵙겠습니다. 이렇게 뵙게 되다니 저로선 정말……."

전화가 딸각 끊어졌다. 토드는 전화기를 보았다. 정말 실제로 일 어난 일이 맞을까?

"다 왔습니다."

토드가 전화를 끊자 앞자리에서 운전사가 말했다.

그는 눈을 들고 다시 현실로 돌아와 창밖을 보았다. 파크 애비뉴 에 위치한 L. 세실 본사 사옥이 눈에 들어왔다. 지난 10년 동안 그는 2주간의 강제 휴가를 제외하곤 평일은 물론이고 주말 대부분을 그 곳에서 보냈다. 규제기관들은 내부자 부당 거래를 막기 위해 2주간 의 연차를 강제했지만 그리 큰 효과는 보지 못했다. 하늘로 솟아 있 는 43층짜리 건물의 거울 유리창마다 아침 햇살이 반사되었다. 입 구의 회전문 위에는 황동 글자로 이뤄진 'L. CECIL' 간판이 걸려 있 고, 건물과 거리 사이의 담장 위에는 꽃이 장식되어 있었다. 친근함 을 주려는 전략이었지만 그리 성공하진 못했다. 사람들은 그 안에 들어가지 못해도 크게 아쉬워하지 않았으니까.

정장 차림의 남녀들이 사원증을 내보이며 줄지어 건물 안으로 들어갔다. 그들 모두가 오늘은 톱니바퀴의 톱니 역할을 그만두고 직접 톱니바퀴를 설계할 수 있게 되길 희망하고 있었다. 토드는 깨달았다. 오늘은 그의 차례라는 것을. 조시는 재수 없고 건방지긴 해도 토드 자신을 역사에 남을 금융인으로 만들어줄 사람이었다. 정말이지 이건 보통 일이 아니었다.

닉

3월 5일 수요일, 캘리포니아 주 샌프란시스코

"돈 얘기를 싫어하시는 건 알지만, 저는 이 회사의 최고 재무 책임자(CFO)로서 우리의 비전을 계속 이어가려면 자금을 더 끌어모아야 한다는 점을 말씀드려야 합니다. 선택의 여지가 없습니다. 기업공개를 강력하게 권고드립니다."

닉 윈스로프는 거울에 대고 단호하게 말했다. 그러곤 웃통을 벗은 자신의 반영을 보며 조시의 반응을 상상해보았다.

"월가를 싫어하신다는 것 압니다. 그래서 제가 각 투자은행의 실적을 개관하고 주관사 선정회에 초청할 10대 은행을 정리한 파워포인트 자료를 미리 준비했습니다."

그는 CEO의 반대를 상상하고 이렇게 선수 치기로 했다.

조시도 안 된다고 말하진 못할 것이다. 사업 감각이라곤 눈곱만큼도 없고 그 사실을 오히려 자랑으로 여기는 듯 보이는 후크의 창립자이자 컴퓨터공학 신동 조시 하트도 이 부분에 대해선 닉의 의견을 반박할 수 없다. 그러고 나면 닉은 조시가 IPO에 동의하는 서명을 하게 한 다음, 세계 일류 투자은행들에 조용히 연락해 몇 주 동안 그들의 아부를 한껏 누리면 된다. 그들은 닉의 지분을 8천5백만 달러 가치로 만들어줄 거래에 참여하려고 안달할 것이고, 무엇보다도 거래가 성사되고 나면 그는 그에게 걸맞은, 국제적인 영향력을 가진 지위에 오를 것이다.

닉은 후크에서 일하는 것이 썩 내키지 않았다. 그는 2004년에 스탠퍼드 대학을 졸업하고 세계 최고 수준의 경영 컨설팅 회사인 매킨지 앤드 컴퍼니에서 경력을 시작해 탁월한 성과를 올렸다. 3년 뒤 그곳을 그만두고 돌턴 헨리 벤처 파트너스에 입사해 실리콘밸리에서 가장 명망 있는 벤처투자가 중 하나인 필 돌턴에게 지도를 받기 시작했다. 필 돌턴은 하버드 경영대학원에 추천서를 써주었고, 그곳에서 닉은 베이커 스콜라(하버드 경영대학원에서 상위 5퍼센트 졸업생에게 수여하는 명예-옮긴이)를 수상했다. 비즈니스 리더십계에서 알짜 중의 알짜라는 뜻이었다.

하버드 경영대학원에서 닉은 어플라이유어셀프(ApplyYourself) 사업계획서를 만들었다. 어플라이유어셀프는 미국 내의 각종 최고 과정에 들어갈 확률을 예측해주는 앱으로, 대학가 애플리케이션 시장을 완전히 제패할 수 있는 아이템이었다. 페이스북처럼 아이비리그와 스탠퍼드를 시작으로 모든 대학에 퍼져나가 결국에는 취업 시장의 예측 알고리즘을 탄생시킬 게 분명했다.

그러나 그 사업계획서를 필 돌턴에게 보여주자 필은 그 대신 현재 공석인 후크의 CFO 자리에 지원하면 어떻겠냐고 제안했다. 닉은 기가 막혔다. 그는 기업가가 될 준비가 되어 있었다. 자신보다 나이도 어린 데다 경영대학원을 나오지도 않은 청년이 창립한 회사에서 CFO로 일하고 싶진 않았다.

그러나 150만 달러를 조달하지 못해 처음 실패하는 데 성공하고 난 뒤(훌륭한 기업가들은 모두 적어도 한 번은 실패를 겪는 법이다.) 닉은 융통성 역시 성공의 핵심 요소라는 점을 떠올리고 그의 사전에 있는 '위신'의 개념을 살짝 수정하여 CFO직과 후크의 지분 0.5퍼센트를 당당하게 받아들였다.

지난봄 후크가 급격히 인기를 끌면서 사용자가 5억 명 이상으로 늘고 언론의 주목을 받기 시작하자 닉은 천하가 자신을 도울 계획을 세웠다는 심오한 깨달음을 얻게 되었다.

그 계획은 그를 국제적인 영향력을 가진 사람으로 만들어줄 게 분명했다. 자신이 곧 세계적인 리더의 반열에 오르게 되리라는 확실한 예감이 들었다.

닉은 심호흡하고 마음을 가라앉힌 뒤, 자신의 가슴 근육을 보며 감탄했다. 지난달에 그루폰을 통해 구입한 크로스핏 패키지가 제값을 톡톡히 하고 있었다. 곧 각종 잡지들이 그의 사진을 표지에 실으려 할 테고, 그는 최고의 모습으로 찍힐 준비가 되어 있었다. 그는 달라진 어깨선을 손으로 흐뭇하게 훑은 뒤 바닥에 엎드려 덤으로 팔굽혀펴기 열 번을 더 했다.

새벽 6시 30분이었지만 닉은 잠이 완전히 깬 상태였다. 그는 네스프레소 머신의 버튼을 눌러 에스프레소 포르테 한 잔을 뽑고 《포아워 바디(The 4-Hour Body)》라는 책에서 배운 대로 혈당치 조절을 위해 유기농 계핏가루를 뿌렸다. 그러곤 10분 전에 확인한 아이폰을 다시 꺼내 그레이스에게서 문자메시지가 왔는지 또 한 번 확인했다. 오지 않은 것을 보고는 마음을 편히 갖자고 스스로를 다독였다. 매력적인 여자이니 여유 부리는 것도 당연했다. 그 역시 그에 걸맞게 반응할 수 있는 여유로운 남자였다.

그렇다고는 해도 그는 오늘 자신이 얼마나 대단한 일을 하려 하는지 알려주고 싶었다. 자기 남자친구가 얼마나 대단한 사람인지 깨닫는 그녀의 얼굴을 볼 수 있다면 좋을 텐데. 하지만 투자 기회에 대해 상세히 기술한 100쪽짜리 법률문서 S-1 서류를 증권거래위원회에 제출하기 전까지 이번 일은 극비에 부쳐야 했다. 몇 달은 걸릴 터였다. 그는 5월이 되면 금요일마다 축하 파티를 열어야 하니 게리 댄코 레스토랑에 미리 예약해두어야 한다고 메모했다.

에스프레소를 다 마신 뒤 컵을 식기세척기에 넣고 스테인리스스틸 커피머신에 찍힌 자신의 손자국을 라이솔(소독제 및 청소용품 상표명—옮긴이) 세정용 티슈로 닦았다. 그러곤 아이폰을 한 번 더 확인하고(아무것도 오지 않았다.) 돌턴 헨리가 찍힌 플리스 조끼의 지퍼를 올리며 집을 나와 후크 본사까지 짧은 산책을 했다.

그가 하루 중 가장 좋아하는 시간이었다. 엔지니어들은 새벽이 되어서야 퇴근하고 인사팀은 10시가 되어서야 출근하기 때문에 이 시각이면 샌프란시스코 엠바카데로 거리에 갓 지은 새 유리 건물을 혼자 차지할 수 있었다.

그는 건물 입구에서 최첨단 보안 센서에 손을 갖다 댄 뒤 엘리베이터를 타고 6층으로 올라갔다. 그런 다음 컴퓨터 프로그래머들이 사용하는 홀을 가로질렀다. 헝겊 동물 인형과 색색의 공들이 어질러져 있었다. 구석에 있는 볼 풀에서 쏟아져 나온 공들이었다. 그 옆에 있는 실물 크기의 고릴라는 헬륨 주입기였다. 엔지니어들은 관리자들의 생일이 되면 이 기계로 풍선에 헬륨 가스를 넣어 사무실에 띄워놓았다. 그러나 헬륨 가스를 마시는 용도로 더 자주 쓰였다.

닉은 이 공간의 모든 것이 거슬렸다. IPO 절차를 밟으면서 가장 먼저 할 일은 이 공간을 제대로 된 업무 공간으로 바꾸는 것이었다. 엔지니어들이 뭐라고 하든 그는 상관하지 않았다.

닉은 자신의 코너 사무실에 이르렀다. 오로지 자신만의 업무 공간인 이 새 사무실을 마주하자 한결 마음이 놓였다.

"왔어요?"

닉은 화들짝 놀라 눈을 들었다. 문가에 조시가 서 있었다.

"아, 안녕하세요."

그는 잠시 시간을 갖고 정신을 차린 뒤 다시 물었다.

"이 시각에 어쩐 일이세요?"

"프로그램 좀 짜느라고요."

조시가 말했다. 눈 밑에는 시커먼 그늘이 자리했고 머리가 실룩거리며 오른쪽으로 살짝 기울었다 돌아왔다. 그가 덧붙였다.

"시간 가는 줄 몰랐어요."

"그러셨군요."

닉은 동조의 미소를 지어주었다. 필 돌턴에게 배운 또 하나의 교훈은 엔지니어들이 프로그래밍에 빠져 있을 때는 무조건 격려해줘야 한다는 것이었다. "자넨 그들이 하는 일을 이해할 수 없겠지만 그렇게 밤늦게까지 프로그래밍에 빠져 있을 때 대단한 무언가가 나오거든." 필은 이렇게 말했다. 닉은 현명한 조언을 기록하기 위해 늘 갖고 다니는 몰스킨 수첩에 이 말을 적어놓았다.

"금요일 11시에 회의가 있으니까 시간 비워두세요."

조시가 가려고 돌아서며 통보하듯 말했다.

"무슨 회의요?"

조시는 뒤로 돌면서 또 한 번 머리를 씰룩거렸다.

닉은 이 후크의 창립자가 왜 머리를 씰룩거리는지 알아내지 못했지만 그냥 무시하기로 했다. 오히려 조시가 저렇게 이상한 행동을 계속한다면 공개 기업이 된 뒤에는 언론을 상대할 얼굴이 따로 필요할 테고, 닉은 겸허히 그 역할을 받아들일 의향이 있었다. 하버드 경영대학원에는 동기들이 졸업할 때 10달러씩 내놓아 모아둔 돈을, 그중 《월스트리트 저널》 1면에 가장 먼저 연필 스케치 인물화가 실리는 사람에게 몰아주는 전통이 있었다. 닉은 그 돈이 자신의 차지가 될 거라고 믿었다. 잘 봐, 스티븐 하틀리. 이제 하버드 경영대학원에서 가장 멋진 남자가 누구인지 알겠지?

"L. 세실에서 올 거예요."

조시는 더 이상 설명하지 않았다.

닉은 앉은 자리에서 상체를 앞으로 내밀었다.

"네? L. 세실이 왜……."

"그쪽에서 IPO를 맡을 겁니다. 금요일에 오기로 했어요."

조시가 말했다.

"그게 무슨……."

닉은 고개를 저으며 말을 이었다.

"이런 결정은 대표님이 내리는 게 아니에요. 후크의 최고 재무 책임자는 접니다. 이건 재무와 관련된 결정이잖아요."

조시는 그를 응시했다.

"내 회사잖아요."

"부분적으로는 그렇죠."

두 사람은 이미 이에 대해 이야기한 적이 있었다.

"투자자들과 상의해야……."

닉은 말을 시작하려다 어차피 자신도 IPO를 원했다는 사실을 떠올리고 입을 다물었다. 더 얘기해봐야 이기기 위한 싸움이 되어버릴 것 같았다. 경영대학원에서 그런 싸움은 부정적인 반응을 야기할 뿐이었다. 그는 차분하게 그리고 천천히 다시 말했다.

"정해진 절차가 있습니다. 그 절차는 CFO인 제가 맡아야 합니다."

"그러세요. 나도 더는 관여하고 싶지 않으니까."

조시가 대꾸했다.

"은행을 선정하기 위한 절차가 있다는 말씀입니다. 주관사 선정회를 열어 은행들의 프레젠테이션을 듣고 그 가운데서 선발해……."

"왜요?"

조시는 닉의 눈을 뚫을 듯이 응시했다. 닉은 얼굴이 화끈거렸다.

"왜냐면……."

그는 입을 열었다. 주관사 선정회를 건너뛸 수는 없다. 금융업자들의 아첨을 누려야 한단 말이다.

"설사 대표님이 결정한다고 해도 L. 세실은 말도 안 되는 선택입니다. 뉴스 못 보셨어요? 거긴 지금 부당 거래로 조사를 받고……."

"알아요."

조시는 그의 말을 끊고 또다시 머리를 씰룩 움직였다.

"그러니까 더더욱 거길 선택해야죠."

"네? 왜 그렇게 생각하시죠?"

닉은 눈살을 찌푸렸다. 그는 L. 세실을 주관사 후보에도 넣지 않았다.

"거래가 절실할 테니까요. 그들에겐 우리가 필요한 상황이에요."

조시는 닉을 빤히 보았다. 자신의 결정에 대해 일일이 설명해야 한다는 사실이 짜증스럽다는 듯이. 그러곤 말을 이었다.

"늘 자기가 힘을 행사할 수 있는 자리에 서야죠, 닉. 경영대학원에서 안 가르쳐주던가요?"

닉은 열불이 났다. 조시가 컴퓨터에 관한 일로 잘난 척하는 것만으로도 지긋지긋했다. 사업적인 결정은 닉 자신의 영역이었다.

"사실 하버드 경영대학원에서는……."

닉은 반박하기 시작했다.

"어쨌든 내가 고른 사람은 그 스캔들하고는 상관없어요."

"사람을 골랐다고요? 어떻게 그냥 그렇게……."

"토드 켄트예요. 2년 전에 가전제품 박람회에서 만났죠. 그 사람이 다 맡을 거예요."

조시의 말에 닉은 목이 꽉 막히는 듯했다.

"토드 켄트요? 토드 켄트를 책임자로 고르셨다고요?"

"그 사람 알아요?"

조시가 닉의 얼굴을 살폈다.

닉은 머리가 지끈거리기 시작했다.

"학교 동기예요. 경영대학원 말고 학부 말입니다. 그 친구는 경영대학원에 안 갔거든요. 틀림없이 못 들어갔을 겁니다."

닉은 무의식적으로 심술궂은 말을 내뱉었다.

조시는 헛웃음을 지었다.

"잘됐네요. 회포는 만나서 푸세요."

조시가 나가면서 밖에 있던 공 하나가 닉의 사무실 안으로 굴러 들어왔다. 닉은 그 공을 집어 손으로 찌그러뜨린 뒤 다시 텅 빈 홀로 내던졌다.

토드
3월 5일 수요일, 뉴욕 주 뉴욕

"자네 때문에 우린 다 물 먹었어."

마치 투견처럼 래리의 목에서 맥박이 뛰었다.

"압니다. 저도 다 알죠."

"자네가 물 먹은 건 아니잖아. 자네 연말 보너스 때문에 이러는 게 아니야."

래리는 자신이 토드의 보너스를 좌지우지할 수 있다는 생각에 목소리가 조금 누그러졌다가 후배 때문에 거래에서 제외된 사실을 기억해내고 다시 팽팽한 목소리로 말했다.

"내가 물 먹었다고. 이 부서, 이 부문, 빌어먹을 이 은행 전체가 물 먹었단 말이야."

래리는 잠시 말을 멈추고 숨을 돌린 뒤에 다시 입을 열었다.

"이런, 망할. 개 같은 실리콘밸리 멍청이들 같으니."

토드는 아무 말도 하지 않았다.

"거시기를 잘라버리기 전에 내 방에서 나가."

토드는 웃음을 감추며 문을 닫았다. 가엾은 인간.

오늘 아침 테크놀로지와 미디어, 텔레콤 사업부가 사용하는 27층으로 올라와 자리에 앉았을 무렵, 토드는 래리를 후크 IPO에서 제외시켜야 한다는 확신이 섰다. 조시 말이 옳았다. 후크의 IPO를 이끌 사람은 토드 켄트 자신이었다. 단지 유능한 금융인이라서가 아니라, 그에겐 그 앱 회사의 140억 달러 가치를 시장에 납득시키는 데 필요한 자질이 있었다. 래리는 거래를 이끈 경험이 많긴 했지만 나이가 많은 데다 포르노 중독 사실을 아내에게 들켜 현재 이혼 수속을 밟고 있었다. 후크에서 그런 사람을 좋아할 리 없었다.

토드는 누구든 그를 돌아보면 (실제로 모두가 그를 돌아보았다.) 래리의 방에서 새어 나온 고함 소리 따위는 개의치 않는다는 사실을 알 수 있도록 거만한 미소를 띤 채 당당하게 자리로 걸어갔다.

"대체 뭘 어쨌기에 저렇게 소리를 질러?"

토드가 여섯 자리를 붙여놓은 칸막이 안으로 들어가 자리에 앉자 같은 사업부의 또 다른 선임 VP(부사장을 뜻하는 'Vice President'의 줄임말이지만, 미국의 투자은행에서는 일반 회사의 '과장'에 해당하는 중간관리자를 지칭하는 직급-옮긴이)인 캘 태거가 그를 보지도 않고 물었다.

"후크 알아?"

"알지. 왜?"

캘은 전미 대학스포츠협회 토너먼트 승패를 예측하는 대진표를 채우며 컴퓨터에 대고 대꾸했다.

"곧 상장한대."

토드는 잠시 멈추고 캘이 결정적인 소식에 어떻게 반응할지 기대하며 다시 말을 이었다.

"조시 하트가 나한테 일을 맡아달라고 했어."

캘이 몸을 돌렸다. 입을 떡 벌린 채였다.

"그게 무슨 말이야? 조시 하트가 일을 맡아달라고 했다니?"

"나한테 IPO를 총괄해달라 했다고. 주관사 선정회는 건너뛰고 내가 팀을 꾸려야 한대. 유일한 조건은 고리타분한 꼰대는 제외할 것 이야."

토드는 손가락으로 허공에 따옴표 표시를 그렸다.

"래리를 제외하라는 말이네?"

캘이 웃음을 터트리자 토드는 고개를 끄덕였다. 캘은 질투와 동경을 섞어 말했다.

"죽이는데. 재수 없는 놈."

토드는 빙긋 웃었다. 그러곤 전화벨이 울리자 쾌활하게 전화를 받았다.

"토드 켄트입니다."

그는 발신자의 목소리를 듣고 허리를 꼿꼿하게 세웠다.

"토드, 나 하비네."

L. 세실에 하비라는 사람은 한 명뿐이었다. 하비 테이트. 한때 월 가에서 가장 중요한 금융 거래들을 총괄한 일흔 살의 중역이었다. 그러나 그것은 분명히 '한때'의 일이었다. 지금은 수석 부회장이라는 직함으로 42층의 널찍한 코너 사무실을 차지하고 앉아 진부한 조언 을 건네거나 자기가 관여하지도 않은 거래의 공로를 가로채며 시간 을 보내고 있었다.

"부회장님, 연락 주셔서 감사합니다."

토드는 눈을 굴렸다. 그러곤 자신을 뚫어져라 보고 있는 캘에게 입 모양으로 '하비 테이트'라고 말해주었다.

"소식 들었네. 축하해주고 싶었어."

하비가 말했다.

"고맙습니다."

뜻밖이었지만 젊은 직원이 이번 IPO를 총괄하게 된 일을 경영진도 흡족하게 생각한다니 뭉클했다.

"내가 조언해줄 게 있는데. 내 방으로 와서 얘기 좀 하는 게 어떻겠나?"

토드는 망설였다. 앞으로 약 36시간 동안 팀을 꾸리고 계획을 세우고 계약서를 작성해야 했다. 하비 테이트의 비위를 맞춰줄 시간은 없었다.

"알겠습니다. 부회장님 비서에게 연락해서 다음 주쯤에 약속을 잡겠습니다."

하비는 나이가 많으니 틀림없이 잊어버릴 것이다.

"10시쯤 괜찮나?"

토드는 짜증이 치밀어 입을 꾹 다물었다. 앞에서 말한 모든 일을 맑은 정신으로 처리하기 위해서는 11시에 트레이너 모건을 만나 운동을 해야 했다.

"알겠습니다."

자신이 대답하는 소리가 들렸다. 어머니가 가정교육을 제대로 하지 않았다면 얼마나 좋았을까. 이런 생각을 천 번도 넘게 했다. 개차반이었다면 사는 게 훨씬 더 수월했을 테니까.

"좋아. 그럼 한 시간 뒤에 보지."

"불러주셔서 감사합니다."

토드는 전화를 끊었다.

"젠장."

"왜?"

캘이 바싹 몸을 기울이며 물었다. 간밤에 사다 먹은 각종 외국 전통 음식의 냄새가 진동하는 칸막이 안에서 하루 열여섯 시간씩 주 6일 동안 일하는 사람에겐 뒷담화가 진통제와도 같았다. 게다가 토드는 방금 사내 최고의 딜러가 되지 않았는가.

"빌어먹을 하비 테이트가 내 멘토가 되고 싶으시대."

"하! 잘나가니까 엄청난 특전이 따라오는군."

캘이 비꼬았다.

같은 사업부 소속으로 남달리 열의가 과한 2년 차 애널리스트('분석가'라는 뜻으로 미국 투자은행의 말단 사원을 지칭하는 직급-옮긴이) 네하 파텔이 그의 자리에 나타나 두 손에 든 서류 뭉치를 내려다보며 평소처럼 아데랄(각성제 상표명-옮긴이)의 힘을 빌려 빠르게 지껄이기 시작했다.

"요청하신 프레젠테이션 자료예요. 유사한 미디어 기업들의 역대 수익 기록을 정리한 부분을 별도로 추가하고 제 나름대로 추산을 해서 모두 출력했어요. 딱 한 부분, 아무래도 상의를 해야 할 것 같아서……."

토드는 눈을 깜빡거렸다.

"워워워. 천천히 좀 해, 따발총. 나 아직 커피도 안 마셨어."

"커피 갖다 드릴까요?"

네하가 반사적으로 물으며 안경 너머로 올려다보았다. 휴게실에서 잠시 눈을 붙이고 돌아온 듯 뺨에 침이 말라붙어 있었지만 그녀는 모르는 모양이었다. 애널리스트들은 대부분 일주일에 두 번쯤 밤을 꼬박 새우는데, 네하는 L. 세실 역사상 최고의 애널리스트가 되겠다는 일념으로 일주일에 두 번 빼고 매일 밤을 꼬박 새웠다.

그가 대답했다.

"아니야, 네하. 괜찮아. 이게 뭐야?"

"정리해달라고 하신 비아콤 프레젠테이션 자료예요."

그녀의 목소리는 늘 '빨리 감기'를 눌러놓은 듯했다.

그는 자료를 보았다. 앞으로 3주 동안은, 아니, 어쩌면 영원히 필요 없을 자료였다.

"이거 하느라 밤새웠어?"

"48분씩 두 번 잤어요. 55분 이상 자지 않으면 렘수면에 빠지지 않기 때문에 실제로 그렇게 피곤하지 않거든요."

"마지막으로 집에서 잔 게 언제야?"

"지난주 금요일이요."

네하는 아무렇지 않다는 듯 태연하게 대꾸했다. 매우 이상적인 애널리스트의 태도였다.

"혹시 캘리포니아에 갈 생각 있어?"

그가 네하에게 물었다.

"네?"

"후크라는 데이트 앱 회사의 상장을 내가 맡았거든. 그런 거래에 참여할 수 있겠어?"

얼룩덜룩 침이 묻은 네하의 턱이 떡 벌어졌다. 둥근 얼굴은 여드름투성이였다. 화장은 전혀 하지 않았고 얼굴에 족집게를 대본 적도 없는 듯했다.

"실리콘밸리 최대의 개인 소유 회사 말씀이세요? 돌턴 헨리 벤처 파트너스가 후원하고 있고 이용자가 5억 명인 데다 분기 성장률이 250퍼센트인 그 회사요?"

토드는 네하를 보았다. 네하는 오로지 재무에만 관심이 있었다. 틀림없이 후크 앱을 사용해보지도 않았을 것이다. 이 역시 아주 이상적인 애널리스트의 태도였다.

"그래, 그 회사."

토드가 대답했다.

"농담 아니죠? 당연히 가야죠!"

이제야 실감이 나는 듯 그녀는 점점 더 생기가 돌았다.

"정말 열심히 할게요. 아아, 고맙습니다. 그런 기회를 주시다니 정말 감사해요."

"그래, 알았어."

토드는 미소를 지었다. 네하가 열성적으로 반응하자 자신이 대단한 호의를 베푸는 기분이 들었다.

"그럼 다른 일 다 제쳐두고 오늘 밤엔 최대한 정보를 수집해. 대략적인 계획도 세워놓고. 금요일 아침에 비행기를 탈 거야."

"알겠습니다! 당장 시작할게요!"

그녀는 마치 새 레고 블록을 선물 받은 세 살짜리 아이처럼 황급히 자기 자리로 돌아갔다.

토드는 다시 컴퓨터를 보려다 캘이 여전히 자신을 보고 있다는 사실을 알아차렸다.

"왜?"

"나쁜 놈. 우리 팀 최고의 애널리스트까지 빼가시겠다?"

토드는 빙긋 웃으며 대답했다.

"미안해, 친구. 18억 달러짜리 거래 따오면 제비뽑기로 정하게 해줄게."

"뭐래."

"그런데 18억 달러의 8퍼센트면 수수료가 대체 얼마야?"

토드는 이번 거래로 L. 세실이 얼마를 벌게 될지 소리 내어 계산해보았다.

"작년에 캐털리스트 거래 따온 그 친구 보너스가 아마 5백만 달러였지? 그 거래는 겨우 절반 규모였는데……."

캘은 그에게 펜을 던졌다. 토드는 웃음을 터트렸다. 이미 자기 계좌에 5백만 달러가 들어와 있는 것 같았다.

그는 하비에게 가려고 일어서면서 캘에게 에퀴녹스 회원 카드를 건넸다.

"자, 내 퍼스널 트레이닝 회원권 써. 모건의 가슴을 보면 기운이 날 거야."

토드는 캘 옆을 지나가며 그의 어깨를 토닥였다.

27층은 큰 소리로 떠드는 직원들로 북적거렸다. 말단 직급인 애널리스트들과 어소시에이트('조력자'라는 뜻으로 투자은행에서 애널리스트 바로 위의 직급으로 사용된다. 일반 회사의 '대리'에 해당함-옮긴이)들이 한가운데 놓인 긴 탁자 세 개에 옹기종기 붙어 앉아 제각기 듀얼 모니터 컴퓨터와 블룸버그 단말기(블룸버그는 금융시장 관련 뉴스 및 데이터를 공급하는 미국의 미디어 그룹으로, 자사 단말기를 유료로 임대한 고객에게 서비스를 제공한다.-옮긴이)를 한 대씩 차지하고 있었다. 이 애널리스트 자리 양옆으로 칸막이가 쳐진 자리가 여섯 개씩 붙어 있고 그 안에 VP들이 앉았다. 차장들은 회사에 수십 년 동안 봉사한 대가로 가장자리에 빙 둘러 자리한 작은 유리 사무실을 배정받아 햇빛을 독식했다.

토드는 엘리베이터로 걸어가면서 자신을 보고 얼굴이 빨개지는 사람을 세어 점수를 내보기로 했다. 남자는 0.5점, 매력적인 여자는 2점이었다. 그는 자리에서 엘리베이터까지 가는 동안 8점을 획득했다. 타율은 72퍼센트였다. 어쩌면 81퍼센트일 수도 있었다. 변수는 소나였다. 인도 사람은 얼굴색의 변화를 구분하기가 어려웠다.

엘리베이터 문이 열리자 분홍색 셔츠 차림의 뚱보 트레이더 채드 호턴과 증권자본시장부의 VP인 태라 테일러가 타고 있었다. 태라는 블랙베리를 내려다보고 있었다.

"이야, 친구! 빅뉴스가 있던데."

채드가 토드의 어깨를 툭 치며 말했다. 태라는 아무 말도 하지 않았다. 블랙베리로 무얼 보는지 완전히 몰두한 듯했다.

"쉿……. 너무 크게 얘기하지 마. 태라의 부서 사람들이 서로 끼겠다고 싸우면 안 되잖아."

토드가 말했다.

태라가 휙 고개를 들었다. 어디 볼까……? 그렇지. 그녀도 얼굴이 빨개졌다. 이제 10점이다. 아니, 9.5점인가? 태라는 매력적이긴 했지만 2점짜리라고 할 수는 없었다. 엄밀히 말하면 경계에 걸쳐 있었다. 하나하나 뜯어보면 그리 섹시하지 않았다. 다리가 예쁘고 허리가 가늘긴 했지만 굴곡이 없었다. 엉덩이는 납작했고 가슴은 기껏해야 B컵을 넘지 않았다. 갈색 눈은 조금 몰린 편이었지만 화장으로 적당히 가린 듯했다. 그러나 턱이 너무 뾰족했고 그 부분은 화장으로 해결하지 못했다. 그래도 전체적으로는 매력적인 편이었다. 까짓 것, 2점. 오늘은 인심을 팍팍 써도 될 것 같았다.

태라는 헛웃음을 지으며 아무 말 없이 다시 블랙베리로 시선을 옮겼다.

채드가 계속 떠들어댔다.

"어젯밤에 대단했다며? 방금 밑에서 루를 만났거든. 완전 맛이 갔던데. 해 뜨는 거 보고 잠들었대."

루 레이놀즈는 두 달에 한 번 2004년 애널리스트 동기 모임을 주선했다. 80명 가운데 열두 명이 남아 있었다. 그들은 토드가 밖에서 만나는 친구들만큼 멋지진 않았지만, 루는 그가 참석하는 것을 고맙게 여겼으므로 언젠가 토드 자신이 일을 도모할 때 루가 의리로 보답할 수도 있다고 토드는 생각했다.

"하. 난 일찍 나왔어."

채드는 다 안다는 듯이 팔꿈치로 토드를 꾹 찔렀다.

"일찍 나갔지만 그냥 집에 들어간 건 아니라던데. 오랜 여자친구야?"

"응."

토드는 지겨운 마음에 거짓말했다. 그러나 한편으론 다른 남자들이 그의 성생활에 지대한 관심을 보인다는 사실이 싫지 않았다.

토드는 티 나지 않게 태라의 반응을 살피고 있었으므로 채드가 다음 층에서 내리자 안도하며 태라를 돌아보고 웃었다.

"남자들이란."

"그러게요!"

태라는 입을 다문 채로 미소를 지은 뒤, 다시 이메일을 읽었다.

두 사람은 스탠퍼드 대학 시절에 두 번 잠자리를 가졌다. 봄이었고 토드는 졸업반, 태라는 1학년이었다. 처음 관계를 가진 것은 여학생 사교클럽인 파이 베타 피와 남학생 사교클럽인 시그마 알파 엡실론의 레드넥 레이싱 입회 행사가 열리던 날이었다. 이 행사는 남학생들이 유독 좋아했다. 여학생들이 영화 〈해저드 마을의 듀크 가족(Dukes of Hazzard)〉에 나오는 제시카 심슨처럼 짧은 반바지와 스프레이 태닝, 진한 화장으로 한껏 멋을 부리고 오기 때문이다. 그러나 태라는 멜빵바지 차림에다, 모델 지젤 번천도 추녀로 바꿀 수 있을 법한 가짜 이를 끼우고 왔다. 바에서 일을 거들던 토드는 태라에게 그 이에 대해 농담을 건넸다. 그러나 그 무렵 꽤 많이 취한 그녀는 그것이 진짜 이라고 우기며 짐짓 화를 냈다. 그들은 잠깐 동안 서로 농담을 주고받았고, 그 후 토드는 30분 동안 맥주 통을 붙잡고 일하며 재치 있는 말을 궁리했다. 그러곤 그녀가 시그마 알파 엡실론의 신입생 게이인 코리와 함께 댄스 플로어에 있는 것을 발견하고 그 말을 건넸다.

"있잖아, 태라. 난 아직도 그 이가 가짜 같거든. 내가 그걸 빼내면 증명이 되겠지. 이왕이면 내 혀로 빼고 싶은데."

그녀는 웃으면서 코리를 돌아보았다. 그러곤 토드에게 들리도록 큰 소리로 말했다.

"인기 절정의 토드 켄트 선배가 나랑 놀고 싶다네, 코리. 그럼 같이 놀아야 하나?"

코리가 열렬히 찬성하자(남학생 클럽에 게이가 있어선 안 된다고 누가 그랬던가.) 태라는 다시 토드를 돌아보며 말했다.

"좋아. 가요. 하지만 이는 안 빼요."

정말 그랬다. 두 사람은 그의 남학생 클럽 회관 방으로 들어가 밖에서 울려대는 음악을 들으며 술 취한 몸짓으로 서로를 더듬고 섹스를 했지만 그녀는 끝내 이를 빼지 않았다. 토드가 잠에서 깼을 때 그녀는 없었고 책상 위에 그 이만 놓여 있었다. '기념품'이라고 적힌 쪽지와 함께.

그는 그녀에게서 연락이 올 줄 알았지만 끝내 오지 않았다. 그다음 주에 그는 친구 니콜과 점심을 먹으려고 파이 베타 피 클럽 회관에 갔다가 태라를 보았지만 태라는 그를 못 본 척했다. 결국 그는 그녀가 음료수를 가지러 갈 때 뒤따라가 태연하게 말을 건넸다.

"어, 안녕! 다이어트 콜라야?"

그는 그녀가 받고 있는 음료를 가리키며 물었다.

"그냥 콜라요."

그녀는 이렇게 말하고 자리로 돌아갔다.

그날 밤 그는 술에 취해 그녀의 기숙사 방으로 찾아갔다.

그녀는 체크무늬 잠옷 차림으로 문을 열어주었다. 그러나 그다음 일은 잘 기억나지 않았다. 그녀의 트윈 침대에서 잠이 깨어보니 그와 벽 사이에 그녀의 긴 알몸이 끼어 있었다. 침대 옆 탁자에는 콘돔 포장지가 보였다. 머리가 지끈거려 물을 마시려고 조심스레 일어나 앉자 침대에서 낡은 곰 인형이 튕겨 나갔다.

"좋은 아침."

태라가 일어나 앉아 이불 속에서 티셔츠를 꺼내어 머리 위로 뒤집어쓰며 말했다.

그는 장난스럽게 그녀에게 곰 인형을 던졌다.

"인형 좋은데, 신입생."

"하. 고마워요. 내 동생 거예요."

"동생이 대학 입학 선물로 줬나?"

그가 놀리듯이 말했다.

"아뇨. 그 동생은 죽었어요."

그는 가슴이 철렁했다.

"이런, 미안."

"선배가 미안할 일은 아니죠."

태라는 짧게 대꾸한 뒤 이불 속에서 긴 다리를 빼내어 그를 넘어 가서 하의를 마저 입었다. 그러곤 그가 걱정하는 것을 알아차리고 이렇게 덧붙였다.

"동생 또 있어요."

그녀는 샤워 가방과 수건을 챙겨 문으로 향하면서 자기는 공부해 야 하지만 그는 더 자도 상관없다고 말했다. 그는 어찌해야 할지 몰 랐다. 침대에 혼자 남는 데 익숙하지 않았을뿐더러 여자들은 보듬어 주는 것을 좋아하는 줄 알았다. 그래서 그녀가 샤워를 마치고 돌아 오기 전에 떠났고 그게 끝이었다. 그다음 주에 그는 졸업했다. 그러 곤 뉴욕으로 왔고, 그로부터 5년 뒤에 증권자본시장부의 릴리언 뒤 마 차장이 두 사람을 서로에게 소개해주었다. 릴리언 뒤마는 3년 전 송년회 때 그에게 접근했다가 투자유치부(IR)의 수지 테보에게 밀 려 거절당한 뒤로 줄곧 그에게 앙심을 품고 있는 여자였다. 어쨌든 토드는 전형적인 뉴욕의 직장 여성처럼 몸에 꼭 맞는 정장에 롱샴 가 방을 들고 그에 걸맞은 화장을 한 태라를 못 알아볼 뻔했다. 그녀도 결국 뻔한 여자가 되었다는 사실에 마음이 조금 착잡하기도 했다.

"먼저 내려."

토드는 엘리베이터 문을 잡아주며 그녀가 아직도 그 곰 인형을 안고 잘까 생각해보았다.

"고마워요."

태라는 얼른 그를 지나 오른쪽으로 향했고 그는 왼쪽으로 방향을 틀었다.

하비의 비서는 그를 호화로운 사무실 앞에서 20분 동안 기다리게 했다. 안에서 수석 부회장이 전화기에 대고 웃는 소리가 들렸다. 42층은 토드가 일하는 곳과 겨우 15층 떨어져 있었지만 완전히 다른 세계처럼 느껴졌다. 벽에는 값비싼 예술 작품들이 걸려 있었고, 가장자리를 빙 둘러 자리한 널찍한 사무실들이 혼잡한 도시를 내려다보고 있었다.

"기다리게 해서 미안해요."

마침내 토드가 널찍한 코너 사무실로 안내를 받아 들어가자 하비가 말했다. 악수를 나누는 손은 170센티미터의 체구에 비해 악력이 센 편이었다.

"내 부동산 중개인과 통화하느라고."

하비는 기분 좋은 얼굴로 절레절레 고개를 저었다. '넌 잘 모르겠지만 그런 일이 있어' 하는 표정이었다. 그러곤 계속 말을 이었다.

"이스트햄프턴에 집을 한 채 사려 하거든. 사우스햄프턴은 이제 너무 북적거려서 말이야. 메도우 골프 클럽에 들어오는 사람들을 보면 기가 찬다니까."

"현명하신 결정인 것 같습니다."

토드는 무덤덤하게 대꾸했다.

"앉지."

하비가 제안하자 토드는 자리에 앉았다. 하비는 의자에 깊숙이 등을 기댄 채 두 손을 모아 무릎에 놓고 엄지손가락을 맞부딪치며 토드의 눈을 살폈다. 토드는 수구 경기 직전에 상대 팀을 볼 때 그랬 듯 목에서부터 어깨까지 뻣뻣해지는 기분이 들었다.

"흠."

마침내 하비가 토드에 대해 다 파악했다는 듯 웅얼거리며 자세를 바꾸어 두 사람 사이에 놓인 책상에 두 팔을 올려놓았다. 그러곤 입을 열었다.

"지금 자네만 한 나이에 나는 해군에 복무했어. 120명의 대원을 이끌고 태평양에 주둔하고 있었지. 대원들 대부분이 나보다 나이가 많았다네. 베트남전 직후라서 우린 베트남 사람들의 환심을 사기 위해 그곳에 배치되었어."

토드는 숨을 참았다. 노인들이 군 복무 시절 이야기를 늘어놓는 것은 질색이었다.

"많은 대원들이 시내의 매음굴을 드나들었지. 그런 값싼 유흥으로나마 위안을 얻어야 할 것 같아서 나는 그냥 내버려두었다네."

하비의 피부는 사시사철 햇볕에 그을려 있었고 반백의 금발을 단정하게 빗어 넘겼다. 빳빳하게 다린 흰색 셔츠 위에 에르메네질도 제냐 정장을 입고 카르티에 커프스링크를 착용했다. 고리타분한 꼰대의 전형이었다.

"그러다 피트라는 대원이 시내로 나가기가 귀찮아졌던 모양이야. 자기가 좋아하는 창녀 하나를 병영으로 데려왔더군."

하비는 그 일을 떠올리고 웃으면서 고개를 가로저었다.

"프린스턴 대학을 나온 친구였는데, 자기는 꽤 똑똑하고 그 창녀는 영어도 잘 못 하는 멍청한 여자라고 생각했지. 그런데 어느 날 밤 내 사무실에 들어가 보니 그 여자가 내 서류들을 뒤지고 있더군."

토드는 흘끗 창밖을 보았다. 하늘을 뒤덮은 잿빛 구름에서 약한 눈발이 떨어지기 시작했다.

"그래서 내가 그 여자를 죽였어."

하비가 말했다. 토드가 얼른 다시 시선을 돌리자 하비는 입을 다물고 재미있다는 듯이 차분하게 미소를 지었다.

"당국에선 피트를 체포했고 애초에 그 모든 일이 그 친구의 잘못으로 일어났으니 난 그저 정의에 맡겼다네."

토드는 불편해하며 자세를 고쳐 앉았다.

"무슨 말인지 알겠나, 토드? 피트 그 친구는, 보이지 않는 것이 존재한다는 사실을 이해하지 못했어. 자네 눈엔 보이지 않아도 자네보다 훨씬 더 막강한 시스템이 분명히 존재하고 있다네."

토드는 숨을 참았다. 다시 슬슬 짜증이 일었다. 왜 저런 이야기를 하는 걸까?

"그리고 그 시스템의 입장에선……"

하비는 앞으로 바싹 상체를 내밀며 계속 말을 이었다.

"자넨 아무것도 아니야."

하비는 자기가 대단한 사람이라도 되는 양 잠시 말을 멈추었다 다시 의자에 등을 기대며 물었다.

"팀은 어떻게 꾸릴 생각인가?"

토드는 눈이 돌아가는 것을 억지로 참았다.

"애널리스트로는 네하 파텔을 데려갈 겁니다. 저희 사업부 최고의 애널리스트죠. 그리고……"

"어소시에이트로는 보를 내주겠네."

하비가 그의 말을 잘랐다.

"네?"

하비의 일을 도와주는 보 버클리는 억만장자 아버지가 이 은행의 큰 고객이라는 이유로 철밥통을 꿰찬 어소시에이트로, 쓸모없기로 유명한 인물이었다. 모두가 알고 있듯이 그는 이 은행의 중역으로 키워지고 있었다. 그 말은 곧 실무에는 전혀 손을 대지 않고 오로지 네트워킹에만 시간을 쏟는다는 의미였다.

"보하고는 이미 얘기했어. 그 애플리케이션에 대해 잘 알고 있고 테크놀로지 쪽에 관심이 있더군. 이렇게 큰 거래에 참여해보는 것도 그 친구에겐 좋은 경험이 될 거야."

하비는 논의의 여지도 주지 않았다.

"외람된 말씀입니다만, 보는 경험이 없는 데다 조시가 팀을 최소 규모로 꾸리라고 해서……."

"증권자본시장부에선 릴리언 뒤마가 괜찮을 거야."

하비는 토드의 항의를 무시한 채 계속 말을 이었다.

"나를 도와서 우리 실리콘밸리 전략을 짜고 있지."

"절대 안 됩니다."

토드는 두 손을 올렸다. 릴리언은 3년 전에 자신을 거절했다는 이유로 그를 미워하고 있을 뿐 아니라 대접받기를 원하는 여자였다. 말하자면 여자판 꼰대인 셈이었다.

"이유가 뭔가?"

하비가 차분하게, 그러나 단호하게 물었다.

"그 여자는 밥맛……."

토드는 이렇게 말하려다 다시 정정했다.

"조시가 불편해할 겁니다."

"주로 남자들을 상대로 온라인 데이트 사이트의 가치를 팔아야 하지 않나. 그럼 여자 한 명은 있어야지."

"네하가 있습니다."

"예쁜가?"

하비가 노골적으로 물었다.

토드는 멈칫했다. 그러곤 어느새 이렇게 말하고 있었다.

"태라는 어떨까요? 태라 테일라 정도면 괜찮을 것 같은데요."

하비는 토드의 얼굴을 뜯어보았다.

"좋아. 그럼 그렇게 팀을 짜게."

"알겠습니다."

토드는 이렇게 말하며 자신이 방금 내뱉은 말을 머릿속으로 처리하기 시작했다. 태라 정도면 괜찮지 않을까?

"이 거래를 2분기 실적에 넣어야 하네."

토드는 한쪽 눈썹을 치켜 올렸다.

"벌써 3월입니다. 2분기 실적에 넣으려면 5월 중순까진 끝내야 할 텐데요. 아시다시피 이 정도 거래는 적어도 석 달 반은······."

"L. 세실은 5월 마지막 주에 연방법원에 출석해야 해. 부정적인 언론 보도에 대응하려면 그 전에 이 일을 끝내야 하네."

"언론 때문에 IPO 시기를 앞당길 수는 없습니다."

하비는 책상에 올려놓은 두 손을 깍지 끼고 잠자코 기다렸다.

"알겠습니다. 최대한 빨리 해보겠습니다."

토드가 말했다.

"그쪽하곤 언제 만나기로 했지?"

"금요일입니다."

"진행 상황 보고해."

"그럴 시간이……."

그러나 토드는 입을 다물었다. 화를 낼 필요가 없었다. 그에겐 네하가 있지 않은가.

"알겠습니다."

마침내 그가 대꾸했다.

"좋아."

하비는 전화기를 집어 들며 얘기가 끝났다는 신호를 보냈다.

토드는 자리에서 일어났다. 점수만 보면 자신이 하비를 이긴 게 분명했지만 왠지 게임에 패한 기분이었다. 하비는 기분 나쁜 인간이었다. 이 IPO를 멋지게 끝내서 저 노인의 코를 납작하게 해주고 싶은 마음이 간절했다.

태라

3월 5일 수요일, 뉴욕 주 뉴욕

"어머, 조지 E가 이런 여자랑 사귄다니 말이 돼? 완전 촌스러운데? 그래도 진짜 멋지다. 몸값이 그렇게 높은 사람이 일반인하고 사귀다니. 그래도 그렇지, 이 여잔 좀 너무하잖아. 누가 봐도 매력적이지 않다고."

미건은 지껄이는 기분에 중독된 사람처럼 끊임없이 말을 쏟아냈다. 태라는 타이핑을 멈추고 동료가 입 다물기를 속절없이 기다렸다.

"어떤 여잔데요?"

아부쟁이 어소시에이트 줄리언의 목소리가 들렸다. 그는 바퀴 달린 의자를 끌고 미건의 자리로 가서 함께 화면을 보며 후배의 의무, 즉 VP의 비위를 맞춰주는 의무를 이행하기 시작했다.

"그렇지?"

미건이 물었다.

"그런데 조지 E 작품이 그렇게 좋아요?"

"당연히 좋지. 최근 작품은 1천7백만 달러에 팔렸잖아."

"아뇨, 진짜로 좋은 작품이냐고요."

줄리언이 다시 물었다.

"줄리언, 예술 작품의 가치는 객관적으로 책정할 수가 없어. 내가 가르쳐준 증권시장의 원리와 똑같아. 인식이 현실을 창조하는 거지. 페이스북이 주당 50달러의 가치가 있을까? 주당 50달러라는 말이 대체 무슨 뜻이야? 시장이 그렇다고 하면 그런 거야. 지금 시장은 조지 E가 이 여자보다 훨씬 더 매력적인 여자를 만나야 한다고 말하고 있다고."

태라는 한숨을 쉬었다. 스캔들 하나만 터져준다면 무엇이든 내줄 것 같았다. 뉴스에서 이 투자은행의 부정 거래에 대해 떠들어대고 있었지만 기껏해야 경영진은 그것을 핑계로 직원들의 보너스를 깎으려 들 것이다. 그녀가 원하는 것은 파산이나 폰지 사기, 혹은 대대적인 정리해고였다. 삶을 좀 더 흥미롭게 만들어줄 그런 일 말이다. 그녀는 2007년에 스탠퍼드를 졸업하고 줄곧 L. 세실에서 일했다.

그때만 해도 시장이 호황이었으므로 일류 대학에서 평점 3.9점을 받은 학생은 누구나 투자은행이나 경영 컨설팅 분야로 진출하려고 안달이었다.

그러나 그것은 7년 전의 이야기이다. 금융 위기 이후 월가는 활력을 잃었고 승진이나 조기퇴직 보너스도 시들해졌다. 이제는 그저…… 멈춰 있는 것이 그나마 나은 행보인 듯했다. 태라는 늘 최선을 다했다. 매일 아침 운동을 했고, 정시에 출근했으며, 한 번도 1등으로 퇴근한 적이 없었다. 글루텐을 피하고, 유제품 섭취를 제한했으며, 저녁 9시 이후에는 아무것도 먹지 않았다. 일주일에 한 번 부모님에게 전화하고, 401(K) 연금 플랜에 가입했다. 각질을 과하지 않게 적당히 제거했고, 손톱 끝에 올라온 살을 너무 밭지 않게 적당히 잘라냈으며, 왁싱을 하되 필요한 부분은 남겨놓았다. 《뉴요커》지를 구독했고, 공영라디오(NPR) 기부금도 꼬박꼬박 냈다. 와인 한 잔을 마실 때마다 잊지 않고 물도 한 잔씩 챙겨 마셨다. 그런데 왜 여전히 부족한 느낌이 들까? 대체 어떤 자기계발서를 빼먹었을까?

아무래도 주치의에게 연락해 셀렉사(항우울제 상표명—옮긴이) 양을 늘려달라고 해야 할 것 같았다.

사내 우편물 담당 직원이 상자 하나를 들고 오자 태라는 기대하며 눈을 들었다. 무엇을 기대했는지는 자신도 알 수 없었다. 그러나 상자가 미건에게 전달되자 태라는 한숨을 쉬었다.

"딱 맞춰 왔네."

미건이 상자를 받으며 말했다.

태라는 이 실존적 위기에서 마음을 돌리기 위해 신발을 벗어 책상 밑 카펫 위에 발을 내려놓고 발가락을 펴며 한 시간째 작성 중이던 현황보고서에 다시 집중했다. 작가가 되겠다고 L. 세실을 떠난 로리 프랫은 어떻게 됐을지 궁금했다. 더 행복해졌을까?

"뭐예요?"

줄리언이 미건에게 물었다.

미건은 그의 관심을 반가워하며 대답했다.

"디톡스제야. 내일부터 닷새 동안 쥐어짜 보려고. 다음 주말에 마이애미에 가는데 그전에 3킬로그램은 빼야 해."

"그렇겠네요."

줄리언이 말했다.

"뭐?"

미건의 입이 떡 벌어졌다. 태라는 고개를 살짝 돌려보았다. 미건은 줄리언이 살을 빼지 않아도 된다고 말해주길 바랐다. 하지만 실제로 미건은 몇 킬로그램 빼야 했다. 한동안 젤리빈의 유혹을 뿌리치지 못한 데다, 평균적으로 적정 체중보다 15퍼센트쯤 덜 나가는 홍보팀과 한 층을 쓰면서 루나 바(단백질 바 제품명-옮긴이)를 욱여넣은 탓에 163센티미터 몸이 두 사이즈 더 불어났다.

"지금 내가 뚱뚱하다는 거야?"

줄리언은 얼른 두 손을 앞으로 내밀어 의자를 뒤로 밀었다.

"아뇨. 아니에요. 제 말은…… 마이애미 여자들이 워낙 말도 안 되게 삐쩍 말랐으니까 충분히 이해한다는……."

"커피나 가져와."

미건은 어소시에이트의 말을 끊고 벌을 내렸다.

"바닐라 스키니 라테에 무설탕 시럽 두 개. 스플렌다(무칼로리 인공 감미료) 세 개. 태라, 자기도 뭐 마실래?"

"아니, 난 됐어."

태라가 자리에서 돌아보며 예의상 미소를 지었다.

"참, 그런데 켈리 제이컵슨은 결정했대?"

"오늘 저녁에 통화하기로 했어."

태라가 말했다. 밝고 쾌활한 스탠퍼드 4학년생 켈리는 작년 하계 인턴십 프로그램에서 가장 우수한 학생이었고, 태라는 동문이라는 이유로 '켈리가 취업 제의를 받아들이게 설득'하는 임무를 맡았다.

"어디를 놓고 고민하는데?"

"우리랑 구글인 것 같아."

미건은 얼굴을 찌푸렸다.

"으. 구글엔 왜 가려고 한대? 거기 가면 다 뚱뚱해지던데."

"그 얘기도 꼭 전할게."

태라가 말했다.

미건은 비꼬는 말을 이해하는 사람이 아니었다.

"농담 아냐, 태라. 내가 하계인턴채용위원회를 맡고 있잖아. 켈리 가 수락하지 않으면 내 체면이 말이 아니라고."

"그래."

태라는 시큰둥하게 대답하며 다시 컴퓨터로 눈을 돌렸다. 화면에 반가운 인스턴트 메시지가 떠 있었다.

테런스: 어우, 여기서도 다 들린다.

태라는 세 블록 건너에 있는 테런스를 넘겨다보았다. 테런스는 태라가 아는 L. 세실 사람들 가운데 가장 잘생기고 똑똑했지만 흑인 혼혈인 데다 동성애자라 늘 아웃사이더였다. 회사에선 그를 최대한 활용하기 위해 투자유치부에 배정했다. 언론과 투자자들에게 그의 얼굴을 보여주고 다양성을 인정하는 기업으로 비치기 위해서였다.

그는 태라의 절친한 친구이기도 했다. 어디에서 만났어도 친구가 되었겠지만 우울한 직장에 함께 다니다 보니 더욱 돈독한 관계가 되었다.

태라는 테런스에게 미소를 보낸 뒤 그의 메시지에 답했다.

> **태라:** 켈리라는 애한테 구글 접고 여기로 오라고 하면 나 지옥 갈까?
>
> **테런스:** 여기 남자들이 더 잘생기긴 했잖아.
>
> **테런스:** 허세가 좀 심해서 그렇지.
>
> **태라:** 얘기가 나와서 말인데…… 오늘 아침에 엘리베이터에서 토드 켄트 만났어.
>
> **테런스:** 너 그 남자랑 자지 않았어?

태라는 얼굴이 화끈거렸다. 테런스에게 얘기했었나?

> **태라:** 아니.

이런 일은 잡아떼는 것이 상책이다.

> **태라:** 딱 한 번.

테런스는 믿을 수 있는 친구였다.

태라: 그래, 알았어. 두 번. 하지만 대학 때 일이야. 아무것도 아니었어.

물론, 그 당시엔 그렇지 않다. 그녀는 그날 시그마 알파 엡실론 클럽 회관에서 그에게 순결을 내주었는데 그 뒤로 그는 연락하지 않았다. 하지만 이제는 중요하지 않았다. 10년이 지났고 두 사람 모두 성숙한 직업인이 되었으니까.

테런스: 그래.

"태라, 내 방으로 와. 당장."

태라는 화면에서 눈을 들었다. 릴리언 뒤마가 삐삐 마른 다리에 무릎 위까지 올라오는 헐렁한 부츠를 신고 잰걸음으로 그녀의 자리를 지나가며 말했다. 출근 복장치고는 과감한 패션이었지만 저런 고가의 부츠라면 경영진은 슬쩍 눈감아주었을 것이다.

태라는 철 지난 자신의 신발을 신으면서 갑자기 부끄러워졌다. 그녀는 릴리언을 따라 유리로 둘러싸인 사무실로 들어갔다. 두 사람은 같은 상사 밑에서 일하고 있었지만 릴리언은 태라보다 증권자본시장부에 5년 먼저 들어와 차장 직급을 달았다는 이유로 늘 태라에게 상사 행세를 했다.

"문 닫아."

릴리언의 목소리가 떨리고 있었다. 태라는 지시대로 문을 닫고 의자로 향했다.

"앉지 마."

릴리언은 앙상한 쇄골을 들썩이며 입을 굳게 다물고 거칠게 숨을 쉬었다. 그러곤 새로 익힌 자세로 서서 팔짱을 끼었다. 3년 동안 사권 헤지펀드 매니저를 졸라 받아낸 4.5캐럿 다이아몬드를 돋보이게 하는 자세였다.

"자기가 누구랑 잤는지는 모르겠지만 누구 것을 빼앗았는지는 좀 알았으면 좋겠다."

릴리언이 불쑥 말했다.

야단맞는 것을 본능적으로 싫어하는 태라는 위가 오그라드는 기분이었다.

"그게 무슨……."

"후크가 기업 공개를 하기로 했는데, 자기가 그 팀에서 증권자본시장부 일을 맡는대."

태라의 머리와 가슴이 뛰기 시작했다.

"네? 누가……."

그러나 릴리언은 그녀의 말을 듣고 있지 않았다.

"난 이 은행의 차장이고 자긴 이제 막 VP로 승진했어. 게다가 내가 실리콘밸리 전략을 맡고 있다는 거 자기도 알 텐데. 조시 하트는 지난 1년 동안 내가 관리하는 조직에 들어가 있었다고."

사내 데이터베이스에 비즈니스계의 모든 중역 또는 잠재 중역을 자신의 인맥으로 넣어놓는 것은 릴리언의 취미 중 하나였다. 그들이 결국 L. 세실의 고객이 되었을 때 자신에게로 공을 돌리기 위해서였다. 그녀는 거짓말하기 시작했다.

"난 다음 달에 그 사람을 만날 예정이었어. 이 거래는 내가 맡았어야 한다고."

"차장님, 저는……."

"틀림없이 누군가와 잤겠지. 누구야?"

"그런데 어떻게 아셨……."

"하비 테이트가 스티브한테 전화해서 네가 그 일을 맡게 될 게 확실하니까 네가 하던 일을 나한테 넘기라고 했대."

릴리언은 얼굴을 찡그리며 말을 이었다.

"하비 테이트는 자길 알지도 못하잖아. 어머, 혹시 그 사람을 유혹했어? 일흔 살 노인네를?"

릴리언의 얼굴이 하얗게 질리고 립스틱을 바른 입술이 벌어졌다.

"어머, 혹시 토드랑 잤니?"

릴리언은 3년 전 송년회에서 토드 켄트에게 들이댔다가 IR 부서 여자에게 밀려 거절당하고 결국 6개월 뒤에 그 여자를 회사에서 서서히 몰아내는 데 가담한 것으로 유명했다. 지금은 달력에 결혼 날짜까지 표시해두었지만 여전히 토드가 자기 소유라고 믿는 듯했다.

태라는 고개를 저었다.

"아뇨. 무슨 말씀인지 모르겠네요. 전부 처음 듣는 얘기예요."

릴리언은 녹색 눈으로 태라의 눈을 꿰뚫어보았다. 릴리언은 확실히 아름다웠다. 적갈색 머리칼엔 윤기가 흘렀고 얼굴은 완벽한 대칭이었으며 오목조목한 이목구비는 손으로 빚어놓은 듯했다. 지금 릴리언은 이처럼 완벽한 자신을 거절한 토드가 수수한 외모에 철 지난 신발을 신은 태라에게 매료되는 일이 가당키나 할까 생각하는 듯했다. 그러다 후배의 불완전한 외모에 눈살을 찌푸리며 평정을 되찾은 듯 자신의 컴퓨터로 눈을 돌렸다. 그럴 리가 없다고 생각하며 만족하는 눈치였다. 그녀는 컴퓨터 화면을 보며 경박하게 말했다.

"됐어. 어떻게 된 일인지는 몰라도 나한테 도움을 기대하진 마. 게

다가 자긴 자기편도 만들어놓지 않았지."

그러곤 마지막으로 태라를 돌아보며 덧붙였다.

"모두들 자기가 그 팀에 합류하게 된 건 누군가와 잠자리를 가졌기 때문이라고 생각할 거야. 달리 합당한 이유가 없잖아."

태라는 그 말을 무시하고 물었다.

"그럼 토드 켄트가……."

"도움은 기대하지 말라니까."

릴리언이 날카롭게 말했다.

"알았어요."

태라는 방어하듯 두 손을 들어 보이며 돌아서서 그 방을 나왔다.

문을 닫고 나오자 걱정 대신 아드레날린이 밀려들기 시작했다. 후크 IPO팀에 합류한다고? 그것도 증권자본시장부 단독 대표로? 그게 가당키나 한 일일까?

그런 생각을 하자 정신이 들기 시작했다. 마치 깜빡 잠이 들었다 깨어난 것 같았다. 멈춰 있던 일상을 흥미롭게 바꿔줄 일이 일어나고 있었다. 그것도 다름 아닌 '그녀 자신'에게 말이다.

그런데 토드 켄트가 이 일과 무슨 상관이 있다는 것일까?

모퉁이를 돌자 그녀의 자리에 앉아 있는 토드의 모습이 보였다.

"또 만났네."

그가 회전의자를 돌리며 쾌활하게 말했다. 그러곤 그녀가 비타민제들을 넣어둔 책상 서랍을 가리켰다.

"약물 상용자였군, 테일러 양."

그녀는 서랍을 닫으려 했지만 그가 붙잡고 놓아주지 않았다.

"혈액순환개선제, 비타민 B, 바이오틴, 큰엉겅퀴."

그는 병 하나를 들어 올리며 물었다.

"큰엉겅퀴는 무슨 약이야?"

"숙취 해소에 좋아요."

태라는 그 병을 빼앗고 그가 셀렉사를 보기 전에 얼른 서랍을 닫았다. 항우울제를 복용한다는 사실이 부끄럽지는 않았지만(항우울제는 열네 살 때부터 복용했다.) 토드 켄트가 괜히 오해하게 할 필요는 없었다.

"그래? 역시. 난 네가 이번 일에 꼭 맞는 사람일 줄 알았다니까."

"제가 벌써 가치를 더하고 있다니 다행이네요. 이제 어떻게 된 일인지 설명해주시죠?"

그녀가 물었다.

"기꺼이. 앉아봐."

그는 자기가 그녀의 자리에 앉아 있다는 사실을 잊은 모양이었다. 태라는 그에게로 엉덩이를 돌리고 책상에 걸터앉았다.

토드는 이미 여러 차례 반복한 듯 능숙하게 이야기를 시작했다.

"오늘 아침에 조시 하트가 나한테 이메일을 보내서 기업 공개를 맡아달라고 했어. 시가총액 140억 달러에 18억 달러를 조달하고 싶대. 주관사 선정회는 생략하고 팀은 최소 규모로 꾸리라고 하더군. 거들먹거리는 인간은 빼라고 했고."

"그런데 선배를 택했다고요?"

"그렇지."

그는 빈정거리는 말투를 알아듣지 못하고 거만하게 대답했다.

"그리고 나는 너를 택했고."

태라는 뺨이 화끈거렸다. 그러니까 그녀가 그 팀에 합류하게 된 것이 '정말' 토드 때문이었다.

"왜요?"

그녀는 불쑥 물었다.

"아니, 싫다는 얘기는 아니에요. 저한텐 정말 굉장한 일이죠. 하지만 저는 이런 거래에 단독으로 참여해본 적이 없고 릴리언은 제가……."

"릴리언은 신경 쓰지 마. 넌 똑똑하고 편하고 컴퓨터광들을 상대하는 법도 알잖아. 그리고 어차피 네가 하는 일이 로켓공학처럼 전문적인 것도 아니고."

그녀는 멈칫했다. 그의 분석 가운데 어느 부분이 가장 모욕적인지 아리송할 지경이었다.

"게다가 같이 일하면 재미있을 거야. 작은 스탠퍼드 동문회 같을 걸. 혹시 닉 윈스로프라고 알아?"

"학생회장 닉 윈스로프요?"

그녀가 물었다. 닉은 스탠퍼드 대학 3년 선배로, 한번은 술에 취해 파이 베타 피의 장미화단에서 꺾은 꽃다발을 들고 클럽회관에 나타나 자신이 만든 세레나데를 태라에게 불러주며 시그마 누(남학생 사교클럽-옮긴이) 만찬회에 파트너로 함께 가달라고 청했다. 그녀는 거절했다.

"그래, 그 완전 샌님 말이야. 우리 클럽에선 회원 유치 주간 첫날에 그 친구를 잘라버렸는데."

"그 선배 기억하죠."

그러나 어떻게 기억하는지는 말하지 않았다.

"그 친구가 후크의 CFO야."

토드는 어이없다는 듯이 웃으면서 말을 이었다.

"마지막으로 봤을 때 그 친구는 우리 시그마 알파 엡실론이 음주 처벌을 받게 하려고 안간힘을 쓰고 있었는데. 그 자식이 아카펠라 콘서트 하는 날 우리가 맥주 파티를 열어서 그 친구의 〈브라운 아이드 걸(Brown Eyed Girl)〉을 들으러 간 사람이 아무도 없었거든."

"그 일로 아직까지 꽁해 있진 않았으면 좋겠네요."

태라가 말했다.

그러자 토드는 손사래를 쳤다.

"설마. 누가 대학 때 일을 지금까지 붙잡고 있겠어?"

태라는 잠시 그를 뜯어보았다. 뼈가 있는 말은 아닌 듯했다. 토드의 말이 옳았다. 그들이 대학 때 잠자리를 가졌다는 사실에 연연할 필요는 없었다. 그녀는 그 뒤로 숱하게 많은 남자와 관계를 가졌다. 일곱 명? 아니, 어떻게 보면 여덟 명이다. 한번은…… 아니, 아무래도 상관없다. 토드와 잠자리를 가진 것은 아무것도 아니다. 다시는 없을 일이고, 그 일 때문에 토드가 그녀를 택한 것도 아니었다.

마침내 그가 자리에서 일어나며 말했다.

"어쨌든 금요일 아침에 비행기를 타고 가서 조시와 닉, 그리고 그쪽의 거물급 벤처투자가 필 돌턴을 만날 거야."

"팀원이 어떻게 돼요?"

"너, 나, 보 버클리, 네하 파텔."

"보 버클리?"

그녀는 지난여름 채용 행사에서 그와 함께 일했다. 유쾌한 사람이었지만 실무에선 아무 쓸모가 없었다.

"파티 담당이 필요했나 봐요?"

토드는 눈을 굴렸다.

"하비 테이트의 제안이야. 걱정 마. 네하가 두 사람 몫을 해낼 테니까."

그가 가려고 몸을 돌리자 태라는 다리를 치우고 일어서서 그가 지나갈 수 있게 비켜주었다. 칸막이 안에서 두 사람의 몸이 밀착하며 토드의 열기가 태라 자신의 열기와 합쳐지는 듯했다. 토드는 그 상태로 잠시 동작을 멈췄다.

"네하한테 프레젠테이션 자료 보내라고 할게. 금요일 아침 7시에 로비에서 보자."

그가 이렇게 말하며 묘한 분위기를 깨고 그녀를 지나 엘리베이터 쪽으로 향했다.

"저기, 선배."

토드가 돌아보았다.

"고마워요."

그녀가 말했다.

"뭘."

그는 윙크하며 문을 나섰다.

태라는 마치 주변 공기가 환각을 유발하는 기체로 바뀐 듯 피부가 따끔거렸다. 그러나 전화벨이 그녀의 몽상을 방해했다.

"이런."

태라는 컴퓨터의 시계를 보고 전화할 시간이 지났다는 사실을 깨달았다.

"켈리! 잘 지냈어요?"

그녀가 전화를 받으며 말했다.

"네, 저는 잘 지냈어요. 지금 통화 괜찮으세요?"

"그럼요."

태라는 다시 자리에 앉으며 말을 이어갔다.

"결정했어요? 기한이 다 되어 가는데 어떻게 생각하고 있나 궁금했어요."

그러자 켈리는 필요 이상으로 솔직하게 털어놓기 시작했다.

"99퍼센트 그쪽으로 기울었어요. 작년 여름에 정말 좋았거든요. 많이 배울 수 있을 것 같아요. 하지만 솔직히 말씀드리면 투자은행은 너무 수직적인 구조라고 사람들이 그러더라고요. 저는 아직 많이 배워야 하지만 그래도 한편으론 뭔가 쓸모 있는 일을 하고 싶은데, 그쪽에선 자주적으로 일하려면 마흔 살은 되어야 하지 않을까 싶어서요."

테런스가 태라의 자리로 오고 있었다. 태라는 손가락을 들어 잠깐 기다리라는 신호를 보냈다.

"무슨 말인지 알아요, 켈리. 하지만 젊은 사람들에게 기회가 돌아가지 않는 건 아니에요."

태라는 자신의 경우에 비추어 결코 틀린 말이 아니라고 생각하며 계속 말을 이었다.

"인내가 필요하지만 열심히 하면 놀라운 기회가 오기도 하죠. 사실, 나도 방금 중요한 IPO에서 증권자본시장부 일을 전담하게 되었는데…… 난 겨우 스물여덟 살이에요."

"정말이에요?"

눈을 들어보니 테런스가 찡그린 얼굴로 그녀를 보고 있었다. 그녀는 웃으면서 그를 툭 쳤다. 올해 들어 처음으로 기운이 솟는 느낌이었다. 그녀는 계속해서 전화에 대고 말했다.

"그럼요. 구글에서 비(非)엔지니어로 일하는 것보다는 훨씬 더 중책이죠."

"대단하시네요! 차세대 캐서린 와일리가 되시겠어요."

켈리는 태라 자신보다 더 신이 난 듯했다.

"그럼 얼마나 좋겠어요!"

태라는 웃음을 터트렸다. 그러곤 큰 성공을 거둔 여성 기업금융 부문장 캐서린 와일리를 생각하며 잠시 그렇게 되는 상상에 빠졌다.

"어쨌든 여기 들어오면 내가 최대한 도와줄게요. 스탠퍼드 여자 동문이 생기면 나도 좋을 것 같아요."

태라는 구토하는 시늉을 하는 테런스에게 펜을 던졌다.

"제 멘토가 되어주신다는 말씀이세요?"

태라는 멈칫했다. 그렇게 생각해본 적은 없었다. 이 나이에도 멘토가 될 수 있을까?

"뭐, 원한다면 멘토라고 할 수도 있고요."

태라가 말했다.

"저, 마음 정한 것 같아요."

"잘됐네요, 켈리. 올가을엔 꼭 봤으면 좋겠어요."

"자기 진짜 지옥에 갈 거야."

태라가 전화를 끊자 테런스가 말했다.

"무슨 소리야?"

태라는 아무것도 모른다는 듯이 테런스를 올려다보았다. 그는 한쪽 눈썹을 치켜 올렸다.

"얘가 나더러 차세대 캐서린 와일리가 될 거래. 정말 그럴 수도 있지 않을까?”

“난 그저 자기가 곧 섹스하게 될 것 같아 기쁠 뿐이야.”

“섹스 안 해. 토드는 나한테 관심 없어.”

그러곤 얼른 덧붙였다.

“참고로 나도 관심 없고.”

“알았어.”

태라는 코웃음을 쳤다. 그녀는 정말 토드에게 관심이 없었다. 토드는 선수다. 태라 자신과 관계를 가진 뒤로 얼마나 많은 여자와 잤을지 생각만 해도 속이 메스꺼웠다.

“그리고 어차피 그럴 시간도 없어. 이런 일 시작하면 얼마나 정신없는지 알잖아. 게다가 팀원이 딱 네 명이야.”

“로드쇼 전까진 그렇다고 해줄게.”

“믿어줘서 고마워.”

그녀가 말했다.

테런스의 눈이 한결 부드러워지고 입가에는 미소가 떠올랐다.

“난 자기가 정말 자랑스럽다.”

“고마워, 테런스.”

“이제 일해.”

그는 칸막이를 돌아와 그녀의 뺨에 입을 맞추며 덧붙였다.

“난 스피닝 하러 간다. 벌써 늦었어.”

태라는 그가 가는 모습을 지켜보았다. 곧 같은 층의 사람들이 대부분 퇴근했다. 그녀는 다시 컴퓨터를 보았다. 그녀의 업무는 이제 시작이었지만 조금도 화가 나지 않았다.

켈리

켈리는 전화를 끊고 기숙사 방 책상 위에 놓인 편지 두 통을 마지막으로 한 번 더 보았다. 하나는 L. 세실 투자은행의 취업제의서였고, 다른 하나는 구글의 제의서였다.

L. 세실의 편지는 누런 종이에 전통적인 글씨체가 양각으로 새겨져 있었다. 무겁고 중요한 문서의 느낌이었다. 구글의 편지는 새하얀 종이 상단에 색색의 회사 로고가 찍혀 있었다. 채용 담당자는 손으로 서명하고 그 옆에 스마일 표시를 그려 넣었다. 위화감이 전혀 없는, 장난스러운 느낌이었다.

켈리는 펜을 들었다.

"자, 결정적 순간이야."

그러곤 입술을 깨물며 지금 이 순간, 이 스탠퍼드 대학 캠퍼스의 기숙사 방에서 결정을 내리고 있는 이 순간에 대해 잠시 생각해보았다. 브루클린의 열악한 지역에서 자란 그녀는 계획에 없이 태어난 (그러나 사랑을 듬뿍 받은) 둘째 아이였다. 어머니는 공립학교 교사였고 아버지는 회계원이었지만 반복되는 알코올 의존증 때문에 직업적으로 성공하지 못했다. 켈리가 여기까지 온 것은 어쩌다 한 번씩 찾아온 뜻밖의 행운 덕분이었다. 초등학교 3학년 때 좋은 선생님의 도움으로 월반을 하게 되었고 중1 때에도 좋은 선생님의 도움으로 맨해튼의 명문고인 스타이븐슨 고등학교에 지원하게 되었으며, 좋은 진학 상담가의 도움으로 스탠퍼드 같은 대학도 고려해볼 수 있다는 사실을 알게 되었다. 대학 1학년 때 좋은 기숙사 사감의 격려로 파이 베타 피에 가입하게 되었고 그곳에서 절친한 친구 르네를 만났으며, 월가에서 중역으로 일하는 르네 아버지의 도움으로 지난 여름 L. 세실 인턴십 프로그램에 참가할 수 있었다.

정말이지 켈리 자신도 스스로가 불공평할 정도로 운이 좋다는 사실을 알고 있었다. 그래서 삶이 던져준 기회들을 가볍게 여길 수 없었다.

그녀는 L. 세실 제의서로 펜을 가져가 서명했다.

그러곤 스탠퍼드 학생 기숙사로 사용되는 메이필드 거리의 오래된 3층 건물 제너두의 계단을 내려갔다. 계단 아래 있는 우편물 투입구에 봉투를 밀어 넣기 전에 그녀는 심호흡했다.

"그게 뭐야?"

고개를 돌려보니 그녀를 담당하는 학생 사감 로비 굿맨이 양쪽 겨드랑이에 버드 라이트 맥주를 한 상자씩 끼고 정문으로 들어오고 있었다. 로비는 키가 크고 덩치가 좋았지만 운동선수답게 탄탄한 편이었다. 럭비 선수의 몸과 곰 인형 같은 푸근한 면을 반반씩 갖고 있었다. 켈리는 로비에게 가장 먼저 소식을 전하게 되어 기분이 좋았다. 그가 진심으로 기뻐해주리라는 사실을 알았기 때문이다.

"L. 세실 취업제의서. 방금 결정했거든."

그녀가 말했다.

"와, 정말?"

로비는 어깨를 축 늘어뜨리며 다시 물었다.

"그럼 뉴욕으로 가는 거야?"

"웅! 완전 기대돼."

켈리의 말에 로비는 아무 반응이 없었다. 켈리는 그가 들고 있는 맥주를 가리키며 물었다.

"오늘 밤에 파티하나 봐?"

"응. 럭비부 신입생들이 들어왔거든. 오늘 다들 진창 취할 거야. 참, 세타 델트 카이(남학생 사교클럽–옮긴이) 클럽회관에서 뒤풀이할 건데 너도 올래? 그때쯤이면 난 완전히 맛이 갔을 테지만 그래도 재미있을 거야."

"난 오늘 쇼어라인 공연장에 가려고. 다녀와서 잠깐 들를 수 있으면 갈게."

켈리가 제안했다. 그러나 세타 델트 카이에서 열리는 럭비부 회식이라면 르네는 가지 않으려 할 게 분명했다.

"좋아."

로비가 대꾸했다. 그러나 할 말이 더 있는지 가려고 하지 않았다. 그가 다시 입을 열었다.

"저기, 혹시……."

그때 스카이프 벨이 울리며 로비의 말을 막았다. 켈리는 시계를 보았다.

"아, 맞다……. 우리 오빠 전화야."

켈리는 전화가 끊길세라 서둘러 계단을 달려 올라가며 소리쳤다.

"오늘 밤 재미있게 보내!"

그녀는 전화가 끊기기 직전에 가까스로 방에 도착해 노트북 컴퓨터를 열었다. 화면에 찰리의 얼굴이 나타났다. 열한 살 터울의 오빠 찰리는 연합통신(AP) 해외특파원이었다. 검게 그을린 피부와 텁수룩한 머리칼, 지성이 번득이는 녹색 눈은 여자들에게 매력적으로 보이면서도 한편으로는 위화감을 주는 듯했다. 게다가 그는 늘 거처를 옮겨 다녀야 했다. 켈리가 추정하기로는 아마도 그래서 여자를 진지하게 사귀어보지 못했을 것이다. 그러나 켈리는 그런 진지한 태도 속에 다른 모습이 자리하고 있다는 사실을 알고 있었다. 그녀에게 찰리는 일곱 살짜리 동생이 자기 얼굴에 화장을 해도 내버려두는 물러터진 오빠였다. 또한, 동생에게 한쪽 눈썹을 치켜 올리는 법을 가르쳐주었고 그녀가 좀 더 컸을 때에는 밤에 비상계단으로 몰래 집을 빠져나가는 법을 전수해주기도 했다.

찰리는 켈리의 절친한 친구이자 든든한 동지이자 팬이었다. 그래서 그녀는 오빠에게 실망을 안겨준다는 생각에 마음이 편치 않았다.

"어디로 정했어?"

켈리가 화면에 나타나자 찰리가 대뜸 물었다.

"오빠는 지금 어디야?"

그녀가 물었다.

"이스탄불. 어디로 정했어?"

찰리가 다시 물었다.

"L. 세실로 가려고. 방금 취업제의서에 서명해서 부쳤어."

찰리는 아무 말도 하지 않았다. 그는 월가를 혐오했다.

"난 내 결정에 만족해."

"어째서?"

찰리가 물었다.

그들은 지난여름 그녀가 그 투자은행의 인턴십 제의를 수락했을 때 이미 이에 대해 이야기를 나눴다. 똑같은 얘기를 되풀이해야 한단 말인가?

"많은 걸 배울 테니까. 그리고 거기엔 똑똑한 사람이 많아. 그리고 많은 기회가 열릴 거야. 그리고 난 중요한 일을 하고 싶어."

순간, 그녀는 마지막 말을 다시 주워 담고 싶었다.

컴퓨터 화면에서 찰리의 눈이 이글거렸다.

"중요한 일? 돈 많은 기업들을 더 부자로 만들어주는 거? 너한텐 그게 중요한 일이야?"

"오빠, 난 시리아에서 일하고 싶진 않아. 오빠가 그런 나를 나쁜 사람이라고 생각한다면 나로서도 어쩔 수 없어."

"나도 네가 시리아에서 일하는 건 원치 않아. 난 단지 네가 의미 있는 일을 하길 바랄 뿐이야."

"이것도 의미 있는 일이 될 수 있어. 기업은 돈이 있어야……."

켈리는 그만두기로 했다. 이런 논쟁에선 절대 이길 수 없다는 사실을 알았기 때문이다. 대신 방향 전환을 시도했다.

"평생 그 일을 하겠다는 건 아니야. 2, 3년 하다 그만두고 다른 일을 하는 사람도 많아. L. 세실에서 일하면 제대로 훈련받고 영향력 있는 사람들을 만날 수 있어. 그러다 내가 하는 일이 의미가 없다고 느끼면 그때 아프리카에 가거나 하면 되잖아. 지금보다 더 영향력 있는 사람이 되어서 말이야."

"그렇게 말하는 사람이 얼마나 많은지 알아? 넌 그냥 거기에 빨려들어갈 거야, 켈리. 그러다 보면 어느새 쉰 살이 되고 네가 평생을 바친 회사는……."

"난 가난이 지겨워, 오빠."

켈리가 오빠의 말을 잘랐다.

찰리는 입을 다물었다. 그들은 둘 다 장학금으로 학교에 다녔고, 찰리도 그 사실을 켈리 자신만큼 부끄러워하리라는 것을 그녀는 알고 있었다.

"적어도 이젠 솔직하게 얘기하는군."

마침내 찰리가 말했다.

"난 변하지 않을게, 오빠. 그냥 거기에 안주하지도 않을 거고. 내 걱정은 하지 않아도 돼."

"난 네 오빠야. 네 걱정을 하는 게 내 일이야."

"걱정할 여자친구를 찾아야겠네."

"여긴 미국인 무신론자를 좋아해줄 여자가 많지 않은데."

"돌아오면 안 돼?"

켈리는 조심스레 물었다. 찰리는 2010년부터 줄곧 중동에 있었다. 처음엔 이해했지만 이젠 아니었다.

"여긴 내가 필요해, 켈리."

찰리가 답했다.

켈리는 카메라에 대고 고개를 끄덕이며 오빠가 자신의 졸업식을 보러 캘리포니아에 올지도 모른다는 희망을 접었다.

"나 그만 가봐야 해."

켈리가 시계를 보며 말했다.

"데이트?"

"콘서트 가려고."

"조심해."

"그 얘긴 내가 해야 할 것 같네, 시리아에서 일하는 사랑하는 오라버니."

켈리는 일기장을 꺼냈다. 오늘처럼 특별한 날은 기록해두어야 했다. 그런 다음 스포티파이(Spotify, 스웨덴 기반의 음악 스트리밍 서비스-옮긴이)에서 댄스곡 목록을 불러와 밤을 즐길 준비를 시작했다. 전화기 진동이 울리며 문자메시지가 들어왔다. 켈리는 서둘러 립글로스를 마저 바르고 마지막 점검을 위해 거울을 본 뒤 핸드백을 집어 들고 계단을 내려갔다.

"오늘 예쁜데? 카일라 콘서트와 몰리와의 첫날밤에 꼭 맞는 차림이야."

켈리가 르네의 BMW 조수석에 올라타자 르네가 말했다.

"나 정말 그거 해야 해?"

켈리의 물음에 르네는 조금도 망설이지 않았다.

"응. 왜?"

"그냥…… 혹시라도 잘못될까 봐 불안한가 봐."

켈리가 말했다.

"잘못될 일은 없어. 친구들도 많을 거고 나도 오늘은 맨정신일 거야. 그러니까 초조해지거나 그러면 그냥 얘기하면 돼. 그럼 바로 데려다줄게. 알았지?"

르네가 그녀를 안심시켰다.

켈리는 다시 한 번 마음의 준비를 하며 대답했다.

"알았어. 새벽 2시 전에는 꼭 자게 해주겠다고 약속해. 내일 취업 행사에서 은행 인턴십에 대해 발표하기로 했거든."

"어디로 갈지 정했어?"

"방금 L. 세실에 편지 부쳤어."

르네는 갑자기 차를 세웠다.

"뭐?! 세상에, 켈리. 완전 잘됐다."

르네가 흥분하는 모습을 보니 찰리 오빠가 실망하는 모습에 속상했던 마음이 풀어지는 듯했다.

"우리 졸업하고 뉴욕에서 완전 재미있게 살 수 있겠다."

"그래. 나도 기대돼."

켈리가 말했다.

르네는 280번 고속도로에 올라 마운틴뷰가 있는 남쪽으로 차를 몰았다. 산타크루즈 산맥 너머로 해가 저물고 창문으로 따스한 바람이 들어오자 켈리는 허공을 나는 기분이 들었다.

"내 전화로 루이스한테 가고 있다고 문자 좀 보내줘."

르네가 뒷자리에 놓은 자신의 가방을 가리키며 말했다.

"후크에 새로 들어온 매치 상대가 두 명 있는데."

켈리는 가방에서 전화기를 꺼내어 화면을 보며 말했다.

"어떤 남자야?"

르네가 궁금해했다.

켈리는 후크 앱을 열었다. 이제 켈리의 친구들 사이에서 후크는 떼려야 뗄 수 없는 존재가 되었다. 이 앱은 자신이 원하는 상대의 나이와 키, 허용 거리 등을 입력하게 한 뒤 전화기의 GPS 장치를 이용해 해당 요건을 충족시키는 이성이 근거리에 들어오면 자동으로 알려주었다. 남자의 사진을 보고 '거절'하려면 화면을 왼쪽으로, '수락'하고 싶으면 오른쪽으로 밀면 된다. 양쪽 모두 서로를 수락하면 '매치'되었다는 공지가 뜨면서 그 사람과 커뮤니케이션할 수 있게 되고, 그와 더불어 다른 사용자들이 그 남자에 대해 남긴 후기와 그 후기들을 토대로 산정된 후크 누적 점수를 볼 수 있었다.

"첫 번째 남자는 프랑수아."

켈리는 전화기를 돌려 르네에게 사진을 보여준 다음, 그의 프로필을 열고 소리 내어 읽기 시작했다.

"에이, 르네. 이 남자는 서른네 살이고 경영대학원에 다녀. 좀 별로다."

그러자 르네가 말했다.

"뭐, 어때. 이제 우리도 졸업반이잖아. 나이 많은 남자들도 만나봐야지. 점수는?"

"5.3점."

켈리가 대답했다.

"그건 좀 아니네. 다른 남자는?"

켈리는 다음 상대로 넘어갔다.

"어머! 너 로비랑 매치됐어!"

"로비가 누구야?"

"내 담당 사감. 완전 괜찮아. 엄청 잘해주거든. 사실은 조금 전에 만났는데 오늘 콘서트 끝나고 럭비부 회식에 올 수 있으면 오라고 했어."

"어우."

르네가 얼굴을 찌푸리자 켈리는 웃음을 터트렸다.

"네가 그렇게 말할 줄 알았어."

르네는 쇼어라인 야외공연장 주차장에 차를 대고 켈리와 함께 친구들에게로 갔다.

"이제 파티를 시작할 수 있겠네."

루이스가 두 사람을 발견하고 큰 소리로 말하자 다른 친구들이 고개를 돌리고 늘 그랬듯이 이 세련된 외국인 학생의 말에 맞장구

쳤다. 루이스는 멕시코인이었다. 그러나 아버지가 나라를 쥐고 흔드
는, 그래서 이따금씩 그저 '집안에 일이 있다'는 말만 남기고 사라졌
다 돌아오는, 그런 멕시코인이었다. 그가 르네를 옆으로 끌어당겨
껴안자 르네의 작은 몸이 그의 커다란 체구에 파묻혔다. 그러나 그
의 검은 눈은 켈리에게 고정되어 있었다.

"내년에 우리랑 같이 월가로 가기로 한 거야, 켈리?"

그가 물었다.

"응. 오늘 서명했어."

켈리는 얼굴이 화끈거렸다.

루이스는 미소를 지으며 말했다.

"재미있겠네. 난 바로 그 근처에 있는 블랙록(뉴욕에 기반을 둔 세계
적인 자산 운용 회사-옮긴이)에 다닐 거거든."

그러자 르네가 말했다

"우리 부모님이 소호에 집을 사셨어. 나랑 켈리랑 스테프랑 다 같
이 거기서 살 거야. 굉장하지?"

그러다 그녀는 친구를 발견했다.

"안녕, 제스!"

르네는 그 친구에게 손을 흔들며 켈리와 루이스만 남겨두고 그리
로 가버렸다.

"준비됐어?"

루이스가 바싹 상체를 숙이며 물었다.

"응."

켈리는 더 생각이 많아지기 전에 얼른 마음을 다잡았다.

루이스는 지갑에서 작게 접은 종이를 꺼내어 펼쳤다. 새하얀 가

루가 드러났다.

"어떻게 하면 돼?"

켈리가 물었다.

"손가락에 침을 묻혀서 찍은 다음 핥아먹어."

루이스는 순진한 켈리를 비웃지 않았다.

켈리는 시키는 대로 하고는 씁쓸한 맛에 얼굴을 찌푸렸다. 루이
스는 종이를 다시 접어 주머니에 넣었다.

"이제 어떡해?"

켈리가 물었다.

"그냥 기다려."

카일라 라 그레인지가 무대에 오르자 두 사람은 친구들이 있는
곳으로 갔다.

"뭔가 느낌이 와?"

르네가 켈리의 옆으로 다가와 물병을 건넸다.

켈리는 저 아래 무대의 조명을 보며 고개를 저었다. 그러곤 르네
를 돌아보았다. 갑자기 뭔가 잘못된 게 아닐까 걱정되었다.

"그럼 어떻게 되는 거야?"

"아무 일도 없어."

켈리는 무대를 돌아보고 다시 르네를 보았다. 방금 르네가 뭐라
고 했지? 아니다. 르네는 아무 말도 하지 않았다. 아니, 아무 말도 하
지 않은 게 아니라 '아무 일도 없다'고 했다. 그러니까 아무 느낌이 없
어도 어떻게 되지 않는다는 얘기였다. 그렇다. 켈리는 안심하며 다
시 무대를 보았다.

그런데 이번엔 무대가 움직였다. 카일라가 노래를 부르고 있고,

그녀의 목소리가 잔디밭을 가로지르면서 켈리 자신의 가슴에서도 온몸으로 열기가 퍼져 나갔다. 그 열기에 몸서리가 나면서 켈리는 속절없이 킬킬거리기 시작했다. 그들은 야외에 나와 있었고, 구름들이 달을 지나갔다. 푸른 그림자 속에 박혀 있는 남자가 보였다. 켈리는 그에게 손을 흔들고 빙긋 웃으며 이리 와서 같이 놀자고 손짓했다. 그녀는 위를 보았다. 얘기할 사람을 찾고 싶었다.

"아직도 느낌 없어?"

옆에서 루이스가 물었다.

"루이스!"

켈리는 자신이 누굴 찾고 있는지 몰랐는데, 그건 바로 루이스였다.

루이스는 미소를 짓다 웃음을 터트리며 말했다.

"이제 됐어!"

켈리는 문 두드리는 소리에 눈을 더 꼭 감았다. 뇌가 서서히 깨어나고 있었다. 가장 먼저 베개가 만져졌고 익숙한 이불 속에 누워 있는 자신의 몸이 느껴졌다. 눈을 떠보니 어젯밤 르네가 그녀를 침대에 눕히고 물을 채워 가져다 놓은 L. 세실 물병이 옆에 있었다. 그 너머로 그녀의 책상이 보이자 L. 세실 취업제의서를 보내고 찰리 오빠가 화를 내고 그런 다음 자신이 몰리를 복용한 일이 떠올랐다.

노크 소리가 계속 이어지자 그녀는 조심스레 일어나서 문을 열었다.

그를 보고 그녀는 어리둥절해하며 눈을 깜빡거렸다.

"여긴 어쩐 일로?"

"근처에 있었어. 잠깐 들러봤어."

그가 말했다. 취한 듯했다.

"지금 몇 시지?"

"3시 다 됐어. 잤어?"

그녀는 자신의 침대를 보고 다시 그를 보았다.

"응."

"일어나. 나랑 파티하자."

그녀는 다시 침대를 보았다.

"난⋯⋯. 그냥 내일 보면 안 되나?"

"안 돼. 지금 놀자."

그런 다음 그는 그녀에게 물병을 건넸다.

"자, 마셔."

물을 보니 갑자기 심하게 목이 말랐다. 그녀는 병을 받아 들고 꿀꺽꿀꺽 마셨다. 시큼한 맛이 났다.

그는 웃음을 터트렸다.

"잘하네."

"화장실 좀 다녀올게요."

그녀는 그를 지나 복도를 걸어갔다. 옆방에서 음악 소리가 들렸고 로비에서 남자들의 고함 소리가 들렸다. 복도의 형광등 불빛 때문에 그녀는 눈을 온전히 뜰 수 없었다.

다시 방으로 돌아와 보니 그는 그녀의 침대에 앉아 책꽂이에서 뽑은 헨리 제임스 소설을 넘겨보고 있었다.

"네 전공이 국문학인 걸 깜빡했네. 그런데 왜 L. 세실에서 일하려고 해?"

그가 물었다.

"그게⋯⋯."

그녀는 입을 열었지만 배 속에서 무언가가 올라왔다.

"왜냐면⋯⋯."

목구멍에서 트림이 올라오자 그녀는 얼른 침을 삼켰다. 금방이라도 쓰러질 것 같았다.

"몸이 너무 이상해."

그녀는 침대를 찾아 걸터앉았다.

그가 그녀의 얼굴을 어루만지며 말했다.

"괜찮아. 그냥 누워."

그녀는 누워서 베개에 머리를 댔다. 옆에 있는 그의 몸이 느껴지자 고개를 돌려 그의 눈을 찾았다. 그는 그녀에게 입을 맞췄고 그녀는 피했다. 그는 다시 입을 맞췄다. 너무 힘이 세서 저항할 수 없었으므로 그녀는 그의 혀를 받아들였다. 배 속이 다시 요동쳤지만 머리는 이제 완전히 깨어 빠르게 돌아가고 있었다. 그는 그녀의 입에 자신의 입술을 맞댄 채 아래로 손을 뻗어 그녀의 셔츠를 벗겼다.

그러나 그의 입술은 움직이지 않았다. 그녀는 그의 입술이 자신의 입 속으로 녹아들고 있다는 것을 깨달았다. 그들의 입이 합쳐져 그녀의 기도를 막았다. 기침을 했지만 숨 막히는 그의 입술을 떼어낼 수 없었다. 숨 쉴 방법이 있을 거야, 하고 그녀는 생각했다. 그러나 기억이 나지 않았다. 그가 그녀의 안으로 들어오는 느낌이 들자 가슴속에서 심장이 뛰기 시작했고, 이윽고 눈앞이 캄캄해졌다.

2장
기업 공개

어맨더

3월 7일 금요일, 뉴욕 주 뉴욕

어맨더 페퍼는 얼간이가 아니다.

그녀는 자신에게 토드 켄트에 대해 48시간 동안 화를 내도록 허락했다. 그 시간 동안 매니큐어와 페디큐어 서비스를 받고, 덜어 파는 프로즌 요거트 16달러어치를 사먹고, 드라마 〈소송(Suits)〉 여덟 편을 보았으며, 아침에 상쾌하게 일어나 새 출발을 할 수 있도록 어제저녁 7시 30분에 앰비엔(수면제 상표명–옮긴이) 한 알을 먹었다.

이 새 출발에는 몇 가지 팩트를 직시하는 일이 포함되어 있었다. 지금 그녀는 지하철에서 내려 에스컬레이터를 타고 다시 추위 속으로 들어가며 그 일을 시작했다.

팩트 A : 토드는 끝내주게 섹시하고 믿을 수 없이 똑똑하며 펜실베이니아 대학 시절부터 그녀가 만난 남자들과 비교해 누구보다도 남자답다. 게다가 자기가 원할 땐 다정하게 굴 수도 있고(증거 : 그가 이모와 통화하는 것을 들었다. 두 번이나.), 어맨더 자신과 여러 번 잤으니 어느 정도는 그녀를 매력적이라고 생각한다.

팩트 B : 토드는 개자식일지도 모른다.

팩트 C : 팩트 B는 토드의 잘못이 아니다. 사회 구조상 남자들은 제임스 본드가 되고 싶어할 수밖에 없다. 여자가 바비 인형이 되어야 하는 것과 같은 맥락이다. 이 사회에서 여자는 날씬한 허리와 뚜렷한 이목구비를 가져야 행복해질 수 있고 남자는 부와 권력, 자유로운 섹스를 누려야 만족할 수 있다. 돈 많고 매력 넘치는 백인 남자 토드 켄트는 대부분의 남자들이 꿈꾸는 삶을 실제로 누릴 수 있는 조건을 갖고 태어났다. 그는 그런 조건을 누리는 것뿐이니 원망해선 안 된다. 다시 말해 토드는 개자식처럼 굴어도 되는 사람이다. 개자식이 될 자격을 갖추었으니까. 여기는 뉴욕이다. 그는 전화할 필요도 없고 그녀와 밖에서 데이트할 필요도 없으며 그녀와 진지하게 사귈 필요도 없다. 그가 스스로 원한다고 생각하는 하룻밤짜리 섹스를 충족시켜줄 여자는 널렸다.

그는 스스로 그런 섹스를 원한다고 '생각'한다.

팩트 D : 모든 남자는 결국 손쉬운 일회용 섹스가 삶의 전부는 아니라는 사실을 깨닫게 되고 토드도 결국엔 그럴 것이다.

그러나 그러려면 적당한 여자가 있어야 한다. 어맨더 자신처럼, 매력적이고 돈 많은 백인 남자로 사는 것이 그리 편하지만은 않다는 점을 이해하는 여자. 물론, 토드는 유리하다. 그러나 거기에는 불가능한 기준을 충족시켜야 한다는 압박과, 그처럼 좋은 조건을 타고나지 않은 사람은 겪어보지 못하는 끊임없는 유혹들이 수반된다. 그러나 무엇보다도 토드는 타고난 조건 때문에 타인의 감정뿐 아니라 자신의 감정도 자각하지 못하는 사람이 되었다. 그런 점을 이해해줄 여자, 패션 잡지 같은 삶에 대한 환상을 접고 한 여자에게 정착하는 순간 보다 깊은 양질의 행복을 누릴 수 있다는 사실을 알려줄, 인내심 강한 여자가 그에겐 필요하다.

그가 정착할 여자는 바로 어맨더 자신 같은 여자이다.

그래서 그녀는 토드 켄트를 포기하지 않을 작정이었다. 토드는 여자친구를 원치 않는다고 했고 그날 다툰 뒤로는 먼저 전화하지도 않았지만 결국 그녀의 참모습을, 그들이 함께 누릴 수 있는 삶을 깨달을 것이다.

어맨더는 등을 꼿꼿이 펴고 L. 세실 사옥을 지나갔다. 그랜드 센트럴에서 7호선으로 갈아타면 더 빨리 갈 수 있었지만 걷는 게 좋았다. 그녀는 재키오 선글라스로 눈을 가린 채, 건물 안으로 줄지어 들어가는 정장 차림의 남자들을 훑어보았다. 그러나 오늘은 그의 모습이 보이지 않았다. 걱정 마. 그녀는 이제 차분해져 자신감이 넘치는 자신의 머리에게 상기시켰다. 그는 아무 데도 가지 않는다고 했다. 그녀 역시 아무 데도 가지 않을 것이었다.

토드
3월 7일 금요일, 뉴욕 주 뉴욕 → 캘리포니아 주 샌프란시스코

"태라 테일러가 누구예요?"

네하가 거대한 트렁크를 끌고 그와 함께 엘리베이터에 올라타면서 물었다.

"시체라도 옮기나?"

토드가 트렁크를 가리키며 물었다. 이번 캘리포니아 출장은 겨우 이틀 일정이었다.

네하의 얼굴이 빨개졌다.

"무얼 가져가야 할지 모르겠더라고요."

"태라는 증권자본시장부 선임VP야. 광범위한 시장을 다뤄봤으니 유사거래나 유사기업 비교에 대해서도 조언해줄 수 있고 로드쇼와 증권 판매단 조직하는 일도 도와줄 거야."

토드가 설명했다.

"처음 들어본 이름인데."

네하가 다소 거만한 어조로 말했다.

"괜찮은 친구야. 우리 쪽에서 일을 시작해 열심히 일할 줄도 알고."

토드가 설명했다. 증권자본시장부는 외모가 제법 준수하지만 투자유치부에 들어갈 정도는 아니고 그렇다고 딱히 다른 부서에 어울리지도 않는 남녀들이 배정받는 곳으로 알려져 있었다.

엘리베이터가 멈추자 토드는 로비 반대편에서 휴대전화로 통화 중인 태라를 발견했다. 아이보리색 코트 위로 윤기 나는 갈색 머리칼을 늘어뜨리고 있어 시커먼 정장 차림의 남자들 사이에서 금세 눈에 띄었다.

태라는 전화기에 대고 말을 이었다.

"엄마, 누가 날 레즈비언인 줄 알겠어요? 난 일이 있잖아. 때마침 지금 그 일이 아주 잘 돌아가고 있어. 그러니까 남자 데려가지 않아도 다 이해할 거예요."

태라는 토드를 발견하고 얼굴이 빨개졌다.

"엄마, 그만 가야 해요. 알았어. 이번 주에 비행기표 살게."

그녀는 전화를 끊었다.

"죄송해요."

"무슨 일 있어?"

"남부 출신인 우리 엄마는 내가 여동생 결혼식에 남자친구를 데려가지 않으면 당신 친구들이 나를 레즈비언인 줄 알 거라고 믿으신답니다."

"만나는 사람 없어?"

이미 짐작했지만 확인하고 싶었다.

"엄마에겐 부끄러운 딸이죠."

태라가 답했다.

"결혼식이 언젠데?"

"5월 10일이요. 메인 주니까 하루면 다녀올 수 있어요."

"문제없을 거야."

토드가 대답했다. 태라가 자신에게 허락을 구했다는 사실을 깨닫고 우쭐한 기분이 들었다.

"네하 맞죠?"

태라가 그의 뒤에 있는 애널리스트를 발견하고 손을 내밀며 말을 이었다.

"칭찬이 자자하던데요."

네하는 태라의 손을 잡으며 자랑스럽게 턱을 치켜 올렸다. 두 사람은 그렇게 다를 수가 없었다. 네하는 여드름투성이인 데다 헐렁한 정장 차림이었고 태라는 윤기 나는 머리칼을 늘어뜨리고 꼭 맞는 코트를 차려입었다. 네하가 말했다.

"저는 처음 들었어요. 하지만 그럴 수도 있죠."

태라는 입을 다문 채로 억지 미소를 지었다.

"안 좋은 얘기를 들은 것보다는 낫겠죠."

토드가 문을 가리키며 말했다.

"차가 왔네. 출발할까?"

"보는 안 와요?"

"벌써 가 있어. 거기서 무슨 하계 인턴 채용 행사를 준비하고 있거든."

토드가 설명했다.

그들은 JFK 공항으로 가서 태라의 제안에 따라 네하가 짐을 부치도록 기다려주었다.

토드는 부하 직원에게 태라와 자신의 자리를 비즈니스석에 나란히 잡아달라고 부탁했다. 회사 규정상 애널리스트는 이코노미석에 타야 했으므로 태라와 토드 단둘이 앉게 되었다.

태라는 코트를 벗어 머리 위 짐칸에 넣으려고 손을 뻗었고, 그 틈을 타 토드는 그녀의 몸매를 훑어보았다. 밑위가 짧은 골반 청바지 덕분에 긴 다리가 돋보였고, 굽 높은 구두 덕분에 다리가 더욱 길어 보였다. 스웨터도 그에 못지않게 타이트해서 허리를 강조하고 밋밋한 가슴을 적당히 감춰주었다. 전반적으로는 7점이었지만 몸매만큼은 거의 9점에 가까웠다. 왜 유방 확대 수술을 받지 않는지 토드로서는 이해할 수 없었다.

"휴!"

그녀가 자리에 풀썩 앉으며 말했다.

"잠은 좀 잤어?"

"별로. 선배는요?"

그는 고개를 저었다.

"너무 들떠서."

"캘리포니아에 자주 가요? 캘리포니아 출신이잖아요. 그렇죠?"

태라가 그 사실을 알고 있다니 토드는 기분이 좋았다.

"응, 마린에서 자랐지. 1년에 한 번은 가려고 노력하는데, 이젠 거기가 집이라는 생각이 안 들어."

"그 느낌 알죠."

토드는 아직 태라를 어떻게 해야 할지 정하지 못했다. 두 사람은 이 거래가 끝나기 전에 분명히 자게 될 것 같았지만 토드는 그 시점이 너무 이르지 않길 바랐다. IPO가 한창일 때 태라가 감상에 빠져 드라마를 찍는 일은 원치 않았다.

"안전벨트 착용해주세요."

객실 문이 닫히자 승무원이 지시했다. 매력적인 여자였다. 토드는 지시를 따르며 그녀에게 윙크를 건넸다. 그녀는 미소를 지어주었다.

태라는 승무원의 용무가 끝날 때까지 기다렸다 전날 네하가 후크의 공식 재무제표와 함께 보내준 파워포인트 자료를 꺼내고 후크의 수익 양상을 살펴보기 시작했다. 토드는 자신과 더 대화하려 들지 않는 태라를 보며 혼란스러워하다가 자신도 《월스트리트 저널》을 꺼냈다. 그런 게임은 혼자 하는 게 아니었다.

태라

3월 7일 금요일, 캘리포니아 주 샌프란시스코

"죽이는데."

엠바카데로 거리의 거대한 유리 건물 앞에 차가 멈춰 서자 보 버클리가 침묵을 깼다.

네하가 설명했다.

"원래 팰로앨토에 있었는데, 샌프란시스코 시에서 이리로 끌어오려고 세금 우대 혜택을 줬어요. 후크 입장에서도 좋은 일이었죠. 유능한 엔지니어들은 전부 사우스 베이(South Bay, 실리콘밸리로 알려진 샌프란시스코 만안 지역의 남부를 가리키는 말—옮긴이)보다는 샌프란시스코에 살고 싶어하거든요. 게다가 후크는 테크놀로지 기업 가운데 식사가 잘 나오기로 유명해요. 그러니까 원하는 인재는 거의 누구든 채용할 수 있다고 봐야죠."

태라는 네하를 보았다. 마치 걸어 다니는 백과사전 같았다. 에너지 넘치고 호전적인 애널리스트. 회사에선 뼈 빠지게 일을 시키며 타의 모범을 보이게 하겠지만 사회성이 부족하기 때문에 절대 실질적인 권한을 내주지 않을 것이다.

'당연히' 토드는 그런 애널리스트를 데려왔겠지, 하고 그녀는 혼자 생각했다. 사실 그녀는 이번 일을 계기로 우연히 로맨스가 시작될지도 모른다고 상상했었다. 이런저런 생각 끝에 구체적인 줄거리를 구상해보기도 했다. 사실 토드는 나쁜 남자가 아니고 정말 좋은 사람인데 태라 자신처럼 꼭 맞는 상대를 찾지 못했을 뿐이며 이번 IPO를 계기로 두 사람이 대학에서 못다 한 일을 다시 시작하게 될지도 모른다는…….

그러나 아니었다. 그는 나쁜 남자였다. 일정에 대해 물어보려고 어제 그의 자리에 들렀을 때 그는 저쪽에서 안내데스크 직원과 노닥거리고 있었다. 타깃 판매단을 정하는 15분간의 회의에서 문자메시지를 네 번 확인했으며 자신의 후크 프로필을 들여다보는 모습도 포착되었다. 게다가 오늘 아침에는 승무원에게 추파를 던졌다. 그것도 아침 8시 45분에. 그리고 네하는 또 어떤가? 어쨌든 그는 태라 자신이 기대했던 남자가 아니었다. 우려했던 것보다 더 나빴다.

그러나 차라리 그편이 낫다고 태라는 차에서 내리며 스스로에게 타일렀다. 커다란 기회가 이제 막 열리기 시작했다. 사랑에 빠지기엔 최악의 타이밍이었다. 오히려 토드가 '정말' 운명의 남자라면 너무도 잔인한 운명의 장난인 셈이었다. 사랑과 직업적인 성공, 둘 다 그토록 오래 기다려온 기회인데 둘 중 하나만 선택해야 할 테니 말이다. 토드를 제쳐놓음으로써 사랑이라는 선택권을 배제해버리면 일에 더 집중할 수 있었다. 수중에 떨어진 18억 달러짜리 거래가 직업적으로 그리고 개인적으로 얼마나 큰 기회인지 직시할 수 있었다.

그런 마음가짐으로 오늘 그녀는 새벽 4시에 일어났다. 헬스클럽이 아직 문을 열지 않았으므로 웨스트사이드 하이웨이로 나가 10킬로미터를 달렸다. 컴컴하고 추웠지만 상쾌했고 그 시간을 이용해 오늘 큰일을 치르기 위한 마음의 준비를 할 수 있었다. 그런 다음 녹즙과 커피를 한 잔씩 마시고 셀렉사를 한 알 더 먹었다. 주치의에게 연락해 예방 차원에서 셀렉사 복용량을 두 배로 늘려야 한다는 동의를 얻었고 만일에 대비해 자낙스(항불안제 상표명-옮긴이)도 처방받았다. 앞으로 석 달 동안 마음이 흐트러져선 안 되었다. 열네 살 때처럼 불안으로 인한 감정적 발작에 시달리면 큰일이었다. 그때 그녀는 수 주 동안 슬픔에 빠져 아무것도 할 수 없었고 터무니없는 두려움을 도무지 떨쳐낼 수 없었다. 지금은 그런 위험을 감수할 수 없었다. 거래가 진행되는 동안에는 절대 있을 수 없는 일이었다.

네 사람은 후크 사옥으로 들어갔다. 조시 하트와 닉 윈스로프, 필 돌턴, 그리고 홍보 대리인 레이철 류라는 여자를 만나기로 되어 있었다.

"은행에서 오셨군요!"

정문을 지나 중앙 로비로 들어가자 민소매 티셔츠에 자른 반바지를 입은 금발의 젊은 여자가 그들을 맞이했다.

"티가 나나 봐요?"

토드가 여자에게 정치인 같은 미소를 지어 보였다. 네하는 촌스럽고 헐렁한 정장을 차려입었지만 나머지는 모두 간편한 복장이었다. 그렇다고는 해도 후드 티셔츠와 플립플롭 샌들 차림으로 무제한 공짜 간식의 결과물인 뱃살을 달고 다니는 사람들 속에 있으니 그들의 깔끔한 머리와 태도, 전반적으로 낮은 체지방 비율이 '뉴욕'에서 왔다고 외치고 있는 듯했다.

"뉴욕에 있는 사람을 빼낼 수는 있어도 그 사람 안에 있는 뉴욕을 빼낼 수는 없다고 하잖아요."

여자가 빙긋 웃으며 대답했다.

"토드입니다."

토드가 손을 내밀었다.

"저는 줄리예요!"

그러곤 일행을 보고 미소 지으며 덧붙였다.

"대표님 비서에게 연락할게요."

"괜찮아요, 줄리."

옆문에서 닉 윈스로프가 나타났다. 대학 시절보다 살이 더 올랐고 붉은빛이 도는 머리칼은 숱이 줄기 시작했다. 플라스틱 테 안경 속에 자리한 크고 둥근 눈은 둥근 코끝과 잘 어우러졌다. 사람이 저마다 동물을 닮았다는 말이 사실이라면 닉은 분명 곤충 쪽에 가까웠다.

"토드, 반가워."

닉은 토드에게 손을 내밀었지만 태라는 그가 자신을 알아봤다는 사실을 느낌으로 알 수 있었다.

토드가 닉의 손을 잡았다.

"닉, 오랜만이네. 잘 지냈지?"

"아주 잘 지냈지. 대학 졸업한 뒤로 점점 더 잘 풀리더라고."

닉이 자랑스럽게 말했다.

"그런 것 같군."

토드는 유쾌하게 미소를 지었다. 태라는 닉이 이번 IPO를 통해 8천5백만 달러를 벌게 된다는 사실을 토드가 알고 있을까 궁금했다. 대학 시절에 잘나가던 토드는, 사회성이 떨어져 시그마 알파 엡실론에서도 퇴짜를 맞은 닉이 자신은 20년이 지나도 손에 넣지 못할 큰돈을 벌게 된다는 사실을 알면 몹시 속상해할 게 분명했다. 게다가 그것을 가능하게 만드는 일이 토드의 손에 달려 있었다.

"닉, 반가워요."

태라는 따뜻하게 미소 지으며 손을 내밀었다.

닉은 고개를 갸우뚱거렸다.

"죄송하지만 혹시 우리가 아는 사이인가요?"

설마 진담은 아니겠지? 태라는 그에게 자신을 상기시켰다.

"태라예요. 태라 테일러. 스탠퍼드 몇 년 후배예요."

그가 술에 취해 불렀던 세레나데를 그녀가 정말 잊었을 거라고 생각하나?

"아, 태라…… 못 알아봤어요. 좀……. 나이를 먹은 것 같네."

태라는 억지 미소를 지었다.

"우리 다 마찬가지 아닌가요?"

"태라는 증권자본시장부에 있어."

토드가 끼어들었다.

"허, 그런 일을 할 줄은 몰랐는데."

닉이 말했다.

태라는 속이 부글부글 끓었다. 그녀가 월가에서 일할 만큼 똑똑한 사람인 줄 몰랐다는 말이었다. 자기를 거절했으니 아무짝에도 쓸모없는 멍청한 사교클럽 여자애라고 생각한 모양이었다.

"회의실로 갈까요?"

닉이 발꿈치를 축으로 몸을 돌리며 말했다.

그가 로비 옆쪽에 있는 문에 사원증을 대자 스피커에서 여자 목소리가 들렸다.

"1,764의 제곱근은?"

"42."

닉이 스피커에 대고 대답하자 문이 열렸다.

"무슨 암호 같은 거야?"

토드의 물음에 닉이 설명했다.

"이른바 게임화라는 건데, 지금 실리콘밸리에서 한창 인기야. 말하자면 택시를 잡거나 장을 보거나 사무실에 들어오거나 하는 일상적인 일을 게임으로 바꿔서 포인트를 쌓게 하는 거지."

그러곤 자신의 전화기를 확인하며 말했다.

"방금 2점이 쌓였어."

그는 전화기를 들어 토드에게 점수를 보여주었다.

"사람들이 아주 좋아하지!"

"수학을 못 하면 어떡해요?"

태라가 묻자 닉은 코웃음을 쳤다.

"여기선 그럴 일이 없어요."

태라가 닉을 따라 회의실로 가면서 토드에게 '어떻게 저렇게 말할 수 있을까' 하는 표정을 지어 보이자 토드는 그녀가 지나가도록 문을 잡아주며 동의한다는 듯이 눈썹을 치켜 올렸다. 태라는 토드와 스치면서 그의 애프터셰이브 로션 냄새를 맡고 저릿한 느낌이 들었다. 애프터셰이브 로션이 뭐라고 이러는 걸까? 그녀는 고개를 돌려 그를 보았지만 그는 줄리에게 윙크를 하고 있었다. 태라는 눈을 굴렸다.

토드에겐 추파를 던지는 일이 '게임화'인 듯했다. 닉과 토드 모두 덩치만 큰 어린애 같았다.

수족관 내부처럼 둥근 유리관 모양의 복도가 잔교 쪽으로 뻗어 있었다. 오른쪽에는 베이브리지, 왼쪽에는 앨커트래즈 섬이 보였고 복도 끝에 유리 방울 모양의 회의실이 자리하고 있었다.

"조지 E의 작품들입니까?"

맨 뒤에서 보가 마치 유리 위에 그려놓은 사진처럼 보이는, 그라피티 스타일의 남자 인어들을 가리키며 물었다. 보는 스물여섯 살이었지만 어퍼이스트사이드(뉴욕 맨해튼의 센트럴 파크와 이스트 강 사이를 지칭하는 말로, 뉴욕에서 가장 부유한 지역에 속한다.-옮긴이)에서 사립학교를 다닌 샌님이라 더 나이 들어 보였다. 오늘은 분홍색 면바지와, 칼라에 자신의 모노그램을 수놓은 흰색 폴로셔츠를 입고 있었다. 겨울에 팜비치에서 주말을 보낸 탓에 피부가 검게 그을렸고 이마는 찌푸릴 일이 없었던 듯 부자연스러우리만치 매끈했다.

"어떻게 알았죠?"

닉이 의아한 얼굴로 물었다.

"그 사람 초기작을 한 점 갖고 있거든요."

보는 그 나이에 백만 달러짜리 예술 작품을 수집하는 일이 전혀 이상하지 않다는 듯이 태연하게 말을 이었다.

"제가 프릭 컬렉션(기업가 헨리 클레이 프릭이 뉴욕에 설립한 미술관-옮긴이) 청년 이사회 멤버인데, 2년쯤 전부터 조지 E가 사람들 입에 오르내리기에 한 점 사놓아야겠다 생각했습니다. 그래도 좀 변태 같은 구석이 있긴 하죠."

"네?"

닉이 불쾌하다는 듯이 되물었다.

"'남자 인어들' 말예요. 뭔가 프로이트적인 냄새가 난다고 생각하지 않으세요?"

보는 흔들림 없이 침착하게 말했다. 그는 자신만만했지만 자만하지는 않았다. 태라는 결국 이 팀에서 그가 가장 좋아질지도 모른다는 예감이 들었다.

닉이 다소 거만한 목소리로 말했다.

"조지 E는 필 돌턴 씨가 가장 좋아하는 예술가 중 하나입니다. 사실, 인적자본으로 조지 E에게 투자도 하셨어요. 예술계의 새로운 트렌드죠. 필 돌턴처럼 성공한 벤처투자가들이 조지 E 같은 청년들에게 종잣돈을 대주고 그 대가로 향후의 작품에 대한 소유권을 갖는 것 말입니다. 그림 의뢰를 연결해주어 홍보를 도와주기도 하고요. 이 남자 인어들이 그런 경우죠. 필은 현대판 메디치이고 후크는 시스티나 예배당인 셈입니다."

태라가 보에게 입 모양으로 '윽' 하고 말하자 보는 동의하는 의미로 빙긋 웃어주었다. 컴퓨터광들이 예술의 미래를 결정한다는 것은 누구에게든 그리 기분 좋은 일이 아니었다.

회의실로 들어가자 사방이 유리로 둘러싸여 있고 한가운데 유리 탁자가 놓여 있었다.

"여긴 어항이라고 부릅니다. 대표님이 디자인했죠."

닉이 설명하며 일행의 뒤쪽을 흘끗 보았다. 태라는 고개를 돌려 그들이 들어온 쪽을 보았다. 해안가에 후크 본관 건물이 서 있고 여섯 개 층의 직원들이 모두 창가에 모여 그들을 내려다보고 있었다.

닉이 설명을 이어갔다.

"여긴 아주 개방적인 문화입니다. 어떤 회의가 이뤄지는지 직원들 모두가 볼 수 있도록 회의실을 설계했죠. 하지만 밖에서는 보이지 않습니다."

"손님들은 아주 불안하겠는데."

토드가 말했다.

"그렇겠지."

조시 하트가 문으로 들어오고 매력적인 아시아계 여자가 타이트한 펜슬 스커트에 에나멜 펌프스 구두 차림으로 뒤따라 들어왔다.

조시는 네 사람을 보고 잠시 얼굴을 씰룩거리고는 회의실 탁자 맞은편으로 가며 말했다.

"팀을 데려오셨군요."

"저희 넷이 전부입니다."

토드가 말했다. 손을 내밀었지만 조시가 무시하자 대신 여자에게 악수를 제안했다.

"토드라고 합니다."

그가 또 눈부신 미소를 지으며 말했다. 그만 좀 할 수 없을까?

"레이철 류예요."

여자가 립스틱을 깔끔하게 바른 입으로 대꾸했다. 숱 많은 머리칼을 하나로 넘겨 올린 모습이 샌프란시스코 사람은 분명히 아닌 듯했다. 그녀가 덧붙였다.

"조시와 필 돌턴의 홍보를 담당하고 있어요."

"필 돌턴 씨는 어떤 일에든 거의 항상 레이철을 대동하시죠."

닉이 설명했다.

"저라도 그러고 싶을 것 같은데요."

토드가 빙긋 웃으며 말했다. 여자는 희미한 미소를 지어주었다.

성적인 긴장감이 팽팽한 가운데 모두가 자리에 앉았다. 데이트 앱 회사의 140억 달러 가치 평가를 논의하기 위해 마주 앉은 뉴욕 사람들과 캘리포니아 사람들은 모두 35세가 채 되지 않았다.

"회의 안건을 출력해왔습니다."

닉이 종이를 한 장씩 돌리며 말했다. 첫 번째 항목은 'L. 세실 역량에 관한 프레젠테이션'이었다.

태라는 토드를 보았다. 그들은 이미 이 거래를 따낸 것이 아닌가?

프레젠테이션이 왜 필요하단 말인가?

토드도 똑같이 어리둥절한 얼굴로 안건을 보다 눈을 들어 닉을 보았다. 그러곤 조심스럽게 말했다.

"이런 프레젠테이션은 준비하지 않았는데. 난 우리가 협력하기로 확정된 줄……."

그러자 조시가 끼어들었다.

"확정됐습니다. 오늘 아침에 계약서에 서명했어요."

토드는 또 한 번 어리둥절한 표정을 지었다.

"누가 계약서를 줬습니까? 서류는 제가 갖고 있는데요. 함께 검토해보려고 가져왔습니다."

그는 자기 앞에 놓인 서류 더미를 가리켰다.

"어제 내가 하비 테이트와 함께 작성했어요. 오늘 아침에 서명해서 팩스로 보냈고요."

조시는 그들이 혼란스러워하는 이유에 대해선 전혀 관심이 없다는 듯이 말했다.

"네? 계약 조건이 어떻게 됩니까?"

토드가 물었다.

"총액 인수예요. 수수료는 1퍼센트. 목표 날짜는 5월 8일입니다."

"1퍼센트요?"

태라가 하고 싶은 말을 토드가 대신해주었다. 이런 거래는 대개 수수료가 6~7퍼센트였고, 총액 인수의 경우 투자은행이 최초 공모에서 팔리지 않은 주식을 모조리 인수해야 하므로 대개 1~2퍼센트 더 높았다. 하비는 어떻게 그런 조건에 동의했으며 토드는 어떻게 아무것도 모른단 말인가?

게다가 5월 8일이면 겨우 두 달 남았다. IPO가 그렇게 짧은 시간 내에 이뤄졌다는 얘기는 들어본 적이 없었다.

"저기……."

토드가 말을 시작하려는데 때마침 필 돌턴이 기분 좋게 회의실로 들어왔다. 키는 190센티미터쯤 되었고, 로널드 맥도널드(맥도널드의 마스코트 광대-옮긴이)와 배우 크리스 노스를 합쳐놓은 듯한 모습이었다.

"내가 많이 늦었습니까?"

필은 이렇게 묻고는 레이철 옆에 앉아 열의 있게 상체를 내밀었다. 필 돌턴은 실리콘밸리에서 가장 유망한 소셜미디어 기업들에 투자하여 20억 달러 이상의 수익을 내고 있을 뿐 아니라, 이른바 실리콘밸리의 '멘토 투자가'로 자리매김한 사람이었다. 기업가 지망생들의 고문역을 자청해 기꺼이 조언해주고 그 대가로 그들이 산출하는 결과물을 크게 한몫 떼어간다는 뜻이었다. 태라가 생각하기엔 말이 되지 않는, 굉장히 이상한 구조였다.

"이제 막 거래 조건을 검토하고 있었습니다."

닉이 자리에서 등을 꼿꼿이 펴며 말했다. 태라는 두 사람을 번갈아 보았다. 닉은 돌턴의 유망한 후학인 듯했다.

"우린 얼마나 내놓아야 하는지도 얘기했습니까?"

필이 물었다. 회사의 창립자나, 필 돌턴과 같은 초기 투자자들은 IPO를 이용해 자신의 지분을 내놓고 현금화했다. 그러나 매도하는 주 수를 공개해야 했고 너무 많이 매각할 경우 해당 기업의 지속적인 성장 가능성을 의심한다는 의미로 비춰질 수 있었다.

"얼마나 내놓고 싶으세요?"

태라가 물었다.

필은 그녀의 존재를 처음 알아차린 듯했다.

"미안하지만 누구시죠?"

"태라 테일러라고 합니다. 증권자본시장부 일을 맡고 있습니다."

"아, 지켜보라는 얘기 들었어요."

필의 말에 태라는 얼굴이 화끈거렸다. 대체 누가 그렇게 얘기했을까?

"우리가 보유한 주식의 3분의 1을 내놓고 싶어요. 반응이 안 좋으려나?"

"그 정도면 괜찮을 겁니다."

태라가 대꾸했다.

"태라와 단둘이 얘기 좀 할 수 있을까요?"

조시가 그들의 대화를 잘랐다.

태라는 CEO인 조시를 돌아보았다. 별다른 특징이 없는 백인이었다. 전형적인 유럽계 미국인으로 피부색은 중간톤이었고 몸집도 평균이었으며 얼굴 생김새는 그리 튀지도 않고 썩 균형이 잡히지도 않았다. 밝은 갈색의 곱슬머리가 두피에 들러붙어 있었고 마치 누군가가 양쪽 귀에 쇠판을 대고 누른 것처럼 두상이 좁았다. 조시는 어떤 동물을 닮았을까?

토드가 입을 열었다.

"태라와 무슨 이야기를 나누시려 하는지……."

"그쪽엔 흥미가 없습니다. 태라한테 흥미가 있죠."

조시가 토드의 말을 잘랐다.

태라는 토드를 보았고 토드는 레이철을 보았다. 그러나 레이철은 필과 이야기를 나누느라 알아차리지 못했다.

닉이 자리에서 일어나며 말했다.

"어쨌든 이렇게 직접 만났을 때 전부 다 논의하는 편이 좋을 겁니다. 이 일은 제가 책임자이니 저와 얘기하시죠."

"저……"

토드는 무슨 말인가를 꺼내려다 결국 자리에서 일어났다.

"그래요, 그럽시다."

같이 온 동료들이 모두 나가자 태라는 손에 땀이 나기 시작했다. 조시 하트가 왜 자신에게 '흥미'가 있을까 생각하자 열이 나는 듯했다. 그녀는 앉은 자리에서 몸을 앞으로 내밀었다.

"블라인드 좀 내려주세요."

조시의 지시를 듣고 닉은 벽에 있는 버튼을 눌렀다. 블라인드가 내려오면서 본관 건물에서 구경하던 직원들의 시선이 차단되고 조시와 태라 단둘이 남았다.

조시는 의자에 깊숙이 등을 기대고 두 손을 깍지 끼어 무릎 위에 올린 채 마치 피부과 의사가 환자의 증상을 훑어보듯 심드렁한 얼굴로 면밀히 태라를 뜯어보았다. 태라는 난생처음 지금보다 좀 더 못났으면 좋았겠다는 생각이 들었다.

조시는 입 옆으로 혀를 휙 내밀어 입술을 축였다. 도마뱀이야, 하고 태라는 생각했다. 그는 도마뱀을 닮았다.

"여기 왜 왔어요?"

마침내 그가 물었다.

태라는 주위를 둘러보았다.

"이 회사의……."

"그런 거 말고, 왜 여기 있느냐고요. 목적이 뭡니까?"

그의 말에는 날이 서 있고 적의가 가득했다.

"저는 증권자본시장부에서 일합니다. 그 말은 곧……."

"틀렸어요."

그는 퀴즈프로그램의 버저처럼 그녀의 말을 잘랐다.

태라는 그를 보며 원하는 게 무엇인지 찾아보았지만 아무런 힌트도 얻지 못했다. 그녀는 다시 조심스럽게 입을 열었다.

"대표님이 받는 가격은 주식을 얼마에 매각할 수 있느냐에 달려 있습니다. 따라서 저는 시장에 대한 정보를 제공하여……."

"또 틀렸어요."

그는 두 손을 무릎 위에 올리고 양쪽 엄지손가락을 톡톡 맞부딪쳤다.

"저는 7년 동안 L. 세실에서 일했습니다. 그래서 투자은행과 이런 IPO가 어떻게 돌아가는지 정확하게 이해하고 있고 그 지식을 활용해……."

"아뇨."

그는 짜증이 극에 달한 듯 손바닥을 펼쳐 탁자를 쾅 내리쳤다.

"그렇게 멍청한 사람이었어요?"

태라는 목이 꽉 막히는 듯했다. 그러나 다시 입을 열었다.

"저는…… 죄송하지만 어떤 대답을 원하시는지 정말 모르겠습니다."

"사람들을 홀리려고 왔겠죠."

조시 말에 태라는 그를 보며 아무 말도 하지 않았다.

"외모가 좀 되니까 그 점을 이용해 객관적인 사고를 방해하여 투자자들을 원하는 대로 쥐고 흔들려고 왔잖아요."

"저는 정확한 정보를 제공하는 데 큰 자부심을 갖고 있습니다. 그 정보로……"

"본인도 외모가 된다는 걸 알고 있죠."

조시는 그녀의 반박에 아랑곳하지 않고 계속 말을 이었다.

"그렇게 딱 붙는 청바지에 굽 높은 구두를 신고 화장을 진하게 한 걸 보니."

태라는 입을 다물고 등을 꼿꼿이 폈다.

"저는 이왕이면 말끔하게 보이고 싶어요. 제 만족을 위해서죠."

"아뇨. 그보단 외적인 시선을 의식하기 때문이겠죠. 자기만족이란 건 남자들이 돌아봤을 때 자신감이 높아진다는 뜻이잖아요. 여자들은 대체 뇌가 얼마만하기에 스스로를 그렇게 속이고 삽니까?"

"실례지만 저는 스탠퍼드를 나왔습니다."

태라는 자신의 목소리에 점점 힘이 들어가는 것을 느꼈다.

"L. 세실에서 가장 우수한 애널리스트 중 하나였고 지금은 최연소 VP에 속합니다. 제 뇌는……"

"한심한 시스템 안에서 성공한 걸 갖고 지적 능력을 입증하려 하다니 더 꼴불견이네요."

"대체……"

그녀는 숨을 쉬듯 내뱉었지만 더 무슨 말을 해야 좋을지 몰랐다.

조시가 말했다.

"내가 대신 말해주죠. 당신은 내가 당신과 자고 싶어할 테고 따라서 나를 마음대로 주무를 수 있다는 심산으로 왔어요. 당신이 하는 말은 상사가 시킨 말일 테고요. 그 상사는 똑똑하다는 말로 당신을 구슬렸겠죠. 사실은 그저 당신의 외모를 이용하는 것뿐인데."

"마음대로 생각하세요. 난 내가 객관적으로 일을 잘한다는 사실을 알고 있으니까."

태라는 단호하게 말했다.

"사람들이 그래서 후크를 좋아하는 겁니다. 허튼소리는 다 잘라내고 오로지 직감에 따라 끌리는 대로 행동할 수 있기 때문이죠. 포장도 없고 판촉도 없고 진실을 방해하는 것이 전혀 없잖아요. 그저 사진과 평점만 보고 관계를 맺고 싶은지 아닌지 '네/아니오'로 결정하면 됩니다. 뭔가 심오한 동기가 있다고 스스로를 속이게 하는 한심한 조작 따위는 모두 잘라낸다는 말이죠."

"투자자들에게 그런 얘기는 삼갈 것을 강력하게 제안하고 싶네요."

"하지만 바로 그런 점 때문에 후크가 가장 영리한 소셜미디어 플랫폼이라는 데에는 동의하겠죠? 사실 우리는 인간 심리의 핵심을 간파한 셈이죠."

"인류를 그렇게 평가하는 데에는 동의할 수 없네요."

태라가 말했다.

"그게 바로 당신은 은행원으로 일하고 나는 5억 명이 이용하는 플랫폼을 구축한 이유이죠."

"저는 사람들이 좀 더 깊은 무언가를 원한다고 생각해요."

태라는 대학 때 저녁식사 자리에 둘러앉아 삶의 의미에 대해 설전을 벌이던 예전의 자아가 깨어나는 것을 느끼며 말을 이었다.

"사람들은 의미 있는 관계를 원하는데, 후크처럼 쉽고 재미있고 즉각적인 만족을 주는 앱들이 그것을 방해하고 있어요."

"그래서 안 쓰는 겁니까?"

"제가 안 쓴다는 걸 어떻게 아시죠?"

조시는 한숨을 쉬며 그녀의 질문을 무시했다.

"방금 당신이 말한 대로라면 내가 좋은 값을 받을 수 없을 테니, 그냥 당신의 뇌가 아니라 외모를 이용하는 걸로 합시다."

태라는 적당한 말을 찾다 마침내 입을 열었다.

"제 일은 시장 가치를 평가하는 겁니다. 그것을 정직하게 평가하는 것이죠. 복잡한 인간관계에 얽히는 것이 아니라."

"잘하네. 조금만 더 미소 지으며 얘기하면 좋겠어요."

"제가 여기 있을 필요는 없는 것 같네요."

그녀는 자신도 모르게 빠져버린 최면에서 깨어나 정신을 차리고 자리에서 일어나려 했다.

"케일럼과 잘 어울리겠어요. 자제를 못 하는 여자들을 좋아하거든요."

조시는 그녀의 움직임에 전혀 동요하지 않고 말했다.

"전 자제를 못 하는 게……."

"하지만 케일럼이 고쳐주려고 할 거예요. 그러니까 그걸 이용하면 돼요."

"저는 누구한테든 성적으로 호소하진 않을 겁니다."

태라는 이렇게 말하며 자리에서 일어났다. '케일럼'은 후크의 초창기 투자자 케일럼 리스를 말한다는 것을 그녀는 알고 있었다. 그녀가 덧붙였다.

"저는 객관적으로 그리고 공정하게 제 일을 할 겁니다."

"그 사람하고 잠자리를 갖진 마요. 그 순간 당신은 힘을 잃게 되는 거예요."

조시가 말했다.

"제가 대표님을 성희롱으로 고소할 수도 있다는 거 아세요?"

그녀는 맞은편에 앉은 그를 내려다보았다.

조시는 콧구멍을 벌름거리며 미소 지었다.

"그러진 않겠죠."

태라는 한쪽 눈썹을 치켜 올렸다.

"도전인가요? 고소를 하면 제가 얼마나 받을 수 있는지 아세요?"

"하지만 그러면 성희롱 소송으로 돈을 번 여자가 될 텐데. 그러고 싶진 않잖아요."

그녀는 멈칫했다. 그의 말이 옳았다.

그녀는 탁자를 사이에 두고 그를 보았다. 가급적 빨리 이 방에서 나가고 싶었지만 한편으론 이런 식으로 가버리고 싶지 않았다.

"또 하고 싶은 얘기가 있으신가요?"

"아뇨."

"알겠습니다."

그녀는 가려고 돌아섰다. 문에 이르렀을 때 그녀는 다시 뒤를 돌아보며 물었다.

"블라인드는 왜 내렸죠?"

"우리가 무슨 얘기를 했는지 혹은 무얼 했는지 사람들이 모르게 하려고요."

조시가 말했다.

"우린 아무것도 안 했잖아요."

그녀가 조심스럽게 말했다.

"사람들은 모르죠."

"대체 무슨……."

"힘 조절을 잘해야 해요, 태라."

마침내 그가 고개를 들고 도마뱀의 미소를 지었다.

그녀는 가슴이 죄여오는 느낌이 들었다. 이 사람은 대체 뭘까?

"연락드리겠습니다."

마침내 그녀는 문을 밀어 열고 유리관 복도로 들어섰다. 고개를 들어 보니 본관 사무실에서 후크의 직원들 수십 명이 마치 하이에 나처럼 그녀를 내려다보고 있었다. 그녀는 그들을 무시하기로 하고 정면을 보았다. 폭행당한 기분이었다.

"태라!"

그녀가 중앙 로비를 지나고 안내 데스크를 지나 정문으로 향할 때 뒤에서 토드가 외치는 소리가 들렸다. 그는 통화 중이었지만 곧 전화를 끊고 그녀를 따라오기 시작했다.

"태라, 잠깐만."

태라는 보도로 나와 걸음을 멈춘 뒤 눈을 감고 따뜻한 대기로 잠시 마음을 가라앉혔다. 토드가 그녀의 팔을 잡고 돌려세웠다. 그러 곤 걱정스러운 목소리로 물었다.

"무슨 일이야? 무슨 얘기 했어?"

태라는 자신의 얼굴에 온화하고 절제된 미소가 떠오르는 것을 느꼈다. 그녀는 태연하게 말했다.

"별거 아니에요. 그냥 시장에 대해 기본적인 것들을 설명해달라 고 하더라고요. 선배 앞에서 물어보기가 창피했나 봐요."

"아."

토드는 조시가 자신을 의식했다는 사실에 흡족해하며 회의실을 돌아보았다.

"그렇다면 다행이네."

그는 기분 좋은 얼굴로 다시 그녀를 돌아보았다.

"저는 두통이 좀 심하네요. 괜찮다면 호텔에 가서 일할게요."

태라가 말했다.

"그렇게 해. 서류 작업할 때 누가 어떤 부분을 맡을지 대략 정리해서 보냈으니까 자기 일에 대해서 궁금한 거 있으면 물어보고."

"고마워요."

그녀가 말했다. 그가 돌아서서 손을 흔들자 한결 마음이 놓였다. 마침내 그녀는 두 어깨를 늘어뜨릴 수 있었다.

후안

3월 7일 금요일, 캘리포니아 주 샌프란시스코

"무슨 일이야?"

브래드가 다른 프로그래머 십여 명과 함께 창가에 붙어 있다 자리로 돌아오자 후안 라미레스가 물었다.

"친구, 우리 진짜 상장하려나 봐."

브래드는 크리스마스트리 아래 쌓인 선물을 본 어린아이처럼 커다란 푸른 눈을 더욱 크게 떴다.

후안은 컴퓨터에서 회전의자를 돌려 브래드를 마주 보았다.

"뭐? 상장을 한다고? 어떻게 알아?"

후안은 후크의 사업 쪽에는 별로 관심이 없었다. 그저 프로그래밍에 주력하고 사내 친목 행사를 조직하는 일이 더 좋았다.

브래드는 넓은 턱으로 창문을 가리켰다.

"직접 봐, 친구. 고양이 네 마리가 와 있어. 딱 봐도 뉴욕 사람들이지. 피로에 절고 진지해 보이거든. 저 아래 어항에서 대표님이랑 닉, 그리고 그 섹시한 홍보 대행 아가씨랑 회의 중이야. 정확히 말하면, 다 같이 회의를 하다 지금은 대표님이랑 섹시한 뉴욕 여자랑 단둘이 남았고 블라인드를 내렸어. 무슨 뜻인지 알지? 대표님이 오럴 서비스를 받고 있다 이거야!"

그는 마지막 말을 노래처럼 흥얼거리고는 주먹으로 가슴을 치며 CEO의 남자다운 정복을 축하했다.

"억만장자의 탄생을 축하하는 오럴 서비스. 즐기라고."

산타크루즈 출신의 비치발리볼 선수에서 컴퓨터공학자로 전향한 브래드는 누군가로부터 후크의 '브로그래머(brogrammer, bro와 programmer의 합성어로, 프로그래머는 사교성이 떨어지는 괴짜라는 통념을 깨고 남자답게 행동하는 프로그래머를 가리키는 신조어-옮긴이)'를 맡아야 한다는 이야기를 듣고 오히려 그 호칭에 책임감을 느끼는 듯했다. 가끔은 서퍼의 기질을 너무 과장하려 들어서 후안은 그가 자신이 무슨 말을 하는지 알고 있기는 할까 싶은 생각이 들 정도였다.

"그게 무슨 말이야?"

후안이 물었다.

"오럴 서비스? 그건 여자가……."

"아니, 은행 사람들이 와 있다며?"

후안은 몸짓으로 흉내를 내는 브래드를 손으로 막으며 물었다.

"그건 말이지, 친구. 우리가 돈을 왕창 벌어들이게 된다는 뜻이야. 죽이지."

후안은 친구를 비웃으며 다시 컴퓨터 화면으로 몸을 돌렸다. 그는 후크 안드로이드 앱을 업데이트하고 있었다. 후안은 3년 전 조시로부터 그의 지분이 40만 달러 가치라는 이야기를 들은 뒤로 자신의 지분보유 명세서를 보지 않았다. 기업 공개가 아니라면 조시가 정장 차림의 뉴욕 사람들을 만날 이유가 없다는 사실도 알았고, 기업 공개를 하면 그 40만 달러(지금은 어느 정도의 가치인지 모르지만)를 현금화할 수 있다는 사실도 알았지만 무언가를 더 기대하고 싶지는 않았다. 실리콘밸리에서 자란 그는 IPO를 통해 생긴 돈은 쉽게 사라질 수도 있다는 사실 또한 잘 알았기 때문이다. 후안의 머릿속에는 2002년 증시 폭락의 기억이 생생하게 남아 있었다. 그의 어머니가 집 청소를 해주었던 애서턴의 백만장자들이 파산하면서 그 집들이 모두 넘어가고 그의 어머니도 임금을 받지 못했다. 후안은 무슨 일이 있어도 절대 그들처럼 되지 않겠노라고 결심했다.

그래서 그는 돈에 신경 쓰지 않고 앱과 동료들에게만 관심을 쏟으며 주어진 기회를 최대한 활용할 뿐이었다.

"후안, 잠깐 볼 수 있나?"

닉 윈스로프가 그의 생각을 방해했다.

"물론이죠."

후안은 자리에서 일어나 닉을 따라 그의 사무실로 갔다.

"모범생 나셨네."

브로그래머 브래드가 자판을 두드리며 놀리듯 속삭였다. 브래드는 가끔 짜증나게 굴긴 했지만 함께 있으면 일이 일처럼 느껴지지 않았다.

반면 닉은 일을 일로만 받아들이는 전형적인 꼰대였다. 그는 2년 전에 후크에 들어와서 주인 행세를 하며 끊임없이 하버드 MBA(경영학 석사 학위)를 들먹였다. 마치 그것만 있으면 어떤 일에서든 전문가로 인정받아야 한다는 듯이 말이다. 후안이 보기에 닉이 이 회사에 들어와서 한 일이라곤 자리마다 손 세정제를 비치하고 간식 코너에 있는 M&M 초콜릿볼을 사제 초콜릿볼로 바꾼 것뿐이었다. 후크의 바텐더인 조이가 2층 칵테일 바에서 칵테일을 만드는 시간도 줄이려 했지만 그렇게 되면 조이는 파트타임 근로자가 되어 의료보험 혜택을 받을 수 없었으므로 어느 화요일에 후안과 브래드가 주동이 되어 직원 전체가 프로즌 마르가리타를 마시는 시위를 벌였다. 정오 무렵부터 전 직원이 술에 취했고 저녁 7시가 되자 닉은 결국 단념했다. 조이는 원래대로 일할 수 있었고 닉은 그에 대해 두 번 다시 언급하지 않았다.

"무슨 일입니까?"

후안이 닉의 사무실로 들어가며 투자은행 사람들로 보이는 남녀 한 쌍에게 목례를 한 뒤 닉에게 물었다.

"문 좀 닫아줘요, 후안."

닉이 진지한 얼굴로 지시했다. 후안은 문을 닫고 은행 사람들에게 자신을 소개했다.

"후안입니다."

그는 두 사람과 차례로 악수를 나눴다.

"보라고 합니다."

이 남자의 치아는 부자연스러울 만큼 희었다.

"네하예요."

이 여자의 손은 놀랍도록 끈적거렸다.

닉이 말했다.

"보와 네하는 뉴욕의 투자은행 L. 세실에서 오신 분들이야. 대표님과 내가 후크의 상장을 맡기기 위해 고른 은행이지."

닉은 잠시 말을 끊고 후안이 놀라는 반응을 보이길 기다렸다. 후안은 잠자코 진짜 비밀 정보가 나오길 기다렸다.

후안은 누군가를 싫어하는 사람이 아니었지만 닉 윈스로프만큼은 좋아할 수 없었다. M&M 초콜릿은 시작에 불과하다는 사실을 그는 알고 있었다. 닉은 후크를 바꾸고 싶어했고 후안은 조시가 그를 내버려둘까 봐 걱정되었다. 닉에게 동조해서라기보다는 닉의 성화에 결국 지쳐서 반대할 수 없게 될 것 같아서였다.

닉의 만행은 그뿐만이 아니었다. 그는 조시와 후안의 사이를 갈라놓고 있었고 후안에겐 그것이 M&M 초콜릿을 바꾼 일보다 더 원망스러웠다.

후안은 버클리 캘리포니아 대학 시절부터 조시 하트와 함께 일하기 시작해 2009년 대학을 졸업한 뒤 정직원이 되었다. 후안은 이민자의 자녀에게 대학 등록금을 지원하고 그들이 귀화 시민이 되도록 돕는 리프만 재단의 장학금으로 학교에 다녔다. 그 재단의 이사회 소속이었던 필 돌턴이 훌륭한 프로그래밍 멘토라며 조시를 후안에게 소개해주었다.

정말 그랬다. 조시 하트는 후안이 지금껏 만나본 프로그래머들 가운데 최고였다. 천부적인 프로그래머처럼 뇌 전체가 코드로 이뤄진 듯했다. 그의 사고 과정은 이진법과 노드, 명령을 실행하는 결정지점으로 변환되었다. 이러한 사고가 생활화되어 그는 코딩 문제도 남들보다 먼저 발견할 수 있었다. 노드 1에서 X라는 결정을 내리면 노드 50에서 Y라는 결정을 내려야 한다는 것을 그는 알고 있었다. 이러한 예지력을 활용해 노드 1에서 문제를 수정함으로써 비효율성을 피할 수 있었고 그리하여 더 매끄럽게 기능하는 프로그램, 다른 앱들보다 인간의 직관에 좀 더 가까운 프로그램을 만들 수 있었다.

그래서 조시가 다른 모든 데이트 앱을 능가하는 앱을 만들려 하니 도와달라고 했을 때 후안은 조금도 망설이지 않았다. 그들은 18개월 동안 단둘이 마운틴뷰의 칙칙한 지하 사무실에서 거의 매일 밤을 새우고 값싼 중국 음식을 사다 먹으며 지금의 후크 프로그램을 개발했다. 지금과 같은 자금 지원도, 사용자도, 샌프란시스코의 화려한 사무실도 없었다. 그들의 노력이 어떤 성과로 이어진다는 보장은 전혀 없었다. 눈곱만큼도 멋지지 않았다. 그저 고되고 불확실한 일이 계속될 뿐이었다. 그러나 거기엔 원석과도 같은 거친 무엇, 실재하는 무엇이 존재했다. 게다가 후안의 대학 친구들은 평범한 직장에 다니고 있었고 이스트팰로앨토에 사는 고교 동창들은 최소 임금을 받고 일하고 있었으므로 그에게 조시는 꼭 필요한 동지가 되었다. 조시는 무례하고 까다롭긴 했지만 자신이 남들과 다르다는 점을 이해했고 그에 대해 사과하지 않았다. 늘 스스로를 아웃사이더라 느끼고 체제에 편입하기 위해 발버둥 쳐온 후안은 그런 점을 동경하지 않을 수 없었다.

닉은 그것을 이해하지 못했다. 그는 늘 체제의 일원이었고 늘 대세에 따라 편안하고 안전한 삶을 추구했다. 후크가 커지자 모든 것을 자신의 공로로 돌리려고 애쓰고 있었지만 사실 그는 그저 밀물에 편승했을 뿐이었다.

"기업 공개를 한다는 건 우리의 주식 일부를 나스닥 증권시장에 내놓는다는 뜻이야. 그러면 일반 대중이 GE나 구글, 페이스북의 주식을 사듯이 우리의 주식을 살 수 있지. 그렇게 되면 우리는 자금을 끌어모아 회사를 더 성장시킬 수 있고."

닉의 목소리에 거만함이 넘쳐흘렀다. 그가 덧붙였다.

"이 일에 대해선 누구에게도 이야기해선 안 돼. 브래드한테도."

"아, 다들 벌써……."

후안은 이미 다 알고 있다고 말하려다 마음을 바꾸었다.

"물론이죠. 입 다물고 있을게요."

"할 일이 아주 많아. 증권거래위원회에 제출할 문서를 준비해야 하거든. 보와 네하가 분석에 필요한 정보를 얻을 수 있게 도와줬으면 좋겠는데. 괜찮을까?"

후안은 방 안을 휙 둘러보았다. 그는 은행 사람들을 접대할 게 아니라 프로그래밍을 해야 했다. 게다가 선심 쓰는 듯이 말하는 닉의 어조에 소름이 돋았다.

"알겠습니다. 무얼 해야 하는지 알려주세요."

그가 대답했다.

"데이터베이스에 있는 모든 정보에 접근할 수 있게 기밀 정보 취급 한도를 높여줄 테니까 이분들이 사용자 통계를 산출할 수 있게 도와드려."

그런 다음 닉은 티 한 점 없이 깨끗한 서류장에서 종이 한 장을 꺼냈다.

"그전에 정보를 누설하지 않겠다고 약속하는 기밀 유지협약서에

서명해야 해."

후안은 앞으로 나아가 그 문서에 서명했다. 하지만 사실 그는 원하는 데이터베이스에 얼마든지 접근할 수 있었다. 이 모든 프로그램을 구축한 사람이 아니던가. 대체 닉은 후안 자신을 얼마나 얼간이로 보는 것일까?

"어떤 정보가 필요하죠?"

"우리 사용자들에 대한 기본적인 인구통계학적 정보. 물론, 개인 식별이 되지 않는 익명의 정보지. 우리가 시장에 침투했으며 사용자들이 앱을 적극적으로 활용하고 있다는 점을 입증하기만 하면 돼."

"알겠습니다."

후안이 대답하며 서명한 문서를 다시 닉에게 건넸다.

닉은 시계를 보았다.

"자, 됐습니다. 그럼 이제 시작하시죠."

후안은 다른 두 사람을 흘끗 보았다. 무엇을 시작해야 하는지 그들이 알기를 바라며. 곧 세 사람은 닉의 사무실을 나왔다.

"먼저 바에 가보는 게 어떨까요? 아주 좋다고 들었는데."

보가 제안했다.

"우리 일부터 해야 할 것 같은데요."

네하가 지적했다.

후안은 두 사람을 번갈아 보며 그들의 관계를 파악해보려 했다.

"먼저 일할 수 있는 자리를 안내해드릴게요. 그런 다음 회사 구경을 시켜드리죠."

후안과 브래드가 앉는 긴 책상에 컴퓨터 자리 두 개가 비어 있었다. 6개월 만에 그만둔 재무분석가와 3개월 전 조시가 인정사정없이 잘라버린 법무 자문위원 글렌 패닝이 쓰던 자리였다. 아이가 둘 있는 쉰 살의 뚱보 글렌 패닝은 자유로운 후크에서 유일하게 어른 보호자의 역할을 하는 사람이었으므로 그가 나가는 것을 아무도 아쉬워하지 않았다.

후안은 다가오는 사내 브룸볼(퍽과 스틱 대신 축구공과 빗자루를 사용하는 아이스하키의 변종 스포츠-옮긴이) 경기 때 사용하려고 브래드와 함께 골라놓은 의상 몇 개를 의자에서 들어냈다.

"이 정도면 괜찮을까요?"

은행 사람들은 고개를 끄덕였다. 네하는 자리에 앉아 자신의 노트북컴퓨터를 열더니 곧바로 엑셀 프로그램에 코를 박았다. 보는 한쪽 눈썹을 치켜 올리곤 후안을 돌아보며 물었다.

"그럼 바에 가볼까요?"

후안은 앞장서서 홀을 가로지르고 농구 코트를 지나 구내식당으로 향하는 계단을 내려갔다. 식당에서는 백악관 수석 주방장을 지낸 요리사가 후크의 직원들을 위해 하루 세 번 식사를 준비했고 이 음식은 직원들과 손님들 모두가 공짜로 먹을 수 있었다. 뒤이어 오락실이 나왔다. 곳곳에 빈백 의자들이 놓여 있고 시판되는 모든 종류의 비디오 콘솔들이 커다란 평면 스크린에 연결되어 있었으며 주문 제작한 테이블 축구대도 놓여 있었다. 칵테일 바는 개방형의 긴 공간으로, 한쪽 끝에 마련된 데크가 샌프란시스코 만을 내려다보고 있었다. 한가운데에는 술병들이 가득 채워진 서프보드 모양의 바가 자리했다.

"저 왔어요, 조이."

후안이 바텐더와 주먹을 맞부딪쳤다.

"왔어요?"

조이가 다정하게 인사를 건네며 문신으로 뒤덮인 팔을 보에게 내밀었다.

"조이입니다."

"반갑습니다. 버번 한 잔 할 수 있을까요?"

보가 물었다.

"물론이죠."

조이는 술을 준비하려고 돌아섰다.

"데이터베이스에 어떤 정보가 들어 있습니까?"

보가 물었다.

"저희는 모든 것을 추적합니다. 어떤 댓글이 달렸는지, 어디에서 로그인을 했는지, 어떤 상대를 만났는지······. 모든 앱이 그렇죠. 사용자들이 어떻게 이용하는지 알아야 프로그램을 개선할 수 있으니까요."

"전부 다 개인 정보 보호 정책에 명시했겠죠?"

보가 물었다.

"그렇지 않을까요?"

후안은 그 문제에는 관여하지 않았다. 그가 다시 말했다.

"저희는 사용자가 제공하는 정보, 그러니까 이름이나 이메일주소 같은 정보와, 우리가 수집하는 정보, 즉 행동 패턴에 관한 정보가 서로 연관되지 않도록 따로 저장하거든요."

후안은 어깨를 으쓱하며 덧붙였다.

"그러니까 문제없지 않을까요?"

"버번 나왔습니다."

조이가 보의 술을 갖고 왔다.

"와, 여긴 정말 사는 것처럼 사는군요. 저도 이쪽으로 옮겨와야겠는데요."

보가 바를 둘러보며 감탄했다.

"월가에서 일하는 게 좋지 않은가 봐요?"

후안이 물었다.

"저는 이쪽 일이 더 하고 싶었죠."

보는 어깨를 으쓱해 보였다. 파란 눈이 다정해 보였다.

"하지만 집안 때문에 선택의 여지가 별로 없었어요."

후안은 이해되지 않았다. 보는 정말 부유해 보였다. 선택의 여지가 너무도 많은 집안에서 태어난 듯했다. 그가 물었다.

"프로그래밍 해보셨어요?"

"학부 때 부전공이 컴퓨터공학이었어요. 꽤 잘했답니다."

"후안!"

후안은 소리가 들리는 쪽을 돌아보았다. 줄리가 그를 향해 걸어오고 있었다.

"어머, 또 뵙네요. 보 맞죠?"

그녀가 후안의 동행을 알아보고 물었다.

"서로 만났었나 봐?"

후안이 물었다. 줄리는 후크의 안내데스크 직원이자 후안의 하우스메이트였다.

"응, 오늘 아침에 안내해드렸지."

"다시 보니 반갑네요."

보가 그녀를 향해 술잔을 들어 올렸다. 줄리의 얼굴이 빨개지자 후안은 그녀가 추파를 던지기 시작했음을 깨닫고 한쪽 눈썹을 치켜올렸다. 하긴, 보 같은 월가의 남자라면 마다할 리가 없었다.

"방금 캐리한테서 이메일이 왔는데 로스앤젤레스에서 취직이 돼서 이번 달 말에 나가야 한대. 그러니까 우린 가능한 한 빨리 새 하우스메이트를 찾아야 해."

"내가 오늘 저녁에 크레이그리스트(미국의 온라인 벼룩시장—옮긴이)에 올릴게. 일단 지금은 가서 일해야 해."

후안은 보에게로 고개를 돌려 반쯤 비운 그의 술잔을 가리키며 말했다.

"가져가서 드셔도 돼요."

"줄리랑 회사 구경 더해도 되겠죠?"

보가 물었다.

"바쁘신 거 아니에요?"

"아뇨. 저는 실무가 아니라 영업 일을 하는 사람이거든요. 주로 후반부에 일을 맡죠."

보가 대꾸하고는 다시 줄리를 돌아보았다.

후안은 눈을 굴렸다. 그러나 보와 줄리는 알아차리지 못했다.

"이따가 집에서 보자, 줄리. 보, 필요한 거 있으면 언제든 말씀하세요."

찰리

찰리는 이메일을 보고 노트북컴퓨터에 펜을 집어 던졌다.

"머저리들!"

그는 화면에 대고 이렇게 외치고는 자리에서 일어나 의자를 책상 안으로 휙 밀어 넣었다.

티셔츠를 주워 입고 러닝화의 끈을 묶은 다음, 작은 아파트의 문을 쾅 닫고 여섯 개 층의 계단을 내려가 거리로 나갔다.

그는 달리기 시작했다. 경적을 울려대는 자동차와 자전거보다 걸인들과 깨진 보도를 피하기가 더 어려웠다. 현지 사람들이 이 뻔뻔한 서양인을 노려보았지만 그는 못 본 체했다. 찰리 같은 백인이 그들의 아파트에 터를 잡고 사는 것과, 이곳 사람들 대부분의 한 달 월급을 훌쩍 넘는 기능성 티셔츠와 러닝화 차림으로 공공장소에서 운동하는 것은 완전히 다른 문제였다. 후자는 마땅히 눈총을 살 수밖에 없었다.

그는 해안에 이르러서야 다시 그 이메일을 떠올리고는 그 내용의 의미를 곰곰이 생각하며 보도에 짜증을 쏟아냈다.

찰리는 컬럼비아 대학을 졸업하고 연합통신에 들어갔다. 컬럼비아 대학에서 그는 3년 만에 학사 과정을 마치고 4년째에는 언론대학원에서 석사 과정을 밟았다. 대학에 들어갈 때만 해도 막연히 학계에 남겠다는 생각을 갖고 있었는데, 대학 2학년 때 911테러가 일어나면서 모든 것이 바뀌었다. 세계무역센터 사고 현장을 보고 온 뒤 그는 다른 사람이 되었고, 그날부터 매일 그곳에 가서 자원봉사를 했다. 그러다 마침내 다시 대학 생활에 정착했을 때 그는 아랍어 수업을 신청하고 두 번 다시 돌아보지 않았다.

그에게 처음 기회가 찾아온 것은 2008년 시위 취재기자로 튀니지에 파견되었을 때였다. 그로부터 2년 뒤 아랍의 봄(2010년 말 튀니지에서부터 아랍 중동 국가 및 북아프리카로 확산된, 전례 없는 반정부 시위의 통칭—옮긴이)이 터지면서 제대로 자리를 잡게 되었고, 서른두 살이 된 지금은 연합통신 최고의 중동 취재기자 중 한 명으로 인정받고 있었다. 가장 똑똑해서도, 글솜씨가 가장 좋아서도 아니었다. 동료들에 비해 현지에 대한 지식도 부족했다. 그러나 그는 일이 터지는 곳이면 어디든 기꺼이 달려갔고 현장에 가선 서방세계를 혐오하는 아랍인들의 관점을 이해하려 노력했으므로 이제는 당국의 신뢰와 존경을 얻어 그들로부터 누구보다도 먼저 소식을 조달받을 수 있었다.

그래서 이번에도 정부 관리들이 화학 무기 공격을 계획하고 있다는 소문을 접하고 이를 조사하기 위해 탈메네스로 돌아가게 해달라고 요청한 터였다. 바로 어제 편집장 라지에게 시리아로 다시 가게 해달라고 간청하는 이메일을 보냈다. 이제 AP도 사후에 시체 사진을 보도하는 데 급급할 게 아니라 '사전' 보도를 통해 사건을 미연에 방지해야 한다고 그는 주장했다.

그런데 라지에게서 온 답장에는 '휴가를 줄 테니 집에 가보라'고 적혀 있었다. 어떻게 그럴 수 있단 말인가?

그런 생각을 하며 찰리는 더욱 속도를 내기 시작했다. 라지가 그를 밀어내려는 것일까? 그의 이메일이 조금 주제넘긴 했지만 그에게도 의견을 낼 권리가 있지 않은가. 그는 AP에 모든 것을 바쳤다.

사교생활이라 할 만한 것은 모조리 포기했고 자신의 안위를 내놓았으며 기사를 위해 갖가지 방식으로 건강을 해쳤다. 그런데 그들은 그를 집으로 보내려 한다. 그것도 찰리 자신이 평생 이해하려 애쓴 모든 것이 담긴 내전이 한창인 시기에. 말도 안 되는 일이었다.

헤드폰에서 전화벨이 울리자 그는 보도 한쪽에 멈춰 섰다.

"여보세요?"

"라지야."

"그 이메일은 뭡니까?"

찰리가 날카롭게 물었다.

"자네가 어떤지 걱정돼서 전화했어."

찰리는 실소를 터트렸다.

"제가 어떻냐고요? 원통해 죽겠어요. 다시 시리아로 가고 싶어요."

"찰리, 지금 뭐 하는 거야?"

라지의 목소리는 부드러웠다.

"일하잖아요! 여기 내전이 한창인 거 잊으셨어요?"

"휴가 다녀와."

"휴가가 필요한 사람은 시리아 사람들입니다. 저는 폭력이 사라지면 그때 쉬죠."

"자네가 거기에 있든 없든 폭력은 사라지지 않아. 집에 가서 가족과 함께 지내다 와."

라지가 말했다.

"가족은 크리스마스에 보면 돼요. 늘 그랬듯이."

"아아, 찰리. 자네 정말 얼마나 독해진 거야?"

"탈메네스로 돌아가서 또 민간인 100여 명이 목숨을 잃기 전에 사태를 파악해볼 만큼 독해졌죠. 제 메일이 주제넘었다는 건 알지만 우리도 이젠……."

"정말 장례식에 안 갈 거야?"

"무슨 장례식이요?"

라지는 말이 없었다.

"무슨 장례식이요?"

찰리가 재차 물었다.

"빌어먹을. 난 자네가 아는 줄……."

"뭘요?"

"자네 동생. 여동생이 죽었어."

라지가 말했다.

찰리의 팔이 툭 내려가며 전화기가 풀밭으로 떨어졌다. 뒤에 있는 이슬람 사원에서 기도 시간을 알리는 종이 울렸다. 그 소리가 보스포루스 해협을 건너 태양이 저무는 수평선에 이르면서 그의 머릿속에서도 폭발이 일어난 듯 귀가 먹먹해졌다.

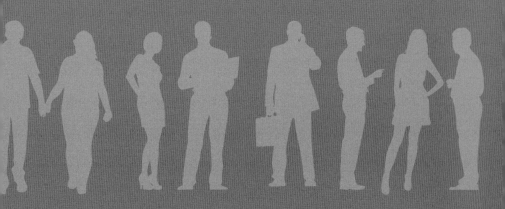

3장
실리콘밸리의 천재들

어맨더

3월 12일 수요일, 뉴욕 주 뉴욕

어맨더는 브라우저를 새로 고침 했다.

아무것도 없었다.

그녀는 메시지 아이콘을 노려보았다. '딱 한 번만 더 보고 일하는 거야.' 그녀의 손가락이 마우스 위를 서성거렸다. 그렇게 하면 새로 온 메시지를 표시해주는 빨간 사각형이 절로 나타나기라도 할 것처럼. '토드 켄트 님이 친구 요청을 수락했습니다'라는 간결한 메시지, 그녀가 원하는 것은 그뿐이었다.

클릭.

새로 고침.

있다!

목에서 맥박이 요동쳤다. 좋은 예감은 들어맞지 않는다고 누가 그러던가? 그녀는 손에 땀이 나는 것을 느끼며 메시지를 열었다.

해럴드 해먼스가 '나 매기스 해피아워 무료 쿠폰 생겼어!!! 3월 26일 오후 5시 ~7시!!!!' 행사에 당신을 초대했습니다.

"으."

그녀는 소리 내어 신음하고는 다시 주주동의서 교정을 보기 시작했다.

그녀가 앉아 있는 곳은 크롤리 브라운의 58층 사무실이었다. 그녀는 두 쪽짜리 문서를 읽으며 뉴욕 시 일류 로펌 말단 직원의 주 업무인 교정 일에 집중하려고 노력했다. 잘못 찍힌 쉼표를 발견하고 그녀는 흡족하게 동그라미를 쳤다.

"잡았다!"

어맨더는 이곳에서 2년 동안 준법률가, 즉 변호사 보조로 일하면서 한 가지 터득한 사실이 있었다. 법률가로 성공하려면 자신이 중요하지 않은 일을 하고 있다는 사실만 곱씹을 게 아니라, 그 중요하지 않은 일을 좀 더 복잡하게 만들어 중요하지 않은 일을 더 늘려야 한다는 것이었다. 그래야 중요하지 않은 일을 끊임없이 처리하느라 그 일이 중요하지 않다는 사실을 생각할 시간조차 없을 테니까.

아무래도 그 파티에 가야겠다는 생각이 들었다. 해럴드 해먼즈는 펜실베이니아 대학 동창들 가운데 가장 매력 없는 축에 속했지만 그녀가 기억하기로는 헤지펀드 쪽에서 일하고 있었다. 그러니 멋진 동료들이 있을지도 모른다.

그녀는 매기스의 위치를 찾아보았다. L. 세실에서 세 블록 떨어진 47번가에 있었다. 다시 목이 죄여왔다. 어쩌면 토드가 올지도 모른다. 어쩌면 그가 자주 가는 술집, 퇴근 후에 자주 들르는 술집일지도 모른다. 그렇다면 그가 우연히 들어와서 그녀를 보게 될 수도 있지 않을까? 때마침 그녀는 전문직 여성의 모습으로 섹시하게 재킷을 벗어놓고 해럴드의 이야기에 고개를 젖히며 웃고 있다. 토드는 그녀가 해럴드의 헤지펀드 동료들과 웃고 떠드는 모습을 보고 질투를 느껴 마침내 이전엔 보지 못했던 매력을 발견하게 되고…….

    아직 안 됐어?

  해당 사건을 맡은 2년 차 변호사 케리에게서 사내 인스턴트 메시지가 왔다. 어맨더는 눈을 들었다. 케리는 그녀의 옆자리에 앉아 있었다. 말 그대로 손을 뻗으면 닿는 자리에서 이어폰을 꽂은 채 컴퓨터 화면을 보고 있었다.
  "네."
  그녀는 케리에게 큰 소리로 말했다.
  "뭐라고?"
  케리는 이어폰 한쪽을 빼고 짜증 섞인 목소리로 다시 물었다.
  "뭐라고 했어?"
  어맨더는 그녀를 노려보았다.
  "아직 교정 안 끝났다고요."
  케리는 못마땅한 표정으로 한쪽 눈썹을 치켜 올리며 다시 컴퓨터 화면으로 고개를 돌렸다.
  '저렇게 되는 것'을 어맨더는 피해야 했다. 케리는 하버드 로스쿨 출신의 법학 박사였지만 아직 남자친구가 없었다. 그것도 스물아홉 살에. 뉴욕에서. 더 무슨 말이 필요하겠는가?

어맨더는 이 도시에서 여자들이 일정 나이에 이르면 어떤 상황에 처하는지 알고 있었다. 여자가 서른에 가까워지면 안에서 죽어가는 난자가 절박함을 호소하는 듯했고, 남자들은 1킬로미터 떨어진 곳에서도 냄새로 그 사실을 알 수 있었다. 여자들은 자기도 모르는 사이에 어맨더의 엄마처럼 되기 십상이었다. 그녀의 엄마는 플로리다에 혼자 살면서 별 볼 일 없는 남자들과 데이트하며 각종 화장품과 최신 다이어트에 돈을 쏟아부었지만 결국 별 볼 일 없는 채로 끝난 남자들에게 허비한 젊음을 되찾지 못했다.

따라서 지금 앞에 놓인 일도 중요했지만 그보다 더 중요한 일은 스물일곱 살이 되기 전에, 걷잡을 수 없는 상황에 이르기 전에 확실한 보장을 얻는 것이었다. 이제 1년 5개월 남았다.

'아직 시간은 충분해.' 그녀는 자신을 다독이며 다시 교정을 보기 시작했다.

과연 그럴까? 벌써 뉴욕에 온 지 2년 반이 지났는데 그나마 남자친구에 가까웠던 사람은 토드뿐이었다. 같이 사는 친구 신디는 대학 때부터 만난 남자와 결혼할 것 같았고, 어퍼이스트사이드 출신의 또 다른 룸메이트 클라우디아는 그녀의 귀족 혈통으로 2세를 만들고 싶어하는 매력적인 총각들이 줄을 섰기 때문에 걱정할 필요가 없었다.

어맨더 자신은 무얼 가졌을까? 훌륭한 가슴. 그건 확실했다. 그리고 운동하지 않아도 마른 몸을 유지하게 해주는 굉장한 신진대사. 그것은 또한 뉴욕의 많은 여자들처럼 남자 같은 팔을 갖지 않았다는 뜻이기도 했다. 그녀는 야심은 있었지만 직업적인 성공에 집착하진 않았으므로 아이를 낳고도 일을 계속할 수 있었다. 게다가 아이들에게 아이비리그에 갈 수 있는 머리를 물려줄 수도 있었다.

그녀는 답답한 마음에 눈을 굴렸다. 토드를 갖지 못할 이유가 없었다. 그녀는 그에게 걸맞은 여자였다. 그 점을 보여주기만 하면 된다. 그러기 위해서는 그를 만나야 하는데, 뉴욕처럼 혼잡한 도시에서 우연히 마주치기를 바랄 수는 없는 노릇이다.

그녀는 다시 페이스북을 열고 그에게 메시지를 보냈다.

안녕. 그냥 갑자기 생각나서. 3월 26일 다다음주 수요일에 매기스 해피아워 쿠폰이 생겼거든. 시간 되면 들러. 재미있을 거야. 어맨더.

그녀는 다시 읽어보았다. 그리고 또 한 번.

'전송.'

토드
3월 12일 수요일, 뉴욕 주 뉴욕

"T2, 후크 프로필 좀 어떻게 해야겠어요."

토드는 노트북컴퓨터에서 눈을 들어 보를 보았다. 그는 자신의 아이폰을 보며 고개를 젓고 있었다. 맞은편에서 태라가 자판을 두드리다 말고 물었다.

"나한테 하는 소리예요?"

토드는 이번 IPO팀이 모두 한 공간에서 같이 일할 수 있도록, 그리고 자신이 팀원들의 업무 상황을 그때그때 파악할 수 있도록 부하 직원에게 27층의 회의실 하나를 예약해두라고 지시했다. 그들이 일요일에 뉴욕으로 돌아온 이후 이 회의실은 한 번도 빈 적이 없었다. 5월 8일까지 마무리하라는 하비의 요구 때문에 그들은 24시간 쉬지 않고 IPO를 준비하고 있었다.

토드는 하비가 자기 모르게 혼자서 수수료를 협상한 일에 대해 여전히 화가 치밀었다. 게다가 1퍼센트라니, 말도 안 되는 일이었다. 그것은 하비가 점점 힘을 잃어가고 있으며, 따라서 어떻게 해서든 회사의 진짜 인재를 깎아내려 자신이 여전히 힘을 갖고 있음을 확인하려 한다는 증거였다. 토드는 속이 메스꺼웠다. 이번 거래를 확실하게 마무리 지어 인정을 받고 자신을 방해하려 드는 경영진을 꺾어버리고픈 마음이 간절해졌다.

토드는 긴장을 풀기 위해 목을 돌렸다. 지금은 하비 일로 흥분할 여력이 없었다. 그것 말고도 신경 쓸 일이 너무도 많았다. 먼저 S-1 서류를 준비해 증권거래위원회에 제출해야 했다. 그러고 나면 IPO 사실이 공개되어 주목이 쏠리기 시작할 것이다. 그다음엔 로드쇼를 열고 발행가를 책정해야 한다. 그러고 나면 드디어 나스닥의 오프닝 벨을 울리고 모두가 수백만 달러를 벌게 되는 대망의 날이 온다.

보는 아이폰에서 눈을 들지 않은 채 얼굴을 찌푸리며 태라의 물음에 답했다.

"네. 태라 테일러(Tara Taylor). T가 두 개. 이해했죠?"

그는 태라가 자신의 뛰어난 재치에 감탄하길 기다렸다. 그러곤 다시 입을 열었다.

"어쨌든 후기가 겨우 열여덟 개뿐인데요. 프로필 조회 수는 1,283

회인데 후기가 열여덟 개라니. 뭐가 이래요?"

태라는 어깨를 으쓱했다. 자신의 통계에 대해 정말 모르고 있었던 듯했다.

"난 그 앱 잘 안 써요."

태라는 이렇게 대꾸하고는 다시 컴퓨터를 보았다.

"남자친구 있어요?"

보가 물었다.

"아뇨."

태라는 눈을 들고 입 좀 다물어달라는 듯이 예의 바른 미소를 지어 보였다.

"서른 살 아니에요? 써야 할 것 같은데."

보는 끈질기게 물고 늘어졌다.

"스물여덟이에요."

마침내 태라가 눈을 들었다. 그러곤 보의 미소에서 장난기를 발견하고 소리 내어 웃음을 터뜨렸다.

보는 자신이 심각한 분위기를 밝게 만들었다는 사실이 흡족한 듯 빙긋 웃었다.

"토드, 프로필 조회 수가 어떻게 돼요?"

보가 물었다.

"나?"

토드는 한쪽 눈썹을 치켜 올렸다. 그는 오늘 아침 출근길에 후크에 들어가 확인해보았다. 어젯밤 이후로 새로 들어온 메시지가 여덟 개, 조회 수는 432회였다.

"글쎄, 7만쯤 되려나?"

아니었다. 사실은 83,612회였지만 그에겐 겸손을 떨 수 있는 여유가 있었다.

"대단하시네요."

태라는 토드의 통계가 전혀 인상적이지 않다는 듯이 태연하게 다시 보를 돌아보았다. 그녀가 고개를 갸우뚱하면서 긴 머리칼이 어깨 위로 흘러내렸다. 오늘따라 유난히 예뻐 보였다. 토드는 자신에게 잘 보이기 위해 신경 쓴 모양이라고 넘겨짚었다.

"그래서 무얼 어떻게 해야 하는데요?"

"자……."

보는 진지한 태도로 허리를 꼿꼿이 펴고 자세를 고쳐 앉았다. 네 하는 다들 입을 다물어주었으면 좋겠다는 듯 컴퓨터에서 잠시 눈을 들고 그들을 흘긋 보았다.

보가 지시했다.

"우선, 본인이 먼저 남자들의 프로필을 보고 점수를 매겨야죠. 전화기 좀 줘보세요."

그러곤 태라가 저항할 새도 없이 전화기를 빼앗아 후크 앱을 열었다.

"어어!"

태라가 말했다.

"비밀번호?"

보가 물었다.

"제트 걸스 2003."

보는 한쪽 눈썹을 치켜 올렸다.

"〈웨스트사이드 스토리〉군."

토드는 자기도 모르게 소리 내어 말하고는 두 사람이 쳐다보자 보에게 설명했다.

"태라가 대학 때 〈웨스트사이드 스토리〉에 출연했거든. 내 친구 톰도 출연해서 어쩔 수 없이 봐야 했죠."

그러곤 태라를 돌아보며 말했다.

"정말 잘했잖아. 그 댄스."

그가 두 손으로 흉내를 내자 태라는 또 웃음을 터트렸다.

"난 이만."

그는 이렇게 말하고 다시 자신의 컴퓨터에 집중했다.

보는 태라의 후크 앱에 들어가서 능숙하게 화면을 넘기고 두드렸다.

"뭐 하는 거예요?"

태라가 탁자 위로 손을 뻗어 전화기를 빼앗으려 했다.

"토드하고 나한테 10점씩 매겨줬어요. 괜찮죠?"

그는 그녀의 손을 피해 전화기를 멀찍이 당기며 말을 이었다.

"프로필 조회 수를 늘리려면 최대한 많은 남자에게 점수를 매겨 줘야 하거든요. 도와주는 거라니까요, T2!"

그의 목소리는 오랫동안 파티를 즐기며 입담을 과시해온 사람답게 익살스럽고 여유로웠다.

"도와줄 필요 없어요. 나 그 앱 정말 안 쓴다고요."

태라가 고집스럽게 말했다.

"스물여덟 살인데 남자친구도 없다면서요! 2년만 있으면 엄청 조급해질 테고 남자들은 더 이상 만나주지도 않을 거예요. 지금 해야 한다고요, T2!"

보가 활기 넘치는 목소리로 말했다.

"후크를 통해 만나진 않을 거예요. 딱 질색이에요."

태라는 얼굴을 찌푸렸다.

"왜요?"

"그저 근처에 있다는 이유만으로 생판 모르는 사람을 만나고 싶진 않아요."

"프로필을 보고 마음에 드니까 만나는 거죠."

보가 지적했다.

"내 프로필이 마음에 들었다면 나를 좋아해서라기보다는 그 순간에 섹스가 간절하기 때문이겠죠."

"그건 오프라인 세상에서도 마찬가지죠."

보가 말했다.

"그렇게 말하지 마요."

태라가 대꾸했다.

"정말이에요. 그렇지 않아요, 토드?"

보가 토드에게 물었다.

"난 빠질게요."

"적어도 밖에서 만나면 그 사람의 에너지를 느낄 수 있어요. 보정한 사진만 보고 결정하는 것과는 다르다고요."

"걱정 마세요. 제가 지금 사진도 수정하고 있으니까."

보는 태라의 철학을 무시하고 다시 그녀의 전화기를 만지기 시작했다.

"이건 뭐예요?"

보는 전화기를 돌려 그들에게 화면을 보여주었다.

"그거 올리지 마요."

태라가 말했다.

보는 전화기를 토드에게 건넸다. 여자의 나체 뒷모습을 찍은 흑백 사진이었다. 한 팔로 이불을 잡고 가슴을 가린 채 창문으로 쏟아져 들어오는 햇살을 바라보고 있었다.

토드는 입이 떡 벌어졌다. 이 여자가 태라라고?

태라는 상체를 숙여 토드의 손에서 전화기를 빼앗았다. 그가 사진에서 실물 모델에게로 시선을 옮기며 두 사람의 눈이 마주치자 태라는 얼굴을 붉히며 말없이 전화기를 탁자 위에 엎어놓았다.

"그게 다예요? 해명 안 해요?"

보의 푸른 눈이 미소를 짓고 있었다.

토드는 더 이상 일하는 척하지 않았다. 그러곤 머릿속으로 L. 세실 은행가가 된 스탠퍼드 졸업생이 어째서 누드 사진을 찍었는지 이해하려고 안간힘을 쓰기 시작했다.

"예전에 사진 수업을 들었는데 친구가 연습할 모델이 필요하다고 해서 찍었어요."

태라는 전화기를 다시 핸드백에 넣으며 방어적으로 말했다.

"그렇군요."

보가 말했다.

"그나저나 저는 이만 가볼게요."

태라가 노트북컴퓨터를 닫으며 말했다.

"또 사진 촬영이 있나?"

토드가 빙긋 웃으며 물었다. 이제 그는 태라와 자게 되리라는 확신이 들었다.

태라는 스커트의 주름을 펴며 대꾸했다.

"약속이 있어요."

"누구하고요?"

보가 물었다.

"케일럼 리스."

"뭐?"

토드의 얼굴에서 미소가 사라졌다. 케일럼 리스는 일련의 사업을 하는 기업가이자 억만장자로, 후크 초창기에 조시 하트에게 10만 달러를 지원해 후크의 사외 최대 개인 주주가 되었다. 그는 또한 국제적인 플레이보이로 악명이 높았다.

"케일럼 리스를 왜 만나?"

"만나자고 이메일을 보냈더라고요. 이유는 잘 모르겠어요."

태라가 말했다.

"어디서?"

토드가 물었다.

"다운타운이요."

태라의 대답에 토드는 자리에서 일어났다.

"나랑 같이 가."

태라는 손을 들어 올렸다.

"죄송하지만 왜요?"

"이번 IPO 책임자는 나잖아. 나도 그 사람을 만나볼 필요가 있어."

"저한테 이메일을 보냈어요. 제가 알아서 할게요."

태라가 단호하게 말했다.

"왜?"

토드는 태라가 오늘 예뻐 보였던 것이 자신 때문이 아니라 케일럼 때문이라는 사실을 깨닫고 필요 이상으로 화를 내고 있었다.

"그 사람하고 데이트라도 하려고?"

"아뇨."

태라가 대꾸했다.

"그럼 저녁 8시에 다운타운에서 독신 남자를 만나면서 그렇게 차려입은 이유가 뭐야?"

"난 우리 거래에서 커다란 영향력을 쥐고 있는 고객을 만나는 거예요. 그 고객이 원하는 시간에, 그 고객이 원하는 장소에서."

태라는 미안한 기색 없이 지적했다.

"태라, 내 생각엔 그런 만남이 어떻게 비춰질지 진지하게 생각해보는 게 좋을 것 같아."

토드는 진심을 담아 말했다.

"제 생각엔 선배도 이번 만남을 일이 아닌 다른 목적으로 인식하는 이유에 대해 진지하게 생각해보는 편이 좋을 것 같아요."

"인식은 중요해. 넌 지금 우리 회사를 대표하는 입장이잖아."

토드가 말했다.

"고마워요. 인식 관리의 대가 토드 켄트 씨."

태라는 눈을 굴리며 돌아서서 문을 나갔다.

"그 사람 완전 보내버려요, T2!"

보가 그녀의 뒤에 대고 쾌활하게 외쳤다.

태라

태라는 엘리베이터를 타고 로비로 내려오는 동안 맥박이 진정되지 않았다.

'어떻게' 케일럼을 만나는 것이 부적절한 일이라는 듯이 말할 수 있단 말인가? 토드의 업무 가운데 절반은 밤늦게까지 고객과 술을 마시는 일이 아닌가? L. 세실이 후크의 IPO를 맡게 된 것도 토드가 스트립 클럽에서 조시 하트를 만났기 때문이다. 그런데 후크의 개인 최대 주주의 요청으로 술을 한잔 하려고 만나는 그녀를 어떻게 비난할 수 있단 말인가?

하지만 한편으로 태라는 자신이 그렇게 방어적으로 대응한 것이 어느 정도는 초조하기 때문이라는 사실을 알고 있었다. "케일럼과 잘 어울리겠어요"라고 말하던 조시의 목소리가 여전히 머릿속을 맴돌았고 그 말을 어떻게 이해해야 할지 아직 확신이 서지 않았다.

그러나 조시는 화낼 가치도 없는 사람이라고 그녀는 일흔 번째로 스스로에게 상기시켰다. 그는 반사회적 인격장애자가 분명했다. 왜 있지 않은가. 프로그래밍에 빠져 인간과 관계 맺는 법을 제대로 익히지 못한 테크놀로지 천재들. 그래도 그녀의 인격을 그렇게 무자비하게 깔아뭉갰다는 사실에 속이 부글거렸다. 너무도 노골적이었다. 마치 그에게 폭행당한 기분이었다. 그 일에 대해선 아무에게도 말할 수 없을 것 같았고 설사 말할 수 있다고 해도 그러고 싶지 않았다. 자신의 입으로 조시가 한 말을 되풀이하면 그것이 정말 진짜처럼 느껴져 아무것도 할 수 없을 것 같았다.

그녀는 블랙베리에서 불빛이 깜빡거리는 것을 보고 새 이메일을 확인했다.

발신: 캐서린 와일리

참조: 캐서린 와일리 비서2

제목: 프릭

필 돌턴이 칭찬하더군요. 다음 수요일 프릭 컬렉션에서 열리는 행사에 자리를 채워야 하는데, 혹시 갈 수 있어요? 자세한 사항은 레슬리가 보내줄 거예요.

나의 블랙베리에서 보냄.

엘리베이터가 멈췄지만 태라는 알아차리지 못했다. 그녀의 시선은 이메일에 고정되어 있었다.

캐서린 와일리는 L. 세실의 기업금융 부문 총책임자였다. 여성으로선 사내에서 최고 서열이었고 월가에서도 최고의 여성 지도자에 속했다. 필경 세계에서 가장 성공한 여성의 반열에 들 것이다. 정말 그런 사람이 태라 테일러 자신에게 이메일을 보냈단 말인가?

뒤이어 이메일 한 통이 더 들어왔다.

발신: 캐서린 와일리의 비서2(레슬리 쿠퍼)

제목: 프릭 관련

태라,

3월 26일 수요일에 프릭 컬렉션에서 열리는 조지 E의 전시회 축하 행사 초대장과, 참가 고객들의 간략한 인물 소개를 첨부합니다. L. 세실 자산관리팀의

존 루이스도 참석할 예정입니다. 늦어도 6:30 PM까지 가세요. 드레스 코드
는 검은색 타이입니다.

궁금하신 점이 있으면 연락 주세요.

레슬리

엘리베이터가 1층에 도착하고 사람들이 모두 그녀를 지나갔지만 태라는 그 이메일을 다시 읽어보았다. 그러곤 마침내 눈을 들고 텅 빈 로비를 보며 미소 지었다.

'세상에.'

태라는 소리 내어 웃으면서 울렁거리는 마음으로 거리로 나왔다. 캐서린 와일드는 여자 후배들 가운데 인재를 선별해 기회를 주고 사내 리더의 자리에 오를 수 있게 보살펴준다고 알려져 있었다. 그런 사람이 태라 테일러에게 미술전 축하 행사에 회사 대표로 참석해달라고 청했다. 정말 그녀를 키우려는 것일까? 그것도 지난주에 겨우 10분간 얼굴을 마주한 필 돌턴 때문에? 그의 앞에서 무슨 말을 했더라?

순간, 그녀의 머리가 작동을 멈췄다. 혹시 그저 예쁘다고 말한 걸까? 조시는 그녀가 오로지 외모 때문에 합류하게 되었다는 듯이 말하지 않았는가?

아무럼 어때. 태라는 머리를 비웠다. '왜' 그랬는가보다는 그렇게 되었다는 사실이 더 중요했다. 그녀에게 기회가 오고 있었다. 길이 열렸다는 것은 바로 이런 경우를 두고 하는 말이다. 자신은 오래전부터 알고 있었지만 이제는 회의가 들기 시작한 잠재력을 마침내 인정받아 기업의 사다리를 오르게 되었다. 어떻게 이렇게 순식간에

상황이 급변할 수 있을까.

태라는 L. 세실 앞에 서 있는 검은 차에 올라타 운전사에게 크로스비 스트리트 호텔로 가달라고 했다. 조시와 토드에 대한 짜증이 사라지고 캐서린과 레슬리에 대한 고마움이 밀려들었다.

크로스비 바는 다운타운의 사업가들로 붐볐다. 페닌슐라 호텔 같은 곳을 자주 이용하는 미드타운의 사업가들과 달리, 크로스비의 단골들은 금융 서비스 이외의 산업에서 부를 축적한 사람들이었다. 똑같이 20달러짜리 마티니를 마셔도 어딘지 좀 더 세련된 허세가 가미된 듯했다.

태라는 약속 시각보다 15분 일찍 도착했다. 여직원이 테이블로 안내해주자 태라는 케일럼이 왔을 때 중요한 일을 하는 것처럼 보이기 위해 아이폰을 꺼내고 캐서린의 이메일에 함축된 의미에 대해 너무 깊이 생각하지 않으려고 노력했다.

태라는 보가 '그녀의 프로필을 수정'하느라 열어놓은 후크 앱에 새 소식이 무려 32건이나 들어와 있는 것을 보고 놀라서 눈을 깜빡거렸다. 메인 화면으로 돌아가자 반경 1.5킬로미터 안에 있는 남자들의 사진과 함께 거절하려면 왼쪽, 수락하려면 오른쪽으로 화면을 밀라는 메시지가 나타났다.

그녀는 첫 번째 사진을 보았다.

이름은 '마크', 해변에 서서 완벽한 구릿빛 피부에 바람을 맞고 있는 모습이었다. 그는 능글맞은 눈으로 카메라를 보고 있었다. '개성이 없어' 하고 그녀는 생각하며 화면을 왼쪽으로 밀었다.

'조던'은 문신으로 뒤덮인 이두박근을 과시했다. '윽.' 태라는 얼른 화면을 왼쪽으로 밀었다.

'티미'는 입을 벌린 채 카메라를 향해 빙긋 웃고 있었다. 뺨이 통통하고 호감형이었다. 재미있고 자상해 보였다. 태라는 그의 프로필을 클릭했다. 키 170센티미터. '왼쪽.'

'프랭크'는 형광주황색 땀 밴드와 짧은 반바지, 단체 운동복 셔츠 차림으로 비어 퐁(미국 대학생들이 즐겨하는 술자리 게임으로 상대편의 컵에 탁구공을 던져 골인하면 상대편이 그 술을 마셔야 한다.-옮긴이) 테이블 옆에 서서 카메라를 향해 주먹을 흔들고 있었다. '대학생활을 벗어나지 못했군. 왼쪽으로.'

'해리'는 한 손에 샴페인 잔을 들고 다른 손은 턱시도 주머니에 넣고 있었다. 입술을 다물고 카메라를 향해 냉소적인 미소를 짓고 있었다. 태라는 그의 프로필을 클릭했다. 트리니티 칼리지. '약물 문제가 있는 특권층 백인이군. 왼쪽으로.'

'터리크'라는 남자는 따뜻하고 호감 가는 미소가 돋보였다. 그녀는 프로필을 열어보았다. 하버드 경영대학원. 모어하우스 칼리지(애틀랜타에 위치한 유서 깊은 흑인 남자 대학-옮긴이). 태라는 망설였다. 영화 〈세이브 더 라스트 댄스(Save The Last Dance)〉를 보았기 때문이다. 이 남자가 아무리 완벽하다고 해도 태라는 백인 여자로서 흑인 사회의 멋진 남자를 빼앗아올 수 없었다. '왼쪽으로.'

"이 동네는 물이 좀 어때요?"

위에서 영국 억양의 목소리가 들려왔다. 태라는 눈을 들어 케일럼 리스를 보고 얼굴이 화끈거렸다. 순간, 자신이 후크에 얼마나 푹 빠져 있었는지 깨달았다.

"아, 제가……."

태라는 입을 떼며 일어나서 손을 내밀었다.

"태라예요."

그는 그녀의 손을 잡았다.

"그럴 거라 생각했어요."

"죄송해요. 저는……."

"그런 게 바로 후크가 바라는 바죠. 푹 빠지는 거 말입니다."

그가 말했다.

태라는 전화기를 내려다보며 고개를 저었다.

"저는 후크를 싫어한다고 생각하는데요. 바보가 된 기분이네요."

케일럼은 웃음을 터트렸다.

"로드쇼에서 앱 사용자 증언을 할 때는 그렇게 말하지 않았으면 좋겠네요."

케일럼은 40대 후반쯤 되어 보였고 특별히 돋보이는 외모는 아니었다. 보통 키와 체격의 전형적인 영국인이었다. 얼굴은 길고 각이 졌으며 넓은 이마의 양쪽 귀퉁이에서부터 갈색 머리칼이 점점 비어 가고 있었고 눈은 연한 색이었다. 그러나 특별한 무언가가 있었다. 깊은 목소리와 독특한 억양 때문일까? 아니면 미소? 어쩌면 그녀의 맞은편에서 두 팔꿈치를 무릎에 댄 채 상체를 앞으로 내밀고 있는 자신만만한 태도 때문인지도 모른다. 어쨌든 그에겐 부인할 수 없는 섹시함이 있었다.

웨이트리스가 다가왔다.

"무얼 드릴까요?"

"저는 탄산수 주세요. 라임 넣어서."

태라가 웨이트리스에게 말하자 케일럼은 얼굴을 찌푸렸다.

"나 혼자 술을 마시란 말입니까?"

태라는 미소를 지었다.

"사무실에 다시 가봐야 해요. 제가 후크 IPO를 맨정신으로 준비하길 바라지 않으세요?"

케일럼은 입술을 내밀고 잠시 생각한 뒤 고개를 저었다.

"아니요."

그러고는 다시 웨이트리스를 보며 말했다.

"우리 둘 다 보드카 마티니로 갖다 줘요. 올리브 추가해서."

"하지만……."

태라가 입을 열자 케일럼은 그녀를 보았다.

"알겠습니다."

태라가 말했다. 사실 그녀도 마티니를 무척 좋아했다.

웨이트리스가 사라지자 태라는 이 만남이 업무와 관련된 것임을 상기하고 다시 케일럼을 돌아보았다.

"무슨 일로 보자고 하셨나요?"

"지분을 정리하고 싶어요."

그가 대답했다.

"네?"

태라는 입을 다물지 못하고 앞으로 상체를 내밀었다.

"그건 안 돼요. 사외 최대 주주이시잖아요."

"그래서요?"

"IPO 때 케일럼 리스 씨가 얼마나 매도하는지 공개해야 하거든요. 전부 다 정리하시면 사람들은 주식이 과대평가되었다고 생각할 거예요. 자기들이 모르는 뭔가가 있는 모양이라고 넘겨짚는다고요."

케일럼도 이런 사실을 모르지 않을 것이다. 그녀는 계속 말을 이었다.

"그럼 공모주에 대한 수요가 떨어질 테니 주가를 높게 책정할 수가 없고요."

케일럼은 어깨를 으쓱했다.

"난 빠지고 싶어요."

"안 돼요."

그녀가 억지를 부렸다.

"되는 일이고, 그렇게 할 겁니다. 난 어차피 마음을 바꾸지 않을 거니까 그냥 즐겁게 술이나 마시며 더 재미있는 이야기를 나누죠."

그는 웨이트리스가 놓고 간 그릇에서 아몬드 하나를 집어 들며 다시 입을 열었다.

"L. 세실에서 일한 지 얼마나 됐어요?"

"주가가……. 적어도 25퍼센트는 떨어질 거예요."

태라는 머릿속으로 주가 산정 모델을, 그런 뒤 캐서린 와일리를 떠올렸다. 이제 프릭 컬렉션 행사는 물 건너갔다. 이 거래가 삐걱거린다는 소식이 캐서린의 귀에 들어가는 순간, 그 행사의 참석자는 태라가 아닌 다른 사람으로 교체될 것이고 태라는 캐서린의 눈에 띄지 않았을 때보다 훨씬 더 뒷전으로 물러날 게 분명했다. 그녀가 다시 말했다.

"그 말은 곧 케일럼 리스 씨의 지분 가치도 25퍼센트 떨어진다는 뜻이잖아요. 그 말은 곧 IPO 이후에는 주가가 25퍼센트보다 더 떨어질 가능성이 있기 때문에 더 손해를 보지 않기 위해 25퍼센트의 손해를 감수하고라도 지분을 정리하려 한다는 뜻이고요. 5월까지만 갖고 계시면 안 될까요?"

케일럼은 그녀의 질문을 무시하고 말을 돌렸다.

"그 일 좋아합니까? 월가에서 일하는 게 좋아요?"

태라도 단념하지 않았다.

"그러시면 안 돼요. 조시와 얘기해보셨어요?"

"난 싫을 것 같은데."

케일럼은 자세를 고쳐 앉으며 계속해서 자기 생각을 쏟아냈다.

"확신도 없이 정장을 입고 진짜 가치를 창조하는 척하며 돌아다니는 일이잖아요. 그래 봐야 기껏 돈 놓고 돈 먹는 일인데. 돈이 세상에서 제일 중요한 것처럼 말이죠."

"억만장자께서 그런 말씀을 하시다니요."

그녀는 결국 그의 미끼를 물었다.

"난 돈을 위해 뭔가를 한 적은 없어요. 아마 그래서 돈을 그렇게 많이 벌었을 겁니다."

"왜 그렇게 후크에서 빠지고 싶어하세요?"

태라는 그의 수작에 넘어가지 않을 생각이었다.

"이제 확신이 없어서요."

"왜요?"

"직감이죠."

"좀 더 그럴듯한 이유가 있어야 할 것 같은데요."

"직감보다 더 그럴듯한 이유가 있나?"

"팩트 아닐까요? 후크는 아무 문제가 없어요. 제가 후크 데이터를 꼼꼼히 조사했답니다."

"팩트와 진실이 같은 말인가?"

"네?"

"철학적인 문제죠. 팩트를 진실과 동일시한다면 삶의 거의 모든 것을 놓치고 있는 셈입니다."

"투자 결정에선 철학적인 사색을 배제해야 한다고 생각하는데요."

"그럼 당신이 후크를 좋아하지 않는다는 팩트는 어때요?"

"저는 표적 인구가 아니에요."

"스물여덟 살의 독신녀인데? 그 정도면 표적 인구죠."

태라는 얼굴이 빨개졌다. 그녀가 스물여덟 살의 독신이라는 사실을 어떻게 알았을까?

웨이트리스가 술을 가져오자 케일럼은 태라와 잔을 부딪치며 말했다.

"진실을 위하여."

태라는 마티니를 홀짝거리며 다른 논거를 생각해냈다. 그러곤 입을 열었다.

"좋아요. 진실을 말씀드리죠. 저는 케일럼 리스 씨가 오직 직감을 이유로 IPO의 성공을 위협할 수도 있는 일을 하는 건 너무도 이기적이라고 생각합니다."

"어째서 그렇죠?"

"리스 씨에겐 돈이 중요하지 않겠지만 그건 이미 기댈 수 있는 돈이 아주 많기 때문이에요. 하지만 정말 지분을 정리하신다면 리스 씨의 지분뿐 아니라 모두의 지분이 25퍼센트 떨어지잖아요. 돈이 필요한 사람들의 지분까지 말이죠."

케일럼은 손가락 하나를 들어 올리며 입을 열었다.

"첫째, 내가 돈을 상관하지 않는 건 기댈 돈이 많기 때문이 아니에요. 그 두 가지는 서로 연관성이 없어요. 그리고 둘째, 돈이 필요하다고 생각하는 사람이라면 그 돈이 한 남자의 결정에 따라 25퍼센트씩 가치가 좌우될 만큼 종잡을 수 없는 물건이라는 점을 인지하고 자신의 원칙에 대해 진지하게 다시 고려해봐야 하겠죠."

"후안 라미레스 같은 사람도 있잖아요."

"후안이 누굽니까?"

"후크의 첫 직원이요."

태라는 이런 논거를 생각해낸 스스로를 대견해하며 계속 말을 이었다.

"후안은 여덟 살 때 아버지가 후아레스에서 총에 맞아 숨지고 어머니와 함께 캘리포니아로 이주했어요. 저소득층 단지에서 자랐고 어머니는 애서턴의 부유한 벤처투자가들 집에서 청소를 하며 돈을 벌었죠. 그런 환경에서도 갱단에 휩쓸리지 않고 장학금으로 버클리 대학에 다녔는데, 그런 사람이 이제 후크 지분 덕분에 난생처음 돈을 만지게 되었어요."

"얼마나요?"

"주당 26달러일 경우 2억 달러요."

태라는 미소를 지으며 덧붙였다.

"아메리카 드림이죠."

"그런데 이 못된 영국 노인네가 지분을 정리해버리는 바람에 겨우 1억5천만 달러만 갖게 생겼네요."

그런 다음 자신의 말을 정정했다.

"아니, 세금을 제하면 7천5백만 달러죠."

"맞아요."

케일럼은 무언가를 생각하는 듯 눈썹을 치켜 올렸다. 태라는 승리감에 도취되어 마티니를 홀짝거렸다.

케일럼은 아무 말도 하지 않고 술을 마시며 그저 그녀를 뜯어보았다.

"왜요?"

마침내 그녀가 물었다.

"스물 몇 살짜리 청년이 7천5백만 달러를 갖게 됐는데, 2천5백만 달러를 더 갖지 못하게 한다고 나더러 나쁜 놈이라는 겁니까?"

"리스 씨는 20억 달러를 가졌잖아요!"

"그게 무슨 상관입니까? 그 청년은 인생 망쳤네요."

태라는 고개를 저으며 상체를 내밀었다.

"아뇨. 그 청년은 드디어 마땅한 대가를 얻게 되었죠."

"그 친구가 7천5백만 달러를 받고 나면 어떤 대가를 치러야 하는지 알아요? 자산관리자나 부동산 중개인, 친한 척하는 대학 동기들 때문에 메일함이 넘쳐날 겁니다. 하루에 500통씩 메일이 오면 답장할 재간이 없겠죠. 그럼 또 어떻게 될까요? 제 주제도 모르는 건방진 놈이라고 다들 욕할 겁니다. 그 와중에 그 친구는 캐딜락 에스컬레이드를 사고 은퇴할 테고, 3년쯤 지나면 진정한 친구도 없고 인생의 목표도 없고 아직 현역에 남아 있는 프로그래머들보다 나을 것도 없다는 사실을 깨닫겠죠. 돈은 이미 절반쯤 써버렸지만 그렇게 돈을 쓰고도 행복해지지 않을 테고요."

"그야 모르는 일이죠."

"아뇨, 난 알아요. 실리콘밸리에서 그런 경우를 수십 번 목격했거든요. 구글 초창기 멤버나 페이스북의 벼락부자 250명만 봐도 알 수 있죠."

"그럴 수도 있겠지만 그래도 리스 씨가 대신 결정해줄 일은 아니 잖아요."

"그야 그렇죠. 하지만 난 내가 가진 정보를 토대로 나를 위해 옳다고 생각하는 일을 할 수 있고, 더 이상 후크와 엮이고 싶지 않단 말입니다."

태라는 속이 부글부글 끓었다.

"하지만 다른 사람들……."

"하지만은 그만하죠. 이쪽에 대해선 내가 더 잘 알아요."

"저는 이쪽에서 일을 시작한 사람이에요."

"그럼 잘 알겠네요. 후크의 첫 직원인 후안은 발기인 주를 받아야 했지만 그 대신 스톡옵션을 받았어요."

태라는 어깨를 으쓱했다.

"그런다고 달라지는 게 있나요?"

"후안 입장에선 얘기가 완전히 달라지죠. 그리고 그런 점을 통해 조시 하트가 어떻게 의사 결정을 내리는지 엿볼 수도 있고요. 난 빠질 겁니다."

케일럼이 말했다.

"그럼 저는요?"

태라는 자기도 모르게 나지막이 내뱉었다.

"무슨 뜻이죠?"

"저는 이번 IPO가 잘 되어야 성공할 수 있어요."

태라가 말했다.

그는 미동도 하지 않고 그녀를 보았다. 아버지 같은 심정인지 친구로서의 관심인지, 아니면 성적으로 끌린 것인지 그녀로선 분간되지 않았다.

"이번 일을 기회로 생각하는군요."

질문이 아니라 단정이었다.

그녀는 솔직하게 답했다.

"네. 이 회사에서 7년 가까이 일했는데 제 평생 처음으로 어떤 목표에 다가가고 있다는 느낌이 들거든요. 그 모든 게 헛되지만은 않았다는 생각이 들기 시작했어요."

"그 목표가 뭐죠?"

"방금 캐서린 와일리의 이메일을 받았어요."

그녀는 시선을 내리고 케일럼 같은 사람에겐 이런 일이 얼마나 하찮게 느껴질까 생각하며 웃음을 터트렸다. 그러고는 계속 말을 이었다.

"기업금융 부문 총책임자인 그분이 2주 뒤에 열릴 행사에 회사 대표로 참석해달라고 했어요. 별일 아닌 것처럼 보이겠지만, 우리 은행에서는 저 같은 사람을 고속 승진시킬 때 이런 방법을 사용하거든요."

그녀는 눈을 들어 그를 보았다.

"저한테는 기회예요. 하지만 이 IPO가 잘못되면 그 기회도 사라져 버릴 거예요."

"캐서린 와일리처럼 되고 싶어요?"

"그럼요."

태라는 반사적으로 대답했다.

"정말이에요?"

그가 다그치듯 물었다.

"엄청난 영향력을 가진 아름답고 성공한 여성이잖아요. 남편과 두 자녀가 있고 어퍼이스트사이드의 펜트하우스에 살고 있는데, 당연히 그렇게 되고 싶지 않겠어요?"

태라는 웃음을 터트렸다.

케일럼은 마티니를 한 모금 마셨다.

"내가 기대한 사람이 아니었군요."

마침내 그가 말했다.

태라는 등을 꼿꼿이 폈다. 그의 말이 무슨 뜻인지 아리송했다.

"필 돌턴은 얼마나 내놓는답니까?"

그가 물었다.

"3분의 1이요."

"그럼 나도 3분의 1만 정리하죠."

케일럼이 말했다.

"정말이에요?"

태라가 희망에 찬 얼굴로 물었다.

"그러죠. 축하의 의미로 마티니를 한 잔 더 마신다면."

케일럼이 대답했다.

태라는 다시 긴장하며 조심스럽게 물었다.

"무얼 축하하는 거죠?"

"그건 봐야 알 것 같은데요."

그는 그녀와 건배를 하고 술을 길게 한 모금 들이켜며 연갈색 눈으로 그녀의 눈을 보았다. 그녀는 뭐라 형언할 수 없는 낯선 느낌에 발가락이 저릿했다.

토드

토드는 도무지 집중할 수가 없었다. 태라는 어떻게 바람둥이로 소문난 남성 고객과 다운타운에서 저녁 8시에 그런 복장으로 만나는 것이 적절한 일이라고 생각할까? 그리고 케일럼은 섹스를 하려는 게 아니라면 토드 자신이 아닌 태라에게 만나자고 할 이유가 없었다. 여자들은 자신들을 대상화한다고 투덜거리다가도 그런 일이 자기에게 유리한 쪽으로 작용하면 더 이상 불평하지 않는다.

애널리스트 한 명이 그들이 심리스 웹(Seamless Web, 온라인이나 모바일 앱을 통해 음식을 주문할 수 있는 온라인 주문 배달 서비스–옮긴이)을 통해 주문한 음식을 회의실로 가져다주었다. 세 사람이 먹기엔 꽤 많은 양이었지만 L. 세실의 야근 식대 한도가 40달러였으므로 그보다 싼 음식을 주문하면 손해 보는 기분이 들었다.

토드는 잠시 일을 놓고 치킨 파르메산을 먹으며 그날의 뉴스를 읽기로 했다. 블룸버그의 톱기사 제목은 '스탠퍼드 학생의 죽음, 새로운 마약 전쟁에 불을 붙이다'였다. 그는 기사를 열었다.

캘리포니아, 팰로앨토— 스탠퍼드 대학은 토요일 보도자료를 통해 이 대학 4학년생인 켈리 제이컵슨이 지난 목요일 아침 자신의 기숙사 방에서 숨져 있는 것을 담당 사감이 발견했다고 밝혔다. 사인은 MDMA 과용에 의한 심장마비로 공식 판명되었다. '몰리'로도 알려져 있는 MDMA는 20대 청년들이 콘서트장에서 즐겨 사용하는 마약이다. 이 여대생의 사망은 스탠퍼드 대학 사회를 충격에 빠뜨렸으며 아울러 워싱턴에서 다시 불거지고 있는 밀레니엄 세대의 마약 상용 논쟁에 불을 지피고 있다.

칼 캠프 하원 의원(네브래스카 주 공화당)은 다음과 같이 주장했다. "마리화나를 합법화하고 마약 거래상들에 대한 처벌 수위를 낮추면 이런 일이 일어난다. 이 나라의 가장 유망한 학생들이 진보 사단에 의해 퇴폐해가고 있다. 마약 거래에 대한 처벌을 다시 강화해야 한다. 무기징역이 답이다."

인종평등회의 션 로빈슨 회장은 다른 의견을 내놓았다. "이번 사건이 주목을 끄는 이유는 단지 켈리가 일류 대학에 재학 중인 백인이며 몰리가 백인 특권층 청년들의 마약이기 때문이다. 비극을 논하려면 저소득층 단지에 가보시라. 그곳에선 매주 수십 명의 가난한 청년들이 사망하지만 아무도 관심을 갖지 않는다."

"혹시 몰리 해봤어요?"

토드가 네하를 무시하고 보에게 물었다. 네하는 해봤을 리가 없으니까.

"당연하죠. 왜요?"

보가 물었다.

"그냥 켈리 제이컵슨 기사를 읽다 생각나서."

보는 숨을 훅 들이마셨다.

"아. 참 안됐죠."

"어때요?"

토드는 마약을 한 번도 복용해보지 않았다. 대학 시절에는 전미 대학체육협회에서 불심 검문을 했으므로 시도조차 하지 못했고 졸업한 뒤로는 술로 충분히 욕구를 해소할 수 있었다.

"엑스터시랑 비슷한데 좀 더 순도가 높아요."

보는 눈을 비비며 말했다. 그러곤 토드가 엑스터시도 시도해본 적이 없다는 사실을 깨닫고 계속 말을 이었다.

"행복감에 도취되고 모든 감각과 감정이 좀 더 예민해지죠. 애정이 넘쳐나고요. 성적으로 그렇다는 게 아니라 왜 있잖아요. 사람들이 다 좋아 보이고 정말 친한 사이 같고, 그런 거요."

"숙취도 있나?"

보는 고개를 저었다.

"이틀쯤 지나 뇌에서 세로토닌이 다 빠져나가면 둥둥 떠 있던 기분이 가라앉죠. 그럼 꽤 힘들어지기도 해요."

그는 어깨를 으쓱하며 덧붙였다.

"그래도 술로 인한 숙취보다는 나아요."

"재미있네."

토드가 말했다. 그러곤 다시 후크 S-1 문서 작업으로 돌아가 리스크 요인 부분의 초안을 작성하기 시작했다. 이 부분을 작성할 때면 늘 기가 찼다. 특히 후크처럼 수익성 없는 테크놀로지 기업의 경우에는 더욱 그랬다. 투자자들에게 어느 것 하나 리스크가 되지 않는 조건이 없었다. 후크는 수익 모델이 없는 데다, 반사회적 인격장애자인 CEO와 사회성이 빵점인 CFO가 이끌고 있었다. 토드가 아는 한, 후크의 가치를 높여주는 것이 있다면 오로지 그 자신처럼 성적 매력이 충만한 남자들이 포진해 있다는 점뿐이었다.

그는 이렇게 적어 넣었다.

+ 매력적인 남녀들이 더 좋은 데이트 앱을 찾을 경우

+ 한 명의 상대에게만 충실한 연애가 인기를 끌 경우

"혹시 스탠퍼드 시절에 두 분이 잤어요?"

토드는 눈을 들었다.

"뭐라고요?"

"T2하고 말예요. 대학 때 두 분이 사귀었어요?"

토드는 고개를 저으며 다시 컴퓨터로 눈을 돌렸다.

"내 타입 아니에요."

"혹시 T2가 케일럼 타입일까요?"

토드는 어깨를 으쓱하며 아무렇지 않은 척 대답했다.

"별로 관심 없는데."

"그 두 사람이 크로스비 스트리트 호텔에 있는 거 아세요?"

"뭐?"

토드는 고개를 휙 들었다. 그저 다운타운에서 순수하게 업무를 위해 만나는 척하더니 그 남자의 호텔에서 술을 마신다고?

"어휴."

한쪽에서 네하가 비난 섞인 목소리로 내뱉었다. 토드는 네하의 존재를 잊고 있었다.

보는 탁자 위로 자신의 전화기를 밀어 토드에게 지도를 보여주었다. 크로스비 스트리트 호텔 위에 파란 점 하나가 떠 있었다.

"태라가 어디에 있는지 어떻게 알아요?"

"후크로 위치 추적을 하고 있거든요."

보는 흡족한 듯 빙긋 웃었다.

"그런 건 안 되던데."

토드는 고개를 저으며 말했다. 그는 후크를 자주 사용했다. 반경 약 400미터 안에 어떤 여자들이 있는지 파악할 수는 있었지만 그들의 정확한 위치를 알 수는 없었다.

"그 사용자의 설정을 바꾸면 가능해요."

보는 어깨를 으쓱하며 대꾸하고는 다시 전화기를 보았다. 그러니까 아까 보는 태라의 전화기를 가져가서 설정을 바꾼 모양이었다.

"그걸 어떻게 알았어요?"

"조지타운 대학 다닐 때 컴퓨터공학이 부전공이었거든요. 그나저나 태라가 케일럼과 눈 맞아서 달아나면 하비가 엄청 화낼 텐데."

"뭐라고요?"

"똑똑한 여자라고 회사에서 돈을 쏟아부어 실컷 가르쳐놓으면 회사를 위해 어떤 가치를 창출하기도 전에 그만두고 결혼한다고 역정을 내시거든요."

"태라가 그럴 것 같아요?"

보는 주위를 둘러보며 대꾸했다.

"증권자본시장부 VP보다는 억만장자 아내로 사는 게 낫지 않겠어요?"

"케일럼은 쉰 살이 다 됐잖아요."

보는 어깨를 으쓱했다.

"저는 차라리 태라가 가버렸으면 좋겠네요. 어차피 아무것도 안 하잖아요."

네하가 눈을 들지 않고 말했다.

"뭐라고?"

토드는 네하를 돌아보았다. 이 애널리스트가 왜 그렇게 화를 내는지 궁금했다.

네하가 말했다.

"죄송해요. 직접 뽑으신 건 알지만 정말이지 할 줄 아는 게 하나도 없다고요. 저한테 파워포인트 자료를 전부 다 수정하라고 하더라고요. 난 더 중요한 일이 있는데."

"네하는 애널리스트잖아요."

보가 지적했다.

"토드의 애널리스트죠. 증권자본시장부 애널리스트가 되고 싶었으면 그쪽으로 갔겠죠. 태라는 머리 손질하는 시간만 줄여도 직접 일할 수 있을 거예요."

네하의 말에 토드는 웃음을 터트렸다.

"왜 그렇게 화가 났어?"

그러자 네하가 말했다.

"태라 때문에요! 저는 오늘 밤에 승진 신청서를 작성해야 한다고요. 그런데 술 마시러 간 태라 때문에 지금 딴 일을 하고 있잖아요."

네하는 안경을 밀어 올리고 다시 컴퓨터를 보았다.

"무슨 승진? 지금 2년 차 아니야?"

토드가 물었다. 애널리스트들은 3년 차가 되어야 어소시에이트로 진급할 수 있었다.

"맞아요. 하지만 맷과 로히트가 그만두어서 2년 차 중 두 명을 조기 승진시킨대요."

토드는 그 점에 대해 생각해보았다. 네하가 승진을 노리고 있다면 이번 일을 훨씬 더 열심히 할 것이다. '좋은' 일이었다.

"이동하는데요."

보가 탁자에 놓은 전화기를 보며 말했다. 파란 점이 시내를 가로지르다 그리니치 거리에서 멈췄다. 보가 물었다.

"태라가 웨스트 빌리지에 살아요?"

토드가 어깨를 으쓱했다.

"다행히 도망가진 않을 모양이네요. 그런 고리타분한 억만장자와 자려고 했으면 그냥 그 호텔에 있었겠죠. 저라면 그럴 것 같아요. 크로스비 스위트룸이 끝내준다던데."

보가 말했다.

이제 토드는 화가 치밀었다. 태라는 케일럼과 어떻게든 엮여보려고 애쓰고 있었다. 게다가 할 일이 산더미인데 10시 45분에 집으로 돌아가다니. 차라리 릴리언이 나았을지도 모른다. 아니면 그에게 반한 증권자본시장부 게이 중 한 명을 택하는 편이 나았을지도.

"보, 혹시……."

토드는 보에게 말을 걸려다 옆에서 네하가 씩씩거리고 있다는 사실을 떠올리고 대신 보에게 인스턴트 메시지를 보냈다.

토드: 한잔 어때요?

보: 기다리고 있었어요.

토드: 캠벨 아파트먼트?

보: 제가 먼저 갈게요.

토드: 금방 뒤따라가죠.

보는 숨을 깊이 내쉬고 컴퓨터를 닫았다.

"아, 피곤하다. 괜찮다면 저는 집에 가서 잠깐 눈 좀 붙이고 일어나서 할게요."

네하의 입이 떡 벌어졌다.

"농담이죠? 아직 절반도 못 끝냈잖아요. 우린……."

보는 한 손을 들어 올렸다.

"내 한계는 내가 잘 알아요, 네하. 잠깐 눈을 붙인 뒤 한밤중에 운동하고 다시 시작하면 생산성이 더 높아질 겁니다."

네하는 도움을 바라는 듯 토드를 보았다. 토드가 설명했다.

"어소시에이트의 특전이지. 이번 일 열심히 하면 네하도 정말 승진할 수 있을 거야. 그럼 그때 똑같이 하면 되잖아."

네하는 씩씩거리며 다시 컴퓨터를 보았다. 화가 난 듯했지만 한편으론 의욕에 차 있었다. 기특하기는. 보는 짐을 챙겨 회의실을 나갔다.

10분 뒤 토드는 컴퓨터를 닫았다.

"네하가 모델 완성할 때까지 내가 할 수 있는 일은 다 했어. 난 가서 눈 좀 붙일게. 언제쯤 끝날 것 같아?"

네하는 걱정스러운 얼굴로 자신의 컴퓨터를 보았다.

"6시쯤엔 드릴 수 있어요. 늦어도 6시 30분. 그 정도면 괜찮을까요?"

"그래. 괜찮아."

토드가 말했다.

"알겠습니다."

네하는 다시 화면을 보았다.

토드는 자리에서 일어나며 말했다.

"태라가 맡긴 일에 대해선 내가 태라한테 얘기할게. 일단 지금은 내가 보낸 거 끝내고 그런 다음 신청서 작성해. 알았지? 태라가 시킨 일은 급하지 않아."

"고맙습니다."

네하는 정말 고마워하는 얼굴로 그를 올려다보았다.

"그래."

토드가 말했다. 그러곤 아래로 내려갔다. 회의실에 앉아 태라 때문에 속을 끓이고 있느니 잠깐 쉬는 편이 나을 것이다. 그는 추위에 단단히 채비를 하고 막 눈이 내리기 시작한 파크 애비뉴로 나가 바람을 가르고 걸어갔다. 그랜드 센트럴 터미널에 있는 호화 술집 캠벨 아파트먼트에 이르자 보가 이미 여자 두 명과 이야기를 나누고 있었다.

캠벨 아파트먼트에는 두 가지 이점이 있었다. (1) 금융계 사람들이 자주 온다고 알려져 있어 L. 세실 명함만 내밀면 기꺼이 섹스하려고 달려드는 여자들이 있다는 점, 그리고 (2) 자정에 문을 닫기 때문에 자연스레 여자를 꾀어 섹스하고 나서도 여섯 시간이나 잠을 잘 수 있다는 점이었다. 클럽이나 새벽 2시까지 하는 술집에 가면 여자들이 꼭 노래 한 곡만 더 듣고 가자고 조르곤 했다. 토드는 시계를 보았다. 11시 15분, 두 여자 중 하나에게 작업을 마무리하기에 꼭 알맞은 시각이었다. 주말 이후로 섹스하지 못했으니 주 중에 한 번 기운을 북돋는 것도 나쁘지 않았다.

"L. 세실의 이인자를 만나셨군요."

토드가 느릿느릿 바 자리로 다가가며 여자들에게 말했다.

짧은 검정 스커트를 입고 10센티미터 굽의 에나멜 구두를 신은 자그마한 금발 여자가 거대한 젖가슴을 그에게로 돌렸다.

"일인자는 누군데요?"

그녀는 입술을 오므려 빨대를 물었다.

"접니다."

그는 빙긋 웃으며 여유롭게 바 쪽으로 몸을 돌려 술을 주문했다. 여자가 달뜬 눈으로 그를 좇는 것이 느껴졌다. 45분이 채 안 걸릴지도 모른다. 그녀와 10분 동안 겉도는 대화를 나누는 사이, 토드는 태라와 케일럼 생각에 점점 화가 치밀었다.

"솔직하게 말할게요."

토드는 패션 위크가 어쩌고 떠들어대는 여자의 말을 잘랐다. 여자의 이름은 이미 기억나지 않았다.

"난 오늘 아주 긴 하루를 보냈고 정말 피곤한 상태예요. 보 이 친구와 잠깐 술을 한잔 하고 들어가서 자려고 했죠."

여자의 가슴이 실망한 듯 축 늘어졌다.

"그런데 당신을 만나서 지금 엄청 갈등하고 있어요. 정말 피곤한데 이렇게 헤어지고 싶진 않거든요."

그녀는 다시 자신감을 찾고 눈썹을 치켜 올렸다.

"그럼 제 번호 드릴 테니까 다음에 밖에서 만나⋯⋯."

"그런데 사실은 제가 지금 굉장한 일을 진행하고 있어요. 얘기해 주고 싶지만 극비 사항이라 그럴 수가 없네요. 그리고 앞으로 두 달 동안은 말 그대로 24시간 쉬지 않고 일해야 하죠. 그런데 그때가 되면 이미 다른 남자가 채갔을 것 같은데요."

그러곤 고개를 저으며 덧붙였다.

"이런 분은 시장에 오래 남아 있지 않죠."

여자는 망설이며 생각에 잠겼다. 그러곤 물었다.

"그럼 오늘 밤?"

"아, 사실 난……."

그는 민망한 척하며 아래를 보다 다시 눈을 들었다.

"진심이에요? 난 원래 그렇게 빨리……."

"저도 그러지 않아요."

그녀가 그의 말을 끊고 킬킬거렸다. 그러나 관심이 있는 듯 다시 말했다.

"하지만 모든 일에는 처음이 있는 법이죠. 안 그래요?"

그들은 택시를 타고 가서 한 시간 정도 섹스를 나누고 그저 그런 구강 섹스를 즐겼다. 그런 다음 토드는 베개를 베고 태라를 잊은 채 기절하듯 잠이 들었다.

찰리
3월 12일 수요일, 캘리포니아 주 팰로앨토

찰리가 메모리얼 교회 뒤에 차를 세우자 검은 옷을 입은 여자가 그를 교회 한구석에 마련된 공간으로 안내했다. 의자에 앉아 있는 어머니를 보자 눈시울이 뜨거워졌다. 어머니는 작은 몸을 잔뜩 웅크리고 있었고 아버지는 속수무책으로 그 옆에 서 있었다.

"저 왔어요."

그가 어머니의 어깨를 가만히 어루만졌다. 그를 보자 어머니는 다시 흐느끼기 시작했다. 그는 두 팔로 어머니를 감싸 안았다.

그는 이스탄불에서 오늘 아침에 도착해 곧장 켈리의 장례식이 열리는 스탠퍼드 캠퍼스로 향했다. 라지는 금요일에 소식을 전하고 바로 출발하라고 했지만 찰리는 인수인계를 하고 가겠다고 고집을 부렸다. 아직 진실을 마주할 준비가 되지 않았기 때문이다.

그는 켈리가 약물 과용으로 사망했다고 들었다. 지난주 수요일에 그와 스카이프로 통화할 때 언급했던 그 콘서트장에서 몰리를 복용한 뒤 기숙사로 돌아와 자기 침대에서 숨을 거뒀다는 것이었다. 찰리는 몰리로 사람이 죽을 수 있다고는 생각하지 않았다. 그런데 그다음 날 아침 기숙사 사감이 켈리가 의식불명 상태인 것을 발견했다고 한다. 사감은 켈리를 병원으로 데려갔지만 때는 이미 늦었다. 켈리의 공식적인 사인은 열사병에 따른 심장마비였고, 열사병의 원인은 그녀의 혈관에 남아 있는 몰리였다.

찰리는 그 소식을 받아들였지만 여전히 믿을 수가 없었다. 그와 켈리는 누구보다도 가까운 사이였다. 켈리가 마약에 빠졌다면 그가 모를 리 없었다. 그렇지 않은가?

혹시 찰리 자신이 켈리를 밀어낸 것은 아닐까? 작년에 켈리가 L. 세실에서 인턴으로 일하게 되었다고 했을 때 그는 몹시 화를 냈다. 하지만 그 하계 인턴십을 끝내고 나면 켈리는 그 은행에 대해 흥미를 잃을 거라고 확신했었다. 찰리 자신이 대학 시절에 몹시 싫어하던 쓸모없는 인간들, 즉 정장만 입으면 남자가 된다고 믿는 그런 인간들을 만나보고 그들에게 자신의 재능을 내주는 일이 얼마나 무가치한 일인지 깨닫게 되리라고 생각했다. 그러나 켈리는 그러지 않았다. 그애가 졸업 후에 그 회사에 들어가기로 결정했다는 얘기를 들고 찰리는 기가 막혔다.

그래서 결국 그가 세상 누구보다도 사랑했던 여동생과의 마지막 대화는 실망으로 얼룩져 버렸다. 그는 그 한심한 사실에 집중했다. 켈리가 정말 세상에 없다는 사실을 마주하기보다는 자신에게 화를 내는 편이 더 쉬웠기 때문이다.

교회 종이 울리자 목사가 예배당 문을 열었다. 사람들이 넘쳐났다. 오르간 소리에 윙윙거리는 흐느낌 소리가 섞이자 그의 어머니는 다시 두 손에 얼굴을 파묻고 몸을 떨며 울기 시작했다. 찰리는 아버지와 함께 어머니가 쓰러지지 않도록 부축해 맨 앞자리로 데리고 갔다.

두 시간에 걸쳐 켈리의 학교 친구들은 그녀가 웃고 있는 사진 앞에서 따뜻하고 활기찼던 그녀를 기리는 눈물의 추모 연설을 이어 갔다.

목사가 마지막 기도를 올리고 스탠퍼드 아카펠라 그룹이 〈놀라운 은총〉을 부르고 나자 조문객들은 천천히 교회를 나가 캠퍼스 곳곳에서 조직된 각종 지원 단체에 합류했다.

"이쪽으로 오세요."

성서를 낭독했던 여자가 조용하면서도 단호한 목소리로 찰리에게 말하며 그의 가족을 옆문으로 안내했다.

"무슨 일입니까?"

찰리가 속삭이는 목소리로 물었다.

"기자들이 왔어요. 막으려고 했는데 스탠퍼드 캠퍼스는 개방된 곳이어서요."

여자는 미안한 투로 대꾸했다.

"기자들이 왜 온 거죠?"

찰리가 물었다.

"칼 캠프 때문이 아닐까요?"

그녀가 답했다. 그러나 찰리가 그 일에 대해 전혀 모른다는 사실을 깨닫고 입술을 깨물며 다시 말을 이었다.

"칼 캠프 하원 의원이요. 지금 켈리 사건을 논거로 들어 마약 정책을 강화해야 한다는 주장을 펼치고 있거든요."

"제가 요즘 뉴스를 못 봤습니다."

찰리는 솔직하게 말했다. 그는 누군가가 켈리의 사건을 다루려 할 거라고는 생각조차 하지 못했다. 다들 시리아를 걱정하고 있는 게 아니었단 말인가?

여자는 자신 없는 목소리로 말했다.

"잠깐 그러다 누그러지겠죠. 어쨌든 세라 거리로 가세요. 그쪽이 안전할 거예요."

그의 부모님이 슬픔에 잠겨 상황을 전혀 인지하지 못한 채 뒷자리에 올라타자 찰리는 차를 몰고 도로로 들어섰다. 그러나 누군가가 트렁크를 두드리는 소리에 그는 급브레이크를 밟았다. 한 여학생이 눈물을 줄줄 흘리며 운전석 창문으로 왔다.

찰리는 창문을 내렸다.

"정말 죄송해요. 정말, 정말, 정말 죄송해요."

여학생이 가슴을 씨근거리며 울부짖었다.

찰리는 기어를 주차에 놓고 차에서 내리며 아버지에게 말했다.

"금방 올게요."

여학생은 으슬으슬한 추위에 가녀린 어깨를 움츠린 채 떨면서 흐

느끼고 있었다. 찰리는 안뜰 가장자리의 지붕 덮인 통로로 여학생을 데리고 들어가 그녀의 두 팔을 잡았다. 그녀의 괴로움에 찰리 자신의 괴로움이 잠시나마 누그러지는 듯했다.

"무슨 일이에요? 괜찮아요?"

그녀는 코를 훌쩍거리며 고개를 저었다.

"아뇨. 괜찮지 않아요. 다 제 잘못이에요."

"뭐가 자기 잘못이라는 겁니까?"

그는 어느새 기자의 태도로 돌아갔다.

"켈리요. 제가 그애를 죽였어요."

그녀는 이렇게 말하며 다시 격하게 흐느꼈다. 예쁜 얼굴이 일그러졌고 마스카라가 뺨을 타고 흘러내렸다.

찰리는 최대한 차분하게 말했다.

"그런 것 같진 않은데요. 무슨 일인지 말해봐요."

그러자 여학생이 입을 열었다.

"제가 괜찮을 거라고 했어요. 켈리는 그런 걸 꼭 해봐야 하느냐고 했는데 제가 잠깐 즐겨보는 것도 나쁘지 않다고 했다고요. 켈리는 불안해했지만 제가 곁에 있어주겠다고 했어요. 그리고 정말 그렇게 했고요."

그녀는 커다랗고 순수해 보이는 파란 눈을 들며 말을 이었다.

"정말이에요. 제가 내내 같이 있었고 켈리는 딱 한 번 찍어 먹었어요. 정말 아주 조금이었어요."

그녀는 마치 찰리가 자신의 잘못을 사해줄 수 있기라도 한 듯 희망 어린 눈으로 그를 보았다. 그러고 보니 찰리는 그녀가 누구인지 알 것 같았다. 켈리의 친구 르네. 같은 사교클럽의 부유한 친구로,

그녀의 아버지 덕분에 켈리는 L. 세실 인턴십에 참가할 수 있었다.

"그다음엔 어떻게 됐어요? 조금 찍어 먹은 뒤엔?"

찰리는 끈기 있게 물었다.

"취한 것 같았어요. 평소보다 더 활기차고 다정하게 굴면서 이 사람 저 사람한테 사랑한다느니, 자기가 정말 행복하다느니, 뉴욕의 L. 세실에 들어가게 되어 정말 신난다느니 하고 다녔죠. 기숙사로 오는 내내 온전히 정신을 차리고 있었어요. 그러곤 제가 물을 갖다 줬죠. 물도 과하게 마시지 않았어요. 정말이에요! 그런 다음 켈리는 잠옷을 갈아입고 이를 닦았고, 저는 그애를 침대에 눕히고 잠들 때까지 보고 있다 문을 잠그고 나왔어요. 켈리는 괜찮았어요. 정말이에요. 하지만 그래도……."

벌어진 그녀의 입에서 또 한 번 격한 흐느낌이 쏟아져 나왔다.

"그래도 제가 끝까지 있어줬어야 했는데."

"학생 잘못이 아니에요. 그럴 줄 몰랐잖아요."

찰리가 말했다. 진심이었다.

"하지만 어떻게……. 어떻게 그렇게 됐는지 이해가 안 돼요. 우린 한 시간 반쯤 걸려서 돌아갔어요. 그애가 콘서트장에서 더 복용을 했다면 제가 혼자 두고 나오기 전에 약효가 돌았을 거예요."

그런 다음 그녀는 인상을 쓰며 물었다.

"그렇지 않을까요?"

그의 아버지가 차 문을 열었다.

"찰리, 그만 가면 안 되겠냐? 네 엄마가……."

"르네 맞죠?"

찰리가 물었다.

"네, 르네 슐츠. 같은 클럽 동기예요. 뉴욕에 가면 같이 살려 했고요."

"알려줘서 고마워요, 르네."

"정말 죄송해요."

그녀가 훌쩍거렸다.

그는 호텔로 차를 몰고 가 부모님을 내려준 뒤 자신도 방을 빌렸다. 그러곤 침대에 앉아 학생처장에게 받아온 켈리의 개인 비품 상자를 보며 생각에 잠겼다. 그 안에 무엇이 있는지 자신이 과연 알고 싶을까 하는 의문이 들었다.

켈리는 그에게 뉴욕에서 르네와 함께 살 거라는 얘기도 하지 않았다. 또 얘기하지 않은 것이 뭐가 있을까?

그는 열쇠를 집어 들고 밖으로 나가 다시 차에 올라탔다. 그러곤 이정표를 따라 스탠퍼드 병원으로 갔다.

"도착했을 때 이미 사망한 상태였어요."

붉은 곱슬머리에 땅딸막하고 둥글둥글한 여의사가 다음 진료를 보러 가면서 차트에서 눈을 들지도 않은 채 말했다.

찰리는 그 의사의 말투에 불쾌감을 느끼며 그녀를 따라갔다.

"하지만 기숙사 사감은 맥박이 있었다고 하던데요."

그러자 의사는 못 참겠다는 듯이 대꾸했다.

"그 사감은 그 여학생을 여기까지 태우고 왔을 때 음주운전으로 걸렸어야 할 상황이에요. 입에서도 술 냄새가 진동했죠. 단언하는데, 나한테 왔을 땐 이미 사망한 상태였어요. 내가 할 수 있는 일은 아무것도 없었다고요."

의사는 이렇게 말하며 문을 향해 돌아섰다.

"잘잘못을 따지러 온 게 아닙니다. 어떻게 된 일인지 알고 싶어서 그래요."

찰리가 말했다.

"어떻게 된 일이냐고요?"

의사는 다시 돌아서서 어이없다는 듯이 두 눈썹을 치켜세웠다.

"약을 왕창 먹고 섹스를 하고 죽었어요. 깊이 생각할 필요도 없다고요."

"섹스를 했어요?"

"네. 부검 결과 그렇게 나왔어요."

"DNA 검사 했어요?"

"아뇨. 약 때문에 죽었지 섹스 때문에 죽은 건 아니니까요."

"어떻게 약물 과다 복용이 나올 수 있는지 이해가 안 됩니다."

그가 집요하게 따졌다.

"다이어트 약 한 알에 아데랄 한 알, 애드빌(진통제) 여섯 알을 먹은 상태에서 몰리 1그램에 덱스트로메토르판제제(마약성 향정신성의약품의 일종-옮긴이)까지 복용했어요. 심장이 버텨낼 리가 없죠."

"몰리 1그램이요? 친구 말로는 한 번 찍어 먹었다던데요."

찰리가 말했다. 다이어트 약은 왜 먹었을까?

"그럼 그 친구가 거짓말하는 거예요."

의사는 마침내 걸음을 멈추고 좀 더 부드러운 말투로 물었다.

"왜 그렇게 관심을 갖는 거죠?"

"제 동생입니다."

의사는 무겁게 한숨을 쉬며 동정 어린 목소리를 준비했지만 그녀가 다닌 의대에서는 그것을 썩 제대로 가르치지 못한 듯했다.

"가까운 사람들은 진실을 받아들이기가 더 힘들다는 거 잘 알아요. 하지만 그래도 쓸데없이 일을 복잡하게 만들 필요는 없잖아요."

"당신은 내 여동생에 대해 아무것도 모르잖아요."

그가 날카롭게 말했다.

호텔에 돌아와서도 그의 맥박은 가라앉지 않았다. 도무지 이해가 되지 않았다. 차라리 중동에서 대학살이 일어났다면 그는 분명하게 사고하고 팩트를 직시하며 사건을 파헤칠 수 있었다. 그러나 이번 일은 그렇지 않았다. 그것은 '켈리'의 일이었고 그의 머릿속에 보이는 거라곤 그저 어둡고 깊은 구멍뿐이었다.

그는 학생처장에게서 받아온 상자를 다시 보았다.

호텔 미니바에서 위스키 작은 병을 꺼내 단번에 들이켜며 그 상자를 열어볼 준비가 되었는지 생각해보았다. 결국 보드카까지 마신 뒤에야 그는 상자를 열었다.

먼저 그는 켈리의 책들을 꺼냈다. 헨리 제임스와 버지니아 울프, 제인 오스틴의 책이 나왔고, 그 아래에 낡은 《죽음의 수용소에서》가 있었다. 켈리는 그것이 찰리 자신이 가장 좋아하는 책이라는 사실을 알고 있었다. 책등은 갈라졌고 군데군데 밑줄이 그어져 있었다. 그는 켈리가 그 책을 얼마나 많이 읽었는지 깨닫고 목이 메었다. 그 안에서 사진 한 장이 떨어지자 또 한 번 목이 멨다.

그는 뒤집어보지 않고도 그것이 어떤 사진인지 알았다. 켈리의 고교 졸업식 때 두 남매가 함께 찍은 사진이었다. 켈리는 졸업 모자와 가운 차림으로 활짝 웃고 있었고 그 옆에서 그도 그녀 못지않게 환하게 웃고 있었다. 당시 그는 막 튀니지에 정식으로 발령받았고 켈리는 졸업식에 오지 못해도 이해한다는 장문의 이메일을 보냈다. 그 메일을 받고 그가 얼마나 웃었는지 모른다. 연합통신사에서 그에게 노벨상감의 취재를 맡겼다고 해도 그는 마다했을 것이다. 동생이 졸업생 대표로 고별사를 낭독하는 모습은 절대 놓칠 수 없었다. 그는 켈리에게 알리지 않고 비행기표를 예약했고 켈리는 고별사를 끝내면서 찰리를 발견하고 무대에서 웃으면서 객석으로 달려 내려와 그를 껴안았다. 행정 담당자가 졸업식 도중에 뛰어 내려가는 켈리를 보고 경악했지만 아랑곳하지 않았다. 그가 기억하기론 그 이후로 그때만큼 행복했던 적이 없었다.

그는 책을 내려놓고 켈리가 같은 클럽 여학생들과 함께 찍은 사진들을 보았다. 그의 눈에는 켈리가 제일 예뻤다. 그다음엔 오래된 시험지와 과제물을 학기별로 정리한 바인더들을 훑어보았다. 켈리의 노트북컴퓨터와 아이폰, L. 세실 로고가 찍힌 물병도 두 개나 나왔다. 찰리는 눈을 굴리며 생각했다. 하나로 부족해서 두 개나?

상자의 맨 밑에는 노란 공책이 놓여 있었다. 찰리는 켈리가 대학에 들어가기 위해 집을 떠나는 날 자신이 보내줬던 그 일기장을 알아보고 또 한 번 가슴이 죄여왔다. 그는 조심스레 끈을 풀어 첫 일기를 읽었다.

2010년 9월 16일 목요일

이 일기를 어떻게 시작해야 할까? 왠지 정말 의미 있는 무언가를 써야 할 것 같다. 이 순간을 기념하는 심오한 말이라도 한 마디 적어야 하지 않을까? 지금 나는 JFK 공항에서 SFO(샌프란시스코 국제공항)로 가는 비행기에 타고 있다. 이렇게 쓰고 보니 정말 멋진 것 같다. S-F-O라니. 게다가 앞으로 수도 없이 SFO행 비행기를 탈 것이다. 와! 생각만 해도 전율이 인다. 정말 이런 일이 일어나다니 믿기지 않는다. 내가 캘리포니아로, 스탠퍼드로 가고 있다니. 이제 내 삶이 완전히 달라질 거라니. 이 일기장은 찰리 오빠에게 받았다. 캘리포니아에 한 가지 문제가 있다면 튀니지와 너무 멀리 떨어져 있다는 것이다. 하지만 오빠는 언제든 스카이프로 통화할 수 있다고 했다. 꼭 그래야 할 텐데. 그나마 오빠에게 무엇이든 털어놓을 수 있어야 대학 생활에 대한 두려움을 조금이라도 덜 수 있을 것 같다. 오빠가 이런 일기장을 사줘서 정말 다행이다. 그러니까 진짜 일기장 말이다. 컴퓨터 자판을 두드리고 있으면 왠지 솔직하게 적기가 어렵다. 가끔은 펜과 종이가 필요한 것 같다. 그래야 속내를 철저하게 털어놓을 수 있다. 이 정도면 좀 심오한가? 혹시 4년 뒤에 이 일기를 펼쳐보고 겨우 열일곱 살에 내가 그렇게 잘난 줄 알다니, 하고 생각하며 지금의 나를 비웃지는 않을까? 휴! 지금으로부터 4년 뒤에 나는 어떤 사람이 되어 있을까? 무엇을 알고 있을까? 남자친구는 있을까? 그랬으면 좋겠다. 취직은 했을까? 그 생각은 하지 말자. 룸메이트는 어떤 친구가 될지 정말 궁금하다. 나 때문에 당황하지나 않았으면 좋겠다. 내가 그곳에서 제일 멍청한 사람은 아닐까 걱정된다.

찰리는 눈을 들어 천장을 보며 눈물이 고이는 듯한 생경한 느낌을 애써 떨쳐냈다.
"정말 못 하겠다."
그는 소리 내어 말했다. 그러곤 텔레비전을 켜고 CNN으로 채널을 돌렸다. 한 기자가 노변에서 일어난 폭발 장면을 보도하고 있었다. 고맙게도 그 뉴스를 보자 자신의 비극을 좀 더 객관적으로 바라볼 수 있었다. 그러나 기자는 곧 캘리포니아 소식으로 옮겨갔다. 켈리의 사진이 나오자 찰리는 목이 따끔거렸다.

"오늘 학생들이 모인 가운데, 졸업과 L. 세실 투자은행 입사를 겨우 3개월 앞두고 지난주 약물 과다 복용으로 숨진 채 발견된 스탠퍼드 대학 4년생 켈리 제이컵슨의 장례식이 치러졌습니다. 보수 진영 권위자인 러시 림보는 밀레니엄 세대의 무책임함과 국가의 도덕적 쇠퇴를 대변하는 학생을 대학에서 추모하는 것은 잘못이라며 이를 비난하는……."

찰리는 텔레비전을 끄며 소리 내어 말했다.
"빌어먹을."
그러곤 수면제 앰비엔 병을 찾아 L. 세실 물병 하나를 집어 들고 물을 받으러 세면대로 향했다. 그러나 뚜껑을 열자 주둥이에 하얀 막이 보였다. 그는 손가락에 침을 묻혀 그것을 찍어 먹어보았다. 가루를 낸 알약처럼 시큼한 맛이 났다. 그는 다시 침대로 가서 다른 병을 살펴보았다. 깨끗했다. 혹시 이게……? 그는 백색 잔여물을 한 번 더 맛보았다. 몰리였다. 틀림없었다. 어떻게 몰리가 켈리의 물병에 묻어 있을까?

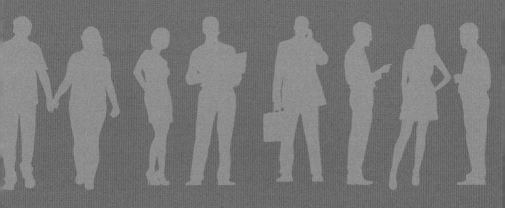

4장
스탠퍼드 여학생의 죽음

토드

3월 26일 수요일, 뉴욕 주 뉴욕

"짜잔!"

토드가 자신의 노트북컴퓨터를 돌려 태라에게 보여주었다.

화면에는 크롤리 브라운의 후크 담당 변호사가 보낸 메시지가 띄워져 있었다. 그들이 3주 동안 쉬지 않고 작업해온 S-1 문서가 증권거래위원회에 공식적으로 제출되었다는 내용이었다. S-1 문서를 작성하는 데엔 대개 그 두 배의 시간이 걸렸다. 보고 있나, 하비 테이트? 이 토드 켄트에게 불가능한 도전 과제를 얼마든지 던져보시지.

태라는 엷은 미소를 지었다. 지친 모습이 예뻐 보였다. 머리는 핀을 꽂아 넘겼고 안경까지 쓰고 있었지만 어딘지 연약해 보이는 모습이 그런 것들을 상쇄하는 듯했다.

"무슨 일 있어?"

토드가 물었다.

"아뇨. 그냥 피곤해서요."

태라가 답했다.

토드가 보기엔 틀림없이 안 좋은 일이 있는 듯했다. 케일럼 리스 때문일 거라고 토드는 넘겨짚었다. 케일럼 리스는 그저 시장 상황에 대해 그리고 지분을 얼마나 매도해야 하는지에 대해 태라에게 조언을 구하기 위해 만나자고 한 모양이었다. 태라의 말에 따르면 두 사람은 술도 마시지 않고 탄산수만 마셨으며 케일럼은 내내 다른 여자들을 흘끗거리느라 바빴다. 크로스비에 드나드는 섹시한 여자들을 보고 태라는 자신이 한없이 초라하게 느껴졌을 것이다. 태라가 그런 일로 마음고생을 했다고 생각하니 토드는 조금 안쓰러운 마음이 들었다.

그는 태라가 좋았다. 일을 열심히 했고 스트레스에 크게 휘둘리지 않았으며 이따금씩 재미있는 말을 건네기도 했다. 그가 보와 함께 섹스나 스포츠 이야기를 나눠도 짜증을 내지 않았으며 그들에게 남자에 관한 질문을 퍼붓지도 않았다. 과민한 구석이 있고(드레싱도 없이 샐러드만 먹었다.) 지나치게 철저하기도 했지만(그들이 사무실로 맥주를 주문해도 절대 함께 마시지 않았다.) 지금까지 함께 일해본 다른 여자들보다 훨씬 더 편했고 여전히 기회가 주어진다면 그녀와 잘 생각도 있었다.

"꿀벌들이 날아오기 전에 저는 그만 퇴근할게요."

태라가 자리에서 일어나 하루 반나절 동안 입어 구겨진 원피스의 주름을 폈다. 꿀벌이란, 하루 종일 회사를 돌아다니며 가십을 물어다 마치 수분 작용을 하듯 다른 곳에 퍼트리는 직원들을 가리키는 말이었다. 그들은 사내 곳곳의 소식을 뒤져 잘나가는 듯한 직원을 찾아낸 다음, 언젠가 그 잘나가는 동료가 높은 자리에 오르면 자신을 기억해주길 바라며 '미리미리' 그 직원에게 축하 메일을 보내고 커피 약속을 잡았다.

"축하합니다, 여러분."

루 레이놀즈가 회의실로 머리를 디밀자 태라는 하이힐에 발을 밀어 넣으며 토드에게 거보란 듯이 미소를 보냈다. 루가 다시 말했다.

"오늘 큰 건 했다면서요!"

"고마워요."

태라가 대꾸하며 손을 내밀어 이 꿀벌의 손을 꼭 잡아주었다. 태라의 따뜻한 반응에 루는 얼굴이 빨개졌다. 그는 단정한 셔츠 차림의 전문직 여성 태라에겐 익숙했지만 토드가 지난 3주 동안 알게 된 지치고 상냥한 태라에겐 익숙하지 않았다.

"다시 들어올 거야?"

토드가 루를 무시하고 태라에게 물었다.

"아뇨. 프릭 컬렉션 행사에 가야 해요."

그녀는 핀을 빼고 머리를 흔들어 풀었다 좀 더 꽉 조여 묶으며 말했다.

"언제부터 어퍼이스트사이드 명사들과 어울리셨나?"

"일 때문에 가는 거예요. L. 세실에서 참석해야 하는데, 캐서린 부문장님이 저더러 가라고 하셨거든요."

그녀가 말했다.

"캐서린 와일리 말예요?"

루의 입이 떡 벌어졌다.

토드는 목이 꽉 막혔다. 태라가 어떻게 기업금융 부문 총책임자와 아는 사이가 되었을까?

"중요한 고객이 두어 명 참석하는데, 이 기회에 얼굴을 익혀두라는 의미인 것 같아요."

태라는 정말 그것이 얼마나 대단한 일인지 모른다는 듯 태연하게 말했다.

"그런데 왜 아무 얘기 안 했어?"

"선배는 관심 없을 것 같아서요."

거짓말이었다.

"당연히 관심이 있지."

토드는 기가 막혔다. 경영진은 토드 자신에겐 소개의 기회를 마련해주지 않았다. 이번 IPO는 그가 유치한 것이 아닌가. 태라가 들어온 것도 오로지 그가 선발했기 때문이었다.

"행운을 빌게요. 그리고 이번 주 안에 커피 한 잔 해요. 밀린 얘기도 좀 하고요."

루가 태라에게 말했다.

"그래야죠. 나중에 봐요."

태라는 이렇게 답하며 토드에게 윙크를 했다.

"친구, 오늘 자축해야겠네?"

루는 그의 영웅이 오늘 저녁엔 또 어떤 남자다운 모험을 계획하고 있는지 알고 싶어 태라의 자리에 앉았다.

토드는 사실 미트패킹 디스트릭트에 있는 나이트클럽 PH-D에 갈 생각이었지만 루에게 알리고 싶지 않았다. 그는 여전히 문 쪽을 바라보고 있었다. 이 회사는 어떻게 태라에게만 그렇게 엄청난 기회를 준단 말인가? 태라가 여자이기 때문에? 그렇다면 그것은 남녀평등이 아니라 역차별이었다.

"일단 운동하러 가려고. 너무 오래 못 했거든."

그는 시계를 흘끗 보며 루에게 말했다. 거짓말은 아니었다.

토드가 운동 가방을 챙기자 방금 자리에 앉은 루는 겸연쩍어하며 일어섰다.

"그래, 그래야지. 나도 좀 큰 건을 맡아서 한참 운동을 못 하면 좀 이 쑤시더라고."

토드는 애써 웃음을 참았다.

"어쨌든 축하해줘서 고마워."

이쿼녹스의 문을 열자 유칼립투스 향과 함께 산소 포화도가 높은 공기가 짜증을 가라앉혀주는 듯했다.

"오랜만이네요."

끝내주게 섹시한 그의 퍼스널 트레이너 모건이 탈의실에서 나오는 그를 보며 장난스럽게 말했다. 스판덱스 요가 바지가 조각 같은 다리와 엉덩이를 숨김없이 드러냈다. 토드의 친구들은 모두 P90X(미국에서 유행한 90일간의 운동 프로그램—옮긴이)가 대세라며 퍼스널 트레이닝을 접고 그리로 옮겨갔지만 토드는 절대 모건을 포기할 수 없었다. 모건이 그의 몸을 완성시키는 데에만 온전히 집중하는 그 시간을 포기하는 것은 상상할 수도 없었다. 모건이 말했다.

"그럴듯한 이유가 있었으면 좋겠네요."

"있죠."

토드는 하나로 묶은 모건의 머리채를 장난스럽게 툭 치며 앞장서서 운동하러 갔다. 그러곤 손을 뻗어 평면 TV의 채널을 CNBC로 돌렸다. 모건이 그 아래 놓인 사이클을 가리키자 그는 계속 화면을 보며 사이클에 올라탔다.

"스탠퍼드 대학의 한 학생 단체는 오늘, 이달 초 기숙사 방에서 약물 과다 복용으로 숨진 채 발견된 이 대학 4학년생 켈리 제이컵슨을 추모하는 비영리 투자기금을 창설하겠다는 의사를 밝혔습니다. 이들은 시민 기금 모금 사이트인 킥스타터와 제휴를 맺고 이 사이트를 이용해 2백만 달러의 기금을 모금할 예정입니다. 이 기금은 스탠퍼드 대학의 학생 금융 클럽 기금이 관리하며 연간 수익금의 5퍼센트를 여성 권익 보호 프로그램에 사용할 계획입니다. 생전에 켈리 제이컵슨은 이 같은 대의에 큰 관심을 갖고 있었다고 합니다."

앵커의 말이었다.

"켈리가 하고 싶어했던 일을 이어받기 위해 이 기금을 창설하는 거예요. 켈리는 금융업계에서 일하며 전 세계 여성들을 돕고 싶어했거든요. 켈리는 정말 멋진 친구였고, 세상 사람들도 켈리를 멋진 사람으로 기억하길 바란답니다."

흑갈색 머리의 예쁜 백인 여학생이 카메라에 대고 말했다.

"켈리와 같은 여학생 클럽 동기인 르네 슐츠 씨의 말을 들어보았습니다. 이번에는 켈리 제이컵슨의 죽음에 대중의 관심이 쏠리는 현상에 대해 비판적인 입장인 션 로빈슨 씨의 의견을 들어보겠습니다."

션 로빈슨은 카메라를 향해 두 손을 들어 올리며 입을 열었다.

"저 역시 학생들의 노력을 기특하게 생각합니다. 다만, 흑인 청년
이 약물을 과다 복용했다면 아무도 신경 쓰지 않았을 텐데 백인 여학
생의 약물 과용 사건이 터지자 장례식도 보도되고 추모 기금까지 마
련되었다는 점을 지적하고 싶은 것이죠."

"켈리 제이컵슨 추모 기금에 관여하세요?"
모건이 화면에서 눈을 떼고 토드의 사이클 강도를 높였다.
"잠깐 있어봐요."
그는 다리를 열심히 움직이면서 다가올 순간에 대한 기대감으로
심장이 빠르게 뛰는 것을 느꼈다.
앵커가 계속해서 말을 이었다.

"다음은 경제 뉴스입니다. 위치 기반 데이트 앱 회사 후크가 오늘
증권거래위원회에 S-1 문서를 제출함으로써 나스닥 증권시장에서
주식공모를 하겠다는 의사를 밝혔습니다. 기업 공개를 통해 후크는
약 140억 달러의 가치 평가를 받을 것으로 예상되며, L. 세실에서 매
입 인수를 맡았습니다. 이로써 최근 증권거래위원회의 조사를 받은
사실이 알려져 부정적인 보도에 시달려온 이 국제적인 투자은행은
오랜만에 좋은 소식을 전하게 될 것 같습니다. 많은 애널리스트들이
이번 발표를 전혀 예상하지 못했지만, 벌써부터 지난 11월의 트위터
기업 공개 이후 가장 뜨거운 쟁점이 될 것이라는 추측이 나오고 있습
니다."

토드는 모건을 보고 빙긋 웃었다. 모건은 다시 TV에서 눈을 돌리고 인정한다는 의미로 입술을 오므렸다.

"나쁘지 않네요."

짜잔, 하고 토드는 혼자 생각했다. '이런' 게 바로 결정적인 순간이었다. 매력적인 여자가 그의 힘과 권위에 감탄하는 순간 말이다. 그는 CNBC 뉴스에 나오는 일에 관여하고 있는 사람이었다.

모건은 사이클에서 내려와 근육운동을 하러 가라는 손짓을 했다.

"가죠. 이렇게 중요한 남자의 팔에 아직 근육이 남아 있는지 한번 봐야죠."

그녀의 칭찬이 마치 스테로이드처럼 온몸에 퍼져나갔다.

"축하 파티는 준비하셨어요?"

모건이 래터럴 풀다운의 추를 조정하며 물었다. 토드는 매트에 앉아 있는 여자가 거울로 그를 살피는 것을 보았다. '선물이에요.' 그는 속으로 그 여자에게 말하며 철봉을 아래로 당겼다.

"오늘 밤에 PH-D에 가려고요. 내 파트너 할래요?"

그가 음흉하게 웃으며 물었다.

"고객하곤 데이트 안 한답니다."

모건은 한숨을 쉬었지만 그러면서도 여지를 남기려는 듯이 빙긋 웃었다.

"그럼 해고하죠."

그가 말했다. 그러고 보니 정말 좋은 생각인 듯했다. 코어 힘과 지구력이 저렇게 뛰어난 여자라면 틀림없이 잠자리에서도 굉장할 것이다. 그가 다시 말했다.

"같이 가요. 재미있을 거예요."

모건은 웃음을 터트렸다.

"전 약속이 있어요."

"그 운 좋은 남자가 누굽니까?"

그러자 모건이 정정해주었다.

"여자예요. 이름은 로지. 오늘은 우리 기념일이거든요."

토드는 손에 힘을 풀고 철봉이 위로 올라가게 두었다.

"동성애자였어요?"

의도치 않게 혐오 섞인 말투가 튀어나왔다.

"이성애자인 줄 아셨어요?"

모건은 그의 말투에 아랑곳하지 않고 웃음을 터트렸다.

"어떻게?"

그가 할 수 있는 말은 그것뿐이었다.

"그야 여자가……."

"아니에요. 난 그냥……."

그는 다시 철봉을 잡으며 말을 이었다.

"몰랐어요."

그녀는 지금까지 '한 번도' 그와 자고 싶었던 적이 없단 말인가?

"여자친구도 그렇게 매력적이에요?"

마침내 그는 모건이 그녀와 똑같이 매력적인 여자와 섹스하는 장
면을 상상하는 것으로 남자의 욕구를 달래며 물었다.

"그런 것 같아요."

"혹시 스리섬도 해요?"

"저거나 하죠."

그녀는 미소 지으며 그를 체스트 프레스 쪽으로 밀었다.

닉

절묘한 설계로 샌드힐 도로 꼭대기에 널찍하게 지어놓은, 하룻밤에 5백 달러짜리 스위트룸을 갖춘 로즈우드 호텔은 '그 모든 일이 이뤄지는 곳'이었다. 실리콘밸리를, 넓게는 세상에서 일어나는 모든 흥미로운 일을 좌지우지하는 벤처투자가들이 이곳에서 중요한 점심식사를 하거나 퇴근 후 술자리를 즐겼다. 캘리포니아 북부를 통틀어 제대로 된 23달러짜리 마티니를 주문할 수 있으며 예쁘게 보이려고 공을 들이는 여자들이 모이는 곳은 이 호텔뿐이었다.

물론, 매춘 관련 스캔들이 몇 번 일어났고 일부 나이 많은 벤처투자가들은 이런 사치가 실리콘밸리와는 어울리지 않는다고 주장하고 있었지만 그들은 이제 구닥다리였다. 닉 자신은 달랐다. 그는 새로운 물결이요, 이른바 '실리콘밸리 3.0(재생 에너지의 사용에 중점을 두어 혁신을 꾀하는 새로운 실리콘밸리를 일컫는 말-옮긴이)'을 이끌 사람이었다. 전화기의 진동이 울리자 그는 문자메시지를 확인했다.

그레이스: 시간 날 때 전화 좀 줄래요?

닉은 후크의 S-1 문서 제출을 축하하기 위해 이름난 자산관리자 대럴 그린과 이곳에서 만나 자신의 재무에 관해 논의하기로 했고 그러고 나서는 여자친구 그레이스와 저녁식사를 할 계획이었다. 그레이스에겐 아직 얘기하지 않았지만 식사 후에 함께 시간을 보내기 위해 로즈우드 호텔 스위트룸도 예약해두었다. 왠지 오늘은 드디어

두 사람이 함께 자게 될 것 같았는데, 샌프란시스코로 돌아가기는 번거로웠고 그레이스의 여학생 클럽 회관으로 가는 것도 그리 내키지 않았다.

그는 시계를 확인하고 그레이스에게 전화를 걸었다.

"닉."

그레이스가 전화를 받았다. 그녀의 부모님은 중국인 이민자였지만 정말이지 그녀는 전형적인 미국 여대생이었다. 파이 베타 피 소속의 매력적인 여자였고 게다가 똑똑했지만 닉 자신만큼 똑똑하진 않았다. 여자친구로는 제격이었다.

그들은 지난해 가을 한 기업가 콘퍼런스에서 만났다. 그레이스는 그곳에서 접수를 돕고 있었다. 그는 그녀에게 에비아 레스토랑에서 저녁을 먹자고 했고(여자들은 에비아에서 저녁을 먹자고 하면 절대 거절하는 법이 없다.) 그 뒤로는 어렵지 않게 그녀를 차지할 수 있었다.

"무슨 일이야?"

그가 물으며 혹시 중요한 사람이 있지 않을까 싶어 로비를 훑어보았다. 그러다 소파에 앉아 있는 애쉬튼 커처를 발견하고 눈을 굴렸다. 이류 벤처투자자인 듯 보이는 남자와 이야기를 나누는 중이었다. 닉은 연예인들이 실리콘밸리에 끼어드는 것이 싫었다. 그들은 트위터 팔로우만으로 신생 기업의 잠재력을 평가할 수 있다고 생각하는 것 같았다. 애쉬튼 커처가 대학은 나왔던가?

"오늘 저녁에 못 갈 것 같아요."

그레이스가 말했다.

"뭐라고?"

닉은 다시 전화에 귀를 기울였다.

"미안. 뉴스 때문에 너무 화가 나서."

"무슨 뉴스?"

닉은 침착한 목소리를 내려고 애썼다. 오늘의 뉴스거리라면 그의 회사가 IPO를 위해 서류를 제출했다는 것뿐이었다. 그 말은 곧 그녀의 남자친구가 유명해진다는 뜻이었고, 그녀도 곧 그 점을 인정해야 했다.

"그 하원 의원이 켈리를 위한 기금 모금을 반대한다는 뉴스 말이야. 그것 때문에 지금 킥스타터가 괜히 엮이기 싫다고 제휴를 취소해야 할 것 같다고 나오고 있어."

그녀가 말했다.

죽은 스탠퍼드 여학생 켈리 제이컵슨은 그레이스와 같은 클럽 소속이었다. 그러나 닉은 그 여학생이 죽기 전까지 그레이스가 켈리에 대해 언급하는 것을 한 번도 듣지 못했다. 그레이스가 왜 그렇게 화를 내는지 이해가 되지 않았다.

"무슨 기금?"

닉은 굳이 짜증을 감추지 않고 되물었다.

"우리가 여성 권익 옹호를 위해 모금을 시작한 기금 말이야."

그레이스가 답했다.

"규모가 어느 정돈데?"

"목표는 2백만 달러예요. 그중 5퍼센트를 기부할 거고."

"1년에 10만 달러?"

닉은 그 액수에 헛웃음을 지었다.

"하다 보면 늘어나겠죠."

그레이스는 애써 옹호했다.

"자기가 킥스타터랑 협상하는 일을 맡았어?"

그가 물었다.

"아니. 난 그냥 이번 프로젝트에 대한 인식을 높이는 일을 돕고 있어요."

그러곤 말이 없었다. 그러나 그것만으로는 오늘 저녁 약속을 취소하는 이유가 되지 않는다는 사실을 깨닫고 다시 나지막이 입을 열었다.

"그냥 마음이 너무 힘들어. 안 그래도 생각할 게 많은데, 머릿속이 더 복잡해졌어."

안 그래도 생각할 게 많다고? 그녀는 스물한 살의 여대생이었다. 그는 상장을 앞둔 주요 기업의 CFO인데도 어떻게든 이 관계에 시간과 노력을 쏟아붓고 있지 않은가.

"진심으로 하는 얘기야?"

"미안해요, 닉. 그냥 지금은 친구들하고 있고 싶어."

"알았어. 난 그만 가봐야겠다."

닉은 애쉬튼 커쳐가 소파에서 웃는 모습을 보고 혈압이 오르는 듯했다. 그는 이렇게 외치고 싶었다. '웃기지 마! 에어비앤비(Airbnb, 최근 인기를 끌고 있는 숙박 공유 서비스로, 애쉬튼 커쳐가 투자한 것으로 알려져 있다.-옮긴이)는 요행이었다고!'

"도와드릴까요?"

가슴이 깊이 파인 블랙 드레스 차림의 호텔 여직원이 물었다.

닉은 고개를 돌리며 분노를 밀어냈다. 그레이스 때문에 다른 일까지 망칠 수는 없었다.

"대럴 그린을 만나기로 했어요."

그는 여자가 '대럴 그린'이라는 이름의 의미를 알아차리길 기대하며 힘주어 말했다. 대럴 그린은 마크 저커버그를 비롯해 여타 35세 이하 새로운 지도자들의 재산을 관리해주는 실리콘밸리의 일류 자산관리자였다.

"아, 이쪽으로 오세요."

그녀는 미소 지었다. 흔들거리는 그녀의 엉덩이를 보자 닉은 마음이 가라앉았다. 그녀는 그레이스보다 더 매력적이었고 게다가 닉 자신이 얼마나 중요한 사람인지 알아보았다.

자산관리자가 자리에서 일어나 악수를 청했다.

"닉, 만나서 반가워요."

호주 억양이 강한 말투였다. 땅딸막한 체구에 두 뺨은 불그레했고 머리칼은 곱슬곱슬했으며 주름 잡힌 면바지에 폴로 셔츠를 넣어 입었다.

"반갑습니다."

닉은 그레이스 때문에 화가 났던 마음이 풀어지는 듯했다.

그들은 바의 한구석에 자리를 잡았다. 유리문 밖으로 산타크루즈 산맥이 내려다보이는 L자 모양의 작은 공간이었다. 대럴이 샴페인 한 병을 주문했다.

"자, 무얼 어떻게 도와드릴까요?"

대럴이 물었다.

"그게 말입니다."

닉은 오늘이 자신에게 얼마나 중요한 날인지, 그리고 자신 역시 얼마나 중요한 사람인지 누군가가 알아봐 준다는 사실이 기뻤다. 그는 자신의 개인 재무 상태를 요약한 파일을 꺼냈다.

"제 현재 포트폴리오를 가져왔습니다. 먼저……."

"잠깐만요. 원하는 게 뭡니까?"

대럴이 그의 말을 자르고 물었다.

"사실, 현재로서는 미국 중형주에 대해 낙관하고 있긴 합니다만, 그래도 다각화하는 게 좋을 것 같아서……."

대럴은 그의 파일을 덮고 미소를 지으며 다시 한 번 그의 말을 가로챘다.

"이렇게 구체적으로 들어가지 말고 일단 큰 그림을 그려보죠. 원하는 게 뭡니까?"

"무슨 말씀이신지?"

"8천5백만 달러를 쥐게 되었잖아요. 그러니까 닉 윈스로프가 원하는 게 뭐냔 말입니다. 집을 원해요? 한 일곱 채쯤? 빌 게이츠처럼 민간 재단을 세우고 싶어요? 아니면 엘리슨처럼 섬을 소유하는 건 어떨까요?"

닉은 얼굴이 벌게졌다. 대럴이 정확한 액수를 어떻게 알았는지는 모르지만 어쨌든 자기 귀로 직접 들으니 기분이 좋았다. 게다가 그의 이름이 래리 엘리슨과 나란히 거론되지 않았는가.

웨이트리스가 돔 페리뇽을 가져와 코르크 마개를 따고 그들의 잔에 따라주었다.

닉은 상체를 내밀고 은밀하게 털어놓았다.

"거물이 되고 싶습니다. 손만 대면 무엇이든 황금으로 바꿔놓는 사람, 똑똑하게 사업을 하고 멋지게 인생을 즐기는, 그런 삶의 표본이 되고 싶습니다."

"그거 좋은데요."

대럴은 잔을 부딪쳐 축배를 들었다.

닉도 대럴의 맞장구에 기뻐하며 한 모금을 홀짝였다.

"옵션은 행사하셨겠지요?"

"10만 달러만 행사했습니다."

닉은 그 내역을 적은 페이지를 가리키며 말했다.

"뭐라고요? 아니, 왜요?"

대럴은 앞으로 몸을 내밀며 물었다.

닉은 어깨를 으쓱했다.

"돈이 없습니다. 옵션을 다 행사하려면 2백만 달러가 필요해요."

"하지만 2016년 전에 매도할 계획이라면 지금 옵션을 행사해야 세금을 몇천만 달러 절약할 수 있잖아요."

닉도 이미 아는 사실이었다. 장기 자본이득에 대한 면세 혜택. 주식을 매수 시점에서부터 1년 이상 보유할 경우 그 이익에 대한 세금을 40퍼센트가 아닌 15퍼센트만 내면 된다. 닉은 지금 스톡옵션만 갖고 있었다. 즉, 실제로 주식을 보유한 것이 아니라 스톡옵션을 받은 시점의 가치로 총 2백만 달러어치의 주식을 구입할 수 있는 권리만 갖고 있다는 뜻이었다. 2백만 달러가 있었더라면 벌써 주식을 매입해 장기 자본이득의 시계를 돌리기 시작했겠지만, 지금으로선 IPO가 끝날 때까지 기다리는 방법밖에 없었다. IPO가 끝나면 나머지 스톡옵션을 행사할 수 있을 만큼 주식을 팔아서 동시에 주식을 살 생각이었다. 그가 말했다.

"그건 저도 압니다. 세금을 생각하면 이상적이진 않지만 선택의 여지가 없습니다."

"말도 안 되죠. 대출을 받는 건 어때요?"

"어디서 대출을 받겠습니까? 가진 거라곤 후크 스톡옵션뿐인데요. 그걸 담보로 대출해줄 은행은 없을 겁니다."

대럴은 한쪽 눈썹을 치켜 올렸다.

"저 같은 사람이 왜 있겠습니까?"

"은행도 아닌데 어떻게……."

닉이 말했다.

"이제 은행은 한물갔죠. 제 고객들 가운데 위탁 자산을 대출로 돌릴 수 있는 사람이 있을 겁니다. 상황을 충분히 이해해줄 거예요. 내일까지 2백만 달러를 구해드리죠."

"정말 그럴 수 있을까요?"

닉은 IPO를 통해 실제로 현금을 쥘 수 있으려면 2년은 기다려야 한다고 생각했다. 그러나 지금 대출을 받아 주식을 살 수 있다면 지금으로부터 1년 뒤에 15퍼센트의 세금만 내고 매도하여 자신의 길을 갈 수 있었다.

대럴은 미소를 지었다.

"이미 성사된 거나 마찬가집니다. 물론, 동의하신다면 말이죠."

"그럼요. 물론입니다."

닉이 고개를 끄덕였다.

"좋아요."

대럴은 닉의 잔을 채워주고 다시 축배를 들었다.

바가 붐비기 시작하면서 닉은 기분이 좋아졌다. 하이힐과 타이트한 은색 드레스 차림으로 바에 앉아 있던 여자가 그를 보고 미소를 지었다. 닉은 뺨이 화끈거렸다.

"그런데 여자친구는 있어요?"

대럴이 물었다.

"네, 그레이스라고요."

닉은 여자에게서 눈을 떼며 대답했다.

"본인에게 걸맞은 여자라고 생각합니까?"

"저는……."

바에 앉은 여자가 여전히 그를 보고 있었다. 그가 다시 말했다.

"잘 모르겠습니다."

그는 자기가 그레이스를 좋아한다고 생각했지만 어쩌면 아닐 수도 있었다. 어쩌면 좀 더 나은 여자가 필요한지도 모른다.

대럴이 목소리를 낮추고 말했다.

"솔직하게 말해도 될까요? 그레이스에 대해 나쁘게 말할 생각은 없습니다만, 나라면 그냥 헤어질 겁니다. 앞으로 어떤 기회가 올지 모르지 않습니까? 이제 막 비상하기 시작했는데 왜 한 여자한테 얽매이려고 합니까?"

웨이트리스가 앞으로 몸을 숙이고 자신의 가슴골을 노골적으로 보여주면서 닉의 잔에 술을 따라주었다. 닉은 혈관에서 맥박이 고동치는 것을 느꼈다.

그는 고개를 저으며 솔직하게 털어놓았다.

"사실은 그레이스가 오늘 저녁 약속을 취소했지 뭡니까? 오늘 S-1 문서 제출한 것을 축하하려고 저녁 계획을 다 짜두었는데 제가 여기 들어오기 직전에 갑자기 연락해서 못 나온다고 하더군요."

대럴은 고개를 저었다.

"그러니까 똥 치우는 사람은 따로 있습니다. 그런 건 딴 사람한테 맡겨요. 무한한 기회가 열려 있는데 뭐가 걱정입니까?"

"저 여자들한테 말 걸어볼까요?"

닉이 고개로 바 쪽을 가리켰다. 은빛 드레스를 입은 여자 옆에 친구가 와 있었다.

대릴은 그의 시선을 좇았다.

"바로 그 정신이죠."

그는 다시 몸을 돌려 닉과 잔을 부딪치고 그와 함께 자리에서 일어서며 덧붙였다.

"새로운 세상에 들어온 것을 환영합니다."

어맨더

<u>3월 26일 수요일, 뉴욕 주 뉴욕</u>

어맨더는 평소에 좋아하는 출근 복장을 차려입었다. 타이트하면서도 전문직 여성처럼 보이게 해주는 검은색 띠어리 펜슬 스커트와 보라색 클럽모나코 실크 캐미솔을 입고 그 위에 그녀가 모르는 어느 디자이너 브랜드의 검은색 카디건을 걸쳤다. 부유한 룸메이트 클라우디아가 물려준 옷이니 고가 브랜드 제품일 게 분명했다.

어맨더는 클라우디아를 미워하고 싶었지만, 둘은 펜실베이니아 대학 신입생 때 같은 방을 배정받은 뒤로 줄곧 단짝 친구였다. 그들은 함께 열심히 공부하고 열심히 놀면서 대학 시절을 신나게 즐겼고, 학부 남학생은 누구든, 심지어는 경영대학원 남학생도 대부분 차지할 수 있는 한 쌍으로 악명을 떨쳤다.

그러나 뉴욕으로 오면서 상황이 바뀌었다. 원래 뉴욕에서 자란 클라우디아는 학창 시절 친구들과 화려한 옷, 그리고 풍부한 시간을 누리며 새로운 차원의 삶을 영위하기 시작했다. 소더비스에 다니는 클라우디아의 근로 시간은 많아야 주당 40시간이었다. 펜실베이니아 대학 동창회 대신 패션위크 파티에 다녔고, 예전처럼 그녀와 어울리기보다는 돈 많은 연상의 남자들을 만나고 다녔다. 반면, 어맨더는 좋아하지도 않는 일에 90시간씩 매여 있었고 그 와중에도 어떻게든 시간을 내어 클라우디아와 함께 호화로운 행사에 가려고 노력했지만 누군가가 '여름을 어디에서 보내느냐'고 물었을 때 낸터킷 섬이나 롱아일랜드 햄프턴, 뉴포트, 빈야드 등을 언급하지 않으면 플로리다의 팜비치 이외 지역에서 자란 가짜라는 사실이 드러나 사기꾼이 된 기분이 들었다.

클라우디아는 두 달 전 신년 연휴에 생바르텔르미 섬(카리브 해와 리워드 제도 사이에 있는 프랑스령 휴양지-옮긴이)에서 만난 남자와 사귀기 시작했고 이제는 얼굴조차 보기 힘들었다.

하지만 어맨더는 화낼 수 없었다. 입장이 바뀌었더라면 자신도 똑같이 했으리라는 사실을 알았기 때문이다. 여자들 사이에서는 그런 점이 문제였다. 둘 다 남자친구가 없어야만 서로를 찾았고, 한쪽에게 남자친구가 생기면 그 남자친구가 우선순위가 되므로 나머지 한쪽은 혼자 남겨져도 '화를 내선 안 된다'는 암묵적인 합의가 존재했다.

바로 그래서 친구들 사이에서 마지막 주자가 되어선 안 되는 것이었다.

그리고 바로 그래서 어맨더는 자신이 좋아하는 출근 복장을 하고 나왔다. 그러곤 크롤리 브라운 화장실에서 막대처럼 뺀 금발 머리에 컬을 넣은 다음, 병원에 가야 한다는 핑계를 대고 정시에 퇴근해 해럴드 해먼스의 해피아워 파티에 정확히 15분 늦게 도착했다.

토드는 그녀가 보낸 페이스북 메시지에 답장하지 않았지만 혹시라도 그가 올지 모른다는 생각에 그녀는 그날 저녁을 어떻게 보낼지 계획해두었다. 그리고 아주 상세하게 머릿속으로 모든 장면을 그려보았다. 그가 바 안으로 들어와 두리번거리며 그녀를 찾는다. 마침내 그가 매력적인 남자 둘과 바에 앉아 있는 그녀를 발견하면 그녀는 그에게 여유롭게 미소를 지어준다. 그가 다가와 그녀에게 아름답다고 말하고 그녀는 술을 사주는 것을 허락한다. 그는 미안하다고 말하고 그녀는 이해한다고 말한다. 그가 이곳에서 나가자고 제안하면 그녀는 응낙한다. 두 사람은 웨스트 빌리지의 식당에 들어가 그가 두 사람분의 식사를 주문하지만 그녀는 음식을 포장해 가자고 제안한다. 그는 미소를 지으며 그러자고 한다. 두 사람은 그의 아파트로 가서 사랑을 나눈 다음, 영혼의 동반자를 믿지 않는 사람들, 혹은 그런 존재를 쉽게 만날 수 있다고 생각하는 사람들을 어리석다며 비웃는다. 어맨더는 그런 상상에 미소를 지으며 한껏 들뜬 마음으로 술집 안으로 들어갔다.

실내는 텅 비어 있었다. 위층으로 올라가자 해럴드가 그와 똑같이 매력 없는 남자 둘과 함께 앉아 있었다. '당황하지 마.' 어맨더는 스스로를 다독였지만 이미 상상이 무너지고 실망의 블랙홀 안으로 빨려 들어가는 느낌이었다.

"어맨더! 어맨더, 여기야!"

해럴드가 소리쳤다.

어맨더는 그 블랙홀을 밀어내며 억지로 미소 지었다. 그러곤 최

대한 거리를 유지하려고 애쓰며 해럴드의 뺨에 입을 맞췄다. 해럴드
가 함께 있는 친구들을 소개했다. 한 명은 영어를 거의 못 하는 말라
깽이였고, 또 한 명은 에너지가 넘쳐 끊임없이 발을 구르며 저쪽 구
석에 있는 여자에게 이러저러하게 작업을 걸겠다고 떠들어대는 땅
딸막한 남자였다. 어맨더는 그들의 이름도 금세 흘려버렸다.

"술 한 잔 시켜줄까?"

해럴드가 물었다.

"그래."

그녀는 자신의 가슴에게 기대치를 조정하라고 명령했다. 이겨낼
수 있다. 그저 흠뻑 취하면 그만이었다. 그녀는 바텐더에게 말했다.

"그레이구스 그레이하운드 한 잔 주세요."

토드가 스탠더드 호텔에서 처음 만났을 때 처음으로 주문해준 술
이었다.

"죄송하지만 그게 뭐죠?"

바텐더가 물었다.

"포도주스에 그레이구스 보드카를 넣은 거예요."

어맨더는 억지로 미소 지으며 말했다.

"저희는 크랜베리 주스밖에 없고 해피아워에는 브랜드 술이 제공
되지 않는데요."

바텐더는 그런 소식을 전하는 것이 즐거운 듯했다.

어맨더는 울고 싶었다.

"그럼 보드카 소다 주세요. 더블로."

"크랜베리 안 마셔도 되겠어?"

해럴드가 물었다.

그녀는 쓸데없이 60칼로리를 더 허비하고 싶은 마음이 없었다. 그녀가 설명했다.

"그건 대학 때 마시던 거야. 클럽 입회하고 3개월 내내 마셔서 질렸어."

그러자 해럴드가 말했다.

"아, 그렇구나. 카이 오메가 클럽이었지?"

"세타였어."

어맨더가 정정해주었다. 카이 오메가 클럽이었냐고 물은 것이 그녀에겐 얼마나 모욕적인지 그가 알기나 할까 싶었다. 카파 알파 세타는 펜실베이니아 대학의 멋진 여학생 클럽이었다. 카이 오메가는 나머지들이 가는 곳이었다.

어맨더는 술을 비우고 얼른 한 잔을 더 주문했다.

그녀가 취해가는 가운데 좀 더 매력적인 금융계 사람들이 서서히 바를 채워가고 있었다. 그녀는 바 자리에 앉아 누군가 말을 걸어주길 기다렸다. 귀여운 남자가 그녀 쪽을 보자 그녀는 고개를 돌려 해럴드를 보며 그의 말에 웃는 척했다. 고개를 뒤로 젖혀야 자신의 목선이 가장 예뻐 보인다는 사실을 알았기 때문이다.

그녀는 그 귀여운 남자를 흘끗 보고는 해럴드에게로 몸을 기울이며 계속 웃었다.

"너무 웃기다."

해럴드는 자기가 무슨 말을 했는지 몰라 눈을 깜빡였지만 그럼에도 그녀의 관심을 마다하진 않았다.

반대편에 앉아 있던 그 남자가 그들 쪽으로 다가오자 어맨더는 마음을 다잡았다. '드디어 오는군.'

그가 그녀 옆으로 걸어오면서 그녀의 맨팔에 그의 체온이 느껴졌다. 남자가 그녀의 팔꿈치를 건드렸다. 어맨더는 몸을 돌리고 모두가 부러워하는 긴 속눈썹을 과시하기 위해 눈을 크게 떴다.

"거기 메뉴판 좀 집어줄래요?"

남자가 턱을 들어 그녀의 앞에 놓인 메뉴판을 가리키며 물었다.

'참신한 수법인데.' 그녀는 혼자 생각하며 손을 뻗어 메뉴판을 집어 남자에게 건넸다.

"고마워요."

남자가 말하며 가려고 돌아섰다.

이럴 수가.

그녀는 다시 바로 몸을 돌리고 해럴드를 무시한 채 보드카 소다를 더블로 한 잔 더 주문했다. 바텐더가 술을 가져와 바에 내려놓으며 말했다.

"13이요."

"뭐라고요?"

그녀가 날카롭게 되물었다.

"13달러라고요."

바텐더가 다시 말했다. 그녀는 그가 술값을 말한다는 사실을 깨달았다.

"아, 아뇨. 저는 해피아워 초대로 왔어요."

"그건 7시에 끝났어요."

어맨더는 시계를 보았다. 7시 2분이었다.

"이런."

그녀는 해럴드를 보고 미소 지으며 그가 돈을 내길 기다렸다.

"어떡하냐!"

해럴드는 그녀의 신호를 알아듣지 못했다.

어맨더는 어이가 없어 코웃음 치며 카운터에 14달러를 놓고 칵테일을 단숨에 들이켠 뒤 자리에서 일어났다.

해럴드는 그녀가 가려 한다는 것을 깨닫고 물었다.

"참, 가려는 모양인데, 혹시 금요일 저녁에 약속 있어? 내 친구가……."

어맨더는 그를 내려다보았다. 제정신일까? 분노가 사라지면 절망이 밀려들 게 분명했으므로 그녀는 온 힘을 다해 분노를 붙잡았다. 그러곤 가려고 몸을 휙 돌리며 그의 말을 잘랐다.

"응. 약속 있어."

밖에는 눈이 내리고 있었고 매서운 바람이 그녀의 얼굴을 때렸다. 조금 있으면 4월인데 왜 아직도 이렇게 추운 걸까? 그녀는 외투를 단단히 여미고 하이힐이 미끄러지지 않도록 점점 쌓여가는 눈을 발끝으로 디뎠다. 발끝에서부터 물리적인 고통이 올라와 가슴에 퍼지며 심장을 파고드는 듯했다. '울지 말자.' 그녀는 마음을 다잡았다.

택시를 잡으려고 팔을 뻗었지만 소용없다는 사실을 알고 있었다. 손님을 태운 채 불을 끄고 쏜살같이 지나가는 노란 택시들은 마치 그녀가 거부당하고 있다는 물리적인 신호인 듯했다. 이 도시는 이유 없이 악랄했다. 그녀가 무얼 그리 잘못했을까? 왜 뉴욕은 그녀를 따뜻하게 받아주지 못할까?

어맨더는 47번가와 파크 애비뉴가 만나는 모퉁이에 서서 북쪽을 보았다. 우뚝 솟은 L. 세실 사옥이 눈에 들어왔고 3개월 만에 처음으로 토드를 마주치지 않았으면 좋겠다는 생각이 들었다. 대학 시절로 돌아가고 싶었다. 그때는 무얼 해야 할지 알았으니까. 혹은 따분했지만 적어도 자기 뜻대로 무엇이든 할 수 있었던 플로리다로 돌아가고 싶었다. 그러나 돌아갈 수 없다는 것을 알았고 그 생각의 무게에 희망이 배 속 깊숙이 침잠되어 더 이상 자각할 수도 없는 지경이 되었다.

그때 택시 한 대가 승객을 내려주려고 멈춰 섰다. 어느새 그녀의 다리가 황급히 그리로 향하는 느낌이 들었다. 핏줄을 타고 생존 의지가 흐르는 듯했다. 그 동물적 본능은 연석 옆의 잿빛 진창에 발이 빠져 구두가 엉망이 되었는데도 개의치 않았다.

그녀는 운전사에게 집 주소를 댔다. 차가 막히자 그녀는 창밖의 불빛을 보며 이 도시가 멋지다고 생각하던 시절의 기분을 애써 떠올려보았다. 이 도시가 싫었다. 남자들과 눈도 싫었다. 팔다리가 얼얼한 느낌도 싫었고 개똥 같은 미드타운의 술집에서 파는 개똥 같은 13달러짜리 칵테일도 싫었다. 그녀는 왜 이 도시가 자신을 받아주길 원하는 것일까? 여기서 또 홀로 주말을 보내야 한다고 생각하자 섬에 갇히기라도 한 듯 밀실 공포증이 밀려들었다.

그녀는 핸드백에 손을 넣어 블랙베리를 찾았다.

일전에 크롤리 브라운 인사부에서 보낸 '전근'이라는 제목의 이메일을 찾아냈다.

단기 또는 장기로 타 지부 전근을 희망하는 준법률가들은 인사 담당자에게 연락 바랍니다. 현재 1년 차 및 2년 차 준법률가가 지원할 수 있는 지부는 아래와 같습니다.

두바이

상하이(중국어 필수)

샌프란시스코

그녀는 인사 담당자에게 다음과 같이 답장을 보냈다.

샌프란시스코로 전근을 희망합니다. 당장 갈 수 있습니다.

찰리

3월 26일 수요일, 뉴욕 주 뉴욕

"한 잔씩 더 주세요."

조니 워커가 찰리의 의사도 묻지 않고 바텐더에게 술을 주문했다.

늘씬하고 세련된 뉴욕 토박이 조니는 부모님이 33년 전에 즐거운 마음으로 지어준 이름을 그리 좋아하지 않았다. 그는 《뉴욕 타임스》에서 일했고, 찰리와는 그곳에서 대학생 인턴으로 만난 사이였다. 기껏해야 1년에 한 번 만나 주로 가먼트 지구에 있는 싸구려 칵테일 가게 디스팅기시드 와캄바에서 술을 마시는 사이였지만 그래도 찰리에겐 그나마 절친한 친구라고 할 만한 사람이었다. 디스팅기시드 와캄바는 첩보 경찰이 문 앞에 있던 비무장 경비를 죽이는 사건이 터진 뒤로 기자들이 자주 가는 곳이 되었다. 어딘지 신랄한 분위기가 더해졌기 때문이었다.

"그 얘기 좀 할까?"

찰리가 두 병째의 맥주를 비우고 바텐더에게 빈 병을 건네며 한 병을 더 주문하자 조니가 시계를 보며 마침내 물었다. 켈리의 장례식을 치르고 다시 뉴욕으로 날아온 뒤 부모님의 브루클린 아파트에 머물다 저녁에 처음 밖으로 나온 찰리는 가급적 오래 있다 들어가고 싶었다.

"반대편에 서니까 기분이 이상해."

찰리가 솔직하게 털어놓았다.

"그렇겠지."

언론에선 켈리의 약물 과용 사건을 놓으려 하지 않았고 오히려 미국 내 마약에 관한 논쟁의 토대로 이용하고 있었다. 게다가 르네는 좋은 의도로 추모 기금을 시작했지만 그 때문에 켈리가 희생자인가 아니면 제 무덤을 판 배부른 여대생인가 하는 논쟁이 가열되어 상황이 더욱 나빠지고 있었다.

찰리는 새로 나온 맥주를 한 모금 마시며 물었다.

"너도 션 로빈슨이 옳다고 생각해? 백인 여학생이라서 주목을 받는다는 얘기 말이야."

《뉴욕 타임스》에서 몇 안 되는 흑인 기자 중 하나인 조니는 '인종 문제'를 다루기에 더할 나위 없이 좋은 입장이었지만 그 자신은 그것을 원치 않았다.

"가난한 흑인 청년이 죽었다면 아무도 관심을 갖지 않았을 거라는 데에는 동의해. 하지만 같은 백인 여대생이라도 못생긴 여자였다면 이렇게 관심이 뜨거웠을까 싶기도 해."

그는 찰리의 얼굴을 살피며 말을 이었다.

"생각해봐. 어차피 사람들은 전부 이걸 각자가 원하는 논거로 활용할 거야. 너무 과민하게 받아들이지 마. 너도 알잖아."

"난 이해가 안 돼. 켈리는 공인이 아니라 평범한 여대생이었다고."

"그런 곳이 바로 미국이지."

조니의 말이 옳았다. 미국의 언론이 돌아가는 방식을 찰리는 잊고 있었다. 그렇지 않아도 적응해야 할 일이 많았지만 그중 가장 먼저 적응해야 할 것은 중동에서 일어나는 수천 명의 죽음보다 그의 여동생 죽음에 대중의 관심이 더 쏠린다는 점이었다.

"어머니는 어떠셔?"

조니가 물었다.

"엉망이지."

찰리는 고개를 저으며 말을 이었다.

"둘이 매일 통화를 했다고 하더라고. 켈리가 어머니한테 하루도 빼놓지 않고 전화를 했대. 난 대학 때 집에 한 학기에 한 번 전화한 것 같은데."

조니는 맥주를 홀짝거렸다. 그는 찰리가 아는 사람들 가운데 최고 수준의 인재였지만 그에 합당한 인정을 받지 못했다. 인종 문제로 시합에 뛰어들면 쉽게 돌파구를 찾을 수 있으련만 결코 그럴 사람이 아니었다. 그는 특정 어젠다에 의지하거나 잘 팔리는 선정주의에 현혹되지 않으려 했다.

"살인인 것 같아."

찰리가 나지막이 말하자 조니는 눈을 휙 들었다.

"뭐?"

찰리는 맥주를 한 모금 더 마신 다음, 그동안 조심스럽게 수집해온 팩트들을 털어놓았다. 그는 이제 그 팩트들을 토대로 나름대로 구성한 정황에 확신을 갖고 있었다.

"켈리 친구들이 목격한 바에 따르면, 켈리는 몰리를 딱 한 번만 찍어 먹었어. 친구들 모두 같은 양을 먹었는데 멀쩡했고. 그러니까 그 안에 뭔가 있었던 건 아니야. 친구 르네 말로는, 콘서트장에서 캠퍼스로 돌아오는 데 한 시간 반쯤 걸렸고 자기가 침대에 눕힐 때에도 멀쩡했대. 그러니까 콘서트장에서 누군가 켈리에게 약을 더 먹였다고 생각하기도 어렵고, 만약 그랬다면 오는 길에 차 안에서 약 효과가 돌았겠지. 그럼 르네가 알아차렸을 테고."

찰리는 친구가 자신의 얼굴을 살피는 것을 느꼈다. 찰리 자신이 논리적으로 사고하고 있는지, 그저 여동생이 순수했길 바라는 마음에서 엉뚱한 얘기를 지어낸 것은 아닌지 확인하려는 듯했다.

"약물 검사 결과, 혈류에서 그 이상의 약물이 검출됐잖아."

조니가 조심스럽게 말했다.

"나도 알아. 르네가 가고 난 뒤에 더 복용한 게 틀림없어."

"그렇다고 살인이라고 볼 수는 없지."

"켈리의 물건 가운데서 물병이 나왔는데, 가루가 묻어 있어. 몰리 인 것 같아."

"그래도 살인이라고 볼 수는 없는데."

"그럼 내 동생이 혼자 자다 깨서 몰리가 든 물을 마셨다고?"

"자살일지도 모르지."

조니가 나지막하게 말했다.

찰리는 고개를 저었다.

"기분이 좋았어."

"어떻게 알아?"

"그날 통화했거든. 나 때문에 화가 좀 나긴 했지만 자살할 상태는 아니었어."

그가 털어놓았다.

"하지만 마약은…… 깨고 나면……."

"그러려면 두 시간이 아니라 이틀이 지났어야지."

"켈리랑 잔 사람이 누군지는 알아?"

"콘서트장에서 켈리한테 약을 준 루이스 아니면 기숙사 사감일 거야."

조니는 잠자코 기다렸다. 찰리는 자신의 이야기가 미칠 영향을 의식하며 계속 말을 이었다.

"르네는 켈리 방에서 나올 때 문을 잠갔대. 열쇠를 가진 사람은 사감인 로비뿐이야. 의사 말에 따르면, 그 친구는 다음 날 켈리를 병원에 데려왔을 때에도 술이 덜 깬 상태였대. 그럼 켈리가 죽은 시점에는 완전히 곤죽이 되어 있었겠지."

"그러니까 그 친구가 연관이 있다고 생각하는 거야?"

"누군가는 의문을 제기해야 한다고 생각하는 거야."

그러자 조니는 고개를 가로저었다.

"넌 개입할 수 없어. 가족이 개입하는 건 도움이 되지 않아."

"알아."

"나한테 뭔가를 써달라는 거야?"

찰리는 자신의 손을 내려다보며 어깨를 으쓱했다.

"이런 이야기를 터트리면 내 경력에 도움이 된다고 생각해서 그러는 거지?"

"네가 공정하게 다뤄줄 거라고 생각해서 부탁하는 거야."

"하지만 그러면 훨씬 더 주목이 쏠릴 텐데. 전문가들이 나서서 유례없이……."

"알아."

찰리가 그의 말을 잘랐다.

"내가 또 만나봐야 하는 사람이 있어?"

"켈리의 전화기에 저장된 번호를 몇 개 뽑아왔어."

찰리는 조니에게 이름과 연락처를 적은 종이쪽지를 건넸다.

"나라면 먼저 르네 슐츠하고 루이스 게레라, 로비 굿맨을 만나보겠어."

조니는 손목시계를 보았다.

"그만 가."

찰리는 조니가 한시라도 빨리 이 일을 시작하고 싶어한다는 사실을 알았다.

"괜찮겠어?"

"응."

찰리가 대답했다.

조니가 나가고 찰리는 맥주를 한 병 더 주문했다. 옳은 일을 한 거야, 하고 그는 스스로를 다독였다. 언론이 끝까지 그의 동생에게 잣대를 들이대려 한다면 그로서는 더더욱 켈리가 결백하다는 사실을 입증해야 했다.

그는 주머니에서 켈리의 전화기를 꺼내어 사건 당일의 통화 기록을 열두 번째로 훑어보았다. 조니에게 알려주지 않은 번호가 있었다. 그날 오후 켈리는 지역번호 212(뉴욕 지역번호—옮긴이)에 전화를 걸었다. 그는 숨을 참고 그 번호를 눌렀다.

"L. 세실, 태라 테일러 자리입니다."

한 여자가 전화를 받았다.

순간 찰리는 마음을 놓으며, 마약 밀매상의 번호일지도 모른다고 생각한 자신을 비웃었다.

"아, 제가 전화를 잘못……."

그는 이렇게 말을 시작하다 마음을 바꾸었다. 갑자기 켈리와 함께 일할 뻔했던 사람들이 궁금해졌다.

"저 혹시 태라와 통화할 수 있을까요?"

"지금 클라이언트 행사에 가셨어요. 이메일 주소 알려드릴까요?"

"네. 펜 좀 가져올게요."

찰리가 대답했다.

태라

3월 26일 수요일, 뉴욕 주 뉴욕

한 남자가 붉은 벨벳 로프를 풀어 열자 카메라 플래시가 터졌다. 태라는 긴 보라색 드레스의 치맛자락을 들어 올리며, 추운 날씨에도 프릭 컬렉션 입구에서 걸음을 멈추고 웬 소란인지 보려고 애쓰는 행인들의 시선을 의식했다.

태라는 지난 3주 동안 오로지 후크 일에만 신경을 쏟았다. 매일 새벽 5시에 일어나 달리기를 하고 7시까지 출근해 자정까지 일했으며, 화장실에 가려고 회의실에서 나갔을 때 27층에 사람이 몇 명이나 있는지를 토대로 평일인지 주말인지 간신히 분간하며 지냈다. 전체 회의나 팀 회의는 모두 면제받았고 친구들의 이메일에 전혀 신경 쓰지 못했으므로 결국 개인 이메일에는 자동으로 '부재중'이라는 답장이 보내지도록 설정해놓았다. 전쟁이 났는데도 모르고 있는 건 아닐까 싶기도 했다.

그러나 오늘 밤 그녀는 다시 세상으로 돌아왔다. 술을 한 잔 마시고 사람들과 어울리면서, 그녀가 머리를 박고 일만 하는 여자가 아니라 고객들과 어울리며 회사의 장점을 알릴 수도 있는 여자임을 캐서린에게 보여줄 생각이었다.

회사 입장이 아닌 후원자 자격으로 참석한 보와 함께 카메라 앞에서 포즈를 취하면서 태라는 깜빡하고 눈썹을 그리지 않았다는 사실을 깨달았다. 좀 더 정신을 바짝 차리지 못한 자신이 원망스러웠다. 어떻게 그렇게 간단한 일을 잊는단 말인가? 어쩌면 자신은 일도 잘하고 행사에서도 적절히 처신할 수 있는 여자가 '아닐'지도 모른다는 불안감이 밀려들었다. 그러나 애써 그런 생각을 떨쳐냈다. 집에 돌아가는 대로 이런 일을 준비할 때 해야 할 일을 모두 열거해놓고 절대 잊지 말아야겠다고 다짐했다.

태라는 입구의 조명을 따라 거울로 이뤄진 홀을 지나며 본능적으로 자신이 뚱뚱해 보이지 않는지 확인했다. 드레스는 윗부분이 사선으로 재단되었고 진한 자주색 띠가 오른쪽 어깨를 지나 왼쪽 골반에서 모아지는 디자인이었다. 치맛자락에는 트임이 있어 걸을 때마다 다리가 살짝살짝 보였다. 4년 된 드레스였지만 트위터에서 현재 인기를 끌고 있는 예술가 조지 E의 후원 파티에 걸맞게 적당히 전위적인 것 같았다.

그녀는 지나가는 은쟁반에서 샴페인 한 잔을 집어 들고 실내 정원을 어슬렁거렸다. 천장 곳곳에 매달린 커다란 파티 조명들이 풍성한 자주색 장미꽃다발들 그리고 천장과 측벽의 유리창들을 환하게 비추었다. 밖에는 하얀 눈이 흩날려 구석진 곳에 쌓이기 시작했다. 샴페인의 기포가 머릿속에 퍼지는 느낌이 들자 그녀는 천천히 마셔야 한다고 다짐했다.

"너무 예쁜 거 아니야?"

그녀는 고개를 돌려 테런스를 발견하고 미소 지었다.

"여긴 어쩐 일이야?"

태라가 쾌활하게 물으며 그의 양 볼에 입을 맞췄다. 테런스도 몇 주 만에 보는 것이었다.

테런스는 미소를 지으며 대꾸했다.

"투자 유치하러 왔지. 후원자 한 명이 돈 많은 게이거든. 그래서 L. 세실에서 그 사람을 꾀어보라고 날 보냈어."

태라는 웃음을 터트렸다.

"이용당하는 기분이야?"

"부자 남편이 생긴다면 나쁘지 않겠지."

"나도 이제 그렇게 생각해야겠다."

태라가 말했다.

"일은 잘 돼가지?"

테런스가 물었다.

"응. 오늘 S-1 문서 제출했어. 한숨 돌렸지."

"정말 빨리 끝냈네. 그러니까 얼굴 보기가 힘들었지."

"한동안은 정말 낮 시간에 밖에 한 번도 못 나가본 것 알아? 끔찍하지. 그래도 정말 기뻐. 드디어 뭔가 일어나는 것 같거든."

태라가 덧붙였다.

테런스는 미소 지으며 고개를 끄덕였다.

"대견해."

그런 다음 그는 태라와 잔을 부딪쳤다. 태라는 그의 따뜻한 진심을 느낄 수 있었다.

식사가 시작된다는 안내가 나오자 태라와 테런스는 북적거리는 사람들을 뚫고 탁자들이 놓인 곳으로 들어갔다.

"돌아보지 말고 들어. 저쪽에서 어떤 남자가 널 보고 있어."

테런스가 허리를 굽히고 그녀에게 속삭였다.

태라는 반사적으로 돌아보며 물었다.

"뭐? 어디?"

"계단 옆. 슈퍼모델하고 같이 있는 남자."

테런스가 말했다.

태라는 케일럼 리스를 발견하고 얼굴이 하얗게 질렸다. 그가 샴페인 잔을 들어 올리며 아는 체를 하자 태라는 눈을 깜빡거리며 벌어진 입을 다물려고 애썼다. 그러곤 얼굴이 화끈거리는 것을 느끼며 미소를 짓고 자신도 고개를 까닥해 보였다.

"젠장."

태라가 테런스에게 말했다.

"누군데?"

"케일럼 리스."

태라가 대답했다. 이번엔 테런스가 계단 쪽으로 고개를 돌렸다.

"저 사람이 케일럼 리스? 그 억만장자 투자가 말이야?"

"응. 그리고 저 여자는 새 애인인 모양이야."

태라는 자신의 목소리에 실망이 묻어나지 않길 바라며 이렇게 덧붙였다. 케일럼과 함께 있는 여자는 진짜 슈퍼모델 같았다. 키가 크고 비쩍 말랐으며 디자이너 드레스처럼 보이는 옷을 입고 있었다. 게다가 그 여자는 눈썹 그리는 것을 잊지 않았다.

"그런데 저 사람이 왜 널 보고 있을까?"

테런스가 수상쩍다는 듯이 물었다.

"후크 투자자인데, 자기 지분을 팔아달라고 하더라고. 재산을 10억 더 불리겠다고 말이야."

이로써 그녀는 두 사람의 만남이 정말 그뿐이었다는 사실을 다시 한 번 확인했다. 크로스비 호텔에서 술을 마신 뒤로 그는 연락하지 않았다. 그가 연락할 필요는 없었지만 연락이 없었다는 사실을 통해 그녀는 자신이 그의 연락을 기대했다는 사실을 직시해야 했다.

테런스는 여전히 그들을 돌아보며 말했다.

"저 여자 드레스 정말 예쁘다. 발렌티노 맞지?"

"몰라."

태라가 대꾸하며 샴페인을 꿀꺽 삼켰다. 4년 된 자신의 드레스를 생각하자 온몸이 화끈거렸다.

그녀는 홀의 중앙 앞자리에서 자신의 자리를 발견하고 심호흡하며 캐서린의 비서가 보내준 인물 소개를 훑어보았다. 자수성가한 부동산 개발업자이자 보수주의 정치관을 가진 것으로 유명한 릭 프라이어와, L. 세실 최대 고객에 속하는 와이어트의 CFO 데이비드 드와이트 사이가 그녀의 자리였다. 데이비드 드와이트의 아들은 중독

치료를 받고 있으므로 그의 앞에선 절대 자녀 양육에 관한 이야기를 꺼내선 안 된다고 적혀 있었다.

그녀는 자리에 앉아 다른 사람들이 올 때까지 무언가를 하는 척하려고 블랙베리를 확인했다.

"오늘 멋지게 하고 왔네요."

케일럼의 목소리에 그녀는 고개를 돌렸다. 케일럼은 그녀의 옆자리 의자를 꺼내 앉았다.

"여긴 어쩐 일이세요?"

그녀가 물었다.

"태라를 만나고 싶었어요."

그가 답했다. 그것으로 충분한 이유가 된다는 듯이.

"그런데 이 자리는……."

"내가 데이비드한테 바꿔달라고 했어요."

케일럼은 더 설명하지 않고 자신의 파트너를 소개했다.

"이쪽은 카테리나예요."

"태라라고 해요."

태라는 카테리나의 앙상한 손이 부러질까 봐 조심스레 악수를 나눴다.

"태라는 내가 가장 좋아하는 금융업자죠."

케일럼이 여자에게 설명했다. 그러고 보니 여자라고 하기엔 너무 어렸다. 이런 행사에 홀린 듯 보이긴 했지만 어쨌든 이제 막 성년이 된 것 같았다.

"정말 훌륭한 금융업자를 못 만나신 모양이에요."

태라는 애써 뛰는 가슴을 가라앉히고 이 새로운 상황에 적응하려 애썼다.

케일럼은 웨이터가 들고 있는 트레이에서 화이트와인 한 잔을 집어 태라 앞에 놓으며 말했다.

"이런 행사엔 처음일 텐데, 이런 데서 버티기에 가장 좋은 방법은 진탕 취하는 겁니다."

"저는 L. 세실 대표로 왔어요."

태라가 말했다. 케일럼이 왜 자기 파트너에겐 와인을 주지 않을까 궁금했다.

"그럼 L. 세실 주요 고객인 나한테 잘 보여야겠네요. 나는 나와 보조를 맞춰 술을 마셔준다면 아주 만족할 것 같은데요."

그는 잔을 들며 다시 덧붙였다.

"난 오늘 술을 많이 마실 작정입니다."

태라는 주의 깊게 그를 보았다. 그의 연갈색 눈이 환하게 빛났다. 마침내 그녀는 그에게 빙긋 웃어주었다. 이제 알 것 같았다. 그는 친구가 되고 싶어하는 것이었다. 토드 같은 남자들이 고객과 술친구 겸 금융업자-고객 관계를 유지하듯 태라 자신에게도 그런 관계를 만들 기회를 주려는 것이었다.

"릭 프라이어입니다."

반대쪽 옆에서 뚱뚱한 대머리 남자가 자신을 소개했다.

태라는 얼른 정신을 차리고 자리에서 일어났다.

"태라 테일러예요. 만나서 정말 반갑습니다."

"나도요."

그가 무뚝뚝하게 말하며 자리에 앉았다. 그러곤 자기 옆에 있는 남자를 가리키며 물었다.

"루이스 씨 알아요?"

그러자 그 남자가 대신 대답했다.

"물론입니다. 태라 테일러는 저희 회사 기업금융 부문에서 일한답니다."

남자는 부자연스러울 만큼 하얗고 커다란 치아를 드러내며 릭 프라이어를 향해 활짝 미소를 지었다.

"저희 자산관리 부문은 고객들이 사업 자금을 필요로 할 때 기업금융 부문과 긴밀하게 협력합니다. L. 세실처럼 크고 통합적인 은행을 이용할 때 누릴 수 있는 또 하나의 이점이죠."

릭은 눈을 굴렸다. 태라는 웃음을 참으려고 이를 악물었다. 그녀는 존 루이스를 만나본 적이 없지만 얼핏 봐도 전형적인 자산관리자인 듯했다. 구변 좋고 열정이 다소 과한 앵글로색슨계 백인으로, 부자들의 당좌예금 계좌를 개설해주는 일을 업으로 삼을 만큼 그들에게 비비기를 좋아하는, 그런 사람이었다.

누군가가 마이크를 톡톡 두드리자 사람들이 입을 다물고 연단을 돌아보았다. 젊은 여자가 무대에 서 있었다.

나이는 기껏해야 스무 살쯤 되어 보였고 어퍼이스트사이드 출신인 듯했다. 부드러운 금발 머리를 정교하게 꼬아 목덜미에서 매듭을 짓고 전문 서비스를 이용해 태닝한 젊은 피부에선 광채가 났다.

"여러분, 안녕하세요."

그녀는 환한 조명에 속눈썹을 깜빡거리며 초조한 목소리로 입을 열었다. 주목을 받는 데 익숙한 듯했지만 연설을 통해 익숙해진 것 같지는 않았다.

"오늘 이 자리에 참석해주신 모든 내빈 여러분께 감사드립니다.

조지 E의 전시회를 축하하기 위해 많은 분들이 와주셔서 정말 기쁜데요…….”

“캐서린 딸이에요.”

케일럼이 태라에게 속삭였다.

“어떻게 아세요?”

“저쪽은 캐서린 남편.”

케일럼은 반대편 바에서 무대는 보지도 않고 바텐더와 술을 마시고 있는 턱시도 차림의 남자를 가리켰다.

“두 사람 결혼식 때 내가 신랑 들러리였어요.”

태라는 멈칫하고 고개를 돌렸다.

“캐서린을 아세요?”

“모르는 사람인데 결혼식에서 들러리를 섰다면 너무 이상하지 않은가?”

“저는…….”

태라는 머릿속이 복잡해졌다. 크로스비에서 얘기를 나눌 때 혹시 말실수하지 않았나? 그때는 왜 그런 얘기를 하지 않았을까?

“지금 그분 어디 계신지 아세요?”

태라는 비어 있는 맞은편 자리를 가리키며 속삭였다.

케일럼은 어깨를 으쓱했다.

“일하고 있겠죠. 늘 그렇게 빠져나가거든요.”

캐서린의 딸이 그들의 테이블로 다가왔다.

“잘했어.”

케일럼이 그를 보고 반가워하는 캐서린의 딸에게 말했다.

“끝나서 다행이에요.”

캐서린의 딸은 이렇게 대꾸하며 케일럼이 입을 맞출 수 있게 뺨을 내밀었다.

"로런, 이쪽은 카테리나야."

케일럼이 자기 왼쪽에 있는 여자를 소개했다.

"그리고 이쪽은 태라. L. 세실에서 일하는 분이야. 네 엄마의 부하 직원이지."

로런은 모델과 악수를 나눈 뒤 태라의 손을 잡으려다 말고 의심스러운 눈으로 태라를 훑어보았다. 그러곤 마침내 물었다.

"엄마는 일하고 있는데, 왜 여기 와 있어요?"

태라는 둘러대기 시작했다.

"아, 이 행사에 대해 워낙 얘기를 많이 들었거든요. 오지 않을 수가 없었죠."

로런은 입을 굳게 다물고 아무 말 없이 가느다란 목으로 침을 꿀꺽 삼켰다. 그러더니 양해를 구하고 다른 테이블을 돌기 시작했다.

"제가 뭘 잘못했어요?"

태라가 케일럼에게 물었다.

"신경 쓰지 마요. 엄마에게 자기가 최우선이 아니라는 것쯤은 알 만한 나이죠."

케일럼은 별일 아니라는 듯이 말했다.

태라는 다른 테이블을 돌면서 예의 바르게 미소를 짓고 있는 로런의 모습에 잠시 안타까운 마음이 들었다.

"하지만 로런을 무대에 세우고 L. 세실이 이 행사를 후원하게 한 건 그분이잖아요? 모든 엄마는 제각기 자기가 아는 최선의 방법으로 딸을 사랑하는 거라고 저는 생각해요."

태라는 아직 만나본 적도 없는 멘토의 편을 들었다.

"아, 캐서린이 후원을 주선한 건 확실하지만 로런 때문은 아니에요. 필 돌턴 때문이었죠."

케일럼은 술을 한 모금 마셨다.

"네?"

"조지 E는 필 돌턴의 투자처 가운데 하나거든요. 조지 E가 창작하는 모든 작품에 대해 20퍼센트의 지분을 소유하고 있죠. 이런 행사를 열면 그 예술가의 작품 가치가 열 배 이상 뛸 겁니다. 캐서린은 돌턴 헨리 벤처 파트너스 포트폴리오에 투자은행을 이용할 기업들이 수두룩하다는 걸 알고 그들을 L. 세실로 끌어다 주는 대가로 이 행사를 조직한 거죠."

태라는 눈을 찌푸리며 케일럼을 보았다.

"그래서 후크의 IPO를 우리가 맡게 된 거예요? 저는 조시와 토드가 서로 알아서……"

"언제나 보이는 게 전부는 아니에요, 태라."

케일럼은 웨이터를 불러 그들의 와인 잔을 다시 채운 다음, 그녀의 잔을 가리켰다.

"분발해요."

저녁 식사가 나오는 동안 태라는 그 술을 즐겼다.

"그나저나 또 다른 잠재 고객을 저 사람한테서 구원해줘야 할 것 같은데요."

케일럼은 릭 프라이어에게 속사포처럼 지껄이고 있는 존 루이스를 향해 한쪽 눈썹을 치켜 올렸다.

"그 당좌예금 계좌가 있으면 타행 이체를 한 달에 세 번 무료로 이용할 수 있고 다른 L. 세실 계좌로는 무제한으로 이체할 수 있습니다. 하지만 그래도……."

"제가 좀 끼어도 될까요?"

태라가 몸을 돌리고 환하게 미소 지었다. 술기운이 돌기 시작하자 놀랍도록 마음이 편안해졌다.

"물론이죠."

릭이 말했다. 진심인 듯했다.

"정말 어릴 때 캘리포니아에 사셨어요? 제가 거기서 학교를 다녔거든요."

태라는 그의 인물 소개를 떠올리며 이렇게 물었다.

"오클랜드에 살았어요. 어느 학교에 다녔죠?"

릭은 화제가 바뀌어 반가워하는 듯했다.

"스탠퍼드에 다녔습니다."

태라가 예의 바르게 대답했다. 존은 릭이 예금이율보다 태라에게 더 관심을 보인다는 사실이 불쾌한 듯 그녀를 노려보았다. 그러곤 궤도를 수정해 다시 끼어들었다.

"저희는 실리콘밸리에도 크게 관여하고 있습니다. 사실, 저희 고객 가운데 많은 분들이 그쪽 기업들의 최초 공모주에도 접근할 수……."

그러나 릭은 존의 말을 무시했다.

"그 학교 맞죠? 이번에 여학생이 죽은 학교."

"어떤 여학생이요?"

태라가 와인을 홀짝이며 물었다.

"켈리 뭐라고 하던데."

릭은 손가락을 튕기며 대답했다.

"제이컵슨이죠."

존이 빈칸을 채워주었다.

태라는 얼굴에서 피가 빠져나가는 느낌이었다.

"켈리 제이컵슨이 죽었어요?"

그러자 릭은 얼굴을 찌푸렸다.

"동굴에서 살다 왔나? 3주 전에 약물 과다 복용으로 죽었잖아요. 듣자 하니 그쪽에 취업할 예정이었다면서요? 그런 건 숨기는 편이 나을 텐데."

태라는 가슴이 미어지는 듯했다.

"저는 그동안……."

태라는 입을 열다 손을 입으로 가져가며 다시 말했다.

"어머, 세상에, 어쩌다 그런 안타까운 사고를."

그러자 릭이 코웃음을 쳤다.

"사고? 콘서트장에 가서 약을 하고 죽은 건 사고라고 할 수 없죠. 그 학생은 미국에서 제일 좋은 학교에 다니고 있었어요. 그럼 그걸로 성공할 생각을 해야지, 약에 취해서 그렇게 허비해버리면 쓰나."

"대학생들은 시험 삼아 한 번씩 해보는 거예요."

태라가 말했다. 그런 말을 해선 안 된다는 사실을 알았지만 이 남자가 켈리 같은 여학생들에 대해 그런 투로 말하는 것이 거슬렸다. 그녀가 다시 말했다.

"그런 식으로 자신에 대해 알아가죠."

"몇 살이에요?"

릭이 이맛살을 찌푸리며 태라에게 물었다.

"스물여덟 살입니다."

태라는 당당하게 대답했다.

"그게 바로 그 세대의 문제예요. 밀레니엄 세대 말입니다."

그는 한 손을 허공에 대고 휘저으며 '밀레니엄'이 마치 몹쓸 말인 것처럼 내뱉었다. 그러곤 계속 말을 이었다.

"그 세대는 직업윤리라고는 눈곱만큼도 없어요. 대학 교육 같은 좋은 기회를 얻어서 '자아를 찾는'답시고 허비해버리고 필요한 기술은 하나도 익히지 못한 채로 학교를 나와서는 상사가 자기를 멍청이 취급하니 어쩌니 징징거린다니까."

"그렇게 말씀하시는 건 부당하죠."

의도했던 것보다 더 단호한 목소리가 나왔다. 그러나 태라는 지난 3주 동안 릭과 같은 사람에게 돈을 벌어주려고 뼈 빠지게 일했고, 켈리도 틀림없이 그렇게 했을 것이다. 어떻게 그녀 세대의 직업윤리가 형편없다고 비난할 수 있단 말인가? 릭의 어깨너머로 존 루이스가 그녀를 노려보고 있었지만 그녀는 아랑곳하지 않았다.

"저희는 평생 열심히 노력했어요. 스탠퍼드 같은 학교에 들어가려면 얼마나 열심히 공부해야 하는지 아세요? 틀림없이 켈리도 어린 시절을 제대로 누리지 못했을 거예요. 엄청난 압박에 시달리면서……."

릭이 웃음을 터트렸다.

"압박? 무슨 압박? 좋은 성적을 내고 과외 활동에 참가해야 한다는 압박 말이요? 진짜 압박이 뭔지 알고 싶어요? 징병 추첨번호를 받아보시지."

태라는 그를 노려보았다. 험악하고 야비한 그의 얼굴에 화가 치밀었다.

"어떤 세대든 그 세대만의 경험이 있기 마련이에요. 구세대가 베트남전을 겪었다면 우리는 911테러를 겪었고……."

그러자 릭이 그녀의 말을 끊었다.

"비교가 안 되지. 난 그 세대에 눈곱만큼도 연민을 느껴본 적이 없어요. 여학생 클럽이니 뭐니 하며 약을 하고 난잡하게 놀아나는 예쁜 여학생한테도 공감할 수 없고. 당신 세대와 오바마가 이 나라를 말아먹을 때까지 살 수 없다는 게 다행스러울 뿐이오."

그러자 존이 새하얀 치아를 빛내며 끼어들었다.

"얘기가 나와서 말인데, 유산 상속 계획은 세우셨습니까? 저희가 다이너스티 신탁을 준비해드릴 수……."

"이 나라를 말아먹은 건 구세대죠."

태라의 귀에 자신이 이렇게 말하는 소리가 들렸다.

"지금 뭐라고 했어요?"

릭이 굳은 얼굴로 그녀를 돌아보았다.

"아니에요. 태라는 아무 말도 안 했습니다."

존은 다시 그의 관심을 끌려고 애썼다. 그러곤 한 마디만 더 해보라는 듯 태라를 쏘아보았다.

"구세대가 눈앞의 이익에만 급급해 다른 나라들을 착취하고 과다한 지출을 부추겼잖아요. 그 결과, 이제 우리는 우리를 증오하는 테러리스트들과 감당할 수 없는 빚에 갇혀버렸고요. 우리한테는 그저 열심히 공부해서 학자금 대출을 받아 좋은 대학에 가기만 하면 완벽하고 행복한 삶을 누릴 수 있을 거라고 했어요. 하지만 그건 꿈이었을 뿐 현실은 달랐어요. 우리는 성공한 어른이 되기 위해 어린 시절을 포기했는데, 막상 어른이 된 뒤에는 그 모든 게 거짓이었음을 깨달아야 했죠. 구세대가 우리에게 남겨준 거라곤, 지속 불가능한 정책들, 우리가 해결해야 할 정책들뿐이에요. 자기들 잇속은 다 챙기고 도망가는 주제에 어떻게 우릴 비난할 수 있죠? 우리 밀레니엄 세대는 그저 가끔 마음의 짐을 덜어보려는 것뿐인데, 그리고 구세대의 이기적이고 씁쓸한 냉소를 받으며 그 안에서 조금이나마 희망을 주는 대통령을 뽑은 것뿐인데, 그게 그렇게 잘못인가요?"

릭 프라이어는 입을 다물지 못했다. 그의 어깨 뒤에서 존 루이스가 씩씩거렸다.

"잠깐 실례하겠습니다."

태라는 이렇게 말하고 냅킨을 탁자에 내려놓으며 자리에서 일어났다. 식사를 멈추고 자신을 보고 있는 케일럼이나 다른 손님들의 시선을 피하며 오로지 '출구' 표시만 보고 나아갔다.

"미쳤어, 미쳤어, 미쳤어."

그녀는 화장실 칸막이 안으로 들어가 문을 닫고 문에 이마를 대며 혼자 되뇌었다.

"세상에. 지금 무슨 짓을 한 거야?"

그녀는 다시 한 번 속삭였다. 머릿속에 남아 있던 알코올 기운이 증발하면서 끔찍하리만치 냉철하게 상황을 주시할 수 있게 되었다.

끝이었다. 다 끝났다. 그녀는 스스로 경력을 말아먹었다. 사람들이 평생 열망하는 기회를 얻었는데 그것을 망치고 말았다. 어쩌다 이렇게 되었을까? 지난 선거 때 투표한 기억조차 없다. 대체 왜 보수주의자로 악명 높은 고객 앞에서 오바마를 옹호했을까? 하지만 그의 얼굴……. 그의 얼굴이 너무도 야비해 보였다. 그리고 켈리……. 젠장. 켈리 제이컵슨이 정말 죽었다고?

태라는 핸드백에 손을 넣어서 상비약으로 챙긴 자낙스를 찾아 한 알을 삼켰다. 누군가가 화장실에 들어와 문을 잠그는 소리가 들렸다.

태라의 옆 칸으로 들어가 변기 시트를 올리는 듯했다. 태라는 숨을 참고 구토 소리가 들리길 기다렸다. 태라 자신은 폭식증에 걸려본 적은 없지만 두세 번 과식하고 토해본 적은 있었다. 그녀가 아는 여자들은 모두 그런 경험이 있었으므로 옆 칸의 여자에 대해서도 섣불리 판단하지 않았다. 사실은 지금 자신도 그러고 싶은 심정이었다. 손가락을 집어넣어 스스로를 벌할 수만 있다면, 지난 한 시간을 다 게워내고 처음부터 다시 시작할 수만 있다면 얼마나 좋을까.

옆 칸의 여자가 마침내 숨을 훅 들이켜고 낑낑거리며 구토를 멈추자 태라는 천천히 문을 열고 심호흡하며 마음을 가라앉혔다. 그녀는 세면대로 가서 손을 씻었다. 다시 저 밖으로 나갈 수 있을까? 무슨 말을 해야 할까?

태라는 닫혀 있는 칸막이 문을 보며 조용히 물었다.

"괜찮으세요?"

문이 열리고 로런 와일리가 나왔다.

"괜찮아요."

로런은 태라의 시선을 피하며 무뚝뚝하게 대꾸하고는 세면대로 다가왔다.

그러곤 비누로 꼼꼼하게 손을 닦고 입을 헹구고 입술 끝을 톡톡 두드려 물기를 말렸다. 그런 다음 완벽한 자세로 서서 금색 클러치백을 열고 혀에 동그란 박하사탕 하나를 올렸다.

"왜 그러고 있어요?"

태라가 움직이지 않자 로런이 날카롭게 물었다.

태라는 고개를 저으며 솔직하게 말했다.

"아니에요. 그냥 다시 나가고 싶지 않아서요."

그러나 로런이 누구인지 떠올리고 다시 덧붙였다.

"행사가 별로라는 얘긴 아니에요."

"거짓말할 필요 없어요."

로런은 다시 거울을 돌아보고 입술에 바른 립글로스를 매만지며 말을 이었다.

"끔찍하죠. 작품도 이상하고 사람들도 따분해요."

"그래도 어머니가 자랑스러워하셨을 거예요."

태라는 다시 한 번 애를 쓰고는 마지막으로 한 번 더 자신의 모습을 확인했다.

"엄마인지 뭔지, 그냥 꺼지라고 해요."

난생처음 내뱉는 말인 듯 로런은 그 말을 곱씹었다. 그러곤 덧붙였다.

"죄송해요. 진심은 아니에요."

태라는 아무 말도 하지 않았다.

"그냥……."

로런이 다시 입을 열었다. 두 사람 모두 로런이 태라에게 왜 그런 이야기를 털어놓는지 알 수 없었다.

"나 정말 열심히 연습했거든요."

로런은 웃음을 터트리고는 천장을 보며 눈을 깜빡여 눈물을 떨어냈다.

"엄마가 하는 일만큼 힘들진 않겠지만 나한테는 정말 힘들었어요. 그런데 난⋯⋯."

로런은 고개를 저으며 말을 이었다.

"절대 엄마를 만족시킬 수 없을 거예요."

태라는 무슨 말을 해야 할지 알 수 없었다.

로런은 거울 속의 자신을 보고 눈을 굴리며 앞으로 몸을 숙여 아이라이너가 번지지 않도록 손가락 하나로 조심스럽게 눈물을 다시 밀어 넣었다.

"아무한테도 얘기하지 마세요."

태라는 고개를 저으며 대꾸했다.

"그럴게요."

태라는 로런을 화장실에 남겨두고 천천히 자리로 돌아갔다. 다리가 무거웠다. 로런이 느끼는 감정, 로런이 드러내선 안 된다고 생각하는 그 감정을 릭 프라이어는 절대 이해하지 못할 것이다.

태라는 비어 있는 자신의 자리를 보고 마음이 바뀌었다. 그녀는 방향을 돌려 외투를 찾으러 갔다.

집에 도착할 무렵 자낙스의 약효가 돌기 시작했다. 그녀는 찬찬히 아파트 계단을 올라 자신의 집으로 향했다. 블랙베리를 플러그에 꽂았지만 확인하진 않았다. 아직 오늘 밤의 일로 해고당했다는 이메일을 읽을 준비가 되지 않았다. 그녀는 신발을 벗고 옷을 벗어 옷걸이에 정성스레 걸었다. 눈 화장을 지우고 세수를 하고 콘택트렌즈를 뺀 다음, 눈꺼풀엔 아이크림을, 얼굴엔 콜드크림을 발랐다. 핀을 빼고 정성스레 머리를 빗었다. 그런 다음 물 두 잔을 마시고 큰엉겅퀴

정제 세 알과 애드빌 한 알을 먹은 다음, 새벽 5시로 알람을 맞췄다. 모든 것이 바뀌기 전에 여섯 시간 동안 휴식을 취할 수 있었다.

5장
적자생존의 현대판

태라

"L. 세실의 CEO 데렉 슈트라우스는 오늘 의회에 출석해 이 글로벌 투자은행에서 일어난 불법 트레이딩 혐의에 대해 해명할⋯⋯."

태라는 조금 더 자려고 타이머 버튼을 눌렀지만 갑자기 간밤의 일이 의식을 파고들었다. 릭 프라이어의 살진 얼굴과 그의 멍청한 목소리가 자낙스 기운을 빌어 잠든 그녀를 깨웠다.

"빌어먹을."

태라는 블랙베리로 손을 뻗었다. 블랙베리는 아이폰 옆에서 충전 중이었고 아이폰은 아이팟 옆에서 충전 중이었으며, 아이팟은 성인용 바이브레이터 옆에서 충전되고 있었다. 어차피 집에 찾아오는 사람도 없었으므로 그녀는 바이브레이터를 아무렇게나 내놓고 충전했다.

태라는 새로운 메시지들을 훑어보며 인사부에서 온 해고 통지서를 찾았지만 아직 없었다. 하지만 겨우 새벽 5시이니 안심하기엔 일렀다.

5시 30분, 문 여는 시각에 맞춰 프린팅 하우스 헬스클럽에 도착한 그녀는 엘리베이터를 타고 꼭대기 층으로 올라갔다. 창가에 놓인 트레드밀에 오르자 허드슨 강 너머로 아직 잠들어 있는 뉴저지의 반짝이는 불빛들이 보였다.

그녀는 버튼을 눌러 기계를 작동시켰다. 두 다리가 마지못해 깨어나며 피가 돌기 시작했다.

술을 마시지 말았어야 했다. 술이 문제였다. 알코올은 일종의 진정제였으므로 술을 마시면 생각이 너무 많아졌다. 정확히 말하면 쓸데없는 생각이 너무 많아졌다. 왜 케일럼이 주는 와인을 계속 받아 마셨을까? 그는 그녀를 비웃었을 것이다. 그의 왼쪽엔 사진처럼 완벽한 러시아 모델이 앉아 양상추만 씹고 있는 사이 오른쪽에 앉은 주당은 완전히 취해버리지 않았는가.

그녀는 트레드밀의 속도를 올리고 거리계의 숫자가 올라가는 것을 보았다. 귓전에 음악이 울려 퍼졌고 달릴수록 가슴이 타들어 가기 시작했다. 고통이 기분 좋게 느껴졌다.

어쩌면 릭 프라이어의 말이 옳을지도 모른다. 밀레니엄 세대가 느끼는 압박은 정말 별것 아닐지도 모른다. 로런이 부잣집 딸로서 겪는 문제들은 나머지 세상의 문제들에 비하면 아무것도 아니었다. 그애가 섭식 장애를 앓는 것, 혹은 엄마에게 인정받지 못하는 것이 뭐 그리 대수란 말인가?

태라는 또 한 번, 그리고 또 한 번 속도를 올리며 스스로에게 그 논지를 납득시켰다.

켈리 제이컵슨도 좀 더 현명하게 행동했어야 한다. 태라 자신은 대학 때 마약을 딱 두 번 해보았고 늘 그에 대해 책임을 졌다. 문제가 생겨도 대처할 수 있도록 믿을 만한 사람들과 함께 아주 적은 양으로 시험해보았을 뿐이다.

태라는 트레드밀의 거리계가 평소에 달리던 거리인 10킬로미터를 찍는 것을 보았지만 멈추지 않고 또 한 번 속도를 올리며 보폭을 늘렸다. 맥박이 빠르게 뛰고 있었다.

이 세상은 경쟁이 심한 곳이다. 로런은 스스로 문제를 극복하지 못하면 성공하지 못한다. 켈리 같은 대학생도 분별 있게 파티를 즐기는 법을 배우지 못하면 성공할 수 없다. 누구의 잘못도 아니다. 그저 현실이 그렇다. 다윈의 적자생존 현대판인 셈이다.

그러나 태라 자신은 20대 초반의 시험을 모두 통과하고 마침내 세상에 자리를 잡았다. 이제는 새로운 시험들이 기다리고 있었고 계속 살아남으려면 집중력을 유지하고 끊임없이 경쟁하며 더 열심히 노력해야 한다. 그런 생각을 하자 의욕이 솟아 또 한 번 속도를 올렸다. 거리계는 10.5킬로미터를 가리켰다. 아래를 보니 신발 끈이 풀려 있었다. '멈추지 마.' 그녀는 스스로를 다독이며 한 번 더 속도를 높였다. '11킬로미터까지만. 거의 다 왔어.'

어젯밤 그 일이 일어나기 전까지 태라는 진정한 경쟁자였다. IPO는 순항하고 있었고 경영진이 그녀의 재능을 인정했으며 케일럼 리스처럼 중요한 사람들이 그녀를 찾았다. 그토록 잘해온 것은 그저 고개를 숙이고 누구도 방해하지 않으며 묵묵히 자신의 길을 걸었기 때문이다. 그녀는 거리계를 보았다……. 10.8……. 10.9……. 그러다 신발 끈에 걸려 앞으로 몸이 쏠렸다. 결국 그녀는 양옆의 손잡이를 잡고, 계속해서 돌아가는 컨베이어 벨트의 양옆으로 껑충 올라섰다. 숨을 몰아쉬며 거리계가 11킬로미터를 찍는 광경을 보았다. 그녀가 달리고 있지 않은데도 기계는 계속해서 거리를 측정했다. 그녀가 졌다는 암시인 것 같아서 절망감이 밀려들었다.

누굴 속이겠어? 그녀는 이제 경주에서 밀려났다. 릭 프라이어는 그녀가 통과할 수 없는 시험이었다.

'어리석게 굴지 마. 암시는 애들이나 믿는 거야.' 그녀는 트레드밀을 껐다.

탈의실로 가면서 블랙베리를 확인했지만 여전히 인사부에서는 아무런 소식이 없었다. 샤워를 하고 아래층으로 내려가자 L. 세실의 검은 차 한 대가 그녀를 기다리고 있었다.

전화벨이 울리자 가슴이 덜컥 내려앉았다. 출근하지 않아도 된다는 통보인 게 분명했다. 그러나 그녀는 전화기 화면을 보고 눈을 굴렸다.

"일찍 일어나셨네요."

태라는 전화를 받으며 엄마에게 말했다.

"비행기표 샀니?"

그녀의 엄마는 인사도 없이 불쑥 물었다.

"아뇨. 아직 못 샀어, 엄마."

태라가 대답했다.

"하지만 빨리 사야 싸게……."

"직접 사면 그렇게 큰 차이도 없어."

태라는 엄마의 말을 잘랐다. 2년에 한 번 비행기를 타는 엄마는 아직도 비행기표를 사려면 여행사를 통해야 한다고 믿었다.

"그리고 비행기를 어디서 타게 될지 아직 몰라요."

"네가 표를 사야 엄마 마음이 놓이지."

그녀의 엄마는 고집스럽게 말했다.

태라는 짜증스럽게 물었다.

"왜 그렇게 걱정을 해, 엄마? 내 동생 결혼식이잖아요. 꼭 갈게요."

"엄마는……."

"엄마, 나 가봐야 해. 사랑해요."

그녀는 얼른 덧붙이고 전화를 끊었다. 걱정하는 엄마의 마음을 모르는 것은 아니었지만, 그녀의 가족은 태라 자신의 삶을 전혀 이해하지 못했고, 지금은 참을성 있게 그것을 그들이 이해할 수 있는 가치 체계로 번역해줄 수가 없었다.

태라는 블랙베리를 꺼내 이메일을 살펴보았다. 판매단 명단에 관한 네하의 질문에 답장을 보냈다. 이 여자는 왜 그런 일조차 스스로 하지 못할까? 일부러 태라 자신에게 반항하는 것 같았다.

그런 다음 닉의 이메일을 열어보았다. 런던 로드쇼 만찬 장소가 어디냐는 내용이었다. 그녀가 보내준 일정표를 보면 되지 않는가? 게다가 곧 IPO를 하는 기업의 CFO가 기껏 로드쇼 만찬 장소에나 신경 쓰고 있다니. 쇼디치 하우스예요, 하고 그녀는 답장을 보냈다.

연합통신의 찰리 제이컵슨이라는 사람에게서 만나달라는 이메일이 와 있었다. 그녀는 이렇게 답장했다. '규정상 저는 언론과 직접 접촉할 수 없습니다. 궁금한 점이 있으면 저희 투자유치부로 연락하세요.' 연합통신 기자라면 그 정도는 알아야 하는 것이 아닌가?

캐서린 와일리의 이름으로 온 메시지를 보고 그녀는 가슴이 죄는 듯했다.

발신: 캐서린 와일리

제목: [없음]

아직 출근 전이에요?

피가 얼어붙는 기분이었다. 이제 정말 끝이었다.

수신: 캐서린 와일리

제목: Re: [없음]

안녕하세요. 거의 다 왔어요. 무슨 일 있나요?

그녀는 눈빛으로 신호등을 조정하려는 듯이 빨간불을 노려보았다.

발신: 캐서린 와일리

제목: Re: [없음]

출근하면 내 방으로 와요.

틀림없었다. 정말 해고되려는 모양이었다. 안구 뒤쪽이 뜨거워지자 그녀는 침을 꿀꺽 삼키며 그 느낌을 밀어냈다.

"기다리고 계세요."

태라가 도착하자 캐서린의 비서가 눈도 들지 않고 말했다.

"안녕하세요."

태라는 캐서린의 사무실로 들어가며 조심스럽게 말했다.

캐서린은 그녀를 돌아보았다. 책상 안쪽으로 바닥에서 천장까지 이어져 있는 창문에 태양이 떠오르고 있었다.

"어서 와요, 태라. 드디어 만나네요. 반가워요."

캐서린이 말했다. 목소리만으로는 어떤 용건인지 전혀 짐작할 수가 없었다.

"저도 만나뵈서 기쁩니다."

태라는 캐서린과 악수를 나누며 자신의 손이 너무 끈적거리지 않기를 기도했다.

깔끔한 흑갈색의 단발머리는 완벽하게 정돈되어 있었고 피부의 주름은 실제 나이처럼 보이지도, 실제 나이를 감추려 안간힘을 쓰는 듯 보이지도 않을 만큼 적당했다. 책상 옆 책꽂이 위에는《포브스》의 '월가의 파워우먼들' 표지에 실렸던 자신의 사진을 액자에 넣어 세워놓았고, 그 사진 속에서 입은 샤넬 정장을 그대로 입고 있었다.

"앉아요."

캐서린은 의자를 가리키고는 곧바로 본론으로 들어갔다.

"어젯밤 프릭 컬렉션에서 있었던 일에 대해 다 들었어요."

태라는 앞으로 상체를 내밀며 입을 열었다.

"저는……."

그러나 캐서린이 그녀의 말을 가로챘다.

"로런은 병이 깊은 아이예요. 일류 의사들을 다 찾아가 봤지만 어느 정도 선에서는 스스로 책임을 져야 하죠."

태라는 입을 벌린 채로 잠시 멈춰 있다 되물었다.

"로런이요? 로런 이야기군요."

태라는 확인하고 싶었다.

"그래요. 내 딸 말예요."

캐서린의 대답에 태라는 혈압이 안정되는 느낌이 들었다.

"아. 따님이 어제 정말 잘……."

그러나 캐서린이 그녀의 말을 잘랐다.

"아무한테도 말하지 않았다고 믿을게요. 앞으로도 절대 해선 안 되고요."

캐서린은 강조하려는 듯 잠시 멈췄다가 말을 이었다.

"딸에게 문제가 있다는 이유로 나쁜 엄마라고 비난받는 일을 보 태지 않아도 난 지금 할 일이 너무 많아요."

"물론이죠. 아무한테도 말하지 않을게요. 하지만 저는 부문장님이 나쁜 엄마라고 생각하지……."

"후크 일은 어떻게 돼가요?"

캐서린이 화제를 돌렸다. 릭 프라이어 일은 꺼내지 않을 셈인가?

태라는 얼른 캐서린에게 보조를 맞췄다.

"아. 어제 S-1 문서를 제출했고 사전 회의도 아주 긍정적이었습 니다. 투자자 수준을 낮추지 않고도 최초 공모 가격 목표를 달성할 수 있을 것 같습니다."

"좋아요. 그 일을 원활하게 성사시키는 것이 이 회사를 위해서나 본인을 위해서나 얼마나 중요한지 따로 얘기할 필요는 없을 거라 생각해요."

"물론입니다. 말씀하지 않으셔도 잘 압니다."

태라는 그녀의 말에 동의하며 또 한 번 막중한 부담을 느꼈다.

"이 업계에선 실력 있는 여자들을 찾기가 어려워요. 태라는 가능 성이 있다고 들었으니 사실이길 바랄게요."

"고맙습니다. 기대를 저버리지 않도록 최선을 다하겠습니다."

심장이 목으로 튀어나올 것 같았다.

"좋아요. 다른 용건 있어요?"

캐서린이 물었다.

태라는 마치 사형을 기다리다 면제받은 사람처럼 마음이 가벼워졌다. 다시 경주를 뛰게 되었다. 그녀는 캐서린에게 물었다.

"조언을 부탁드려도 될까요?"

캐서린은 잠시 동작을 멈추고 태라의 얼굴을 살폈다. 후배에게 어떤 약점이 있는지 찾고 있는 듯했다.

"자기계발을 멈추지 마요. 늘 더 열심히 일하고 더 속도를 내고 더 큰 사람이 되려고 노력해야 해요. 자기 단련은 많이 하면 할수록 좋아요."

태라는 고개를 끄덕였다. 오늘 아침에 11킬로미터를 달린 것이 헛되지 않았다. 이제 매일 그렇게 해야겠다고 그녀는 결심했다.

"지금 몇 살이죠?"

캐서린이 물었다.

"스물여덟 살입니다."

"남자친구는?"

캐서린은 태라의 왼손을 흘끗 보았다.

"없습니다."

"서른다섯이 되기 전엔 결혼하지 마요. 단, 초조해질 수 있으니 서른 살에 난자를 얼려놓고요. 레슬리한테 좋은 병원을 추천해주라고 할게요."

"부문장님은 몇 살에 결혼하셨어요?"

"스물다섯이요."

캐서린이 다시 컴퓨터로 고개를 돌리며 대꾸했다.

"감사합니다."

태라는 자리에서 일어서다 동작을 멈췄다. 아무래도 알아야 했다.

"혹시 존 루이스가 어제 행사에 대해 아무런 말씀도 안 드렸나요?"

"존 루이스는 이제 우리 회사 사람이 아니에요."

캐서린은 모니터에서 고개를 돌리지 않은 채 대답했다.

"네? 어떻게?"

"릭 프라이어가 우리 은행에 갖고 있던 계좌를 모두 옮겼어요. 존의 행동에 대해 들은 터라 떠나보낼 수밖에 없었죠."

캐서린이 말했다.

"존 때문에 릭이 계좌를 모두 옮겼다고요?"

"존이 오바마를 옹호할 때 그 자리에 없었어요?"

캐서린은 고개를 돌리고 한쪽 눈썹을 치켜 올리며 말을 이었다.

"어젯밤 늦게 케일럼이 전화해서 얘기하더라고요. 가관이었다고 하던데."

"제가 나온 뒤에 일어난 일인가 봐요."

태라는 조심스럽게 말하며, 정말 그랬기를, 케일럼이 자신을 보호하기 위해 존 루이스를 희생시킨 것이 아니기를 기도했다. 그러곤 그에 대해 너무 깊은 생각에 빠지기 전에 얼른 문으로 향했다.

"참, 태라?"

태라는 다시 심장이 빠르게 뛰는 것을 느끼며 뒤돌아보았다.

"다음에 그런 행사에 가게 되면 좀 더…… 수수하게 입고 가요. 젊은 여자들은 그렇지 않아도 반감을 사기 쉬우니까 괜히 구설에 오를 일은 만들지 마요."

태라는 자신의 보라색 드레스를 떠올리고 얼굴이 화끈거렸다. 케일럼이 캐서린에게 자신이 입고 온 의상에 대해서도 얘기한 걸까?

"네, 명심하겠습니다."

태라는 고개를 끄덕이며 대답했다.

여전히 몸속에 불안감이 흐르는 것을 느끼며 그녀는 조심스레 걸음을 옮겼다. '진정해. 정신을 바짝 차려야 해.' 엘리베이터 문이 열리자 그녀는 스스로에게 이렇게 타이르며 일하러 갔다.

토드

4월 7일 월요일, 뉴욕 주 뉴욕

토드는 기분이 무척 좋았고 그 기분을 망칠 만한 일은 아무것도 없었다.

태라가 캐서린으로부터 프릭 컬렉션 행사에 초대를 받았다고 했을 때에는 화가 치밀었지만 시간을 갖고 곰곰이 생각해보니 화를 내봐야 그에게 좋을 것이 없었다. 캐서린이 지금의 자리에 올라간 것은 이 은행에서 여성 지도자를 필요로 하기 때문이었지, 결코 그녀가 실세를 쥔 것은 아니었다. 그리고 프릭 컬렉션 행사처럼 이 은행에서 주최하는 행사에 참석하는 따분하고 나이 많은 고객들도 실세는 아니었다. 그들은 태라에게 넘겨주어도 상관없었다.

진짜 힘을 쥔 사람은 그와 같은 남자들이라는 사실을 토드는 깨달았다. 젊고 똑똑하며 패기 넘치는 월가의 차세대 지도자들 말이다. 그래서 오늘 오후에는 일을 제쳐두고 다운타운 술집에서 NCAA

토너먼트 결승전을 보기 위해 친구들을 소집했다. 오늘은 그들만의 네트워킹 행사를 가질 예정이었다.

금상첨화로 오늘 밤엔 섹스를 하게 될 것 같았다. 로스앤젤레스에 사는 그의 오랜 섹스 파트너 루이자 르메이가 오늘 뉴욕에 온다며 만날 수 있느냐고 문자를 보내왔다. 루이자는 그가 잠자리를 함께한 여자들 가운데 순수한 섹스 파트너 관계를 유지할 수 있는 몇 안 되는 여자에 속했다. 그녀는 신경 써달라고 요구하지도 않았고 어떤 것에 대해서든 대가를 바라지 않았으며 섹스를 원할 때가 아니면 연락하지 않았다.

그래서 오늘 토드는 4시에 일찌감치 사무실을 나와 친구들과 함께 경기를 본 뒤에 루이자와 섹스하며 밤을 보낼 예정이었다.

회의실에 앉아 대략적인 로드쇼 일정을 훑어보며 그는 자신이 그런 시간을 누릴 자격이 충분하다고 생각했다. IPO는 순조롭게 진행되고 있었다. S-1 문서를 제대로 작성했고 벌써부터 투자자들이 공모에 참여하고 싶다고 연락해왔다. 그렇다면 청약이 몰릴 것이고, 그렇게 되면 더 많은 주식을 더 높은 가격에 발행할 수 있었으며, 이는 L. 세실이 더 많은 수수료를 받게 되어 토드의 보너스가 오르고 토드 자신과 L. 세실 모두가 언론의 호평을 받게 된다는 뜻이었다.

"제가 이상한 거예요? 왜 여기에 여자는 하나도 없어요?"

보가 자기 자리에서 묻는 소리에 토드는 눈을 들었다.

"뭘 보고 있어?"

"후크 지분을 가진 직원들 명단이요. 여자는 줄스밖에 없는데, 같은 시기에 합류한 남자들의 10퍼센트밖에 안 돼요."

"줄스가 누구지?"

"안내데스크 직원이요."

보가 답했다.

"요즘 그 여자랑 자요?"

"네. 그게 문제가 아니에요. 줄스가 속은 것 같아요."

"안내데스크 직원이잖아요."

토드가 지적했다.

"그게 무슨 상관입니까? 조지 E는 그런 이상한 인어 남자들을 그린 대가로 줄스의 20배에 달하는 지분을 받았어요. 그렇다고 조지 E가 줄스보다 높은 가치를 창출하는 것도 아니잖아요."

"그래도 2년 동안 전화 받는 일을 한 대가로 5백만 달러를 버는 셈이잖아요."

"그래도 그렇죠. 어쨌든 여자는 줄스뿐이네요."

보가 말했다.

"월가도 크게 다르지 않죠."

태라가 자신의 컴퓨터에서 눈을 들지 않은 채 말했다.

"그렇긴 하지만 월가는 워낙 고리타분한 곳이잖아요. 이곳 여자들은 이미 그런 걸 다 감안하고 들어왔죠. 하지만 그쪽도 그럴까요? 실리콘밸리인데? 거긴 우리 같은 젊은 사람들이 의사 결정을 하는 곳이에요. 그럼 더 나은 대우를 받을 거라 기대하지 않았겠어요?"

그런 다음 보는 적당한 표현을 찾아 덧붙였다.

"성 중립적인 대우라고 해야 하나?"

그러자 토드가 반박했다.

"그건 후크의 문제가 아니에요. 컴퓨터 프로그래밍을 좋아하는 여자가 얼마나 되겠어요? 여자들이 남자보다 적게 버는 걸 늘 남자들 탓으로 돌릴 수만은 없어요."

"저는 여자들이 남자보다 적게 버는 게 안 먹는 탓이라고 생각하는데요."

"그게 무슨 말이에요?"

태라는 마침내 타이핑을 중단하고 고개를 들었다.

보는 어깨를 으쓱하며 대꾸했다.

"제 여자친구들을 보면 하루에 900칼로리씩 먹어요. 그것도 전부 무설탕, 무지방 음식으로 말이죠. 하루에 900칼로리씩 먹으면서 어떻게 일을 제대로 합니까? 저라면 엄청 짜증내고 탈진할 것 같은데요."

태라는 웃음을 터트렸다. 토드는 S-1 문서를 제출한 뒤로 태라가 웃는 모습을 처음 보았다. 증권거래위원회에서 수정 요청이 오기 전까지는 대부분의 일이 태라의 몫이었으므로 지난 수요일부터 태라는 컴퓨터에서 거의 눈을 떼지 않았다.

"그게 여자의 경력에 뚱뚱한 것보다 더 방해가 될까요? 이 사무실에 뚱뚱한 여자가 몇이나 되죠?"

그러자 보가 말했다.

"진짜 음식을 먹으면 뚱뚱해지지 않아요. 그건 다른 문제죠. 여자들은 금방 말라깽이로 만들어준다는 말도 안 되는 광고에 너무 잘 넘어가잖아요."

전화벨이 울리자 태라가 전화를 받았다.

"아, 레이철."

그러자 보가 스피커 버튼을 누르고 말했다.

"레이철, 저예요."

태라가 콘솔로 손을 뻗으려 했지만 보가 그녀의 손을 밀었다. 그 러곤 물었다.

"여자들이 왜 여전히 남자들한테 밀릴까요?"

"비즈니스 세계에서 말인가요?"

이 홍보 대리인이 되물었다. 토드는 처음 후크를 방문했을 때 이 후로는 이 여자를 만난 적이 없지만, 지금 그녀는 태라가 로드쇼에 서 조시와 닉을 어떻게 포지셔닝할지 정하는 일을 돕고 있었다.

"네. 왜 여자들은 유리천장을 확실하게 깨지 않았을까요?"

그러자 레이철이 태연하게 대꾸했다.

"그야 뻔하죠. 오르가슴을 못 느껴서 그래요."

토드는 얼굴을 붉히며 상체를 내밀었다. 자신이 제대로 들은 걸까?

보는 웃음을 터트리며 한쪽 눈썹을 치켜 올렸다.

"계속해보세요."

"여자들은 남자들만큼 자위를 많이 하지 않고 절반가량은 섹스할 때 오르가슴을 느끼지 못해요."

그녀는 마치 S-1 문서에 적힌 데이터를 보고하듯 차분한 목소리 로 말을 이었다.

"그래서 명확한 사고를 할 수가 없죠. 본인의 경우 평생, 아니 1년, 아니 사흘만 자위를 못 해도 능률이 얼마나 떨어질지 상상할 수 있 죠?"

"말도 안 돼요."

태라가 못 믿겠다는 듯이 말했다.

"과거에 여자들이 히스테리를 얼마나 자주 겪었는지 알아요?"

레이철이 계속해서 말을 이었다. 그녀는 이 주제에 대해 전문가인 듯했다.

"1800년대에 히스테리 진단을 받으면 어떻게 했을까요? 병원에 가서 자위를 하는 게 치료책이었어요. 그러다 바이브레이터가 개발되어 집에서도 치료할 수 있게 되었죠. 심장에도 좋고, 두뇌 활동에도 좋고, 불안증을 해소하는 데도 도움이 돼요. 회사에서 바이브레이터를 나눠주면 틀림없이 여자들의 생산성이 지붕을 뚫고 올라갈 거예요. 남자들은 명함도 못 내민다고요."

태라는 경악하는 보의 손에서 콘솔을 빼앗아 전화를 자신의 헤드셋으로 돌렸다.

"제가 시작한 건 아니에요."

토드는 다음에 캘리포니아에 가면 레이철과 꼭 섹스해야겠다고 생각했다.

태라는 전화기에 대고 한숨을 쉬며 말했다.

"세상에. 아직도 마음이 안 바뀌었어요? 저한테 3분의 1이면 충분하다고, 나머지는 IPO 이후에 팔겠다고 했는데."

토드는 케일럼 얘기라고 넘겨짚으며 그녀를 지켜보았다.

"뭐라고요?"

태라가 되묻고는 귀를 기울였다.

"이상하네요. 그 사람은 러시아 슈퍼모델을 좋아하던데. 게다가 저는 그때 완전 망신을……."

그녀는 다시 귀를 기울였다.

"알았어요. 하지만……."

그러곤 고개를 저으며 말을 이었다.

"아뇨. 저는 관심 없어요."

그녀가 진지하게 말했다.

"우리가 다음 주에 갈 텐데, 그때 잠깐 시간 내서 이 얘기 좀 할 수 있을까요?"

"무슨 얘기 했어?"

그녀가 전화를 끊자 토드가 물었다.

"그냥 다음 주에 조시와 닉을 어떻게 코치해야 할지 물어봤어요."

"아니, 그전에."

"그전에 뭐요?"

그녀는 다 알면서 시치미를 뗐다.

"케일럼 얘기했잖아."

태라는 어깨를 으쓱하며 대꾸했다.

"그 사람이 내가 나이 많은 남자들도 만나는지 물어본 모양이에요."

토드는 눈을 굴렸다.

"그럴 줄 알았어."

"뭘요?"

그녀가 물었다.

"그래서 내가 아니라 너한테 만나자고 한 거라고."

"주식 매도에 관한 질문에 답할 수 있는 사람은 저잖아요."

태라가 말했다.

"하지만 그것 때문에 만나자고 한 게 아니야."

"남자들이 원하는 것까지 제가 어떻게 할 수는 없죠."

"남자로서 그 말엔 전혀 동의할 수 없는데."

그가 단호하게 말했다.

"알았어요. 잠깐 나갔다 와도 될까요? 화장실에 가서 부르카(이슬람 여자들이 머리부터 발끝까지 휘감는 데 쓰는 전통 복식—옮긴이)라도 뒤집어쓰고 와야 할 것 같아서요."

토드는 근육이 팽팽해지는 것을 느꼈다. 태라는 가식 덩어리다. 자신의 행동을 완벽하게 통제하고 있다. 이 사무실에선 헤드폰을 끼고 얼음 공주처럼 앉아 토드나 다른 팀원들과 말도 섞지 않다가 케일럼 같은 부자 고객이나 캐서린 같은 경영진과 연관된 일이 생기면 옷을 차려입고 매력을 발산하기 시작한다. 정말 가식적인 인간이었다.

토드는 시계를 보았다. 이런 일로 기분을 망칠 수는 없었다.

"난 좀 나가볼게."

"어디 가세요?"

보가 물었다. 태라는 상관하지 않는 듯했다.

"펀드 매니저 몇 명 만나려고. 오늘은 다시 안 들어올 거예요. 필요한 거 있으면 메일로 보내요."

토드는 회의실 문이 쾅 닫히도록 두고 루이자의 벗은 몸을 상상하며 마음을 가라앉혔다. 이제 그는 술을 마시며 즐긴 뒤 섹스를 할 것이고, 그를 방해할 일은 아무것도 없었다.

닉
4월 7일 월요일, 캘리포니아 주 팰로앨토

오늘은 눈물을 보게 될 것이다.

하지만 닉은 그런 일에 연연할 수 없었다. 장기적으로 보면 그것이 최선이라는 사실을 그녀도 이해할 것이다.

정말 그럴까? 이제 막 성공 궤도에 오른 남자에게 버림받은 여자는 어떤 기분일까? 이겨낼 수 있을까? 그의 힘과 영향력, 재산이 늘어가고, 그의 얼굴이 잡지에 실리고, 상류층에서 그의 이름이 오르내리는 것을 보면 자신이 그 꿈같은 삶에 얼마나 가까이 갔었는지 깨닫고 괴로워하지 않을까? 물론 다른 남자를 만날 것이다. 그 정도면 예쁘고 똑똑하니까. 하지만 닉 자신과 동급의 남자를 만날 수는 없다. 닉과 같은 남자들은 그레이스 같은 여자를 필요로 하지 않는다.

그녀가 어떻게 해도 소용없다는 사실을 이해시키기가 쉽지 않을 것이다. 물론, 잘 알지도 못하는 난잡한 여학생 때문에 클럽 회관에서 울고 있을 게 아니라 샌프란시스코로 와서 그를 응원해주었더라면 그들의 관계가 좀 더 오래 지속되었을지도 모른다. 게다가 그는 샌프란시스코 전체를 통틀어 가장 좋은 건물에 살고 있었다. 그녀에게 열악한 상황을 감내하라고 한 것도 아니지 않은가.

그러나 이제 그런 생각을 해봐야 소용없다. 설사 그녀가 그와 섹스했다고 해도, 지난주에 저녁 약속을 취소하지 않았다고 해도 그녀는 닉 자신에게 걸맞은 상대가 아니었다. 그래 봐야 좀 더 시간을 끌었을 뿐 결국 이런 상황을 피할 수 없었다. 그녀는 자기 회사를 차리고 싶어했고 자녀는 30대에 갖겠다고 했다. 안타깝게도 그런 것은 닉의 새로운 세계에 어울리지 않았다. 그에겐 오로지 그에게만 집중해줄 여자, 자신의 욕구와 야망은 제쳐두고 닉의 경력과 이름을 위해 뒷바라지해줄 여자가 필요했다. 대럴 그린의 말이 옳았다. 그런 여자는 아무나 가질 수 없지만 닉 자신은 가질 수 있다. 지난주 로즈 우드 호텔에서 그를 보며 침을 흘리던 수많은 여자들이 분명하게 입증하지 않았는가. 그가 모든 것을 갖지 못할 이유가 무엇이란 말인가? 고등학교에서부터 스탠퍼드 대학과 매킨지, 돌턴 헨리, 하버드 경영대학원을 거쳐 2년 동안 조시 하트를 참아가며 그토록 열심히 노력한 것도 그런 삶을 영위하기 위해서가 아니었던가?

"그래, 맞아."

그는 소리 내어 말했다. 그는 101고속도로를 타고 팰로앨토로 향하고 있었다. 대럴의 사무실에 들러 대출 서류에 서명한 다음, 그레이스와 커피를 마시기로 했다.

전화벨이 울리자 그는 블루투스로 전화를 받았다.

"닉 윈스로프입니다."

"후안한테 안드로이드 업데이트를 제쳐두고 다른 일을 하라고 했어요?"

조시의 목소리에는 짜증이 가득했다.

"지금은 그 친구가 IPO에 최대한 주력해야 합니다."

닉이 대꾸했다.

"후안은 후크에서 가장 뛰어난 프로그래머예요."

"새로 온 친구들에게도 기회를 줘야죠."

닉이 참을성 있게 말했다.

"그건 CFO가 결정할 일이 아니에요."

"지금은 IPO가 급선무예요. 앞으로 한 달 동안은 IPO를 우선적으로 처리해야 합니다. 그러려면 후안이 그 일에 전념해야 하고요."

후안이 할 일이 그리 많지 않다는 사실은 닉도 알고 있었다. 그러나 그는 이 젊은 프로그래머가 사내에서 너무 막강한 힘을 쌓고 있다는 점이 마음에 걸렸다. 모든 직원이 후안을 따랐다. 그를 '오락부장관'이라 부르고 그가 하라는 것은 무엇이든 했다. 닉 자신이 바텐더의 근무시간을 줄이려 했을 때에도 후안이 데모를 주도하지 않았는가. 후안에게 내부 데이터베이스 통계 업무를 맡겨 IPO를 돕게 한 것은 잠시나마 다른 프로그래머들이 그의 공백을 메우게 함으로써 후안의 힘을 조정하기 위해서였다.

"IPO는 L. 세실에게 맡긴 줄 알았는데."

계기반에서 조시의 목소리가 흘러나왔다.

"증권 서류에 사용할 통계자료를 수집하는 일은 내부 사람이 맡아야 합니다. 후안은 데이터베이스에서 정보를 추출하고 있습니다."

"데이터베이스 접근 제한을 풀어줬어요?"

"기밀 유지합의서에 서명을 받았습니다."

"어떻게 그렇게 멍청한 짓을 합니까?"

조시는 전화를 끊어버렸다.

닉은 개의치 않고 그저 눈을 굴렸다. 조시는 닉 자신이 무슨 이야기를 하는지 이해하지 못한다. 그는 사업 감각이 빵점인 천재 엔지니어의 전형이었다.

닉은 고속도로를 빠져나가 대럴의 사무실 앞에 차를 세웠다.

"어서 오세요, 닉."

대럴의 사무실에 들어가자 가슴 큰 금발 머리 여자가 그를 맞이했다.

"안녕하세요."

닉이 말했다. 그녀가 자신의 이름을 알고 있다니 기분이 좋았다.

"대럴은 약속이 있어서 나가셨어요. 대출 서류는 저한테 다 있답니다. 이쪽으로 오셔서 서명하셔야죠?"

"그러죠."

닉은 살랑살랑 흔들리는, 모래시계 같은 엉덩이를 피해 앞만 보려고 노력하면서 그녀를 따라 작은 회의실로 향했다.

한가운데 놓인 탁자에 서류가 쌓여 있고 그 옆에는 은제 만년필과 공증인 스탬프가 놓여 있었다.

"공증인입니까?"

"공인 공증인이에요. 손 좀 주시겠어요?"

그녀가 상체를 숙이고 그의 손가락을 잉크에 대고 눌렀다. 닉은 방 안이 어두운 탓에 붉어진 얼굴이 보이지 않아서 다행이라고 생각했다.

"이자가 5퍼센트인 거죠?"

그는 서류를 훑어보며 그들이 합의한 최종 계약 조건들을 확인했다.

"6개월 뒤엔 25퍼센트로 올라가는 것 같은데요."

그녀가 미소를 지으며 말했다.

"25퍼센트요?"

그녀는 어깨를 으쓱했다.

"보호예수 기간이 끝나는 대로 파실 거 아니에요?"

"그렇죠. 대출 갚을 만큼만."

"그럼 걱정할 필요 없네요."

"주가가 떨어지지만 않는다면 그렇죠."

그가 지적했다. 닉은 스톡옵션을 행사하면 250만 주를 살 수 있었다. 세금을 감안하면 3백만 달러어치를 팔아야 대출금을 갚을 수 있었다. 주가가 주당 30달러라면 250만 주 가운데 10만 주만 매도하면 될 테니 문제가 없었지만, 가령 주당 15달러로 떨어진다면 대출을 갚기 위해 전체 보유량 가운데 훨씬 더 높은 비율을 포기해야 했다.

"후크의 CFO이시잖아요. 그런 일이 일어나지 않으리라는 건 CFO가 가장 잘 알겠죠."

그녀는 새빨간 입술을 모아 앞으로 쭉 내밀며 추파를 던졌다.

"그렇죠."

그는 웃으면서 고개를 젓고는 다시 서명하기 시작했다.

"맞는 말이네요. 이름이 뭐예요?"

그가 서류를 건네며 물었다.

"티파니예요."

그녀는 미소를 지으며 답했다.

"티파니, 내가 지금 누구랑 커피 약속이 있는데 오래 걸리지 않을 거예요. 그러고 나서 샌프란시스코로 돌아갈 생각이었는데, 혹시 나랑 술 한잔 같이할 수 있다면 더 있다 갈게요."

닉은 자신감 있게 말했다.

"어머, 정말 감사해요. 그런데 저는 남자친구가 있어요."

그녀는 그 남자친구와 그리 깊은 사이가 아니라는 암시를 주려는 듯 여전히 미소를 짓고 있었다.

"혹시 상태가 바뀌면 알려줘요."

그녀는 웃음을 터트렸다.

"그럴게요."

닉은 가벼운 발걸음으로 사무실을 나왔다. 내일 대출금을 찾아서 옵션을 모두 행사하면 그는 공식적으로 8천5백만 달러의 자산가가 되는 여정에 오를 수 있었다.

그가 쿠파 카페에 도착해보니 그레이스가 먼저 와서 아이폰으로 통화하고 있었다.

그는 심호흡하며 테이블로 다가갔다.

"아뇨. 그 친구랑 루이스는 아무 사이도 아니었어요. 그리고 루이스는 밤새 시그마 알파 엡실론에 있었던 게 확실해요. 우린 비어 퐁 파트너였거든요. 적어도 새벽 4시 30분까지는 비어 퐁을 했어요. 더 했을 수도 있고요. 루이스가 나갔다면 제가 알았겠죠."

그레이스는 닉에게 손가락을 들어 올리며 입 모양으로 '미안해' 하고 말한 다음, 다시 통화에 집중했다.

"로비에 대해선 잘 몰라요. 럭비팀하고는 어울리지 않았거든요. 네, 그래야죠. 필요하신 것 있으면 언제든 연락 주세요."

"누구야?"

그레이스가 전화를 끊자 닉이 물었다.

그녀는 심각한 얼굴로 고개를 들었다.

"《뉴욕 타임스》기자. 켈리에 대해 이것저것 물어보려고 전화했 어요."

"아."

그는 관심 없는 투로 대답했다. 그는 켈리 제이컵슨 이야기를 하러 온 게 아니었다.

"커피 마실래?"

"난 됐어."

그녀는 이미 탁자에 놓여 있는 자신의 컵을 가리키며 대꾸했다.

닉은 그녀의 앞에 앉았다.

"뭐 안 마셔?"

그녀가 묻자 그는 고개를 저었다.

"응. 금방 가봐야 해."

"무슨 일 있는 건 아니죠?"

그는 고개를 끄덕였다.

"응. 사실은 아주 좋아. 방금 대출 서류에 서명하고 오는 길이야."

"대출은 왜?"

"스톡옵션 행사하려고 2백만 달러를 빌렸거든."

군이 액수를 밝혀 그녀를 감탄하게 할 필요는 없었지만 참지 못하고 말해버렸다.

"응? 왜?"

"그래야 세금 몇천만 달러를 아낄 수 있어."

그녀는 납득하지 못하는 눈치였다.

"주식을 팔 수 있게 되면 바로 다 갚을 거야."

그는 좀 더 분명하게 얘기해주었다.

"그게 언젠데?"

"IPO 이후 6개월 뒤에 보호예수 기간이 끝나면 원하는 만큼 팔 수 있어."

왜 자꾸 변명하는 기분이 들까?

"그게 안 되면?"

"뭐가 안 돼?"

"IPO 말이야. 그럼 자기 주식은 휴짓조각이 되고 2백만 달러 빚만 남잖아요."

"그런 일은 없어."

그가 웃으면서 말하자 그녀는 어깨를 으쓱했다.

닉은 이야기가 이런 식으로 시작된다는 사실에 짜증이 나서 앞으로 바싹 몸을 내밀었다.

"있잖아. 오늘 만나자고 한 건 아무래도 우리가……."

그러나 무엇 때문인지 그는 시작한 말을 끝낼 수가 없었다.

그녀는 커피를 홀짝거리며 차분하게 그를 보고 있었다. 그녀는 너무도 귀엽고 어리고 분별력 있는 여자였다. 대학 시절에 그는 늘 그런 여자가 자신을 봐주길 바랐었다. '하지만 그건 대학 시절이고 이제 사회에 나왔으니 더 잘할 수 있어.' 그는 이렇게 자신을 다독였다.

"아무래도 우린 헤어져야 할 것 같아."

그는 말을 끝내고 의자에 깊숙이 몸을 기댔다.

그녀는 가슴을 씨근거리며 한숨을 쉬고는 자신의 손을 보았다. 그러곤 고개를 끄덕였다.

"그래. 나도 그래야 할 것 같아."

"뭐?"

그는 다시 상체를 앞으로 내밀었다.

"난 졸업 후에 3개월 동안 유럽에 갈 생각인데 억지로 관계를 유지하려고 하는 건 무리야."

그녀는 어깨를 으쓱하며 말을 이었다.

"차라리 지금 끝내는 편이 낫지."

그러자 닉은 고개를 저었다.

"아니, 아니야. 유럽이 문제가 아니야."

"응?"

"나한텐 더 나은 여자가 필요하기 때문에 헤어지려는 거야."

그가 설명했다.

"뭐라고요?"

그녀가 되물었다.

"그레이스, 난 곧 8천5백만 달러를 갖게 될 거고 세계에서 아주 경쟁력 있는 기업의 CFO잖아."

그레이스는 여전히 혼란스러운 얼굴이었다. 그녀는 왜 이해하지 못할까?

"나한텐 더 나은……."

그레이스가 두 손을 들어 그의 말을 막았다.

"알았어."

그녀가 말했다. 그러곤 가방을 집어 들고 일어나기 시작했다.

"어디 가는 거야?"

그가 물었다.

"집."

그녀는 재킷을 입으며 대꾸했다.

"하지만 아직 안 끝났는데."

"방금 끝났다고 하지 않았어?"

"하지만 난……."

"무슨 얘길 하고 싶은지는 몰라도 난 듣고 싶지 않아요. 대출받은 거 축하해."

그레이스는 자신의 커피를 집어 들고 닉을 혼자 남겨둔 채 황급히 문으로 향했다. 맥북 에어에 머리를 박고 있던 옆자리 남자가 고개를 들고 웃음을 터트렸다.

"웃지 마요."

닉은 이렇게 말하고 의자를 뒤로 밀며 카페를 나섰다.

어맨더
4월 7일 월요일, 뉴욕 주 뉴욕 → 캘리포니아 주 샌프란시스코

어맨더가 샌프란시스코에 새집을 구하는 데엔 일주일도 걸리지 않았다. 그녀는 크레이그리스트를 통해 하우스메이트 두 명이 있는 집을 구했다. 직장 동료 사이인 남녀 한 쌍이 마리나의 방 세 개짜리 집을 함께 쓸 사람을 찾고 있었다.

그들은 스스로를 젊고 털털한 전문직 종사자라고 밝혔다. 어맨더는 그 말이 또래에 비해 성공하여 높은 연봉을 받고 있다는 뜻임을 알고 있었다. 여자와 통화해보니 성격이 좋은 것 같았다. 여자는 스탠퍼드 대학, 남자는 버클리 대학을 나왔으므로 모험해봐도 좋겠다 싶었다. 남자의 이름이 후안이라는 사실이 조금 걸리긴 했다. 남자인 데다 멕시코계라는 얘기가 아닌가? 하지만 상관없었다. 어차피 그 집은 4개월 뒤에 임대계약을 갱신해야 했으므로 그녀도 4개월만 계약했다. 멋진 서부 체험이 될 것 같았다. 그 사람들이 조금 이상하다고 해도 기분 전환이 될 테고 어찌 됐든 뉴욕보다는 나을 게 분명

했다.

어맨더는 해럴드 해먼즈의 해피아워 파티에 간 날 확실하게 깨달았다. 문제는 뉴욕이라는 것을. 토드는 자신이 가벼운 관계를 원한다고 생각하는데, 뉴욕에는 그런 무의미한 관계를 기꺼이 맺어줄 여자가 너무 많았다. 게다가 사람들이 일을 너무 많이 하고 같은 곳을 드나드는 경우가 드물다는 사실도 문제였다. 그러다 보니 서로 첫인상 이상의 무언가를 알게 될 만큼 자주 마주칠 수가 없었다. 뉴욕에 있는 한 토드는 그녀를 그저 후크를 통해 만난 여자로 생각할 것이다. 그 스스로 그녀의 다른 면을 보고 싶다고 결정하기 전까지는.

어맨더는 그가 그런 결정을 내릴 때까지 손 놓고 기다릴 수가 없었다.

공항 게이트 직원에게 비행기표를 건네고 비행기에 오르면서 샌프란시스코는 다를 거라고 그녀는 생각했다. 일단 샌프란시스코는 뉴욕보다 작다. 그리고 그녀가 읽은 통계자료에 따르면, 캘리포니아 주의 예쁜 여자들은 모두 로스앤젤레스로 가고 샌프란시스코에는 회사를 차리고 마라톤을 뛰는 키 크고 건장한 남자들만 남았으며, 이 남자들의 수가 썩 매력적이지 않은 여자들의 수를 15퍼센트 초과했다. 그곳에 가면 그녀는 돋보일 것이다. 남자들의 마음을 사로잡을 테고 괜찮은 남자들과 데이트하는 일이 식은 죽 먹기처럼 쉬워질 것이다.

당연히, 그런 얘기는 아무에게도 털어놓지 않았다. 누군가에게 얘기하면 부정을 탈 것 같았다. 엄마에겐 한창 뜨고 있는 실리콘밸리의 신생 기업들을 경험해보는 것이 직업적으로 좋은 기회가 된다고 설명했다. 그녀의 엄마는 그녀가 지금껏 집에서 그렇게 멀리 떨어져

본 적이 없지만 어쨌든 개인적으로도 좋은 경험이 될 거라고 했다. 클라우디아와 신디도 개의치 않았다. 어차피 집세는 클라우디아의 부모님이 대부분 내고 있었으므로 걱정할 필요가 없었다. 어맨더는 그 도시에 질렸다고, 이제 모험을 해보고 싶다고, 좀 더 질 높은 남자들이 있는 곳에서 살아볼 준비가 되었다고 자신만만하게 말했고 그들도 부정하지 않았다.

아무도 자신을 말리지 않자 어맨더는 괜히 민망해졌다. 마치 잇새에 음식물이 끼어 있는데 모두가 식사 내내 그것을 보고 있다는 사실을 모른 채 혼자 마구 지껄여댄 기분이었다. 그들은 정말 서부가 더 낫다고 믿는 걸까? 혹시 그저 어맨더 자신이 뉴욕에 적응하는 데 필요한 요건을 갖추지 못했다고 생각하는 건 아닐까?

'생각하지 말자.' 객실의 문이 닫힐 때 그녀는 이렇게 다짐했다. 남들이 어떻게 생각하든 무슨 상관이란 말인가? 어맨더 자신의 인생이었고 이제 그 인생이 새롭게 시작되려는 참이었다.

여섯 시간 뒤에 그녀는 공항에서 나와 샌프란시스코의 환한 햇살 속으로 들어갔다. 조금 쌀쌀하긴 했지만 방금 전에 떠나온 곳처럼 바람이 불면 체감온도가 영하 20도까지 내려가는 그런 추위는 아니었다.

택시는 지저분했고 운전석과 승객석 사이에 플렉시 글라스 칸막이도 설치되어 있지 않았다. 게다가 기사는 그녀와 같은 백인이었다. 어맨더는 백인 택시 기사를 처음 보았다. 이 사람한테 말을 걸어야 하나? 그녀는 기사에게 라디오를 켜달라고 했다.

창밖으로 고속도로를 달리는 차들을 보다가 바다 위로 뻗어 있는 베이 브리지가 눈에 들어오자 짜릿한 전율이 일었다. 거리 한가운데로 진짜 노면 전차가 달렸다. 창문을 내리고 신선한 바람을 맞고 있으려니 오길 잘했다는 확신이 들었다.

택시는 계속해서 피셔맨스 워프(샌프란시스코 해안의 관광 명소-옮긴이)를 지나갔다. 어맨더는 티셔츠와 테니스화 차림으로 빵 속에 담긴 차우더를 떠먹는 관광객들을 보며 얼굴을 찌푸렸다. 벌써부터 우월한 기분이 들었다.

"라구나 거리 3373번지라고 하셨죠?"

운전사가 온전한 미국 억양으로 물었다. 샌프란시스코의 택시 운전사는 다 이런가?

"네."

어맨더는 자신의 새집을 올려다보았다. 차고 색깔에 맞춰 세 개 층의 창문을 모두 흰색으로 칠한 푸르스름한 회색 건물이 노란 건물과 연주황 건물 사이에 끼어 있었다. 어맨더는 벌써부터 이 집이 마음에 들었다.

"살러 오셨나 봐요?"

운전사가 그녀의 무거운 짐가방들을 내려주며 물었다.

"네. 그렇답니다."

그녀가 대답했다.

"그런 하이힐은 버리고 싶어질 텐데요."

운전사가 그녀의 발을 가리키며 말했다.

어맨더는 발을 내려다보았다. 그녀는 하이힐을 신지 않았다. 갖고 있는 신발 가운데 가장 편한, 겨우 5센티미터 통굽의 여행용 부츠를 신고 있었다.

어맨더는 택시비가 뉴욕보다 조금도 저렴하지 않다는 사실에 놀라며 돈을 지불했다. 그러곤 현관 초인종을 눌렀다.

"어서 와요!"

새 하우스메이트 줄리가 외쳤다. 발톱은 새파란 색으로 칠했고 펑퍼짐한 몸에는 사이즈가 너무 작은 듯한 테리 직물 반바지와 브래지어 캡이 달린 탱크톱을 입고 있었다.

"만나서 반가워요."

어맨더는 섣불리 재지 않으려고 애쓰며 인사를 건넸다.

"도와줄게요."

줄리는 반쯤 벗은 차림새에도 아랑곳하지 않고 밖으로 나와 어맨더의 가방 하나를 문 안으로 끌고 갔다. 경재 바닥의 확 트인 공간은 식당과 거실 구역으로 나뉘어 있었고 거실에는 큼직한 가죽 소파와 커다란 평면 TV가 놓여 있었다. 어맨더는 위(Wii) 게임과 플레이스테이션 콘솔을 발견하고 움찔 놀랐다. 비디오 게임? 대체 뭐 하는 사람들이야?

"위층에 내 옆방을 쓰면 돼요. 후안은 아래층을 쓰죠. 혼자 화장실 하나를 쓰고 있는데, 사실 화장실 두 개를 별 구분 없이 사용해요."

줄리의 말이었다.

위층 방은 어맨더가 뉴욕에서 쓰던 방보다 더 컸고 돌출 창이 있었으며 이케아의 고전인 헴네스 가구 세트와 이케아 오크제 빌리 책장이 갖춰져 있었다.

"미리 부친 상자들은 아래층 차고에 있어요. 같이 올려줄까요?"

"출근 안 했어요?"

어맨더가 물었다.

"아, 괜찮아요. 오늘은 이사하는 거 도와주려고 집에서 일하기로 했거든요."

"무슨 일 하세요?"

"후크에 다녀요."

줄리가 자랑스럽게 말했다.

"그 앱 회사요?"

어맨더는 눈살을 찌푸리며 되물었다. '이런' 사람들이 그녀의 짝을
정해주고 있단 말인가?

"네! 멋지죠?"

"프로그래머예요?"

"아뇨. 안내데스크에 있어요."

스탠퍼드 대학을 나왔다고 하지 않았나?

"그런데 어떻게 집에서 일해요?"

그러자 줄리는 미소를 지으며 답했다.

"아, 우리 회사는 별로 엄격하지 않거든요. 게다가 S-1 문서를 제
출한 뒤로는 다들 정신이 없어서 내가 없어도 모를 거예요."

"그렇겠네요. 사실은 저희 로펌에서 후크를 맡고 있거든요."

어맨더가 말했다.

"그래요? 난 그쪽 변호사들은 볼일이 별로 없지만 투자은행 사람
들이 오면 만나는 남자가 하나 있어요. 얼마나 멋있는지 몰라요. 예
술에 대해서도 잘 알고 진짜 신사거든요. 뉴욕에서 왔으니까 그런
남자들 많이 만나봤겠지만, 그 남자는 정말 최고예요."

"사실 난 여기 남자 찾으러 왔어요."

어맨더가 말했다.

"아."

줄리는 야유를 하듯 아랫입술을 안으로 오므렸다. 그러곤 다시 말했다.

"뭐, 샌프란시스코 남자들이 아주 재미 있긴 하지만 그래도 보하고는 차원이 달라요."

어맨더는 예의상 미소를 지어주었다. 줄리는 옷차림도 별로였고 안내데스크에서 일하는 데다 5킬로그램은 감량해야 할 것 같았다. 어맨더 자신과 같은 물에서 놀 수 없는 여자였다.

"난 이제 짐을 풀어야 할 것 같아요."

어맨더가 말했다.

"정말 도와주지 않아도 괜찮겠어요?"

어맨더는 거절했다.

그러나 두어 번 계단을 오르내리며 차고를 왔다 갔다 한 뒤 줄리의 고집에 넘어갔고, 그래서 결국 두 사람은 오후 내내 이야기를 나누게 되었다. 어맨더는 서서히 줄리에게 마음을 열기 시작했다. 거리낌 없고 활기 넘치는 모습이 조금 당황스러웠지만 한편으론 편하고 위안이 되었다. 그런 점에서 줄리는 샌프란시스코에서 어맨더 자신의 유일한 경쟁자라고 할 수도 있었지만 그렇다 해도 어맨더는 여전히 자신 있었다.

"와인 한잔 할래요?"

줄리가 마지막 상자를 접으며 물었다.

어맨더는 시간이 꽤 흘렀다는 사실을 깨달았다.

"그러죠. 내가 나가서 한 병 사올게요."

"아, 아니에요. 회사에서 가져온 게 있어요."

줄리가 말했다.

어맨더는 줄리를 따라 부엌으로 갔다. 찬장 하나가 고급술로 가
득 차 있었다.

"회식이라도 했나 봐요?"

"아뇨. 후크 바에 술이 쌓여 있거든요. 후안이랑 나는 퇴근할 때
늘 한 병씩 가져와요."

"바가 있어요? 회사 안에?"

"네. 로펌엔 없어요?"

어맨더는 까칠한 변호사들이 다닥다닥 붙어 앉아 있는 로펌을 떠
올리며 대답했다.

"없어요."

"정말?"

줄리는 잠시 생각하다 덧붙였다.

"안됐다!"

토드

4월 7일 월요일 ~ 4월 8일 화요일, 뉴욕 주 뉴욕

월요일 해피아워 시간이었지만 바 안에는 이미 남성호르몬과 닭
날개, 그리고 싸구려 맥주를 들이켜는 값싼 여자들이 가득했다. 토
드는 구석에 놓인 원탁의 가운데 자리를 차지하고 앉았다. 친구들과
모일 때면 늘 앉는 자리였다. 그의 친구들 사이에는 외모가 가장 출
중한 그가 가장 눈에 띄는 자리를 앉아야 한다는 암묵적인 합의가

존재했다. 여자들은 절대 그러지 않는다. 샘이 많은 여자들은 예쁜 친구를 구석으로 밀어 넣는다. 그러나 남자들은 힘을 합치면 모두가 함께 밀물을 타고 올라갈 수 있다는 점을 잘 알고 있다.

게다가 10년 동안 뉴욕에서 함께 어울린 이 친구들은 적당히 기름을 친 기계와도 같았다. 그들은 제각기 맡은 역할이 하나씩 있었다. 토드는 얼굴마담이었다. 헤지펀드를 운용하는 톰은 돈 많은 남자였다. 프린스턴 대학에서 중국사를 공부한 사모펀드 파트너 카일은 브레인이었고, MTV에서 일하는 제이크는 창의력 담당, 대부분의 시간을 운동에 투자하고 늘 스테로이드가 넘쳐 아무한테나 말을 거는 트레이더 맥스는 파티 담당, 아무도 이해하지 못하는 보험회사를 차린 캐머런은 기업가, 남부 출신에 동성애자가 분명한 헤지펀드 투자자 윌은 이 무리의 착한 남자를 맡고 있었다. 여자가 그들의 그물망에 들어오면 그 여자를 누가 물고 왔든 그녀에게 걸맞은 상대에게 밀어주었다. 따라서 모두가 규칙을 지키고 자기 역할을 적절히 이행하기만 하면 모두가 여자를 한 명씩 끼고 집에 돌아갈 수 있었다.

토드는 이 친구들과 한 달 넘게 어울리지 못했다. 마음 한구석에는 여전히 일에 대한 부담이 자리하고 있었지만 오랜만에 이들 무리에 합류하자 기분이 좋았다. 그는 맥주를 홀짝이며 전화기를 확인했다. 정확히 7시 15분에 루이자에게 문자메시지를 보낼 생각이었다. 그녀가 탄 로스앤젤레스발 비행기가 벌써 착륙했다는 사실을 알았지만 절실해 보이고 싶지 않았다.

토드는 실내를 훑어보았다. 오늘 그들은 이스트 빌리지로 장소를 잡았다. 뉴욕 대학교 근방이라 비교적 어리고 손이 많이 가지 않는 여자들이 오는 곳이었다.

맥스가 말했다.

"야, 어제 네가 왔어야 했는데. 정말 끝내주는 일요일이었거든. 우리가 바가텔(뉴욕 미트패킹 디스트릭트에 위치한 식당으로, 일요일 오후 3시에 난잡한 브런치 파티를 여는 것으로 유명함—옮긴이)을 평정했지. 끝내줬어."

"그러게. 이번 거래 때문에 미치겠다."

토드는 고개를 절레절레 저었다. 해가 바뀌기 전부터 주말에 한 번도 쉬어본 적이 없었다.

톰이 안경을 올리며 말했다.

"그래도 해볼 만하지. 벌써부터 떠들썩하던데. 이제 너도 드디어 진짜 돈을 만져보겠어."

토드는 눈을 굴렸다. 톰의 말이 순전히 농담은 아니라는 것을 알았기 때문이다. 헤지펀드 쪽 사람들은 투자은행 사람들이 금융업계에서 비교적 서열이 낮다는 사실을 끊임없이 상기시키려 들었다.

"여러분, 준비하세요."

제이크가 화장실에서 나오며 말했다. 그는 양복을 벗고 이베이에서 산 1,200달러짜리 마이클 조던 운동복을 입고 나왔다. 그러곤 형광주황색 땀 밴드를 나눠주며 말했다.

"이것만 있으면 여자들이 척척 들러붙는다고."

제이크는 L. 세실에서 알게 된 친구로, 미트패킹 디스트릭트에 공장을 개조해 만든 방 세 개짜리 아파트에서 토드와 맥스와 함께 살다가 스탠퍼드 경영대학원에 들어갔다. 그곳에서 그는 캐머런과 월뿐만 아니라 새로운 이미지까지 업어왔다. 파티를 열고 의상 뽐내기를 좋아하는, 꾀죄한 턱수염의 창의적 인물의 이미지였다.

"뭐 하는 거야?"

캐머런이 아이폰으로 무언가를 하느라 땀 밴드를 착용하지 않자 제이크가 그를 툭 때리며 물었다.

"잠깐만. 오늘의 문자를 돌려야 하거든."

캐머런이 대꾸했다.

"여자들을 분류해놓은 거야?"

제이크는 눈을 굴리며 캐머런의 전화기를 빼앗아 친구들에게 보여주었다. 화면에는 여자들의 이름이 100여 개쯤 적힌 스프레드시트가 띄워져 있었다. 제각기 다른 색깔을 사용해 '초특급'과 '특급', '평범'으로 구분해놓았다. 세 번째 칸에는 '아무것도 안 함/키스/섹스' 여부가 적혀 있고, 네 번째 칸에는 '마지막으로 접촉한 날짜', 다섯 번째 칸에는 '총 접촉 횟수'를 적어놓았다.

"전부 다 만나는 여자들이야?"

"측정할 수 없는 것은 관리할 수 없다. 경영대학원에서 배운 교훈도 가끔은 쓸모가 있다니까."

캐머런이 전화기를 다시 가져가며 말했다.

"그걸로 뭘 하는데?"

토드가 흥미를 보이며 물었다.

"초특급 여자들한테는 나흘에 한 번, 특급 여자들한테는 일주일에 한 번 문자를 보내지."

"알림 설정을 해놨어?"

"당연하지. 이걸 어떻게 일일이 다 기억해."

"평범한 여자들은?"

"아웃룩에서 3주에 한 번 자동으로 메일을 보내도록 설정해놓았어. 만일에 대비해 나의 존재를 잊지 않게 하려는 거지."

토드는 감탄하며 고개를 끄덕였다. 그러곤 자신의 생각을 소리 내어 말했다.

"그걸 후크와 연계시킬 수 있다면 참 좋을 텐데."

"보험 말고 그런 걸 해야지."

카일이 캐머런에게 말했다.

캐머런은 한쪽 눈썹을 치켜 올리며 잠시 생각해보고는 다시 문자를 보내기 시작했다.

한 시간 뒤, 토드는 금발의 여자와 함께 술에 취해 더 이상 경기를 보지 않았다. 여자의 이름은 전혀 기억나지 않았지만 가슴이 거대했고 딱히 성병이 많을 것 같지도 않았다. 토드는 전화기를 확인했다. 7시가 거의 다 되었다. 루이자를 만나기 전에 워밍업으로 이 여자와 자는 것도 괜찮을 듯싶었다.

전화기에서 진동이 울렸다.

> **루이자 르메이:** 새 DJ를 보러 브루클린으로 가는 중이야. 너무 멀어서 아무래도 그냥 거기서 자야 할 것 같아. 못 만나서 미안!

토드는 머리를 흔들고 흐릿한 눈을 깜빡여 초점을 맞췄다.

그러곤 문자를 다시 읽었다. 또 한 번 읽었다. 정말일까?

토드는 머릿속을 뒤져 적당한 설명을 찾아보았다. 브루클린에도

택시가 있지 않나? 그러곤 답장을 보냈다. '걱정 마. 지금 어디야? 내가 차를 보낼게.'

"괜찮아요?"

금발의 여자가 물었지만 그는 무시하고 전화기만 보고 있었다.

잠시 후 그는 딴 데로 주의를 돌려보려고 전화기를 무릎에 놓고 블랙베리로 손을 뻗어 이메일 두세 통에 답장했다. 그러곤 다시 전화기를 보았지만 여전히 문자메시지는 오지 않았다. 그는 맥주로 손을 뻗었다.

"그 여자 어디 갔어?"

토드는 아까 그 금발의 여자가 옆에 없다는 것을 깨닫고 카일에게 물었다.

"간 것 같은데."

톰이 대꾸했다.

"이제 슬슬 자리를 옮겨야겠다."

제이크의 말이었다. 경기가 끝나가는데 그는 아직도 여자를 찾지 못했다. 그가 물었다.

"휴스턴 홀에 갈 사람?"

"입으로 먼저 해줄래?"

"아니."

토드는 짧게 대꾸하고 여자를 돌려 눕혀 엎드리게 했다.

"왜?"

여자는 두 손과 두 무릎으로 바닥을 짚은 채 몸을 들어 등을 둥글게 말고는, 어깨너머로 돌아보며 킬킬거렸다.

"해주면 안 되나?"

그녀는 눈썹을 치켜 올리며 추파를 던졌다.

"나중에."

그는 억지로 미소 지으며 그녀의 얼굴에서 그녀의 ■■■로 시선을 옮기고 손가락 두 개를 그녀의 다리 사이에 밀어 넣었다.

여자가 킬킬거렸다.

"어! 그래, 거기! 좋아, 너무 좋다⋯⋯."

그녀가 앞에 있는 침대 프레임으로 다시 고개를 돌리자 그는 그녀의 뒤에 무릎을 꿇고 자세를 잡았다.

그는 그녀가 ■도록 오랫동안 그녀의 ■■을 마사지했다. 그것은 어렵지 않았다. 그러고는 얼른 자신의 ■■■■■■에 콘돔을 씌웠다. 그가 그녀의 ■■■를 잡고 ■■■■■■■■하도록 밀어 넣자 그녀가 신음했다. 그녀의 ■■■는 짜증나리만치 앙상했다. 마른 여자는 옷을 잘 소화하지만 벗겨놓으면 재미가 없다. 이 여자와 사람들 앞에 나서는 일은 없을 테니 차라리 ■■■■에 10킬로그램쯤 살이 더 붙는 편이 나을 것 같았다. 이 여자의 친구가 더 나았을지도 모른다. 하지만 그 여자는 얼굴이 영 아니었다. 루이자가 약속을 취소하지만 않았어도. 빌어먹을! 그런 생각에 화가 치밀자 그는 그 화를 여자에게 쏟아부었다. 자신의 ■■■에 대고 그녀의 ■■를 밀었다 당겼다 하고 앞뒤로 몸을 움직이면서 자신의 빨래판 복근을 내려다보고 감탄했다. 가엾은 모건. 이 복근을 보면 바로 동성연애를 집어치울 텐데. 그리고 루이자도 브루클린으로 가버리지 않았을 것이다. 그의 앞에 있는 여자가 탄성을 지르고 신음하며 새된 소리로 "아!"를 연발했지만 그는 애써 무시했다. 그는 술에 취했고 집중해야 했다.

요즘엔 절정에 달하는 시간이 길어지고 있었다. 지난주에는 후크를 통해 찾은 여자와 섹스했는데, 끝까지 아무것도 느끼지 못했다. 아는 체위를 모두 시도해보았지만 다 소용없었다. 한 번쯤 그럴 수도 있다고 생각했는데, 지금 이 여자의 뒤에서 15분 동안 애를 써도 아무 일도 일어나지 않았다. '모건과 그녀의 여자친구를 떠올려봐.' 그는 자신에게 이렇게 지시하며 그들이 지금 그의 앞에서 키스하고 있다고 상상해보았다. 역시 아무 느낌이 없었다. 이 여자의 ■■이 수박처럼 느껴졌다. 일 때문이라고 그는 결론 내렸다. 너무 열심히 일했고 이번 IPO로 과중한 스트레스를 받았다. 혹시 이 여자가 ■■으로 받아주려나? 그는 손가락 하나를 그녀의 ■■ 쪽으로 찔러 넣고 반응을 살폈다.

　　"아아아! 너무 더럽잖아!"

　　그녀가 애교 섞인 목소리로 말했다.

　　"여기로 해볼까?"

　　그가 앞으로 몸을 숙이고 속삭였다.

　　"한 번도 안 해봤는데."

　　'좋아.'

　　"내가 자기의 처음이 되고 싶어."

　　그는 다정하게 말하는 자신의 목소리를 들었다.

　　"모르겠어……."

　　"긴장 풀어. 재미있을 거야."

　　여자는 입술을 깨물고 눈을 감았다. 그녀가 취해서 다행이었다.

　　"알았어. 침대 옆 탁자에 윤활제가 있어. 윤활제가 필요하겠지?"

　　토드는 여자의 입에 키스했다. 루이자는 잊자. 그녀가 없어도 된다.

그는 여자의 ■■■■를 조심스레 벌리고 그녀가 긴장하지 않도록 천천히 안으로 들어갔다. 그녀는 전혀 긴장하지 않았다. 선수인 듯했다.

그녀가 입을 열었다.

"이거……. 이거……. 좋다. 그래. 아, 정말……."

그가 ■■■■■■■■가자 그녀는 딸꾹질을 하며 웅얼거렸다.

"정말 좋아."

그래, 됐어. ■■■■■■■■■. 그는 ■■■■게, 그리고 ■■■■게 움직이며 ■■■했다. 흡족한 소리가 터져 나왔다. 그러곤 머릿속이 아득해지는 것을 느끼며 한숨을 쉬고 등을 대고 누웠다. 그녀가 머리로 그의 어깨 쪽을 파고들었지만 그는 거의 알아채지 못하고 정신을 잃었다.

눈을 떠보니 해가 뜨고 있었다. 그는 머리를 흔들어 자신이 어디에 있는지 생각해냈다. 그의 가슴에 침을 흘리고 있는 금발의 여자를 보고 그는 웃으면서 정신을 차렸다. 그는 그녀가 깨지 않도록 조심스레 밀어냈다.

그러곤 청바지를 입고 소리 없이 그 아파트를 빠져나왔다. 아침 7시였다. 회사까지 거리가 얼마나 될까 생각해보았다. 머리가 지끈거렸다. 그들은 적어도 새벽 3시까지 휴스턴 홀에 있었다. 그래도 결국 멋진 밤을 보냈으니 오늘도 멋진 하루가 되리라. 늘 그랬던 것처럼.

후안
4월 9일 수요일, 캘리포니아 주 샌프란시스코

'아직도 사무실에 있어요?' 후안은 네하가 요청한 사용자 인구통계 자료를 이메일로 보낸 뒤 네하에게서 바로 답장이 오자 인스턴트 메시지를 보냈다. 캘리포니아가 자정이니 뉴욕은 새벽 3시였다. 그 날 그녀가 처음으로 보낸 이메일의 발송 시각은 아침 7시 15분이었다.

> **네하:** 네.
> **후안:** 집에 가긴 해요?
> **네하:** 이삼일에 한 번.

후안은 박장대소하는 표시를 보내려다 네하의 말이 농담이 아니라는 사실을 깨달았다. 후안 자신도 후크 초창기 시절에 밤늦게까지 일했지만 적어도 그는 무언가를 구축했다. 아무도 읽지 않을 문서에 숫자를 입력하며 밤을 새우진 않았다.

> **후안:** 좋아요?
> **네하:** 뭐가요?
> **후안:** 투자은행 일.
> **네하:** 그럼요. 곧 승진할 것 같아요.
> **후안:** 잘됐네요! 그럼 일하는 시간이 좀 줄어드나?
> **네하:** 아닐걸요.

후안: 그런데도 승진하고 싶어요?

네하: 어소시에이트가 되면 단순작업을 줄일 수 있거든요.

후안: 보가 어소시에이트죠?

네하: 네.

후안: 그 사람은 일을 별로 안 하는 것 같던데. 다들 일할 때에도 혼자 줄리와 노닥거리잖아요.

네하: 돈이 많아서 그런 거예요. 그 사람이 여기서 일하는 건 전적으로 아버지가 이 은행 고객이기 때문이거든요.

후안: 아.

네하: 어휴. 난 태라 때문에 짜증나요.

후안: 왜요?

네하: 자기 생각만 해요. 자기 일만 엄청 중요한 줄 아는데 사실은 아니거든요. 주가 산정 모델은 전부 토드가 맡고 있어요. 태라가 하는 일은 기껏해야 세일즈 프레젠테이션 자료를 만드는 거라고요.

사실 후안은 태라가 좋았다. 태라는 상냥했다.

후안: 난 모르겠던데.

네하: 잠깐만요.

후안은 네하의 메시지를 보고 그녀가 자신 때문에 기분이 상한 것이 아니길 바랐다. 그는 네하도 마음에 들었다. 지나치게 꼼꼼하고 일을 너무 열심히 하긴 했지만 기본적으로 갖고 있는 호전적인 성향이 후안의 흥미를 자극했다. 그와 브래드는 후크가 상장하는 날

파티를 열어 네하에게 술을 먹여보기로 했다. 어떤 일이 벌어질지 무척 궁금했다.

후안은 다시 데이터베이스를 들여다보았다. 세계 각지의 실사용자 수가 얼마나 되는지 통계를 내던 중이었다.

이 데이터베이스는 사용자가 후크 앱을 다운로드한 시점부터 누구와 연결되고 어떤 평가를 받았는지, 어떤 댓글을 달았는지 따위의 정보가 모두 저장된 여러 개의 데이터베이스 가운데 하나였다. 후안은 조시와 함께 처음 이 데이터베이스를 개발한 뒤로 한동안 보지 못했지만, 지금 이렇게 보고 있으니 후크가 현재 5억 명의 사용자들에게 얼마나 큰 영향을 미치는지 새삼 확인할 수 있었다. 특히 현재 접속한 사용자들의 위치가 실시간으로 일일이 점으로 표시되는 세계지도가 마음에 들었다. 세계 각지에 수백만 개의 점이 보였다. 자신이 참여한 프로그램을 그렇게 많은 사람들이 이용한다고 생각하니 왠지 짜릿했다.

그는 유럽을 확대해 프랑스로, 파리로, 계속해서 에펠탑으로 들어갔다. 그 주위에는 27개의 점이 있었다. 그중 하나를 클릭하자 해당 계정이 어디에서 만들어졌는지 볼 수 있었다. 독일의 함부르크였다. 그는 계속해서 다른 정보가 로딩되는 모습을 지켜보았다. 얼마나 멋진가. 헨리크 바우만은 현재 아멜리아 길브와 연결되고…….

잠깐. 어째서 이름이 보이는 걸까?

후안은 눈을 깜빡이며 컴퓨터를 보았다. 제공된 정보, 즉 사용자의 이름 같은 정보는 그들이 추적하는 정보, 즉 사용자의 위치 같은 정보와 따로 저장되어야 했다. 그는 다른 점을 클릭해보았다. 벤저민 시보도. 그 이름을 클릭하자 '데이터베이스로 돌아가기'라는 링크가 나타났다. 그 링크를 클릭하자 그가 지금까지 작업하던 두 개의 데이터베이스와는 다른 데이터베이스로 연결되었다. 개인 정보와 수집된 데이터가 상호 연관되어 있는 데이터베이스였다.

"뭐지?"

후안은 이 새로운 데이터베이스를 보았다. 모든 사용자의 이름 옆에 각 사용자의 이전 사용 내역이 모두 나타나 있었다. 우측 상단에 검색창이 나타났다. 데이터베이스 위로 다시 인스턴트 메시지 창이 열렸다.

> **네하:** 미안해요. 어떤 멍청한 애널리스트가 방해하는 바람에.
>
> **후안:** 괜찮아요.

"이상하네."

후안은 소리 내어 말하고는 얼른 머릿속에 있는 생각을 떨쳐냈다. 이 데이터베이스가 어디에서 나왔는지는 몰라도 분명히 있어선 안 되는 것이었다. 물론, 그가 엿봐서도 안 되었다.

그러나 어쨌든 그것이 존재했고, 그렇게 된 이상 그 작동 원리를 알아야 했다. 어차피 네하의 프로필은 없을 듯싶었다.

그러나 네하의 이름을 입력하자 1992년 12월 3일생이고 우편번호가 10019인 네하 파텔의 프로필이 나타났다. 후안은 네하의 정보를 열어보았다. 네하는 2년 전에 계정을 만들고 한 달 동안 맨해튼 일대에서 로그인했다. 네 명의 남자에 대해 화면을 오른쪽으로 밀었지만 그중 아무도 그녀를 마음에 들어하지 않았다. 그녀는 그중 한 남자에게 메시지를 보내고 네 시간 사이에 그 남자의 프로필을 서른두 번 보았지만 남자는 답하지 않았다. 그녀에 대해 화면을 오른쪽으로 민 남자는 총 서른여섯 명뿐이었고 아무도 후기를 남기지 않았으며 메시지를 보낸 사람은 딱 한 명, 연쇄살인범처럼 생긴 뚱뚱한 마흔두 살의 남자뿐이었다.

이번 IPO를 통해 자금이 조달되면 그중 일부는 네하 같은 여자들을 도와주는 서비스를 개발하는 데 써도 좋을 것 같았다. 호감도를 높이는 방법을 알려주고 자신감을 갖게 하는 알고리즘을 개발하면 네하도 누군가를 만날 수 있을 것이다. 적어도 거절당하는 느낌은 덜 수 있으리라.

지금은 네하가 후크를 이용하지 않는 것을 탓할 수 없었다.

하긴, 후안 자신도 이제는 후크를 이용하지 않는다. 그는 네하보다는 성적이 좀 더 나을 텐데 말이다. 아닐까?

그런 생각을 하다 후안은 멈칫했다. 자신의 정보를 찾아보는 것은 위법이라고 할 수 없다.

그의 이름을 입력하자 사용자 정보가 로딩되기 시작했다. 아무래도 맥주 한 잔이 필요할 것 같아 그는 냉장고로 향했다. 사무실은 텅비어 있었고 한쪽 끝 전면 유리창에 펼쳐진, 불빛이 반짝거리는 만(灣)의 전망이 그와 단둘이 남았다.

이럴 때 여자친구가 있다면 좋을 텐데, 하고 그는 생각했다. 이 사무실을 구경시켜주고 물 위에 어른거리는 불빛들을 바라보며 나란히 앉아 맥주를 마신다면 얼마나 좋을까.

후안은 여자를 사귀어본 적이 없었다. 그렇다고 여자에게 관심이 없는 것은 아니었다. 사실 좋아했던 여자는 많았다. 그리고 솔직히 말하면 여자들이 그에게 관심을 갖지 않는 것도 아니었다. 다만, 적당한 사람을 만나지 못했다. 똑똑하고 재미있는 여자도 좋지만, 무엇보다도 그의 처지를 이해하는 여자, 그가 이스트 팰로앨토에 있는 어머니를 돌봐야 한다는 점과 후아레스에서 살해당한 아버지에 대해 얘기하고 싶어하지 않는다는 점을 이해해주는 여자가 필요했다. 그러나 샌프란시스코에서 만난 여자들은⋯⋯. 그들은 그 모든 것을 이해하기엔 너무도 평탄한 삶을 살아왔다.

후안은 파시피코 맥주를 홀짝거리며 자신의 프로필이 요약된 페이지를 열었다. 그를 마음에 들어한 사람은 12,012명, 후기는 180건이었고, 평점은 10점 만점에 8.7점이었다. 그는 점수 분포를 보았다. 75퍼센트가 10점 또는 그에 가까운 점수를 주었고 25퍼센트가 1점이나 2점을 주었다. 맥주가 목에 걸렸다. 그러고 보니 그는 모두가 자신에게 완벽한 점수를 주었길 기대한 모양이었다.

그는 먼저 긍정적인 후기 하나를 클릭했다. 이사벨이 남긴 것이었다. 가슴이 벅차올랐다. 이사벨은 그가 어린 시절 내내 좋아하던 여자였다. 그러나 이사벨은 시원시원한 아이였고 후안 자신은 샌님이었으므로 중학교에 가면서 이사벨은 두 학년 위인 로베르토와 사귀기 시작했다. 후안은 장학금을 받고 멘로 스쿨에 들어가면서 이스트 팰로앨토 빈민가에 있는 공립학교의 친구들을, 그리고 그녀를 떠나야 했다.

이사벨은 외모와 야망, 섹스, 유머, 충성도, 지적 능력, 모든 항목에 10점 만점을 주었다. '#엄마에게보여주고싶은남자', '#최고의남자'라는 태그와 함께 '이 남자는 왕자님이랍니다. 핫할 때 데려가세요. 〈3'라는 댓글을 달았다.

후안은 다시 열세 살이 되어 평생에 한 번일 것 같은 사랑에 다시 빠지기라도 한 듯 얼굴이 화끈거리고 예전 감정이 되살아났다.

이번에는 안 좋은 후기를 클릭해보았다. 이름만 봐선 얼른 누구인지 감이 잡히지 않았지만 얼굴을 보니 알 것 같았다. 버클리 대학시절의 리디아 카. 그들은 '수학 51' 스터디 그룹을 함께 했는데, 한번은 모임에서 그가 심하게 취해 댄스 플로어에서 그녀와 키스를 나누었다. 그는 2009년에 대학을 졸업한 뒤로 그녀를 본 적이 없지만이 후기는 6개월 전에 올라온 것이었다. 그녀는 모든 항목에서 1점을 주었고 '#나쁜남자', '#죽일놈'이라는 태그와 함께 '멋진 사람처럼 보이지만 어느 순간 우월감에 차 있다는 사실을 깨닫게 될 거예요. 나쁜 놈이죠. 조심하세요.'라는 댓글을 달았다.

후안은 눈을 깜빡거렸다. 그는 자신이 우월하다고 생각하지 않았다. 그저 더 많은 일을 겪었을 뿐이었다. 그리고 그녀에게 크게 잘못하지도 않았다. 둘 다 술이 진탕 취해 진한 키스를 나눴을 뿐이었다. 그는 그 페이지를 닫았다. 바로 '이런' 이유 때문에 그는 후크를 사용하지도, 여자들과 엮이지도 않았다.

아이폰에 문자메시지가 오는 소리가 들리자 그는 기다렸다는 듯이 데이터베이스를 닫았다.

줄리: 새 하우스메이트 완전 괜찮아!

그는 전화기를 보며 미소를 지었다. 줄리는 누구나 다 괜찮다고 생각하지만 어쨌든 새 하우스메이트 어맨더가 줄리에게 합격점을 받았다니 다행이었다.

> **후안:** 다행이다! 금요일에 다 같이 저녁 먹을까? 시간 괜찮은지 물어봐. 내가 엠파나다 만들어줄게.

> **줄리:** 좋아! 그런데 아직 회사야? 우린 미션 디스트릭트에서 열리는 켈리 제이컵슨 기금 모금 행사에 왔는데, 이리로 올래?

> **후안:** 일이 아직 안 끝났어. 집에서 봐.

모두들 그 죽은 여학생의 추모 기금 모금을 위한 자선 행사에 대해 떠들어댔다. 후안도 관심이 없지는 않았지만 상황이 어떻게 전개될지 알았기에 엮이고 싶지 않았다. 켈리 같은 스탠퍼드 대학생들은 그와 함께 자란 이스트 팰로앨토 청년들에게서 마약을 조달했다. 칼 캠프가 주도하는 마약 밀매상과의 전쟁이 뜨거워지고 있었다. 그 여학생의 죽음에 대해 그가 자란 지역 사회에 책임을 묻는 것은 시간문제일 테고 그러고 나면 팰로앨토와 이스트 팰로앨토의 거리가 더욱 벌어질 거라는 직감을 후안은 떨쳐낼 수 없었다.

후안은 다시 데이터베이스를 열어 줄리가 자신에게 후기를 남겼는지 확인해보았다. 줄리는 모든 항목에서 10점 만점을 주었지만 딱 하나, 충성도 항목에 1점을 매기고 '#심하게눈이높음'이라는 태그를 달았다.

정말 그렇게 생각하나?

그만두어야 한다.

후안은 맥주를 마저 마시고 컴퓨터를 끄려다 무언가에 이끌려 문득 다시 창을 열었다. 켈리는 어땠을까?

그는 자판 위에 손을 얹은 채 잠시 동작을 멈추고 화면을 노려보았다. 켈리는 죽었다. 죽은 사람을 찾아보는 것은 사생활 침해라고 할 수 없지 않은가?

그는 켈리의 이름을 입력했다. 그녀가 죽고 나서 8천만 명 이상이 그녀의 프로필을 보고 1점부터 10점까지 다양한 점수를 매겨놓았다. 1점에는 '#창녀'라는 태그가, 10점에는 '#희생자'라는 태그가 달려 있었다. 그는 날짜순으로 결과를 정렬한 뒤 맨 처음으로 내려가 보았다. 켈리는 지난 7월부터 후크를 이용하기 시작했고 뉴욕에서 서너 명의 남자를 만났다. 그런 다음 지난해 12월 28일에 뉴욕에서 또한 번 후크를 이용했다. 올해 캘리포니아에서 몇 차례 접속하긴 했지만 누군가를 평가한 적은 없었고 만난 사람은 한 명뿐이었다. 후안은 그녀가 안쓰러워졌다. 켈리는 언론에서 떠드는 것처럼 그렇게 난잡한 여자가 아니었다. 설사 그렇다 해도 후크의 사용자 가운데에는 그녀보다 더 난잡한 사람이 4억5천9백만 명쯤 있었다.

그는 가려고 일어서다 다시 몸을 돌려 켈리가 올해 그 한 명의 남자를 만난 날짜를 확인했다. 3월 6일. 그는 움직일 수 없었다. 손에서 땀이 나기 시작했다. 켈리가 언제 죽었더라?

후안은 숨을 멈추고 구글에 그녀의 이름을 넣어보았다. 그녀의 위키피디아 페이지를 클릭하고는 눈을 깜빡이며 자신이 날짜를 정확히 보았는지 확인했다. '사망 시각은 2014년 3월 6일 오전 4시 47분으로 기록되었다.'

후안은 데이터베이스의 정보를 클릭해 열었다. 그 다른 사용자와 만난 시각은 새벽 2시 18분이었다. 지도를 클릭해 스크롤하자 메이필드 거리 558번지 스탠퍼드 대학 제너두 기숙사가 나타났다.

지난 몇 주 동안 그는 켈리의 기사를 읽지 않으려고 노력했지만, 그럼에도 켈리의 친구가 새벽 1시에 켈리를 기숙사에 데려다준 뒤 혼자 두고 나왔다는 사실은 알고 있었다. 그 뒤로 켈리가 누군가와 함께 있었다는 뉴스는 듣지 못했다.

그는 마음을 가다듬으며 그 다른 사용자의 프로필을 클릭했다. 그러나 그 프로필은 열리지 않았다. 그는 새로 고침을 눌렀다. 아무것도 나오지 않았다. 마침내 '손상된 경로입니다.'라는 메시지가 나타났다.

"이게 왜……."

후안은 눈을 깜빡거렸다.

"아직 안 갔어?"

후안은 화들짝 놀랐다. 조시 하트가 그의 컴퓨터 앞에 서 있었다. 어디서 나타났지?

후안은 핏기가 빠져나간 얼굴을 애써 감추며 재빨리 화면에 열려 있는 창들을 닫았다.

"네, 닉이 부탁한 일을 마무리하느라고요."

그가 말했다.

책상 앞에서 내려다보는 조시의 눈이 그를 꿰뚫는 듯했다.

"닉하고는 별문제 없나?"

조시가 물었다. 그의 얼굴이 씰룩거렸다. 조시와 수없이 밤을 새우며 함께 프로그래밍을 한 후안은 조시가 화났을 때나 초조할 때에만 얼굴을 씰룩거린다는 사실을 알고 있었다.

"네. 아무 일 없어요."

후안은 여전히 심장이 뛰는 것을 느끼며 고개를 끄덕였다. 조시가 빨리 갔으면 하는 마음이 간절했다.

"뭘 보고 있어?"

조시의 물음에 후안은 둘러대기 시작했다.

"통계를 내고 있었어요. 뉴욕에서 여자를 찾는 남자들이 그렇게 많은 줄 몰랐네요."

"꼭 토끼들 같다니까."

"그러게요."

'제발 가세요.' 후안은 속으로 외쳤다. 조시의 시선이 그의 목을 조르는 것 같았다.

조시가 물었다.

"다음 주에 나랑 같이 교향악 보러 갈래? 표가 한 장 남거든. 늘 같이 가는 사람들이 있어. 생각해보니까 우리가 함께 시간을 보낸 지가 너무 오래된 것 같더라고."

마치 미리 연습한 대사를 읊조리듯 평소와는 다른 억양이었다.

후안은 눈을 들었다. 조시가 교향악을 좋아하는 사람 같진 않았다. 그가 대답했다.

"좋죠. 그런데 저는 교향악을 본 적이 없어서요. 혹시 더 좋아할 만한 사람이 있으면……."

"아니, 네가 갔으면 좋겠어."

조시가 말했다.

"그러죠. 좋습니다."

후안이 말했다.

"그래. 내일 보자."

조시가 가려고 돌아섰다.

"네."

후안은 억지로 미소 지으며 문이 닫히길 기다렸다. 문이 닫히는 순간, 그는 의자에 풀썩 앉았다. 켈리 제이컵슨은 죽을 때 혼자가 아니었다. 하지만 누구와 함께 있었을까? 그리고 누구에게 이 사실을 알려야 할까?

6장
마녀사냥

찰리

찰리는 노트북컴퓨터 화면을 새로 고침 하여 탈메네스의 화학 공격 장면이 담긴 유튜브 영상을 다시 보았다. 사방에서 묵직한 무언가가 자신을 때리는 기분이 들었다. 희생자들뿐 아니라 자신의 상황에 대해서도 울화가 치밀었다. 켈리가 죽지 않았더라면 이것은 찰리 자신의 기사가 되었을 것이다. 라지가 그의 요청대로 그를 탈메네스로 보내주었더라면 이 사태를 예방하는 기사를 썼을지도 모를 일이었다. 혹은 지금 저 안에서 연기에 질식해 있거나. 어쨌든 켈리가 죽지 않았더라면 뭐라도 했을 것이다. 이렇게 캘리포니아에서 손 놓고 앉아 있을 리가 없었다.

이곳에 올 이유는 없었지만 달리 갈 곳을 정할 수 없었다.

부모님 집에 앉아 24시간 뉴스만 보는 것도 못할 짓이었다. 그의 어머니는 하루 종일 소파에 붙박인 듯 앉아서 어떤 권위자가 켈리의 도덕성을 비판할 때마다 화를 냈고, 이제 켈리의 삶은 기삿거리가 되지 않는다는 듯이 반나절이 지나도록 당신의 딸에 대해 아무도 언급하지 않으면 그에 대해서도 똑같이 화를 냈다.

그는 유니버시티 애비뉴를 걷다 어느 카페에 들어가 자리를 잡고 앉아 가방에서 노란 공책을 꺼냈다. 그는 켈리의 일기를 전부 다 읽어보기로 결심했다. 켈리의 삶을 훔쳐보려는 것이 아니라, 자신이 동생의 삶에 대해 모르는 부분이 많았다는 사실을 깨닫고 동생이 힘들어하진 않았는지 확인하고 싶어서였다.

2010년 9월 23일

아아, 난 스탠퍼드가 정말정말 좋다. 대학에 오기 전에 내가 행복이 무엇인지 안다고 생각했다는 사실이 믿기지 않는다. 이런 행복을 한 번도 느껴보지 못했다. 저녁에 기숙사 모임이 있었다. 기숙사 규정들을 모두 알려주기 위한 일종의 오리엔테이션이었는데, 사실 규정은 없는 거나 마찬가지였다. 말하자면, 우리 기숙사 사감들은 우리가 아직 미성년자라도 술을 마실 수 있다는 듯이 얘기했다. 술을 마시다 누군가가 너무 심하게 취했는데 무서워서 얘기하지 못하고 그 사람이 죽는 상황이 발생하느니 그들에게 솔직하게 알리는 편이 낫다고 했기 때문이다. 그렇게 우리를 신뢰한다니 정말 좋다. 정말 합리적인 것 같다. 그러니 이제 본격적으로 술을 마셔보겠다는 얘기가 아니라, 스스로 자신과 친구들을 책임지게 하는 것이 전적으로 옳은 태도라는 얘기다. 그건 그렇고! 오리엔테이션이 한창일 때 어디선가 호각 소리가 들려 우리 사감들이 벌떡 일어났고, 갑자기 우스꽝스러운 옷차림의 사람들이 악기를 들고 음악을 연주하며 로비로 달려 들어왔다. 스탠퍼드 밴드였다. 정말 굉장했다. 다들 미친 것 같았다. 한 남자는 실오라기 하나 걸치지 않고 알몸으로 색소폰을 연주했다. 정말 징그러웠지만 눈을 뗄 수가 없었다!! 게다가 나무가 춤을 추는데, 어쩜, 우리 마스코트가 나무라니!!! 그리고…….

"주문하시겠어요?"

"네?"

찰리는 화들짝 놀라서 눈을 들었다. 웨이트리스가 메뉴판을 가리켰다.

"아, 커피랑 오믈렛 주세요."

그가 대답했다.

웨이트리스가 가고 나자 그는 일기장을 좀 더 앞으로 넘겨보았다.

2010년 11월 5일

오늘 나는 처녀성을 잃었다. 이걸 왜 그렇게 대단하게 생각했을까? 나는 제이미를 사랑하지 않는다. 그래서 해버린 것 같다. 그를 사랑하지 않고 앞으로도 사랑할 일이 없다는 사실을 알면 그에게 나의 처음을 내준 것에 대해 그리 큰 의미를 부여하지 않을 테니까. 여자들이 진정한 사랑을 기다리며 순결을 간직하는 건 잘못된 일이라고 나는 생각한다. 잘 되지 않으면 그 사람을 사랑하는 데다 그 사람에게 처음을 내주기도 했으니 대단한 일이 되어버리는 것이다. 사실은 대단한 일이 아니다. 정말 별것도 아니었다. 예상했던 만큼 아프지도 않았고 전혀 좋지 않았다. 제이미는 하다 보면 나아진다고 했다. 그는 열네 살에 첫경험을 했단다. 어떻게 그럴 수 있을까? 열네 살에 섹스한 아이가 스탠퍼드에 들어오다니. 기숙학교에 들어가면 그렇게 되는 모양이다. 어쨌든 별로 좋지 않았다. 정말 나아지길 바란다. 그러고 보니 결혼할 때까지 기다리지 않아서 얼마나 다행인지 모른다. 그랬다면 어떻게 됐을까? 축복이 가득한 환상적인 결혼식을 치르고 축복이 가득한 환상적인 순간이 오길 고대했는데 겨우 이런 느낌이라면? 결혼 생활의 시작이 얼마나 끔찍해지겠는가. 게다가 묘하게 남자가 우세하게 되는 일 아닐까? 자길 아프게 한 남자와 결혼 생활을 시작하는 셈이니까.

"주문하신 메뉴 나왔습니다."

웨이트리스가 계란을 얹은 접시를 그의 앞으로 밀어주자 찰리는 일기장에서 눈을 뗐다. 그녀의 방해가 고맙게 느껴졌다.

"고마워요."

막 계란을 자르기 시작했을 때 전화벨이 울렸다.

"여보세요?"

"기사 봤어?"

전화기 저편에서 조니가 물었다.

"나왔어?"

찰리가 상체를 내밀며 되물었다.

"1면에 나왔어. 그것도 위쪽에."

조니가 자랑스러운 목소리로 대답했다.

조니는 켈리의 친구들을 인터뷰하면서 드러난 정황에 대해 이미 찰리에게 들려주었다. 기숙사 사감인 로비 굿맨은 켈리의 방 열쇠를 갖고 있었을 뿐 아니라 켈리를 짝사랑하고 있었으므로 그날 오후에 켈리가 졸업 후 뉴욕으로 간다는 소식을 듣고 좌절해 있던 터였다.

몇 시간 뒤 그는 럭비팀 회식에 가서 거침없이 파티를 즐기기 시작
했고 밤새도록 이어진 이 난폭한 파티에서 새벽 2시쯤 술에 취해 자
리를 떴다. 기숙사로 돌아온 그가 켈리를 보고 싶은 마음에 열쇠를
이용해 켈리의 방에 들어갔으리라는 것은 쉽게 상상할 수 있었다.
그런 다음 그는 켈리에게 몰리를 탄 물을 주고 켈리를 강제로 눕힌
뒤 자신도 정신을 잃었고, 잠에서 깼을 때 몹시 당황해 켈리를 병원
으로 데려간 것이 틀림없었다.

조니가 말했다.

"로비는 벌써 구치 중이야. 너도 변호사 아직 안 구했으면 구하는
게 좋을 거야."

"그래, 그래야겠다."

찰리는 일어나서 웨이트리스를 불러 계산했다. 할 일을 만들어준
조니가 고마웠다.

태라

4월 11일 금요일, 캘리포니아 주 샌프란시스코

"나 어젯밤에 토드랑 잤어요."

레이철은 와인 리스트를 훑어보며 마치 아침으로 무얼 먹었는지
얘기하듯 태연하게 말했다.

"트레피슨 리즐링 한 병 주세요."

"자, 자, 잠깐. 토드 켄트랑 잤다고요? 우리 토드 켄트?"

태라는 가슴이 죄여오는 느낌이었다. 어젯밤 토드는 후크 사무실에 있다가 그녀와 함께 10시에 호텔로 돌아갔다. 그러고 나서 태라는 방에서 새벽 2시까지 일하며 미니바에 있던 피넛 M&M 초콜릿 한 팩을 먹어치웠고, 오늘 아침엔 그 칼로리를 태우느라 평소보다 1.5킬로미터를 더 달렸다. 그런데 토드는 다시 나가서 그들의 고객이나 다름없는 이 여자와 섹스를 했다고?

"아, 두 사람도 잤나 봐요?"

레이철은 두 여자가 한 남자와 잤다는 사실이 아무렇지도 않다는 듯이 말했다. 윤기가 흐르는 머리칼은 일부러 느슨하게 하나로 말아 올렸고 입술 선과 립스틱은 갓 바른 듯했다.

"아뇨."

태라는 고개를 저었다. 그러곤 다시 말했다.

"네, 잤어요. 예전에 스탠퍼드 다닐 때. 별것 아니었어요."

거짓말이었다.

레이철은 미소를 지으며 말했다.

"대학 시절 섹스 파트너가 재회하다. 흥미로운데요."

그러곤 바텐더가 따라준 와인의 맛을 보고 괜찮다는 의미로 고개를 끄덕였다.

"저는 그냥 탄산수 주세요."

태라가 말했다. 그녀는 프릭 컬렉션에 다녀온 뒤로 술을 전혀 마시지 않았다.

레이철이 태라를 노려보며 말했다.

"토드가 오늘 밤에 나가서 물이나 마시며 놀 것 같아요?"

"저는 위험부담이 더 커요."

"딱 한 잔만?"

레이철이 강요했다.

"죄송해요."

태라는 거절의 의미로 어깨를 으쓱해 보였다.

"좋을 대로 해요. 그런데 정말 별로더라."

레이철의 말에 태라는 기침을 했다.

"네?"

"정말이지, 지금까지 만나본 사람들 가운데 최악의 파트너였어요. 꼭 고릴라랑 섹스하는 것 같더라니까요. 대학 때도 그렇게 형편없었어요?"

태라의 입이 벌어지고 곧 웃음이 터져 나왔다. 레이철이 이런 일을 이상하게 생각하지 않는다면 태라 자신도 그럴 필요가 없다. 태라는 예전부터 남자들과 일하는 것이 더 편하다고 생각했는데 레이철은 정말 마음에 들었다. 자신감 넘치고 시원시원했으며 뒷담화에 휘둘리지 않았고 태라가 좋은 아이디어를 내놓아도 그것을 자신의 재능에 대한 모욕으로 받아들이지 않았다.

"사실은 잘 기억나지 않아요."

태라는 레이철의 물음에 솔직하게 대답했다. 토드 켄트가 섹스에 능숙했는지의 여부는 한 번도 생각해보지 않았다. 사실 지금껏 잠자리를 가진 남자들에 대해 한 번도 잘했는지 못했는지를 생각해보지 않았다. 그저 자신이 괜찮은지 아닌지만 신경 썼다.

레이철은 어리둥절한 얼굴로 태라를 보다 합리화를 했다.

"그땐 어렸을 테니까요."

그러곤 와인 한 모금을 마시고 다시 말했다.

"어쩌면 뉴욕이 남자들을 그렇게 만드는지도 모르죠."

마치 머릿속의 생각을 소리 내어 말하는 듯했다. 그러곤 물었다.

"토드가 누굴 진지하게 만난 적 있어요?"

태라는 또 어깨를 으쓱했다.

"제가 알기론 없어요."

"그럼 배운 적이 없는 거네요. 섹스를 많이 해보긴 했지만 다들 한 번 자고 끝난 사이라 피드백을 얻지 못했나 봐요."

태라는 입을 한 번 꾹 다물었다 물을 한 모금 마시고 물었다.

"그런데 여자들이 그런 걸 알까요?"

"뭘요?"

"섹스가 좋았는지 나빴는지 말예요."

"당연한 거 아니에요?"

"토드 같은 남자하고만 섹스해본 여자는 그냥 원래 그런 건가 보다 하겠죠."

태라가 말했다.

"말도 안 돼. 여자들은 바이브레이터를 쓰잖아요. 그럼 원래 어떤 느낌인지 알죠."

"하지만 정상적으로 섹스할 때 오르가슴을 느끼지 못하는 여자들이 많아요. 연구를 통해서도……."

레이철은 고개를 저었다.

"난 그런 거 안 믿어요."

그녀는 잠시 멈췄다가 다시 말을 이었다.

"그런 연구는 토드 같은 남자들이 자신의 무능함을 정당화하려고 내놓는 거예요."

그러곤 태라의 얼굴을 살폈다.

"어머, 남자하고 할 때 오르가슴을 한 번도 못 느껴봤군요!"

태라는 침을 꿀꺽 삼켰다.

"느껴봤죠."

그러곤 다시 말했다.

"느껴본 것 같아요."

"느껴본 것 같다고요?"

레이철은 태라를 빤히 보며 팔을 한 대 툭 때렸다.

"아, 불쌍해라! 그래서 그렇게 우울하군요!"

"그렇지 않아요."

태라는 물을 마시며 대꾸했다.

"난 일이 너무 재미없어서 그런 줄 알았는데, 거기다 제대로 된 섹스도 못 해봤어요? 세상에, 나 같으면 죽어버렸을 거예요."

태라는 손가락을 들어 올리며 반박했다.

"첫째, 내 일은 재미없지 않아요. 둘째, 아직 나를 정말 편하게 해줄 수 있는 상대를 찾지 못했을 뿐이에요. 그리고 셋째, 난 우울하지 않아요."

"첫째, 그 일 재미없어요. 셋째, 우울해요. 그리고 둘째, 아직 스스로도 자신을 편하게 해주지 못하잖아요."

"난……."

"금요일 밤에 물이나 마시고 있다니. 정말 우울하죠."

태라는 말하려다 말고 레이철을 보며 그녀의 말을 곱씹어보았다.

"좋아요. 여기 와인 잔 하나 주시겠어요?"

그녀는 바텐더를 돌아보며 물었다.

레이철은 태라의 팔을 토닥였다.

"그렇게 시작하는 거예요. 그리고 오르가슴 문제 말인데, 나이 많은 남자를 만나봐요. 나이 많은 남자들은 다양한 여자를 만나봤으니 태라 같은 여자를 감사하게 여길 거예요. 포르노를 너무 많이 본 탓에 현실에 존재하지도 않는 환상 속의 여인을 꿈꾸는 짓은 하지 않는다고요."

바에 앉아 있던 남자가 다 들린다는 듯 얼굴을 일그러뜨리며 어깨너머로 돌아보았다.

"뭘 봐요?"

레이철이 그 남자에게 날카롭게 말했다. 그러곤 갑자기 소리쳤다.

"아, 맞다! 케일럼 어때요? 완벽한데요."

태라는 얼굴이 붉어졌다.

"그 사람은 그냥 고객이라니까요."

"그렇게 치면 내가 케일럼보다 더 고객에 가까운데, 토드는 나랑 잤잖아요."

"여자는 달라요. 아시잖아요."

태라가 말했다.

"왜 다들 그렇게 말할까요? 여자들이 그렇게 생각하도록 행동한다니까요."

태라는 와인 한 모금을 마셨다. 레이철이 빙긋 웃었다.

"그 사람 좋아하는군요."

"잘 알지도 못하는데요."

태라가 지적했다.

"그 사람한테 기회를 주지 않으면 영영 알지 못하겠죠. 해봐요. 그러고 보니 케일럼이 딱 좋아하는 타입인데."

"조시도 그렇게 말하던데."

태라가 털어놓았다.

"네? 조시가 뭐라고 했는데요?"

레이철의 눈이 진지해졌다.

"케일럼은 자제하지 못하는 여자들을 좋아하니까 저를 좋아할 거라고요."

태라는 그 첫 회의를 떠올리고는 눈을 굴리며 말을 이었다.

"그때 그 어항에서 다 나가라고 하고는 그렇게 얘기하더라고요. 그리고 내가 이번 일에 합류하게 된 건 전적으로 외모를 이용해 남자들의 정신을 빼놓기 위해서라는 걸 알아두라고도 했어요."

"빌어먹을 조시."

레이철이 화난 목소리로 말했다. 태라는 레이철이 그렇게 흥분하는 모습을 처음 보았다.

"조시는 여성혐오증 환자예요."

태라는 흥미가 일어 고개를 돌리고 레이철을 보았다.

"조시가 후크를 만든 이유는 오로지 여자들에게 스스로를 값싼 존재로 인식하게 하기 위해서라고 나는 생각해요."

"어째서요?"

태라가 조심스레 물었다.

"그 인간이 여자들을 어떻게 대하는지 봤거든요. 정말 나쁜 자식이에요. 다른 인간은 눈곱만큼도 존중하지 않고 전부 사물이나 졸병인 것처럼 대하죠. 반사회적 인격 장애를 가진 로봇이에요."

"그런데 왜 그 사람하고 일해요?"

"필 돌턴이 큰돈을 지불하고 있기 때문이죠."

"조시의 이미지를 보호하기 위해서?"

"그게 보통 일이 아니에요."

"후크 이용하세요?"

태라는 갑자기 궁금해졌다.

"안 하죠."

레이철이 답했다.

"하지만 보기엔 꽤……."

태라는 잠시 말을 멈추고 기분을 상하게 하지 않을 만한 표현을 찾아보았다.

결국 레이철이 도와주었다.

"자유분방하다고요? 감정은 없어도 존중이 담긴 섹스와, 앱이 조작하는 거래 같은 섹스는 달라요."

레이철은 와인을 마저 마시고 빈 병을 바라보며 말을 이었다.

"조시는 그런 미묘한 차이를 이해하지 못하죠. 저녁에 약속 있어요? 난 테르소에 가고 싶은데."

"저는 일하러 들어가 봐야 해요."

태라가 대꾸했다.

"지금까지 나한테 뭘 배웠어요?"

태라는 토드가 어젯밤에 혼자 나갔다는 사실을 떠올렸다. 그러곤 다시 대답했다.

"좋아요. 가죠."

어맨더

4월 11일 금요일, 캘리포니아 주 샌프란시스코

어맨더는 후안에게 맥주를 건네고 그가 앉아 있는 소파에 풀썩
앉았다. 후크를 통해 알게 된 남자와의 샌프란시스코 첫 데이트를
한 시간 앞둔 터라 기분이 들떠 있었다.

"포르노라도 봐요?"

어맨더는 TV에 푹 빠져 있는 후안의 모습에 웃음을 터트리다가
그가 켈리 제이컵슨 관련 뉴스를 보고 있다는 사실을 깨닫고 입술
을 깨물었다.

"아뇨."

후안은 웃지 않았다.

어맨더는 후안이 무척 마음에 들었다. 지난주 금요일, 이곳에서의
첫 출근을 하고 집에 돌아와 보니 후안과 줄리가 그녀를 위해 깜짝
환영회를 준비해놓았다. 그가 만든 엠파나다는 멕시코 식당에서 먹
어본 그 어떤 엠파나다보다도 맛있었다. 게다가 그는 진심으로 그녀
와 친해지고 싶다는 듯이 이것저것 물어보았다.

"무슨 뉴스예요?"

그녀가 물으며 헤드라인을 보았다. '속보: 켈리 제이컵슨 사망 사건,
재수사하기로. 용의자 구금.'

"살인사건인 것 같대요. 기숙사 사감이 약을 먹인 것 같다네요."

후안이 말했다.

"무슨 근거로……."

"쉿."

용의자가 화면에 나타나자 후안은 음량을 키웠다.

"오늘 경찰은 켈리 제이컵슨의 기숙사 사감인 스탠퍼드 대학 4학
년생 로비 굿맨을 체포했습니다.《뉴욕 타임스》기자가 입수한 익명
의 제보 때문에 스탠퍼드 대학은 이 여학생의 사망 사건을 다시 조사
하기로 결정했습니다. 경찰은 당초 추정했던 대로 이 여학생이 사망
의 원인이 된 마약을 자의로 복용하지 않았을 수도 있다는 근거를 포
착했습니다.
　　로비 굿맨에 대해선 아직 정확히 알려지지 않았지만 럭비팀 활동
에 적극적으로 임한 것으로 보입니다. 럭비는 대부분의 미국 대학들
이 클럽 스포츠로 지정할 만큼 폭력적인 운동입니다."

"근거 없는 누명을 씌우고 있어요. 경찰은 우리 사용자가 그날 밤
켈리와 함께 있었다는 사실을 입증할 수 있는 정보가 전혀 없어요.
이건 마녀사냥이에요. 한 여대생의 순결을 입증하기 위해 무고한 남
자를 범인으로 몰아가고 있다고요."
"괜찮아요?"
어맨더가 나지막이 물었다. 후안의 얼굴이 하얗게 질렸기 때문
이다.
"네."
그가 대꾸했다.
"변호사 맞죠?"
잠시 후 그가 묻자 어맨더가 정정해주었다.
"준법률가예요. 로스쿨에 가야 할지 말아야 할지 아직 결정하지

못했어요."

"법에 대해서 뭐 하나 물어봐도 돼요? 그냥 가상의 상황인데."

"그럼요."

"만약 살인사건 수사에 도움이 될 만한 정보를 갖고 있다면 법적으로 꼭 알려야 해요?"

"법적으론 기소된 경우에만 얘기하면 돼요. 하지만 윤리적으론 해야죠."

"알아선 안 되는 정보라면요?"

"그렇다고 해도 정보를 알고 있고 그 정보가 도움이 된다는 사실에는 변함이 없잖아요."

"그 정보가 도움이 될지 안 될지 모른다면요?"

"대체 무얼 알고 싶은 거예요?"

"켈리가 사망할 때 후크에 접속해 있었던 것 같은데 그 정보가 수사에 도움이 된다고 생각하거든요."

그는 불쑥 내뱉고는 놀라서 얼른 입으로 손을 가져갔다.

어맨더는 벌떡 일어나 앉았다.

"그걸 어떻게 알아요? 사용 내역을 볼 수 있어요?"

후안은 입술을 깨물었다.

"말할 수 없어요."

어맨더는 흥분해서 그를 툭 때렸다.

"세상에! 그럼 내가 예전에 만났던 남자도 찾을 수……."

"아무한테도 말하지 마요. 일급비밀이라고요."

후안이 그녀의 말을 잘랐다.

"알았어요."

"얘기해야 한다고 생각해요? 켈리에 대해?"

"IPO를 망치고 싶으면 해요."

"네?"

"살인사건 수사에 연루될 가능성이 있는 기업에 누가 투자를 하겠어요?"

"하지만 후크는 그 사건과 아무 관계가 없어요. 그저 켈리가 하필 그때 로그인을 했을 뿐이죠. 그냥 우연의 일치라고요."

그는 점점 방어하기 시작했다.

"그래도 마찬가지예요. 공개 시장에서 중요한 건 딱 하나, 바로 인식이에요. 투자하려 했다가도 '후크'와 '켈리 제이컵슨'이 한 문장에 올라 있는 것을 보면 바로 내뺄걸요."

후안은 시계를 보았다.

"난 나가봐야겠어요. 정말, 정말, 정말 아무한테도 말해서는 안 돼요."

어맨더는 두 손을 들어 보였다.

"의뢰인의 기밀이라고 생각할게요."

"그런데 정말 내 입장이라면 어떻게 하겠어요? 입 다물고 있을 것 같아요?"

후안이 물었다.

"켈리는 그 시각에 아마 페이스북에도 로그인되어 있었을걸요. 그 밖에도 트위터와 스포티파이를 비롯해 다른 앱 100여 가지에 로그인된 상태였을 거예요. 그 어떤 것하고도 연관성이 없다고요."

"그런 것 같네요."

그러나 후안은 딱히 동조하지 않는 얼굴이었다. 그가 다시 말했다.

"나가서 조시한테 내가 금방 나간다고 좀 전해줄래요?"

"조시가 누구예요?"

어맨더가 문으로 향하면서 물었다.

"조시 하트."

"후크 CEO?"

"네. 교향악 보러 가기로 했어요."

후안이 외쳤다.

어맨더가 문을 열어보니 집 앞에 새파란 테슬라 로드스터가 서 있었다.

"멋지네."

그녀가 말했다. 오늘 밤 데이트 상대와 잘 되지 않으면 후크의 CEO와 데이트해도 괜찮을 듯싶었다.

조시가 창문을 내렸다. 피부가 밀가루처럼 하얗고 눈은 파충류의 눈처럼 번득거렸지만 못 봐줄 외모는 아니었다.

"후안은요?"

어맨더는 손을 내밀었다.

"후안의 하우스메이트 어맨더라고 합니다."

그녀는 미소 지으며 속눈썹을 깜빡거렸다. 조시는 반응이 없었다.

"금방 나온다고 전해달래요."

그러자 조시는 그만 가달라는 듯이 어맨더를 노려보았다.

"잘 다녀와요."

그녀는 밖으로 나오는 후안에게 말했다.

그러곤 안으로 들어갔다. 문에 다다랐을 무렵엔 이미 조시에게 푸대접받은 일을 까맣게 잊었다. 그녀는 라디오를 켜고 남은 시간 동안 화장을 하면서 데이트 상대인 벤 로프티스가 오길 기다렸다.

샌프란시스코에 온 것은 정말 잘한 일이었다. 같이 사는 사람들도 멋졌고 후크에 올라 있는 남자들의 프로필도 멋졌다. 여전히 일은 짜증났지만 전보다 근무시간이 줄었고 집에 돌아오면 후크에서 제공하는 술이 기다리고 있었다. 모든 사람이 사용하는 앱이 이렇게 가까이에서 만들어진다는 사실도 멋진 듯했다.

무엇보다도 지금 그녀를 데리러 오는 벤 로프티스는 누가 봐도 완벽한 남자였다. 그녀에게 메시지를 보냈을 뿐 아니라 저녁을 먹자고 청했다. 뉴욕이었다면 이런 일이 가능했을까? 뉴욕 남자들은 그저 쉬운 섹스를 위해 후크를 사용했다는 사실을 이제야 깨달았다. 왜 자신이 토드 켄트를 바꿀 수 있다고 생각하며 시간을 허비했을까? 이곳 남자들은 바꿀 필요가 없었고 어맨더 같은 여자를 보면 감사하게 여겼다.

어맨더는 머리를 말며 벤 로프티스의 프로필을 떠올려보았다. 그는 듀크 대학에서 학부를 졸업하고 뉴욕의 시티그룹 기업금융 부문에서 일하다 워튼스쿨 경영대학원에 들어갔으며, 지금은 현지에서 나오는 원료를 갖고 지속 가능한 방식으로 맥주를 제조하는 미국 최초의 100퍼센트 유기농 수제 맥주 회사를 차렸다. '게다가' 마라톤을 즐겼고 '20개국'을 여행했으며 스쿠버다이빙 강사 자격증을 갖고 있었고 여름에 중국 아이들에게 영어를 가르친 경험도 있었다. '뿐만 아니라' 사진으로 봐선 끝내주게 매력적이었다.

초인종이 울리자 어맨더는 심호흡을 하고 마지막으로 한 번 더 거울을 본 뒤 아래층으로 달려 내려갔다.

"안녕하세요."

벤 로프티스가 미소 지으며 그녀에게 꽃다발을 건넸다.

'세상에, 당장 위층으로 올라가서 같이 자야 하나?!' 하고 어맨더는 생각했다.

"안녕하세요. 정말 자상하시네요."

그녀는 애써 마음을 가라앉히며 말했다.

"그리고 이건 꽃 영양제입니다. 이걸 주면 더 오래갈 거예요."

그가 작은 봉지를 건넸다.

그녀는 참지 못하고 두 팔을 벌려 그를 껴안았다.

"정말 고마워요. 기분이 아주 좋은데요."

그가 뻣뻣한 팔로 그녀의 포옹을 받아주자 그녀는 얼굴이 빨개졌다. 너무 호들갑을 떨었나?

어맨더는 꽃을 현관 옆 탁자에 내려놓았다.

"이제 나갈까요?"

그는 꽃을 한 번 본 뒤, 다시 그녀를 보며 입을 다문 채로 미소 지었다.

"그러죠."

후안

4월 11일 금요일, 캘리포니아 주 샌프란시스코

후안은 마음을 가라앉히려고 애썼지만 뜻대로 되지 않았다. 켈리가 사망한 날 또 다른 후크 사용자와 함께 있었다는 사실을 알게 된 뒤로는 무엇을 하든 초조하기만 했다. 정말 사람들이 알게 되면 IPO를 망치게 될까?

"그 여자는 누구야?"

후안이 스포츠카의 조수석에 훌쩍 올라타자 조시가 물었다.

후안은 애써 켈리에 대한 생각을 떨쳐내며 대답했다.

"새 하우스메이트 어맨더예요. 뉴욕에서 온 지 얼마 안 됐어요."

"왜 여자랑 같이 살아?"

조시가 물었다.

"사실은 여자 둘하고 같이 사는데요. 전 여자들이랑 사는 게 좋더라고요."

"IPO 끝나면 혼자 살 집을 마련해야지."

"아니에요. 여기 집세가 엄청나거든요. 이 차, 딱 천 대만 만들었다는 그거 아니에요?"

"나도 몰라. 레이철이 사라고 하더라고."

조시는 모두의 입에 오르내리는 그 차에 대해 전혀 관심이 없는 듯 보였다.

"뭐 하나 여쭤봐도 돼요?"

후안이 물었다.

"방금 물어봤잖아."

"후크 사용하세요?"

"당연히 안 하지."

"왜요?"

"마약 밀매상은 자기가 파는 약을 복용해선 안 돼."

"후크가 안전하다고 생각하세요?"

"어떤 면에서?"

"사람들이 후크를 사용하다 다칠 수도 있을까요? 살인범이 후크를 이용해 사람을 죽인다거나?"

"살인범이라면 총을 이용하겠지."

"하지만 후크가……."

후안은 잠시 멈췄다 다시 조심스레 말을 이었다.

"살인을 용이하게 해줄 수도 있지 않을까요?"

"살인범이 차를 몰고 가서 살인을 했다면 그 차도 유죄인가?"

조시가 데이비스 심포니 홀 모퉁이에 테슬라를 세우자 후안은 그만두기로 했다. 조시의 말이 맞는 것 같았다.

"기업 공개 하게 돼서 좋으세요?"

후안은 화제를 바꾸며 차에서 내렸다.

"벤처투자가들이 더 이상 참견하지 않을 테니까 좋지. 세금 문제 봐줄 사람은 구해놨지?"

조시가 물었다.

"아뇨. 그래야 해요?"

후안의 물음에 조시는 당연하다는 듯이 대꾸했다.

"그럼. 그렇지 않으면 그중 절반이 정부한테 가거든. 주식을 파는 순간 저기 저 놀고먹는 남자한테 돈을 주는 셈이라니까."

조시는 턱을 들어서 버스 정류장에 널브러져 있는 노숙자를 가리켰다.

"그게 무슨 말씀이세요?"

"우리 과세 등급이 53퍼센트인가 그래. 하지만 유능한 회계사를 구하면 절반 이상 줄일 수 있을 거야."

"불법 아니에요?"

"탈세 구멍은 전부 합법이야."

후안은 어깨를 으쓱하며 물었다.

"제가 굳이 걱정할 필요가 있는지 모르겠네요."

"그게 무슨 말이야?"

조시가 물었다.

"제가 얼마나 버는지 아시잖아요."

후안이 말했다. 최근 그의 연봉이 12만 달러로 인상되긴 했지만 샌프란시스코에서 그 정도는 부자 축에 끼지도 못했다.

조시는 걸음을 멈추고 그를 돌아보았다.

"본인 지분이 1.5퍼센트라는 건 알지?"

후안은 조시의 진지한 눈을 보고 얼굴이 차갑게 식는 느낌이었다.

"그게 많은 건가요?"

조시는 조심스럽게 물었다.

"우리 회사의 시가총액이 140억 달러가 되면 네 지분 가치는 2억 이야."

조시는 다시 돌아서서 계속 걸어가며 말을 이었다.

"하지만 빨리 손을 쓰지 않으면 정부에서 절반을 떼어간다고."

후안은 걸음을 멈추고 꼼짝도 하지 않았다. 방금 조시가 2억이라고 했나? 2억 '달러'라고?

조시는 매표원에게 표를 보여주었고 후안은 얼이 빠진 채로 그를 따라 자리로 향했다.

조명이 꺼지면서 드디어 생각할 수 있는 시간을 갖게 되자 한결 마음이 놓였다.

'2억' 달러? 그것은 도저히……. 후안의 머리로는 이해할 수 없는 액수였다.

어맨더

4월 11일 금요일, 캘리포니아 주 샌프란시스코

어맨더와 벤은 그녀의 집에서 유니언 거리를 따라 테르소로 걸어갔다. 남자 직원이 벤을 맞이했다.

"늘 앉던 자리로 드릴까요, 로프티스 씨?"

"그러시죠."

"여기 자주 오시나 봐요?"

어맨더가 묻자 그는 짧게 미소를 지었다.

"네. 맥주는 그리 훌륭하지 않지만 이 근처에서 가장 좋은 레스토랑입니다. 다음 주에 이곳 업주를 만나서 우리 수제 맥주를 납품하는 일에 대해 논의할 예정이에요."

"대단하시네요. 그쪽 사업에 대해 궁금한 게 많답니다. 회사를 차리는 건 정말 멋진 일 같아요."

어맨더가 말했다.

"그렇죠. 아무나 할 수 있는 건 아닙니다. 일이 아주 많지만 투자은행에서 몇 년 일한 덕분에 적응이 되었죠."

그는 말하면서 갈색 눈을 빠르게 깜빡거렸다. 외모는 사진만큼 매력적이지 않았다. 무엇보다도 사진보다 더 통통했다. 그래도 어맨더는 눈감아주기로 했다. 사업을 시작한 뒤로는 예전처럼 마라톤을 계속하기가 어려웠을 것이다. 그녀는 그의 말에 동조해주었다.

"아, 투자은행 일도 정말 고되다고 들었어요. 로펌도 야근이 많지만……."

그러나 벤이 그녀의 말을 잘랐다.

"비교가 안 되죠. 견줄 만한 일이 있다면 회사 차리는 일뿐일 걸요. 적어도 성공적인 회사를 차린다면 말입니다. 저처럼."

"사업이 잘 되나 봐요?"

그는 그런 질문을 하다니 기막힌 일이라는 듯이 한쪽 눈썹을 치켜 올렸다.

"올해 《포브스》지 못 봤어요? 제가 30세 이하 인물 30인에 올랐는데."

"정말이에요?"

어맨더의 입이 떡 벌어졌다. 정말 《포브스》지에 나온 남자와 저녁을 먹는단 말인가?

"《포브스》는 안 보지만 정말 대단하시네요."

그러자 그가 조언하듯 말했다.

"《포브스》는 봐야죠. 실리콘밸리에 뛰어들려면 《포브스》지 30세 이하 인물 30인의 최고 자리를 지켜야 합니다. 괜찮은 기업과 엉터리 기업을 구분해주는 기준이라고 할 수 있죠. 술은 무엇으로 하시겠어요?"

"와인 마실까요?"

어맨더는 어깨를 으쓱하며 되물었다.

"어떤 와인 좋아하세요?"

"화이트가 좋지 않을까요?"

그는 그녀를 뜯어보았다.

"드라이한 걸로? 아님 달콤한 걸로 할까요?"

"아, 전 그렇게 까다롭지 않아요."

"신기하네요."

그는 이렇게 말하며 메뉴판을 보았다. 그러곤 웨이터를 불러 주문했다.

"나파 샤르도네 한 병 주세요. 식사는 평소 먹는 걸로."

그는 다시 어맨더를 돌아보았다.

"괜찮다면 제가 알아서 주문할게요."

"그러세요. 와인에 대해 잘 아시나 봐요?"

"네. 자격증을 땄어요."

"소믈리에예요? 그거 몇 년 걸리지 않아요?"

"경영대학원 다닐 때 집중 코스를 이수했어요. 30시간짜리였지만 기본적으론 똑같이 배웠죠."

웨이터가 와인을 갖고 오자 벤이 시음을 한 뒤 그녀의 잔에 따라주며 말했다.

"아주 좋네요."

"맛있는데요."

어맨더가 한 모금 마시고 맞장구를 쳤다.

그가 아무 말도 하지 않자 그녀는 또 질문을 던졌다.

"워튼스쿨은 괜찮았어요? 저는 펜실베이니아 대학을 정말 좋아했거든요."

"경영대학원은 학부와 상당히 다릅니다. 우선 경쟁이 훨씬 더 심하죠."

그는 그녀의 뒤에 있는 거울을 보며 레스토랑 안에 있는 다른 사람들을 살폈다. 그러곤 계속 말을 이었다.

"좀 짜증나는 게, 사람들은 전부 사업을 하려면 스탠퍼드 경영대학원에 가야 하는 줄 압니다. 하지만 통계상으로 워튼 출신의 기업가가 더 많죠. GMAT(미국의 경영대학원 입학시험-옮긴이) 평균 점수도 스탠퍼드보다 워튼이 더 높고요. 얼마 전에 거기 나온 여자를 만났는데, 글쎄 670점이었다지 뭡니까. 기가 찼죠. 머릿수를 맞춰야 해서 여자들 평균 점수가 더 낮긴 하지만 그래도 말이 안 되죠. 그쪽도 이제 꺾이는 모양이더라고요."

어맨더는 심호흡을 하고 와인을 홀짝였다. 아무래도 질문을 잘못택한 모양이었다.

"잠깐 실례 좀 해도 될까요?"

그는 그녀에게 대답할 틈도 주지 않고 자리에서 일어나 아까부터 계속 살펴보던 테이블로 가서 연인인 듯 보이는 남녀 앞에 섰다.

웨이터가 음식을 가져왔고, 어맨더는 그가 그 남녀 앞에 서서 웃는 모습을 보며 구운 가지를 야금야금 먹어치웠다.

다음으로 그녀는 계속 그쪽을 보며 미트볼을 공략하기 시작했다. 그렇게 보니 완벽했던 벤 로프티스가 무너져 내리는 듯했다. 그는 새파란 플리스 조끼 주머니에 한 손을 넣은 채 발뒤꿈치를 대고 몸을 흔들고 있었다. 이런 레스토랑에 오면서 플리스 조끼를 입는 사람이 어디 있단 말인가? 그 테이블에 앉은 남자가 하는 말에 억지 웃음을 터트리는 그의 살진 얼굴이 발그레하게 상기되었다. 이윽고 그는 그들이 마시던 와인을 한 모금 맛보고 입술을 오므리더니 30

시간 동안 익힌 전문 지식을 사용해 그들이 주문한 와인을 비판하는 듯했다.

어맨더는 계속 그를 지켜보며 맛도 느끼지 못한 채 음식을 씹었다. 오늘 저녁 내내 그가 한 번이라도 그녀에 대해 물은 적이 있던가? 아, 술은 무엇으로 하겠느냐고 물었지. 그리고 장담컨대, 펜실베이니아 대학 학부는 워튼스쿨 못지않게 경쟁률이 높다. 그리고…….대학은 어딜 다녔다고? 듀크라고 했나? 어쨌든 그곳보다는 분명히 경쟁률이 더 높았다.

'그래도 꽃을 줬잖아' 하고 그녀는 애써 그를 두둔했다.

"이거 받아요."

난데없는 목소리에 그녀는 고개를 돌렸다. 옆자리에 앉은 여자가 그녀 앞으로 테킬라 한 잔을 밀어주었다.

"이건 태라보다 그쪽한테 더 필요한 것 같네요."

어맨더는 눈을 들었다. 아시아계 여자가 술에 취해 벌겋게 상기된 채로 재미있다는 듯이 미소 짓고 있었고, 같이 앉은 여자는 참을 수 없는 듯이 킬킬거렸다.

어맨더는 두 여자가 자신의 데이트 상대를 관찰하고 있었다는 사실을 깨닫고 자신도 모르게 방어 태세에 들어갔다. 그러다 그들의 손가락을 흘끗 보았다. 반지가 없었다. 그녀보다 나이도 더 많고 더 비참해 보이는 여자들이 그녀를 비웃다니……. 그녀는 벤을 보고 다시 두 여자를 보았다.

아시아계 여자가 어맨더의 생각을 읽은 듯 고개를 끄덕였다.

"내가 장담하는데, 저 정도가 여기선 최선이에요."

"하지만 저는 더 나은 남자를 찾으러 여기까지 왔다고요."

여자는 어깨를 으쓱하고는 웃음을 터트리며 말했다.

"우리 다 마찬가지 아닌가?"

그러고는 테킬라를 가리켰다.

"쭉 마셔요."

어맨더가 잔을 비웠을 때 벤 로프티스가 돌아왔다.

"미안해요. 예전 여자친구예요."

"음?"

어맨더는 입술을 오므리며 입 안에 남은 테킬라의 맛을 삼켰다.

"불쌍하게도 결국 사모펀드 쪽에서 일하는 찌질이와 만나고 있네요. 난 남의 일로 돈을 벌어먹고 사는 사람은 딱 질색이거든요."

그러고는 음식을 보며 물었다.

"미트볼 다 먹었어요?"

그러고 보니 접시가 깨끗하게 비어 있었다.

"네. 배가 많이 고팠거든요."

"아."

그는 눈을 좌우로 굴리며 어떻게 해야 할지 고민하다 웨이터를 불렀다.

"마크, 미트볼 좀 더 갖다 줄래요? 그럼 디저트는 필요 없겠네요."

그가 그녀를 돌아보며 덧붙였다.

옆자리 여자들이 계산하고 레스토랑을 나가면서 행운을 빌어주는 신호를 보냈다. 어맨더가 앞에 놓인 와인을 쩝쩝거리는 가운데 벤은 계속해서 자기 얘기를 하고 자신의 이력에 대해 떠들어댔다.

계산서가 나왔을 때 어맨더는 굳이 돈을 내려는 척하지도 않았다.

"저는 퍼시픽 하이츠까지 택시를 타고 갈 생각인데 가는 길에 내려드리죠."

"좋아요."

어맨더가 대꾸했다. 그의 제안을 듣자 한 번 더 기회를 줘야겠다는 생각이 들었다.

그는 계산서에 서명했고 그녀는 그를 따라 밖으로 나갔다.

차에 올라타면서 그녀가 말했다.

"사실은 저도 회사를 차려볼까 생각 중이에요. 적지 않은 수수료를 내고 크롤리 브라운 같은 로펌을 이용할 형편은 안 되는데 그렇다고 법률 서비스를 무료로 이용할 수 있는 자격도 되지 않는 사람들을 위한 시스템이 없는……."

"미안해요."

그가 손가락 하나를 들어 올렸다. 그러곤 택시 안에 설치된 작은 TV를 가리키며 말했다.

"이것 좀 보면 안 될까요? 정말 재미있는데."

지미 킴멜이 나오자 그는 웃음을 터트렸다. 어맨더는 등을 기대고 앉아 팔짱을 끼었다. 그 영상이 끝나자 택시가 그녀의 집 앞에 도착했다.

"뭐, 오늘 재미있었어요."

어맨더는 차 문을 열었다. 그러자 그가 그녀를 잡았다.

"저기, 미안해요."

어맨더는 희망을 갖고 돌아보았다.

"뭐가요?"

어쩌면 옛날 여자친구 때문이었는지도 모른다. 그녀와 아주 심각했던 사이라 우연히 그녀를 만나고 가슴이 아파서 오늘 저녁이 힘들어졌는지도 모른다.

"저녁 먹기 전에 얘기했어야 했는데."

그가 말했다.

"뭔데 그래요?"

그녀는 상냥하게 물어본 뒤 그가 아직 옛사랑을 잊지 못해 새로운 누군가를 만날 준비가 되지 않았다고 말해주길 기다렸다.

"꽃 말입니다. 그렇게 탁자 위에 두고 온 건 좀 너무한 것 같아요. 제가 생각해서 사왔는데 이제 죽어버렸을 겁니다. 딱 1분만 시간을 내서 물에 담가놓고 제가 준 영양제를 넣어줬다면 좋았을 텐데 제 성의를 무시했잖아요."

"네?"

어맨더는 인상을 쓰며 되물었다. 정말 진심으로 하는 얘기일까?

"J. C. 페니(J. C. 페니컴퍼니라는 미국의 소매 체인 창립자―옮긴이)는 직원을 채용할 때 일종의 테스트를 했습니다. 음식 맛도 보기 전에 소금을 넣는 사람은 탈락시켰죠. 그 꽃이 저의 테스트였습니다. 저의 배려를 그렇게 가볍게 무시하는 여자와는 만날 수 없을 것 같네요."

어맨더는 입을 다물지 못한 채 그를 노려보며 지금 이 일이 실제 상황인지 아니면 와인을 너무 많이 마셔 헛것을 보는 것인지 생각해보았다.

"알겠어요."

그녀는 마침내 이렇게 말하고 택시에서 내려 문을 닫았다.

그녀가 열쇠를 찾기도 전에 택시는 떠나버렸다. 밤공기는 눅눅하고 쌀쌀했다. 그녀는 문을 닫고 들어가 꽃을 집어 쓰레기통에 쑤셔 넣었다.

후안

"이제야 생각을 하는 모양이군."

음악회가 끝나고 인파를 따라 계단을 내려오면서 조시가 후안을 보고 웃음을 터트렸다. 활짝 벌어진 입술 사이로 분홍색 잇몸이 드러났다. 후안은 후크 초창기 시절 이후로 조시가 이렇게 입을 벌리고 웃는 모습을 보지 못했다. 활짝 웃으니 더 젊고 순수해 보였다. 조금 어리숙하게 보이기도 했다. 조시가 한 마디 덧붙였다.

"세금 떼이지 않게 관리를 맡겨."

"세금 좀 떼이면 어때요? 절반을 떼어가도 남은 1억 달러를 어디에 써야 할지 모를 것 같은데요."

후안이 말했다.

"중요한 건 돈이 아니라 원칙이야. 우린 이 나라에 연료가 되는 혁신을 꾀하고 있잖아. 그런 우리가 관료적인 정부의 뒷바라지까지 해줄 수는 없지. 그래 봐야 효과도 없는 비효율적인 프로그램에 돈을 쏟아부을 텐데."

"하지만 그럼 가난한 사람은 누가 도와요?"

"민간 재단이 돕지. 네가 하나 차리면 되겠네."

조시의 말에 후안은 얼굴이 달아올랐다. 정말 좋은 생각이었다.

"하지만 그런 지원이 전부 민간 재단의 몫으로 돌아가면 부자들이 관심을 갖는 대의에만 주목이 쏠리지 않을까요?"

후안 자신은 이스트 펠로앨토의 아이들을 돕는 재단을 세우고 싶었다. 그러나 그가 아는 부자들은 모두 프로그래머들뿐이었고 그들은 비디오 게임이나 《반지의 제왕》, 그리고 희귀 거북이 따위에만 관심이 있었다.

"지금도 그렇다고 생각하지 않나? 로비스트가 왜 있겠어? 어쨌든 민간 재단이 더 효율적이야."

"공화당을 지지하셨어요?"

후안은 공화당 지지자를 처음 보는 것 같았다.

"난 자유의지론 지지자야."

"그게 뭐예요?"

"너도 돈을 갖게 되면 그렇게 될 거야."

"재단을 설립하실 거예요?"

"아니. 난 다른 회사를 차릴 거야. 그 돈으로 내가 직접 회사를 차리면 멍청한 벤처투자가들을 상대할 필요가 없잖아."

"필 돌턴이 마음에 안 드세요?"

"그 사람이 신경 쓰는 건 오로지 자기 수익뿐이야. 비전은 안중에도 없어."

"그 비전이 뭔데요?"

"후크의 비전?"

조시의 머리가 씰룩거렸다.

"사회적 상호작용을 좀 더 효율적으로 만드는 것이지. 섹스는 인간에게 꼭 필요한 일인데 그 욕구를 충족시키는 데 그렇게 많은 시간을 허비해야 하다니 말이 안 되잖아. 후크는 테크놀로지를 이용해 그런 점을 개선해주지. 이런 논리를 수십만 가지로 응용할 수 있는데, 필은 그걸 보지 못해."

후안은 아무 말도 하지 않았다. 그는 다시 켈리를 생각하고 있었다.

무언가를 좀 더 효율적으로 만드는 것은 범죄가 아니다. 아직 켈리가 정말 살해를 당했는지 여부도 확실하지 않았고, 설사 그렇다고 해도 기껏해야 후크는 그 일이 좀 더 효율적으로 이뤄지도록 도왔을 뿐이다. 후크가 켈리를 살해당하게 '만든' 것은 아니다. 그깟 일로 IPO를 위기에 빠뜨릴 수는 없다. 게다가 그 IPO를 통해 후안 자신이 이스트 팰로앨토를 완전히 바꿀 수 있는 돈을 벌게 된다지 않는가.

7장
증권 판매단 회의

태라

"타요."

운전석에서 태라가 엄한 목소리로 말했다.

네하는 팔짱을 끼고 서서 꼼짝도 하지 않았다.

"당장 타지 않으면 비행기표 끊을 새도 없이 해고시킬 줄 알아."

네하는 마지못해 차에 올라타 문을 쾅 닫고는 여전히 팔짱을 낀 채로 창밖을 응시했다. 태라는 오늘 증권 판매단 회의에 앞서 여러 가지 상황에 대비했지만, 그녀가 4주 전에 네하에게 보낸 세일즈 프레젠테이션 자료가 수정되지 않았다는 것을 발견하게 될 줄은 전혀 몰랐다. 그녀가 부탁한 대로 슬라이드 순서가 정리되어 있지 않았고 섹션별로 글자 크기가 제각각이었으며 여백도 제각각이었다. 이 파워포인트 자료는 실력 없는 하계 인턴사원이 만든 최악의 초안 같았다.

지금 태라가 참아야 하는 이유는 수없이 많았지만 빗질이라곤 한 번도 해보지 않은 듯한 건방진 애널리스트는 그 안에 포함되지 않았다.

"그렇게 중요한 일도 아닌데."

네하가 중얼거렸다.

"글자 크기조차 맞추지 않았어요, 네하. 우린 방금 써먹지도 못할 자료를 프린트하느라 2천5백 달러를 낭비했다고요."

태라는 최대한 차분하게 말했다.

"L. 세실에서 2천5백 달러는 아무것도 아니에요."

"그게 중요한 게 아니잖아요."

태라는 세인트 레지스 호텔에서부터 미션 거리를 따라 달리다 모퉁이를 돌아 엠바카데로 거리로 접어들었다. 그러나 후크 사옥 앞에 차를 세우지 않았다.

"어디 가는 거예요?"

네하가 허리를 꼿꼿이 세우며 물었다.

"난 매니큐어 받아야 해요. 같이 받아야 할 것 같네요."

태라가 말했다.

"하지만 판매단 회의가……."

"3시에 시작이에요."

"자료 수정해야……."

"후안이 하고 있어요."

네하의 얼굴이 하얗게 질렸다.

"후안이요? 그럼 후안이 제가 사고 친 걸 알아요?"

"파일에 오류가 나서 수정한 게 다 지워졌다고 얘기했어요."

태라가 말했다. 화가 치밀었지만 네하의 유일한 친구에게 그녀를 밉보이게 할 필요는 없었다.

태라가 주차장에 차를 세우자 네하는 마지못해 그녀를 따라 네일 샵으로 들어갔다. 태라는 베트남어로 두 사람의 매니큐어 서비스를 주문했다.

"중국어도 하세요?"

네하가 의외라는 듯이 물었다.

"베트남어예요. 여긴 베트남 사람들이거든요."

태라가 지적했다.

"어떻게 베트남어를 하세요?"

"대학 때 두 번 여름방학에 베트남에서 영어를 가르쳤어요."

"네? 왜요?"

"사람들을 돕고 싶어서요."

"몰랐네요."

네하가 말했다.

"나에 대해 모르는 게 한두 가지가 아니죠."

무례한 말이었지만 태라는 상관하지 않았다.

그들이 자리에 앉았고, 태라는 진한 회색을 골랐다가 오늘 회의가 있다는 사실을 떠올리고 어두운 분홍색으로 바꾸었다. 네하는 여러 가지 매니큐어를 보고 어쩔 줄 몰라하다 결국 같은 색을 골랐다.

베트남 여자들이 그들의 손을 따뜻한 물에 담그자 마침내 네하가 물었다.

"왜 저를 데려오셨어요? 이미 문제는 해결하셨잖아요."

"왜 프레젠테이션 자료를 수정하지 않았는지 물어보고 싶었어요."

태라는 앞에 앉은 여자들이 손톱 끝에 올라온 살을 정리하는 모습을 지켜보며 차분하게 대꾸했다.

"아직 모르시는 모양인데, 이번 IPO팀에서 애널리스트가 저 하나 뿐이거든요."

네하가 버릇없이 말했다. 그러곤 계속 말을 이었다.

"일이 얼마나 많았는지 몰라요. 그리고 솔직하게 말씀드리면 슬라이드 포맷을 완벽하게 만드는 것보다는 숫자들이 정확한지 확인하는 게 훨씬 더 중요하다고 저는 생각해요."

태라는 고개를 돌려 네하를 보았다. 피부는 번들거렸고 눈썹도 정리하지 않았으며 안경은 촌스러웠다. 충분히 예뻐질 수 있는 얼굴이었지만 전혀 노력하지 않았다.

태라가 말했다.

"안타깝지만 잘못 생각했어요. 숫자가 아무리 정확해도 그것을 호소력 있게 제시하지 않으면 아무도 보지 않을 거예요."

"그야 사람들이 어리석어서 그런 거죠."

네하가 말했다.

태라는 네하를 뜯어보며 이 여자가 방금 자신이 얼마나 중요한 말을 했는지 알고 있을까 생각해보았다.

"네하, 목표가 뭐예요?"

"최고가 되는 거요."

네하는 망설임 없이 대답했다.

"무슨 최고?"

"제가 있는 자리에서 최고요."

"어소시에이트로 진급하고 싶죠?"

네하는 허리를 꼿꼿이 폈다.

"네. 틀림없이 승진할 거예요. 이번 거래에도 참여했잖아요. 우리 부서에서 제가 최고의 애널리스트라는 사실은 모르는 사람이 없어요."

"승진 못 할 거예요."

태라가 다시 자신의 손톱으로 시선을 돌리며 말했다. 그녀는 지난주에 승진자 명단을 보았다. 네하는 고려 대상에도 올라 있지 않았다.

"왜요?"

네하가 조심스럽게 물었다. 그러곤 좀 더 확신을 갖고 물었다.

"혹시 저에 대해서 보고하셨어요?"

"아뇨. 그보단 회사에서 어떤 사람을 원하는지 알기 때문이에요. 네하 같은 사람은 아니거든요."

태라가 대답했다.

"아니에요. 저는 일도 더 많이 맡았고……."

"숫자도 정확하게 산출했죠. 프레젠테이션은 제쳐놓고. 우리 회사에서 정말 중요한 건 프레젠테이션인데."

"하지만 저희 차장님은 저처럼 일 잘하는 애널리스트는 본 적이 없다고 하셨어요."

"그렇겠죠. 그렇다고 다른 것도 다 잘한다는 의미는 아니에요. 애널리스트들은 구석에 앉아서 숫자를 분석하잖아요. 어소시에이트들은 그런 일도 하지만 그것을 어떻게 포장할지 고민하는 데 더 많은 시간을 투자해요. VP까지 올라가면 주 업무가 사람들을 만나고 도와주는 거고요. 사람들은 그 사람이 산출한 숫자가 얼마나 정확한가보다는 기분 좋게 어울릴 수 있는 사람인지를 더 신경 쓰죠."

"무슨 얘길 하시는 거예요?"

"네하는 기분 좋게 어울릴 수 없는 사람이라고요."

태라가 불쑥 말했다.

"제가 못생겼다는 얘긴가요?"

그러자 태라는 자동적으로 대꾸했다.

"아뇨. 기분 좋게 어울릴 수 없는 사람이라는 얘기예요."

그러나 그 말을 되풀이하면서 왠지 자신이 거짓말하고 있다는 기분이 들었다. 혹시 그 두 가지가 같은 말일까? 태라 자신은 사실 그런 얘기를 하고 있는 것일까?

"이 회사에서 성장하고 싶다면 프레젠테이션에 더 신경을 써야 한다는 얘기이고요."

마침내 태라가 말했다.

그 후 베트남 여자들이 그들의 손톱에 매니큐어를 바르는 동안 두 사람은 아무 말도 하지 않았다. 태라는 방금 자신이 한 말의 진실성을 따져보느라 머릿속이 복잡했다. 월가가 사실은 그런 곳일까? 팩트보다는 외모에 더 관심을 쏟는 곳? 원래 사람들은 다 그런 존재일까? 조시 하트는 그런 얘기를 하려 했던 걸까?

"네하, 어쩌다 월가에서 일하게 됐어요?"

마침내 태라가 침묵을 깼다.

"그럴 수 있다는 걸 증명하고 싶어서요."

네하는 눈을 들지 않고 대꾸했다.

"누구한테?"

"파커 휴스요."

"파커 휴스가 누구예요?"

"고등학교 동창이에요. 어퍼이스트사이드에 살았는데 매일 아침 누군가가 검은 차로 태워다줬어요. 그러면서 자기가 기숙학교에 가지 않고 브루클린 라틴 고등학교(뉴욕 시의 특목고 중 하나―옮긴이)에 다니는 게 선심 쓰는 일인 것처럼 굴었죠."

네하의 목소리에서 씁쓸함이 느껴졌다.

"네하는 어디에서 자랐어요?"

"아스토리아요. 저는 지하철을 타고 학교에 다녔어요."

"파커의 부모님이 월가에서 일했어요?"

"두 분 다 그랬죠. 파커는 그것 때문에 자기가 특별한 사람인 것처럼 굴었어요. 우리 부모님은 월가에서 일하지 않으니까 자기가 나보다 더 낫다는 듯이 말이죠. 하지만 제가 걔보다 더 똑똑했고 모든 면에서 더 나았어요. 지금 그걸 증명하고 있죠."

네하가 결론 내리듯 말했다.

"파커는 지금 어디 있어요?"

"골드만삭스요."

"만난 적 있어요?"

"고등학교 졸업한 뒤론 한 번도 못 봤어요."

"이제 만족해요?"

"앞으로 만족하게 될 거예요."

"언제?"

"제 아이들이 검은 차를 타고 등교하게 되면요."

태라는 프릭 컬렉션의 화장실에서 속을 게우던 로런 와일리가 떠올랐다. 그 시각에 그녀의 엄마는 일하고 있었다. 틀림없이 로런 와일리도 검은 차를 타고 등교했을 것이다.

"정말 제가 승진하지 못할까요?"

네하의 목소리가 한결 부드러워졌다.

태라는 지금 그 사실을 알려주고 싶지 않았다. 그래서 거짓말했다.

"나도 몰라요, 네하."

"어떻게 해야 할까요?"

네하가 물었다.

태라는 다시 네하를 보았다. 정말 외모를 바꾸면 해결될 수 있을까? 그리고 그런 얘기를 네하에게 할 수 있을까?

"나도 몰라요."

태라는 조용히 같은 말을 되풀이한 뒤 시계를 보았다.

"가야겠네요."

"이거 다 말랐어요?"

네하는 의심 섞인 눈으로 자신의 손톱을 보았다.

태라는 한쪽 눈썹을 치켜 올렸다. 정말 몰라서 묻는 걸까?

"젤 네일이에요."

그녀가 말했다. 젤 네일을 모르는 사람도 있나?

태라가 계산한 뒤 두 사람은 차를 타고 말없이 후크로 향했다.

"어떻게 월가에서 일하기로 하셨어요?"

한동안 침묵이 흐른 뒤 네하가 물었다.

태라는 오랫동안 조용히 그에 대해 생각해보았다. 그러곤 마침내 솔직하게 말했다.

"나도 모르겠어요. 그때는 그게 최선이라고 생각했던 것 같아요."

주차장에 들어서서 태라는 차를 주차했다.

네하가 차에서 내리며 말했다.

"저기……. 프레젠테이션 자료, 죄송해요."

"괜찮아요. 일 많은 거 알아요."

진심이었다.

"그래도 이젠 저 믿으셔도 돼요. 저한테 계속 일 맡겨주세요."

"알았어요. 대신, 어떤 일을 먼저 처리할지 솔직하게 얘기하겠다고 약속해줘요."

태라가 말했다.

"그럴게요."

그런 다음 네하는 다시 덧붙였다.

"그럼 이번 인사위원회에 저에 대해 좋은 얘기 해주시는 거죠?"

"그럼요."

태라가 말했다. 그러나 과연 그럴 용기를 낼 수 있을까 싶었다.

후안

4월 16일 수요일, 캘리포니아 주 샌프란시스코

"정말 밤낮으로 이런 일 하면서 살았어요? 나 같으면 죽어버리고 싶을 것 같은데."

후안이 자신의 옆자리에 앉는 네하를 보며 말했다.

후안은 네 시간에 걸쳐 파워포인트 프레젠테이션 포맷을 수정했다. 그래프들을 격자 선에 맞추고 모든 주석의 글씨 크기를 똑같이 조정했다.

"무슨 일 있어요?"

네하가 대꾸를 하지 않자 후안이 다시 물었다.

"아뇨."

네하는 머릿속의 생각을 떨쳐내려는 듯 고개를 저으며 덧붙였다.

"그런 일 하게 해서 미안해요."

"괜찮아요. 네하가 무슨 일을 하는지도 알게 되고 재미있었어요. 이걸 하고 나니까 내 일에 훨씬 더 감사하게 되었죠."

그러곤 미소를 지으며 다시 말했다.

"이야! 손톱 예쁘네요!"

네하는 얼굴을 붉히며 두 손을 움켜쥐었다.

"숨기지 마요. 보기 좋은데."

진심이었다. 네하가 외모에 신경 썼다는 사실이 좋았다. 기계처럼 일만 하던 그녀가 이제 진짜 여자처럼 보였다.

"고마워요."

네하는 어색해하며 다시 손을 폈다.

"자, 이제 다 된 것 같네요."

후안이 화면을 보며 말했다.

"이것 때문에 다른 일 밀렸죠?"

네하가 묻자 후안은 유쾌하게 대답했다.

"아뇨. 사실은 복지관을 구상하고 있었거든요."

"네? 무슨 복지관?"

"우리 아버지 이름을 따서 에두아르도 라미레스 센터라고 부르려고요. 내가 자란 곳의 아이들이 시간을 보내는 장소가 될 거예요. 갱단에 들어가거나 마약 밀매를 하는 대신 그곳에서 뭔가를 하게 하려는 거죠."

후안은 네하를 보며 미소 지었다. 아직 아무에게도 얘기하지 않았지만 지난주 내내 이스트 팰로앨토에 복지관을 세우는 방법에 대해 조사해보았다. IPO 이후 보호예수 기간이 끝나 그의 후크 주식을 팔 수 있게 되면 곧바로 그중 3분의 1을 투자해 복지관을 지을 생각이었다. 돈을 활용하는 방법에 집중하자 그동안 켈리 제이컵슨 때문에 괴로워했던 자신이 너무도 바보처럼 느껴졌다. 따지고 보면 그 데이터베이스가 정확한지 여부도 알 수 없었다. 그러나 자신에게 돈이 생기면 이스트 팰로앨토의 아이들을 도울 수 있다는 것은 아주 확실한 사실이었다.

"복지관을 짓는다고요?"

네하가 물었다.

"네."

소리 내어 얘기하고 나니 기분이 좋았다. 그가 계속 말을 이었다.

"후크하고 아주 비슷한 곳이 될 것 같아요. 무상 급식을 하고 농구 코트와 비디오게임방, 테이블축구대도 설치할 생각이거든요. 그리고 매일 한 가지씩 주제를 정해 누구나 참여할 수 있는 수업을 열려고요. 우리 회사 주방장하고는 벌써 얘기 끝냈어요. 요리 강습 해주러 오기로 했어요. 브래드는 서핑 강습을 해주기로 했고요."

"그 비용을 어떻게 감당해요?"

네하가 한쪽 눈썹을 치켜 올렸다.

후안은 어깨를 으쓱했다.

"알고 보니까 제가 후크 지분을 꽤 많이 갖고 있더라고요."

"준비 다 됐나?"

등 뒤에서 성마른 닉의 목소리가 들렸다.

"아."

후안은 고개를 돌려 바로 뒤에 CFO가 서 있는 것을 보고 화들짝 놀랐다.

"네. 방금 프레젠테이션 자료 인쇄를 맡겼어요. 2시에 세인트 레지스 호텔로 가져다줄 겁니다."

"좋아."

닉이 대꾸했다. 초조한 목소리였다. 그는 다시 후안에게 지시했다.

"자넨 회의에서 아무하고도 얘기하지 마. 그냥 뒷자리에 앉아 있으면 내가 신호를 보낼게."

그는 잠시 멈추고 무언가를 생각했다. 그러곤 잠시 후 자신의 귓불을 잡아당기며 말했다.

"내가 이렇게 신호를 보내면 통계자료를 가져다주면 돼."

"알겠습니다. 자료는 여기 다 들어 있어요."

후안은 자신의 노트북컴퓨터를 가리키며 대답했다. 그는 닉이 질문을 받고 쩔쩔맬 때를 대비해 그 자리에서 사용자 통계를 바로바로 계산해주기 위해 프레젠테이션 자료 수정을 시작하기 전에 후크 데이터베이스들을 모두 노트북컴퓨터에 넣어놓았다.

"좋아. 45분 전에 가 있어."

닉은 이렇게 말하고 걸음을 옮겼다.

후안은 네하를 돌아보며 말했다.

"와, 평소보다 더하네요."

"꽤 중요한 프레젠테이션이잖아요."

네하가 어깨를 으쓱하며 대꾸했다.

"그런데 대상이 누구라고요?"

후안이 물었다. 닉은 아무런 설명도 해주지 않았다.

"증권 판매단이요. 그러고 나면 판매단이 우리가 발행가격 협상을 통해 정한 가격으로 기관투자자들에게 주식을 팔죠."

네하가 설명했다.

"기관투자자는 누구예요?"

"대형 펀드나 주식을 대량으로 살 수 있는 부유한 개인이에요."

"난 주식을 아무나 살 수 있는 줄 알았는데."

"그럴 수 있어요. 하지만 일반인들은 기관투자자들이 후크의 주식을 사면 그다음 날 그 기관투자자들한테서 살 수 있죠. 실제로 주식이 나스닥 거래소에 올라가는 것도 그 시점이고요."

"기관투자자들은 왜 주식을 사서 바로 팔아요?"

"주가가 올라갈 거라고 예상하기 때문이죠. 그러면 이익을 볼 수 있으니까. 물론, 너무 많은 기관투자자들이 주식을 내놓으면 거래소에 올라갈 때 공급이 너무 많아질 테고, 그러면 사람들은 가치가 높지 않은가 보다고 생각하고 가격이 떨어지겠죠. 그래서 우리도 그렇게 한꺼번에 다 내놓지 않을 만한 양질의 기관투자자들을 모으려고 애쓰는 거고요."

"그러니까 대형 펀드나 돈이 아주 많은 사람들이 일반인들보다 주식을 더 싼 값에 살 수 있다고요?"

후안은 그 점을 그냥 넘길 수 없었다.

네하가 대답했다.

"그렇죠. 우린 18억 달러어치의 주식을 팔아야 해요. 최소 2, 3백만 달러어치도 사지 않는 사람들이 성가시게 하면 너무 비효율적이잖아요."

후안은 얼굴을 찌푸리고 그녀를 보았다. 그가 생각하기엔 공정하지 않았지만 네하는 개의치 않는 것 같았으므로 멍청한 질문인 모양이라고 생각하고 넘기기로 했다. 대신 그는 이렇게 물었다.

"하지만 후크는 기관투자자들이 살 때 그 값을 그대로 받는 거잖아요. 발행가 협상에서 정한 값을 받는 거 아니에요? 그럼 주가가 떨어져도 상관없는 것 아닌가?"

"본인이 그 값을 받는 건 아니에요. 회사가 받는 거지. 하지만 보호예수 기간이 끝나기 전에 주식을 팔 수 있는 예외적인 입장이 아니라면 적어도 지금부터 6개월까지는 개인적으로 주가를 걱정할 필요가 없죠. 그래도 주가가 떨어지면 회사에 안 좋잖아요."

"6개월 뒤에 후크의 주가가 어떻게 될 것 같아요?"

네하는 어깨를 으쓱했다.

"그건 나보다 후안이 더 잘 알겠죠."

"왜요?"

"회사 상황을 알 테니까요. 계속 이렇게 잘 돌아가면 주가가 올라가겠죠. 뭔가 일이 터져서 흑자 전환이 안 된다면 징가 꼴이 나는 거고요."

"징가가 어떻게 됐는데요?"

"주당 15달러에서 2달러로 떨어졌죠. 하지만 닷컴 버블 때 완전히 파산한 기업들도 많잖아요. 다들 1억 달러씩 갖게 될 줄 알았는데 결국 무일푼이 되었죠."

"아, 나도 기억해요. 그래도 이번엔 좀 다르지 않아요?"

후안은 닷컴 버블을 잊지 않았고 그 덕분에 다소 냉철하게 생각할 수 있었다. 12년 전에 수백만 달러를 잃고 그의 어머니에게 급료를 지급하지 않은 사람들은 실사용자가 없는 기업들에 돈을 걸었다. 후크는 실사용자가 5억 명에 달한다. 분명히 다를 것이다.

네하가 말했다.

"L. 세실 애널리스트들은 버블이 아니라고 생각해요. 후크가 무너지려면 정말 나쁜 일이 터져야 할 거예요. 이를테면 범죄 같은 것 말예요."

"두 사람, 태워줄까요?"

태라가 끼어들었다.

"네."

네하가 대답했다. 그러곤 다정한 어조로 덧붙였다.

"필요한 것 다 준비하셨어요?"

그러자 태라는 미소를 지으며 대답했다.

"네. 고마워요."

후안은 의아한 눈으로 두 사람을 보았다. 네하가 태라를 싫어하지 않았었나?

세 사람은 세인트 레지스 호텔에 도착했다. 후안은 회의장 구석 자리에 앉아 머릿속에 있는 걱정을 밀어냈다. 그가 켈리 제이컵슨의 로그인 사실을 알고 있다는 것은 아무도 몰랐고 어차피 그것은 범죄도 아니었다.

회의가 시작되었다. 총 서른다섯 명이 모였고 태라와 네하, 그리고 안내하는 여자를 제외하곤 모두 남자였다. 모두 머리를 깔끔하게 자르고 정장 차림으로 답답한 연회장에 들어와 깔끔하게 줄을 맞춘 의자에 앉았다. 좀처럼 후크답지 않은 광경이었다.

후안은 집중하려고 애썼다. 그러나 닉이 아무 의미도 없는 듯한 전문용어를 떠들어대고 있었으므로 노트북컴퓨터로 이스트 팰로앨토의 임대 매물을 검색하기 시작했다. 아예 건물을 매입하는 것도 좋을 듯했다. 어머니에게 집도 한 채 사드리고.

질의응답 시간이 끝날 때까지 닉은 귓불을 당기지 않았다. 후안은 사람들을 따라 L. 세실이 회의 후 연회를 열기 위해 빌린 호텔 바로 향했다.

"후안."

누군가가 부르는 소리에 돌아보니 벤처투자가 필 돌턴이 느릿느릿 복도를 걸어오고 있었다. 그가 후안을 따라잡으며 물었다.

"잠깐 얘기 좀 할 수 있나?"

"그러시죠."

후안은 필 돌턴을 따라 아무도 없는 콘퍼런스 룸으로 들어갔다.

필은 문을 닫았다. 심각한 얼굴이었다.

"혹시 신원 정보가 포함된 데이터베이스가 있나?"

"무슨 말씀이신지?"

후안이 조심스럽게 물었다.

"각 개인의 앱 사용 내역을 볼 수 있는 데이터베이스가 있느냐고?"

필이 목소리를 낮춰 물었다.

"우리는 모든 데이터를 따로……."

"묻는 말에 대답해."

"있습니다."

후안이 조용히 대답했다. 가슴이 쿵쾅거리기 시작했다. 필 돌턴이 왜 이렇게 화가 났을까? 켈리에 대해 알게 되었나?

"좀 보지."

후안은 머뭇거렸다. 그러나 돌턴 헨리 벤처 파트너스는 후크의 절반 이상을 소유하고 있었다. 그로선 거절할 길이 없었다.

"무슨 일 있으세요?"

후안은 애써 침착한 목소리로 물으며 노트북컴퓨터를 켜고 자신이 발견한 종합적인 데이터베이스를 열었다.

필은 그의 말에 대답하지 않았다. 그러곤 노트북컴퓨터를 자기 쪽으로 끌어당겼다.

"여기에 이름을 넣으면 그 사람의 사용 내역을 전부 볼 수 있나?"

"저도 안 해봤……."

후안은 거짓말하기 시작했다.

필은 그를 노려보며 대답을 기다렸다.

"그렇습니다. 하지만 이 데이터베이스가 대체 어디서 나왔는지 정말 모르겠습니다."

필은 데이터베이스에 누군가의 이름을 입력했다. 후안은 그의 얼굴이 창백하게 변하는 모습을 보며 마음의 준비를 했다.

"이 데이터베이스는 삭제해야 해."

필이 말했다. 몹시 당황한 모습이었다.

"알려야 한다고 생각하지 않으세요?"

후안이 물었다.

"누구한테?"

필이 그를 노려보며 되물었다.

"경찰이나……."

후안이 말했다. 필이 어떤 대답을 해주길 바라는지 자신도 알 수 없었다.

"그게 무슨 말이야?"

필은 미친 사람 보듯이 그를 보았다.

"조시를 만나야겠어."

그는 노트북컴퓨터를 쾅 닫고 밖으로 나갔다.

후안은 닫힌 컴퓨터를 보며 마음이 무거워졌다. 다시 제대로 끄기 위해 노트북컴퓨터를 열다가 방금 그 벤처투자가가 데이터베이스에 입력한 이름을 보고 손을 멈췄다. 그것은 켈리 제이컵슨이 아니었다. 그것은…… '필 돌턴'이었다. 후안은 이 유부남이 세계 각지에서 후크를 통해 다양한 사람을 만난 내역을 훑어보며 입을 다물지 못했다.

어맨더

4월 16일 수요일, 캘리포니아 주 샌프란시스코

"드디어 갔군."

어맨더의 앞자리에서 아직 남학생 클럽의 티를 벗지 못한 변호사 보조원 앤디 셰이퍼가 한숨을 쉬며 말했다. 그는 쉬지 않고 수석 변호사의 일을 돕다가 방금 그 변호사가 회의에 가면서 온전히 두 시간의 자유 시간을 누리게 되었다.

"토요일에 마신 술이 아직도 안 깼거든요. 그런데 크리스 파파도폴로스는 어찌나 활기가 넘치시던지."

339

앤디는 어깨를 들썩이며 그 열정적인 그리스 출신 변호사를 흉내 냈다.

"토요일에 뭐 했어요?"

어맨더가 물었다. 토요일에 그녀는 줄리와 함께 마리나 바 투어 행사에 참가했다. 그 행사가 도대체 무얼 하는 것인지 아직도 정확히 알 수 없었지만 어쨌든 그들은 아메리칸 어패럴 브랜드의 옷을 2백 달러어치 사 입고 한껏 멋을 부린 샌프란시스코 사람들과 함께 아침 10시까지 술을 마셨다. 그러고 나자 뉴욕의 라보 클럽과 커다란 샴페인 병에서 터지던 폭죽이 몹시 그리워졌다.

바 투어와 벤 로프티스와의 끔찍한 데이트를 겪으면서 샌프란시스코에 대한 열의도 시들해지기 시작했다. 마치 대학 시절로 돌아간 것 같았지만, 대학 때처럼 멋진 남자들은 없었다.

앤디가 자랑스럽게 말했다.

"연례 셰이퍼-콜린스 맥주 올림픽을 열었죠. 올해는 스물두 팀이 출전했어요. 사상 최대 규모였답니다. 굉장했어요."

"우승했나 보죠?"

"당연하죠. 심지어 케그 스탠드(맥주 통 위에 거꾸로 서서 맥주 통의 주둥이에 입을 대고 맥주를 마시는 게임-옮긴이)에선 65초 동안 버텼다니까요."

'스물다섯 살이나 됐는데 케그 스탠드를 했다고 자랑하는 거야?' 어맨더는 생각했다. 그러곤 참아야 한다고 자신을 다독였다.

"대단하네요."

어맨더가 미소를 지으며 말했다.

"고마워요."

앤디는 의자에 등을 기대고 배를 긁적거리며 다시 입을 열었다.

"그 영광을 한껏 즐길 수 있었다면 더 좋았겠죠. 이 짜증나는 후크 일에 매달려 있을 게 아니라."

"후크 일을 하고 있어요? 후크 IPO?"

어맨더가 의자에서 등을 꼿꼿이 폈다.

"그런 것 같네요."

"저랑 같이 사는 사람들이 둘 다 후크에서 일해요."

어맨더가 말했다.

"운도 더럽게 좋죠. 곧 떼돈을 벌 텐데."

어맨더는 한쪽 눈썹을 치켜 올렸다.

"얼마나요?"

"초창기 직원이에요? 2010년이나 2011년에 들어간 직원들은 스톡옵션을 행사하면 적어도 5천만 달러는 쥘 수 있을걸요."

"뭐라고요?"

어맨더의 입이 떡 벌어졌다. 후안과 줄리가 그렇게 많은 돈을 갖게 된다고? 그런 돈을 가진 사람들이 왜 방 세 개짜리 집에서 함께 살고 회사에서 몰래 술을 가져다 마실까?

앤디는 한쪽 눈썹을 치켜 올렸다.

"이런 곳이 바로 실리콘밸리랍니다. 정말이지 우리는 직업을 잘못 택했다니까요."

"말도 안 돼."

어맨더가 말했다. 아무래도 로스쿨에 가지 말고 신생 기업에 들어가야 할 것 같았다.

"하지만 이번 IPO는 아주 골치 아파요. CFO는 꼭두각시이고 내부 법무자문은 6개월 전에 그만둔 데다, 은행 간사단은 다 머저리들이고 조시 하트는 5월까지 끝내야 한다고 야단이거든요. 총체적 난국이죠."

"간사 은행이 어디인데요?"

"L. 세실. 샌프란시스코 L. 세실이 아니라 뉴욕에서 팀을 꾸려왔어요. 그래서 그쪽 시간에 맞춰야 한다니까요. 정말 더러운 상황이죠."

어맨더는 숨이 막혔다. L. 세실 뉴욕 팀이라고? 어떻게 그럴 수가 있을까?

"은행에서 온 사람들이 누구예요?"

어맨더가 조용히 물었다.

"왜요?"

"제가 뉴욕 L. 세실에 아는 사람이 조금 있거든요. 그냥 누구랑 일하는지 궁금해서요."

"저는 주로 네하라는, 아주 뻣뻣하고 짜증나는 여자랑 일해요. 팀을 이끄는 사람은 토드 켄트라는 바람둥이고요."

"뭐라고요?"

"자기가 되게 잘난 금융가인 줄 알고 있죠. 여자들이랑 엄청 자고 다닐 거예요."

어맨더의 얼굴이 하얗게 질렸다.

이것은 계시였다.

계시가 분명했다.

이런 우연은 일어나지 않는다.

어맨더는 애써 마음을 가라앉히며 물었다.

"지금 여기 와 있어요? 우리 로펌에?"

앤디는 얼굴을 찌푸렸다.

"그 사람들이 왜 여기 오겠어요? 세인트 레지스 호텔에서 판매단 회의 중이에요. 끝나고 칵테일 파티도 있대요. 그래서 난 이제 책상 밑에 웅크리고 잠이나 자려고요."

어맨더는 구글 지도에서 세인트 레지스 호텔을 찾아보았다. 시계를 확인한 뒤 깊이 고민하기 전에 곧장 그리로 향했다.

그녀는 5시가 조금 안 된 시각에 세인트 레지스 호텔에 도착해 화장실로 가서 두근거리는 심장을 진정시키며 머리와 얼굴을 매만졌다. 그녀는 그동안 자신을 속였다. 토드는 노력할 가치가 '있는' 남자였다. 그녀는 실질적인 관계를 원했지만, 그것이 벤 로프티스나 앤디 셰이퍼, 혹은 그동안 샌프란시스코에서 마주친 덩치만 큰 아이 같은 남자들에게 정착해야 한다는 의미라면 아직 그럴 준비가 되지 않았다. 전에는 타이밍이 맞지 않았을 뿐이다. 하지만 이번엔……. 온 우주가 한 번 더 기회를 주는 듯했다.

엘리베이터 문이 열리자 호텔 바가 나타났다. 그러나 비공개 칵테일 파티였다. 우연을 가장할 수가 없었다. '빨리 생각해.' 그녀는 자신을 재촉했다. 가방을 뒤져 수첩이 나오자 사용한 페이지들을 뜯어내고 안으로 들어가 크리스 파파도폴로스를 찾았다.

그녀는 금세 토드를 발견했다. 바 앞에 서서 남녀 한 쌍과 이야기를 나누고 있었다. 여자는 그럭저럭 괜찮았지만 아주 예쁘진 않았다. 심장이 목까지 올라왔다. 토드는 그녀가 기억하는 것보다 훨씬 더 매력적이었다. 그저 키가 크고 비율이 완벽해서가 아니었다. 한쪽 손을 주머니에 넣고 선 자세, 엉덩이를 타이트하게 감싼 바지, 키스할 때 그녀의 목덜미를 잡았던 손으로 술잔을 확고하게 잡고 있는 모습도 멋졌다.

어맨더는 두 뺨이 화끈거리는 것을 느끼며 그가 움직이는 모습을 지켜보았다. 어디로 가는 걸까? 저쪽이다! 크리스 파파도폴로스 쪽으로 가고 있어! 그녀의 발은 머리의 명령을 기다리지도 않고 행동에 돌입했다.

"변호사님."

그녀는 토드를 보지 않고 변호사 크리스의 소매를 만지며 말했다.

"어맨더?"

크리스가 돌아보았다. 그녀는 크리스의 어깨너머로 토드를 보았다. 그는 아직 그녀를 알아보지 못했다. 크리스가 물었다.

"새로 온 직원이죠? 여긴 어쩐 일이에요?"

어맨더는 그에게 수첩을 건네주었다.

"앤디가 이걸 전해드리라고 해서요. 뭔가 수정했다고 하는데 마침 제가 근처에 볼일이 있어서 이리로 와야 했거든요. 그래서……."

크리스는 수첩을 펼쳐 빈 페이지를 보았다.

"아무것도 없는데."

어맨더는 어깨를 으쓱해 보였다.

"글쎄요. 어쨌든 앤디가 전해드리라고 하던데요."

그러자 변호사가 말했다.

"이상하군. 어쨌든 고마워요. 그만 가봐요."

'젠장.' 이제 어쩌지?

'일단 저질러.' 그녀는 자신에게 명령했다. 지금이 아니면 영영 할 수 없었다.

"토드?"

그녀는 그에게로 다가가 팔을 건드린 뒤 잊지 않고 속눈썹을 깜빡거렸다.

토드가 고개를 돌리고 눈살을 찌푸리며 그녀를 살폈다.

"맞구나."

어맨더는 억지로 웃으면서 말을 이었다.

"나 어맨더야. 어맨더 페퍼."

그는 고개를 끄덕였다.

"아, 그래. 미안, 내가……."

"그래, 정말 의외지? 어쩜 여기서 보다니! 그런데 여긴 어쩐 일이야?"

"내가 이번 거래를 맡았잖아."

그는 이곳에 있는 사람이라면 누구나 알아야 한다는 듯 말했다.

"아, 그렇구나. 난 변호사님한테 뭘 전해주려고 들렀어. 사실은 이리로 이사했거든. 크롤리 브라운 샌프란시스코 지부에서 사람을 구한다고 하기에 한번 해볼까 싶어서 왔어."

"그래."

그는 억지 미소를 지으며 말을 이었다.

"미안, 내가 가봐야 해서……."

그는 얘기를 나누던 사람들을 머리로 가리켰다.

"그래, 가봐야지. 여기 더 있을 거면 전화해. 나도 샌프란시스코는 아직 잘 모르지만 오랜만에 얘기도 하고 그러면 좋잖아."

"그래, 알았어."

그는 미소를 지으며 다시 어깨를 돌렸다.

어맨더는 마침내 참았던 숨을 내뱉으며 가려고 돌아섰다. 그러나 그가 아직 자신의 연락처를 갖고 있는지 확인하기 위해 다시 뒤로 돌았다.

"저기······."

그녀는 입을 떼며 다시 그에게 다가가다 그가 말하는 소리를 듣고 걸음을 멈췄다.

"누구예요?"

토드와 얘기 중이던 남자가 물었다.

"전혀 모르겠는데."

어맨더는 얼굴에서 피가 빠져나가는 느낌이었다. 자신도 모르는 사이 두 다리가 그녀를 복도로 데리고 나갔다. 한 걸음 한 걸음 나아가다 어느새 엘리베이터 문이 닫히자 그제야 그녀는 동작을 멈추고 머릿속에 절망을 받아들였다. 그 절망이 마치 진공관처럼 그녀를 빨아들여 텅 빈 어둠 속으로 자꾸자꾸 끌어내렸다.

태라

4월 16일 수요일, 캘리포니아 주 샌프란시스코

"태라, 저녁 같이 먹을까?"

토드가 엘리베이터로 향하는 태라의 소매를 잡으며 말을 이었다.

"제발 닉하고 어울리게 하지 말아줘."

"레이철하고 저녁 먹기로 했어요. 그러고 나서 바로 공항으로 가야 해요."

태라는 오전에 있었던 네하와의 일로 여전히 머리가 복잡했으므로 한시라도 빨리 레이철에게 털어놓고 그녀의 냉철한 의견을 듣고 싶었다.

"레이철 류?"

토드가 이맛살을 찌푸렸다.

"네."

태라는 그의 얼굴을 보면서 레이철과 섹스하는 고릴라의 모습이 연상되어 애써 웃음을 참았다.

"사실은 좀 늦었거든요……."

"그래, 가봐. 어쨌든 오늘 잘했어."

토드가 말했다.

"고마워요."

그녀는 곤혹스럽게 참고 있던 미소를 지우고 진심으로 고마움이 담긴 미소를 보였다. 토드에게서 칭찬을 들은 것은 처음이었으므로 그녀에겐 꽤 의미 있는 일이었다.

레스토랑에 도착한 태라는 자리에 앉아 레이철을 기다리는 동안 블랙베리를 확인했다. 엄마에게서 동생 결혼식 참석을 위한 메인행 비행기표를 샀느냐는 메일이 들어와 있었다. '내일 살게요.' 그녀는 짜증을 내며 이렇게 답장했지만 한편으론 자신이 왜 아직 표를 사지 않았을까 하는 의문이 들었다. 다음 주에 런던을 시작으로 2주간 로드쇼를 갖고 나면 5월 8일에 발행가 협상을 끝으로 IPO를 마무리할 예정이었다. 그러면 뉴욕에서 바로 메인 주로 날아가 동생의 결혼식과 함께 거래 종결을 축하할 수 있었다.

"안녕하세요."

영국식 억양을 듣고 그녀는 고개를 들었다. 케일럼 리스가 검은 가죽 재킷을 벗고 그녀의 앞자리에 앉았다.

태라는 놀라며 고개를 갸우뚱했다.

"죄송하지만 저는 만나기로 한 사람이……."

그러자 그가 그녀의 말을 대신 끝내주었다.

"나예요. 레이철이 갑작스레 일이 생겼다고 해서 내가 대신 나왔어요."

"저는……."

"혼자 식사하고 싶지 않겠죠."

"하지만……."

그녀는 반박하려 했다. 뺨이 달아올랐다. 혹시 레이철이, 태라 자신이 케일럼과 자야 한다는 이론까지 이 남자한테 얘기했을까?

케일럼은 태라를 무시하고 웨이터에게 말했다.

"피노누아 한 병 주세요. 난 오리 먹을게요. 전채로 주키니(서양 호박의 일종—옮긴이) 튀김 주시고요. 이 여자분은 윈터 샐러드에 드레싱 따로 주시고 메인 요리는 연어로 갖다 주세요. 그리고 곁들여 나오는 채소와 감자는 감자를 빼고 전부 채소로 줄 수 있겠죠?"

"어떻게……."

태라는 말하다 말고 어조를 바꾸었다.

"이제 음식도 내 맘대로 주문하지 못하나 봐요?"

"내가 잘못 주문했어요?"

태라 자신이 메뉴를 보고 골랐어도 똑같이 주문했을 것이다. 다만, 창피해서 감자를 빼달라고 얘기하지 못하고 그저 빼놓고 먹었을 테지만.

"그게 중요한 게 아니죠. 만약……."

케일럼은 한쪽 눈썹을 치켜 올리고 그녀를 보며 물을 마셨다.

태라는 잠시 멈췄다가 누그러든 어조로 다시 말했다.

"제가 그렇게 뻔한 사람인가요?"

"샐러드와 생선? 그건 뻔하죠."

"이미 저를 그렇게 잘 아는데 왜 저와 저녁을 먹으려고 하시죠?"

"그런 뻔한 측면은 후천적으로 습득한 것 같은데요. 학습된 태도 이외에 다른 측면이 있을 것 같아요."

그가 말하는 사이, 웨이터가 와인을 가져왔다.

"왜 그렇게 생각하세요?"

"세 가지 이유가 있어요."

그녀는 기다렸다.

"첫째, 지난번 프릭 컬렉션에서 폭발했잖아요. 제대로 된 금융가라면 억만장자한테 그렇게 대드는 일은 꿈도 꾸지 못하죠. 아무리릭 프라이어처럼 짜증나는 인간이라도."

태라는 얼굴이 빨개졌다.

"둘째, 후크에서 메시지를 보낸 남자들을 전부 거절하더군요. 아주 부유한 남자까지. 보통 뉴욕 여자라면 적어도 그런 부자와는 저녁이라도 먹었을 겁니다."

"그날 보고 계셨어요?"

태라는 크로스비 호텔에서 케일럼을 기다리며 후크에 접속해 시간을 보낸 일을 떠올렸다.

"네."

케일럼은 사과도 없이 그저 이렇게 대답했다.

"세 번째 이유는요?"

"그날 입은 스웨터에 구멍이 났던데요."

"네?"

태라의 입이 떡 벌어졌다.

케일럼은 팔을 들어 겨드랑이를 가리키며 말했다.

"여기요. 솔기가 뜯어졌는데 아무것도 모르고 계속 팔을 움직이더군요. 청록색 브래지어가 보였죠."

그런 다음 그는 한 마디 더 덧붙였다.

"참신한 색깔이었어요."

태라는 얼굴이 화끈거렸다. 지어낸 이야기가 아닐까? 정말 구멍이 났는데 그녀가 몰랐다고?

"그게 제 성격에 대해 무얼 말해주는지 모르겠네요."

거짓말이었다. 그것이 무얼 말해주는지 그녀는 정확히 알았다. 비즈니스에서 성공한 여성이 될 만큼 준비성이 투철하지 않다는 뜻이었다.

"당신의 완벽한 습관들이 타고난 게 아니라는 뜻이죠."

"너무 창피하네요."

그러자 케일럼은 이맛살을 찌푸렸다.

"왜요? 아주 섹시했어요. 닭처럼 계속 팔을 움직이면서……."

그는 흉내를 내며 말을 이었다.

"나의 정조 관념을 시험하는 것 같았죠."

그는 와인을 한 모금 마시고 게임에서 이겼다는 듯 빙긋 웃었다.

"부끄럽네요."

태라는 한숨을 쉬었다.

"그런 일로 부끄럽다면 인생을 그리 재미있게 살지 않는 모양이네요."

"그런 얘길 들으니 기분이 한결 낫군요."

"미안해요. 오늘 프레젠테이션 훌륭했다고 들었어요."

그가 말했다.

"주식을 팔겠다고 하신 거 후회하세요?"

그녀가 비꼬듯이 물었다.

"전혀."

"그런데 여긴 왜 오셨어요?"

"당신을 보러."

그의 말에 그녀는 뺨이 달아올랐다. 왜일까?

"카테리나는 어디에 두고요?"

케일럼은 어깨를 으쓱했다.

"뉴욕에 있겠죠? 사실 별로 관심 없어요."

"저를 옹호해주신 거죠? 캐서린 부문장님한테."

태라의 물음에 케일럼은 간결하게 대꾸했다.

"네. 하지만 캐서린을 위해서였어요."

"그게 무슨 말씀이세요?"

태라가 조심스럽게 물었다.

"장기적으로 보면 릭 프라이어보다는 당신이 캐서린한테 더 중요한 사람인데, 캐서린은 그런 식으로 보지 않았을 테니까요. 은행 사람들은 너무 근시안적으로만 생각하거든요."

"하지만 존 루이스가 해고되었잖아요. 저 때문……."

"존 루이스가 해고된 건 그리 훌륭한 직원이 아니었기 때문이에
요. 그렇지 않았다면 내가 그런 보고를 했다고 바로 잘리진 않았을
겁니다."

"하지만……."

"그냥 고맙다고 해요. 늘 그렇게 복잡하게 생각할 필요 없어요."

케일럼이 말했다.

"고맙습니다."

태라가 말했다.

"그런데 그날 릭에게 본인 세대에 대해 무슨 얘길 하고 싶었던 겁
니까?"

태라는 난색을 표했다.

"모르겠어요. 아무래도 와인이 곧장 머리로 올라간 모양이에요."

"하지만 당신 세대는 정말 어려움 없이 자랐어요. 어이없을 만큼
자기중심적이죠."

"거보세요. 우린 그렇게 길러졌을 뿐인데 자기중심적인 게 꼭 우
리 잘못인 것처럼 얘기하시잖아요."

태라는 다시 흥분하기 시작했다.

"걸렸네요."

케일럼이 미소 지었다.

태라는 얼굴이 빨개졌다.

"계속해봐요. 흥미로운데요. 정말이에요."

케일럼이 말했다.

"경쟁이 아주 치열한 동시에 모두에게 트로피를 주려고 열심인
세상에서 크는 것이 얼마나 불안한 일인지 윗세대는 모를 거예요.

우리는 경쟁에서 이기려고 이것저것 다 배웠는데, 어른들은 우리가 상처받을까 봐 실제로 우리가 잘하는지 못하는지 알려주지도 않았죠. 우린 정말 모든 걸 다 해봤지만 그것을 잘했는지 여부는 전혀 알 길이 없었어요."

"미안하지만 난 무한한 기회와 끝없는 격려를 누린 세대를 동정할 수가 없네요."

"우리를 가엾게 생각해달라는 얘기가 아니에요. 자신이 잘하는지 못하는지도 모르면서 늘 평가받는 기분에 시달리는 것이 얼마나 불안한 일인지는 알아주어야 한다는 얘기죠. 우린 늘 자격 조건에 못 미칠까 봐 불안해하며 살고 있어요."

"어떤 자격 조건?"

태라는 어깨를 으쓱했다.

"직업이 요구하는 기준? 부모님의 기대치일 수도 있고요. 혹은 어떤 남자를 얻을 수 있는 자격, 혹은 내가 원하는 삶을 살 수 있는 자격이겠죠."

웨이터가 다시 와서 그들 앞에 접시를 놓아주었다.

케일럽은 의자에 등을 기댔다.

"내가 조언 하나 해도 될까요?"

"물론이죠."

그녀가 답했다.

"자신이 원해야 하는 것 말고, 진정으로 원하는 것이 무엇인지 생각해봐요. 시간을 들여 생각해볼 가치가 있는 문제니까."

"저는 즐겁게 할 수 있는 일이 꽤 많은 편이에요. 그런 면에선 복받은 것 같아요."

"그건 안정을 추구하는 거죠. 즐겁게 할 수 있는 일이 많아도 그중에서 다른 삶보다 더 원하는 삶은 딱 한 가지일 거예요. 쉰 살쯤 되어 어느 날 갑자기 자신이 좋아하는 일을 깨닫고 너무 늦었다는 생각에 가슴을 치는 일이 없는 그런 삶 말입니다."

"그렇다면 저는 이미 제가 무얼 원하는지 아는 것 같은데요. 지금 이 길, 이제 막 날아오르기 시작한 이 길에서 벗어나지 않는 거예요."

"캐서린 와일리가 되는 길 말입니까?"

"네."

"웃지도 않고 술도 마시지 않고 남편과 딸을 위해 줄기차게 일만 하면서 살고 싶어요? 그 딸과 남편의 얼굴은 보지도 못하는데?"

그는 한쪽 눈썹을 치켜 올리며 말을 이었다.

"충분히 생각해보지 않은 것 같네요."

"그분과 친하시잖아요?"

"그렇다고 해서 당신이 그 친구처럼 되길 바라야 하는 건 아니죠."

"그분은 아주 많은 걸 이뤘어요. 그럼 잃는 것도 있는 법이죠."

"무언가를 이루는 게 인생의 전부는 아니에요. 정량이 불가능한 것도 즐길 줄 알아야죠."

태라는 자신의 샐러드를 내려다보았다. 그러곤 물었다.

"자신이 무얼 원하는지 어떻게 아셨어요?"

"몰랐습니다. 다만 인생을 재미있게 살고 싶었고, 당신처럼 일주일에 백 시간씩 책상 앞에 앉아 있으면 절대 인생을 재미있게 살 수 없다는 사실을 알았을 뿐."

"그건 아니에요. 거래에 대해 배우는 일이 얼마나 재미있다고요. 거래에 참여하는 것도 흥미롭고."

태라는 방어적으로 말했다.

"돈을 많이 주는 직업을 택하면 억지로 그 일이 재미있다고 합리화하며 내가 진정으로 무엇을 원하는지에 대해선 생각해보지 못할 거라는 사실도 난 알았답니다."

"하지만······."

"어떤 사람에겐 재미있겠죠. 하지만 대부분의 사람들에겐 아니에요. 당신도 분명 그중 하나일 테고요."

그런 다음 케일럼은 주키니 튀김 하나를 포크로 찍어서 들어 올렸다.

"하나 먹을래요?"

태라는 손을 들어 거절했다.

"먹어봐요. 겁내지 말고."

태라는 앞으로 몸을 내밀어 포크에 찍힌 주키니를 물었다. 혀에서 녹는 듯했다.

"잘했어요. 한 걸음씩 나아가는 거죠."

케일럼이 미소를 지었다.

웨이터가 메인 요리를 가져와서 태라의 잔에 다시 와인을 채워주었다.

케일럼이 다시 입을 열었다.

"본인 세대에 대해 진짜 알아야 할 점은 그 세대에게 일어난 최대의 사건이 바로 금융 위기라는 사실이에요."

태라는 헛웃음을 지었다.

"뭐라고요? 지난 4년 동안 제 보너스는 간신히 인플레이션을 따라잡는 수준이었고 세금도 치솟고 있다고요."

"바로 그겁니다. 경제 상황이 그렇게 지독해졌으니 이제 돈을 벌기 위해 일하는 것이 무의미해졌어요. 그렇다면 돈을 벌기 위해서가 아니라면 무엇을 위해 일하느냐고 자문해봐야죠. 게다가 당신은 당신의 상사들과 달리 실제로 변화를 이룰 수 있는 나이잖아요."

"그러니까 제가 이 일을 그만두어야 한다는 말씀이세요?"

마침내 태라가 물었다.

"아뇨. 그 일이 정말 행복한 일인지 다시 생각해보고 아니라는 결론이 나오면 그 일을 그만두고 행복한 일을 찾아야 한다는 얘깁니다."

"은행에 10억 달러짜리 계좌가 있다면 그런 이야기를 쉽게 할 수 있겠죠."

그러자 케일럼은 짜증 섞인 목소리로 물었다.

"대체 왜 그렇게 돈에 연연해요? 난 그게 쉽다고 하진 않았어요. 해결해야 할 일이 많지 않다는 얘기도 아니고요. 하지만 핑곗거리는 절대 줄지 않을 겁니다. 이 나이쯤 되니까 그렇게 많은 인재들이 고루한 일에 매달려 우울하게 지내는 게 답답해 보여요. 그 머리와 그 에너지로 해결할 수 있는 문제들이 세상에 넘쳐난단 말입니다. 그러니 이력서를 망칠까 봐 그렇게 겁을 내지만 않는다면 훨씬 더 행복해질 수 있어요."

그는 말을 끝내고 숨을 돌린 다음, 가볍게 웃으면서 물었다.

"가두연설로 어때요?"

"나쁘지 않네요."

태라는 미소를 지었다.

케일럼은 상체를 내밀어 태라와 겨우 15센티미터 거리에서 얼굴을 마주했다. 그의 애프터셰이브 로션 냄새가 나고 웃을 때 생기는 주름도 보였다.

"후련했죠? 자기 생각을 그렇게 솔직하게 털어놨을 때 말예요."

그가 물었다.

"한순간은 그랬죠."

그녀가 대답했다.

"거기에 귀를 기울여요."

"그러다 해고되면요?"

"그럼 그게 자기 일이 아니었다는 사실을 깨닫게 되겠죠."

"왜 저한테 그렇게 신경을 쓰세요?"

그의 연갈색 눈이 그녀의 눈을 찾았다. 두 사람은 서로 눈길을 주고받았다. 이윽고 그는 미소를 지으며 의자에 깊숙이 앉아 잔을 들어 올렸다.

"흥미로운 사람이라고 생각해서죠."

그러곤 와인을 한 모금 마신 뒤 덧붙였다.

"그리고 당신과 자고 싶어요."

그녀는 웃으면서 입술을 깨물었다. 그리 불쾌하지 않았다.

그녀의 전화기에서 비행기 시간을 알리는 벨이 울렸다.

"이제 공항으로 가야 해요."

그녀는 알람을 끄고 지갑으로 손을 뻗었다.

그는 그녀의 행동에 얼굴을 찌푸렸다.

"나 억만장자예요."

"그렇군요."

태라가 수긍하며 화장실에 다녀오겠다고 했다.

돌아와 보니 케일럼은 밖으로 나가 검은 차 옆에 서 있었다. 그가 차 문을 열어주며 말했다.

"내가 차를 불렀어요. 대신 이건 내가 가져갈게요."

그는 그녀가 비행기에서 읽으려고 기내 가방 주머니에 꽂아두었던 《셀프》 잡지를 들어 보였다.

"거기 뱃살 빼는 열 가지 팁이 들어 있는데 그걸 빼앗아 가시겠다고요?"

"당신한텐 필요 없어요. 지금도 보기 좋아요."

"하지만……."

"이렇게 말하면 당신이 성공하지 못할 거라는 얘기로 들리겠지만 그건 아니에요."

그녀는 잠자코 서 있었다. 무슨 말을 해야 할지 알 수 없었고 그저 그에게 입을 맞추고 싶었다.

그는 그녀의 허리를 툭툭 치며 말했다.

"가요. 늦겠어요."

"혹시……. 그러니까 우리……."

"또 만나냐고요? 그래야죠. 이번 주말에 뉴욕에 사는 조카딸한테 갈 거예요. 토요일에 저녁 먹으러 나올 수 있어요?"

"네."

그녀는 너무 급하게 대답했나 싶어 다시 덧붙였다.

"토요일에도 일은 해야죠."

"이번엔 데이트예요."

그가 말했다. 그러자 태라는 미소를 지었다.

"좋아요. 데이트해요."

그녀는 등받이에 머리를 기대고 창밖으로 가로등들이 지나가는 모습을 보며 마음이 가벼워지는 것을 느꼈다. '너 지금 뭐 하니?' 그녀는 자신에게 물었다. 마음이 소용돌이치는 기분이었지만 그것을 막고 싶지 않았다. 그저 그렇게 앉아서 그 소용돌이를 즐기고 싶었다.

머리 받침대에 머리를 기댄 채 고개를 돌렸을 때 옆자리에 놓인 상자가 눈에 들어왔다. 위에 메모가 붙어 있었다.

딸기 맛을 주문했다가 혹시나 다 맛보고 싶을까 봐 메뉴에 있는 것을 전부 넣었어요. 케일럼 리스.

상자를 열자 디저트 여섯 개가 가지런히 놓여 있었다. 태라는 캐러멜 푸딩을 손가락으로 찍어 핥아 먹었다. 스커트에 한 조각이 떨어지자 가볍게 자신을 비웃었다.

닉

4월 16일 수요일, 캘리포니아 주 샌프란시스코

"데이터베이스 당장 지워. 세 개 다."
필 돌턴은 최대한 목소리를 낮추려고 애쓰며 말했다.
"그럼 무얼 해주실 건데요?"
탁자 맞은편에서 조시 하트가 물었다.
"이건 게임이 아니야, 조시!"

필은 화가 나서 손으로 탁자를 쾅 내리쳤다.

닉은 이 벤처투자가와 CEO를 번갈아 쳐다보며 가슴을 졸였다. 그들은 어항 안에 있었다. 블라인드를 모두 내렸지만 만의 눅눅한 공기가 창틈으로 들어와 방 안에 한기가 돌았다. 레이철 류가 그의 옆에 앉아 펜을 톡톡 두드리고 있었다.

닉이 자신의 멘토에게 물었다.

"데이터베이스 세 개요? 데이터베이스는 두 개뿐이고…….."

"그 안엔 많은 사람의 삶을 무너뜨릴 정보가 들어 있어, 조시."

필은 닉의 말을 무시하고 여전히 목소리를 높이지 않으려고 애쓰며 말했다.

"본인의 인생을 무너뜨릴 정보겠죠. 하지만 앱을 사용하시기 전에 그런 생각을 안 해본 건 아닐 텐데요."

조시가 지적했다.

"그게 무슨…….."

닉이 입을 열었다. 필은 유부남에 딸이 셋이었다. 그가 왜 후크를 사용한단 말인가?

"원하는 게 뭐예요, 조시?"

레이철이 끼어들었다.

"제 지분을 사고 저를 빼주시죠."

조시는 필을 보며 조용히 말했다.

"자네 지분의 가치는 10억 달러야."

"다행이네요. 50억 달러 규모의 펀드를 운용하고 계시잖아요."

필은 눈을 비볐다. 필이 정말 고려하고 있단 말인가?

"그런다고 해도 로드쇼가 다음 주에 시작이야. 그 사실을 공개해야 할 텐데, 그러고 나면······."

그는 고개를 저으며 말을 이었다.

"그럴 수는 없어."

"조시를 해고하는 걸로 하시면 되잖아요."

레이철이 필을 돌아보며 말했다.

"IPO 직전에 CEO를 해고할 수는 없죠."

닉이 끼어들었다. 지금 저 여자가 대체 무슨 소리를 하는 걸까?

그러나 레이철은 고개를 돌리지 않고 오로지 필에게 눈을 고정하고 있었다.

"어차피 투자자들은 조시를 좋아하지 않아요. 오늘 판매단 회의를 한 결과 조시는 더 이상 이 회사를 이끌 인물이 아니라는 점, 회사가 너무 커져서 조시가 이끌기엔 역부족이라는 점이 분명하게 드러났다고 하면 돼요. 조시의 지분은 우리가 사서 2차 분매로 팔면 되고요."

필은 레이철에서 조시에게로 눈을 돌렸다. 조시는 의자에 깊숙이 기대앉은 채로 기다리고 있었다.

"그래도 괜찮겠나?"

마침내 필이 조시에게 물었다.

조시는 어깨를 으쓱했다.

"저는 상관없어요."

닉은 입이 다물어지지 않았다.

"잠깐만요. 잠깐. 지금 무슨 얘기를 하시는 겁니까? 그깟 데이터베이스 하나 때문에 CEO를 해고하고 10억 달러를 내준다고요?"

닉은 자리에서 일어나며 말을 이었다.

"이사회를 소집해서⋯⋯."

그러자 필이 지시했다.

"앉아, 닉. 가만히 못 있겠나?"

"그게⋯⋯."

닉은 믿을 수가 없어 고개를 가로저었다. 그는 얼마 전에 2백만 달러를 대출받았다. 이번 IPO를 위협하는 것은 그 무엇도 허용할 수 없었다.

"일단 CEO는 누가 합니까? 그럼 저는 생판 모르는 사람하고 일 해야 할 텐데⋯⋯."

"자네가 해, 닉."

필이 화를 억누르며 다시 한 번 말했다.

"자네가 CEO를 하라고."

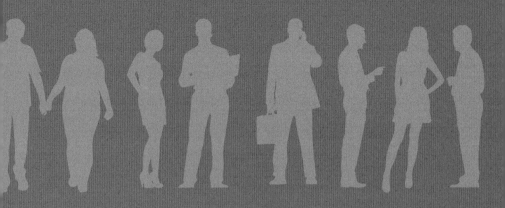

8장
후크의 새 CEO

토드

"어디 갔었어?"

토드가 네하를 보고 날카롭게 말했다.

"공항에서 바로 왔어요. 밤 비행기를 타서……."

네하는 사과를 하려고 애썼다.

"이메일엔 왜 답장 안 해? 빌어먹을, 블랙베리도 확인하지 않으면서 승진을 기대해?"

토드는 화가 치밀었다.

네하는 손에 든 블랙베리를 보고 그에게 화면을 보여주었다.

"아무것도 안 왔어요. 뭐가 문제인지 모르겠네요."

네하는 트렁크를 툭 내려놓고 허둥거리기 시작했다.

"당장 기술팀에 연락할게요."

"됐어. 어서 들어와. 처음부터 다시 해야 해."

토드가 통명스럽게 말했다.

"네? 왜요?"

"조시 하트가 해고됐어."

"보는 왔어요?"

"아니, 네하! 그냥 빨리 일 시작해."

토드가 소리쳤다.

이럴 수는 없었다. 엉망이었다. 지금은 아침 7시 45분이었고 토드는 새벽 5시 15분에 일어났다. 어제 아침 뉴욕으로 돌아왔을 때만 해도 판매단 회의가 성공적으로 끝나 기분이 몹시 좋았고 그 여세를 몰아 로드쇼를 준비하려 했다.

그런데 오늘 아침 태라의 전화에 잠이 깼다. 처음엔 무시했지만 다시 벨이 울리자 어쩔 수 없이 전화를 받았다. 잠결에 그의 머리는 태라가 자신을 유혹하기 위해 전화했다고 상상했다. 그러나 그녀는 다짜고짜 닉의 이메일을 읽었느냐고 물었다.

그 겁쟁이 자식은 전화할 배짱도 없었다. 빌어먹을, 뉴욕 시간으로 새벽 2시에 이메일을 보내 자신이 후크의 새 CEO가 되었으니 'L. 세실은 부디 크롤리 브라운과 협력해 필요한 서류들을 수정해주길 당부한다'고 통보했다.

'개자식 같으니.' 닉은 이 소식으로 인해 모든 것이 뒤집어지리라는 사실을 알고 있었다. 홍보 측면에서도 큰 타격이었고 그들은 모든 심사 서류를 다시 작성해야 했다. 모든 시장 자료며, 모든…….

"젠장!"

토드는 주먹으로 탁자를 내리쳤다.

"진정하세요. 할 수 있어요."

앞자리에서 태라가 진지한 말투로 말했다. 그녀는 차분하고 침착하게 자판을 두드리고 있었다.

"도대체 이해가 안 돼……."

"괜히 이해하려고 애쓰느라 힘 빼지 마세요. 어차피 일어난 일이 잖아요."

태라가 말했다.

"그런데 새벽 5시에 왜 깨어 있었어?"

"아침마다 조깅하거든요."

태라는 고개도 들지 않고 말했다.

"새벽 5시에?"

"네."

태라는 전혀 이상할 게 없다는 듯이 계속 자판을 두드리며 대꾸했다.

"젠장. 매일?"

"일요일엔 요가를 해요."

"세상에. 대체 왜?"

"그러지 않으면 머리가 안 돌아가요."

그러곤 고개를 들고 솔직하게 털어놓았다.

"뚱뚱해지고 싶지도 않고요."

네하가 다시 작성해야 하는 서류들과 노트북컴퓨터를 챙겨 들고 회의실로 들어오며 말했다.

"안녕하세요, 태라."

토드는 네하를 보았다. 네하가 언제부터 태라에게 인사를 했지?

"안녕, 네하."

태라가 미소를 지었다.

"보는 온대요?"

네하가 물었다.

"오고 있겠지."

토드가 말했다. 보가 오든 말든 무슨 상관이란 말인가? 어차피 여자를 조달해오는 것 말고는 아무짝에도 쓸모없는 인간인데.

"조시는 왜 해고된 거예요?"

네하가 태라에게 직접 물었다.

어떻게 된 일일까? 토드는 네하를 보았다. 네하는 '그'의 애널리스트가 아닌가.

토드가 엄한 목소리로 말했다.

"그건 중요하지 않아, 네하. 그냥 서류 수정이나 해. 닉 윈스로프를 CEO로 넣고 조시 하트의 지분은 모두 최초 공모주에 포함될 수 있게 돌턴 헨리 쪽으로 넣어."

태라는 토드를 무시하고 네하의 질문에 답했다.

"닉의 말에 따르면, 필 돌턴은 조시가 앞으로 회사를 이끌 적임자가 아니라고 결정해서 그를 해고했대요. 하지만 대신 돌턴 헨리 쪽에서 조시의 지분을 전부 매입한 걸로 봐서 사실은 조시가 제안한 일이 아닐까 싶어요."

"왜요? 좀 있으면 상장하는데 조시는 왜 회사를 떠나려고 하죠?"

네하가 이맛살을 찌푸리며 물었다.

"그건 중요하지 않다고! 그냥 일이나 할 수 없어?"

토드가 소리쳤다.

두 여자는 마침내 토드의 존재를 인정하고 각자의 컴퓨터로 눈을 돌렸다.

'젠장.' 토드는 혼자 생각했다. 다들 미쳐가는 걸까?

토드의 전화벨이 울렸다. 그는 씩씩거리며 전화를 받았다.

"여보세요?"

"어떻게 된 거야, 토드 켄트?"

하비 테이트의 목소리에는 짜증이 가득했다.

"부회장님!"

토드는 이를 악다물었다. 정말 달갑지 않은 상황이었다.

"좋은 아침입니다. 안녕하셨어요?"

"아니. 후크에 변화가 생겼다고 들었네."

"그렇습니다."

토드가 대답했다. 하비 테이트가 어떻게 알았지? 그는 다시 말을 이었다.

"하지만 잘 수습하고 있습니다. 오히려 잘된 일일 수도 있어요. 조시는 어디로 튈지 모르는 사람이거든요. 이번 변화를 계기로 안정을 꾀하여 후크를 새로운 차원으로 발전시킬 수 있다고 투자자들을 설득하면 될 것 같습니다."

"전부 다 수정하는 데 얼마나 걸리겠나?"

"아직 잘 모르겠습니다."

토드가 말했다.

"그런 것도 모르면서 월급 받으면 안 될 텐데?"

하비는 점점 화를 내고 있었다.

토드는 자신 있게 말했다.

"일요일까지 끝내겠습니다. 그게 제 목표입니다. 하지만 증권거래위원회에 필요한 서류를 다시 제출해야 하는데 그쪽에서 수주가 걸릴 수도 있습니다."

"그럴 순 없어. 5월 안에 마무리 지어야 해."

하비가 말했다.

"증권거래위원회는 제가 어떻게 할 수가 없습니다."

"그런 식으로 말해선 안 되지."

하비의 말에 토드는 속이 울렁거렸다.

"우린 이번 IPO를 2/4분기 소득에 넣어야 해. 자네가 방법을 찾을 수 없다면 다른 사람을 찾아보지. 필 돌턴만 사람을 마음대로 자를 수 있는 건 아니거든."

"크롤리 브라운에 연락해 방법을 찾겠습니다. 8시에 그쪽과 통화하기로 했습니다."

토드가 말했다.

"그럼 끊어야겠군."

하비의 말에 토드는 컴퓨터를 보았다. 8:02. '젠장.'

그는 전화를 끊고 크리스 파파도폴로스의 번호를 눌렀다.

"늦어서 죄송합니다."

그가 변호사에게 말했다. 하비의 협박이 귓전을 맴돌았다. 정말 토드 자신을 이번 일에서 내칠 수 있을까?

"괜찮습니다. 이제 적어도 한 달은 늦어지겠는데요."

변호사가 말했다. 밤을 새운 듯한 목소리였다.

"그럴 순 없습니다. 2/4분기 안에 마무리 지어야 합니다."

"제가 문제가 아니에요, 토드. 증권거래위원회가 문제죠."

"처음 서류도 빨리 처리되도록 해주셨잖아요."

토드가 말했다. 서서히 현실이 머릿속을 파고들면서 심장이 빠르게 뛰기 시작했다. 하비는 '정말' 그를 다른 사람으로 대체할 수도 있다. 래리라면 기꺼이 이 일을 인계받으려 할 테고, 이제 조시도 없으니 후크에는 토드 자신을 지켜줄 사람이 아무도 없었다.

"그쪽에 아는 사람이 있으시잖아요."

토드는 애원하다시피 말했다.

"지금 저더러 증권거래위원회를 매수해달라는 말입니까?"

"아닙니다."

거짓말이었다. 두 번째 현실이 머릿속을 파고들었다. 크리스는 꼼짝도 하지 않을 것이다. 그러나 궁하면 통하는 법. 토드는 문득 좋은 생각이 떠올랐다.

"크리스, 이만 끊어야겠습니다. 지금 네하가 서류를 수정하고 있어요. 저녁에 다시 연락드릴게요."

그는 전화를 끊고 주소록을 확인했다. 이제 머리가 빠르게 돌아가고 있었다. 그는 증권거래위원회에서 일하는 여자와 몇 번 잠자리를 가진 적이 있었다. 이름이 뭐였더라? 조앤! 조앤 힐리어였다.

그는 얼른 그녀의 번호를 누르고 신호가 가는 동안 숨을 골랐다.

"조앤입니다."

"조앤! 나 토드 켄트야."

잠시 침묵이 흘렀다.

"조앤? 아, 미안. 기억이 안 나는 모양인데, 우린……."

"기억나. 어쩐 일이야?"

그녀가 말했다.

"그게……."

그는 머리를 굴렸다.

"너무 오랜만이지? 혹시 저녁을 같이 먹을 수 있나 해서. 전에 만났을 때는 내가 여러 가지로 상황이 안 좋았는데 이제 좀 나아졌거든. 그래서 다시 만나면 좋지 않을까 싶어."

그는 입술을 깨물고 눈을 꼭 감은 채 그녀의 대답을 기다렸다.

"정말로 원하는 게 뭐야?"

토드는 눈을 뜨고 잠시 머뭇거리다 솔직하게 털어놓았다.

"지금 내가 맡은 일이 하나 있는데……."

그는 잠시 멈췄다가 다시 말을 이었다.

"자기 조언이 필요해서. 그때 증권거래위원회에서 일했다고 한 것 같은데……."

"지금도 거기서 일해. 이미 아는 것 같은데. 지금 직장 번호로 전화했잖아."

그는 놀란 목소리를 내려고 애썼다.

"그래? 난 휴대폰인 줄 알았지!"

"솔직하게 말해."

토드는 목소리에 좀 더 절실함을 담아 다시 한 번 시도했다.

"그게 말이야. 내가 맡은 거래가 있는데 갑자기 변화가 생겨서 서류를 다시 제출해야 하거든. 그게 빨리 통과돼야 해."

또 한 번 잠깐 침묵이 흘렀다.

"저녁 어디서 먹을까?"

마침내 그녀가 물었다.

'됐어.'

"그래머시 태번 어때? 저녁 8시."

토드가 제안했다. 아는 사람을 만날 가능성이 없는 곳으로 정해야 했다.

"그래, 이따 보자."

토드는 허공에 주먹을 날렸다.

"고마워, 조앤. 내가……."

그러나 조앤은 이미 전화를 끊었다.

"뭐 하는 거예요?"

태라가 의심 가득한 눈으로 그를 보고 있었다.

"이번 IPO를 구제하고 있지."

태라는 무겁게 한숨을 쉬며 다시 컴퓨터로 눈을 돌렸다. 그가 다른 여자와 데이트하려 해서 화가 났나? 토드는 태라가 케일럼과 술을 마시러 간 일을 떠올리며 그럴 수도 있겠다고 생각했다.

"왜 그래?"

그가 참지 못하고 물었다.

"별거 아니에요."

"뭐야? 질투해?"

토드가 다그쳐 물었다.

"동생 결혼식이 5월 10일이거든요."

그녀의 말에 토드는 실망하며 헛웃음을 지었다.

"데이트 상대를 찾을 필요가 없어졌네."

그전에 IPO가 마무리될 예정이었지만 일이 지연되었으니 그때까지 로드쇼가 한창일 게 분명했다. 그녀는 절대 결혼식에 갈 수 없었다.

"정말 못됐네요."

태라가 말했다. 진심인 것 같았다.

그는 개의치 않았다. 지금은 더 중요한 일을 걱정해야 했다.

후안
4월 18일 금요일, 캘리포니아 주 샌프란시스코

"그 세 번째 데이터베이스 삭제해. 개인 정보와 이용 내역이 합쳐진 데이터베이스 말이야."

닉이 그의 책상을 사이에 두고 맞은편 자리에서 말했다. 그러곤 비난 조로 덧붙였다.

"내가 모를 거라고 생각하지 마."

후안은 조심스레 그를 살폈다.

"무슨 일 있으세요?"

닉은 어제 그에게 이메일을 보내 9시에 전체 회의를 열 예정이며, 그전에 오전 7시 30분까지 자신과 만나자고 했다. 또한, 전체 회의에 출석부를 비치하고 불참한 직원은 모두 해고하겠다고 통보했다. 직원들 중 절반은 11시 전에 출근하지 않았으므로 후안은 대체 무슨 일인지 심히 걱정되었다.

닉은 자신감에 찬 태도로 의자에 깊숙이 등을 기대며 말했다.

"아무 일도 없어. 사실, 이보다 더 좋을 수가 없지."

"무슨 일로 회의를 소집하셨어요?"

"곧 알게 될 거야."

"왜 정장을 입으셨어요?"

후안이 물었다.

"이 회사에 몇 가지 변화가 있을 예정이거든."

닉은 허리를 꼿꼿하게 펴며 말을 이었다.

"그중 하나는 이제부터 우리 모두가 진짜 직업인처럼 일한다는 것이지."

"대표님도 동의하셨어요?"

"질문은 그만."

닉의 목소리에서 거만함이 뚝뚝 흘렀다.

"그 데이터베이스 삭제하고 지금부터 사용자가 직접적으로 제공하지 않은 모든 정보는 통계를 위해 24시간 동안만 저장했다 서버에서 바로 삭제하도록. 그만 가봐."

후안은 무슨 말을 하려다 그만두었다. 그러곤 일어나서 자리로 돌아갔다. 뭔가 불안했다.

그는 세 번째 데이터베이스에 접속하고 그 코드를 열었다.

필 돌턴 때문일 것이다. 그가 자신의 행적이 들통날까 봐 걱정하고 있기 때문일 것이다. 후안은 문득, 후크 사용자들 가운데 이 앱을 통해 아내를 속이고 바람을 피우는 중년 남자가 얼마나 많을까 하는 생각이 들었다. 그리고 나자 후크의 엄청난 파급력이 그리 자랑스럽게 느껴지지 않았다.

후안은 화면을 응시했다. 이유야 어떻든 이제 그의 마음은 편해질 것이다. 그 데이터베이스를 삭제하면 모든 게 사라진다. 켈리와 그녀가 죽을 때 함께 있었던 또 다른 사용자에 대해서도 걱정할 필요가 없다. 후크는 애초에 정보를 수집하지 않았던 셈이고, 그러면 모든 것이 없었던 일이 될 수 있다. 그는 그저 데이터베이스를 삭제하고 잊어버린 뒤 2억 달러를 챙겨 떠나면 그만이었다.

그는 다시 허리를 펴고 일을 시작했다.

경고: 데이터가 서버에서 영구적으로 삭제됩니다. 계속하시겠습니까?

후안의 손가락이 마우스 위에서 멈췄다.

'그냥 클릭해.' 그는 자신에게 말했다.

"친구, 대체 무슨 일이래?"

후안은 화들짝 놀라 고개를 돌렸다. '브로그래머' 브래드가 그의 옆자리에 가방을 내려놓았다.

"빌어먹을, 아침 9시? 이렇게 일찍 일어난 게 얼마 만인지 모르겠네. 고등학교 때 이후로 처음인 것 같아."

후안은 시계를 보았다. 8시 46분. 그는 데이터베이스를 닫았다. 전체 회의가 끝난 뒤에 처리해도 늦지 않는다.

"내려가야겠지?"

후안이 일어나며 물었다.

"그렇지."

브래드가 대꾸했다. 그들은 구내식당에 들러 아침 식사로 부리토를 집어 들고 사내 바로 향했다. 이 건물에서 전 직원이 모일 수 있는 공간은 그곳뿐이었다.

누군가가 야자수 장식들을 모두 치우고 의자들을 줄 맞춰 길게 정렬해놓았고 실물 크기의 홀라걸 동상이 있던 자리에 강연대를 설치해놓았다.

"무슨 일이에요?"

새로 온 프로그래머 한 명이 후안에게 속삭였다.

"글쎄."

그가 대꾸했다. 그러고 보니 많은 사람들이 후안 자신을 보며 단서를 찾고 있는 듯했다.

"안녕하세요. 여러분."

9시 정각이 되자 닉이 강연대 앞에 나타났다.

"다들 출석부에 표시했는지 꼭 확인하세요."

그는 뒷문을 가리켰다. 뒷문은 지각한 사람들이 들어오지 못하게 닫혀 있었다.

닉이 계속 말을 이었다.

"몇 가지 좋은 소식이 있습니다. 다들 알다시피 몇 주 후면 후크가 상장하게 됩니다."

그는 뿌듯한 듯 숨을 들이켰다. 얼굴은 활짝 웃고 있었다.

"공개 기업이 되면 회사의 실적을 한 차원 끌어올려야 하죠."

브래드가 부리토를 요란하게 씹었다.

"친구, 케첩 좀 줄래?"

그는 후안이 짜놓은 케첩을 가리키며 속삭였다. 후안은 자신의 부리토 그릇을 통째로 건넸다. 배가 고프지 않았다.

"돌턴 헨리 벤처 파트너스의 존경받는 벤처투자가 필 돌턴이 이끄는 후크 이사회에서는 회사를 한 차원 끌어올리려면 좀 더 경험 많은 지도자가 필요하다고 결정했습니다. 그래서……."

그는 잠시 멈추고 모두에게 들리도록 심호흡한 뒤 다시 말을 이었다.

"지금 이 시점부터 조시 하트를 대신해 저를 후크의 새 CEO로 지목했지요."

실내가 조용해졌다.

"앞으로 수주에 걸쳐 몇 가지 변화가 있을 겁니다. 회사가 좀 더 원활하게 돌아가게 해줄 소소한 변화죠. 쉽지 않을 겁니다. 저는 새 CFO를 구하기 전까지 말 그대로 두 역할을 모두 수행해야 합니다. 하지만 여러분을 위해, 이 회사를 위해, 우리의 주주들을 위해 기꺼이 하겠습니다. 저는 질문을 받을 시간이 없을 것 같군요. 대신 저의 새 비서인 티파니가……."

그가 피부를 인위적으로 태닝한 금발의 여자를 보며 미소를 짓자 여자도 미소 띤 얼굴로 손을 흔들었다.

"질문을 받는 이메일 계정을 만들었습니다. 궁금한 점이 있으면 questions@hook.com으로 메일 주세요."

아무도 움직이지 않았다.

"됐어요. 이제 일을 시작하죠! 모두 즐거운 하루 보내세요!"

닉이 쾌활하게 말했다.

"이거 못 먹겠다."

브래드가 부리토를 내려놓고 남은 초리조 소시지와 사워크림을 내려다보았다. 마치 그것이 산산이 부서진 꿈의 파편이라도 되는 듯했다.

"너무 황당해, 후안 친구."

후안은 그의 어깨에 손을 얹고 위로를 건넸다.

"괜찮을 거야. 닉이 무슨 상관이야? 우리에겐 곧 엄청난 돈이 생기잖아. 그럼 여길 그만두고 우리끼리 다시 시작하자."

"그러고 싶지 않아, 친구."

브래드가 잔뜩 인상을 쓴 채 눈을 들었다. 입가에는 과카몰레 소스가 묻어 있었다.

"난 다른 걸 시작하고 싶진 않아. 다른 건 다 똑같고 그냥 너랑 나랑만 수백억 달러를 벌었으면 좋겠어."

"그렇게 나쁘지 않을 거야."

후안이 말했다.

"나쁠 거야."

브래드는 195센티미터의 어린아이가 된 듯 입을 삐죽 내밀고 일어나며 침울하게 말을 이었다.

"난 오락실에 가서 헤일로나 할래. 좀 더 행복한 것들을 떠올려야 할 것 같아."

후안은 한숨을 쉬며 자기 자리로 돌아갔지만 일이 손에 잡히지 않았다. 그는 데이터베이스를 열지 않고 켈리 제이컵슨에 관한 기사들을 읽었다. 언론은 다시 그 여학생의 사망에 대해 떠들어대기 시작했지만 이번엔 로비 굿맨에게 초점을 맞췄다. 경찰은 이 럭비 선수 사감을 살인 혐의로 체포했다.

'그냥 지워버려.' 그는 브라우저를 닫고 다시 서버 페이지로 들어가며 자신에게 속삭였다. '그냥 지우면 끝나잖아.'

그는 자판 위에 손을 올리고 숨을 참았다.

로비 굿맨의 이름을 입력했다. 이 대학생의 프로필이 로딩되었다. 만남 82회. 후안은 헛웃음을 지었다. 여자 좀 만나셨군. 그는 날짜별로 정렬한 뒤 3월 6일을 클릭했다.

스탠퍼드 대학 제너두에서 접속.

후안은 지도를 확대해 켈리의 지도와 합쳐보았다. 두 사람의 점은 서로 가깝긴 했지만 같은 장소는 아니었다. 로비가 자백한 대로 서로 다른 방에 있었을 법한 거리였다. 그래 봐야 의미가 없었다. 켈리의 방에 갈 때는 전화기를 자기 방에 두고 갔을 수도 있다. 그러나 후안은 그날 새벽 3시에 켈리의 반경 100미터 안에 있었던 사용자들을 모두 다시 찾아보았다. 점 하나가 켈리의 점과 겹쳐졌다. 후안이 처음 켈리의 활동 내역을 검색할 때 찾은 그 프로필이었다. 손상된 경로.

"젠장."

후안은 목에서 맥박이 뛰는 것을 느꼈다. 그는 고개를 저으며 지도를 닫았다. 그 역시 아무 의미가 없었다. 로비가 다른 전화기를 사용해 켈리를 살해한 뒤 프로그램을 해킹하여 자신의 기록을 숨겼을지도 모른다.

로비는 그렇게 영리한 것 같지 않았다.

그렇다면 그는 무고하다는 뜻이다. 켈리가 죽었을 때 그는 자백한 대로 자기 방에 있었다는 뜻이다.

후안은 눈을 감고 고개를 저었다. 그러곤 자신에게 속삭였다.

"대체 이걸 왜 찾아본 거야?"

태라

"어떻게 된 건지 얘기 좀 해주실래요?"

태라가 레이철에게 물었다. 그녀는 아무도 없는 회의실 한구석에서 휴대폰으로 통화하고 있었다. 최근 L. 세실이 조사를 받은 뒤로 규제 기관들은 사내 유선전화 통화 내용을 모두 녹음하기 시작했고, 이에 대응해 경영진은 직원들에게 민감한 사안을 논할 때는 개인기기를 사용하라고 가볍게 권고했다.

"그게 최선의 선택이었어요."

레이철이 지친 목소리로 말했다.

"누구한테요?"

"정말 알고 싶어요?"

레이철이 물었다. 마치 무슨 대학살 사건의 전말을 알고 싶으냐고 묻는 듯한 어조였다.

"네."

태라가 대꾸했다.

"절대 아무한테도 얘기하면 안 돼요."

"무슨 일인데요?"

태라는 파크 애비뉴를 내려다보았다. 잿빛 하늘에서 끈질기게 쏟아지는 비 때문에 대기가 뿌옇게 흐려져 시간을 가늠하기가 어려웠고, 그래서 더더욱 다른 세계에 와 있는 느낌이 들었다.

"필 돌턴은 후크의 최대 투자자이기만 한 게 아니에요."

레이철이 말했다.

태라는 잠자코 기다렸다.

"후크의 최대 사용자이기도 하죠."

"어머. 아내가 불쌍하네요."

태라는 고개를 저으며 말했다.

"아내는 상관 안 해요. 4년 뒤에 계약이 끝나면 2천만 달러를 받거든요."

"네? 계약 결혼이었어요?"

태라가 물었다.

"필은 게이예요. 단순히 후크를 이용하기만 한 게 아니라 후크를 통해 어린 남자들을 찾았죠."

태라의 입이 떡 벌어졌다. 그녀가 물었다.

"필 돌턴이 게이라고요? 그런데 왜 커밍아웃을 하지 않죠?"

"모르겠어요. 하지만 그런 사람이 한둘이 아니에요. 그리고 그 정도는 건전한 편에 속하죠."

"그게 레이철의 사업 모델이에요?"

태라는 문득, 레이철에게 어떻게 그렇게 젊은 나이에 실리콘밸리에서 성공한 남자들의 홍보를 관리하게 되었는지 한 번도 물어보지 않았다는 사실을 깨달았다.

"의뢰인의 사생활을 감춰주는 거 말예요."

그러자 레이철이 말했다.

"감춰줄 게 한두 가지가 아니에요. 사회성 떨어지는 남자들을 데려와 미국 성도착증의 메카인 이곳 샌프란시스코에 떨궈놓고 수십억 달러를 쥐여주면 어떻게 되는 줄 알아요? 정말이지, 그동안 내가 목격한 것을 생각하면 이 정도는 충분히 받아야 한다니까요. 어쨌든 조시가 필의 후크 사용 내역을 갖고 있었던 모양이에요. 어디에서 활동했는지, 어디에서 관계를 가졌는지 전부 다 말예요. 필은 기겁하며 조시에게 데이터베이스를 몽땅 삭제하라고 했고 조시는 거절했어요. 그래서 필이 조시의 지분을 다 사겠다고 제안했고 그 과정에서 닉을 CEO로 앉혔죠. 닉이 거절하지 않으리란 걸 알고."

"후크가 수집하는 정보는 개인 식별 정보와는 연계되지 않는 줄 알았는데요."

태라는 가슴이 내려앉았다. 그런 일이라면 공개해야 한다. 그녀는 다시 물었다.

"어떤 사용자의 내역이든 다 찾을 수 있어요?"

"이젠 아니에요. 닉은 사용자가 직접 제공하지 않은 정보는 모조리 삭제하기로 했어요."

"조시는 아무렇지도 않아요? 밀려난 거잖아요?"

태라가 물었다.

"전혀요. 조시는 회사에 관심이 없어요. 그저 파워 게임을 즐길 뿐이죠. 이젠 분명히 필보다 우위에 서게 되었잖아요."

"와."

태라는 달리 할 말을 찾을 수 없었다. 첫날 어항에서 조시가, 그녀가 후크를 사용하지 않는 사실에 대해 언급한 일이 떠올랐다. 그녀의 내역을 찾아봤을까? 갑자기 소름이 돋았다.

"그래도 미안해요. 그쪽 팀이 힘들어졌잖아요."

레이첼이 말했다.

"괜찮아요."

태라는 IPO가 한창인 상황에서 동생 결혼식에 어떻게 참석해야 할지 걱정이었지만 지금은 그런 생각을 미뤄두었다.

"그런데 케일럼은요?"

레이철의 물음에 태라는 얼굴이 달아올랐다.

"어떻게 그럴 수가 있어요?"

"그래도 덕분에 좋지 않았어요?"

태라는 디저트 상자를 떠올리며 솔직하게 대꾸했다.

"좋았어요. 내일 여기서 만나기로 했는데 일 때문에 취소해야 할 것 같아요."

그러자 레이철이 말했다.

"안 돼요! 이런. 어떻게 조시 하트는 늘 모든 일을 이렇게 망쳐놓나 모르겠네요."

"괜찮아요. 로드쇼 기간에 그 사람이 런던에 있겠다고 했으니까 거기서 만나면 돼요. 여기서 일정이 더 미뤄지지만 않는다면요."

"알았어요. 그 사람하고 꼭 자겠다고 약속해요. 그렇지 않으면 내가 그동안 쏟은 노력이 다 허사가 되잖아요. 어, 이런."

"왜요?"

"잠깐만요."

레이철은 다른 전화를 받았다.

태라는 거리를 내려다보았다. 모퉁이에서 남녀 한 쌍이 키스를 나누는 모습이 보였다. 여자가 우산을 옆으로 기울여놓고 남자의 우산 속으로 들어가 입술에 짧게 입을 갖다 댔고, 그런 다음 두 사람은 각자의 길을 갔다.

전화기에서 다시 레이철의 목소리가 들렸다.

"저기, 태라? 혹시 오늘 오후에 CNBC와 인터뷰할 수 있어요?"

"네?"

"조시에 관한 뉴스를 내보내는데 몇 가지 질문에 답해줄 사람이 필요하대요. 나는 상황이 안 되고 필을 내보내는 것도 좋지 않을 것 같아요. 닉은 절대 카메라 앞에 세울 수 없고요."

"저는 한 번도……."

"잘할 거예요. 답변 내용을 보내줄게요."

"알았어요. 헌데 L. 세실에서 허락할지 모르겠네요. 규정상……."

"내가 L. 세실 홍보부 책임자를 알아요. 허락 받아볼게요."

"알았어요."

태라는 굳이 흥분을 감추지 않았다. 정말 자신이 CNBC에 나간단 말인가?

"좋아요. 3시까지 CNBC 스튜디오로 가면 돼요. 자료 보내줄게요. 그만 끊어야겠어요."

"알았어요. 고마워요, 레이첼."

"뭘요. 이따 통화해요."

태라는 회의실에서 나와 곧장 테런스의 자리로 갔다. 그녀의 친구는 컴퓨터를 보며 무언가에 깊이 몰두하고 있었다. 옆쪽 시야에 그녀의 모습이 들어오자 그는 화면에서 눈을 떼지 않은 채 손가락 하나를 들어 올려 잠깐 기다리라는 신호를 보냈다.

"곧 길트(미국의 온라인 명품 쇼핑몰-옮긴이)에서 톰포드 딜을 시작하거든. 5…… 4…… 3…… 2……."

테런스는 행동에 돌입했다. 신속하게 화면을 클릭하고 노련하고 정확하게 신용카드 번호를 입력하며 한정 수량 디자이너 제품을 놓고 다른 구매자들과 경쟁을 벌였다.

"빨리 처리해. 빨리."

그는 컴퓨터에 명령하며 거래가 승인되길 기다렸다.

"됐다!"

그러곤 태라를 올려다보며 뿌듯한 미소를 지었다.

"샀어."

"정말 감동적이다."

태라는 웃으면서 말을 이었다.

"나, 대언론용 특별 지도가 필요해. 한 시간만 내줄 수 있어?"

"물론이지. 무슨 일인데?"

"오늘 오후에 CNBC에 나가."

"오늘이 진짜 내 경력 최고의 날이 될지도 모르겠군."

테런스는 일어나서 외투를 집어 들며 말을 이었다.

"가자. 먼저 삭스 피프스 애비뉴(뉴욕의 고급 백화점—옮긴이)에 들를 거야."

"삭스?"

테런스는 태라의 입술에 손가락을 갖다 대며 입을 막은 다음, 말없이 그 손가락을 움직여 눈 밑의 다크서클과 손질하지 않은 머리, 구겨진 블라우스를 차례차례 가리켰다.

"그래, 그래, 그래, 알았어."

태라는 그를 따라 문으로 향했다.

찰리

4월 18일 금요일, 캘리포니아 주 팰로앨토

"시신을 다시 꺼내야 할 거예요."

데브 스테인이 확신에 찬 어조로 느릿느릿 말했다. 그녀는 찰리가 고용한 가족 변호사였다.

"알고 있습니다."

찰리는 자기 손을 내려다보며 대답했다.

"어머니도 괜찮으실까요?"

데브가 물었다.

"네."

거짓말이었다. 세상의 어떤 어머니가 이런 일에 괜찮을 수 있겠는가?

"아마 새로운 뭔가가 나오진 않을 거예요. 하지만 시신을 다시 살펴보며 해의(害意)를 찾아보는 것이 중요하죠."

"이해합니다."

"정액은 있었다고 해도 이제는 다 없어졌겠지만 강제의 흔적을 살펴보고……."

"네, 압니다."

찰리는 변호사의 말을 자르며 일어섰다.

"다 끝난 거죠?"

"막상 보면 훨씬 더 힘들 거예요, 찰리."

데브가 말했다. 그녀의 이마에는 만성 피로로 인한 주름이 패여 있었다.

"더한 것도 봤는걸요."

"가족 일은 다르죠."

"견딜 수 있습니다."

찰리가 다시 한 번 말했다.

데브는 나직한 소리로 말을 꺼냈다.

"제 친구가 이런 쪽에선 상담을 아주 잘하거든요. 줄곧 어려움을 겪은 사람들과……."

"정신과 치료는 필요 없습니다."

찰리가 날카롭게 말했다.

"알겠습니다."

데브는 사과하듯 두 손을 들어 보이며 자신이 과했다는 사실을 인정했다.

찰리는 재킷을 입고 캘리포니아 거리로 나왔다. 겨우 4시였지만 그는 안토니오 너트 하우스로 가서 맥주를 주문했다. 오늘은 진탕 마실 작정이었다.

그는 구석 자리에 앉아 켈리의 일기장을 다시 펼쳤다.

2011년 4월 11일

내가 파이 베타 피라니 믿어지지 않는다. 너무 멋진 것 같다. 입회 주간이 시작되었는데 정말 끝내준다. 오늘 수업이 끝나고 밖으로 나와보니 정말 매력적인 2학년 선배가 골프 카트와 내 이름이 적힌 표지판과 함께 기다리고 있었다. 그는 나를 태워다주고 사탕 바구니와 파이 베타 피 티셔츠를 주었다. 나는 오후 내내 그 티셔츠를 입고 있었다!! 그리고 화이트 트래시 볼링 파티에 갈 준비도 되었다. 무얼 입고 가야 하나 몹시 걱정이었는데 나와 같이 파이 베타 피 신입회원인 에밀리가 디덤스 파티용품점에 간다고 하기에 나도 따라갔다. 우리는 상상을 초월하는 의상을 골랐다. 나는 여학생 클럽 같은 데엔 절대 들어가지 않을 거라고 다짐했었지만 그건 내가 여학생 클럽에 대해 잘 몰랐기 때문이었던 것 같다. 사실, 전에는 내가 너무 위선적이었다. 여학생 클럽은 천박하고 남을 재기 좋아하는 사람들만 들어간다고 생각했는데, 사실은 내가 <u>남을 재기</u> 좋아하는 사람이었나 보다. 물론 회원 유치 기간에 만난 선배들 가운데는 쇼핑 생각만 하는 전형적인 부잣집 딸들도 있었고, 그중 한 명은 말 그대로 콧대를 하늘 높이 치켜들고 다녔지만(이건 정말 치료가 필요한 질병이라고 생각한다.) 대부분은 <u>정말 좋은</u> 사람들이다. 제스라는 선배는 내가 제프리 초서 중간고사 때문에 너무 걱정이라고 털어놓자 자기가 공부했던 공책들을 모두 내주었고, 어젯밤에는 또 다른 신입회원 제니퍼가 남자친구와 헤어졌다고 문자를 보내서 에밀리와 내가 새벽 2시까지 그애를 위로해주었다. 정말 내가 꼭 원하던 친구 관계이다. 함께 놀고 서로 도와주고 함부로 판단하지 않고 공부를 도와주며 우울할 땐 밤늦게까지 곁에 있어주는, 그런 사이 말이다. 물론, 모든 회원이 모두에게 다 잘해주는 건 아니지만 사실 나는 모두에게 다 잘해주는 사람을 한 번도 보지 못했다. 여학생 클럽이 미움을 받는 건 남들보다 튀기 때문인 것 같다. 튀는 건 예쁘기 때문이다. 그리고 그건 그들 잘못이 아니다. 와……. 이렇게 쓰고 보니……. 게다가 내가 정말 그 안에 들어갔다니……. 나도 예쁘다는 뜻일까? 튄다는 뜻일까? 나는 아무래도 잘못 뽑은 게 아닐까 싶다. 어쩌면 내가 그저 착해서 뽑았는지도 모른다.

"이런, 젠장."

누군가가 외치는 소리에 찰리는 눈을 들었다. 듬성듬성한 반백의 머리칼을 길게 기르고 낡은 스웨터 소매에는 얼룩이 묻어 있는 늙수그레한 남자가 TV에 대고 소리치고 있었다. 다른 곳이었다면 노숙자인 줄 알았겠지만 팰로앨토에 노숙자가 있을 리 없었다.

"저거 좀 봐."

남자는 화면을 가리키며 딱히 누구에게랄 것 없이 말을 이었다.

"빌어먹을, 멍청한 벤처투자가들이 또 끼어드는구먼."

찰리는 지역 뉴스가 나오는 TV 화면으로 고개를 돌렸다.

조시 하트, 후크 IPO를 몇 주 앞두고 해고돼

"이봐요, 할! 소리 좀 키워줘요."

늙수그레한 남자가 바텐더에게 소리쳤다.

"알겠습니다, 호러스."

바텐더는 의자 위로 올라가 볼륨을 키웠다. 찰리는 고개를 들고 뉴스를 보았다.

"샌프란시스코에 본사를 둔 위치 기반 데이트 앱 후크는 오늘, 벤처투자자 필 돌턴이 이끄는 이사회에서 이 회사의 창립자인 조시 하트를 대표이사직에서 사임시키기로 결정했다고 발표했습니다. 후크의 CFO인 닉 윈스로프가 새 CEO 자리에 올랐습니다. 이 회사는 일주일 뒤부터 로드쇼를 시작해 곧 주식공모를 할 예정이었으며, 상장 후 기업 가치는 140억 달러에 이를 것으로 예상됩니다. 후크 측과 돌턴 측 모두 출연이 어려운 관계로 이번 IPO의 주관사인 L. 세실의 태라 테일러와 이야기를 나눠보겠습니다."

카메라가 한 여자를 비추자 찰리는 가슴이 죄여오는 듯했다. 화면 하단에 여자의 이름이 나타났다. '태라 테일러, L. 세실 투자은행.' '저' 여자가 태라 테일러야? 그녀는 매력적이었고 또박또박한 말투와 웃음기 없는 얼굴이 여성 지도자 스타일이라고 외치는 듯했다. 찰리는 대학 시절에 그런 여학생들을 많이 보았다. 영향력 있는 자리에 오르기 위해 여성으로서의 삶 가운데 좋은 부분은 모조리 타파하려 드는 공격적인 페미니스트 말이다. 그의 이메일에 답하지 않은 것도 그리 이상한 일이 아니었다. 켈리가 저런 여자 밑에서 일하려 했다니.

찰리는 다시 일기장을 보았다. 페이지를 넘기며 태라 테일러에 관한 내용이 없는지 찾아보았다. 지난해 하계 인턴십 기간에 쓴 일기가 눈에 들어왔다.

2013년 7월 21일

난 망했다. 정말 망했다. 아아, 정말 쥐구멍에라도 기어들어가 죽어버리고 싶다. 채용팀에서 알면 어쩌지? 틀림없이 취업 기회가 완전히 날아가 버릴 것이다. 정말 의심의 여지가 없다. 확실하다. 이제 어떻게 하지? 다른 일자리를 찾아야 한다. 혹시 내일 잘리는 건 아닐까? 그러면 영영 아무도 나를 고용하지 않을 텐데. 이번 주부터 증권 자본시장부에서 태라 테일러라는 여자와 일하기로 되어 있었다. 나는 그녀의 마음에 꼭 들고 싶었는데, 그녀가 이 일에 대해 알게 되면 그 순간 게임은 끝난다. 어쩌다 그렇게 취했을까? 한 달 내내 일하다 처음으로 주말에 쉬게 되어 우리는 여러 명이 어울려 로사 멕시카노로 저녁을 먹으러 갔다. 내가 좀 취했던 건 인정한다. 마르가리타를 석 잔쯤 마셨다. 넉 잔이었나? 그러다 크리스가 스트레이트 잔술을 주문하는 바람에 나도 한 잔 주문하지 않을 수 없었다. 패트론이었는데, 한 잔에 무려 17달러인가 그랬다. 게다가 남자들 사이에 끼게 되어 더 좋았던 것 같다. 그 무렵 우리 연수생들 가운데 여자는 나랑 리지 슈스터만 남았고 나머지 일곱 명은 멋진 남자들이었다. 그곳에 앉아서 나는 '유리천장은 무슨?' 하고 생각했다. 난 남자들과 얼마든지 경쟁할 수 있다. 그런데 그때 리지 역시 스트레이트 잔술을 주문하는 것이었다. 나는 무슨 생각이었는지 리지에게 지지 않으려 했다. 하지만 리지는 키가 180센티미터가 넘고 하버드 농구팀이란 말이다. 그래도 나는 포기하지 않았다. 그리고 식사 후에 화장실에서 속을 게우고 나자 기분이 한결 나아졌다. 그러고 나서 우리는 클럽에 갔고 이번엔 병술을 주문했다. 아홉 명이서 보드카 두 병과 샴페인 세 병을 마셨다. 그다음엔 무슨 일이 있었는지 모르겠다. 나는 그저 계속 술을 마시며 춤을 추었다. 보 버클리가 나타나지만 않았어도 아무 일 없었을 것이다. 맙소사. 하필 보 버클리라니! 그 사람은 하비 테이트의 어소시에이트다. L. 세실 수석 부회장의 어소시에이트로, 엄청난 부자란 말이다. 틀림없이 그가 나타나는 순간 나는 말 그대로 몸을 던졌을 것이다. 우리는 댄스 플로어에서 키스를 나눴고 오늘 아침 눈을 떠보니 그의 침대에 누워 있었다. 아무래도 섹스를 한 것 같다. 아니, 틀림없이 했다. 아침에 보니 침대 옆에 콘돔이 있었다. 그리고 느낌으로도 알 수 있다. 가랑이의 느낌. 섹스를 했다는 느낌이 들어 이

방에서 한 발짝도 나가고 싶지 않다. 어째서 이런 짓을 했을까? 어째서 월가에서 일할 수 있다고, 이런 삶을 살 수 있다고 생각했을까? 이제 빠져나가는 법도 모르겠다. 파이 베타 피에 돌아가고 싶다. 이런 일을 겪은 사람이 또 있어서 나를 이해해준다면 좋을 텐데. 하지만 이런 일은 아무도 이해하지 못할 것이다. 어떻게 나는…….

"이 의자 쓸 거요?"

아까 그 노숙자 같은 사내가 걸걸한 목소리로 물었다.

찰리는 눈을 들어 맞은편에 놓인 의자를 보았다.

"아니요."

"내가 가져가도 되겠소? 다리를 올려놓으려고 하는데."

남자가 말했다.

찰리는 그가 다리를 올릴 수 있도록 의자를 밀어주었다. 남자의 신발은 덕트테이프로 간신히 고정해놓았다.

찰리는 자신의 빈 잔을 보고는 다시 일기장을 보았다. 그러곤 한 잔 더 주문한 뒤에 계속 읽기로 했다. 그는 자리에서 일어서며 남자에게 물었다.

"술 한 잔 드릴까요?"

그러자 남자가 말했다.

"그래요. 허시 리저브로. 바 뒤에 놓아뒀을 겁니다."

그러곤 고개를 기울이며 덧붙였다.

"젊은이도 마셔요. 좋은 사람 같은데."

찰리는 바로 가서 한쪽 눈썹을 치켜 올리며 바텐더에게 물었다.

"허시 리저브가 있어요?"

"호러스가 달래요?"

바텐더는 그 사내를 보고 웃으면서 바 밑에서 병 하나를 꺼냈다. 그러곤 물었다.

"손님도 한 잔 드릴까요?"

"괜찮습니다."

찰리가 말했다. 밀주가 분명했다.

"정말이요? 이거 아주 좋은 술인데."

"그게 뭡니까?"

"16년 된 버번이에요. 한 병에 3백 달러쯤 하죠."

"네?"

찰리의 얼굴에 의심이 떠올랐다.

"호러스가 가장 좋아하는 술입니다."

"저 사람 누굽니까?"

"보안 이메일 아시죠? 메일 보낼 때 작은 버튼을 누르면 메시지가 암호화되잖아요."

"알죠."

"호러스가 개발한 거예요."

"네?"

찰리는 그 사내를 돌아보았다.

바텐더는 고개를 끄덕이며 말했다.

"아마 저분 가치가 10억 달러쯤 될 겁니다. 그래서 우리가 저분의 버번을 마시는 거죠. 실리콘밸리가 이런 곳이랍니다."

찰리는 술이 담긴 잔을 호러스에게 갖다 주었다. 그러곤 자신의 잔을 가리키며 말했다.

"고맙습니다."

그는 계속해서 일기장을 훑어보며 보 버클리에 대한 이야기가 또 있는지 살펴보았다. 마지막 장에 그의 이름이 나왔다. 찰리는 자신의 이름도 발견하고 마음의 준비를 하며 날짜를 확인했다.

2014년 3월 5일

찰리 오빠는 졸업식에 오지 않을 것 같다. 그렇게 말하진 않았지만 오지 않을 게 분명하다. 지금 이 일기를 쓰면서 오빠가 올 거라고 기대했던 내가 얼마나 바보 같았는지 깨닫고 있다. 아마 고등학교 졸업식 때 오빠가 갑자기 나타나서 이번에도 그럴지 모른다고 생각한 모양이다. 하지만 오빠가 스탠퍼드로 한 번쯤은 나를 보러 올 줄 알았는데 한 번도 그런 적이 없으니 이제 상황이 달라졌다는 사실을 알았어야 했다. 오빠는 내가 L. 세실에 들어가면 다른 사람이 될 거라고 걱정한다. 어이가 없다. 오빠도 지금 일에 푹 빠져 다른 사람이 되었으면서. 그렇다고 내가 오빠의 일을 존중하지 않는 것은 아니다. 다만, 어디서 끝날지 알 수 없을 뿐. 그리고 예전의 오빠가 그립다. 야광 스판덱스 차림으로 롤러스케이트를 신고 뉴욕을 돌았던 그 찰리 오빠 말이다. 그런 예전 모습이 아직 그 안에 살아 있을까? 늘 비극을 마주하다 보면 그런 모습은 지워야 하는 걸까?

오빠는 자신이 그곳에 꼭 필요하다고 말한다. 하지만 나에게도 오빠가 필요하다는 사실은 모르는 걸까?

아아, 켈리. 너무 이기적이잖아. 시리아 사람들은 죽어가고 있는데 나는 캘리포니아에서 콘서트를 구경하고 곧 연봉이 9만 달러인 직장에 다니게 된다. 게다가 내게 신경 써주는 사람들도 있다. 태라 테

394

일러가 내 멘토가 되고 싶어한단 말이다. 태라 테일러는 정말 굉장한 사람이다. 예쁘고 똑똑한 데다 매우 현실적인 면도 갖고 있다. 지난 여름 보가 주최한 쫑파티에서 우리와 함께 술에 취해 L. 세실 상사들을 전부 흉내 내기도 했다. 정말 똑똑하고 의욕적인 데다 즐길 줄도 아는 사람이다. 어쨌든 이제 내게 찰리 오빠는 필요치 않다. 난 그저 예전의 찰리 오빠가 돌아왔으면 좋겠다. 그 오빠라면 내가 왜 L. 세실에 가려고 하는지 이해하고 그렇게 침울해하지 않을 테니까.

거기서 세상이 멈췄다. 종잇장에 적힌 글씨를 보고 있으려니 이제는 나오지 않을 줄 알았던 눈물이 앞을 가렸다. 롤러스케이트를 타던 날이 떠올랐다. 졸업하고 몇 년 안 되어 취재차 뉴욕에 와 있을 때였는데, 그의 어머니가 연락해 켈리가 고교 댄스팀 오디션에서 떨어졌다고 했다. 그는 스타이브샌트 고등학교에 전화해 집안에 급한 일이 생겼으니 켈리의 수업을 빼달라고 요청한 뒤 1980년대 복장을 하고 롤러스케이트를 들고 나타나 켈리를 웨스트사이드 하이웨이로 데려갔다. 그곳에서 두 사람은 스케이트를 타고 웃으며 한 편의 영화를 찍다시피 했고, 결국 마음씨 좋은 롤러스케이트 댄서들이 초짜인 그들을 끼워주어 함께 센트럴 파크까지 갔다. 둘 다 댄스팀 오디션 이야기는 꺼내지 않았지만 그는 자신이 켈리의 기분을 풀어줬다는 사실을 알았고 그래서 자신 역시 그 어느 때보다도 기분이 좋았다.

그의 그런 면은 아직 사라지지 않았다. 다만……. 테러와 테크놀로지, 종교 갈등, 탐욕 등으로 인해 '세상'이 점점 심각해지고 있을 뿐이었다. 어쩌면 세상은 원래 그렇게 심각했는데 찰리 자신이 미국의 보호막에 싸여 미처 깨닫지 못했는지도 모른다.

일기에 적힌 켈리의 괴로움을 보며 점점 자신을 변명하는 느낌이 들었다. 그가 어떻게 한단 말인가?

"아아, 저거. 저 일도 참 안타까워."

호러스가 누구에게랄 것도 없이 말했다.

찰리는 눈을 들었다. 뉴스는 어느새 로비의 재판 소식으로 넘어갔다. 현재 배심원단 선정이 이뤄지고 있다고 했다.

"안 그래요?"

호러스가 찰리에게 물었다.

찰리는 말없이 고개를 끄덕이고 그곳을 나왔다.

토드
4월 18일 금요일, 뉴욕 주 뉴욕

토드는 그래머시 태번 바에서 마티니를 홀짝이고 있는 조앤을 발견했다. 금발 머리는 뒤로 넘겨 단단하게 땋았고, 정장 재킷을 등받이에 걸쳐놓은 채 실크 블라우스 차림으로 맨팔을 드러내고 있었다. 조앤은 민소매 블라우스를 입어선 안 되었다. 적어도 맨해튼에서는. 팔이 통통해서가 아니라, 모두들 필라테스로 팔다리를 가꾸는 이 섬에는 저렇게 밋밋한 팔이 어울리지 않았다.

토드는 심호흡을 했다. 할 수 있다. 해야 했다. 그의 일자리가 걸려 있었다.

"어서 오세요."

여종업원이 말했다.

"토드 켄트 이름으로 두 사람 예약했어요."

그가 말했다. 그 예약을 하느라 한 시간 동안 전화를 붙잡고 있었으며, 아는 사람 세 명을 동원하고 한 번 (암으로 죽어가는 사촌이 뉴욕에 오기로 했다고) 거짓말을 했다.

"저기 제 일행이 있네요."

그는 조앤의 어깨를 가볍게 건드리고는 미소를 지으며 말했다.

"오늘 예쁘다."

"토드 켄트, 만나서 정말 반가워."

조앤은 미리 연습이라도 한 것처럼 대꾸했다.

"나도 반가워."

그는 부자연스럽게 빙긋 웃었다. 그녀는 팔뿐만 아니라 얼굴도 더 통통해졌다.

"그동안 어떻게 지냈어? 정말 좋아 보인다."

구석 자리로 가서 앉으면서 그가 말했다.

"거짓말인 줄 알지만 칭찬으로 생각할게."

"거짓말 아니야. 난 예전부터 자기가 섹시하다고 생각했거든."

거짓말이었다.

조앤의 시선이 잠시 토드에게 머물렀다 메뉴판으로 향했다. 토드는 손에 땀이 났다. 잘 안 되면 어쩌지? 그는 이번 IPO와 자신의 보너스, 그리고 자신의 명성을 생각했다. 잘되어야 했다.

"샴페인 한 병 주문할게요."

그가 웨이터에게 말했다.

"주류는 여기에 있습니다. 스파클링 와인은 21쪽부터 보시면 됩니다."

웨이터는 그에게 두툼한 가죽 장정 메뉴판을 건넸다.

"알아서 좋은 걸로 갖다 주세요. 축하주거든요."

"입맛이 더 고상해졌네."

조앤이 말했다.

"사람도 더 성숙해졌지. 그때 그렇게 끝내서 정말 미안해."

그는 그렇게 말하면서 그녀와 정확히 어떻게 끝냈는지 기억을 더듬어보았다.

"그 얘긴 하지 말자."

조앤이 어깨를 으쓱하며 말했다.

웨이터가 다시 와서 토드에게 샴페인 병을 보여주자 토드는 승낙했다. 그들의 잔에 술이 채워지자 토드는 조앤에게 건배를 청했다.

"새로운 시작을 위하여."

"위하여."

그녀가 말했다.

두 사람은 식사와 와인 한 병을 더 주문했고 토드는 애써 대화거리를 찾았다.

"증권거래위원회 일은 어때?"

"말도 못 하지. 이미 짐작했겠지만 금융 위기 이후로는 더하고."

"왜?"

토드는 그에 대해 한 번도 생각해본 적이 없었다. 증권거래위원회는 월가에서 덜떨어진 사람들이 가는 곳이었다. 머리가 조금만 좋으면 진짜 회사에서 돈을 열 배쯤 벌 수 있는데 굳이 정부에서 월급을 받겠다고 금융시장을 이해하려 애쓸 필요가 없지 않은가. 정부 규제라는 것은 그렇게나 부조리하다. 정부는 월가의 영리한 인재들이 하는 일을 규제할 수 있을 만큼 재능 있는 직원들을 '절대' 유치하지 못한다.

조앤이 말했다.

"일은 너무 많고 인력은 달리고. 경기가 좋을 때도 일을 꼼꼼하게 할 수가 없었어. 경기가 안 좋으니 상황이 어떤지 말 안 해도 알 거야."

"알지."

그는 공감하는 척하려고 노력했지만 사실은 전혀 관심이 없었다.

"후크는 어떻게 된 거야?"

"내가 후크 일을 맡은 건 어떻게 알았어?"

"저번 S-1도 내가 승인했거든."

"그래? 빨리 처리해줘서 고마워."

그는 마음이 놓였다. 그녀는 그의 편이었다. 그가 오늘 밤을 망치지만 않는다면.

"뭘."

그녀는 오리를 한 입 베어 물며 말했다. 무슨 여자가 오리를 주문한단 말인가? 게다가 저런 몸으로.

"조시 하트가 나간다는 얘긴 들었지? 돌턴 헨리 쪽에서 그의 지분을 매입한 사실도 알 테고."

"그럼 조시 하트는 이제 후크에 대해 소유권이 전혀 없는 거야?"

"그렇지."

그가 답했다.

"그 사람 열 받았겠네?"

토드는 고개를 저었다.

"아니. 모두들 그게 최선이라고 생각해."

조앤은 못 믿겠다는 얼굴이었다.

"왜 그렇게 된 거야?"

토드는 어깨를 으쓱했다.

"조시는 CEO감이 아니라 일개 프로그래머에 불과하다는 사실을 모두가 깨달은 모양이야."

"뭐, 그럴 수도."

"왜?"

토드는 진심으로 물었다. 하루 종일 사람들에게 그렇게 얘기하고 나자 토드 자신도 그렇다고 믿게 된 듯했다.

"아니야. 수정한 서류는 언제 제출할 거야?"

그녀가 물었다.

"일요일."

"그럼 내가 월요일에 볼게. 서류에 문제가 없다면 그다음 주에 로드쇼를 시작할 수 있을 거야. 2/4분기 말까지 마무리해야 한다고 했지? 그 정도면 일정에 문제없겠네."

"자기 정말 최고다."

토드는 그녀와 잔을 부딪쳤다. 안도감에 마음이 녹는 듯했다.

웨이터가 디저트 메뉴판을 가져왔다. 토드는 에스프레소 마티니를 주문했다. 이제 고주망태가 되는 것이 최선이라는 결론을 내렸기 때문이다. 아니면 조앤이 고주망태가 되게 해서 기절시키는 방식으로 섹스를 피할 수도 있었다.

그는 에스프레소 마티니를 홀짝거리며 치즈 안주를 주문했다.

조앤은 초콜릿 토르테를 해치우고 작은 케이크 디저트를 먹었다.

조앤이 화장실에 간 사이, 그는 웨이터에게 법인카드를 건넸다.

"토드?"

귀에 익은 목소리에 그는 고개를 들었다. 그의 오랜 섹스 파트너 루이자 르메이가 가느다란 몸으로 테이블 옆에 서 있었다. 그의 눈 높이에 타이트한 검은색 드레스를 헐렁하게 걸친 한 줌짜리 허리가 보였다. 조금 취한 듯 미소를 짓고 있는 얼굴에선 빛이 났다. 그는 숨이 멎는 듯했다.

"루이자? 여긴 어쩐 일이야?"

루이자는 바 쪽을 돌아보았다. 나이 지긋한 남자가 스카치를 홀 짝이며 그녀를 보고 빙긋 웃었다. 그녀도 그에게 미소를 보냈다.

"마티니를 너무 많이 마셨어."

그녀는 웃음을 터트리며 손가락을 펼쳐 석 잔째라고 알려주었다.

"뉴욕엔 얼마나 있을 거야? 언제 나랑 만날까?"

그가 물었다. 그녀의 몸을 떠올리는 순간, 일요일까지 해야 할 일 이 얼마나 많은지 까맣게 잊었다.

"내일 가야 해."

그녀가 대답했다. 그러곤 덧붙였다.

"그리고 어차피 이젠 그렇게 만나면 안 될 것 같아."

"왜?"

그녀는 입술을 깨물며 얼굴을 붉혔다.

"아무래도 나, 사랑에 빠진 것 같거든."

그러곤 어깨를 으쓱해 보였다.

"안 믿기지? 내가 누굴 사랑하다니."

토드의 입이 떡 벌어졌다. 그는 바에 있는 남자를 돌아보았다. 나이도 많고 매력적이지도 않았다. 그는 이해가 되지 않아 날카롭게 물었다.

"뭐?"

루이자는 어깨를 으쓱했다.

"나도 모르겠어. 그렇게 되더라. 나도 매이고 싶진 않았는데 저 사람은……."

조앤이 돌아와 루이자를 보았다. 루이자도 그녀를 돌아보았다.

"안녕하세요. 루이자라고 해요."

"조앤이에요."

두 여자가 악수를 나눴다.

루이자가 토드에게 말했다.

"난 그만 빠져줘야겠네. 만나서 반가웠어, 토드. 만나서 반가웠어요, 조앤."

행복해하는 그녀의 모습에 토드는 속을 게우고 싶었다.

조앤은 바 자리로 돌아가는 루이자를 부러운 듯이 바라보았다.

"저 사람, 케일럼 리스잖아?"

조앤의 물음에 토드는 그녀가 루이자가 아닌 남자를 보고 있다는 사실을 깨달았다.

그는 고개를 돌렸다.

"뭐?"

"케일럼 리스. 회사를 몇 개나 차린 억만장자 말이야."

"설마. 정말?"

토드는 다시 돌아보았다.

조앤은 한쪽 눈썹을 치켜 올리며 말했다.

"맞는 것 같은데. 루이자 좋겠다."

루이자가 케일럼 리스를 사랑하게 되었다는 사실을 받아들이기도 전에 웨이터가 토드의 신용카드를 갖고 돌아왔다. 그는 영수증을 보고 기침을 했다. 3,618달러였다.

"젠장."

그는 샴페인을 올려다보았다. 무려 2,600달러짜리였다. 게다가 맛이 썩 좋지도 않았다.

"무슨 일 있어?"

조앤이 물었다.

"아니야."

토드는 미소를 지었다. 원래 접대비 최대한도는 인당 3백 달러였지만 이유를 설명하면 승인받을 수 있을 것이다. IPO가 지연되는 것을 막는 일이 L. 세실에겐 3천6백 달러보다 훨씬 더 가치 있는 일일 테니까.

그는 조앤을 의자에서 일으켜주고 자신의 의지력을 시험하려는 듯 그녀의 허리에 팔을 두른 채 레스토랑을 나왔다. 루이자가 보고 있지 않길 바랐다. 평소 같으면 질투를 유발하고 싶었겠지만 조앤 같은 여자와 함께라니 바보가 된 기분이었다. 그러나 흘끗 돌아보니 루이자는 케일럼과의 대화에 빠져 웃고 있을 뿐 토드 자신은 안중에도 없었다. 그녀에게 뺨을 맞았다 해도 그보다 참담하진 않을 것 같았다.

"업타운으로 가?"

조앤이 그의 좌절을 방해했다.

"그냥 옆으로 쭉 가면 돼. 날씨가 좋네. 좀 걷지 않을래?"

그에겐 시간이 좀 더 필요했다. 조앤은 매력적이지도 않은 데다 방금 미식축구 선수보다도 더 많이 먹었다. 게다가 루이자와 나란히 있는 모습을 보고 나니 더욱 별로인 듯했다.

"난 87번가랑 요크 거리 교차점에 살아. 걸어가기엔 좀 멀지."

그녀가 말했다.

"아, 그럼 택시를 잡아야겠다."

그는 손을 뻗으며 그녀가 고양이를 기르지 않기를 기도했다.

택시가 도착하자 그는 그녀를 위해 문을 열어주었다.

"만나서 반가웠어, 토드."

그녀는 차에 올라타더니 한 손으로 문을 잡고 닫으려 하며 덧붙였다.

"승승장구하는 거 축하해."

그는 그녀가 내민 손을 바라보았다.

"어…… 저기……."

"왜?"

그녀는 멈칫하며 물었다.

그는 눈을 들고 멍한 얼굴로 고개를 저었다. 그냥 가겠다는 걸까? 혼자서?

"토드, 날 어떻게 본 거야?"

조앤이 웃음을 터트렸다.

"난 자기가……."

그는 입을 열고 머리를 굴리기 시작했다. 이 여자는 그와 자고 싶어하지 '않는단' 말인가?

그녀가 대신 그의 말을 끝내주었다.

"난 맛있는 저녁을 먹고 싶었어. 정부에선 그런 걸 누릴 수 없거든. 잘 가, 토드."

그녀는 다시 웃으면서 택시 문을 닫았다.

"그래, 잘 가."

그는 이미 닫힌 문에 대고 말했다. 그러곤 택시 뒤에 대고 외쳤다.

"그리고 고마워."

그는 서쪽으로 걷기 시작했다. 거래를 살렸고 조앤과 자지 않아도 된다는 안도감과 루이자가 딴 남자와 잔다는 실망감에 술기운이 더해져 가슴이 공허했다. '상관없어.' 루이자는 그가 생각했던 여자가 아니었다. 그저 한 남자를 매어두고 싶어하는 평범한 여자일 뿐. 토드는 조앤 힐리어와 자고 싶지 않은 만큼 한 여자에게 매이고 싶지도 않았다.

그런데 조앤 힐리어는 왜 그와 자고 싶지 않을까? 그리고 루이자는 왜 '그'를 매어두고 싶어하지 않을까?

토드는 모퉁이에서 잠시 걸음을 멈추고 후크에 접속했다. 그러곤 귀여운 금발의 여자에게 메시지를 보냈다.

주제넘은 얘기인지 모르겠지만 정말 아름다우시네요……. 저랑 술 한잔 하실래요?

그러곤 반경 1.5킬로미터 안에 있는 여자 여섯 명에게 똑같은 메시지를 복사해서 보냈다. 5번가에 닿기도 전에 네 명이 답장했다.

그는 자신의 아파트에서 가장 가까이 있는 여자를 골라 문 앞에서
그녀를 만났다.

9장
IPO 로드쇼

어맨더

어맨더는 와인 한 병을 따서 큼지막한 잔에 따랐다. 그러곤 소파 가장자리에 앉아 심호흡한 뒤 로스쿨 입학시험 교재를 펼쳤다.

글씨를 봐도 머릿속에 들어오지 않았다. 샌프란시스코가 진저리 났다.

날씨도 진저리 났다. 아무도 그에 대해 말해주지 않았다. 그저 뉴욕을 떠나는 그녀에게 작별 인사를 건네며 '와, 이 동부 연안의 추위를 피해 캘리포니아로 가다니 정말 좋겠다' 하고 뻔뻔하게 거짓말했을 뿐이었다. 그러나 샌프란시스코는 주변 지역과 달리 유난히 추웠으며 비가 내리면 음습한 기운이 뼛속까지 파고드는 데다 구두도 엉망이 되었다. 게다가 굳이 구두를 신을 필요도 없었다. 이 도시에는 하이힐은 고사하고 옷을 제대로 차려입는 사람도 없었다. 그녀는 아무렇게나 하고 나가도 반경 수 킬로미터 내에서 가장 매력적인 여자가 될 수 있었고, 그렇다 해도 이곳 남자들은 모두 거만하기 때문에 좋을 게 없었다. 이들의 거만함은 뉴욕 남자들의 거만함과는 달랐다. 뉴욕 남자들은 적어도 패션과 취향으로 자만심을 표현했다. 이곳 남자들은 어떤 신생 기업이 자금 조달을 받았는지, 《테크크런치(TechCrunch, 북미 최대의 온라인 IT 매체-옮긴이)》엔 누가 올랐는지, 생분해성 포장을 한 최고의 무(無)글루텐 현지 원료 지속 가능 무가공 유기농 케일 칩을 판매하는 농산물 시장은 어디인지 따위를 알고 있다는 데서 우월감을 찾았다.

그것이 어맨더가 로스쿨에 가기로 결심한 이유였다. 캘리포니아에 온 것이 전적으로 실수는 아니었다. 지금 그녀는 그 어느 때보다도 대학원에 가야 한다는 확신을 얻었으니 말이다. 로스쿨에는 멋진 남자도 있을 것이다. 컴퓨터 프로그래머와는 다른 식으로 똑똑한 남자들 말이다. 하긴, 그것도 확실하진 않았다. 그녀는 탁자에 놓인 책을 밀어놓고 소파에 깊숙이 앉아 와인을 한 모금 마셨다.

어쩌면 어맨더 자신이 문제인지도 모른다. 기대치가 너무 높은 탓이었다. 따지고 보면 그녀도 딱히 잘난 구석이 없었다. 물론, 좋은 대학을 나왔고 좋은 로펌에서 일하고 있지만 주체적으로 일하는 것도 아니었고 회사를 차린 것도 아니었다. 남자친구를 사귀어본 적도 없었다. 어쩌면 토드 켄트 같은 남자가 기억할 만한 여자, 벤 로프티스 같은 남자가 존중할 만한 여자가 아닌지도 모른다.

그녀는 와인을 마저 마시고 한 잔 더 따른 뒤, 리모컨으로 손을 뻗었다. TV를 켜자 CNBC가 나왔다.

또 켈리 제이컵슨에 대한 뉴스를 보도하고 있었다. 경찰은 몰리가 묻어 있는 물병을 발견하고 로비 굿맨을 체포했다고 했다. 그는 켈리와 섹스하기 위해 물에 몰리를 타 먹인 혐의를 받고 있었다.

"정말 저 남자가 그랬을까?"

줄리가 물었다.

어맨더는 어느새 옆에 서 있는 줄리를 보고 화들짝 놀랐다. 그러곤 다시 TV를 돌아보며 어깨를 으쓱했다.

"그게 중요할까?"

"당연히 중요하지."

줄리가 진지하게 말했다.

"글쎄, 어차피 저 남자 인생은 끝났어."

"하지만 죄가 없다면?"

"설사 살인을 하지 않았다고 해도 저들은 무엇이든 파헤쳐서 정상이 아니라는 걸 입증하려고 들걸."

"저건 범죄가 아니야. 대학 때 취해보지 않은 사람이 어디에 있다고."

줄리가 말했다.

"그리고 켈리처럼 마약을 해보는 사람도 많지. 하지만 일단 언론에서 누군가를 악당으로 몰아가기로 결정하면 아무도 자기 평판을 걸고 그 사람의 무죄를 입증해주려 하지 않아. 그러니까 이젠 기본적으로 언론이 사법제도를 좌지우지하는 셈이지. 엉망진창이야."

"그래서 변호사가 되려는 거야? 그걸 바로잡으려고?"

"순진하기는."

어맨더는 눈을 굴렸다. 왜 샌프란시스코 사람들은 다들 세상을 바꾸는 게 삶의 목적이라고 생각할까?

"영웅과 악당을 만드는 건 인간의 본성이야. 그건 어떻게 바로잡을 수가 없어."

갑자기 TV가 꺼지자 어맨더는 줄리를 돌아보았다. 줄리는 손에 리모컨을 든 채 입을 꾹 다물고 어맨더를 보고 있었다.

"TV는 왜 껐어?"

"옷 입어."

줄리가 명령했다.

"응?"

"짜증나게 굴지 말고 어서 외투 입어. 나갈 거야."

"하지만 난……."

줄리는 그녀를 흘겨보았다.

"알았어."

어맨더는 체념하고 소파에서 일어나 플리스 재킷을 집어 들었다.

그러곤 줄리를 따라 밖으로 나와 짜증 섞인 줄리의 걸음을 따라 잡기 위해 속도를 냈다. 늘 방방 뛰며 즐거워하던 줄리가 대체 왜 저러는지 어맨더는 알 수가 없었다.

팁시 피그에 도착하자 줄리는 앞장서서 안쪽 테라스 자리로 향했다. 태양등이 음습한 저녁 공기를 녹여주는 듯했다. 테라스는 예쁘게 꾸며져 있었다. 꽃과 흰 나무가 주렁주렁 매달려 있고 그 아래 놓인 목제 피크닉 탁자들에선 연인이나 친구들이 식사를 하고 있었다.

"저는 켄터키 뮬(칵테일의 일종–옮긴이)로 주시고요, 이 친구는 우선 물 주세요. 마카로니 치즈 하나 주시고요."

줄리는 웨이트리스에게 메뉴를 주문한 뒤 어맨더를 돌아보았다.

"자, 문제가 뭐야?"

"무슨 문제?"

어맨더가 방어적으로 되묻자, 줄리는 거침없이 쏟아놓기 시작했다.

"지난 2주 동안 축 늘어져 있었잖아. 나도 짜증나서 같이 못 있겠어. 그러니까 대체 이유가 뭔지 얘기해봐. 그래야 자기가 얼른 극복하고 우리도 좀 즐겁게 지낼 수 있지."

어맨더는 입이 다물어지지 않았다. 줄리는 보통 여자가 아니었다.

"그게……."

어맨더가 입을 열자 줄리는 잠자코 기다렸다.

"남자 문제야. 토드 켄트. 후크 IPO를 맡은 투자은행 사람 말이야. 사귀었었어. 뉴욕에 있을 때."

마침내 어맨더가 털어놓았다.

"정말 사귀었어?"

"무슨 뜻이야?"

"진짜 데이트를 했느냐고?"

"꼭 그런 건 아니야. 하지만 뉴욕은 좀 달라. 그곳 남자들은……."

"그럼 토드 켄트와 잠자리를 함께한 사이네. 데이트를 하고 싶었지만 그건 못 했고."

줄리가 지적했다.

"응."

어맨더가 솔직하게 인정했다. 그러고 나자 너무도…… 간단한 일처럼 느껴졌다.

"그런데?"

"그러고 이리로 왔는데 그 사람을 봤어."

그러나 곧 어맨더는 자신의 말을 정정했다.

"아니, 사실은 그가 여기 있다는 얘기를 듣고 내가 보러 갔는데 그 사람은……."

그녀는 아직 스스로도 그 사실을 인정하지 못했다.

"나를 기억하지 못하더라고."

"나쁜 놈이네."

줄리의 말에 어맨더는 고개를 저었다.

"아냐. 그보다는 그냥……."

"거만하고 자기중심적이고 배려 없고 예의 없는 사람이었겠지."

"하지만 그러지 않을 수도……."

"하지만 그랬잖아."

줄리가 지적했다.

"그런 남자도 적당한 짝을 만나면 변할 수 있다고 생각해."

"잠자리를 같이했는데도 기억하지 못하는 걸 보면 자긴 그 적당한 짝이 아닌 것 같은데."

어맨더는 자신의 손을 보았다. 정말 그렇게 간단한 문제였을까? 그렇게 빤한 문제였을까?

"혹시나 위안이 될까 해서 얘기하는데, 보라는 사람도 똑같았어. 2주 동안 문자 한 통 안 하는 거 있지? 결국 섹스까지 했는데 '펑!' 하고 사라져 버렸다니까. 그러고 나니까 내가 그렇게 형편없었나 하는 생각이 들더라고."

줄리는 눈을 굴리며 말을 이었다.

"얼마나 소모적인 일인지 몰라. 지난주에 그 생각을 하는 데 열 시간은 허비했을 거야. 그 시간에 생산적인 일을 했다면 얼마나 더 행복했겠어? 난 앞으로 1년 동안은 남자 안 만날 것 같아."

어맨더는 얼굴을 찌푸렸다.

"자긴 스물여섯 살이잖아. 그럼 안 되지."

"왜 안 돼?"

"그러다 영영 기회를 놓친다고."

줄리는 그녀를 똑바로 보았다. 동정이 가득한 줄리의 시선에 어맨더는 약점을 들킨 기분이 들었다. 줄리가 말했다.

"설마 우리의 가치에 유통기한이 있다고 믿는 건 아니겠지?"

"난……."

어맨더는 허를 찔린 기분이었다. 결국 그녀는 솔직하게 털어놨다.

"난 끝까지 혼자 살게 될까 봐 두려운 것 같아. 우리 엄마도 혼자 거든. 엄마를 보면…… 처량해."

"자기가 어머니랑 똑같다고 생각해?"

줄리가 나지막이 물었다.

"당연히 아니지."

어맨더는 펄쩍 뛰었다. 그녀의 엄마는 플로리다에서 작은 대학에 다니다 아버지와 결혼하느라 학교를 그만두었다. 이혼하고 나서는 이혼 수당만으로 생계를 꾸렸다. 10년 동안 의사와 결혼 생활을 한 엄마는 당신의 변변찮은 학력을 받아주는 곳에 취직하기엔 콧대가 너무 높았다.

"그런데 어떻게 엄마처럼 되겠어?"

"만약 남자가……."

어맨더는 입을 열려다 말았다. 지금까진 한 번도 그렇게 생각해 본 적이 없었다.

"자긴 예쁘고 똑똑하고 성격도 좋아. 자기 생각에만 빠져 우울해 있을 때를 제외하곤. 그러니까 끝까지 혼자 살 리도 없고, 설사 그런

다고 해도 어머니처럼 되진 않을 거야."

어맨더는 한동안 그에 대해 생각해보았다.

"음식 나왔습니다."

웨이트리스가 마카로니 치즈와 포크 두 개를 가져왔다.

"이제 이 친구한테도 술 갖다 주세요."

줄리가 웨이트리스에게 말했다.

두 사람은 마카로니 치즈를 먹고 술을 한 잔씩 더 마셨다. 그러곤 후크 로드쇼를 위해 런던에 가게 된 후안을 부러워했다. 줄리는 스탠퍼드 대학에서 컴퓨터공학을 전공했지만 누구에게도 재능을 인정받지 못했다고 털어놓았다. 그래서 사업의 이모저모를 살펴보기 위해 후크의 안내데스크에서 일하기로 했다. 그리고 정말 그렇게 했다. 안내 직원에겐 아무도 신경 쓰지 않았으므로 그녀는 회사가 어떻게 돌아가는지, IPO가 끝나면 어떤 직원이 나갈 것인지 따위를 조용히 파악했다.

두 남자가 다가와 합석해도 되느냐고 물었고 어맨더가 거절할 새도 없이 줄리가 승낙했다. 15분쯤 함께 있어보니 그리 나쁘진 않았지만 그들은 자기들이 창업한 회사에 대해서만 떠들어댔다. 별것 아닌 회사였는데 듣자 하니 자금을 백만 달러쯤 끌어모은 듯했다.

새벽 1시에 바가 문을 닫자 두 여자는 남자들에게 작별 인사를 하고 안갯속을 걸어 집으로 향했다. 그 안개도 이제 그리 침울하게 느껴지지 않았다. 늦은 시간인 데다 술을 많이 마셨지만 그럼에도 어맨더는 머리가 맑았고 기운이 넘쳤으며 행복했다. 이 행복은 진짜인 듯 느껴졌다.

"우리가 같이 회사를 차리면 어떨까?"

어맨더가 말했다.

"뭐?"

줄리가 되물었다.

"우리가 방금 만난 그 남자들보다 훨씬 더 똑똑한 것 같은데 그 남자들도 백만 달러를 끌어모았다잖아…….'

갑자기 어맨더는 왜 그런 생각이 이제야 떠올랐을까 싶었다. 너무도 그럴듯한 아이디어인 것 같았다. 그녀가 다시 말을 이었다.

"우리 둘 다 1년쯤 남자를 안 만나면 시간도 많이 남을 테고…….'

줄리가 입꼬리를 올리며 미소를 짓자 어맨더는 가슴이 너울거렸다. 새로운 길, 더 나은 길이 자기 앞에 펼쳐지는 듯했다.

닉

5월 1일 목요일, 영국 런던

'이' 정도는 되어야 삶이라고 할 수 있지. 비행기가 런던에 착륙하자 닉은 이렇게 생각했다. 그는 토드 같은 남자들과 태라 같은 여자들의 시중을 받으며 전용기로 해외 곳곳에 날아가 세계에서 가장 유력한 펀드 매니저들이 모인 자리에서 그의 회사의 잠재력에 대해 연설할 예정이었다. 마침내 우주가 그의 진가를 인정하기 시작했다.

그들을 파크 레인의 포시즌스 호텔로 데려다줄 검은 리무진이 기다리고 있었다.

"내가 스타우드 계열 호텔에 묵자고 하지 않았나?"

차 안에서 닉이 태라를 돌아보며 물었다.

"어차피 호텔에 있는 시간은 세 시간밖에 안 돼요."

태라가 말했다.

"그럼 더더욱 포인트를 쌓을 수 있는 곳에서 묵어야지."

그는 아무리 부유해져도 포인트 적립을 통해 얻을 수 있는 혜택을 허투루 낭비하는 사람은 되지 않겠다고 단단히 결심했다.

"다른 도시에선 적절한 곳에 예약해줄 수 있겠죠?"

"확인해볼게요."

태라가 대꾸했다.

"앞으론 두 번 말하게 하지 마요."

그가 힘주어 말했다. 그러곤 자신의 새 비서를 돌아보았다.

"티파니, 태라가 제대로 하는지 확인해줘요."

"그러죠."

티파니가 따뜻하게 미소 지었다.

대럴 그린의 사무실에서 일하던 티파니를 스카우트한 것은 닉이 CEO로서 내린 첫 결정이었다. 연봉이 27만5천 달러로 높은 편이었지만 믿을 수 있는 사람을 곁에 둘 수만 있다면 그만한 돈을 지불할 가치가 있었다. 게다가 그녀는 공인 공증인이었다.

닉이 호텔에 대해 물은 것은 그저 까탈을 부리기 위해서가 아니었다. 그보다는 지도자로서 초기에 기강을 확립하는 것이 중요하다는 생각에서였다. 모두가 그를 주시하며 새로 맡은 책임을 어떻게 이행하는지 지켜보고 있었다. 그의 일거수일투족을 평가하고 있었다. 사람들은 그를 시험하려 들 것이고, 아무리 작은 사안이라도 꼼꼼하게 따지지 않으면 그를 우습게 여길 게 틀림없었다.

그중에서도 태라 테일러는 가장 요주의 인물이었다. 그녀는 앙큼하게도 CNBC에 출연해 후크의 변화에 대해 이야기했다. 그것은 분명히 닉 자신의 특권이자 책임이었는데 말이다. 태라는 레이철이 제안했다고 했지만 왠지 태라가 조종한 느낌이 들었다. 태라는 그가 생각했던 것보다 훨씬 더 영리했다. 상냥하고 예쁜, 멍청한 여자의 모습을 하고 있었지만 CNBC에 출연해 아주 똑 부러지게 이야기했다. 닉은 앞으로 그녀가 출세를 위해 닉 자신의 기회를 빼앗는 것을 절대 용납하지 않을 생각이었다.

첫 프레젠테이션은 순조롭게 끝났다. 두 번째, 세 번째도 마찬가지였다. 펀드 매니저들은 모두 실리콘밸리를 좋아했고 닉이 창조하는 세계의 일원이 되고 싶어했다. 6시가 되자 검은 차들이 그들을 태우고 런던을 가로질러 회원제 클럽인 쇼디치 하우스로 향했다. 이곳에서 그들은 엄선된 영국 펀드 매니저들과 비공개 만찬을 가질 예정이었다. 지금까지의 일정은 모두 이들을 접대하기 위한 워밍업에 불과했다.

닉은 전화기로 페이스북에 들어가 CEO로 바뀐 그의 직급에 '좋아요'를 누른 사람이 몇 명이나 되는지 확인해보았다. 세 명뿐이었다. 그가 실수로 무언가를 차단했나? 그는 설정을 확인한 뒤 뉴스피드로 옮겨갔다.

그레이스가 자신의 담벼락에 글을 올렸다. '켈리 제이컵슨 추모 기금 2백만 달러 돌파!!!'

그레이스의 글에는 328명이 '좋아요'를 눌렀고 200개의 댓글이 달려 있었다. 맨 위에 달린 댓글은 제임스라는 남자가 쓴 것이었다.

'잘했어, 그레이스. 완전 록스타 같은데!'

닉은 속이 메스꺼웠다. 제임스의 프로필을 클릭해보았다. SAE(남자 대학생 사교클럽 시그마 알파 엡실론의 약자-옮긴이), 골프팀, 최근에 한 일: J. P. 모건 하계 인턴. 닉은 그의 사진들을 클릭하다가 그레이스와 함께 참석한 모임에서 찍은 사진들을 발견했다. 둘 다 술에 취한 모습이었고 무척 즐거운 듯 보였다.

닉은 화가 치밀어 전화기를 닫았다. 잘해보라지.

차들이 멈췄다.

"다 왔나?"

닉은 창밖을 흘끗 내다보았다. 보도들은 지저분했고 콘크리트 담장들은 낙서로 뒤덮여 있었다. 꾀죄죄한 행인들은 대부분 검은 차의 행렬을 의식하지 않고 지나갔지만 플란넬 셔츠와 모자 차림의 한 여자가 닉의 앞 차에 침을 뱉었다.

"런던 동부가 원래 이렇답니다."

운전사가 문을 열자 보가 말했다.

닉은 선뜻 내리지 못하고 머뭇거렸다.

"안전해요?"

"그 팀벅2(Timbuk2, 노트북 가방이나 메신저 백으로 유명한 샌프란시스코 기반의 가방 브랜드-옮긴이) 가방만 놓고 내린다면요."

보는 후크 모노그램이 들어간 서류가방을 가리키며 말을 이었다.

"'난 애플 기기들을 싸 들고 다닌답니다' 하고 광고하는 셈이거든요."

이 어소시에이트가 놀리듯이 빙긋 웃자 닉은 그를 노려보았다. 감히 후크의 CEO를 놀리다니.

그러나 닉은 위험한 일을 막기 위해 손 세정제만 꺼내 들고 가방은 차에 둔 채 얼른 보를 따라 안으로 들어갔다.

문이 닫히자 마음이 한결 놓였지만 여전히 닉의 취향은 아니었다. 그들은 직원의 안내를 받아 바를 지나갔다. 사람들이 모두 우스꽝스러워 보였다. 의상에 너무 힘을 준 듯했다. 그냥 닉 자신처럼 정장을 입을 수는 없었나?

'진정하자.' 겨드랑이가 축축해지는 느낌이 들자 닉은 자신이 초조해하고 있음을 인정하며 마음을 다잡았다. 그들은 안쪽에 있는 비공개 공간으로 들어갔다. 그는 탁자 중앙에 자리를 잡은 뒤, 안으로 들어오는 펀드 매니저들에게 일일이 인사를 건네며 그들이 모두 정장을 입었다는 사실에 안도했다.

"어디에서 일하시죠?"

닉이 그중 한 명에게 물었다.

"클라이드 캐피탈에 있습니다."

남자가 영국식 억양으로 답했다.

클라이드 캐피탈이 어떤 곳이었더라? 닉은 기억나지 않았다. 대통령이 쓰는 이어폰이 필요할 것 같았다. 그 이어폰을 통해 누군가가 그에게 계속 정보를 알려준다면 좀 더 유능해 보일 수 있을 텐데.

모두 식사를 하려고 자리에 앉았지만 닉은 그대로 서서 자신이 연설하려 한다는 사실을 알리기 위해 기침을 했다.

"후안, 프레젠테이션 자료 좀 주겠나?"

태라가 고개를 저었지만 닉은 무시했다. 태라는 이 자리에서 정식 프레젠테이션을 해선 안 된다고 했다. 그러나 그것은 태라 자신이 계속 주목을 끌기 위한 계략임을 닉은 알고 있었다. 그도 사람들의 마음을 읽을 수 있었고, 사람들은 분명히 그의 발표를 듣고 싶어했다.

태라

태라는 의자에 깊숙이 몸을 기댄 채 두 잔째 와인을 홀짝였다. 지금 이 모임을 즐길 수 있을 만큼 취하고 싶은 마음이 간절했지만 너무 많이 마시지 않도록 자제해야 했다.

닉은 온 지구를 통틀어 가장 짜증나는 남자인 듯했다. 지금보다 더 거만해질 수는 없다고 생각했는데, 맙소사, 그건 오산이었다. CEO 직급을 달고 나자 그의 자만심은 천문학적인 고도로 치솟았다. 그러나 자기 인식이나 사회성, 사교 기술은 조금도 나아지지 않았다. 그는 이 만찬 자리에서 무려 '25'분 동안 떠들어댔다. 이곳에 모인 남자들이 정말 프레젠테이션을 듣고 싶어한다고 생각하는 모양이었다. 태라 자신이 닉에게 열두 번도 넘게 말했듯이 이 사람들은 이미 주식을 살 사람들이었다. 그녀가 이미 이들 모두에게서 구두 약속을 받아냈고, 감사의 의미로 그들을 띄워주고 직접 얼굴을 보기 위해 이 만찬을 준비한 것이었다. 오히려 닉 때문에 그들이 마음을 돌리지나 않을지 걱정되었다.

레이철의 판단이 옳았다. 쇼디치 하우스는 이 만찬에 완벽한 장소였다. 투자자들에게 젊은 느낌을 주고 후크 사용자들에 대한 감을 익히게 해줄 만큼 세련되었고, 그러면서도 회원제 클럽이라 값비싼 메뉴가 있었으며 화장실에 비치된 디자이너 손 세정제가 위안을 주기도 했다. 이제 이 남자들은(당연히 모두 남자였다.) 칵테일을 여섯 잔씩 마신 데다 토드가 닉에게서 센터 코트를 빼앗은 터라 한결 편안해 보이는 모습이었다.

"그래서 바가텔에 갔단 말이죠. 오후 3시였는데 블라인드를 내리고 음악을 크게 틀어놓더군요. 웨이트리스 두 명이 쫙 붙는 스판덱스 원피스를 입고 우리 테이블을 전담했어요. 저는 플로어에 있는 섹시한 여자를 보려고 소파 위로 올라갔죠."

토드는 활짝 웃으면서 말을 이었다.

"샴페인이 흘러넘치고 병마다 폭죽이 터지고 여자들은 병을 새로 내올 때마다 열광하고 난리도 아니었답니다. 제 짐승 같은 친구는 화장실에서 어떤 여자랑 박고 있었고요. 그 친구는 원래 그러거든요. 그런데 갑자기 여자 둘이 나타나더니 제 앞에 있는 테이블로 기어 올라오는 겁니다. 그러곤 잔뜩 화가 나서 제 얼굴에 전화기를 들이대더라고요. 둘 다 제가 방금 후크를 통해 보낸 똑같은 메시지를 받은 거죠."

"저런. 그래서 어떻게 했어요?"

뺨이 발그레하고 잇새가 벌어진 대머리 남자가 물었다.

토드는 잠시 말을 멈추고 빙긋 웃었다.

"두 여자한테 폭죽이 터지는 샴페인을 하나씩 주고 내가 다 책임질 수 있다고 했죠."

"스리섬을 했어요?"

그러자 토드는 자랑스럽게 대꾸했다.

"제가 또 문제 해결 능력이 끝내주거든요. 하지만 안타깝게도 결국 두 여자는 저보다 서로에게 더 꽂힌 것 같더라고요."

땅딸막한 체구에 코가 큰 남자가 고개를 절레절레 저으며 부러워했다.

"아, 내가 싱글이었을 때 후크가 있었으면 좋았을 텐데……."

그러자 토드의 옆에 앉은 미국 교민이 말했다.

"내년에 저랑 이비사 섬에 한번 같이 가야겠네요. 우리 둘이 가면 '끝장'날걸요. 거기 여자들은⋯⋯."

그는 자신의 손가락에 입을 맞춘 뒤 허공에 대고 손을 흔들었다. 영국에 사는 미국 교포들은 최악이었다.

"테일러 씨?"

웨이트리스가 들어오자 남자들은 그녀의 몸매를 보고 휘파람을 불며 야유했다.

태라는 눈을 들었다. 웨이트리스는 지친 미소를 지으며 태라에게 말했다.

"리스 씨가 와 계세요."

태라는 시계를 보았다. 11시 30분. 어떻게 벌써 시간이 이렇게 되었지?

"고마워요. 여러분, 저는 이만 실례할게요."

태라는 미소를 지으며 자리에서 일어섰다.

그러자 분홍빛 얼굴에 잇새가 벌어진 남자가 말했다.

"가지 마요. 우린 이제 어디에 눈을 두라고."

태라는 거침없이 대꾸했다.

"무슨 말씀을요. 저보다 토드가 훨씬 더 예쁘잖아요."

그녀가 동료에게 윙크를 보내자 남자들은 그들의 농담을 기꺼이 받아주는 그녀의 태도에 유쾌하게 웃음을 터트렸다.

"그나마 여자분이 있어서 조금 자제하고 있었는데, 이제 이 밤이 어디까지 갈지 모르겠네요."

또 다른 남자가 자신의 자리를 지나가는 태라에게 손을 뻗으며 말했다.

태라는 이를 악물고 억지로 미소를 지어주었다.

"후크 주식만 많이 사주신다면, 그리고 이 두 분이……."

그녀는 토드와 닉을 가리키며 말을 이었다.

"내일 비행기를 탈 수 있게만 해주신다면 여러분이 오늘 밤 무얼 하시든 저는 상관하지 않는답니다."

"역시 완벽한 여자였어."

대머리 남자가 다른 남자들에게 농담조로 말하자 모두들 동의한다는 듯이 고개를 끄덕였다.

"즐거운 밤 보내세요."

태라는 손을 흔들며 문을 향해 돌아섰다.

"저 여자랑은 이미 해봤겠죠?"

누군가가 토드에게 말하는 소리가 들렸다.

"난 지금 저 여자랑 하고 싶은데."

또 다른 누군가가 말했다.

태라는 문을 닫고 눈을 굴렸다. 원래 로드쇼가 이렇게 끔찍했나? 그녀는 한숨을 쉬며 떨쳐내고는 앞으로의 밤을 기대하기로 했다.

엘리베이터로 걸어가면서 그녀는 이메일을 확인했다. 만찬을 갖는 동안 메일이 58통 들어와 있었다. 그녀는 화면을 스크롤하며 급한 메시지가 있는지 훑어보다 '켈리 제이컵슨'이라는 제목에서 손을 멈췄다.

그러곤 메일을 열어 읽어보았다.

태라—저는 켈리 제이컵슨의 오빠입니다. 이렇게 메일을 보내는 이유는…….

"태라."

토드가 그녀의 어깨를 건드렸다.

"무슨 일 있어?"

"아, 저……."

태라는 고개를 들고 얼른 블랙베리를 내렸다.

"아무것도 아니에요. 왜 나왔어요?"

"어디 가?"

"친구 만나려고요."

그녀가 엘리베이터 버튼을 누르며 말했다.

"그 친구 데려와서 우리랑 같이 클럽에 가는 건 어때? 한 팀인데 같이 있어야지."

보는 쇼디치 하우스에서 만찬이 끝난 뒤 닉과 나머지 일행이 뒤풀이할 수 있도록 사우스 켄싱턴의 한 클럽에 자리를 잡아놓았다. 로드쇼에선 아무도 잠을 자지 않는다. 어차피 모임이 끝나고 나면 다음 도시로 가기 위해 차를 타고 공항으로 가기 전까지 다섯 시간 밖에 남지 않는데, 두 시간을 자든 네 시간을 자든 무슨 차이가 있겠는가.

태라가 말했다.

"난 빼주세요. 닉이 외국 여자들 꾀려고 애쓰는 모습이 엄청 재미 있을 것 같긴 하지만."

"친구가 누구야?"

토드는 집요하게 물으며 좁은 복도에서 그녀에게로 바싹 다가왔다. 그의 입에서 스카치 냄새가 나고 두 뺨과 이마에 웃음으로 팬 주름이 보일 정도였다. 그러자 그가 바비 인형의 남자친구 켄이 아니라 진짜 인간처럼 보였다.

그의 파란 눈이 그녀의 눈을 들여다보았다. 수년 전 두 사람이 잠자리를 가질 때에도 그는 그런 눈으로 말없이 그녀의 안으로 들어가도 괜찮은지 물었었다.

그는 어쩌다 미트패킹의 난잡한 클럽에서 스리섬을 즐긴 일을 투자자들에게 자랑스럽게 떠벌리는 사람이 되었을까? 정말 그것이 대단한 일이라고 생각할까?

"케일럼 만나기로 했어요."

태라가 그의 시선을 피하며 대답했다.

"왜 그러고 다녀, 태라?"

"선배가 상관할 일은 아니잖아요."

때마침 엘리베이터 문이 열려 태라는 안으로 들어갔다.

"그보단 더 나은 대우를 받을 자격이 있다고 생각하지 않아?"

그가 손을 내밀어 엘리베이터 문을 잡으며 말했다.

그녀는 그의 눈을 탐색하며 그 말의 의미를 찾았다. 그러곤 생각했다. '더 나은 대우가 뭔데? 당신의 하룻밤 상대? 아니면 캐서린 와일리의 남편처럼 공개석상에서 술을 퍼마시는 것? 아니면 필 돌턴처럼 불륜의 동성애를 즐기는 것?'

"더 나은 건 없어요. 아침에 봐요."

토드는 한동안 그녀를 응시하다 손을 놓았다. 문이 닫히자 태라는 잠시나마 혼자만의 시간을 누릴 수 있게 된 것이 고마웠다.

그녀는 케일럼과 잠자리를 갖기로 결심했다. 섹스를 안 한 지 거의 1년이 되었다. 어느 술집에서 술에 취한 채로 대학 때 알던 남자를 우연히 만나 하룻밤을 즐긴 게 마지막이었다. 정확히 말하면 두어 시간 함께 있다 택시를 타고 집으로 돌아가 그녀의 침대에서 잤다. 하지만 그녀는 독신의 성인 여성이었고, 그런 사람이 끌리는 상대와 섹스하는 건 자연스러운 일이었다. 그녀는 케일럼에게 끌렸고, 따라서 보통 사람들이 그러듯 그와 잠자리를 갖기로 했다. 설사 사람들이 의심한다고 해도 구설에 오르는 일을 걱정하지 않을 작정이었다.

"어땠어요?"

그녀가 엘리베이터에서 내리자 케일럼이 늘 입던 청바지와 가죽 재킷 차림으로 프런트데스크 옆에 서서 그녀를 맞아주었다.

"어땠을 것 같아요?"

그는 그녀의 뺨에 입을 맞추고, 잠그지 않은 그녀의 정장 재킷 속으로 한 손을 넣어 가볍게 허리를 감쌌다.

"술 취한 영국 남자들이 끊임없이 수작을 걸었나?"

"저보다는 토드랑 사랑에 빠진 것 같던데요."

케일럼은 그녀의 손을 잡고 밖으로 데리고 나갔다. 검은색 애스턴 마틴 쿠페가 기다리고 있었다.

차가 런던 동부를 쌩 가로지르며 바깥 소리를 완전히 차단했다. 태라는 슈퍼히어로 영화에 나오는 투명인간이 되면 이런 기분이 들지 않을까 생각했다. 창밖으로 보이는 혼잡한 거리와 차들 속에 소음과 악취, 가방을 지키려는 긴장감이 존재한다는 사실을 알았지만 고성능 엔진의 지속적인 소음에 묻혀 그 어떤 것도 느껴지지 않았다.

"당신이 나랑 있는 동안 그 사람들은 뭘 한답니까?"

"부지스 클럽에 테이블을 예약했대요."

"결국 부지스로 가는군."

그는 허탈하게 웃었다.

"우린 어디로 가요?"

그녀가 물었다.

"어디로 가고 싶어요?"

"모르겠어요."

"거짓말."

"네?"

태라가 순진하게 물었다.

"당신 같은 여자가 오늘 밤을 어떻게 보낼지 생각하지도 않았다는 말을 믿을 만큼 멍청한 사람은 아니랍니다."

"무슨 말인지 모르겠네요."

"앞으로 딱 한 시간 더 살 수 있는데 그 시간을 나와 보내야 한다면, 난 당연히 승낙할 테고, 그럼 무얼 하자고 하겠어요?"

"그럼……."

"솔직하게 말해요."

"못 하겠어요."

태라는 웃음을 터트렸다.

"난 어떻게든 하게 만들 건데."

"알았어요. 뭐든지 할 수 있다면 저는……."

그녀는 눈을 굴렸다. 얼굴이 화끈거렸다. 왜 이렇게 어려울까?

"당신하고 함께 있고 싶어요."

그녀는 '있고'라는 말에 힘을 주었다. 그게 중요한 말이 아닐까?

케일럼은 빙긋 웃으며 겸연쩍은 얼굴로 그녀를 흘깃 보았다. 태라는 긴장을 풀며 웃음을 터트렸다. 그가 물었다.

"그럼 우리 집으로 갈래요?"

"좋아요."

태라는 고개를 끄덕였다. 케일럼이 기어를 바꾸고 태연하게 그녀의 다리에 손을 얹자 찌릿한 느낌이 들었다.

그는 다시 쇼디치 쪽으로 돌아가 커다란 사각형 창고 아래 차고로 들어간 뒤 그녀를 내려주었다.

"날 어디로 데려가는 거예요?"

"무서워요?"

그가 한쪽 눈썹을 치켜 올렸다.

차고 한쪽 구석에 빔들이 드러난 엘리베이터 통로가 보였다. 그들은 덜컹거리고 삐걱거리는 엘리베이터를 타고 맨 위층으로 올라갔다. 엘리베이터 문이 열리자 티 한 점 없이 깨끗하고 널찍한 개조 공간이 나타났다. 바닥부터 천장까지 이어진 전면 창으로 런던의 스카이라인과 그 아래 거리를 달리는 차량들의 불빛이 보였다.

"와."

그녀가 안으로 들어서며 말했다.

"좋은 전망은 내가 애호하는 사치품 가운데 하나죠. 와인 한잔 할래요?"

"좋죠."

태라는 창문으로 걸어가며 대꾸했다. 쇼디치 하우스의 전망도 멋지다고 생각했는데 이곳은 차원이 달랐다. 거킨 빌딩('거킨'은 오이라는 뜻으로, 오이처럼 생겼다고 해서 붙여진, 런던의 랜드마크 건물 '30세인트메리엑스'의 별칭-옮긴이)이 다이아몬드 알처럼 반짝거렸고, 그 반짝임이 컴컴한 밤하늘을 수놓으며 평범한 건물들을 비웃고 있었다.

"이거 들어요."

케일럼이 그녀에게 레드와인 한 잔을 건네고 그녀의 옆에 서서 전망을 감상했다. 그러다 알루미늄 바 앞에 놓인 스툴 하나를 끌고 와 그 위에 걸터앉았다.

"저것도 시들해지지 않을까요?"

그녀가 물었다. 매일 밤낮으로 이런 광경을 마주한다면 어떨까 하는 생각이 들었다.

"시들해지면 이사해야죠."

그가 간결하게 대꾸했다.

"시간이 지나도 시들해지지 않는 게 있다고 생각하세요?"

"그런 걱정 때문에 새로운 것을 피해선 안 된다고 생각해요."

"하지만 만약……."

"쉬잇……."

그는 그녀의 입술에 손가락을 대고 말했다.

"얘기는 그만."

그는 웃음기가 가득한 눈으로 그녀의 눈을 보며 그녀의 손을 끌어당겨 손가락에 입을 맞췄다. 그런 다음 그녀의 손을 자신의 목덜미로 가져간 뒤 그녀의 허리를 잡았다.

그들의 입술이 맞닿자 그녀의 몸이 녹아내렸다.

그는 두 사람의 눈높이가 같아지도록 그녀를 들어 스툴 위에 앉혔다. 그녀는 하이힐을 스툴 가로장에 걸고 그의 몸이 그녀의 스커트 자락을 밀어 올리며 다리 사이로 들어오게 두었다. 그의 입술이 그녀의 목으로 향하자 전율이 척추를 타고 내려갔다. 태라는 키스를 받는 느낌이 얼마나 좋은지 잊고 있었고 게다가 이런 느낌은 분명

처음이었다.

그의 입술이 그녀의 목을 타고 내려가자 그녀는 두 손으로 그의 머리칼을 만지작거리다 손을 뻗어 블라우스를 벗으려 했다. 그때 창문에 비친 자신의 반영을 보았다. 그녀의 가슴에 입을 맞추는 이 남자, 그리고 도시의 불빛과 소요가 뒤섞인 광경을 보고 그녀는 이게 바로 여자들이 섹시하다고 말하는 느낌이라는 것을 깨달았다.

그는 동작을 멈추고 그녀의 뺨에 손을 대며 부드럽게 물었다.

"괜찮아요?"

그녀는 미소 지으며 고개를 끄덕이고는 그의 이마에 자신의 이마를 기댔다. 그도 미소를 지어주며 그녀를 안아 들고 침실로 향했다.

그가 그녀를 침대에 눕히고 그녀의 위에서 입맞춤을 이어가자 그녀는 등을 둥글게 올렸다. 그는 손을 밀어 넣어 단번에 그녀의 브래지어를 풀었고 너무도 여유로운 그의 손길에 그녀는 그가 바람둥이라는 소문이 떠올라 잠시 머뭇거렸다. '그런 생각은 하지 말자.' 그녀는 자신을 타일렀다. 그가 셔츠를 벗고 둥글게 말아 올린 그녀의 허리 아래로 팔을 넣어 그녀를 가볍게 들어 올린 뒤 머리 밑에 베개를 베어주었다. 그녀는 그가 왜 조금도 허둥거리지 않을까 하는 생각을 그만두려고 애썼다. '상관없잖아. 이렇게 노련한 것을 오히려 감사하게 생각해.'

그는 계속해서 그녀의 배꼽으로, 레이스가 달린 속옷 가두리로 입술을 가져가며 지퍼를 풀어 그녀의 스커트를 발목으로 끌어내렸다. '이 침대에 누워본 여자들이 얼마나 많을까?' 그의 입술이 그녀의 다리 사이로 향하자 그녀는 몸에 힘이 들어가면서 까슬까슬하게 자란 털이 신경 쓰이기 시작했다. 나흘째 면도를 하지 않았다. '어떻게 면도하는 걸 잊을 수 있어? 카테리나라면 절대 그러지 않았을 거야.' 그녀는 자신에게 소리쳤다.

그러곤 손가락으로 그의 머리칼을 쓸어내리고 "괜찮아요" 하고 말하며 그를 다시 자신의 얼굴 쪽으로 끌어올리려고 유도했다. 그는 그녀의 손을 치우며 허벅지 안쪽에 살며시 입을 맞췄다. 그의 따스한 숨결에 소름이 돋으면서 그녀는 눈을 감고 긴장을 풀려고 노력했다. 그러나 그럴 수가 없었다. 그가 '그곳에' 있는 한. 그는 왁싱이나 레이저 시술, 혹은 면도를 잊지 않은 여자들, 남자가 '이런 것'을 할 때 어떻게 반응해야 할지 아는 여자들과 그녀를 비교하고 있을 것이다.

태라는 예의상 쾌감을 느끼는 척하며 신음했다.

"응, 거기."

그녀는 최대한 섹시한 목소리로 말했다. 기분 좋잖아, 하고 스스로를 설득하며. 그의 혀가 이곳저곳 움직이다 바로 '거기'에 닿자 그녀는 "오" 하며 숨을 멈췄다. 그런데 그가 저 아래 얼마나 있었지? 너무 오래 있었다. 그녀는 두 손을 그의 머리칼에 넣고 살며시 그의 머리를 끌어올렸다. 그러곤 말했다.

"그러지 말고 같이 해요."

그가 그녀를 보며 의아하다는 듯이 한쪽 눈썹을 기울이고는 항의하듯 말했다.

"난 이제 막 시작했어요. 긴장 풀어요."

그런 다음 그는 다시 하던 일에 열중했다.

"그러지 말고 그냥 안으로 들어왔으면 좋겠어요."

태라는 좀 더 단호하게 다시 속삭였다.

"진심이에요?"

그는 다시 위쪽으로 올라와 두 손과 무릎을 짚고 몸을 일으켰다. 그의 눈은 그녀의 말을 믿지 않는 듯했다.

"네."

태라는 그의 머리칼을 귀 뒤로 넘겨주며 대답했다.

"그냥 나한테 맡겼으면 좋겠는데."

그의 말에 그녀는 고개를 저었다.

"죄송해요. 제가 잘 못 해서요."

"그렇지 않아요. 그냥 편안하게 있어요."

그가 속삭이며 바지 버클을 풀고 콘돔으로 손을 뻗었다.

그가 그녀의 안으로 들어오자 그 강렬한 느낌에 더 이상 다른 여자들 생각이 나지 않았다.

"좋아요."

그녀가 말했다. 이번엔 진심이었다.

그는 두 손으로 그녀의 몸을 잡고 자동차 기어를 바꿀 때처럼 남자답게 그녀를 이끌었다. 그의 몸에 얇은 막의 땀이 형성되어 그녀의 땀과 뒤섞였다. 그 끈적거림이 그녀에게 살아 있는 느낌, 연결된 느낌을 주었다. 불완전함 속에 쾌락이 존재하는 듯했다.

"난 거의 다 왔어요."

그녀는 아니란 사실을 알면서도 이렇게 속삭였다. 그의 몸놀림이 빨라졌다.

"어서 해요."

"당신부터 느껴요."

그의 말에 그녀는 또 한 번 망설였다.

"알았어요."

그녀의 숨이 더 거칠어졌다.

"속이진 말고."

그가 말했다.

"난……."

그녀가 입을 열었다.

"제발."

그가 말했다.

"사실은 아니에요."

그녀가 솔직하게 말했다.

그러나 그는 이미 절정에 도달해 거친 신음을 냈고, 이윽고 그녀의 몸 위에서 그의 근육이 풀어졌다. 그녀는 그가 그 순간을 더 누릴 수 있도록 움직이지 않으려고 애썼다. 그녀의 맥박이 느려지기 시작했다.

그는 거칠게 숨을 몰아쉬며 등을 대고 돌아누웠다. 그러곤 마침내 입을 열었다.

"와."

"정말 좋았어요."

태라가 맞장구치며 옆으로 돌아누워 그를 마주 보았다.

"못 느꼈으면서."

그가 눈을 뜨지 않고 말했다.

"내가 원래 그래요. 기분 상하지 마세요."

그녀는 솔직하게 털어놓고는 얼른 덧붙였다.

"그렇다고 자주 하는 건 아니고요."

그는 여전히 숨을 고르며 웃음을 터트렸다.

"꼭 느끼게 해보죠."

그녀는 미소를 지었다. 그가 이번 한 번으로 끝낼 생각이 아니라니 마음이 놓였다.

밖에서 소리가 들렸다.

"뭐죠?"

소리가 멈추자 그가 물었다.

"제 전화기 알람이네요."

그녀가 말했다. 그녀는 셀렉사 복용을 하루에 두 번으로 늘린 터라 잊지 않기 위해 오전 9시와 저녁 9시에 알람을 맞춰놓았다. 이곳은 런던이라 다섯 시간 늦게 알람이 울린 것이었다.

그녀는 침대에서 다리를 내리고 이불 속에서 속옷을 찾은 다음, 블라우스를 걸쳤다.

그가 베개를 베고 누운 채로 말했다.

"그냥 벗고 있어요. 왜 자기가 얼마나 섹시한지를 인정하지 못해요?"

그의 칭찬에 그녀는 웃음을 터트렸다. 자기가 이미 그녀를 가졌다는 사실을 모르나? 그녀는 방에서 나가 전화기 알람을 끄고 약을 찾았다. 블랙베리가 깜빡거렸지만 확인하지 않았다. 누군지는 몰라도 세 시간은 기다릴 수 있으리라. 그녀는 물 한 잔을 따라 셀렉사와 자낙스 반 개, 그리고 비타민 한 줌을 삼키며 침대로 돌아갔다.

"약 먹어요?"

그가 물었다. 그는 침대에 일어나 앉아 자신의 블랙베리에 무언가를 입력하고 있었다.

"네. 약물 중독이에요."

"무슨 약?"

"피임약, 비타민 B, 혈액순환 개선제, 칼슘제, 셀렉사."

문제 있는 사람처럼 보일까 봐 자낙스는 일부러 빼놓았다.

그는 블랙베리에서 눈을 들고 얼굴을 찡그렸다.

"셀렉사? 우울증 있어요?"

"꽤 오랫동안 먹었어요."

그녀가 대답했다.

"얼마나?"

"열네 살 때부터."

"세상에, 그러니까 오르가슴을 못 느끼지."

"네?"

"그건 일종의 성욕 억제제예요. 피임약도 마찬가지고."

그는 이렇게 말하곤 다시 블랙베리에 몰두했다.

정말일까? 의사는 그런 얘기를 하지 않았다.

"왜 그렇게 우울해요?"

그가 눈을 들지 않고 다시 물었다.

"우울하지 않아요."

태라는 방어적으로 말하며 침대로 기어들어가 다시 블라우스를 벗었다.

"그런데 왜 항우울제를 먹어요?"

"예방 차원에서 먹는 거예요. 무슨 일이 있을 때 감정이 폭발하는 걸 막으려고요. 안 할 이유가 없잖아요."

"그럼 감정을 느낄 수가 없어요."

그러자 그녀가 지적했다.

"아뇨. 감정에 치우쳐 판단력이 흐려지고 그 감정의 원인을 정확하게 짚어낼 수 없게 되는 상황을 막을 수 있죠."

그녀가 반평생 전에 그와 똑같이 항의했을 때 의사가 내놓은 설명이었다.

그는 설명을 요구하듯 한쪽 눈썹을 치켜 올렸다.

"전에 우울증을 앓았어요. 그땐 정말 심각했죠. 그때로 돌아가고 싶지 않아요. 절대."

그는 입술을 오므리며 물었다.

"열네 살짜리가 무슨 일로 그렇게 우울했어요?"

"막내 여동생이 죽었거든요."

그러자 케일럼이 말했다.

"저런. 어쩌다가?"

"백혈병이었어요."

"이식 수술을 못 했어요?"

"했는데 성공하지 못했어요."

태라는 이렇게 말하며 시선을 피했다.

"아이고, 미안해요."

그는 한 손을 뻗어 그녀의 손에 포갰다.

"당신 잘못은 아니잖아요."

"형제가 또 있어요?"

"여동생이 하나 더 있어요. 사실은 다음 주에 그 동생이 결혼을 해요."

그녀가 말했다.

"결혼식은 어디서 해요?"

"메인 주요. 할머니 할아버지가 거기에 집을 갖고 계셔서 우리가 여름 방학마다 놀러 가던 곳이거든요."

"재미있겠네요."

"아, 저는 못 가요."

그녀는 위로할 필요 없다는 듯이 억지로 미소를 지어 보였다. 공항으로 가는 길에 엄마에게 전화해 못 간다고 얘기하고 비행기 안에서 동생 리스베스에게 그 이유를 설명하는 장문의 이메일을 썼다.

"로드쇼가 한창이잖아요."

"뭐라고요? 그래도 동생 결혼식인데."

그가 말했다.

"올해 최대의 IPO잖아요."

그녀가 반박했다. 그동안 홀로 되뇌던 주문이었다.

케일럼은 몸을 숙여 불을 껐다.

"나, 참, 우울한 것도 이상하지 않네요."

"우울하지 않다니까요."

그녀는 그의 말투에 기분이 상해 단호하게 말했다.

"그렇겠죠. 예방 차원에서 항우울제를 먹는 거죠."

그가 비꼬는 투로 말했다.

그녀는 자신의 논지를 입증하기 위해 잠시 열네 살 시절을 떠올리기로 했다.

"그때 얼마나 심각했는지 몰라요. 아무것도 하고 싶지 않았어요. 그냥 그러고 앉아 아무것도 느끼지 못하길 바랐죠. 게다가 난 고등학교 2학년이었어요. 미국에서 고등학교 2학년이 얼마나 중요한 시기인지 알아요? 예비 수능도 봐야 하고 AP 수업(대학과정 선행 학습 과정—옮긴이)도 들어야 하죠. 슬픔에 빠져 누워만 지낼 수는 없었어요. 그럼 모든 기회가 날아가 버렸겠죠. 지금도 감정에 너무 치우치면 지금껏 해온 모든 노력이 허사가 될 거예요."

케일럼은 다시 그녀를 보았다. 그러나 그의 연갈색 눈에는 슬픔이 가득했다.

"동정하지 마요."

태라는 단호하게 말하고 이불 속에서 다리를 빼냈다.

"뭐 하는 거예요?"

"제가 왜 그랬는지 모르겠네요."

그녀는 고개를 저으며 일어서서 브래지어를 찾았다.

"하마터면 감정을 느낄 뻔한 일 말이에요? 다시 이리 들어와요."

그가 일어나지 않고 말했다.

"아뇨. 호텔로 갈래요."

그녀가 말했다.

"태라, 고집부리지 마요. 난……."

"당신은 자기가 무슨 얘기를 하는지도 몰라요. 내겐 당신이 가진 선택권이 없다고요."

그녀가 화난 목소리로 말했다.

"감정을 느낄 수 있는 선택권?"

"통제력을 잃을 수 있는 선택권이요."

순간 그녀는 깨달았다. 그에게 조언을 구하는 게 아니었음을. 그는 이미 성공한 사람이었다. 돈과 권력을 가졌고 게다가 남자였다. 그녀는 그처럼 편안하고 여유롭게 굴 수 없었다. 그는 의지할 구석이 눈곱만큼도 없는 사람이었다.

그가 웃음을 터트렸다.

"왜 웃어요?"

그녀가 날카롭게 묻자 그가 되물었다.

"모르겠어요? 당신도 이미 그런 선택권을 갖고 있다는 거."

"그게 무슨 소리예요?"

그녀는 화가 나서 물었다. 그러자 그는 상냥하게 대꾸했다.

"당신은 자신의 통제권을 모두 L. 세실에 넘겼어요. 그래서 통제권을 갖고 있지 않죠. 그리고 그편을 좋아해요. 스스로 어떤 결정도 내릴 필요가 없으니까. 자신의 모든 자주성을 넘기고 자기 앞날을 책임지는 일을 두려워하고 있어요. 혹시나 잘못된 결정을 내리지 않을까 걱정되기 때문이죠."

"그만 가볼게요."

태라가 나지막한 목소리로 말했다.

"태라, 잠깐!"

그가 소리쳤지만 그녀는 이미 문을 나갔다.

후안

5월 2일 금요일, 영국 런던

그는 잠을 자야 했다. 새벽 2시 30분이었고 그들은 아침 7시 30분에 호텔을 떠나 제네바로 출발할 예정이었다. 이제 모두 잠자리에 들어야 했다.

그러나 후안은 피곤하지 않았고 설사 피곤하다 해도 잠을 이룰 수 없을 것 같았다. 눈을 감으면 켈리와 로비가 떠올랐다. 로비가 정말 구속되면 어떡하나 하는 생각이 머릿속을 떠나지 않았다. 그래서 토드와 닉, 보와 함께 런던 어딘가에 있는 클럽에 갔다. 지금 그는 그들의 자리에 놓인 긴 소파에 혼자 앉아 커다란 샴페인 병을 지키며 여전히 켈리와 로비에 대해 생각하고 있었다.

'지금 넌 런던에 와 있어. 그게 얼마나 멋진 일인지, 지금부터 네 인생이 얼마나 멋지게 펼쳐질지 생각해봐.' 그는 자신에게 타일렀다. 그러나 이 클럽은 멋지지 않았다. 그저 대화할 수 없을 만큼 요란한 음악이 울리는 가운데 좋은 옷을 입은 사람들이 술에 잔뜩 취해 서로에게 과시하고 있을 뿐이었다.

"내가 술 한 잔 줄게."

토드가 닉에게 말하며 닉을 이끌고 테이블로 돌아와 커다란 병에 담긴 샴페인 한 잔을 따라주었다.

"난 심각해, 토드."

닉이 의자를 붙잡고 간신히 중심을 잡으며 웅얼거렸다. 그는 몹시 취했다. 그가 자신의 가슴을 가리키며 말했다.

"내가 CEO야. 내가 주목을 받아야 한다고. 네가 아니라."

토드도 취했지만 닉만큼은 아니었다.

"그럼, 그럼. 난 들러리야, 친구. 오늘은 너를 도와주는 역할이라니까. 네가 주인공이야. 잠깐 앉아봐."

토드는 거리낌 없이 웃으며 닉을 소파에 앉혔다. CEO 닉은 곧 머리를 기대고 눈을 감았다.

"이 친구는 오늘 기분이 좋네요. 괜찮아요?"

토드가 후안을 보며 미소 지었다.

"좋습니다. 그냥 구경하고 있어요."

후안이 말했다.

"그렇군요. 이 클럽 끝내주죠? 아주 잘하는 것 같은데요."

"그러네요."

후안은 거짓말했다.

"여기 있었네."

모델 같은 여자가 토드의 어깨를 툭툭 치자 토드는 그녀를 자기 쪽으로 끌어내려 만찬 때 투자자들과 악수를 나눌 때처럼 무덤덤하게 그녀의 입에 키스했다.

후안은 실내를 훑어보며 보를 찾았다. 늘 모두가 무사한지 확인해야 한다는 의무감 때문이었다. 어소시에이트 보는 바 옆에서 한 여자에게 말을 걸고 있었다. 여자는 짧은 반바지를 입고 높은 하이힐을 신어 그렇지 않아도 비쩍 마른 다리가 기이할 정도로 길어 보였다. 그들은 천장에 매달린 남색 조명의 불빛을 받으며 얼굴을 바싹 맞대고 있었다.

후안은 맥주를 홀짝이며 그들을 지켜보았다. 후안과 한 집에 사는 줄리는 지난번 보가 샌프란시스코에 왔을 때 그와 함께 밤을 보냈다. 후안은 다음 날 아침 아래층에 내려왔다가 이 어소시에이트가 부엌에서 후안 자신의 노트북컴퓨터로 전화기를 충전하는 모습을 보고서야 그 사실을 알았다.

후안은 이해할 수 없었다. 줄리는 똑똑한 여자였다. 대체 보 같은 남자에게서 무얼 보았을까? 보와 토드는 여자를 대하는 태도가 형편없었다. 로비 굿맨도 후크를 통해 만난 82명의 여자들을 그렇게 대했다면 차라리 감옥에 갇히는 편이 나을 것이다. 그러면 이 세상의 개자식 한 명은 줄일 수 있을 테니까.

후안은 보가 여자에게 스트레이트 위스키 한 잔을 건네는 모습을 지켜보았다. 그들은 각자 술을 한 잔씩 마시고 뒷맛에 얼굴을 찌푸렸다. 그러고 나서 여자는 입을 벌려 보의 입술을 덮으며 그의 품으로 쓰러졌다.

보는 여자를 데리고 그들의 소파 자리로 돌아왔고 그곳에서 두 사람은 진한 키스를 나누기 시작했다. 후안은 엉덩이가 들썩거렸다.

새벽 3시였다. '될 대로 되라지.' 그는 이렇게 생각하고 가기 위해 일어섰다.

닉도 자신이 데려가야 하는지 물어보려고 주위를 둘러보며 토드를 찾아보았다.

소파에서 보가 소리쳤다.

"저기, 후안. 밖에 차들 아직 있어요?"

여자는 간신히 눈을 뜨고 후안에게 교태 섞인 미소를 보냈다. 그녀는 잔뜩 취해 있었다.

후안이 말했다.

"네. 저도 호텔로 돌아가려고 했어요. 저 여자 집 알아요? 우리 차 한 대에 태워 보내면 될 것 같은데."

보는 웃음을 터트렸다.

"보내긴 왜 보내요?"

그러곤 여자를 보며 물었다.

"파티는 이제 시작인데. 안 그래, 자기?"

여자는 고개를 끄덕였다. 후안은 보를 노려보았다. 말도 안 된다. 여자는 완전히 맛이 간 상태였다.

"농담이죠?"

후안의 물음에 보는 자기 귀를 톡톡 치며 큰 소리로 외쳤다.

"네? 미안해요. 음악 소리가 너무 크네요."

후안은 여자를 사이에 두고 보의 반대편에 앉았다.

"이름이 뭐예요?"

"피오나."

여자는 미소를 지었다. 그러곤 앞으로 풀썩 쓰러져 후안에게 입을 맞췄다. 후안은 그녀를 밀어 똑바로 앉혔다.

"피오나, 어디 살아요?"

"그만하죠."

보가 후안을 밀어내며 말했다. 호의적인 푸른 눈은 술에 취해 변해 있었다.

"이 여자는 나랑 같이 갈 겁니다."

보는 여자를 일으켜 세워 함께 문으로 나갔다.

"지금 뭐 하는 겁니까?"

후안이 그를 따라 나가며 물었다.

보가 몸을 돌렸다. 그는 자신감과 여유를 되찾은 모습이었다.

"보이스카우트처럼 굴지 마요. 여자 안 만나봤어요?"

후안은 차분하면서도 단호하게 대꾸했다.

"그 여자는 취했잖아요, 보. 무슨 일이 벌어지는지 전혀 모르는 상태라고요."

보는 그의 말을 일축했다.

"모르긴요. 밤새 얼마나 잘 놀았는데."

후안은 여자의 어깨를 잡았다.

"피오나, 괜찮아요?"

여자는 장난스럽게 후안의 어깨를 툭 치며 대꾸했다.

"그럼요! 아아아주 좋아요!"

"봤죠? 그만 꺼져요."

보가 후안을 밀어냈다.

"정말 저 말을 믿는 겁니까?"

"내 일에 신경 끄시죠."

보는 그를 비웃은 뒤 그 자신도 취해서 비틀거리며 차 문을 열었다. 피오나가 털썩 올라탔다.

"돈이 많으면 뭐든 멋대로 해도 된다고 생각해요?"

후안은 화가 치밀었다. 단순히 피오나 때문만은 아니라는 사실을 자신도 알고 있었다. 그는 보의 태연한 모습에 화가 치밀었다. 만찬에 참석했던 부유한 백인 남자들, 클럽에서 본 부유한 백인 남자들, 토드와 닉 그리고 보와 같은 부유한 백인 남자들, 자기들처럼 무사태평하게 살 수 없는 사람들을 이용해 먹으면서 피오나와 줄리 같은 여자들을 괴롭히고 다니는 그런 남자들의 태연한 모습에 화가 치밀었다.

"곧 2억 달러를 갖게 될 사람이 할 말은 아닌 것 같은데."

보가 운전사를 찾아 주위를 둘러보며 비꼬는 투로 말했다.

"난 그런 사람이 아니에요. 당신하곤 다르단 말입니다."

후안이 말했다.

"똑같아질걸요."

보가 미소 지었다.

"난 뼈 빠지게 노력했어요. 당신은 아무것도 하지 않았잖아요."

후안이 말했다.

"그야 모르는 일이죠."

"그저 부모 잘 만나서 그 자리에 있는 것 아닙니까?"

후안이 끈질기게 물었다.

"그렇게 치면 그쪽은 차별 철폐 조치 덕분에 그 자리에 있는 셈이 잖아요."

"뭐라고요?"

후안은 얼굴에 있는 피가 모두 울퉁불퉁한 근육으로 쏠리는 느낌이 들었다.

"교육도 그렇고 일자리도 그렇고. 내가 열심히 노력해서 L. 세실에 취직한 게 아니듯 그쪽도 열심히 노력해서 그 자리에 오른 게 아니라고요. 그저 빈민가 출신의 가난한 멕시코인이라서, 사람들이 가없게 여겨서 그렇게 된 거죠. 양심의 가책을 덜기 위해 그쪽한테 관심을 쏟는 거나, 우리 아버지에게 잘 보이려고 나한테 관심을 쏟는 거나 뭐가 다릅니까? 그쪽이 뭘 잘못했다는 얘기가 아니에요. 당신이나 나나 그냥 그렇다는 얘기죠. 우린 다르지 않아요, 후안."

후안은 주먹을 쥐어 보의 턱에 정확히 날렸다. 보는 손을 올려 자신의 입술을 만져보고 손가락에 묻은 피를 보며 웃음을 터트렸다.

"다른 점이 있네요. 당신은 여전히 그 라틴계 특유의 기질을 버리지 못했다는 거."

운전사가 나타났다.

"두 분 괜찮으세요?"

보는 여전히 후안에게 눈을 고정한 채 운전사에게 대꾸했다.

"괜찮아요. 저는 다시 안으로 들어가려고 했어요."

그는 후안을 지나쳐가며 그의 어깨를 툭툭 쳤다.

"원한다면 저 여잔 가져요. 난 그쪽이 만든 멋진 앱 덕분에 얼마든지 또 찾을 수 있으니까. 아침에 봅시다, 친구."

후안은 잠시 씩씩거리며 그대로 서 있었다.

"괜찮아요?"

운전사의 목소리에 후안은 다시 정신을 차리고 말했다.

"네. 이 여자를 집에 데려다줘야 할 것 같아요. 그러고 나서 호텔로 가죠."

"혼자 두어도 괜찮을까요?"

운전사는 뒷자리에 쓰러져 있는 피오나를 보며 물었다.

후안은 잠시 망설이다 고개를 저었다.

"그냥 포시즌스로 가죠. 제가 데리고 갈게요."

차가 텅 빈 런던 거리들을 지나 달리는 사이 빗방울이 듣기 시작했다. 후안은 창밖을 내다보며 자신이 바깥세상과 얼마나 동떨어져 있는지 깨달았다. 그는 이 도시를 구경하지도 않았고 이곳에서 사람을 사귀지도 않았다. 이렇게 돌아가면 런던에 와봤다고 말할 수 있을까?

호텔에 도착하자 후안은 피오나의 팔을 자신에게 두르고 차에서 내려준 다음, 그녀의 긴 다리를 끌고 엘리베이터로 향했다.

"거의 다 왔어요."

그의 말에 여자는 고개를 끄덕이며 미소 지었다. 그러곤 발을 딛고 몸을 흔들며 혀 꼬인 소리로 말했다.

"오늘 저어엉말 재미있었어요. 그런데 여긴……."

그녀는 말하려다 말고 다시 눈을 감더니 후안의 어깨에 털썩 머리를 기댔다.

4층에서 엘리베이터 문이 열렸다. 후안은 운동복 바지와 티셔츠 차림의 네하를 보고 눈을 깜빡거렸다.

네하가 말했다.

"어머. 전……."

네하는 바닥으로 눈을 내리깔며 말을 이었다.

"전 다음에 탈게요."

후안은 손으로 엘리베이터 문을 잡았다.

"아니에요. 그런 상황이 아니에요. 이 여자는……."

그는 자신의 팔에 기댄 여자를 보며 말을 이었다.

"얘기하자면 길어요. 그냥 이 여자를 재워주려는 거예요."

"알았어요."

네하는 믿지 못하는 듯했지만 어쨌든 엘리베이터에 올라탔다.

"여기서 뭐 했어요?"

그가 물었다.

"잠이 안 와서요. 4층에 라운지가 있거든요. 일 좀 했어요."

문이 열리자 두 사람 모두 엘리베이터에서 내렸다.

"도와줄까요?"

네하가 여자를 보며 물었다.

"혼자 할 수 있을 것 같아요. 그래도 옆에 있어주면 좋겠네요."

후안은 이렇게 덧붙이며 그 말이 진심이라는 것을 깨달았다.

"그러죠. 어차피 잠도 안 올 것 같은데."

그들은 후안의 방으로 갔다. 후안이 피오나를 침대에 앉히자 피오나는 옆으로, 베개 위로 풀썩 쓰러졌다. 후안은 여자를 일으켜 물을 먹인 다음, 다시 눕히고 이불을 덮어주었다.

"난 소파에서 자야겠네요."

그가 어깨를 으쓱하며 네하에게 말했다. 사실 그는 이렇게 좋은 호텔은 근처에도 가보지 못했으므로 이곳 침대를 무척 기대하고 있었다.

"어떻게 된 거예요?"

"보가 계속 술을 먹이더라고요."

"어우."

네하가 말했다.

"보를 믿어요?"

후안의 물음에 네하가 대답했다.

"그렇게 나쁜 사람은 아니에요. 일을 안 해서 그렇지 악의가 있는 건 아니에요."

후안은 네하를 뜯어보았다. 어떻게 저런 여자가 보나 토드 같은 남자들과 매일 얼굴을 맞댈 수 있을까? 그들은 네하를 어떻게 대하는 걸까?

"우리가 나쁜 일에 가담하는 게 아닐까 생각해본 적 있어요?"

그가 네하에게 물었다.

"무슨 말이에요?"

"오늘 밤만 해도 그렇잖아요."

그는 머뭇거리며 말을 이었다.

"우리는 그런 사람들을 부자로 만들어주려고 애쓰고 있죠. 그래서 우리가 나쁜 제도에 일조하는 건 아닐까 하는 생각이 들어요."

"부의 적하 효과를 잊어선 안 돼요. 그 사람들이 마음에 들진 않겠지만 어쨌든 그들은 투자를 하고 경제를 성장시키죠. 경제 성장은 모두에게 도움을 줘요. 우리 같은 사람들에게 이런 기회를 누리게 해주기도 하고요."

그녀는 손을 휘저으며 지금 그들이 어디에 있는지 상기시켰다. 가난하게 자란 이민자의 자녀 둘이 지금 런던의 포시즌스 호텔에 묵고 있지 않은가.

"하지만 돈 이외에 다른 결과도 가져오지 않을까요?"

그가 물었다.

"자본 시장은 효율적이니까 시간이 지나면 어떤 결과든 저절로 해결된다고 생각해요."

"그게 대체 무슨 말이에요?"

후안은 더 이상 금융 용어를 이해하는 척하지 않기로 했다.

"시장은 언제나 수요와 공급에 따라 움직인다는 뜻이에요. 그러니까 결국 어떤 결과가 나타나도, 그에 맞설 수 있을 만큼 수요가 충분하다면 누군가는 그것을 기회로 이용해 비효율을 해소하는 데서 수익을 창출하죠."

"그럼 도덕은 어떻게 되는 겁니까?"

후안이 물었다.

"옳은 것에 대한 수요가 충분하다면 시장은 그 옳은 것을 하는 사람에게 보상이 돌아가는 기회를 창출하겠죠?"

후안은 고개를 저었다.

"내 생각엔 그렇지 않아요. 옳은 일을 하는 건 너무도 작고 개별

적이라 행동을 강요하기에 충분한 집단적 수요를 창출하지 못해요. 예를 들어, 내가 이 여자를 여기로 데려온 데 보상이 따르는 것도 아니고 보가 상관하지 않는 데 대가가 따르는 것도 아니잖아요."

후안은 뺨에서 열이 나기 시작했다.

"게다가 보는 우리가 똑같다고 하더라고요. 나는 그 인간처럼 나 몰라라 하는 그런 사람이……."

후안은 말을 멈췄다. 눈앞에 로비 굿맨의 얼굴이 아른거렸다.

"젠장."

그가 속삭였다.

"왜 그래요?"

"보여줄 게 있어요."

그는 무심결에 이렇게 말하며 컴퓨터로 향했다. 그의 머리가 그에게 소리쳤다. '뭐 하는 거야? 아무한테도 말하지 않기로 했잖아.'

"이게 뭐예요?"

네하는 화면을 보면서 얼굴이 창백해졌다. 후안이 아직 삭제하지 않은 데이터베이스에 사용자 정보가 한 줄 한 줄 로딩되고 있었다.

"사용자들의 개인 정보와 우리가 수집한 활동 내역이 함께 들어 있는 데이터베이스를 찾았어요. 이 안에 모든 게 들어 있어요. 가입하는 순간부터 그 사람의 모든 데이터가 여기에 저장되죠."

"그럼 안 되잖아요. 개인 정보 보호 정책에 따르면 신원 정보는 가리고……."

"알아요. 하지만 그게 중요한 게 아니에요."

후안은 켈리의 이름을 입력했다.

"켈리 제이컵슨 알죠?"

"네."

네하가 조심스럽게 대답했다.

"사망할 때 후크에 접속한 상태였어요."

그는 화면에 나타난 켈리의 프로필을 가리켰다. 그러곤 켈리가 약에 취했던 날 그들의 기숙사 지도에 나타난 세 개의 점을 가리키며 다시 말했다.

"로비 굿맨도 접속한 상태였죠. 하지만 그는 켈리와 함께 있지 않았어요. 옆방에 있었죠."

네하의 가슴이 씨근거렸다. 그녀는 화면에서 고개를 돌리고 후안을 보았다.

몇 주 만에 처음으로 후안의 이마가 펴졌다. 다 털어놓고 나자 머리가 가벼워졌다. 그는 보와 똑같은 사람이 아니었다. 그는 남 일에 그렇게 무심한 사람이 아니었다.

"왜 나한테 이걸 보여줬어요?"

갑자기 네하가 날카롭게 말했다. 그녀의 목소리에는 분노와 괴로움이 가득했다.

"난……."

후안이 입을 열었다. 그녀의 반응에 허를 찔린 기분이었다.

네하는 고개를 저으며 컴퓨터에서 물러나기 시작했다. 그렇게 하면 다 떨쳐낼 수 있다는 듯이. 그러곤 방어적으로 말했다.

"삭제해야 해요. 아무도 모르잖아요. 나한테도 얘기하지 말았어야죠."

"하지만……."

"이게 있으면 모든 게 엉망이 돼요, 후안. 지워야 해요."

그녀는 좀 더 확고하게 말했다.

후안이 다시 입을 열었다.

"그럼 로비는 어떡하고요? 만약 로비가……."

그러나 네하가 그의 말을 잘랐다.

"본인은 어떡하려고요? 이 일이 알려지면 IPO는 무산되고 후안은 그저 평범한 사람으로 돌아갈 거예요."

"하지만 나뿐만 아니라……."

"너무 많은 사람들이 걸려 있어요, 후안. 로비가 유죄인지 아닌지는 사법제도에 맡겨요. 이런 일 때문에 IPO를 위기에 빠뜨릴 수는 없어요."

"네하, 우리가 가진 정보는……."

"본인을 무너뜨릴 거예요. 그리고……."

그녀는 적당한 표현을 찾아 단호하게 말했다.

"성공해야 하잖아요. 2억 달러를 벌어서 복지센터를 지으면 아주 많은 사람의 삶을 바꿀 수 있어요, 후안. 그건 다른 누구도 갖지 못한 기회잖아요."

네하는 그와 눈을 맞췄다. 후안은 그녀의 말이 옳다는 사실을 알았지만 그래도 잘못된 느낌이 들었다.

"하지만 로비는……."

"로비 아니면 자신, 둘 중 하나를 택해야 해요, 후안. 그리고 로비와 달리 후안은 성공하면 보와 토드와 닉과 오늘 만찬에 모인 그 모든 남자들을 이길 수 있어요. 이 시스템을 싫어한다는 건 알지만 로비를 구한다고 해서 그걸 바꿀 수는 없잖아요. 조금만 참으면 새로운 법을 만드는 자리에 오를 수도 있다고요."

10장
제3의 데이터베이스

토드

케일럼 리스는 대체 왜 왔을까?

오늘 오찬은 비공개 초청 모임이었고 케일럼은 분명히 초청받지 않았다. 자신은 예외라는 듯이 행동하는 케일럼 같은 남자들에게 토드는 넌더리가 났다.

토드는 이 IPO를 위해 뼈 빠지게 일하고 있었지만 케일럼은 그것을 그저 섹스의 기반으로 이용하고 있었다. 얼마나 한심한 일인가. 케일럼은 억만장자였다. 루이자 르메이를 두고 바람을 피우려면 태라 같은 여자를 따라 대서양 건너의 투자설명회에 올 것이 아니라 적어도 슈퍼모델들과 함께 이비사 해변에 있어야 하는 것이 아닌가. 토드는 화가 치밀었다. 자신에게 기회가 주어진다면 케일럼의 부와 지위를 훨씬 더 적절하게 활용할 텐데 말이다.

기회가 주어진다면, 하고 토드는 스스로에게 일렀다. 유럽의 로드쇼는 매우 성공적이었다. 이제 미국 투어를 시작하기 위해 어젯밤

제네바에서 비행기를 타고 날아왔다. 일주일만 있으면 후크는 공개 기업이 되고 토드 자신은 끝내주게 대단한 인물로 입지를 굳힐 터였다.

그때 앤터니 밴 레이우엔이 토드의 생각을 방해했다. 앤터니는 중요한 애널리스트였다. 기업에 대한 철저한 조사를 토대로 투자자들이 해당 주식을 사야 할지 말아야 할지 의견을 내놓는 진짜 애널리스트 말이다. 네하처럼 기본적인 데이터 처리를 맡는 말단 애널리스트와 달리, 이런 거물 애널리스트의 의견은 매우 중요했다. 특히 앤터니는 정확하기로 정평이 난 애널리스트였다.

"닉, 관련 리스크에 대해 잠깐 짚고 넘어갈 수 있을까요?"

앤터니가 이맛살을 찌푸리며 거만한 목소리로 말했다. 토드는 자리에서 자세를 바꿨다.

"물론이죠."

닉은 스크린에 영사된 파워포인트 페이지를 넘기며 말을 이었다.

"슬라이드 17페이지에서 보셨듯이 우리 사업의 가장 큰 리스크는……."

"사업 리스크 얘기가 아니라 보안에 관한 리스크 말입니다. 후크 같은 기업들이 왜 위치 추적 기능에 대해 더 언급하지 않는지 저로서는 도무지 이해할 수가 없습니다. 귀사의 서버에는 엄청난 양의 개인 정보가 들어 있을 겁니다. 사용자가 어디에 있었는지, 누구를 만났는지 하는 정보도 다 들어 있겠죠. 그런 데이터는 어떻게 합니까?"

앤터니의 말이었다.

"우선 저희는 프라이버시를 침해하지 않도록 사용자의 활동을 익명으로 추적합니다. 뿐만 아니라, 앱의 기능과 전반적인 사용자 경험을 개선하기 위해 반드시 필요하다고 간주하는 분석 자료를 수집한 뒤에는 활동 기록도 모두 삭제하죠."

그러자 앤터니가 말했다.

"그래도 보관하고 싶은 유혹이 있을 텐데요. 그런 정보는 광고회사나 유통업자들, 정부, 그 밖에 재력 있는 사람들에게 귀중한 자원이 될 겁니다. 귀사의 개인 정보 보호 정책은 다소 모호하더군요. 사용자들에게 어떻게 그들의 활동 내역이 익명으로 보호받는다는 확신을 줄 수 있죠? 귀사에서 그 데이터를 팔지 않을 거라고 어떻게 믿을 수 있습니까? 특히 후크의 사업 모델은 여전히 수익성이 없고 기업 공개가 이뤄지고 나면 수익에 대한 기대로 큰 압박을 받을 텐데요?"

토드는 입이 벌어졌다. 대체 앤터니가 왜 저러는 걸까? 잘난 척하려고?

"그런 압박을 받는다고 해서……."

닉이 입을 열었다.

"괜한 트집 아닌가요, 앤터니?"

토드의 옆자리에서 태라가 끼어들었다. 비난이 담긴 목소리였다.

"페이스북에 대해선 낙관적인 견해를 내놓았잖아요. 페이스북도 그런 가능성을 갖고 있어요. 어떤 앱이든 마찬가지죠. 우버, 포스퀘어, 구글 맵 모두 개인 정보를 그런 식으로 이용할 수 있다고요. 하지만 그럼에도 사용자들은 그런 앱을 다운로드하고 투자자들은 그들의 주식을 사고 있어요."

"후크는 저장된 정보들이 극도로 개인적인 성격을 갖고 있다는 점에서 좀 다르다고 생각하지 않아요?"

"섹스 상대를 찾으면서 개인 정보를 걱정하는 남자들이 얼마나 될까요?"

태라의 물음에 여기저기서 실소가 터졌다. 태라가 다시 말했다.

"오히려 사람들은 이성의 상대를 찾기 위해 그보다 더한 것도 기꺼이 감수한다고 생각하는데요."

토드는 케일럼을 흘끗 보았다. 그는 입꼬리를 올리며 대견한 듯 미소를 지었지만 태라는 진지한 눈으로 앤터니와 눈을 맞춘 채 그의 코를 납작하게 만드느라 정신이 없었다.

"참고하도록 하죠."

애널리스트가 콧구멍을 살짝 벌름거리며 화난 목소리로 말했다.

닉이 몇 가지 질문을 더 받은 뒤 남자들은 각자의 사무실로 돌아가기 시작했다. 세 시간 뒤에는 뉴욕의 일류 투자자들을 모아놓고 칵테일 프레젠테이션과 또 한 번의 만찬을 가질 예정이었다. 그러고 나서 다시 사무실에 들어가 이메일을 처리하고 주가 산정 모델을 갱신한 뒤 내일 비행기를 타고 보스턴으로 가야 했다. 뒤이어 필라델피아와 시카고, 샌프란시스코, 팰로앨토에서도 같은 과정을 반복해야 했다.

"다 됐어요?"

태라가 짐을 챙기며 물었다.

"남자친구랑 노닥거려야 하지 않아?"

토드가 놀리듯이 물었다.

"아뇨."

태라가 대답하며 문으로 걸어갔다.

토드는 케일럼을 흘끗 보았다. 그는 다른 투자자와 얘기를 나누고 있었다. 다시 태라 쪽을 보았을 때 태라는 이미 가고 없었다.

"케일럼이 얘기했어?"

토드는 태라와 함께 엘리베이터에 올라타면서, 그녀에게 물었다. 문득 태라가 루이자에 대해 알았을지도 모른다는 생각이 들었기 때문이다.

"뭘요?"

태라는 그를 보며 고개를 저었다.

"그런 얘긴 하고 싶지 않아요."

그들은 말없이 엘리베이터를 타고 내려갔다.

"우린 왜 사귀지 않았을까?"

토드가 물었다. 문득 그 이유가 궁금해졌다.

"네?"

태라가 눈을 들었다.

놀라는 태라의 얼굴을 보자 토드 자신도 당황스러웠다. 뺨이 화끈거렸다.

"내가 너 정말 좋아했거든."

그러곤 얼른 덧붙였다.

"대학 때 말이야."

"오래전이잖아요. 그리고 어차피 잘 안 됐을 거예요."

토드는 방어적으로 등을 꼿꼿이 폈다.

"잘됐을 수도 있지."

"그럴 수도 있고요."

태라는 눈을 굴리며 대꾸했다. 엘리베이터 문이 열렸다.

"난 진심이야."

그가 걸음을 재촉해 5번가로 나가는 그녀를 따라잡았다.

"난 좋은 남자친구가 되었을 거야."

"어떤 면에서요?"

태라가 웃으면서 물었다.

"태라!"

케일럼의 목소리가 끼어들었다.

"태라, 잠깐만요."

태라는 걸음을 멈추지 않았다. 케일럼은 황급히 따라와 태라의 팔을 잡았다.

"왜요?"

태라가 보도 한가운데 걸음을 멈추고 날카롭게 물었다.

"잠깐 얘기 좀 해요."

"할 얘기 없어요."

"그 말엔 동감할 수가 없네요."

케일럼이 영국식 억양으로 밀어붙였다. 택시 한 대가 멈춰 서고 손님이 내리자 토드는 손을 들어 그 택시를 잡았다.

"잘 모르시는 모양인데, 제가 좀 바쁘거든요."

태라가 말했다.

"태라, 갈 거야?"

토드는 태라를 위해 차 문을 잡고 있었다.

"난 여기까지 비행기를 타고 왔어요. 잠깐 얘기 좀 하면 안 돼요?"

"태라?"

토드는 케일럼을 무시하고 다시 물었다. 비열한 자식.

태라는 애정과 분노가 섞인 눈으로 케일럼에게서 시선을 떼지 않았다.

"태라?"

토드가 한 번 더 물었다.

"먼저 들어가세요."

태라가 마침내 토드의 존재를 인정하며 대꾸했다.

"하지만 우리……."

"좀 이따 들어갈게요."

태라는 단호하게 말했다.

토드는 항의하려고 입을 열었다 그저 헛웃음을 지으며 택시에 올라탔다.

"그러던가."

토드는 L. 세실로 돌아갔지만 일이 손에 잡히지 않았다.

"꺼져."

결국 그는 엑셀 스프레드시트에 대고 이렇게 말했다.

10분 뒤 토드는 에퀴녹스의 문을 열었다. 그러나 이번만큼은 계단을 오르면서 사람들의 시선을 의식하지 않았다.

"트레이너를 바꾸신 줄 알았네요."

모건이 안내데스크에서 그에게 인사를 건넸다. 토드가 농담에 반응하지 않자 그녀는 한숨을 쉬며 물었다.

"무슨 일 있어요?"

"왜요? 아뇨, 아무 일 없어요. 지금 시간 괜찮아요?"

모건은 시계를 보았다.

"한 시간은 있어요."

"나도 그래요."

그는 탈의실로 가서 옷을 갈아입었다.

모건이 트레드밀로 올려보내자 토드는 열심히 달렸다. 금세 이마에 땀이 흘렀다.

다음으로 그는 벤치 프레스로 가서 평소보다 10킬로그램을 더 추가해놓고 아무것도 아니라는 듯이 모건의 격려를 받으며 끙끙 밀어올렸다.

"혹시 얘기하고 싶으세요?"

마침내 모건이 물었다.

"뭘요?"

"지금 본인을 괴롭히는 것."

"왜 그런 게 있다고 생각하죠?"

"자길 흘끔거리는 여자가 얼마나 되는지 세지 않잖아요."

토드는 바를 들어 올리며 얼굴을 찌푸렸다.

"원래 안 그랬어요."

그걸 알고 있었단 말인가?

"알았어요. 괴로운 일이 전혀 없다는 얘기군요."

"왜 레즈비언이에요?"

왜 묻는지 토드 자신도 알 수 없었다.

"제 여자친구를 사랑하니까요."

"정말 남자는 안 좋아해요?"

"아뇨. 남자 엄청 좋아해요. 양성애자거든요."

"그런데 왜 여자랑 사귀어요? 남녀 모두에게 끌린다면 남자를 사귀어야 사는 게 더 편하지 않아요?"

"사회적으론 그렇죠. 하지만 함께 살기엔?"

그녀는 고개를 저으며 말을 이었다.

"제가 필요로 하는 걸 가진 남자가 없더라고요."

"그게 뭔데요?"

"아마도 저는 저를 챙겨주는 사람을 원하는 것 같아요."

그녀가 조심스럽게 말했다.

"모건은 매력적이잖아요. 그런 남자를 얼마든지 찾을 수 있었을 텐데."

"금전적으로 챙겨준다는 뜻이 아니에요. 감정적으로요. 감정적으로 안정을 찾고 싶었는데 뉴욕에선 어떤 남자에게서도 그런 걸 찾을 수 없었죠."

"남자 많이 만났어요?"

"네. 그런데 누굴 만나도 결국엔 섹스, 지위, 일이에요. 그러다 보니 끊임없이 더 나은 사람이 있지 않을까 하는 생각이 들었고요. 그러곤 더 나은 사람을 찾기도 해요. 한동안은 만족하죠. 그러다 어느 시점이 되니까⋯⋯."

그녀는 잠시 뜸 들이며 적당한 표현을 찾았다.

"진정한 파트너를 찾고 싶어지더라고요."

토드는 그에 대해 진지하게 생각하며 그녀를 따라 매트로 가서 앉았다. 모건이 메디슨볼을 들어 토드에게 던지자 토드는 크런치를 하며 공을 받았다.

"나도 좋은 파트너가 될 수 있는데."

토드가 말하며 뒤로 누웠다 앞으로 일어나 다시 모건에게 공을 던졌다. 그는 잠자리를 함께한 여자들을 모두 챙겨주었다. 그들에게 거짓말을 하거나 가식을 떨지 않았다. 늘 솔직하게 대했고 술은 자신이 샀으며 다음 날 집에 잘 갔는지 확인했다. 술집에서 취한 상태로 만난 여자들은 예외였지만 그건 다른 문제였다.

모건은 웃으면서 그에게 다시 공을 던졌다.

"왜 웃어요?"

그는 공을 받았다. 왜 모건과 태라는 그를 그리 우습게 생각할까?

"일주일 정도는 그럴 수 있겠죠."

"어떻게 알아요?"

"그런 남자들을 잘 알거든요."

"그런 남자가 어떤 남잔데요?"

"근육 하나에만 집착하는 남자요. 자기 복근을 너무 사랑해서 크런치만 하는 남자죠. 식스팩이 생길 때까지."

"고마워요."

토드는 크런치를 하다 말고 그녀의 칭찬에 빙긋 웃으며 공을 그녀에게 던졌다.

모건은 그 공을 다시 그에게 던지며 대꾸했다.

"하지만 오직 그 근육만 단련하죠. 다른 근육은 약해지고 있는데 그냥 방치하고요. 그러다 어느 날 신발 끈이 풀렸는데 복근에만 집중한 탓에 허리를 굽히고 신발 끈을 묶는 데 필요한 근육이 없다는 사실을 알게 돼요. 그래서 결국 발이 걸려 다치자 허리를 굽히지 말았어야 한다고 생각하죠. 사실은 크런치만 할 게 아니라 스트레칭도 곁들였어야 했던 건데 말예요."

토드는 모건을 보며 그녀의 얼굴을 살폈다.

"죄송해요. 비유가 좀 길었네요."

"그러니까 내가 너무 일에만 매달린다는 얘기죠? 일에 빠져 관계를 소홀히 한다는 말 아니에요?"

"아뇨. 자신의 성적 능력에만 도취되어 있다는 얘기예요."

"계속해봐요."

토드가 자랑스럽게 말했다.

"여자들을 매료시키는 능력, 여자들과 섹스할 수 있는 능력에만 도취되어 있어요. 그래서 거기에만 주력하죠. 오로지 그 게임만 한다고요. 그 근육만 끊임없이 단련할 뿐, 좋은 파트너가 되는 데 필요한 힘이나 유연성은 전혀 기르지 않아요. 그 두 가지는 종목이 완전히 다른데."

그러자 토드가 말했다.

"생물학적인 현상이에요. 인간은 성적인 동물이잖아요. 그렇게 타고난 걸 어찌합니까."

"관계를 맺을 수 있을 만큼 진화하지 않았나 보네요."

그녀가 단호하게 말했다.

토드는 어깨를 으쓱했다.

"그게 중요한가? 내가 그만큼 진화하지 않았다면 그걸 필요로 하지도 않는 거죠. 그럼 그냥 크런치만 하면서도 행복할 수 있다는 얘기잖아요."

그는 공을 다시 그녀에게 던졌다.

"아뇨. 어느 시점에 이르면 근육이 둔감해져서 크런치만으로는 조금도 만족할 수 없게 될 거예요."

"좀 알아듣게 얘기해줘요."

"절정에 이를 수 없을 거라고요. 어떤 섹스도 만족스럽지 않겠죠."

모건은 태연하게 말했다.

"뭐라고요?"

토드는 공을 받았다. 얼굴이 달아올랐다.

"처음엔 같은 여자랑 자는 게 지겨워서 그런 줄 알고 한 여자와 한 번씩만 자겠죠."

그녀는 공을 받아 다시 던지며 말을 이었다.

"그러다 절정에 도달하기 위해 섹스를 하면서 포르노를 생각하기 시작해요."

던지고, 받고, 크런치.

"그다음엔 스리섬을 시도하고, 그다음엔 항문 섹스, 그다음엔 아예 포기하고 매트 위에 누워 다른 사람들이 모두 운동하는 것을 보면서 나도 저런 걸 해야겠다고 생각하지만 어떻게 하는지 알 수가 없고요. 그렇게 되면 자존심을 버리고 다른 근육을 키우기 시작하든가 아니면 그냥 그렇게 비참한 상태로 살아야 하죠."

그녀는 어깨를 으쓱하며 말을 이었다.

"그 여자는 이미 그런 걸 다 알고 거절하는 거예요. 이 남자에겐 새로운 근육을 키울 만한 끈기가 없구나, 생각하는 거죠. 아니면 그렇게 노력하는 모습을 지켜볼 인내심이 없거나."

그녀는 공을 던졌지만 그는 그 공을 받아 다시 던지지 않았다.

두 손으로 메디슨볼을 잡자 복근이 타는 듯한 느낌이 들었다.

"난 여자 얘길 꺼내지 않았는데."

"하지만 분명히 있는데요."

토드는 숨을 훅 들이마셨다. 그는 태라에게 눈곱만큼도 관심이 없단 말이다.

그 후 두 사람은 침묵 속에서 운동을 마쳤고 토드는 탈의실로 가서 샤워를 했다. 정장과 넥타이 차림으로 나와보니 모건이 기다리고 있었다.

"죄송해요. 제가 어떻게 됐었나 봐요."

"괜찮아요. 그냥 잘못 짚은 것뿐이에요."

그러자 그녀가 말했다.

"맞아요. 제가 회원님을 잘 아는 것도 아닌데. 그렇게 넘겨짚은 건 잘못이죠……."

그녀는 잠시 멈췄다가 다시 말했다.

"어쨌든 죄송해요."

"사과 받아들이죠."

그는 웃음기 없는 얼굴로 말했다. 그러곤 그녀에게 2백 달러짜리 수표를 건네고 문을 나섰다. 그는 모건에게도 전혀 관심이 없었다.

태라

5월 9일 금요일, 뉴욕 주 뉴욕

"나 정말 이럴 시간 없어요."

태라가 말했다.

"다음 행사는 6시잖아요."

케일럼이 말하며 상체를 기울여 그녀의 팔에 손을 얹었다.

"어쨌든 기운도 없어요. 너무 피곤하다고요."

태라는 그의 손을 피하며 말했다. 지난 나흘 동안 세 시간 이상 자본 적이 없었고 이 IPO가 시작되기 전부터 온전히 여덟 시간 동안 자본 적이 없었다. 런던에 가기 전까지는 그럭저럭 버텼지만 그와 함께 보낸 밤이 그녀를 끌어내리고 있었다. 마치 마라톤을 하다 마지막 1킬로미터를 앞두고 누군가가 50킬로그램짜리 추를 얹어준 듯했다.

"내가 묵는 호텔이 바로 여기예요."

그가 뒤에 있는 페닌슐라 호텔을 가리키며 말했다.

"당신하고 자고 싶지 않아요."

태라가 얼른 말했다. 그러자 케일럼이 반박했다.

"나도 당신하고 자고 싶지 않아요. 그냥 내 방 열쇠를 가져가서 한숨 자요."

"왜요?"

"피곤하다면서요."

태라는 잠시 머뭇거리며 생각했다.

"알았어요."

그의 말이 옳았다. 지금 그녀에게 가장 절실한 것은 잠이었고 L. 세실 창고의 간이침대에서 자느니 페닌슐라 호텔의 안락한 침대에서 자는 편이 훨씬 더 나았다.

그러나 그가 그녀를 따라 스위트룸 침실까지 들어오자 다시 초조해지기 시작했다.

"뭐 하세요?"

"티셔츠 빌려주려고요."

그는 옷장에서 티셔츠 한 장을 꺼내어 그녀에게 건넸다.

"걱정 마요."

"고마워요."

태라는 이렇게 말하며 티셔츠를 받아들었다.

"몇 시에 깨워줄까요?"

"전화기로 알람 맞춰놓을게요."

"알았어요. 잘 자요."

그는 방문을 닫았다.

태라는 닫힌 문을 보고 눈을 깜빡거리며 빠르게 뛰는 가슴을 가라앉히려고 노력했다.

"진정해."

그녀는 혼잣말로 속삭였다. 지난 이틀 동안 그녀는 케일럼이 그녀의 길에 대해 떠들어댄 이야기를 생각하지 않으려고 애썼다. 당연히 그의 논리는 틀렸다. 태라는 스스로를 통제하며 자신이 원하는 곳으로 정확하게 나아가고 있었다. 지금의 삶이 완벽하진 않아도 최소한 그녀는 그 삶을 책임지고 있었다.

그녀는 정장을 벗어 옷장에 걸었다. 그러곤 시원하고 빳빳한 시트의 감촉을 음미하며 깊은 잠에 빠져들었다.

그녀는 정장 차림으로 보스턴행 비행기에 앉아 창문에 머리를 기댄 채 자고 있었다. 막냇동생 애비게일이 여전히 여덟 살의 모습으로 자기가 좋아하는 노란색 잠옷을 입고 그녀의 옆자리에 앉아 무릎에 곰 인형을 올려놓고 있었다. 애비게일이 태라의 소매를 당겨 잠을 깨웠다. 그러곤 무릎에 펼쳐놓은 바비 색칠공부를 가리키며 태라에게 크레용 한 자루를 건넸다.

애비게일은 결혼하는 바비 그림을 가리켰다. 신부의 드레스는 이미 연분홍색으로 칠해놓았다.

"리스베스 언니야."

애비게일의 말에 태라는 맞장구치며 다음 날이 리스베스의 결혼식이라는 사실을 떠올리고 자신이 참석할 수 없다는 사실을 애써 모른 척했다. 그러곤 애비게일에게 고개를 끄덕이며 그애의 보송보송하고 부드러운 머리칼을 쓰다듬고 그녀가 옆쪽에 꽂아준 머리핀을 손가락으로 훑었다.

"이건 나야."

애비게일이 축구 선수 바비를 가리키며 말했다. 태라는 그애가 세상을 떠나기 전 여름에 매일 축구팀 티셔츠를 입고 집 안을 뛰어다니던 일을 떠올리며 고개를 끄덕였다.

태라는 그 옆 페이지를 보고 기업의 중역처럼 차려입은 바비를 가리키며 애비게일에게 말했다.

"이건 나겠네."

그러나 애비게일은 고개를 젓고 페이지를 넘겨가며 다른 그림을 찾아보았다. 태라는 참을성 있게 애비게일의 작은 손을 잡고 다시 그 그림을 가리켰다. 그러나 애비게일은 화가 나서 고개를 저으며 페이지를 더 빠르게 넘겼다.

"그만."

태라가 부드럽게 타일렀지만 애비게일은 점점 더 난폭하게 페이지를 넘겨 결국 종잇장들이 찢어지기 시작했다.

"그만하라고."

태라도 화가 나서 좀 더 단호하게 말했다. 그러나 애비게일은 그만

두지 않았다. 태라는 그애의 두 손목을 잡아 꽉 붙들었다. 그러다 점점 더 힘을 주기 시작했고 결국 그녀의 손안에서 애비게일의 연약한 뼈들이 부러지는 느낌이 들었다.

"태라?"

태라는 화들짝 놀라며 잠에서 깨어 빠르게 눈을 깜빡거렸다.

"뭐……."

그녀는 말을 하려다 곧 자신이 휴식 시간을 이용해 페닌슐라 호텔에서 낮잠을 자고 있었으며 지금 자신을 흔들어 깨우는 사람은 케일럼이라는 사실을 기억해냈다. 이 방은 그의 방이었고 그녀가 입고 있는 티셔츠도 그의 것이었다.

"1시가 다 됐어요. 깨워야 할 것 같아서요."

그가 말했다.

"아."

그녀는 몸을 일으킨 뒤 정신을 차리며 다시 말했다.

"알람 맞추는 걸 깜빡했네요."

"괜찮아요?"

"네."

여전히 가슴이 뛰고 있었다.

"나쁜 꿈을 꿨어요."

"얘기하고 싶어요?"

그녀는 고개를 저었다.

"그럼 옷 갈아입어요."

그가 말하며 문을 향해 돌아섰다.

태라는 머리가 빙빙 돌았다. 혼자 있고 싶지 않았다.

"동생이 죽은 건 제 탓이에요."

그녀가 불쑥 말했다.

케일럼이 뒤로 돌아섰다. 태라는 자신이 왜 그런 말을 했는지 알 수가 없었다.

"그게 무슨 말이에요?"

"저랑 골수가 맞았거든요."

태라는 매니큐어를 바른 자신의 손을 보았다. 그 밑에는 1,000수 이불이 있었고 그 밑에는 1,000달러짜리 침대가 있었으며 이 스위트룸은 하룻밤에 1,000달러였다. 그녀는 그 어떤 것도 누릴 자격이 없었다.

"그런데 어떻게?"

그녀는 고개를 저었다. 그러면, 물밀 듯이 밀려드는 그 모든 장면을 떨쳐낼 수 있다는 듯이. 병원, 주삿바늘, 이식 수술이 성공하지 못했다고 말하는 의사, 그리고 태라 때문에, 온 가족의 유일한 희망이었던 딸이 모두를 실망시켰기 때문에 울음을 터트리는 엄마…….

곰 인형을 안고 침대에 누워 태라의 침대를 보며 괜찮다고 언니를 안심시키는 애비게일의 모습이 보이자 그녀는 결국 무너져 내렸다. 사실 그애는 전혀 괜찮지 않았으니까.

케일럼이 침대로 오자 태라는 그의 품으로 파고들어 헐떡거릴 때까지 흐느껴 울었다. 그의 가슴이 그녀를 받쳐주었다. 그녀가 기억하는 한 그렇게 많이 운 것은 난생처음이었다. 그는 아무 말도 하지 않았다. 울지 말라고 하지도 않았고 그녀의 잘못이 아니라고 설득하려 들지도 않았다. 그저 그녀를 안고 있을 뿐이었다. 그녀가 울음을 그친 뒤에도 두 사람은 말없이 그대로 앉아 있었다.

마침내 그녀가 침묵을 깼다.

"그만 가볼게요."

그는 고개를 끄덕이고는 그녀의 얼굴을 들어 손가락으로 눈 밑을 훑었다.

"마스카라는 고쳐야 할 것 같은데요."

그녀는 억지로 자신을 비웃었다.

"이런. 얼마나 심해요?"

자신이 얼마나 끔찍한 모습일까 생각해보았다.

그는 미소를 지었다.

"아주 예쁜 너구리 같아요. 옷 갈아입어요. 차 불러줄게요."

그가 말하며 문으로 향했다.

만찬 모임에서 태라는 식사가 나오기 전에 슬쩍 빠져나왔다. 사무실에 들어가 오후에 들어온 요청들을 처리하기 위해서였다. 애비게일 생각을 밀어내고 칵테일 프레젠테이션에 집중하기 위해 네하에게 아데랄 한 알을 얻은 데다, 델 프리스코 레스토랑의 조명이 워낙 어두웠으므로 그녀의 눈이 충혈된 것을 아무도 알아차리지 못했다. 토드가 그녀에게 화가 나 있었지만 그녀는 신경 쓰지 않았다. 그가 마음대로 생각해도 상관없었다.

전화기가 울리며 문자메시지가 들어왔다.

> **리스베스:** 언니도 왔으면 좋았을 텐데. 일 잘되길 바랄게. 많이 사랑해.

태라는 가슴이 죄이는 듯했다. 메시지에는 사진이 첨부되어 있었다. 동생 리스베스와 예비신랑이 지금 한창인 결혼 전야제에서 미소를 지으며 '태라를 위해'라는 표지가 꽂힌 케이크 한 조각을 카메라 앞으로 내밀고 있는 사진이었다.

태라는 거리에서 걸음을 멈추고 침을 꿀꺽 삼켰다. 리스베스는 태라 자신을 어떻게 생각할까? 그리고 케일럼은? 방금 그녀는 그에게 최악의 모습을 보여주었다. 문득 태라는 자신을 객관적으로 보기 시작했다. 이번 일 때문에 동생 결혼식에도 가지 못한다면 그녀가 아주 중요한 사람처럼 보일 게 아니라…… 한심하게 보일 것이다.

그녀는 전화기를 다시 주머니에 넣고 고개를 흔들며 잡생각을 떨쳐내려 애썼다. '일해.' 그녀는 자신에게 명령했다. 희생을 감수하고 출세의 야망을 좇기로 했다면 제대로 해야 한다.

"일은 잘돼가?"

누군가의 목소리에 태라는 고개를 들었다. 릴리언 뒤마였다. 태라가 자신에게서 후크 IPO를 빼앗아갔다고 오해하고 있어 그동안 일부러 피해 다닌 그 아름다운 선배가 얇은 입술로 미소를 지은 채 그녀의 자리에 서 있었다.

"안녕하세요."

태라는 인사를 건네고 릴리언이 눈치껏 가주기를 바라며 다시 컴퓨터 화면으로 고개를 돌렸다.

릴리언은 목소리에 힘을 주며 물었다.

"쉽지 않지? 그렇게 큰 건을 맡으면 스트레스가 이만저만이 아니잖아."

"괜찮아요."

태라가 대답했다.

"특히 토드가 자기 일을 다 떠넘길 텐데. 이제 누가 누굴 이용했는지 알 것 같아."

릴리언은 혀를 차며 말했다.

"퇴근 안 하세요?"

태라는 침착한 목소리를 내려고 노력했다.

"루카스 일이 끝나길 기다리는 중이야. 아시아하고 전화 회의가 있다고 했거든. 오늘 르 버나딘에서 식사하기로 했어. 우리 기념일이야."

"축하드려요."

태라는 화면에서 눈을 떼지 않고 말했다.

"자기도 빨리 남자를 만나야지, 태라."

릴리언이 말했다.

"이번 일 끝나면요."

"여자가 그 나이에 금요일 밤마다 야근이나 해선 안 되지."

순간, 태라의 뇌에 제동이 걸리고 입에서 제멋대로 말이 튀어나갔다. 태라의 귀에 자신이 이렇게 말하는 소리가 들렸다.

"그럼 사무실에서 시간을 죽이며 아시아와 전화 회의를 하는 애인을 기다려야 해요? 그건 자기 비서랑 섹스를 하고 오겠다는 뜻 아닌가?"

태라는 릴리언의 뺨이 벌겋게 달아오르는 것을 보면서도 멈추지 않았다.

"그런 애인을 기다리면서 자기가 미슐랭 레스토랑에 가든 말든 관심도 없는 후배한테 자랑하라고요? 어차피 그런 곳에 가서도 샐러드에 드레싱은 따로 달라고 할 거고 그나마도 00사이즈 몸매를 유지하려고 다 게워낼 거잖아요. 그리고 애인은 그런 몸매의 여자와는 섹스를 해도 즐거워하지 않을 테고요."

릴리언은 입을 다물지 못했다. 얼굴은 하얗게 질렸다. 그녀가 신경질적으로 말했다.

"뭐? 사과하지 못해? 내가……."

"저기요, 저는 사과할 생각이 눈곱만큼도 없네요. 그리고 다시 생각해보니까 정말 금요일 밤을 이곳에서 보내선 안 될 것 같아요."

태라는 그날 아침 비행기에서 내린 뒤 집에 가져다 놓지도 못한 트렁크를 집어 들었다. 그러곤 그곳을 나왔다. 자신이 무얼 하는지, 그것이 어떤 파문을 몰고 올지 온전히 자각하지도, 온전히 무시하지도 못한 채였다. 그저 건물을 나와 택시를 잡으면서 혈관을 타고 흐르는 그 해방감만 간직하려 애썼다.

"내일 정오 전까지 케네벙크 포트에 도착해야 해요."

그녀가 공항 매표구에 있는 직원에게 말했다.

"포틀랜드행 마지막 직항은 9시 50분에 떠났어요. 내일 오전 11시 5분 비행기가 있는데."

"그건 너무 늦어요. 보스턴행은 어때요? 거기서 차를 렌트하면 되는데."

"30분 뒤에 출발하는 비행편이 있어요. 짐 부치셔야 하나요?"

직원은 태라를 올려다보았다.

"아뇨."

태라는 기내용 트렁크를 가리키며 직원에게 신용카드를 건넸다.

"그걸로 주세요."

후안

보는 런던에서 싸운 일에 대해 아직 사과하지 않았다. 닉은 그날 밤에 대해 아무것도 기억하지 못했고, 토드는 그 일을 알고 있었지 만 그저 피오나를 정복하지 못했다며 보를 장난스럽게 놀려댈 뿐이 었다. 후안은 기가 막혔다.

게다가 런던에서 자신이 왜 네하에게 그 데이터베이스를 보여줬 는지, 왜 네하가 그 데이터베이스를 공개하라고 할 거라 기대했는지 도 도무지 알 수가 없었다. 그녀도 지금 저 안에 있는 남자들과 똑같 았다. 그녀의 관심사는 오로지 IPO를 성공적으로 끝마쳐 승진하고 보너스를 받는 것뿐이었다. 그가 영웅이라도 되는 것처럼 얘기했지 만 그 또한 금융업자들이 사람들을 자기들 마음대로 조종하기 위해 구변 좋게 설득할 때 사용하는 대사에 지나지 않았다.

후안이 레스토랑 화장실에서 나오자 네하가 그를 기다리고 있었다.

"그거 삭제했어요?"

그녀가 속삭였다.

"아뇨, 네하. 아직 안 했어요."

그가 퉁명스럽게 대꾸했다.

네하는 보폭을 늘려 그를 따라잡으며 다시 말했다.

"하지만 아까 오찬에서 그 남자가 하는 말 들었잖아요. 만약……."

"그 사람은 어차피 모를 거예요."

"그게 아니라 정말 그 사람 말대로 되면 어떡해요? 닉이 데이터를 팔면 어떡하느냐고요?"

후안은 걸음을 멈추고 그녀에게로 돌아섰다. 안경 속으로 보이는 눈꺼풀은 두툼하게 부어 있었고 눈 밑의 주머니가 눈꺼풀을 아래로 끌어내리는 듯했다. 그러나 피부는 깨끗해졌고 로드쇼를 위해 그나마 할머니에게서 빌린 것 같지 않은 새 정장을 입고 있었다.

후안이 말했다.

"그럴 리 없어요. 닉은 그 데이터를 삭제한 줄 알아요. 그리고 태라 얘기 들었잖아요. 어떤 앱이든 이런 정보를 갖고 있다고요. 별것 아니에요."

"그래도 어쨌든 그 다른 사용자가 누구였는지는 알아낼 수 있죠? 켈리와 함께 있었던 사람 말예요."

"갑자기 왜 신경을 쓰죠? 부자들 편에 서서 일자리를 지키고 사다리를 올라야 하는 거 아니에요?"

"저 승진 못 했어요."

네하가 말했다.

"뭐라고요?"

"오늘 이메일로 통지받았어요. 저는 못 했어요."

"말도 안 돼요. 네하처럼 일을 열심히 하는 사람도 없잖아요."

"그게 문제가 아니에요. 그 사용자가 누군지 알아내야 해요."

"경로가 손상되었어요. 해결이 안 돼요."

후안이 대꾸했다.

"후안은 실리콘밸리 최고의 테크놀로지 회사에서 최고의 프로그래머잖아요. 그런데 해결하지 못한다고요?"

"난 알고 싶지 않아요, 네하. 알리고 싶지도 않고. 난 그저 이 IPO가 빨리 끝나서 내가 돈을 챙겨 떠날 수 있길 바랄 뿐이에요. 그러면

이 사람들과 더 엮이지 않아도 되잖아요."

"못 믿겠는데요."

"왜요?"

"정말 그런 생각이었다면 그 데이터베이스를 삭제했겠죠."

"우리 다시 들어가 봐야 해요."

후안은 네하의 말을 무시하고 그녀를 지나 식당 안으로 향했다.

닉

미국 투자자들은 유럽 투자자들보다 더 까다로웠다. 벌써 자정이 넘었다. 오늘 뉴욕 행사에서는 후크 앱 시장의 장기적인 견실성에 대해 갖가지 무거운 질문이 쏟아졌고 그 모든 것이 거품이 아니냐는 추측이 제기되기도 했다.

하지만 여긴 뉴욕이잖아, 하고 닉은 자신을 다독였다. 뉴욕 투자자들은 여전히 매출이나 수익성 따위에만 연연한다. 사용자 수는 새로운 통화(通貨)이며 후크처럼 그 부분에서 성공을 거두면 나머지는 절로 해결된다는 사실을 그들은 알지 못했다.

토드가 심각한 목소리로 전화 통화를 하고 있었다.

"그 사람이 그렇게 나오면 어떻게 되는지 알잖아. 네가 어떻게든 설득해줘."

'무슨 일이야?' 닉이 입 모양으로 토드에게 묻자 토드는 손가락을 들어 올렸다.

"좆 까, 톰. 그만 끊어."

토드는 전화를 끊고 차에다 대고 말했다.

"빌어먹을!"

"무슨 일이야?"

"앤터니 밴 레이우엔이 부정적인 리포트를 발행할 거래."

"뭐?"

"주당 2달러로 예측해서 이번 IPO 전에 발표한대."

"2달러? 말이 돼?"

닉은 가슴이 조이는 듯했다.

"주목을 끌려고 그러는 거야. 말도 안 되는 소리지."

"누가 그래?"

"내 친구 톰. 펀드를 운용하는데 앤터니한테 그 얘기를 듣고 지금 공매도를 하려고 생각하고 있더라고. 나쁜 자식. 내 거래를 망쳐서 자기 경력을 쌓으려 하다니."

닉의 입이 떡 벌어졌다.

"네 거래? 토드, 이건 내 회사야. 앤터니가 그런 리포트를 발행해서 사람들이 그 말을 믿는다면……."

닉은 눈을 깜빡거렸다. 머릿속이 복잡해졌다. 그들의 목표 주가는 26달러였다. 주가가 정말 2달러로 떨어지면 그는 스톡옵션을 행사하려고 빌린 돈조차 갚지 못한다.

토드가 말했다.

"사람들은 믿지 않을 거야. 근거가 없잖아. 그저 위치 기반 앱들이 무너질 거라는 시답잖은 음모설 말고는 아무런 근거가 없어. 문제는, 톰 같은 사람들이 그 사람 편에 서기 시작하면 그가 옳은지 그른지는 더 이상 중요하지 않다는 점이지. 그러니까 우리는 사람들이 그쪽이 아닌 우리의 관점을 믿게 만들어야 해. 미치겠군. 이런 일까지 생기다니."

차가 호텔 앞에 멈춰 섰다.

"저는 다시 사무실로 갈 겁니다."

토드가 운전사에게 말했다. 그러곤 닉을 돌아보며 심호흡했다.

"걱정 마. 해결할 수 있을 거야."

그는 닉을 생각해 차분한 목소리를 내려고 애쓰는 듯했다.

"꼭 해결해."

닉은 화난 투로 대꾸하며 차에서 내려 문을 쾅 닫았다.

어떻게 이럴 수가 있단 말인가. 주당 2달러? 게다가 헤지펀드에서 공매도를 하려 한다고? 닉은 더 이상 즐겁지 않았다. 하루 종일 무거운 질문에 시달렸고 술 때문에 숙취가 오고 있었으며 티파니는 여전히 그와 키스하려 하지 않았고 그가 인스타그램에 올린 글에는 아무도 '좋아요'를 누르지 않았다. 지금 그에겐 자신이 쥐고 흔들 수 있는 무언가가 절실히 필요했다.

그는 로비에서 후안을 발견하고 이 프로그래머의 팔을 잡았다.

"잠깐 얘기 좀 할 수 있나?"

후안은 인상을 쓰면서도 호텔 바의 구석 자리로 그를 따라왔다.

"지웠지?"

닉이 엄한 투로 물었다.

"뭘요?"

"'뭘요?'라니? 제3의 데이터베이스 말이야."

닉은 화가 나서 속삭였다.

후안은 시선을 내렸다.

"삭제했지? 내가 시킨 대로?"

닉은 다시 화가 치밀기 시작했다. 그의 수석 엔지니어조차 지시를 따르지 않는다면 어떻게 회사를 운영한단 말인가?

후안은 고개를 저었다.

"제가 뭔가를 발견했어요."

"그게 뭔데?"

"켈리 제이컵슨은 죽을 때 후크에 접속해 있었어요."

닉은 목이 꽉 막혔다. 별일 아니다. 후크에 유명한 사람이 한둘이겠는가?

"사용자 정보를 찾아봤나?"

후안은 고개를 끄덕였다.

"후크의 엔지니어가 사용자들의 정보를 찾아보고 있다는 걸 사람들이 알면 어떻게 되는지 알기나 해?"

닉의 목소리에는 점점 분노가 실렸다. 앤터니 밴 레이우엔이 음모설을 토대로 부정적인 리포트를 쓰려 하는 이 시점에, 프로그래머들이 사용자들의 정보를 훔쳐보고 있었다는 사실을 자신이 알고 있다면 무슨 말을 할 수 있겠는가?

후안이 다시 입을 열었다.

"어떻게 해야 할지 모르겠더라고요. 제 생각엔 켈리가……."

닉의 가슴이 죄여오기 시작했다. 숨을 쉴 수가 없었다. 그는 대출을 받았다. 세간의 주목을 받기 시작했다. 그리고 그레이스와도 헤어졌다. 후안이 입술을 움직이며 열심히 지껄여대는 듯했지만 닉은 그의 말을 알아들을 수 없었다.

"……그래서 제 생각엔 로비 굿맨이……"

"넌 해고야."

닉은 자신이 말하는 소리를 들었다.

후안은 입을 벌린 채로 잠시 말을 멈췄다.

"네?"

"해고라고."

닉이 좀 더 단호한 목소리로 다시 한 번 말했다. 신경이 진정되기 시작했다.

"그게 무슨 말씀입니까?"

후안이 되물었다. 마치 닉 자신이 제정신이 아니라는 듯이.

그러나 닉은 제정신이었다. 평정을 되찾고 균형을 되찾았으며 이 엔지니어의 건방진 태도를 보니 자신의 결정에 더욱 확신이 들었다.

"넌 어떠한 데이터에 대해서도 발설하지 않겠다고 약속하는 기밀유지협약서에 서명해놓고, 그걸 어기고 필 돌턴에게 보여줬어. 그게 첫 번째 이유야. 그리고 이제는 사용자 개인 정보 보호 정책을 어기고 사용자들의 정보를 뒤지고 있고."

"저는……"

"난 그런 사람과 일할 수 없어."

후안의 눈이 휘둥그레졌다.

"하지만 제가 발견한 건……. 그건……"

"티파니에게 얘기해서 캘리포니아행 비행기 표를 끊어주라고 하지. 올 연말까지는 급료를 지급할 거고. 이미 행사한 스톡옵션은 보유해도 좋아."

"저는 스톡옵션을 하나도 행사하지 않았는데요."

후안의 얼굴이 창백해지며 몹시 당황하기 시작했다.

닉은 한쪽 눈썹을 치켜 올렸다.

"설마."

"IPO까지 기다렸다 일부를 팔아서……."

닉은 고개를 저으며 기가 막힌다는 듯이 웃음을 터트렸다.

"좀 더 책임감 있게 행동했어야지."

"저는……."

닉은 후안이 들고 있는 노트북컴퓨터를 내려다보고 그것을 덥석 잡았다.

"이건 나한테 줘."

"정말 저를 해고하시는 거예요?"

후안이 못 믿겠다는 듯이 물었다.

닉은 등을 꼿꼿이 폈다. 오히려 잘된 일이었다. 후안이 스톡옵션을 행사하지 않았다면 2억 달러어치의 주식이 고스란히 남는다는 뜻이다.

그는 하버드 경영대학원에서 배운, 사람을 해고할 때 지켜야 할 예절을 떠올리고 손을 내밀었다.

"함께 일하면서 즐거웠어, 후안. 이렇게 끝나서 유감이지만 잘되기를 바랄게."

후안

"후안!"

네하가 소리쳤다.

"후안, 잠깐만요! 무슨 일 있어요?"

네하는 그의 팔을 잡았다.

후안은 고개를 저으며 계속해서 잰걸음으로 호텔에서 멀어졌다.

"후안, 좀 서봐요! 어디 가요?"

후안은 서지 않았다.

"닉하고 무슨 얘기 했어요? 닉한테 얘기했어요?"

네하가 허겁지겁 그를 따라잡았다.

"네."

후안이 대꾸했다.

"그랬더니요? 닉이 뭐래요?"

"날 해고했어요."

"뭐라고요?"

네하는 걸음을 멈췄다. 후안도 한 걸음 더 가서 멈춰 섰다. 눈을 감자 자신의 가슴이 오르락내리락하는 것이 느껴졌다.

"해고했다고요?"

네하가 나지막이 되물었다.

후안은 머리를 떨궜다.

"엿 같죠."

이제 복지관은 지을 수 없다. 그의 어머니도 새집을 갖지 못한다.

그리고 누가 또 후안 자신을 고용하겠는가? 닉은 부자가 되고 토드도 부자가 되고 오늘 행사에 참석한 그 모든 양복쟁이들도 지금보다 훨씬 더 부자가 되겠지만 후안 자신은 네하 말대로 그저 평범한 사람으로 돌아갈 것이다. 그들이 이겼다.

네하가 다가와 그의 앞에 서서 그의 눈을 똑바로 보았다. 그러곤 나지막이 물었다.

"이제 어떻게 할 거예요?"

"L. 세실 컴퓨터 좀 써도 돼요? 내 컴퓨터는 닉이 가져갔어요."

네하는 고개를 끄덕였다.

그녀는 자신의 사원증을 사용한 뒤 후안에게 넘겨주고 엘리베이터로 가서 아무도 없는지 확인했다.

"위에는 직원들만 올라갈 수 있거든요."

그녀가 설명했다.

"곤란하게 하고 싶진 않은데."

그러자 네하는 어깨를 으쓱했다.

"그런 건 생각하지 말죠."

엘리베이터 문이 열리자 네하는 앞장서서 모퉁이 회의실로 향했다. 보와 다른 애널리스트가 각자의 컴퓨터로 무언가를 하고 있었지만 둘 다 그들이 들어오는 것을 알아차리지 못했다. 네하는 가방에서 노트북컴퓨터를 꺼내어 암호를 입력한 뒤 후안에게 건넸다.

후안은 앞으로 바싹 붙어 앉아 자판을 두드리기 시작했다. 네하가 그의 옆에 앉자 후안은 신원을 알 수 없는 사용자의 프로필이 어디에서 변조되었는지 알아내기 위해 코드 레이어들을 해킹하기 시작했다.

"이상한데요."

30분쯤 지나서 후안이 말했다.

"왜요?"

후안은 화면을 보고 눈을 찌푸리며 대답했다.

"켈리는 이 사용자를 선택하거나 수락하지 않았어요. 그런데 이 사람은 켈리의 프로필을 전부 볼 수 있었고요. 그럴 수는 없는데."

"그게 무슨 말이에요?"

후안은 네하가 후크의 첫 버전만 사용해봤다는 사실을 떠올리고 손을 멈췄다.

"원래는 근처에 있는 사람들이 나타나면 내가 마음에 드는 사람을 선택하고 그 사람도 나를 수락해야 서로 대화할 수 있거든요. 사람을 검색해서 그 사람의 평점을 볼 수는 있지만 그 사람이 나를 수락하지 않는 한 그 사람의 온전한 프로필이나 위치를 볼 수는 없어요."

후안은 화면을 좀 더 가까이 들여다보며 말을 이었다.

"그런데 이 시스템에 따르면 이 두 사람은 자정에 서로 연결되었어요. 켈리의 기기로부터 커뮤니케이션이 전혀 없었는데 말예요."

그러곤 다시 네하를 보며 결론을 내렸다.

"수동으로 들어온 것 같아요. 누군가가 켈리의 위치를 알아내려고 해킹한 게 틀림없어요."

네하는 얼굴이 하얗게 질려 앞으로 바싹 붙어 앉았다.

"누군지 알아봐요."

후안은 계속해서 자판을 두드렸다. 네하의 전화기가 울렸지만 그녀는 무시했다. 다시 벨이 울리자 네하는 회의실 밖으로 나가 전화를 받았다.

후안은 의자에 깊숙이 등을 기대고 화면을 보았다. 왜 알아낼 수 없을까? '생각을 해!' 그는 자신의 머리에게 명령했다.

시스템이 종료됩니다.

후안은 똑바로 일어나 앉았다. 내가 뭘 했지? 심장박동이 빨라지고 있었다. 재부팅을 막아보려고 자판을 두드렸지만 화면은 까맣게 변했다. 그는 당황하며 몇 번이고 재시작 버튼을 눌렀다.

마침내 귀에 익은 컴퓨터 부팅 벨 소리가 들리자 그는 여전히 숨을 멈춘 채 후크 데이터베이스가 다시 로딩되길 기다렸다. 모든 것이 그대로 나타나자 그는 숨을 내쉬었다. 그는 다시 켈리와, 그녀의 매치 상대들을 찾아 들어갔다. 그런데 이번엔 3월 6일에 켈리와 매치된 사용자의 변조된 프로필을 클릭하자 IP 주소가 나타났다. 또 한 번 심장이 멎는 듯했다. 어째서 전에는 보지 못했을까?

그 IP 주소의 주인을 알아낸다면 해당 계정을 만든 사람을 알아낼 수 있다. 그는 은행 서버 몇 개를 해킹한 끝에 이 알 수 없는 사용자와 IP 주소가 일치하는 계정을 찾아냈다. 현기증이 났다. 은행 계좌에 등록된 이름으로 화면을 내려보다. '호르헤 메넨데스.'

그는 다시 후크 데이터베이스로 가서 호르헤의 이름을 넣고 그의 정상 계정의 IP 주소로 들어가 보았다. 동일했다. 호르헤의 사용 내역을 클릭했다. 매치 목록이 로딩되다가 3월 6일에서 멈췄다. '손상된 경로입니다.'

범인을 찾았다.

"찾았어요?"

네하가 다시 회의실로 들어오며 물었다.

"잠깐만요."

후안이 대답했다. 호르헤의 다른 매치 상대들을 훑어보며 후안은 가슴이 빠르게 뛰기 시작했다. 모두 이스트 팰로앨토 여자들이었다.

그는 구글에 호르헤 메넨데스의 이름을 넣어보았다. 범인 식별용 얼굴 사진이 화면에 나타났다. 둥근 얼굴에 연한 갈색 눈을 가진 어린 청년이었다. 후안은 공개된 전과 기록을 읽어보았다.

이름: 호르헤 메넨데스

나이: 26세

전과: 마약 소지(03년 3월 14일), 마약 소지(07년 10월 12일)

거주지: 캘리포니아 주 이스트 팰로앨토

후안은 두 손을 자판에 올린 채 화면을 노려보았다.

네하는 그의 손이 멈춘 것을 알아차리고 똑바로 일어나 앉았다.

"왜요? 뭐가 나왔어요?"

"아뇨."

후안이 대꾸하며 화면을 전환했다.

"뭐가 나왔는데요?"

네하는 후안 쪽으로 몸을 기울이며 다시 물었다. 후안은 네하를 밀어냈다.

"아무것도 안 나왔어요. 파일이 변조돼서 아무것도 볼 수 없어요."

네하는 의자에 등을 기댔다.

“거짓말이죠?”

“정말이에요. 손상됐다고요. 방법이 없어요.”

후안이 둘러댔다.

“무얼 찾았기에 그래요?”

네하가 다시 물었다.

“아무것도 못 찾았다니까요. 누군지는 몰라도 나보다 똑똑한 사람이에요.”

“거짓말.”

네하가 대뜸 내뱉었다.

“두 사람, 여기서 뭐 하는 거예요?”

토드 켄트가 벌게진 얼굴로 문가에 서 있었다.

“정말 돌겠네. 다들 정신이 나갔어? 네하, 그만 일해. 그리고 태라는 대체 어디 간 거야?”

후안은 피가 멎는 듯했다. 그가 왜 여기에 있느냐고 토드가 한마디 할 줄 알았는데, 그저 아무 말도 하지 않고 쿵쾅거리며 나가버렸다.

네하는 꼼짝도 하지 않고 후안을 빤히 보고 있었다.

“왜요?”

후안이 날카롭게 물었다.

네하는 실망한 얼굴로 고개를 저으며 가려고 일어섰다.

네하가 나가고 나자 후안은 컴퓨터 앞에 홀로 남겨졌다. 호르헤 메넨데스를 만난 적은 없지만 어떤 사람인지 알 것 같았다. 나쁜 청년은 아니다. 달리 갈 곳이 없어서 갱단에 들어가고 선택의 여지가 없어서 마약을 팔기 시작한, 그저 운이 따라주지 않은 이스트 팰로앨토 청년일 뿐이었다. 설사 살인범으로 판명 나지 않아도 또 한 번의 마약 소지만으로 감옥살이를 해야 할 판이었다.

그러나 언론은 그를 살인범으로 몰아갈 것이다. 사람들은 광분할 것이다. 팰로앨토와 이스트 팰로앨토 사이에는 벽이 세워지고 후안의 어머니를 청소 도우미로 고용한 부자들은 전보다 훨씬 더 의심 어린 눈빛을 보낼 것이다. 게다가 사용자 개인 보호 정책을 위반하여 해고당한 전직 엔지니어로서 그는 이제 어머니를 보호하기 위해 아무것도 해줄 수 없었다.

그는 자신이 옳은 일을 하고 있다고 조용히 확신하며 컴퓨터를 끈 뒤 엘리베이터를 타고 거리로 나갔다. 호텔로 걸어가면서 오싹하리만치 마음이 차분해지는 것을 느꼈다. 그는 다른 사람이 되어보려고 떠났지만 이 새로운 세계는 자신이 속한 곳이 아니라는 사실이 그 어느 때보다도 분명해졌다. 그가 속한 곳은 이스트 팰로앨토였다.

그가 해줄 수 있는 최소한의 일은 그들의 비밀을 지켜주는 것이었다.

태라

5월 11일 일요일, 매사추세츠 주 보스턴

맑은 하늘에 보름달에 가까운 달이 떠올라 환하게 빛을 발했다. 태라는 케네벙크 포트에서 I-95 도로를 타고 다시 보스턴으로 향하고 있었다. 새벽 2시가 가까운 시각, 어제 결혼식을 위해 리스베스의 친구에게 빌린 타이트한 칵테일 드레스를 여전히 입은 채였다. 한산한 주간고속도로를 내달리며 그녀는 머릿속으로 어제의 결혼식을 재현해보았다.

그녀는 금요일 밤 모두가 잠든 시각에 호텔에 도착해 여섯 시간 동안 단잠을 잔 뒤 토요일 오전에 신부 대기실로 향했다. 그녀가 문을 열었을 때 리스베스는 신부 들러리의 얘기에 웃음을 터트리고 있었다. 얼굴에 행복이 넘치는 듯했다. 그러나 문가에 서 있는 언니를 보고는 웃음을 멈췄고 태라의 심장도 함께 멈췄다. 리스베스의 눈에 눈물이 고이기 시작하자 태라는 오지 말았어야 했나 하는 걱정이 들었다.

그러나 태라가 사과하려고 입을 열었을 때 리스베스가 태라를 꼭 끌어안았다. 두 사람은 그렇게 서로를 부둥켜안고 울고 웃으며 자매의 우애를 나누었다.

젊은 신부라면 누구나 꿈꿀 법한 결혼식이었다. 신랑이 신부에게 입을 맞추는 순간에 바다 위로 붉은 태양이 넘어갔다. 태라는 리스베스와 새신랑이 무도회장에서 빙글빙글 도는 모습을 보며 동생의 기쁨을 통해 자신이 잃어버린 기쁨을 뼈저리게 자각했다. 그녀는 와인을 홀짝거리면서 자신도 모르는 사이에 자신이 진정으로 원하는 바가 마음속에 형상화되는 느낌이 들었다. 그것이 가슴 깊이 스며들자 어느새 그녀는 입을 벌리고 이제 변하겠다는 무언의 맹세를 하고 있었다.

다시 후크 로드쇼에 합류하기 위해 보스턴으로 향하는 지금, 초현실적인 평온함이 그녀를 감쌌다. 제대로 이해할 수는 없지만 왠지 그것이 자신을 옳은 길로 이끌어주리라는 믿음이 들었다.

라디오 주파수가 잡히지 않자 그녀는 보조 시스템에 아이폰을 연결하고 뉴욕을 떠나온 뒤 처음으로 전원을 켰다. 스포티파이를 로딩할 새도 없이 음성메시지 여섯 개가 들어왔다는 알림이 화면을 채웠다. 대체 어디 갔냐고 소리치는 토드의 메시지를 듣게 될 거라 각오했지만 여섯 개 모두 네하였다. 네하는 빨리 전화해달라고 간절히 애원하고 있었다. 새벽 2시 30분이 다 되었지만 태라는 이 애널리스트가 아직 깨어 있다는 사실을 알고 있었다.

두 번째 신호에 네하가 전화를 받았다.

"태라! 어디예요? 제가 얼마나……"

"동생 결혼식에 갔었어요."

태라는 사과도 없이 네하의 말을 끊었다. 그러곤 물었다.

"무슨 일이에요?"

"금요일 로드쇼에서 후크가 개인 식별이 가능한 정보를 보관하는 것에 대해 어떤 남자가 문제를 제기했잖아요."

네하가 말했다.

"아, 앤터니 밴 레이우엔이었죠. 그런데 왜요?"

태라의 머리는 금세 업무 모드로 전환되었다.

"그게 사실이었어요. 후크가 정말 그런 정보를 보관하고 있었다고요."

네하가 말했다.

태라는 레이철에게 들은 이야기를 떠올리며 네하의 말을 정정해주었다.

"보관하고 있었죠. 하지만 이젠 아니에요. 전부 삭제했어요. 그래서 조시가 떠난 거고요."

"아니에요. 삭제하지 않았어요."

네하의 말에 태라는 목이 죄여왔다.

"어떻게 알아요?"

"후안이 저한테 보여줬어요. 그리고 후안은 개인 정보와 개인의 활동 내역이 상호 연계되어 있는 제3의 데이터베이스를 찾았어요. 그것만 있으면 누구의 사용 내역이든 조회할 수 있어요. 그뿐만이 아니에요."

태라는 핸들을 쥔 손에 힘을 주었다.

"후안이 켈리 제이컵슨의 기록을 찾아봤는데, 사망한 날 후크에 접속한 상태였고, 게다가 다른 사용자와 함께 있었는데 그 사용자의 프로필이 변조되었어요. 그래서 후안이 금요일 만찬이 끝난 뒤에 해킹을 했거든요. 그런데 글쎄 켈리와 함께 있던 사람이 로비 굿맨이 아니었어요. 누군가 후크 앱을 해킹한 거예요. 로비가 아니라 그 사람이 켈리를 죽인 것 같아요. 그리고……."

"잠깐. 잠깐만, 네하."

태라가 네하의 말을 잘랐다. 한적한 도로를 보며 네하의 목소리를 따라가느라 뇌가 쉴 새 없이 돌아가고 있었다.

"잠깐만요, 네하. 처음부터 다시 얘기해봐요."

11장
빅데이터 혹은 신용 사기

닉

"그래서 조시가 그만둔 거죠?"

태라가 긴 목에 힘을 주고 목소리를 낮추며 날카롭게 물었다.

"무슨 얘길 하는 거예요?"

닉도 날카롭게 받아쳤다. 아침을 먹으러 가는데 갑자기 그녀가 나타나 자신의 호텔 방으로 끌고 들어갔다. 정돈되지 않은 침대 위에 이불이 구겨져 있었다. 어제 하루 종일 보이지 않았고 뉴욕발 비행기도 타지 않았는데, 언제 보스턴에 왔는지 잠을 제대로 잔 모양이었다.

"제3의 데이터베이스에 대해 왜 우리한테 말하지 않았어요?"

그녀가 다그쳐 물었다.

"무슨 얘기를 하는지 도통 모르겠네요."

그가 말했다.

"날 속일 생각은 하지 마요, 닉."

태라는 으르렁거리며 단어 하나하나에 힘주어 말했다.

"금요일 모임에서 본인이 직접 앤터니한테 말했잖아요. 어떤 앱이든 사용자 정보를 수집할 수 있다고. 그리고 내가 앤터니에게 말했듯이, 우리는 그 정보를 책임감 있게 사용하고 있어요."

아직 아무에게도 얘기하지 않았지만 사실 닉은 제3의 데이터베이스를 삭제하지 않기로 결심했다. 그리고 사용자 활동 내역도 24시간 보관한 뒤에 삭제하지 않기로 했다. 후안은 끝내 필의 제안을 따르지 않았다. 앤터니의 말이 옳았다. 그것은 말하자면 정보의 금맥이었다. 각종 기업과 광고회사, 정부가 거액을 주고 사갈 법한 보물이었다. 그렇게 되면 수익 구조에 대한 월가의 우려를 잠재울 수입원이 생기는 셈이고, 이와 더불어 후크는 단순한 데이트 앱을 뛰어넘어 빅데이터의 왕국으로 부상할 수 있었다.

빅데이터 분석 기업 팰런티어를 이용해 은행들이 사기꾼을 잡고 정부가 테러리스트를 잡았듯이 후크도 그동안 축적된 데이터를 통해 알고리즘을 개발하면…… 어쨌든 닉 자신은 잘 몰라도 누군가에게는 의미 있는 패턴들을 찾을 수도 있다. 아직 자세한 계획은 세우지 않았지만 그건 엔지니어들이 할 일이다. 그는 비전을 제시해주는 사람이었다.

"갖고 있는 게 뭔지 봐야겠어요."

태라가 집요하게 말했다.

"그건 우리의 개인 보호 정책에 어긋나는 일인데요."

닉이 말했다. 그러자 태라는 눈을 크게 뜨고 화를 내며 말했다.

"난 이번 IPO의 간사단이에요, 닉. 법적으로 우리는 이런 정보를 공개할 필요가 있어요. 그쪽에서 뭔가를 숨기고 있다는 생각이 들면

이 일을 계속 진행할 수 없어요."

"첫째, IPO를 진행하는 것과 기업을 이끄는 건 아주 달라요. 기업을 이끌려면 중요한 결정을⋯⋯."

"그쪽 일이 내 일보다 더 중요하다고 설교할 생각은 하지 마요. 난 그쪽과는 상관없이 경찰에 알릴 거니까."

"뭐요? 왜 경찰에 알린다는 겁니까?"

"왜냐면 한 여자가 죽었고 무고한 학생이 감옥에 갈 판이고 당신은 진짜 범인이 누구인지 아니까요."

태라는 매니큐어를 바른 손으로 한 마디 한 마디 강조하며 말했다.

"그게 대체 무슨 소리예요?"

"정말 계속 이렇게 모르는 척할 거예요? 어떻게 그럴 수가 있어요, 닉!"

태라가 소리쳤다.

"태라, 나는 정말 무슨 얘기를 하는지 모르겠어요."

닉은 어조를 바꾸어 계속 말을 이었다.

"후안이 알아낸 건 그 여자가 후크에 접속해 있었다는 사실뿐이에요. 하지만 그날 밤 후크에 접속한 사람은 1억 명쯤 될 겁니다. 후크엔 책임이 없다고요."

"그렇죠."

태라가 고개를 젓자 머리카락 한 가닥이 얼굴로 내려왔다. 그녀가 다시 말했다.

"하지만 다른 사용자가 켈리와 함께 있었고 그 사람이 켈리를 찾기 위해 그쪽 시스템을 해킹했다면 걱정할 만한 일이라고 생각하지 않으세요?"

"뭐라고요?"

닉은 뺨에 쏠렸던 피가 빠져나가는 느낌이 들었다.

"그럴 리가 없어요."

그러자 태라가 말했다.

"그럴 리가 있고 실제로 일어났어요. 이제 우리는 그에 대해 조치를 취해야 하고요."

닉은 이성으로 마음을 가라앉혔다.

"그런 일이 있었다는 걸 당신은 알 길이 없을 텐데. 그걸 어떻게 알았죠? 엔지니어도 아니잖아요."

"후안이 알아냈어요. 당신이 지웠다고 말한 그 데이터베이스로."

"언제요?"

"금요일 밤에요. 네하한테 들었어요. 네하가 후안과 함께 있었다고 하더군요."

닉은 마음이 놓였다. 이제야 이해가 되었다.

"후안은 이제 이 회사 직원이 아니에요. 그래서 해코지를 하려는 거죠."

"네?"

"내가 금요일에 내보냈어요. 나한테 앙갚음을 하려고 그러나 봅니다. 전부 사실이 아니에요."

이래서 여자들이 남자들만큼 일을 잘하지 못하는 거야, 하고 닉은 생각했다. 여자들은 너무 극단적이다. 시간을 갖고 논리적인 이유를 찾으려 하지 않고 늘 가장 흥미로운 이야기로 곧장 넘어가려 한다. 일테면 후안이 재미있는 정보를 찾았다는 그런 이야기 말이다.

태라가 굳은 얼굴로 물었다.

"후안을 왜 해고했어요? 후크의 수석 엔지니어잖아요."

"신뢰할 수 있는 사람이 아니에요. 이제는 그 사실이 더욱 분명해 졌죠."

"그래도 후안이 그런 거짓말을 만들어낼 이유가 뭐가 있죠?"

"그 친구는 스톡옵션을 전혀 행사하지 않았거든요."

닉은 큰 소리로 웃으면서 말을 이었다.

"그래서 다 휴짓조각이 되었죠. 앙심을 품고 일을 망쳐놓으려는 겁니다."

태라는 방금 총격 사건을 목격한 듯한 얼굴이었다.

닉은 분위기를 띄워보려고 온화하게 웃으며 태라의 팔을 잡았다.

"걱정 마요. 이건 좋은 소식이에요! 후안이 다 지어낸 거라니까요. 후크엔 문제가 전혀 없어요."

태라는 그의 손을 뿌리쳤다.

"후안의 지분을 전부 빼앗는단 말이군요."

질문이 아닌 단정이었다.

닉은 아무것도 모른다는 듯이 입을 열었다.

"후안은 기밀 유지 협약을 어겼어요. 회사가 이렇게 철저하게 파헤쳐지는 상황에서 그런 사람을 내 밑에 둘 수는 없잖아요, 태라."

그러자 태라는 날카롭게 말했다.

"말도 안 돼. 어떻게 그럴 수가 있어요? 지난 3년 동안 후안은 쉬지 않고 일했는데, 그동안 자기는 스타우드 포인트나 쌓으며……."

"과거는 내가 어찌할 수 없죠. 나는 현 상황의 팩트들을 토대로 결론을 내릴 수밖에 없다고요. 후안은 금지된 방법으로 데이터베이스를 이용하고 사용자 개인 보호 정책과 내 신뢰를 모두 저버렸다는 게 팩트예요. 이로써 도출할 수 있는 결론은 그 친구가 하는 말은 절대 믿어선 안 된다는 것이죠."

태라의 턱에 힘이 들어가고 눈빛이 싸늘해졌다.

"자기 삶을 쏟아부은 사람을 그렇게 내쫓다니."

"그래도 자기가 살던 곳에선 꿈도 꿀 수 없는 돈을 후크에서 벌었 잖……."

"재수 없는 엘리트주의자!"

태라가 불쑥 내뱉었다.

"어떻게 그래요? 후안은 프로그램 전체를 구축한 사람이고 당신 은 그저……."

"내가 있어야 그 프로그램이 사업으로 발전할 수 있어요. 당신이 그 작고 예쁜 머리로 지어낸 이야기를 발설하지만 않는다면."

닉은 차분하고 단호하게 말했다.

"어떻게 내가 이야기를 지어냈다고 뒤집어씌울 수……."

"증거가 없잖아요. 앙심을 품은 전 직원의 의심스러운 말 몇 마디 말고는."

"그럼 직접 그 데이터베이스를 보죠. 사실인지 아닌지 보자고요."

그녀의 말에 그는 얼굴을 찌푸렸다.

"지금 나더러 우리 사용자들의 개인 정보를 해킹하라는 겁니까? 그건 비윤리적인 일이죠. 우리가 밝힌 원칙에 반하는 일이에요."

"지금 장난해요?"

태라는 두 손을 허공으로 휙 올렸다. 그녀에겐 이런 일을 감당할 힘이 없었다.

하긴, 그럴 수밖에 없다. 그녀는 지금껏 줄곧 투자은행에서 일했으므로 비즈니스의 진짜 문제, 일테면 직원 문제나 제품 이상, 도덕적으로 문제가 되는 상황 등을 다룰 필요가 없었다. 그녀는 세상이 흑 아니면 백이라고, 옳지 않으면 그르다고 생각했지만 사실 세상은 그렇지 않았다.

그는 태라를 달래기 시작했다.

"태라, 지금 지쳐서 그래요. 정말 열심히 일했다는 거 알고, 명확하게 사고할 수 없다는 점도 이해해요. 하지만 정말이지 이건 그렇게 큰 문제가 아니에요."

"무고한 청년이 감옥에 갈지도 몰라요."

그녀의 말에 닉은 고개를 저었다.

"그렇지 않을 거예요. 로비 굿맨이 무고하다면 우리 사법제도가 알아서 밝혀내겠죠. 우린 우리 일만 하면 돼요. 그 밖의 일은 우리의 책임도, 권한도 아니에요."

그는 손을 뻗어 그녀의 팔을 꼭 잡으며 말을 이었다.

"그러니까 이제 자신의 전문 분야로 돌아가요. 이번 IPO를 역대 최대 규모로 만드는 게 본인의 일이잖아요."

그녀는 그와 눈을 맞췄다. 그의 말이 옳다는 것을 인정하듯 그녀의 커다란 갈색 눈이 촉촉하게 빛났다. 씩씩거리던 가슴이 진정되기 시작했고 그가 잡고 있는 팔의 맥박이 느려지는 느낌이 들었다. 따스한 온기가 그를 덮치는 듯했다. 이것이 바로 위대한 지도자들이 하는 일이었다.

"꺼져요, 닉."

태라는 불쑥 내뱉고 팔을 으쓱 움직여 그의 팔을 떼어낸 뒤, 문을 향해 돌아섰다.

"이 일에 대해 발설하는 일은 꿈도 꾸지 마요."

태라가 그를 노려보았다. 닉은 그녀의 목을 움켜잡고 싶었다. 그녀의 목을 조르고 싶었다. 아니면 강제로 섹스하거나. 어떤 식으로든 그녀에게 주제를 알려주고 싶었다. 그는 화난 목소리로 다시 물었다.

"알아들어요?"

그런 다음 그는 문으로 걸어가는 그녀의 손목을 세게 붙잡았다.

"알았냐고 물었잖아."

"알았어요."

그녀는 이를 악물고 낮은 목소리로 대답했다.

닉은 그녀를 좀 더 잡고 있다가 마침내 손을 놓고 심호흡하며 정장 재킷을 매만졌다. 그러곤 고개를 끄덕이며 말했다.

"좋아요. 이따 행사에서 봅시다."

태라는 침착하게 문을 열고 밖으로 나갔다. 그녀의 뒤로 문이 쾅 닫혔다.

닉은 발끝에서부터 공황이 밀려들기 시작했다. 그것은 그의 다리를 타고 올라와 배 속 깊숙이 스며들었다. 처음엔 앤터니의 리포트가 속을 썩이더니 이제 이런 일까지?

이 IPO는 어떻게든 성사되어야 한다. 다른 대안은 생각할 여지조차 없다. 만에 하나, 후크가 켈리 제이컵슨의 죽음에 어느 정도 책임이 있다 해도 말이다. 그리고 후안은 해고하지 않을 수 없었다. 그엔지니어는 규정을 어겼을 뿐 아니라 리더로서 닉의 영향력에 위협이 되었다.

닉은 후크 프로그램을 개발하진 않았지만 이 자리까지 올라오기 위해 열심히 노력했다. 그는 다섯 살 때부터 평생 노력하며 살았다. 방과 후에는 속독 수업을 듣고 피아노 교습을 받고 티볼을 연습했다. 완벽한 이력서를 만들기 위해 한순간도 쉬지 않았고 그 모든 순간을 후크에 걸었다. 게다가 그는 그레이스를 버렸다. '그리고 2백만 달러를 빌렸다.'

그는 엄청난 압박에 가슴을 씨근거리며 자신도 모르게 흐느끼기 시작했다. 벌써부터 신문에 난 기사가 보이는 듯했다. '유망한 하버드 경영대학원 졸업생, 하루아침에 8천만 달러를 잃고 파산해.'

"안 돼, 안 돼, 안 돼!"

그는 호텔 책상에 기대어 그 위의 거울에 비친 자신을 보았다.

"넌 그릇된 일을 하나도 하지 않았어. 네가 가진 팩트들에 따르면 네가 믿는 것은 전부 옳아."

닉은 마음을 가라앉힐 때 사용하는 주문을 다시 한 번 외웠다.

1. 넌 스탠퍼드 대학을 다녔고 가장 어려운 학과를 차석으로 졸업했어.
2. 넌 세계 최고의 컨설팅 회사 매킨지에서 일했고 3년 만에 프로젝트 관리자로 진급했어.
3. 넌 세계 최고의 벤처캐피털 회사 돌턴 헨리에서 일했어. 그것도 실리콘밸리에서 가장 유력한 벤처투자가 필 돌턴 밑에서.
4. 넌 세계 최고의 경영대학원인 하버드 경영대학원을 다녔고 게다가 베이커 스콜라를 받았어.
5. 넌 지구상에서 가장 막강한 소셜미디어 회사의 CEO야.
6. 넌 로즈우드 호텔 바에서 네가 원하는 여자는 누구든 매료시킬

수 있어.

7. 토드 켄트가 너를 위해 일하고 있어. 태라 테일러도. 그리고 티파니도.

주문을 외우자 머릿속이 정리되는 느낌이었다. 그는 그릇된 일을 전혀 하지 않았을 뿐 아니라 옳은 일은 모두 했다. 태라는 지금 자기가 무슨 말을 하는지도 모른다. 닉 자신과 같은 남자들은 절대 실수를 하지 않는다.

태라

5월 11일 일요일, 매사추세츠 주 보스턴

"어떻게 된 건지 설명 좀 해봐요."

캐서린 와일리의 목소리에 태라는 화들짝 놀라 눈을 들었다.

"네? 여긴 어쩐 일이세요?"

그녀는 호텔 로비를 휙 둘러보았다. 방금 전에 겪은 닉과의 일로 여전히 정신이 멍했다.

"오늘 저녁 하버드 대학에서 열리는 비즈니스 여성 콘퍼런스에서 강연하기로 했어요. 케임브리지로 가고 있는데 하비 테이트 부회장님이 전화해서 걱정하더라고요. 나더러 잠깐 여기에 들러 우리 은행 최대의 거래가 어떻게 되어가는지 알아봐 달라고 하더군요."

캐서린은 태라보다 키가 7~8센티미터 작았지만 꼿꼿한 자세 때문에 더 크게 느껴졌다. 캐서린이 말했다.

"잠깐 얘기 좀 할까요?"

태라는 캐서린을 따라 비어 있는 콘퍼런스 룸으로 들어갔다. 두 여자는 긴 탁자에 단둘이 서로를 마주 보고 앉았다.

"아세요?"

태라가 물었다. 후안과 후크 그리고 켈리 제이컵슨 사건 사이의 연관성을 캐서린이 알았다니, 한편으론 후련하고 또 한편으론 겁이 났다.

"당연히 알죠."

캐서린이 말했다.

"누구한테 들으셨어요?"

"토드 켄트."

"토드가 알아요?"

캐서린은 이맛살을 찌푸렸다.

"당연하죠. 태라, 꼬박 하루 동안 사라졌잖아요."

"네?"

태라는 다시 머리를 굴렸다. 그게 켈리와 무슨 상관일까?

"말이 돼요, 태라?"

캐서린은 허공에 대고 두 손을 휘저었다. 결혼반지는 없고 그 자리에는 대신 금제 손가락 보호대가 끼워져 있었다.

"월가의 테크놀로지 분야 최고의 애널리스트가 투자설명회에 왔다가 부정적인 리포트를 발행하려고 하는데, 이런 상황에서 어떻게 로드쇼 도중 사라질 수가 있죠? 대체 무슨 생각으로 그런 거예요?"

"그것 때문에 화나신 거예요? 제가 사라져서?"

머릿속이 뿌옇게 흐려졌다. 그럼 캐서린이 켈리에 대해 아직 모르고 있다고?

캐서린은 황당한 얼굴로 고개를 끄덕였다.

"그래요. '그것' 때문에 화났어요. 어디 갔었어요?"

"동생 결혼식이었어요."

태라가 대답했다. 벌써 까마득한 일처럼 느껴졌다.

"제 여동생이 메인 주에서 결혼해서 거기에 갔었어요."

캐서린의 가슴이 씨근거렸다.

"왜요?"

"제 동생이니까요."

태라의 말에 캐서린은 화난 목소리로 다시 말했다.

"내 말 잘 들어요, 태라. 동생은 아무 데도 가지 않아요. 그게 가족이에요. 하지만 이번 거래는 어떨까요? 내가 태라를 믿고 맡긴 이런 일은? 이런 기회는 항상 있는 것도 아니고, 안이한 사람에겐 주어지지도 않아요."

"겨우 하루 다녀왔어요. 게다가 토요일이었고……."

"변명하지 마요, 태라. 그렇게 핑계만 대면 이 업계에서 남들보다 앞서가지 못해요."

캐서린이 날카롭게 말했다.

"변명이 아니고……."

"그만!"

캐서린이 다시 두 손을 올리며 소리쳤다.

"아무 얘기도 하지 마요. 우리 모두가 희생을 감수해야 해요. 그런데 태라가 희생을 감수하지 않았기 때문에 앤터니 밴 레이우엔이 이번 IPO에 대해 아주 부정적인 견해를 내놓게 생겼어요. 이 IPO는 지금 우리 은행의 부정적인 이미지를 바꿀 수 있는 유일한 기회예요. 그런데 태라 때문에 또 나쁜 뉴스가 더해지게 생겼다고요."

태라는 천장을 올려다보며 물었다.

"앤터니의 리포트가 얼마나 안 좋아요?"

"주당 2달러로 예측하고 있어요. 정말 몰랐어요?"

캐서린은 큰 소리로 웃으면서 말을 이었다.

"도무지 용납할 수가 없네요, 태라. 지켜볼 만한 사람이라고 해서 도와주려고 했는데. 난 태라한테 '내 이름'을 걸었다고요."

캐서린의 목소리에 점점 더 분노가 실렸다.

태라는 미안한 마음이 들기를, 사고를 쳤다는 두려움이 머릿속의 뿌연 모래알을 헤치고 들어와 자신에게 어떤 행동을 취하게 하기를 기다렸다. 그러나 한참을 기다려도 아무 일도 일어나지 않았다.

"그 사람의 판단이 옳다면요?"

태라는 다시 캐서린에게로 시선을 옮기며 나지막이 말했다.

"지금 뭐라고 했어요?"

태라는 시선을 피하지 않고 더욱 확고하게 말했다.

"앤터니의 판단이 옳을 수도 있지 않을까요? 이런 앱들은 정말 아무런 가치도 없는 게 아닐까요?"

"태라는 이 IPO를 팔기 위해 고용된 사람이에요. 그 이상도 그 이하도 아니에요."

태라는 고개를 끄덕이며 중얼거렸다.

"저도 그렇다고 들었어요."

태라의 시선이 캐서린의 손으로 내려갔다. 캐서린은 두 손을 모아 깍지를 끼었지만 결혼반지 자리에 끼운 금제 보호대 때문에 네 번째 손가락은 구부리지 못하고 있었다.

"손은 왜 그러셨어요?"

태라가 물었다.

"뭐가요?"

캐서린은 짜증스러운 말투로 되물었다.

"손가락이요."

태라는 턱으로 캐서린의 손가락을 가리켰다.

"말 돌리지 마요."

"다치셨어요?"

캐서린은 숨을 훅 들이쉬며 손을 앞으로 쭉 뻗어서 안경 너머로 내려다보았다. 그러고는 네 번째 손가락을 태라에게 들어 보이며 말했다.

"새 반지예요. 내가 얼마나 강인한 사람인지 상기하고 감상에 빠지지 않기 위해서 끼었죠."

그러곤 다시 태라를 보며 덧붙였다.

"이런 조언은 새겨들어요."

"남편분은 아무 말씀 안 하세요?"

태라가 조심스레 묻자 캐서린은 등을 더 꼿꼿이 세우면서 대답했다.

"별거 중이에요. 남편은 내가 자기보다 더 성공했다는 사실 때문에 힘들어했거든요."

태라는 오랫동안 캐서린을 보았다. 머리는 완벽하게 정돈했고 옷은 완벽하게 다려 입었으며 피부에는 꼭 알맞은 화장을 하고 치아는 적당히 희었다. 그리고 몸매는 어떤 면에서든 비판을 받지 않을 만큼 적당히 날씬했다.

"로드쇼 도중에 사라져서 죄송해요. 다시는 그런 일 없을 겁니다."

마침내 태라는 이렇게 말하고 자리에서 일어났다.

"이 세상에 강한 여자는 그리 많지 않아요, 태라. 하지만 태라에겐 그런 면이 있다고 생각해요. 스스로 전념하기만 하면 돼요."

캐서린의 목소리는 한결 부드러워졌다.

태라는 캐서린의 눈에서 공감의 빛을 찾아보았지만 그런 건 존재하지 않았다.

"잘못 판단하신 거라면 좋겠네요."

태라는 나가려고 돌아서면서 조용히 말했다.

그녀는 화장실로 가서 문을 잠그고 변기 뚜껑을 올렸다. 자낙스병을 열어 알약을 모두 쏟아부었다. 셀렉사도 쏟아부었다. 알약들이 한 알 한 알 변기 속으로 떨어지는 광경을 지켜보다 물을 내려 전부 흘려보냈다. 그러곤 개수대에서 손을 씻고 자신의 반영을 흡족하게 바라보며 앞으로의 할 일을 확실하게 정했다.

어맨더
5월 12일 월요일, 캘리포니아 주 샌프란시스코

어맨더는 잠을 이룰 수 없었다. 새벽 3시 30분이었지만 머릿속엔 온통 줄리와 함께 시작할, 아직 이름도 정하지 않은 회사에 대한 생각이 가득했다.

그녀는 불을 켜고 브래드 펠드의 《벤처 딜》을 읽었다. 그녀에겐 이 책이 사업에 관한 모든 것을 꼼꼼하게 가르쳐주는 바이블과도 같았다.

무언가에 이렇게 몰두해본 것은 토드 켄트 이후 처음이었다. 줄리의 말이 옳았다. 그 시간을 좀 더 유용한 일에 쏟아붓는 것은 아주 신나는 일이었다. 그동안 자신의 하우스메이트를 그토록 과소평가했다니 믿어지지가 않았다.

그녀는 시계를 보았다. 새벽 4시. 그만하자. 어차피 다시 잠을 자긴 글렀다. 그녀는 침대에서 나와 샤워를 하고 옷을 입은 뒤 크롤리 브라운 사무실로 향했다. 다른 사람들이 출근하기 전에 두어 시간 동안 상표에 대해 조사해볼 생각이었다.

그녀가 일하는 층에서 엘리베이터 문이 열리자 불이 켜져 있고 앤디 셰이퍼가 자판을 두드리고 있었다.

"이 시각에 어쩐 일이에요?"

어맨더가 자리에 앉으며 물었다.

"후크에 난리가 났어요. 로드쇼가 곧 폭발하게 생겼답니다."

"네?"

어맨더가 되물었다. 사흘째 후안에게서 아무런 소식이 없었다. 그냥 바쁜가 보다 생각했는데, 다른 이유가 있는 모양이었다.

"무슨 일인데요?"

"어떤 애널리스트가 주가를 주당 2달러로 예측한 리포트를 내놓았어요. 투자자들이 빠져나가 주가가 곤두박질칠까 봐 다들 비상이 걸렸죠."

"정말 그렇게 될까요?"

"그야 모르죠."

"그래서 지금 무얼 하는 거예요?"

"IPO가 무산될 경우를 대비하고 있죠."

앤디는 눈을 들고 어맨더를 보며 말을 이었다.

"IPO가 무산되면 그동안 내가 투자한 시간은……."

어맨더의 귀에는 그의 말이 들어오지 않았다. 그녀는 이미 구글에 '후크 IPO'를 입력하고 최신 뉴스를 찾아보기 시작했다.

24분 전에 올라온 뉴스가 맨 위에 나타났다. 제목은 '통렬한 애널리스트 리포트, 후크의 가치를 주당 2달러로 평가해'였다.

크레디트 스위스의 테크놀로지 분야 최고의 연구 애널리스트인 앤터니 밴 레이우엔이 위치 기반 데이트 앱의 나스닥 상장에 앞서, '소셜미디어 애플리케이션들에 대해 터무니없이 비현실적인 가격을 매기는' 경향이 있다며 주가를 주당 2달러로 책정한 공격적인 리포트를 발행했다. 소셜미디어 거품이 곧 파열될 것이라고 예측한 여타의 많은 비관론자들은 부실한 수익 모델을 근거로 내세운 반면, 밴 레이우엔은 소셜미디어 앱들이 방대한 정보를 수집하고 있다는 점 그리고 이 같은 데이터 축적에 따른 위험을 사용자들이 인지했을 경우 큰 반발이 일 수 있다는 점을 토대로 주가 하락을 예상했다. 목표 주가를 25~35달러로 책정한 IPO 주관사 L. 세실은 이 소식을 듣고 이번 주 후반에 있을 IPO를 위해 투자자들에게 기존 주가 범위에 대한 확신을 다시 심어주기 위해 필사적으로 노력하고 있다.

어맨더의 얼굴이 하얗게 질렸다. 주가가 2달러로 떨어지면 후안은 복지관을 지을 수 없고 줄리는 사실상 빈손으로 나와야 한다. 그들의 새로운 계획은 모두 연기처럼 사라질 것이다.

"안 돼."

어맨더는 고개를 저으며 화면에 대고 소리 내어 말했다. 그들은 이번 IPO를 위해 열심히 노력했다. 친구들이 무너지는 모습을 보고만 있을 수는 없었다.

토드
5월 13일 화요일, 캘리포니아 주 멘로파크

"크레디트 스위스의 연구 애널리스트 앤터니 밴 레이우엔이 통렬한 리포트를 발표한 이후 오늘 월가는 또 한 번 후크의 운명에 대한 갖가지 추측으로 떠들썩했습니다. 밴 레이우엔은 IPO가 마무리되기 전에 리포트를 발표하는 이례적인 행보를 보였죠. 이 리포트에서 그는 주가를 주당 2달러로 책정함으로써, 후크의 예상 상장가 26~32달러가 공공투자자들을 노린 신용 사기가 아니냐는 의문을 촉발하고 있습니다."

토드는 CNBC에서 가장 섹시한 앵커 루시 로를 좋아했지만 지금은 그녀에게 주먹을 한 대 날리고 싶었다. 그는 멘로파크의 로즈우드 호텔 방에서 넥타이를 매며 뉴스를 보고 있었다. 그들은 남은 이

틀간의 로드쇼 일정을 위해 어젯밤에 이곳에 도착했다.

"다음 소식입니다. 켈리 제이컵슨 재판의 최종 변론이 오늘 팰로앨토에서 있을 예정입니다. 켈리 제이컵슨의 기숙사 사감인 로비 굿맨이 성폭행 혐의와 과실치사 혐의로 법정에 서게 되는데요, 로비 굿맨은 켈리 제이컵슨에게 마약의 일종인 MDMA, 즉 '몰리' 치사량을 먹였고 이로 인해 심장에……."

토드는 TV를 끄고 잠시 동작을 멈춘 채 심호흡하며 마음을 가다듬었다. 오늘은 힘든 하루가 될 것이다. 그것은 피할 수 없었다. 그러나 도전에는 기회가 따르는 법. 밴 레이우엔이 판돈을 올렸으니 토드가 승리하기만 한다면 더 많은 것을 얻을 수 있었다. 투자자들을 다시 그의 편으로 끌어오기만 하면 그전에 목표했던 것보다 훨씬 더 대단한 영웅으로 부상할 수 있다는 얘기다.

전화벨이 울렸다. 그는 전화를 받으며 서류가방을 집어 들고 호텔 로비로 향했다.

"여보세요?"

"알아서 해결해."

하비가 성난 목소리로 말했다.

"앤터니는 그 리포트를 철회하지 않을 겁니다. 사실 그 사람은……."

"그럼 다른 방법으로 해결해야겠군. 안 그런가?"

토드는 최대한 자신 있게 대답했다.

"차라리 22달러였다면 걱정을 했겠죠. 하지만 2달러는 말이 안되잖아요. 사람들도 다……."

"사람들은 제삼자의 의견을 존중하지."

하비가 그의 말을 잘랐다.

"압니다. 하지만……."

"같은 물에 가야 그에 걸맞은 적수를 찾을 수 있어. 이만 끊겠네."

전화가 끊어지자 토드는 좌절감에 눈을 감았다. 간부라는 사람이 가끔 긍정적인 말로 기운을 북돋워 주면 안 되는 걸까?

그는 로비에서 태라를 발견하고 그리로 갔다.

"좋은 아침."

"안녕하세요."

태라는 노트북컴퓨터에서 흘끗 눈을 들었다가 바로 다시 자판을 두드리기 시작했다. 태라는 로드쇼 내내 눈엣가시처럼 굴었다. 케일럼 때문이었다. 모든 것의 시작이 그 사람이었다. 런던에서 그 사람과 무슨 일이 있었는지는 모르겠지만 그때부터 태라는 달라졌고 지난주에 그 사람이 묵는 호텔에 가서 한낮의 짧은 섹스를 즐긴 뒤에는 훨씬 더 심해졌다. 몰래 동생 결혼식에 다녀온 일에 대해 사과하지도 않았고 지금은 그 일을 캐서린에게 알렸다는 이유로 뻔뻔하게도 토드 자신에게 팩팩거리고 있었다.

"어쩔 수 없었어."

그가 말했다.

"뭘요?"

태라는 타이핑을 멈추고 눈을 들었다.

"부문장님한테 얘기한 거. 갑자기 나타나서 어디 갔냐고 묻더라고. 거짓말할 수가 없었어."

"알아요."

태라는 다시 컴퓨터를 보았다.

"그런데 왜 그렇게 불퉁해 있어?"

"제가요?"

그녀는 여전히 자판을 두드리고 있었다.

"이게 다 너 때문이라고."

토드가 말했다.

"앤터니의 리포트 말이에요?"

"그래."

"그 사람은 닉을 신뢰할 수 없기 때문이라고 하던데요."

그녀가 여전히 자판을 두드리며 대꾸했다.

"그 사람 만났어?"

토드가 턱을 삐죽 내밀었다.

태라는 흘끗 눈을 들고 태연하게 대꾸했다.

"그럼요. 그 사람의 우려를 덜어줄 방법이 없을까 해서 만났죠."

"그런데 실패한 모양이군."

태라는 어깨를 으쓱하고는 다시 컴퓨터 화면을 보았다.

"그 사람도 의견을 말할 권리가 있으니까요."

그러곤 계속 자판을 두드렸다.

"그것 좀 잠깐 멈출 수 없어?"

그가 소리치자 태라는 타이핑을 멈췄다.

"그 사람이 뭐래?"

토드는 좀 더 침착하게 물었다.

"사용자 정보와 데이터 보안에 대해 한참 얘기를 나눴어요. 이론 상 데이터 축적이 불가피하다는 사실에 동의할 수 없는 건 아닌데,

그 데이터를 어떻게 사용하는지에 대해 회사 측에서 분명한 성명을 내놓지 않으면 소비자들은 불안해할 거라고 하더라고요. 특히 소비자들이 CEO를 싫어한다면 더욱 그렇고요. 결과적으로 후크를 대체할 수 있는 앱이 나오면 사용자들은 곧바로 갈아탄다는 거죠. 저도 흥미로운 지적이라고 생각했어요."

태라의 목소리는 태연했다.

그녀는 다시 자판을 두드리기 시작했다. 흥미로운 지적이라고 생각했다고? 어떻게 저렇게 건방질 수가?

"루이자는 두 사람이 정말 사랑하는 사이라고 하던데."

토드가 심술궂은 목소리로 말했다.

"루이자가 누구예요?"

"케일럼이 너 몰래 만나는 여자."

자판을 두드리던 태라의 손이 멈췄다. 드디어 낚였군.

"혹시 몰랐어? 몇 주 전에 그래머시 태번에서 우연히 만났는데, 둘이 바에서 쪽쪽 빨고 있던데."

"왜 나한테 그런 얘길 해요?"

태라는 고개를 들지 않고 힘없는 목소리로 물었다.

"난 좋은 남자니까."

태라는 고개를 들어 토드를 보았다. 상처받은 싸늘한 눈이 그의 눈과 마주쳤다. 그녀는 천진하고 연약하고 슬퍼 보였다. 이번만큼은 그녀를 누른 것이 그리 통쾌하지 않았다.

"태라, 지금 아무것도 안 하면 나 커피 한 잔 갖다 줘요."

닉 윈스로프가 그들 앞에 나타났다.

태라는 토드에게서 눈을 떼지 않은 채 단호하게 대꾸했다.

"전 뭔가를 하고 있는데요, 닉. 하지만 이 호텔 직원 서른다섯 명 중에 한 명쯤은 커피를 갖다 줄 수 있을 거예요."

"지금 무슨……."

닉이 입을 열었다.

"전 그만 가볼게요."

태라는 닉의 말을 자르며 가려고 일어섰다.

닉의 분홍빛 얼굴이 벌겋게 변했다.

"나한테 커피 갖다 줄 애널리스트 없나?"

어맨더

5월 13일 화요일, 캘리포니아 주 멘로파크

어맨더는 280번 고속도로로 들어가 멘로파크를 향해 남쪽으로 차를 몰았다. 24시간 동안 깨어 있었지만 전혀 피곤하지 않았다. 후안과 줄리의 돈을 구해야 한다는 결의와, 그것을 도울 만한 증거를 찾았다는 전율에 힘이 솟았다.

그녀는 앤터니 밴 레이우엔의 리포트를 읽으며 그의 논리에 오류가 없는지 찾아보고 어떻게 하면 그의 논지를 반박할 수 있을까 고민해보았다. 그러나 아무것도 나오지 않자 앤터니라는 인물 자체로 눈을 돌렸다. 그리고 미국 증권거래위원회와 유럽증권위원회에 몇 번이나 전화를 걸어 파헤친 끝에, 앤터니가 L. 세실 주식에 공매도 포지션을 취하는 펀드에 큰돈을 넣었다는 사실을 알아냈다. 그의 부정적인 리포트는 이 소셜미디어 회사를 폭로하기 위한 것이 아니라 전적으로 L. 세실 투자은행의 관에 못을 하나 더 박기 위한 것이었다. 그 못이 박히면 L. 세실의 주가는 곤두박질치고 앤터니의 개인 수익은 치솟게 될 터였다.

앤터니의 주장이 가치 있는가 없는가는 중요하지 않았다. 그는 사리사욕을 위해 신뢰할 수 없는 견해를 내놓았고, 따라서 그것은 투자자들이 후크를 다시 신뢰하게 만드는 열쇠가 될 수 있었다.

어맨더는 오늘 아침 크리스 파파도폴로스가 출근하길 기다렸다. 그러나 그가 회사에 들르지 않고 로즈우드 호텔에서 열리는 로드쇼 조찬 행사에 간다는 사실을 알게 되었다. 그래서 지금 그녀는 로즈우드 호텔로 가고 있었다. 자신이 알아낸 사실을 알려주고 이번 IPO와, 그녀의 친구들이 마땅히 받아야 할 돈, 그리고 자신과 줄리의 창업 계획을 구하기 위해서였다.

주차장에는 차들이 가득했지만 어맨더는 겨우 한 자리를 발견하고 조심스레 그 자리에 차를 세운 뒤 시동을 끄며 심호흡했다. 토드가 저 안에 있다고 생각하니 겁이 났다. 토드를 보고 또 그에게 홀딱 빠지면 어떡하지? 그의 마법에 홀려 자신이 택한 새로운 길에 회의가 든다면? '일단 크리스부터 찾자.' 그녀는 이렇게 다짐하며 차에서 내렸다.

후안

후안은 이스트 팰로앨토에 있는 어머니의 집에서 나와 조용히 문을 닫았다. 아직 이른 시간이었지만 상관없었다. 밤새도록 이 일을 해야 할지 말아야 할지 고민한 터였다.

그는 토요일 아침 비행기를 타고 샌프란시스코로 돌아왔지만 자신의 집으로 가지 않고 곧장 이리로 왔다. 아직 닉에게 당한 일에 대해 누군가에게 털어놓을 준비가 되지 않았다. 줄리나 어맨더에게도. 두 사람은 그를 안쓰러워하며 위로하려 들 게 분명했고, 그래 봐야 그에겐 도움이 되지 않을 터였다. 후안은 자신이 안쓰럽지 않았다. 스탠퍼드 대학생들의 문제와 백인들의 억만장자 꿈을 걱정한 자신이 바보 같았다. 그들은 그의 편이 아니었다. 그에겐 그들도, 그들의 동정도 필요치 않다.

그래도 어떻게 된 일인지는 알아야 했다.

그는 유니버시티 애비뉴를 걸어 101고가도로 옆에 있는 셸 주유소로 향했다. 팰로앨토의 대학가와 그가 자란 동네가 나뉘는 곳이었다. 이케아 매장이 베이쇼어 가로 옮겨온 뒤로 이 지역도 정화되었지만 어떤 이유에서인지 후안은 그녀가 아직 그곳에 있다는 직감이 들었다.

그가 도착했을 때 하늘은 잿빛으로 서서히 밝아오기 시작했고 유리창 너머로 몸을 숙이고 잡지를 읽는 그녀가 보였다.

"이사벨."

창문을 두드리자 10대 시절의 설렘이 다시 깨어나는 듯했다. 그녀는 여전히 아름다웠다.

이사벨은 화들짝 놀라 벌떡 일어나서 유리창 너머에 있는 그의 얼굴을 들여다보았다. 후안을 알아본 그녀는 잠긴 문을 열고 그의 목을 끌어안으며 말했다.

"후안, 후안, 후안. 쿠안토 티엠포 아 파사도?(스페인어로 '이게 얼마만이야?'라는 뜻—옮긴이)"

"정말 오랜만이지?"

그는 그녀의 머리에 코를 묻으며 대꾸했다.

그녀는 팔을 풀었다. 그러곤 주유소 쪽을 흘끗 보며 물었다.

"여긴 어쩐 일이야?"

후안은 바로 본론으로 들어갔다.

"네 도움이 필요해서 왔어. 혹시 호르헤 메넨데스 알아?"

이사벨의 눈이 휘둥그레지더니 이내 실망의 빛이 돌았다. 그녀는 고개를 저으며 나지막이 말했다.

"안 돼, 후안. 너까지 그러면 안 돼."

"응? 뭐가 안 된다는 거야?"

후안이 물었다.

"호르헤는 마약을 팔잖아, 후안. 너까지 걔한테 뭔가를 사려고 하면 안 된다고."

"그 친구가 몰리도 팔아?"

"그럴 거야. 요즘 대학생들은 전부 몰리만 찾잖아. 후안, 무슨 일이야?"

"그 친구가 켈리 제이컵슨을 죽인 것 같아."

이사벨의 얼굴이 창백해졌다.

"뭐? 어째서?"

"내가 뭔가를 발견했거든. 후크에서 일하다가. 켈리가 죽을 때 그 친구가 같이 있었어."

이사벨은 고개를 저었다.

"그럴 리가 없어. 호르헤는 좋은 사람이야. 누굴 해친 적은 없어."

"하지만 취해서 그랬을 수도 있지 않을까?"

"호르헤는 약 안 해. 마약 파는 사람들이 약을 하지 않는다는 건 너도 알잖아."

"지금 어디 있는지 알아?"

"아마 일하러 가고 있을 거야. 전화해볼게."

그녀는 이렇게 말하며 전화기를 꺼냈다.

토드

5월 13일 화요일, 캘리포니아 주 멘로파크

자리가 모두 찼고 스무 명 정도가 뒤에 서 있었다. 로드쇼를 시작한 이래 최대의 출석률이었다. 이 초청자들은 모두 토드의 팀이 앤터니 밴 레이우엔의 리포트에 어떻게 반응할지 촉각을 곤두세우고 있었다. 토드는 자리에 앉아 수없이 지켜본 프레젠테이션을 또 한 번 지켜보았다.

귀에 익은 단어들을 들으면서 그는 자신이 공을 갖고 시간을 끄는 포인트 가드가 된 기분이었다. 재깍재깍 시간이 흐르는 가운데 지속적인 긴장으로 심장이 두근거렸다. 공이 다시 그들에게 돌아왔으니 이제 영리한 플레이로 투자자들의 마음을 긍정적인 면에 묶어두어야 했다.

그는 시계를 보았다. 오전 9시 30분. 앞으로 열네 시간만 있으면 로드쇼가 끝나고 그들은 뉴욕으로 돌아간다. 그렇다면 최종 주가를 결정하는 발행가 협상까지는 25시간 30분이 남았다는 뜻이다. 그러고 다시 24시간이 지나면 주식이 거래소에 올라가 공개적으로 거래되기 시작한다. 그러고 나면 그의 역할은 끝난다. 총 51시간이 남았다. 그는 할 수 있다.

"질의응답으로 넘어가기 전에 한 가지만 더 짚어드리겠습니다."

닉이 말했다.

'제발 망치지 마.' 토드는 속으로 기도했다. 그들은 어젯밤에 수도 없이 연습했지만 그럼에도 토드는 여전히 숨을 참고 있었다.

"후크는 개별 사용자의 프라이버시를 지키기 위해 최선을 다하고 있습니다. 사용 패턴을 파악하여 서비스를 개선하기 위해 특정 데이터를 수집하고 있긴 합니다만, 이것은 모든 앱이 마찬가지이고, 저희는 개인 식별이 가능한 방식으로 혹은 개인의 프라이버시를 침해하는 방식으로 그 정보를 공유하는 일은 절대 없을 것입니다."

'잘했어.' 토드는 참았던 숨을 내뱉었다. 데이터를 바로바로 삭제한다는 얘기를 빼먹긴 했지만 논지를 입증하기엔 충분했다.

태라가 질의응답을 진행하기 위해 일어섰다.

"시간 관계상 질문은 두 개만 받아야 할 것 같네요."

그녀가 말했다. 그들은 관객석에 미리 질문자 두 명을 심어놓았다. 한 명은 L. 세실 애널리스트였고 또 한 명은 자산관리 쪽 고객이었다. 이 고객은 후크의 주식을 기관투자자들과 똑같은 값에 사게 해준다는 조건으로 흔쾌히 사소한 질문을 던져주기로 했다.

태라가 이 자산관리 고객에게 질문을 청하자 그는 미리 준비한 대로 예상 성장률에 대해 물었다. 태라는 계획한 대로 대답했다. 남자는 고맙다고 인사하고 다시 자리에 앉았다.

"애비셰크?"

다음으로 태라는 앞쪽에 앉아 있는 리넨 정장 차림의 남자를 가리켰다. 토드는 태라를 휙 돌아보았다. L. 세실 애널리스트의 이름은 제러미였다. 저 사람은 누구야? 애비셰크라는 남자가 일어서자 태라는 차분한 눈으로 그 남자를 보았다. 태라가 뭘 하는 거지? 계획에 없던 일이었다.

"해킹을 당한 적은 없습니까?"

남자가 가볍게 묻자 무대에 있는 닉의 얼굴이 하얗게 질렸다.

남자는 계속해서 무덤덤하게 말을 이었다.

"요즘 해커 관련 기사가 하도 많아서 혹시 후크도 그런 문제가 있지 않나 궁금하네요."

태라는 닉에게 마이크를 넘기고 강연대에서 물러섰다.

"그런 리스크는 어디에나 있지요."

닉이 말했다.

"그럼 후크는 그런 리스크를 어떻게 줄일 수 있죠?"

애비셰크가 집요하게 물었다.

"저희는 국내 최고의 엔지니어들을 유치하고 있습니다."

닉이 대답했다.

"그런데 그 최고의 엔지니어들이 회사에 계속 붙어 있을 거라고 확신하시나요? 조시 하트와 후안 라미레스도 떠났는데?"

토드는 닉을 보았다. 후안 라미레스가 떠났다고?

"저희가 후안을 해고한 사실은 어떻게 아셨죠?"

CEO가 물었다. 관객들은 일제히 숨을 들이마시며 후안 라미레스가 해고된 이유에 흥미를 갖기 시작했다.

토드는 다시 태라를 보았다. 그녀는 아무것도 하지 않은 채 가만히 서 있었다. 얼핏 미소를 짓는 것 같기도 했다.

관객석에 앉아 있던 필 돌턴이 자리에서 일어났다.

"여러분, 제가 실리콘밸리에 관여한 이후로 후크처럼 신뢰가 가는 기업은 본 적이 없습니다. 제가 이사회에 몸담고 있는 한, 이 회사의 역량은 절대 문제가 되지 않을 겁니다. 보안도 마찬가지이고요. 단언컨대, 사용자 정보를 보호하는 데 저만큼 열의를 가진 사람은 없을 겁니다. 이제 다음 설명회를 위해 이 사람들을 놓아주시죠."

관객들은 웅성거리며 마지못해 동의했고 태라는 무대에서 내려왔다. 닉이 그녀의 뒤를 바짝 쫓았다. 토드도 자리에서 일어나 두 사람을 따라 안쪽 홀로 들어갔다.

"나한테 손대지 마요."

태라가 팔을 으쓱하여 닉의 손을 떨쳐내며 날카로운 목소리로 말했다.

"대체 어떻게 된 거야?"

토드가 목소리를 낮추고 추궁했다.

"일부러 그런 질문을 준비한 거야. 날 망가뜨리려고 말이야."

닉이 말했다.

"왜 미리 계획한 대로 제러미를 지목하지 않았어?"

토드가 태라를 돌아보며 물었다.

"L. 세실 내부자를 지목하면 사람들이 편견을 갖고 볼까 봐 그랬어요."

그러자 닉이 말했다.

"아니야. 후안 때문에 화가 나서 그랬겠지. 저 여자가 다 망쳐놓을 거야. 날 이기려는 생각밖에 없어. 하지만 절대 그러지 못할걸."

닉은 태라를 보며 계속 으르렁거렸다.

"내가 아무것도 하지 못하게 만들 거니까."

"정말 후안을 해고했어?"

토드가 닉과 태라 사이로 끼어들며 물었다.

"후안은 방해가 됐어."

닉이 말했다.

"지금은 이럴 때가 아니야."

토드가 두 사람을 번갈아 보며 단호하게 말했다. 꼭 어린아이들과 함께 있는 기분이었다.

"이제 하루만 더 있으면 다 끝나잖아. 투자설명회 세 번만 더 하면 돼. 제발 둘 다 그때까지만 참으면 안 돼?"

닉의 가슴이 씨근거렸다. 태라의 눈에는 짜증이 가득했다.

"알았어요."

태라가 대꾸하며 그를 지나쳐 갔다.

"저 여자 좀 어떻게 해봐."

닉이 말했다.

"지금 태라가 문제가 아니야, 닉. 정신 좀 차려."

토드는 날카롭게 말하며 콘퍼런스 룸을 나가 태라를 찾았다. 복도를 따라 황급히 자신의 방으로 향하는 그녀가 보였다.

"태라, 잠깐만."

그가 소리쳤다.

태라는 걸음을 멈추지 않았다. 토드는 다리에 아드레날린이 솟는 것을 느끼며 서둘러 복도를 따라갔다.

태라가 방문 앞에 이르렀을 때에야 토드는 그녀를 따라잡았다. 그는 좀 더 부드럽게 다시 말했다.

"태라, 잠깐만. 우리 얘기 좀 할 수 없을까?"

"미안해요."

그녀는 그대로 멈춰 서서 한동안 그를 바라보며 어떤 설명도 하지 않았다. 그런 다음 문을 밀어 열고 안으로 들어갔다. 그녀의 뒤로 문이 쾅 닫혔다.

토드는 주먹으로 문을 쳤다.

"나한테 이러지 마, 태라!"

그는 문에 머리를 기대고 눈을 감았다. 더 이상 재미있지 않은데도 멈추지 않는 놀이기구를 타고 있는 기분이었다. 어떻게 해야 한단 말인가? 머릿속이 복잡했다. 하비는 이번 설명회에서 있었던 일을 이미 알고 있거나 곧 알게 될 테고, 그러면 토드에게 전화해 쓸데없는 설교를 늘어놓을 것이다. 제삼자의 견해가 중요하니, 같은 물에 가야 하니 등등. 그게 대체 무슨 뜻이란 말인가?

토드는 고개를 획 들었다.

'같은 물에 가야' 한다. 사람들이 앤터니의 견해를 신뢰하는 것은 편향되지 않은 견해이기 때문이고, 그 말은 곧 토드도 그 나름의 앤터니, 즉 투자자들이 보기에 편향되지 않은 견해를 내놓을 법한 제삼자 애널리스트를 찾아 앤터니의 견해를 반박하는 리포트를 쓰게 해야 한다는 뜻이다. 그런데 그런 사람이 누구일까?

토드는 머릿속으로 애널리스트 친구들 명함을 뒤지기 시작했다.

리치! 리치 베이커! 토드는 생각해냈다. 리치는 실리콘밸리에서 가장 저명한 애널리스트 가운데 하나로, 모건스탠리에서 테크놀로지 분야 분석을 맡고 있었다. 그와 토드는 10년 전 L. 세실에서 함께 말단 애널리스트로 일했는데, 그때 리치가 커밍아웃을 하고 토드에게 반했다고 고백했다. 리치는 지금 토드에게 '정확히' 필요한 사람이자 토드가 확실하게 포섭할 수 있는 사람이었다.

토드는 아직 사람들이 모두 가버리지 않았기를 바라며 돌아서서 다시 콘퍼런스 룸으로 향했다.

어맨더
5월 13일 화요일, 캘리포니아 주 멘로파크

어맨더는 사람들이 빠져나가기 시작한 콘퍼런스 룸에서 크리스 파파도폴로스를 찾았다. 그는 뒤쪽에 앉아 열심히 노트북컴퓨터를 두드리고 있었다.

"변호사님, 찾아서 정말 다행이네요. 제가 말씀드릴……."

크리스가 눈을 들었다.

"여긴 어떻게 왔어요? 비공개 모임인데. 여기 오면 안 돼요."

"그건 알지만, 제가 그 사람에 대해 알아낸 게 있거든요. 그……."

"지금 내가 얼마나 골머리를 썩고 있는지 알아요, 어맨더? 로드쇼에 몰래 들어온 안하무인의 보조 직원 때문에 더 욕을 먹을 여유가 없어요."

"하지만 저는……."

"당장 가지 않으면 해고하겠어요."

크리스가 말했다. 어맨더는 그 말이 진심이라는 걸 알 수 있었다.

그녀는 얼굴에서 핏기가 빠져나가는 것을 느끼며 조심스레 돌아섰다. 다리가 후들거리기 시작했다. 크리스는 절대 흥분하지 않는 사람이었다. 그런 그가 저렇게 초조해하다니 상황이 몹시 안 좋은 모양이었다. 다시 가슴이 뛰기 시작했다. 크리스가 듣지 않으려 한다면 이제 어떻게 해야 할까? 그녀는 이 거래를 구해야 했다. 그렇지 않으면 후안도, 줄리와 그녀가 계획한 회사도…….

토드.

토드를 만나야 한다.

어맨더는 다시 콘퍼런스 룸을 둘러보다 내부를 훑어보며 문으로 들어오는 토드를 발견하고 가슴이 타오르기 시작했다. 어째서 저리도 섹시한 걸까?

그녀는 심호흡하고 다시 마음을 다잡은 뒤, 토드가 누굴 찾는지 보려고 그의 시선을 좇았다. 토드는 타이트한 분홍색 셔츠와 폭이 좁은 보라색 넥타이 차림의 땅딸막한 남자에게로 향했다.

토드는 그의 눈부신 미소를 보여주며 그 남자와 악수를 나눴고, 게이로 보이는 상대 남자는 토드의 아첨을 기분 좋게 받아주었다. 그러나 토드는 곧 그에게로 몸을 바싹 기울이고 무슨 말인가를 건넸고, 그리고 나자 상대 남자는 이맛살을 찌푸렸다.

어맨더는 그녀의 옆에서 대화를 나누고 있는 두 남자 사이에 끼어들었다.

"실례합니다만, 혹시 저쪽에 분홍색 셔츠를 입은 남자분이 누군지 아세요?"

그러자 둘 중 한 명이 그를 돌아보며 말했다.

"리치 베이커예요. 모건스탠리의 테크놀로지 분야 애널리스트죠. 그쪽에선 최고일걸요. 밴 레이우엔의 입장에 대해 어떻게 반응할지 궁금하네요."

그는 자신의 대화 상대를 향해 한쪽 눈썹을 치커 올리며 다시 하던 이야기로 돌아갔다.

어맨더의 머리에 불이 켜졌다. 그녀는 토드를 알았고 토드가 지금 무얼 하는지도 정확히 알았다. 만약 저 리치 베이커라는 사람이 협조하지 않고 오히려 토드에 대해 폭로하려 한다면 이번 IPO는 더 엉망이 될 것이고, 그녀의 친구들 돈도 날아가 버릴 게 분명했다.

스스로 막을 새도 없이 그녀의 두 다리가 그들 쪽으로 향했다.

"……부탁 좀 하자."

토드가 리치에게 말하고 있었다.

"토드."

어맨더는 토드의 팔을 건드렸다.

"토드, 잠깐 얘기 좀 할 수 있어요?"

리치가 어맨더를 돌아보았다.

"뭐죠?"

토드가 날카롭게 말했다.

"할 얘기가 있는데. 중요한 일이에요."

그녀의 말에 토드는 큰 소리로 웃으며 대꾸했다.

"내가 지금 뭘 좀 하는 중이거든요. 뭔지는 몰라도 그냥 계산서에 추가해요."

"그게 아니라……."

어맨더는 말을 멈추고 토드의 말을 곱씹어보았다. 이곳 직원인 줄 알았나? 그녀는 자신이 입고 있는 수수한 검은색 원피스를 내려다보았다. 호텔 직원으로 생각한 게 분명했다.

"어쨌든 이 얘긴 여기서 하면 안 될 것 같은데."

리치가 말했다.

"그래, 맞아."

토드가 대꾸했다. 두 남자는 어맨더를 세워두고 밖으로 나갔다. 어맨더는 머리가 아찔했다.

"말도 안 돼. 어떻게 그럴 수가."

그녀는 고개를 저으며 중얼거렸다. 그러곤 황급히 문밖으로 나갔다. 절망과 상처가 분노로 바뀌어 다른 모든 것을 집어삼키고 있었다. 줄리와 후안에게 돈을 쥐게 해줄 방법을 찾을 생각이었지만 지금 당장 그녀의 머릿속에는 토드에게 한참 전에 해줬어야 할 응징을 해주어야 한다는 생각뿐이었다.

두 남자는 수영장 옆, 장미로 뒤덮인 격자 구조물 근처에 서 있었다. 어맨더는 찬찬히 그들을 향해 다가갔다. 내면의 목소리가 험한 말들을 쏟아내고 있었다. 그녀는 저 잘난 완벽한 턱선과 그녀를 알아보지 못하는 저 잘난 깊고 푸른 눈에 그 험한 말들을 내뱉을 생각이었……. 순간 그녀는 걸음을 멈췄다. 토드에게 소리를 질러봐야 그는 그녀를 기억해내지 못할 것이다. 그러나 문득 그녀는 그가 자신을 확실하게 기억하게 만들 방법을 생각해냈다.

그녀는 격자 구조물 뒤에 몸을 숨기고 아이폰을 꺼내어 가시를 조심스레 피해가며 장미꽃들 사이로 카메라 렌즈가 들어갈 공간을 확보했다. 그런 다음 '녹화' 버튼을 눌렀다.

토드가 말했다.

"유명해지려고 그러는 거지. 그 리포트, 믿을 수 없다는 거 알잖아. 하지만 그런 리포트가 얼마나 중요한지도 알 거고. IPO가 엉망이 될 거야."

그러자 리치가 물었다.

"나한테 뭘 해달라는 거야? 어차피 앤터니는 내 말을 듣지 않을 텐데."

"낙관적인 리포트를 써주면 안 될까? 오늘 발표하는 걸로?"

토드가 물었다.

"앤터니의 의견을 반박하는 글을 써달라고?"

"응."

리치는 망설였다.

"필요한 정보는 다 줄게. 말만 해."

토드가 말했다.

어맨더는 숨을 참았다. 토드는 정말 그녀가 예상한 대로 경쟁사 애널리스트에게 자기거래에 대해 긍정적인 리포트를 써달라고 조르고 있었다. 세상에.

"부탁이야."

토드가 말했다.

"내 리포트는 이미 썼어, 토드. 긍정적인 내용이고. 난 실제로 이번 IPO에 대해 낙관하고 있거든. 정말이야. 하지만 다른 애널리스트들하고 같이 목요일에 발표할 거야."

리치가 말했다.

"이틀 앞당긴다고 크게 달라지진 않잖아. 그리고 주가를 얼마로 보는지는 모르겠지만 거기서 조금만 더 올려주면 안 될까?"

토드는 집요했다.

"왜 하필 나야?"

리치가 물었다.

"네가 최고잖아. 그리고 내가 믿을 수 있는 사람이고."

토드가 대꾸했다.

어맨더는 그 목소리를 잘 알았다. 원하는 것을 얻기 위해 누군가를 이용할 때 쓰는 매력적이고 다정한 토드 켄트의 목소리. 어맨더는 눈을 굴렸다. 이제 토드가 왜 그렇게 사는지 알고 싶지도 않았다. 그는 개자식이었다. 그뿐이었다.

토드는 계속해서 알랑거렸다.

"난 예전부터 네가 대단하다고 생각했어, 리치. 네가 샌프란시스코로 가게 됐을 때 이젠 같이 어울릴 수 없겠구나 싶어서 얼마나 서운했는지 몰라."

"알았어. 하지만 정말 너랑 돌턴을 봐서 하는 거야."

마침내 리치가 말했다. 그러자 토드는 유쾌하게 대꾸했다.

"고마워. 난 언젠가 우리가 함께 멋진 일을 하게 될지 알았다니까."

"난 그만 가봐야겠다. 준비되면 알려줄게."

리치가 말했다.

어맨더는 꽃들 사이에서 전화기를 빼내 동영상을 확인했다. 3분

47초. 됐어. 그녀는 깊은숨을 내쉬며 구조물 뒤에서 나오려다 토드가 여전히 수영장 옆에 서 있는 것을 보고 얼른 다시 몸을 숨겼다.

"레이철?"

토드가 말하는 소리가 들렸다. 전화 통화를 하는 모양이었다. 어맨더는 아이폰을 조심스레 꽃들 사이로 밀어 넣고 다시 녹화 버튼을 눌렀다.

"레이철, 잘 있죠? ……저기, 나 좀 도와줘야겠어요. ……CNBC에 아는 사람 있죠? ……오늘 밤에 기사 하나 내보내달라고 부탁할 수 있어요? 리치 베이커가 후크에 대해 낙관적인 리포트를 발표할 건데, 사람들이 가급적 빨리 보게 하려고요. ……네, 리치 베이커. 테크놀로지 쪽 최고의 애널리스트요……. 그러게요. 어떻게 이런 일이 있나 모르겠네요. 리치도 앤터니가 헛소리를 한다고 생각한다면서 우릴 도와주고 싶다고 하더라고요. ……뭐라고요? 2만 달러?"

토드의 목소리는 화가 난 듯했다.

어맨더는 어느새 숨을 참고 있었다. 방금 리포트를 써달라고 애원하더니, 이제는 그 리포트가 언론에 보도되도록 뇌물을 먹여?

"하지만 당신도 후크에서 일하잖아요! ……이건 개별 프로젝트가 아니라 후크에 아주 중요한……. 알았어요. 수표 써줄게요. 단, 이 일은 내가 개인적으로 하는 겁니다."

어맨더는 소리 없이 웃었다. '그래, 맞았어. 뇌물을 먹이는 거네.' 게다가 개인 계좌로 결제한다면 그건 100퍼센트 규정 위반이었다.

어맨더는 토드가 지나가길 기다렸다. 그는 흡족한 듯 가벼운 발걸음으로 그녀를 지나갔다. 그녀는 숨어 있던 곳에서 나와 수영장 의자 하나에 앉아 숨을 깊게 내뱉은 뒤 동영상을 재생해보았다. 음질은 썩 좋지 않았지만 메시지는 분명하게 들렸다. 토드는 방금 IPO 를 구했지만 그 과정에서 자신을 무너뜨렸다.

토드

5월 14일 수요일, 뉴욕 주 뉴욕

"어제 오후 후크 IPO와 관련해 또 한 번 반전이 일어났는데요, 모 건스탠리의 테크놀로지 분야 수석 연구 애널리스트인 리치 베이커가 후크의 IPO를 이틀 앞두고 이 회사의 주가를 38달러로 책정한 리포 트를 발표했습니다. 앞서 앤터니 밴 레이우엔이 개인 정보 노출 위험 을 근거로 주가를 터무니없이 낮은 2달러로 책정한 것에 대해 반론 을 제기해야 한다고 판단하여 리포트를 일찍 발표했다고 합니다."

토드는 뉴욕을 향해 내려가는 비행기 안에서 화면 속의 루시 로 를 보고 다시 그녀가 좋아졌다.

"'비즈니스 데이'의 수석 특파원 놈 네일러에게 이 상반된 두 리포 트에 대한 반응이 어떤지 들어보겠습니다. 놈, 이런 상황에 대해 투 자자들의 분위기는 어떤가요?"
"감사합니다, 루시. 다소 극적인 상황이긴 합니다만, 여론은 대체 로 리치 베이커 쪽으로 기우는 듯한 분위기입니다. 사실 리치 베이커 는 실리콘밸리에 확고한 입지를 갖고 있습니다. 이곳 제품을 만드는 엔지니어들 그리고 그 제품을 남들보다 빨리 채택해 시장의 방향을 제시하는 소비자들과 함께 살고 함께 호흡한다고 할 수 있지요. 이번 상황은 전형적인 뉴욕 대 실리콘밸리의 대립으로 볼 수 있는데요, 기술 혁신의 긍정적인 혜택과 그 잠재적인 부정적 부작용에 대해 누구의 평가를 믿을 것인가……."

"고객님, 이제 텔레비전은 넣어주셔야 합니다."

스튜어디스가 토드에게 정중하게 지시했다. 토드는 눈을 굴렸다. 2주 동안 전용기를 타고 다니다 다시 상용 비행기를 타려니 일등석임에도 짜증나는 일이 한두 가지가 아니었다.

토드는 태라, 보, 네하와 함께 비행기에서 내려 승객들의 행렬을 따라 공항 출구로 향했다. 로드쇼 마지막 일정을 끝내고 야간 비행기를 타고 돌아오면서 거의 잠을 자지 못했지만 피곤하지 않았다. 많은 사람들은 거래가 이 시점에 이르면 콜라를 마시며 버텨야 했지만 토드는 아니었다. 그는 리치 베이커의 리포트와 CNBC의 보도, 그리고 자신이 이 모든 일을 가능케 했다는 만족감에서 힘을 얻었다.

레이철이 만들어낸 이야기는 2만 달러의 가치가 있었다. 뉴욕과 실리콘밸리의 대립은 탁월한 아이디어였다.

"오늘 아침 CNBC에서 그 뉴스가 또 나왔어."

토드는 태라에게 자랑스럽게 말했다.

태라는 블랙베리에서 눈을 들고 억지로 미소 지었다.

토드는 이 뿌듯한 기분을 누군가와 나누고 싶었다.

"기운 내. 발행가 협상만 하고 나면 이제 닉을 상종할 필요가 없잖아."

"하느님, 감사합니다."

태라가 말했다.

"언제 정말 술 한잔 하자. 이번 일 끝나고 좀 쉬고 나서."

태라는 다시 블랙베리에서 눈을 들고 그의 얼굴을 살폈다.

그가 너무 과했나?

"아니, 매일 24시간 얼굴을 마주하다가 전혀 안 보고 지내면 좀 이상할 것 같아서."

"네. 정말 그렇겠네요."

태라가 말했다.

"JP 모건은 후크의 주가를 최대 30달러까지 내다보고 있어요."

보가 말하며 토드에게 블랙베리를 보여주었다. 보의 자산관리 전담 직원이 보낸 이메일이 띄워져 있었다. 그들은 후크의 주식을 26~30달러로 예측하고 있으며 따라서 해당 주식이 이 가격에 나오면 매수해야 한다고 권고하는 내용이었다.

"좋았어!"

토드와 보는 하이파이브를 했다. 이 역시 좋은 신호였다. 그들은 성공 가도를 달리고 있었다.

"캘리포니아에서 그럭저럭 잘 해결한 것 같더군."

그가 42층 회의실에 들어가 태라의 옆에 앉자 하비 테이트가 말했다. 네하가 최종 주가 산정 모델을 출력하여 갖고 들어왔다. 이 모델에 따르면 적정 가격은 28달러이고 최고 31달러까지 허용할 수 있었다.

"감사합니다."

토드는 하비의 칭찬을 받아들였다.

"아직 끝나지 않았어."

노장이 주의를 주었다.

'좋으실 대로' 하고 토드는 생각했다. 주식발행 가격 협상이 형식상의 절차에 불과하다는 것은 누구나 아는 사실이었다. 2주간의 로드쇼 기간 동안 암묵적으로 정해진 가격에 합의하는 데 앞서 투자은행은 마지막으로 한 번 더 뽐낼 기회를, 발행회사의 경영진은 마지막으로 한 번 더 영향력을 과시할 기회를 누리는 의식에 불과했다.

토드가 번호를 누르자 탁자 한가운데 놓인 스피커 콘솔에서 신호가 울렸다.

"좋은 아침이야, 닉. 꿈을 실현할 준비는 됐지?"

토드가 앞으로 상체를 내밀며 스피커폰에 대고 말했다.

"응. 얼마가 좋을까?"

닉의 목소리는 토드의 흥분에 호응해주지 않았다.

토드는 생각했다. '좋아. 그럼 바로 본론으로 넘어가 주지.'

"알다시피 수요가 꽤 높았는데 리치 베이커의 끝내주는 낙관과 CNBC의 끊임없는 보도 덕분에 계속 올라가고 있어. 덕분에 처음 기대했던 것보다 훨씬 더 유리한 입장이 되었지."

"제안하는 가격은?"

닉은 다시 한 번 불퉁하게 물었다.

"28달러. 그 정도면 양질의 투자자들을 끌어모을 수 있고 처음 목표했던 가격보다 2달러 더 높기도 하지."

토드가 자랑스럽게 말했다.

"잠깐만 기다려."

반대편의 소리가 차단되었다.

"닉 혼자 있는 게 아닌가?"

토드가 태라에게 물었다. 그녀 역시 혼란스러운 표정이었다.

"난 36달러가 좋을 것 같은데."

다시 스피커에서 닉의 목소리가 들려왔다.

토드는 기침을 하며 되물었다.

"36달러?"

지금까지 그들이 고려한 범위를 크게 웃도는 액수였다.

"닉, 그 가격이면 후크는 주식을 다 팔 수 없을 거야."

"L. 세실이 팔 수 없겠지. 우리 계약이 매입인수 아니었나?"

토드는 전화기를 노려보았다. 거래 초반에 하비가 승인한 매입인수 방식은 팔리지 않은 주식을 L. 세실이 다 떠안거나 그렇지 않으면 거래에서 손을 떼야 한다는 뜻이었다.

"닉, 그렇게 높은 가격으로 발행하면 시장에 나가자마자 주가가 떨어질 게 분명하고 그건 누가 봐도 모양새가 좋지 않아."

그러자 닉이 말했다.

"꼭 그렇지는 않은 것 같은데. 리치 베이커는 주가를 38달러로 내다봤잖아."

토드는 망설였다. 왜 리치에게 좀 더 합리적인 낙관을 해달라고 하지 않았을까?

"30."

그가 제안했다. 그러자 닉이 말했다.

"36. 그게 안 된다면 다시 생각해봐야 할 것 같은데."

토드는 소리를 차단했다.

태라가 고개를 저으며 말했다.

"아니에요. 닉은 2백만 달러 빚을 갚아야 해요. 거래를 중단하진 않을 거예요."

"32달러는 어때?"

그가 태라에게 물었다.

"그럼 다 매도할 수 없을걸요."

그런 다음 그녀는 하비를 올려다보며 덧붙였다.

"L. 세실에서 꽤 많이 떠안아야 할 거예요."

토드는 다시 소리를 켜고 말했다.

"닉, 조언자 입장에서 얘기할게. 31달러를 넘기는 건 멍청한 짓이야. 거래 첫날 주가를 폭락시킨 CEO로 출발하면 너 개인에게도 오명이 될 수 있어."

"34.5. 마지막 제안이야."

닉이 말했다.

토드는 맥박이 빠르게 뛰기 시작했다. 하비가 그를 뚫어져라 보고 있었다. JP 모건은 30달러를 상한으로 매수를 권고했다. 34달러라면 L. 세실은 절대 주식을 모두 매도할 수 없었다. 그러면 이 은행은 손해를 볼 것이고 그 책임이 토드에게 돌아갈 것이다. 그렇다고 아예 거래를 중단하면 더 큰 손해가 따른다. 토드는 자신이 꿈꾸던 미래가 산산이 부서지는 것을 목격했다. 이제 다 끝이었다.

하비가 콘솔 쪽으로 몸을 기울이고 말했다.

"34달러로 합니다."

"누구시죠?"

닉이 묻자 수석 부회장이 대답했다.

"하비 테이트요. 닉, 난 당신보다 이 업계에 훨씬 더 오래 있었어요. 내 단언하는데, 이 정도가 당신한텐 최선입니다."

전화기를 통해 닉의 거친 숨소리가 들렸다. 마침내 그가 말했다.

"좋습니다. 34."

"34달러."

하비가 못을 박았다. 그러곤 덧붙였다.

"내일 오프닝 벨 때 봅시다."

전화가 끊어지자 하비가 자리에서 일어났다. 그러곤 토드에게 말했다.

"34달러. 됐어."

"하지만……."

토드는 간신히 힘을 끌어모아 말을 이었다.

"다 팔지 못하면 어떡합니까?"

"거래가 무산되는 것보다는 그 정도 손실을 감당하는 편이 나아."

하비가 말했다.

"하지만 제 보너스는요! 제 명예는……."

토드가 항의했다. 머릿속이 복잡했다.

"그리고 판매단도 노발대발할 겁니다. 다들 저를 탓할 거예요. 매입인수 협상은 부회장님이 하셨잖아요. 그냥 이렇게……."

하비는 매의 눈으로 토드의 얼굴을 뚫어져라 보았다. 그러나 그의 목소리는 차분했다.

"언제부터 이 거래의 주인공이 자네라고 생각했나?"

"저는……."

토드는 입을 열었지만 그 이상 할 말이 떠오르지 않았다.

하비는 회의실을 나갔다. 그의 뒤로 문이 쾅 닫혔다.

"빌어먹을!"

토드는 주먹으로 탁자를 내리쳤다. 방금 전 30분 동안 그가 시도할 수 있었던 수많은 대응 방식이 머릿속을 어지럽혔다.

"계속 밀고 나갈 수 있었어. 닉은 허세를 부린 거야. 그 자식은 절대 거래를 중단하지 않았을 거라고."

"이제 어쩔 수 없어요. 일이나 해야죠."

태라가 수첩을 덮으며 말했다.

태라와 네하는 회의실을 나갔지만 토드는 그대로 앉아 탁자에 놓은 두 손을 내려다보며 생각에 잠겼다.

이 거래는 토드 자신이 끌어왔다. 그가 조시 하트에게 좋은 인상을 남겨 거래를 유치했고 지난 두 달 동안 뼈 빠지게 일했으며 개인적인 리스크와 비용을 감수하면서 두 번이나 무산의 위기를 모면했다. 그리고 이제 모두가 원하는 것을 얻게 되었다. 조시는 막대한 돈을 챙겨 떠났고, 닉은 대학 시절부터 꿈꿔온 부와 명예를 얻었으며, 하비는 그의 거래를 헤드라인에 올릴 수 있게 되었다. 그런데 토드 자신은……. 그는 바보처럼 남 좋은 일만 시키고 모든 책임을 뒤집어쓰게 되었다.

토드는 눈을 들었다. 결국 이용당한 것일까? 빌어먹을, 그들 모두가 그를 이용했단 말인가?

찰리

찰리는 자신이 왜 나왔는지 알 수 없었다.

그는 지난 나흘 동안 그녀의 이메일을 스무 번도 넘게 읽어본 끝에 답장을 보냈다. 조급해할 이유가 없었다. 그녀는 거의 2주가 지나서야 답장하지 않았는가?

그러나 어째서인지 그녀를 만나야 한다는 느낌이 들었다. 아마도 그의 동생에게 그토록 큰 영향을 미친 여자에 대해 호기심이 일었기 때문일 것이다. 어쩌면 그저 재판이 참을 수 없을 만큼 더디게 진행되고 있어 잠시 주의를 돌릴 만한 무언가가 절실히 필요했는지도 모른다.

찰리는 지하철에서 나온 뒤 여러 개의 통로를 지나 한산한 그랜드 센트럴 터미널의 중앙홀로 향하면서 심장이 빠르게 뛰는 것을 느꼈다. 높은 창문들을 통과한 달빛이 백 년 된 조명들의 주황색 불빛과 합쳐진 뒤 중앙에 설치된 시계의 황금빛과 어우러졌다. 새벽 5시가 조금 안 된 시각이었다.

"오셨군요."

태라 테일러의 목소리에 그는 돌아서며 화들짝 놀랐다. 그녀가 예쁘다고 생각하게 될 줄은 몰랐는데 뉴스에서 봤던 모습과는 사뭇 달랐다. 그녀가 물었다.

"제가 커피 한 잔 사드려도 될까요?"

문을 연 곳은 그랜드 센트럴 터미널의 스타벅스뿐이었지만, 안에 자리가 없었으므로 두 사람은 다시 중앙홀로 나와 계단에 걸터앉

왔다.

잠시 그들은 말없이 커피를 홀짝거리며 한산한 실내를 내려다보았다. 찰리는 심장이 빠르게 뛰었지만 왜인지 알 수 없었다.

"저는 이 시간이 좋더라고요."

마침내 그녀가 입을 열었다.

찰리는 뭐라고 대답해야 할지 몰라 아무 말도 하지 않았다.

"더럽혀지지 않은 느낌이잖아요. 그렇지 않아요? 무엇이든 가능할 것 같고요. 모두가 잠에서 깨어 제각기 자기 영역을 표시하기 전까지 이 짧은 한순간 동안은 무엇이든 할 수 있을 것 같아요."

"저는 전부터 저 별들을 어떻게 생각해야 할지 모르겠더라고요."

찰리는 별들이 그려진 건물 천장을 가리켰다.

"마음에 안 드세요?"

"모르겠어요. 좋은 것 같기도 하고, 누군가가 뉴욕 시민들이 별을 볼 수 있도록 돈을 주고 예술가를 고용해 천장에 별을 그리게 했다는 사실이 서글픈 것 같기도 하고요."

태라는 안경 쓴 눈으로 천장을 살펴보며 그에 대해 생각해보았다. 그러곤 마침내 물었다.

"저를 어떻게 아셨어요?"

"켈리가 일기에 몇 번 언급했더라고요."

그의 말에 놀란 듯 태라의 입술이 벌어졌다.

"뭐라고 썼나요?"

"당신처럼 되고 싶다고요."

그런 다음 그는 그녀의 시선을 피하며 덧붙였다.

"저는 이해가 안 되지만."

심술궂다는 생각이 들긴 했지만 화를 표출할 대상이 있다는 점이 싫지 않았다.

"제가 마음에 안 드시는군요."

그녀가 말했다.

"월가에서 일하는 건 켈리의 재능을 썩히는 일이었어요. 그애를 정말 걱정하는 사람이라면 누구나 그렇게 생각했을 겁니다."

태라는 커피를 홀짝거릴 뿐 대꾸하지 않았다.

"드릴 말씀이 있어요. 켈리에 대해서."

마침내 그녀가 말했다.

찰리는 숨을 훅 들이마셨다.

"하세요."

"켈리가 죽을 때 후크에 접속해 있었어요."

태라가 말했다.

"그 데이트 앱 말입니까?"

태라는 고개를 끄덕였다.

"후크는 사용자들의 정보, 즉 그 사람이 어디에 있었는지, 누구와 함께 있었는지, 어떤 평점을 받았는지 따위가 저장되는 데이터베이스를 갖고 있어요. 누구든 계정을 만들면 그 순간부터 그 사람의 모든 사용 내역이 거기에 저장되죠."

찰리는 목이 메는 듯했다. 자기 동생이 데이트 앱을 통해 남자를 만나 자고 다니는 여자라는 사실을 받아들이기가 힘들었다.

"뉴스가 나오고 나서 후크의 프로그래머 한 명이 켈리의 이름을 넣어 검색해보고 죽을 때 로그인 상태였다는 사실을 알아냈어요. 또다른 사용자와 함께 있었다는 사실도요."

찰리는 아무 말도 하지 않았다.

"그런데 켈리는 그 사용자를 수락한 적이 없었죠. 그래서 그 엔지니어가 좀 더 파헤친 결과, 그 다른 사용자가 그날 밤 켈리의 위치를 알아내려고 후크 서버를 해킹했다는 사실을 알아냈어요."

찰리는 피가 빠져나가는 느낌이었다. 그가 조심스럽게 물었다.

"그 사람이 로비입니까?"

태라는 고개를 저었다.

"아뇨. 로비는 무죄인 것 같아요."

"그럼 누굽니까?"

그는 자신의 손을 보며 나지막이 물었다.

"모르겠어요."

"알아낼 수는 있겠죠?"

"그 사실을 발견한 프로그래머는 아마 그럴 수 있을 거예요. 이름이 후안인데, 지금은 해고됐어요."

"이 사실을 알아냈다는 이유로?"

"그런 것 같아요."

그녀가 말했다.

"후크가 그 사실을 숨기려고 하는 겁니까?"

"그게 밝혀지면 회사가 무너질 수도 있으니까요."

"그런데 이 모든 걸 어떻게 알았죠?"

"저는 이번 IPO 간사단이었어요. 네 시간 뒤면 후크는 공개 기업이 돼요."

"왜 저한테 알려주는 겁니까?"

"어떻게 할지 그쪽이 결정해야 한다고 생각하거든요."

태라가 고개를 돌리고 그의 눈을 들여다보았다.

찰리는 가슴이 오르락내리락하는 것을 느끼며 그녀의 눈을 들여다보았다. 마치 그 안에 이 모든 것의 의미를 알 수 있는 열쇠가 들어 있기라도 한 듯. 그러곤 태라에게 물었다.

"어떻게 하실 겁니까?"

"원하시는 대로 해드릴게요."

그녀가 말했다.

"그럼 그쪽 거래는 엉망이 될 텐데요. 그리고 당신은 해고될 테고요."

"그렇겠죠."

"제가 아무것도 하지 않고 그냥 로비를 감옥으로 보낸다면 어떻게 하실 겁니까?"

그는 그녀를 떠보았다.

"그러지 않을 거잖아요."

그녀가 말했다.

"그걸 어떻게 알죠?"

"그쪽이 쓴 글을 봤어요. 진실을 아주 중요하게 여기는 분이더라고요."

무언가가 찰리의 팔을 탁 때렸다. 정장 차림의 남자가 두 계단 아래서 걸음을 멈추고 두 사람을 올려다보았다. 블랙베리를 보며 계단을 내려가다 그들에게 발이 걸린 모양이었다. 남자가 소리쳤다.

"젠장, 계단에 그러고 있으면 어떡합니까!"

찰리는 다시 태라를 돌아보았다.

"저랑 어디 좀 가실래요?"

태라는 고개를 끄덕였다.

그녀가 택시를 잡는 사이 그는 조니 워커에게 전화했고, 얼마 후 조니 워커는 뉴욕 타임스 건물에서 그들과 만났다. 해가 뜨기 시작할 때 세 사람은 조니 워커의 새 코너 사무실에 앉아 있었다. 그리고 태라는 자신이 아는 것을 모두 털어놓았다.

조니는 심호흡을 했다.

"세상에."

그러곤 눈을 들어 두 사람을 보며 물었다.

"정말 하길 원해?"

찰리는 고개를 끄덕였다.

"그럼 난 이제부터 기사를 써야겠군."

그가 말했다.

찰리는 자리에서 일어섰지만 태라는 머뭇거렸다.

"하나만 더요."

조니가 고개를 돌렸다.

"뭐죠?"

"녹음 장비 있죠? 전화 통화를 녹음할 때 쓰는 장비요."

태라가 물었다.

"있죠. 왜요?"

"좀 쓸 수 있을까요?"

조니는 사무실을 나갔다 녹음기를 갖고 돌아와 태라의 아이폰에 연결했다. 태라는 등을 꼿꼿이 펴고 앉아 번호를 누른 뒤, 신호가 가기 시작하자 전화를 스피커폰으로 돌렸다.

남자가 기분 좋게 전화를 받았다.

"좋은 아침이에요, 태라! 다들 결전의 날을 맞이할 준비는 됐죠?"

태라는 용기를 얻으려는 듯 찰리를 본 뒤 눈을 감고 억지로 명랑한 목소리를 내며 전화기에 대고 말했다.

"그럼요, 닉. 편안하게 오셨죠?"

"그럭저럭 괜찮았어요. 넷젯(전용기 임대서비스 회사-옮긴이) 계정이 아직 승인되지 않아서 마지막으로 상용기를 타긴 했지만."

"불편하셨겠네요. 그래도 조금만 참으면 되니까요."

태라가 말했다.

"그야 그렇죠."

"저기, 닉. 한 가지 물어볼 게 있어서요."

"물어봐요."

"그 데이터베이스 삭제하셨죠? 켈리 제이컵슨하고 그녀가 사망한 날 같이 있었던 사용자의 정보가 들어 있는 데이터베이스 말예요."

전화기 저편에서 닉이 머뭇거리자 태라는 눈을 꼭 감고 숨을 멈춘 채 대답을 기다렸다.

"얘기했잖아요, 태라. 그 정보를 함부로 사용하진 않을 거고 당장 삭제할 필요는 없다고요."

태라의 입술이 벌어지며 안도의 미소가 떠올랐다. 그녀는 고개를 끄덕이며 말했다.

"알았어요, 닉. 그냥 확인하려고 물어본 거예요."

"태라?"

"네?"

"제대로 알지도 못하면서 이 건에 대해 한 마디라도 발설하면 그 자리에서 바로 해고당하도록 조처할 겁니다."

"그럴 일은 없을 거예요, 닉."

"좋아요. 좀 이따 봅시다."

닉은 안심하는 목소리였다.

태라가 전화를 끊자 조니는 활짝 웃으며 찰리를, 그런 다음 다시 태라를 보았다. 태라는 마음을 가라앉히려는 듯 손가락으로 탁자를 두드리며 그 손을 내려다보고 있었다.

마침내 그녀가 웃으면서 눈을 들었다. 그러곤 두 눈에 고인 눈물을 닦아냈다.

"이 사람이 빠져나가지 못하게 확실히 해두고 싶었어요."

12장
새로 고침

토드

토드는 커피를 홀짝거리면서 닉이 그를 지도해주는 나스닥 행사 진행자에게 추파를 보내는 모습을 지켜보았다. 그는 한시라도 빨리 닉을 상종하지 않게 되길 고대하고 있었다.

토드는 새벽 4시까지 사무실에 있다가 집에 가서 한 시간 동안 눈을 붙이고 샤워한 뒤, 나스닥 오프닝 벨을 울리는 닉을 도와주기 위해 7시에 타임스퀘어에서 그를 만났다.

그는 태라를 찾아 주위를 둘러보았지만 어디에도 보이지 않았다. 그녀에게 보낸 이메일이 반송된 것을 보고 주소를 제대로 입력했는지 확인한 다음 그녀에게 전화를 걸었다. 전화도 받지 않자 문자메시지를 보냈다.

> **토드:** 오고 있어?

오늘 새벽에 그가 퇴근할 때 그녀는 사무실에 남아 있었다. 후크의 주당 34달러 주식에 대해 주문을 확인하는 작업을 끝냈지만 그녀는 할 일이 하나 더 남았다고 했다.

그들은 8천만 달러어치를 제외하고 전부 매도하는 데 성공했다. L. 세실의 개인자산관리팀에서 아시아의 '신규 자금' 고객들에게 나눠준다며 무려 1억 달러어치를 뚝 떼어간 덕분이었다. 아시아 고객들은 실리콘밸리에 참여하고 싶어 안달이었으므로 훨씬 더 높은 가격도 마다하지 않았을 것이다. 하지만 명부는 여전히 저급 투자자들로 가득했으므로 사무실을 나서면서 토드는 하루 동안 매물이 대량으로 쏟아져 주가가 폭락하고 그로 인해 L. 세실에서 인수한 후크의 지분 8천 달러가 적자로 바뀌는 상황을 각오했다.

그러나 봄기운이 완연해서인지 토드는 잠깐 눈을 붙이고 일어난 뒤로 다시 희망이 샘솟는 듯했다. 주가가 올라 8천만 달러가 손실이 아닌 수익으로 바뀐다면 그는 고객을 제대로 관리하지 못한 패자가 아니라 선견지명을 가진 영웅이 될 수도 있었다. 비현실적인 희망이었지만 아침 햇살 속으로 나오자 아주 불가능한 일은 아니라는 생각이 들었다.

그는 전화기를 확인했다. 태라는 어디 있을까? 그는 공항에서 자신이 건넨 말이 진심이라는 것을 깨달았다. 진심으로 이번 일이 끝나면 그녀와 술을 마시고 싶었다. 24시간 내내 그녀를 보던 때가 정말 그리울 것 같았다. 다른 사람들과 달리 태라는 그를 이용하지 않았다. 총점은 7점에 불과했지만 그녀는 진실했다.

전화벨이 울리자 토드는 전화를 받았다.

"어디야?"

그는 태라의 전화라고 넘겨짚으며 대뜸 물었다.

"내 방으로 와. 당장."

태라가 아니라 하비의 목소리였다. 화가 난 듯했다.

하비가 전화를 끊자 토드는 전화기를 내리며 소리 내어 말했다.

"젠장."

무슨 얘기를 하려는지 몰라도 꼭 지금 불러야 한단 말인가.

그러나 그는 태라에게 다시 전화해본 뒤 역시 받지 않자 하비가 부른 이유가 태라와 연관 있을지도 모른다는 생각이 들었다.

그는 점점 걱정되었지만 티 내지 않으려고 하며 닉에게 말했다.

"닉, 나 잠깐 사무실에 다녀올게. 금방 올 거야."

닉은 활짝 미소를 지었다.

"그래. 크리스티랑 내가 알아서 하면 돼. 그렇죠, 크리스티?"

그가 자신의 옷깃에 마이크를 꽂고 있는 행사 진행자에게 묻자 그녀는 억지미소를 지어 보였다.

택시에 올라탄 토드는 맥박이 점점 빨라지는 것을 느끼며 꽉 막힌 도로에 욕을 퍼부었다. 어젯밤에 그들이 무슨 실수라도 한 것일까? 그럴 리가 없는데.

"좀 갑시다, 네?"

운전사가 다시 브레이크를 밟자 토드가 날카롭게 말했다.

"저더러 어쩌라는 겁니까?"

운전사는 느릿느릿 후진하여 도로로 진입하는 배달 트럭을 가리켰다.

"됐어요. 그냥 걸어갈게요."

토드는 이렇게 말하며 운전사에게 10달러짜리 지폐 한 장을 던져

주었다.

　엘리베이터를 기다리면서 그는 결전의 날을 축하해주는 사람들을 무시한 채 부질없이 버튼만 쾅쾅 눌러댔다.

　"태라한테 무슨 짓을 한 거예요?"

　릴리언 뒤마가 실실 웃으면서 어슬렁어슬렁 다가오더니 그의 옆에 나란히 서서 엘리베이터 층수가 바뀌는 모습을 지켜보았다.

　"무슨 얘깁니까, 릴리언?"

　토드는 짜증 섞인 목소리로 대꾸했다. 릴리언의 헛소리를 들어줄 시간이 없었다.

　"아직 몰라요? 태라가 그만뒀잖아요."

　"네?"

　토드의 입이 벌어지는 순간 엘리베이터 문이 열렸다.

　"여! 토드! 오늘 행운을 빌게요."

　누군가가 그의 팔을 툭 쳤지만 토드는 무시하고 릴리언에게 시선을 고정했다.

　"태라가 그만뒀다고요?"

　릴리언이 엘리베이터에 올라타고 토드도 그 뒤를 따랐다.

　"오늘 아침 우리 팀에 이메일을 보냈던데. 그동안 함께 일하면서 즐거웠고 고마웠다고. 그런 메일 못 받았어요?"

　릴리언은 의기양양하게 말을 이었다.

　"아무래도 그 팀이랑 같이 일할 때는 그렇게 즐겁지 않았나 보네요."

　"다른 데서 스카우트 제의를 받았답니까?"

토드가 물었다. 얼굴에 충격이 고스란히 드러났지만 아랑곳하지 않았다.

릴리언은 고개를 저었다.

"아뇨. 이메일에는 조금 시간을 갖고 생각하고 싶다고 썼던데요."

엘리베이터 문이 열리자 그녀가 내리면서 손가락을 물결 모양으로 흔들었다.

"오늘 즐겁게 보내요, 토드!"

재수 없는 여자 같으니.

태라가 정말 그만두었을까? 왜? 그리고 어째서 토드 자신에겐 이메일을 보내지도, 통보하지도 않았을까? 그들은 같은 편이 아니었던가? 게다가 경쟁사로 가려는 게 아니라면 왜 그만두었을까?

42층에 도착하자 하비의 사무실 옆 회의실 창가에 예쁜 금발 여인의 실루엣이 보였다. 저 여자를 만나러 가는 거라면 얼마나 좋을까.

"들어가 보세요."

하비의 비서가 초조한 얼굴로 말했다.

수석 부회장은 팔짱을 낀 채 창밖을 내다보고 있었다.

"자네가 무얼 했는지 말해줄 수 있겠나?"

그는 토드가 들어오는 소리를 듣고 돌아보지도 않은 채 물었다.

토드는 문을 닫았다. 그러곤 조심스럽게 말했다.

"어젯밤에 투자자 모집을 끝냈습니다. 8천만 달러를 제외하고 모두 매도했고 상황을 고려할 때 꽤 괜찮은 성과라고 생각합니다. 방금 나스닥 거래소에 닉과 함께 있다가……"

"리치 베이커를 마지막으로 만난 게 언제야?"

하비는 여전히 토드를 등진 채 물었다.

토드는 가슴이 철렁 내려앉았다.

"왜 물으십니까?"

그가 조심스럽게 물었다.

"레이철 류는? 레이철 류와 마지막으로 연락한 게 언제지?"

마침내 하비가 돌아섰다.

"무슨 문제라도 있습니까?"

토드가 묻자 하비는 주먹으로 탁자를 쾅 내리쳤다.

"그래, 아주 대단한 문제가 있지."

몹시 흥분한 목소리였다.

"자네가 연구 애널리스트에게 호의적인 리포트를 써달라고 부탁하고, 그런 다음엔 사비를 들여 홍보 회사에 청탁을 했더군. CNBC에 뇌물을 먹여 그 소식을 보도하게 해달라고 말이야."

"누가 그런 얘길 합니까?"

토드는 방어하기 시작했다. 아무것도 인정하지 않을 생각이었다.

"자네가 그러더군, 토드. 방금 그 모든 것이 녹화된 동영상을 봤네. 로즈우드 호텔에서 투자설명회가 끝난 뒤 그곳에 있던 크롤리 브라운의 준법률가가 마침 수영장 옆에서 그 장면을 녹화해줬거든. 다행히 그 준법률가는 이 정보를 대중에게 공개하지 않기로 했어. 자네도 알겠지만 그게 공개되면 이번 거래와 우리 은행 모두 끝장이거든."

"네? 어떻게……?"

그는 어떻게 된 일인지 파악해보려 노력했다. 방 안이 빙글빙글 돌기 시작했다.

"누굽니까?"

"여기 와 있어."

하비는 머리로 회의실을 가리켰다.

"만나봐야겠지?"

토드는 후들거리는 다리를 이끌고 하비를 따라 회의실로 갔다. 금발의 여자가 창가에서 몸을 돌렸다. 낯이 익었다.

"토드 켄트, 이쪽은 페퍼 씨야."

하비가 말했다.

페퍼? 그가 페퍼라는 사람을 알았나?

그녀는 손을 내밀며 미소를 지었다.

"어맨더 페퍼예요. 전에 몇 번 만난 것 같은데."

토드는 그녀의 얼굴을 뜯어보았다. 깔끔하게 정돈된 머리와 몸에 꼭 맞는 정장, 여유로운 웃음을 걷어내자 그의 눈에 보이는 여자는…….

'이런, 세상에.'

닉

닉은 섹시한 비서 티파니와 함께 만다린 오리엔탈 호텔 로비의 창가 테이블에 앉았다.

"샴페인 한 병 줘요. 제일 좋은 걸로."

그가 웨이터에게 말했다.

"개인적으로 1995년산 살롱 그랑 크뤼를 추천합니다."

웨이터가 메뉴판을 가리키며 말했다.

"그게 좋겠네요."

가격이 2천5백 달러였지만 닉은 눈도 깜빡하지 않았다. 주당 34달러면 그의 지분은 겨우 8천5백만 달러가 아니라 1억1천1백만 달러다. 천 단위는 잔돈푼이나 마찬가지였다.

물론, 보호예수 기간인 6개월 동안엔 그 주식을 하나도 팔 수 없었지만 6개월 뒤면 그의 전략적인 리더십에 힘입어 주가가 훨씬 더 올라 있을 게 분명했다.

닉은 미소를 지으며 창밖에 펼쳐진 센트럴 파크 전경을 훑어보았다. 오늘 아침 장이 열릴 때 그가 나스닥 오프닝 벨을 울린 뒤로 몇 차례 인터뷰 요청이 들어왔지만 모두 거절했다. 모든 것이 안정되고 주식이 실제로 거래되려면 한두 시간은 더 있어야 했으므로 그는 카메라에 자신의 반응을 담게 하기보다는 이곳에 와서 티파니와 함께 축배를 드는 쪽을 택했다. 인터뷰는 앞으로 수주, 수개월, 수년에 걸쳐 수없이 하게 될 것이었다. 그러나 아름다운 여인과 샴페인 한 병을 앞에 놓고 세계 최고급 호텔에서 센트럴 파크를 바라보며 자신의 첫 IPO를 축하할 기회가 몇 번이나 오겠는가?

웨이터가 와서 샴페인을 따자 닉은 티파니와 축배를 들었다. 티파니는 다정하게 웃어주었다. 남자친구와 헤어졌는지 물어보진 않았지만 걱정하지 않았다. 이렇게 많은 것을 가진 남자를 어떤 여자가 마다하겠는가.

그는 샴페인을 홀짝이며 아이패드를 보았다. 이어폰으로 노토리어스 비아이지의 음악이 흐르는 가운데 그는 야후 파이낸스와

CNBC를 왔다 갔다 하며 자신에 관한 뉴스를 읽었다.

티파니가 그의 팔에 손을 얹는 것을 느끼고 그는 고개를 들었다. 그녀는 샴페인을 내려놓고 걱정스러운 표정을 짓고 있었다.

닉은 한쪽 이어폰을 빼고 물었다.

"왜요?"

"이것 좀 보세요."

그녀가 말했다.

"잠깐만 있어봐요."

그는 손가락 하나를 들어 올리며 야후 파이낸스 화면을 새로 고침 했다. 아직 새로 올라온 소식은 없었다.

"대표님."

티파니가 고집스럽게 말했다.

"뭔데 그래요?"

그가 짜증 섞인 목소리로 물었다.

"《뉴욕 타임스》요."

그녀는 자신의 아이패드를 그에게 건넸다.

"《뉴욕 타임스》를 누가 읽나?"

그는 티파니의 아이패드를 받아들며 말했다. 진짜 중요한 뉴스는 전부《테크크런치》와《포브스》에 있는데 말이다.

닉은 제목을 읽었다.

보안망 뚫린 후크, 제이컵슨 살인사건과 연관 있어

닉은 심장이 멎는 느낌이었다.

《뉴욕 타임스》는, 오늘 아침 기업 공개가 예정되어 있는 위치 기반 데이트 앱 회사 후크가 지난 3월 보안망을 침해당했다는 정보를 입수했다. 켈리 제이컵슨이 살해된 날 한 신원 미상의 사용자가 켈리의 위치를 알아내기 위해 이 앱의 시스템을 해킹했던 것이다. 이 사용자의 신원은 아직 확인되지 않았지만 제보에 따르면 그는 켈리가 사망한 시점까지 몇 시간 동안 그녀와 함께 있었으며, 해당 계정은 현재 켈리를 살해한 혐의를 받고 있는 스탠퍼드 4학년생 로비 굿맨과는 무관하다. 이 제보에 따르면 또한 후크가 당초 표명한 바와는 달리, 사용자의 개별 사용 내역을 알 수 있는 정보를 보관하고 있으며…….

닉의 주머니에서 전화벨이 울렸다. 발신자를 보자 땀구멍에서 땀이 솟는 듯했다.

"필."

그는 애써 태연한 목소리로 전화를 받았다.

"어떻게 된 거야, 닉?"

"무슨 말씀이세요?"

닉은 모든 팩트를 확보하기 전까지 아무것도 모르는 척하기로 결정했다.

"그 정도 배웠으면 누가 우리 시스템을 해킹한 사건은 나한테 알리는 편이 현명하다고 생각해야 하는 거 아닌가? 최소한 내가 이쪽 사람들 앞에 나서서 우리의 보안에 대해 보장할 수 있게는 해줬어야지."

필의 목소리는 그리 우호적이지 않았다.

"저는 그게……."

"그 데이터베이스를 삭제했다고 말해. 내가 자네를 CEO로 앉힐 때 합의한 사항이었지. 이《뉴욕 타임스》기자가 잘못 알았다고 말하란 말이야."

닉의 얼굴에서 핏기가 사라졌다.

"후안에게 삭제하라고 했습니다. 당장 그쪽 팀에 연락해서 확인하도록……."

"벌써 연방조사관들이 회사에 들이닥쳤어, 닉. 내 사무실에도 찾아와서 파일들을 수거하고 있고 아무것도 만지지 못하게 하고 있어."

"그럴 수는 없죠."

닉은 고개를 저었다.

그러자 필이 날카롭게 말했다.

"그 사람들은 원하는 건 뭐든지 할 수 있어. L. 세실에 연락해서 당장 IPO를 중단하라고 해. 사태 파악이 될 때까지 주식을 전부 회수해야 해. 그리고 내가 맹세하는데, 그 데이터베이스의 정보가 유출됐다면 자넨 내가 살아 있는 한 절대 다시는 일할 수 없을 거야."

전화가 끊어졌다.

닉은 심장박동이 너무 빨라져서 숨을 쉴 수가 없었다.

"왜 그러세요?"

티파니가 물었다. 그러나 그녀가 마치 유리에 에워싸여 있는 듯 아득했다.

"물."

그는 웨이터에게 손을 내밀며 일어서려다 다시 의자에 털썩 주저앉았다.

"자, 이거 마셔요."

티파니가 그에게 샴페인 한 잔을 건넸다.

"그건 못 마셔!"

그가 소리를 질렀다. 저렇게 멍청한 여자였나?

"우린 그걸 마실 형편이 아니라고!"

다른 손님들이 고개를 돌리고 그들을 보기 시작했지만, 그의 눈에는 그 사람들이 들어오지 않았다.

"태라! 당장 태라에게 전화해!"

그가 소리쳤다.

티파니는 전화기를 꺼내 조심스레 번호를 눌렀다.

"안 받아요. 대표님 전화기로 걸어볼게요."

그녀가 그의 전화기로 손을 뻗는 사이, 그는 의자를 붙잡고 앉아 심장박동을 진정시키려고 애썼다.

티파니가 고개를 저으며 말했다.

"안 받네요. 토드한테 해볼게요."

그녀는 다시 전화를 걸었지만 마찬가지였다.

주위가 빙글빙글 돌아가자 닉은 침을 삼키며 눈을 감았다. '진정해.' 자신을 다독였지만 온 세상이 컴컴해지면서 이마를 바닥에 쿵찧었다.

정신이 들었을 때 그의 눈에 가장 먼저 들어온 것은 티파니의 거대한 가슴이었다.

"어떻게 된 거야?"

티파니가 수건으로 그의 이마를 닦아주자 그가 끙끙거리면서 물었다.

"기절하셨어요. 기억하세요?"

닉은 고개를 저었다. 그러나 곧 필의 목소리가 귓전을 때리자 그는 다시 눈을 감았다.

"내가 얼마나 이러고 있었어요?"

"20분이요."

"주식거래 시작됐어요?"

그녀는 고개를 저었다. 그러곤 물었다.

"괜찮으세요?"

"괜찮아요."

그가 대답했다. 맥박이 안정된 듯했고 머리가 맑아지기 시작했다.

"토드와 태라에게 계속 전화했는데 둘 다 안 받아요."

"됐어요. 어차피 우린 IPO를 취소할 수 없어요."

닉이 말했다.

"하지만 뉴스……."

"우린 IPO를 취소할 수 없어요, 티파니."

그가 좀 더 단호하게 말했다.

그는 2백만 달러 대출을 받았다. IPO를 취소하면 그 돈은 고스란히 빚이 되고 지금으로부터 6개월 뒤에는 연 25퍼센트의 복리 이자가 붙기 시작한다. 그는 그런 돈을 갚을 능력이 없었다. 그러나 일단 거래가 이뤄지면 그가 가진 250만 주는 조금이라도 가치를 가질 것이고, 주가가 1달러까지 떨어지지 않는 이상 빚을 갚고 새 출발을 할 수 있었다. 데이터베이스 보유 사실이 공개된다고 해도 이 회사의 회복 가능성을 믿어줄 투자자들이 있을 테니 주가가 1달러까지 떨어지진 않을 것이다.

"필은 어떻게 하고요?"

티파니가 조심스럽게 물었다.

"이미 중단하기엔 늦었다고 생각하겠죠."

그는 의자에 앉아 《뉴욕 타임스》 기사를 처음부터 끝까지 찬찬히 읽어보았다.

틀림없이 후안이 제보했을 것이다. 그렇다면 다행이었다. 그가 사용자의 개인 정보를 훔쳐본 일로 해고당했다는 사실이 밝혀지면 사람들은 그를 믿지 않을 테니까. 레이철에게 지시해 후안은 그저 앙심을 품고 자신의 과실을 고용주의 탓으로 돌리려 하는 프로그래머일 뿐이라고 설명하는 보도자료를 쓰게 하면 된다.

그렇게 생각하자 머리가 다시 맑아지지 시작했다. 다 괜찮을 것이다. 그리고 필이 이런 상황을 이해하지 못한다면 그는 닉 자신이 생각했던 것처럼 대단한 인물이 아니라는 뜻이다.

닉이 야후 파이낸스 브라우저를 새로 고침 하자 주식 정보가 로딩되었다. 후크의 주식시장 상징문자 'HOOK'가 나타났다. 주가는 33.25달러였다.

닉은 다시 샴페인으로 손을 뻗으며 말했다.

"좋아. 해보는 거야."

75센트 떨어졌다고 세상이 끝나지는 않는다. 어차피 그에겐 그것을 되돌려놓을 6개월의 시간이 있지 않은가.

$33.08

그는 침을 꿀꺽 삼키고 다시 15초를 기다렸다.

$31.17

15초 뒤.

$29.12

15초 뒤.

ERR.

닉은 화면을 얼굴로 바싹 가져왔다.

"뭐지?"

새로 고침을 눌렀지만 또 'ERR'이 나타났다.

"토드 어디 있어?"

그가 티파니를 향해 소리쳤다. 다시 맥박이 치솟고 있었다.

"대체 'ERR'이 무슨 뜻이야?"

"저도 모르겠어요."

티파니는 속절없이 말하며 토드에게 다시 전화를 걸었지만 여전히 연결하지 못했다. 저 여자를 어디에 쓴담?

그는 화면을 보았다. ERR. 새로 고침. ERR. 새로 고침. ERR.

"이것 좀 보세요."

티파니가 자신의 아이패드를 돌려 그에게 보여주었다. CNBC 뉴스가 재생되고 있었다.

"20분 전에 시작된 후크의 나스닥 주식거래가 중단되었습니다. 시스템 오류 때문이라는 보고가 들어오고 있는데요……."

여기자가 말을 멈추고 이어폰으로 들려오는 소식에 귀를 기울였다.

"그렇군요. 후크 주식거래를 처리하는 컴퓨터들이 유례없는 매도 요청 폭주로 인하여 사실상 마비된 듯 보입니다. 오늘 아침《뉴욕 타임스》웹사이트에 게재된 기사를 통해 후크 시스템의 보안망이 뚫렸으며, 이것이 켈리 제이컵슨 살인사건과 연관 있는 것으로 보인다는 사실이 알려진 뒤 증권시장에 엄청난 파문이 일고 있는 것 같습니다."

닉은 침을 꿀꺽 삼키고 턱을 꽉 물었다. 눈에서 눈물이 쏟아질 것 같았다. '울지 마, 울지 마, 울지 마.' 그는 여덟 살 때 학교 친구들에게 괴롭힘을 당할 때마다 써먹은 주문을 외우며 자신을 다잡았다.

"잘됐어요."

티파니가 그의 손에 자신의 손을 얹으며 말했다.

"어째서요?"

닉은 고개를 저으면서 촉촉한 무언가가 눈꺼풀을 비집고 나오는 것을 느꼈다.

"잘된 일이죠. 아주 잘된 일이에요."

티파니가 끈질기게 우기자 닉은 성난 꼬마처럼 불쑥 내뱉었다.

"자기가 뭘 안다고. 비서 주제에."

티파니는 그의 심술궂은 언동을 무시하고 다시 말했다.

"거래가 중단되면 시장이 안정을 되찾을 시간이 생겨요. 사람들은 조금 거리를 두고 생각해본 뒤 그게 그렇게 흥분할 일이 아니라는 사실을 깨달을 거예요."

"하지만……."

"정말이에요. 대표님은 시간을 벌었어요. 지금 대표님에게 꼭 필요한 거죠."

티파니가 말했다.

닉은 눈물이 다시 들어가는 것을 느끼며 숨을 깊이 들이마시고 말없이 고개를 끄덕였다.

"오늘 하루 종일 거래가 재개되지 않을 거래요. 시스템을 복구해 다시 돌리려면 이틀이 걸릴지도 모른다는데요."

티파니가 아이패드를 보며 중계했다.

"이틀?"

"네."

티파니는 미소를 지으며 앞으로 몸을 내밀었다.

"해결할 시간이 무려 이틀이나 있다고요."

닉은 등을 꼿꼿이 펴며 고개를 끄덕였다.

"그렇네요. 레이철 류한테 전화해요."

"비용이 들어요."

레이철은 마치 전화가 울리길 기다리고 있었던 듯 인사치레도 없이 대뜸 말했다.

"얼마나요?"

그가 물었다.

"하루에 2백만 달러. 물론 현금으로요."

그녀가 답했다.

"지금 당장은 그런 돈이 없다는 거 알잖아요. 잘 생각해봐요, 레이철. 내가 그렇게 일을 많이 줬는데 정말……."

"마음 바뀌면 다시 전화하세요."

레이철은 전화를 끊었다.

닉은 심호흡한 뒤 다시 레이철에게 전화를 걸었다.

"그렇게 합시다."

오늘의 가격은 후크에 그리 중요하지 않았다. 어젯밤 후크가 조달한 금액은 20억 달러를 넘지 않았는가. 그 정도 돈은 써야 했다.

레이철이 답했다.

"좋아요. 이렇게 하죠. 무조건 부인하는 거예요. 그 데이터베이스나 해커에 대해서는 전혀 몰랐다고 하고, 제보한 사람이 직접 나와서 해결하라고 해요. 그런 다음 우리는 요구에 따라 수사에 협조하겠지만 그 데이터베이스를 완전히 폐쇄하여 사용자의 프라이버시를 지키는 쪽을 선호한다고 합시다."

"알았어요."

닉이 말했다.

"오늘 저녁까지 성명서를 보낼 테니 그쪽 변호사들에게 검토해보라고 하세요."

"그러죠."

닉이 말했다.

"하나만 약속해요."

레이철의 목소리가 좀 더 진지해졌다. "닉, 본인이 다 알고 있었다는 사실이 드러날 가능성은 전혀 없다고 약속해줘요."

"없어요."

"정말 확실해요? 이메일, 음성메시지, 문자를 포함해 증거가 전혀 없어요? 이렇게까지 했는데 당신이 알고 있었다는 사실이 드러나면 지금보다 더 끔찍한 상황에 처하게 될 거예요."

"아무것도 없어요."

그가 다시 한 번 말했다.

"알았어요. 그럼 시작할게요."

닉은 전화를 끊고 티파니를 보았다.

"필한테 전화해서 수습했다고 얘기해줄래요?"

"어디 가세요?"

그가 자리에서 일어서자 티파니가 물었다.

"잠깐 혼자 있고 싶어요."

태라

5월 15일 목요일, 뉴욕 주 뉴욕

태라는 아무런 느낌도 들지 않았다.

그녀는 등을 대고 누워 사건을 하나하나 재현해보았다. 발행가 협상을 하고 성난 중개인들을 달래며 긴 밤을 보낸 뒤, 찰리에게 모든 사실을 털어놓고 닉에게 전화하고 이메일로 사임 의사를 통보했다. 그녀는 그 모든 일이 가져올 결과에 대해 욕지기가 나길 기다렸다. 그러나 아무 일도 일어나지 않자 자신이 두려워하지 않는다는 사실을 깨달았다.

머리가 아프고 관자놀이가 욱신거렸지만, 이런 증상들은 모두 그녀가 읽어본 셀렉사 금단 현상에 포함되어 있었다. 그래서 상관하지 않았다. 이메일을 확인하지 않고 자리에서 일어났고, 달리기를 하지 않고 샤워했다. 필요 이상으로 오랫동안 물을 맞고 서 있었다.

그런 다음 청바지와 티셔츠를 입고 단화를 신고, 화장을 하지 않은 채로 아파트를 나섰다.

찰스 거리를 걷다 허드슨 거리로 방향을 돌려 베이글 가게로 향했다. 이곳 베이글이 맛있다는 소문은 들었지만 베이글은 영양가도 없이 열량만 높다는 이유로 한 번도 시도해보지 않았다. 그런 다음 북쪽으로 걸어가다 좌판에서 커피 한 잔을 샀다. 정말 파란색 컵에 담아주는지, 그리고 정말 겨우 1달러인지 확인하고 싶었다. 정말 그 랬다.

그녀는 갱스부르트 거리에서 하이라인 공원으로 향하는 계단을 올라가 벤치에 앉았다. 구운 베이글에 바른 크림치즈가 다 녹아 있었다. 그녀는 천천히 그것을 씹으며 한 남자가 아내의 사진을 찍어주는 모습을 지켜보았다. 여자는 힙색을 착용했고 데이비드 레터맨 로고가 박힌 티셔츠에는 '내가 오늘 〈투데이 쇼〉에 나왔어요!'라는 스티커가 붙어 있었다.

"제가 두 분 같이 찍어드릴까요?"

태라가 남자에게 물었다. 남자는 그녀의 목소리를 듣고 몸을 돌리며 카메라를 자기 쪽으로 바싹 당겼다. 뉴욕에 오는 관광객들은 누군가가 도움을 제안하면 자동적으로 의심하게 마련이었다.

그러나 남자는 그녀의 손가락에 묻은 크림치즈를 보고 마음을 놓는 듯했다. 그는 텍사스 특유의 느린 말투로 말했다.

"그래 주시면 고맙죠."

태라는 베이글을 내려놓고 사진을 몇 장 찍어주었다. 두 사람이 입맞춤하는 모습도 찍었는데, 그 모습을 보고 징그럽다거나 짜증이 난다기보다는 다정해 보인다는 생각이 들었다.

두 사람이 걸어가며 여자가 남편에게 말하는 소리가 들렸다.

"거봐. 뉴욕 사람들이 다 깍쟁이는 아니라니까."

태라는 베이글을 마저 먹고 계속 북쪽으로 걸음을 옮겼다.

미드타운에 이르러 그녀는 정장을 입은 사람들이 마치 개미가 흩어지듯 황급히 걸음을 옮기는 모습을 지켜보았다. 제각기 자신의 임무가 중요하다는 맹목적인 믿음을 갖고 모래를 한 알씩 옮기며 모두 힘을 합쳐 모래성을 쌓으러 가는 길이었다. 비가 오면 어떻게 될지 걱정하지 않은 채.

월가를 증오하는 사람들은 이런 점을 이해하지 못한다. 그들은 금융업자들과 중개인들이 사악하다고 생각한다. 자신의 이익을 챙기기 위해 일부러 거짓말한다고 생각한다. 하지만 그렇지 않다. 사실 월가 사람들은 모두 자신의 모래알에만 집중하느라 큰 그림을 보지 못할 뿐이다. 서브프라임 모기지 중개인들은 시장이 붕괴되기 전 몇 년 동안 사람들을 속이며 부실한 상품을 판매했지만 사실 그들은 고객뿐만 아니라 자신도 속이고 있었다. 자신이 하는 일이 '괜찮다'고 생각했다기보다는 '원래 그런 것'이라고 생각했다. 악한 마음을 품은 것이 아니라 그저 개똥 같은 제도에 안주한 것이 그들의 죄였다.

그녀의 생각은 어느덧 찰리에게로 흘러갔다. 찰리에게 그런 얘기를 해주고 싶다는 생각이 들었다. 아니, 그를 다시 볼 수 있다면 사실상 어떤 얘기든 하고 싶었다. 그녀는 일요일에 캐서린을 만난 뒤 메일함에서 그의 메일을 찾아 만나자는 답장을 보냈다. 그러다 그가 연합통신 기자라는 사실을 깨닫고 그의 기사를 찾아보았다. 두 시간 뒤 그녀는 자신이 그의 글에 푹 빠졌다는 사실을 깨닫고 얼굴이 붉어졌다.

두 사람 사이엔 켈리를 제외하곤 공통분모가 전혀 없었다. 그가 왜 그녀를 싫어하는지 이해할 수 있었지만 그래도 그의 마음에 들고 싶었다. 그는 그녀가 아는 남자들과는 달랐다. 그가 쓴 기사들은 모두 돈과는 무관하게 정의에 대한 열렬한 호소로 물들어 있었다. 그녀는 그런 용기가 존경스러웠다. 덕분에 편한 투자은행 일을 그만 두는 것이 리스크라고 생각했던 자신이 바보처럼 느껴졌지만.

그녀는 음악을 들으려고 아이폰을 꺼냈다. 부재중 전화 58통이 와 있었다. 중요한 전화가 있는지 훑어보았지만 전부 토드나 닉, 캐서린, 혹은 L. 세실 번호인 212.464뿐이었다. 그러나 케일럼에게서 온 문자메시지가 있었다.

> **케일럼:** 내 생각이 맞았던 거요??? 세상에. 알고 보니 아주 비싼 데이트 상대였네요. 아직 살아 있어요? 우리 언제쯤 다시 볼 수 있어요? 쪽.

그 메시지를 반복해 읽으면서 그녀는 목이 따끔거렸다. 사랑하는 사람이 따로 있다면서 어쩜 이리 태연할까? 하지만 바로 다른 사람을 사랑하기 '때문'이었다. 그게 답이었다. 그녀는 그가 처음부터 그녀에게 아무 감정이 없었다는 사실을 깨닫고 몸이 움츠러들었다. 처음 만났을 때부터 그는 그녀를 일종의 프로젝트처럼 대했다. 객관적으로 자신을 돌아볼 필요가 있는 젊은 여자에게 조언해주는 어른의 역할이었다.

그러나 그 과정에서 그녀는 그에게 넘어가고 말았다. 그는 그녀에게 든든한 느낌, 인정받는 느낌, 안전한 느낌을 주었다. 오죽했으면 그의 품에 안겨 아이처럼 엉엉 울며 모든 감정을 쏟아놓았을까.

이제 그가 그동안 그녀를 속였으며 자신의 비밀은 꽁꽁 숨긴 채 그녀를 무방비 상태로 만들었다는 사실을 알았으니 그를 증오해야 했지만 그럴 수가 없었다. 그가 옳았기 때문이다. 그녀에겐 조금 떨어져서 자신을 돌아볼 수 있는 시각이 필요했고, 케일럼 덕분에 그렇게 할 수 있었다. 그는 그녀가 원하거나 기대했던 사람이 아니었지만 그녀 자신을 포함해 이 세상에서 유일하게…… 그녀에게 잣대를 들이대지 않은 사람이었다.

눈물이 고이는 듯했지만 억지로 밀어 넣었다. 많은 것을 배우고 많은 것을 얻었다. 그녀는 그렇게 옹졸한 사람이 아니었다. 그 정도면 충분했다. 그 정도로 만족해야 했다.

그녀는 그 메시지를 한 번 더 읽고 케일럼의 연락처와 함께 삭제한 뒤 헤드폰을 썼다. 제임스 블레이크의 감미로운 목소리가 귀를 메우며 이 도시의 활기와 그녀의 새 출발을 위한 사운드트랙을 만들어주었다.

헤드폰으로 문자메시지 알림음이 울리자 그녀는 가슴이 조이는 것을 느끼며 다시 전화기를 내려다보았다. 그러나 테런스의 메시지를 보고 미소를 지었다.

> **테런스:** 소식 들었어. 정말 잘됐다. 나는 슬프지만. 술 한잔 해야지? 사랑해.

가족과 연애생활, 자신의 행복과 함께 앞으로 친구들에게도 더 관심을 쏟아야겠다고 그녀는 마음먹었다.

그녀는 콜럼버스 서클로 천천히 걸음을 옮기다 센트럴 파크를 지나 프릭 컬렉션으로 향했다. L. 세실 행사 때 보지 못한 전시회를 볼 생각이었다.

조지 E의 초상화들은 모두 사진 위에 인스타그램 필터 효과를 모방해 덧칠한 그림이었다. 소셜미디어와, 진실의 모호함, 새로운 자기 창조의 시대 따위를 표현하려 했다는 해설을 읽으면서 이 전시회의 진짜 이유는 어디에 기록되어 있을까 생각했다. 젊은 관객들을 유치하여 프릭 컬렉션의 생존을 도모하려는 것이 그 진짜 이유일 텐데 말이다.

웨스트 갤러리로 들어간 그녀는 조지프 윌리엄 터너의 그림 앞에서 그 파란 색조와 노란 색조에 매료되어 숨을 멈췄다.

"이게 황혼이에요."

"네?"

태라는 옆에 있는 노부인의 목소리에 화들짝 놀라 고개를 돌렸다. 부인은 다시 한 번 말했다.

"이게 황혼이고 저건 새벽이에요."

노부인은 맞은편에 걸린 또 한 점의 터너 그림을 가리키며 골똘히 생각했다.

"황혼과 새벽이 이렇게 비슷하다니 참 신기하지 않아요?"

태라가 새벽 그림을 보려고 뒤돌았을 때, 때마침 그 앞에 있던 단체 관광객이 빠져나가면서 홀로 서 있는 남자가 드러났다.

태라는 믿기지 않는 현실에 눈을 깜빡거렸다. 그러곤 속삭였다.

"찰리?"

그가 뒤로 돌아 그녀를 보고는 깜짝 놀라며 웃음을 터트렸다.

"여긴 어쩐 일이에요?"

그가 물었다.

"저도 모르겠어요. 그냥 오고 싶다는 생각이 들었어요."

그녀는 자신이 왜 업타운으로 오게 되었는지 잊었지만, 문득 오길 잘했다는 생각이 들었다.

잠시 침묵이 흘렀다. 그러나 둘 다 걸음을 떼지 않았다.

그가 가버릴까 봐 그녀가 먼저 침묵을 깼다.

"전 오늘 뉴스도 안 봤어요. 안 좋았나요?"

찰리는 고개를 저었다.

"아뇨. 로비 굿맨은 일단 보석으로 풀어주었고 수사를 다시 시작한대요."

"후크는 어떻게 됐어요?"

"그 앱의 정보를 법정에서 인정할 것인지의 여부는 대법원의 판결에 달려 있다고 하더군요. 아마 몇 년 걸리겠죠."

"IPO는요?"

그녀가 물었다.

"나스닥 거래가 20분 만에 중단됐어요. 팔려는 사람들이 몰리면서 시스템이 멈췄거든요."

"저런."

또 침묵이 흘렀다.

"회사에서 쉬라고 했나 봐요?"

그가 조심스럽게 물었다.

그녀는 그의 말뜻을 알아차리고 대꾸했다.

"저 잘린 거 아니에요. 그만둔 거예요."

그의 눈이 미소를 지었다.

"잘했네요."

"네, 잘했죠."

또 침묵이 흘렀지만 둘 다 움직이지 않았다.

"제가 제일 좋아하는 그림이에요."

그가 새벽 그림을 가리키며 말했다. 그러곤 덧붙였다.

"저도 아침을 좋아하거든요."

"난 우리가 공통점이 전혀 없을 줄 알았는데."

그녀가 미소를 지었다.

"틀림없이 몇 개는 있을 거예요. 최소한…… 네 개쯤."

그녀는 웃으면서 입술을 깨물었다.

"이제 어디로 갑니까?"

그가 물었다.

"아, 저는 갈 데가……."

그녀는 무의식적으로 말하다 멈칫했다. 그러곤 웃으면서 다시 말했다.

"없네요. 어디로 갈지 모르겠는데요."

그러자 그가 물었다.

"혹시 센트럴 파크 좋아해요? 그럼 공통점이 두 개가 되는데."

"그건 아니죠. 센트럴 파크는 누구나 좋아하잖아요."

"그야 그렇죠. 그런데 제 생각엔 '양 목장(센트럴 파크 잔디밭의 이름-옮긴이)'을 좋아할 것 같은데요."

그가 얼굴을 찌푸리며 말했다.

"아뇨. 제가 제일 좋아하는 곳은 이상한 나라의 앨리스 동상 쪽이에요."

"발토 동상이 더 좋죠."

"남자들이란."

"발토는 성별이 없을걸요."

그는 윙크를 하며 그녀를 위해 문을 열어주었다. 그것이 초대라는 사실을 깨닫고 그녀의 심장이 한 박자를 건너뛰었다.

그들은 공원으로 걸어가다 아이스크림 트럭 앞에 걸음을 멈추고 (그가 좋아하는) 초콜릿 맛과 (그녀가 좋아하는) 바닐라 맛의 장점에 대해 설전을 벌였다. 그리고 어느 동상에 먼저 갈지 결정하려고 걸음을 멈췄을 때에는 태양이 저물고 있었고 그들은 이미 두 동상을 모두 지나쳤다.

후안

5월 15일 목요일, 캘리포니아 주 이스트 팰로앨토

차가 멈춰 서더니 호르헤 메넨데스가 이사벨의 뺨에 입을 맞추고 후안에게 인사를 건넸다. 후안이 사진을 보고 예상한 것보다 더 키가 작고 동글동글했다. 곱슬머리와 뺨이 쾌활해 보였고 청바지와 플란넬 셔츠를 단정하게 차려입고 있었다.

"뭐가 필요하세요?"

이사벨을 믿기 때문인지 그가 후안에게 대뜸 물었다.

목요일 해 질 녘, 그들은 다시 셸 주유소의 주차장에 와 있었다. 후안은 오늘 후크 IPO가 있었다는 사실을 알았지만 인터넷으로 결과도 확인해보지 않았다. 그런 건 상관없었다. 그에겐 다른 할 일이 있었다. 말하자면, 이사벨의 주선하에 호르헤 메넨데스와 만나는 일

말이다.

"혹시 3월 5일 밤에 어디에 있었는지 기억해요?"

"너무 구체적인데요. 무얼 알고 싶으시죠?"

"왜 켈리 제이컵슨과 함께 있었죠?"

후안의 말에 그가 되물었다.

"그 죽은 여학생이요? 전 그런 적 없어요. 평생 본 적도 없는 사람이에요."

후안은 마음이 무거워졌다. 어떻게 이렇게 면전에 대고 거짓말할수 있단 말인가?

"정말이에요?"

후안이 다그치자 호르헤는 숨을 깊이 들이마시고 가슴을 부풀렸다.

"무슨 말이 하고 싶은 겁니까?"

"난 후크 엔지니어예요. 지금은 아니지만. 후크에선 사용자들이어디에 있었는지 볼 수 있어요. 우리 데이터베이스에 따르면 그쪽은그날 밤 켈리의 방에 있었고요."

"그 데이터베이스가 이상한 거네?"

호르헤가 말했다.

호르헤의 거친 목소리를 듣자, 후안은 어떤 앱 회사의 엔지니어라고 말한 자신이 우습게 느껴졌다. 그러나 그는 포기하지 않았다.

"켈리는 그쪽을 수락하지 않았어요. 그렇다면 그쪽이 우리 시스템을 해킹했다는 뜻이고……."

"이봐요. 정말 내가 컴퓨터 앱을 해킹할 줄 안다고 생각해요? 제정신이에요?"

후안은 뺨이 화끈거렸다.

"하지만 다른 설명이……."

"그 여자가 죽은 날이 언제라고요?"

호르헤가 그의 말을 끊으며 뒷주머니에서 수첩을 꺼냈다.

"3월 5일. 엄밀히 말하면 6일 새벽 2시부터 4시 사이죠."

후안이 말했다.

호르헤는 주문 내용을 기록해놓은 듯한 수첩을 쭉 넘겨보았다. 그러곤 웃음을 터트렸다.

"에이, 그날 밤엔 확실히 스탠퍼드에 안 갔어요. 우린 그날 골드 클럽에 갔었거든요. 남자 여섯 명이랑 스트립걸 세 명이 같이 있었 으니 이 친구들이 전부 증언해줄 수 있어요."

"스트립 클럽엔 왜 갔어?"

이사벨이 나무라듯 물었다.

호르헤는 빙긋 웃으며 그녀가 볼 수 있게 수첩을 들어 올렸다.

"축하하려고. 그날 2천 달러를 벌었거든."

"뭘 팔았는데?"

이사벨의 눈이 휘둥그레졌다.

"외지에서 온 어떤 돈 많은 놈이 내가 갖고 있던 몰리를 전부 샀어. 끝내주는 호텔에 있었는데 돈을 두 배로 줄 테니 거기로 갖다 달라 고 했어. 그러곤 내 전화 좀 쓰겠다면서 백 달러를 팁으로 더 줬고."

이사벨은 그의 팔을 툭 때렸다.

"대체 왜 그래? 경찰이었으면 어쩌려고?"

그러자 호르헤는 어깨를 으쓱했다.

"2천 달러였다니까. 그걸 마다하라고?"

"외지에서 온 사람?"

후안이 물었다.

"네, 뉴욕에서 왔을걸요. 스탠퍼드의 어느 클럽 남학생이 제 번호를 알려줬다고 하더라고요."

"그 사람 이름을 알아요?"

후안이 조심스럽게 물었다.

"여기 있어요."

호르헤는 후안이 볼 수 있게 수첩을 들어 올리며 이름을 읽었다.

"보 버클리, 무슨 이름이 이래요?"

후안은 입이 바싹 말랐다.

"뭐라고요?"

마침내 그가 거친 목소리로 되물었다.

호르헤는 다시 수첩을 내려다보며 한 번 더 읽었다.

"보 버클리. 이렇게 읽는 게 맞는 것 같은데."

"그 뒤로 그 사람 또 본 적 있어요?"

후안이 간신히 물었다.

"아뇨. 앞으로 영영 만나지 않길 바라고 있죠. 솔직히 그날 갖다 준 물건이 그렇게 좋지 않았거든요."

"그만 가볼게요."

후안이 말하자 이사벨이 일어났다.

"괜찮은 거야? 언제 또 볼 수 있어?"

"전화할게."

후안은 황급히 자신의 차에 올라탔다. 머릿속이 복잡했다.

때마침 전화벨이 울리며 그의 생각을 방해했다. 모르는 번호였다. 그는 운전석에 앉아 문을 잠근 뒤 전화를 받았다.

"여보세요?"

"후안 라미레스 씨인가요?"

"네, 그런데요."

"안녕하세요. 저는 데니스 캐머런이라고 합니다. 뉴욕의 변호사인데, 귀하에게 제안드릴 것이 있어서 연락드렸습니다."

"네? 무슨 말씀이신지?"

"제가 자선 재단 설립에 필요한 모든 서류를 준비했습니다. 귀하께서 단독 운영을 맡아 민간 재단 조직의 법적 요건을 충족시키는 범위 내에서 모든 기부 및 재무적 결정을 책임지게 될 겁니다. 이 재단은 이스트 팰로앨토에 건립될 예정이며 익명의 후원자가 2천5백만 달러의 자금을 지원할 예정입니다."

남자의 목소리는 상냥하면서도 전문가의 느낌이 났다.

"저는 무슨 말씀인지…… 익명의 후원자라고요?"

후안이 물었다.

"서류상의 철자가 맞는지 확인하려고 전화드렸습니다. 에드아르도 라미레스 복지 재단 맞습니까? E-D-A-R-D-O 맞나요?"

"네, 제 아버지예요. 제 아버지 존함입니다."

후안은 나지막이 대꾸했다. 이 사람이 어떻게 알았지? 정말 누군가가 그의 재단을 후원하려고 하나?

"알겠습니다. 그럼 이제 서명만 해주시면 됩니다. 그러면 귀하 앞으로 은행 계좌를 만들어 돈을 송금하겠습니다."

남자가 말했다.

후안은 머릿속으로 자신의 복지관 계획에 대해 알고 있는 사람들을 뒤져보았다. 정말 누군가가 그를 후원하려는 걸까? 누군가가 오늘 IPO를 통해 떼돈을 벌고 해고당한 자신을 불쌍히 여겨 뼈다귀 하나를 던져주려 하는지도 모른다. 틀림없이 조시 하트일 것이다. 혹은 필 돌턴, 혹은…….

남자가 다시 후안의 생각을 방해했다.

"아울러, 후크에서 일하는 동안 알아낸 정보에 대해 일절 발설하지 않겠다는 기밀 유지협약서에도 서명해주셔야 합니다."

후안의 희망이 무너졌다.

"뭐라고요?"

"귀하께서 해당 앱의 사용자와 그들의 활동 내역에 대해 모종의 결론을 내릴 수 있는 정보를 보았을 가능성이 있다고 들었습니다. 귀하께서 목격한 것을 절대 발설하지 않겠다는 서약을 해주셔야 합니다."

"지금 나를 매수하는 겁니까?"

"협조를 요청하는 겁니다."

"그 재단을 뇌물로 먹여 내가 아는 사실을 공개하지 못하게 하려고……."

"개인 정보 보호법을 위반함으로써 수집한 정보를 범죄 수사 목적으로 사용할 수 있는지의 여부는 대법원에서 판결할 겁니다. 그리고 단언컨대, 그 판결이 내려지기까지는 아주 오랜 시간이 걸릴 겁니다. 그러니 괜히 불법이 될 수도 있는 방식으로 수집한 정보를 공개하여 그런 과정에 혼란을 주지 말라고 당부드리는 겁니다."

"죄송하지만 저는 협조할 생각이 없습니다. 저는 사건의 전말을 알고 있거든요."

"그래도 귀하의 선택권을 생각해보시라고 권고하고 싶군요, 라미레스 씨. 48시간을 드릴 테니 잘 생각해보십시오."

전화가 딸각 끊어지자 후안은 손과 함께 전화기를 무릎 위로 풀썩 떨어뜨렸다. 그러곤 창밖으로 부스 안에 앉아 한 남자에게 잔돈을 거슬러주는 이사벨을 보았다. 마치 그녀가 답을 갖고 있기라도 한 듯. 그러나 그녀는 다시 아주 멀리 떨어져 있는 듯 느껴졌다.

닉

5월 15일 목요일, 뉴욕 주 뉴욕

닉 윈스로프는 엘리베이터를 타고 자신의 호텔 방으로 올라가 문에 있는 잠금장치를 모두 잠갔다. 그런 다음 킹사이즈 침대에 덮인 이불을 조심스레 걷어낸 뒤 욕실로 가서 손을 씻었다. 아무리 좋은 호텔이라도 각종 인간의 오물이 묻어 있다는 사실을 알았기 때문이다. 그리고 나서 세면대 옆에 놓인 세면도구들을 보며 메이드가 똑바로 놓지 못한 것들을 모두 가지런히 정돈하고 미니바에 가서도 똑같은 과정을 반복했다.

그는 옷을 벗고 오늘 입고 있던, 좋아하는 플리스 조끼를 걸어놓은 뒤 시트 위에 누워 심호흡하며 마음이 편안해질 때까지 자신의 가치를 되새기는 주문을 외우고 또 외웠다. 어제 그는 20억 달러가 넘는 돈을 조달했다. 그리고 오늘처럼 엉망인 날에도 그는 무너지지 않았다. 여기서 더 나빠질 수는 없을 테니 계속 버틸 것이고, 그러다 보면 다시 성공할 수 있다. 그 주문이 듣기 좋아서 몇 번이고 되뇌다가 결국 눈을 감고 꿈도 없는 깊은 잠에 빠졌다.

무슨 소리가 들려 잠에서 깼을 때는 칠흑 같은 밤이었다. 자신이 어디에 있는지 기억해내기까지 약간의 시간이 걸렸다. 그러나 잠시 후 현실이 다시 그를 덮쳤다.

소리가 다시 울리자 그는 그것이 침대 옆에 놓아둔 자신의 아이폰에서 나는 소리라는 사실을 깨달았다. 그는 옆으로 돌아누워 아이폰을 보았다. 잠깐 동안 사진을 공유할 수 있는 스냅챗이라는 앱의 알림이었다. 언젠가 다운로드했다가 주로 열일곱 살짜리들이 쓴다는 사실을 알고 한 번도 사용하지 않은 앱이었다.

그는 그 알림 메시지를 보고 의아해하며 '보기' 버튼을 눌렀다.

사진을 보는 순간, 그의 몸이 굳어지고 저녁으로 먹은 36달러짜리 수프가 배 속에서 올라와 침대와 바닥, 전화기, 그리고 스냅챗 사진을 뒤덮었다.

그의 옛 여자친구 그레이스처럼 보이는 여자의 나체 시신이 기숙사 방 트윈침대 하나에 널브러져 있었다. 목에는 끈이 묶여 있고 짙게 화장한, 생명력을 잃은 눈이 카메라를 응시하고 있었다. 사진 밑에는 이렇게 적혀 있었다.

나는 푹 빠졌는데(Hooked), 당신은 어때?

익명의 사용자가 보낸 그 사진은 토사물이 튄 화면에 15초 동안 떠 있다 사라졌다.

〈끝〉

감사의 말

　《나쁜 남자 나쁜 여자 빅 머니》는 2014년 봄에 음악과 사진을 비롯한 각종 디지털 실험을 곁들여 www.theunderwriting.com에 12부작 주간 연재소설로 처음 발표했다. 이 초판을 읽어준 독자 여러분께 가장 먼저 감사를 표하고 싶다. 이들은 인내심 뛰어난 비평가이자 희망을 주는 친구였으며, 이들의 이메일과 트위터 메시지, 그 밖의 각종 피드백은 내게 이루 말할 수 없이 큰 의미였다.

　그 초판이 탄생할 수 있도록 도와준 분들에게도 감사드린다. 특히 브룩 보츠포드와 존 크레페치, 저스틴 셴카로, 메러디스 플린, 사이 도몬, 헤이든 우드, 돔 해먼드, 알렉산드라 워더, 재럿 맥고번에게 깊은 감사를 전한다. 이들은 미디어를 통해 이 이야기를 탄생시키는 데 헤아릴 수 없이 큰 도움을 주었다. 이들의 뛰어난 재능과 그것을 기꺼이 내게 나누어준 도량에 나는 늘 영감을 얻는 한편 내가 얼마나 작은 존재인지를 깨닫곤 한다.

이 이야기를 진짜 소설로 만들어준 나의 대행인 슬론 해리스에게 (그리고 헤더 카파스에게도) 큰 신세를 졌다. 이들은 내 작품을 이해하고 의견을 분명하게 표명해주었으며 이 프로젝트를 신뢰해주었다. 내게는 너무도 큰 동기 부여가 되었다.

내가 편집자 태라 싱 칼슨에게서 발견한 여러 가지 훌륭한 면모는 결코 글로 표현할 수 없을 것 같다. 그녀는 다양한 측면에서 조언을 제공하여 내 글의 품격을 크게 높여주었을 뿐 아니라 이 소설의 출간을 굳게 믿고 여러모로 큰 도움을 주었다. 깊이 감사드리며, 이 책을 시작으로 앞으로 수많은 여정을 함께할 생각을 하니 가슴이 설렌다.

너무 광범위하지만 이 책의 전개에 도움이 되는 소재를 끊임없이 공급해준 월가와 실리콘밸리에도 감사드리고 싶다. 나의 20대를 바친 이 두 곳을 나는 한편으론 열렬히 사모하고 또 한편으론 격렬히 증오한다. 둘 중 누가 누구를 배신할지 혹은 이 둘이 과연 한 편이 될 수 있을지는 아직 모르겠지만 나는 이 둘을 죽을 때까지 옹호할 것이며 이 책에서도 둘 다 공정하게 다뤘기를 바란다.

2010년과 2011년에 경영대학원 학생의 '흉내만 내고 다니던' 나를 스탠퍼드 문예창작 소개(Intro to Creative Writing) 세미나에 몰래 들어갈 수 있게 도와준 해리엇 클라크와 톰 킬리, 여타의 스탠퍼드 학부생들에게도 고마움을 표하고 싶다. 그들은 모두 너무도 근사했으며, 부디 그 일을 잊지 않기를 바란다.

IPO 개인 지도를 통해 이야기의 정확성에 큰 도움을 준 헨리 데이비스와 그레이스 스테리트, 초창기에 조언을 해준 존 레비와 빌 거튼태그, 커피를 무한 리필해준 '더 스마일'과 '유포리움 베이커리'의 바리스타들, 나의 ('초'섹시한) 아바타들과 놀아줌으로써 앱을 통한 데이트의 역학을 일깨워준 '틴더(Tinder)'의 무고한 여러 남자분들에게도 감사드린다.

인정하고 싶진 않지만 이 책에는 나 자신, 그리고 완전히 다른 길로 전업하면서 내가 느꼈던 날 것 그대로의 감정이 많이 녹아들어 있다. 전업 과정에서 내 손을 잡아주고 나를 응원해준 친구들에게는 어떤 말로도 고마움을 표할 수 없지만 그래도 이 지면을 빌려 공개적으로 감사드리고 싶다. 엘리 벌린, 캐리 앨버틴, 크리스티나 알제왕, 제시카 밸보니, 파니오 지아노폴러스, 댄 케슬러, 애덤 로스, 대니얼과 셰릴 릴리언스타인, 제이 백스트랜드, 로라 데이비스, 닉 헝거포드, 아시프 카심, 짐 멜론, 로스 레이버리, 세트 크루, 매슈 머리, 몰리 배턴, 브루스 로젠블럼, 리처드 빌리어스, 스티븐 하틀리, 애슐리 패티, 노아와 엘리자베스 랭, 제시 보로위크, 엘리자베스 그레이, 에밀리 체리 벤틀리, 카릴가시 부르키트바예바, 아템 포킨, 에릭 키나리왈라, 제시카 버튼, 톰 리, 올라올루 아가나, 모디 유세프, 줄리오 드 피에트로. 이 중 누구라도 우울할 때 내게 연락한다면 그들이 내게 얼마나 큰 의미였는지, 내 곁에 있다는 사실만으로도 얼마나 고마웠는지 상기시켜줄 것이다.

마지막으로 나의 할머니 메리 앤 라이스 여사, 내 자매 스테퍼니,

그리고 나의 어머니 아버지에게도 큰 감사를 표하고 싶다. 내 마음은 어떤 말로도 표현할 수 없을 것이다. 이분들의 존재만으로도 나는 감사하고 늘 내 곁에 있어준다는 점에 더욱 감사드린다. 많이 사랑합니다.

나쁜 남자
나쁜 여자
빅 머니

1판 1쇄 인쇄 2016년 10월 21일
1판 1쇄 발행 2016년 10월 28일

지은이 미셸 밀러
옮긴이 박아람

발행인 양원석
편집장 김지연
디자인 RHK 디자인연구소 남미현, 김미선
해외저작권 황지현
제작 문태일
영업마케팅 이영인, 박민범, 양근모, 장현기, 이주형, 이선미, 김보영
독자교정 원동혁, 김혜진

펴낸 곳 ㈜알에이치코리아
주소 서울시 금천구 가산디지털2로 53, 20층(가산동, 한라시그마밸리)
편집문의 02-6443-8846 **구입문의** 02-6443-8838
홈페이지 http://rhk.co.kr
등록 2004년 1월 15일 제2-3726호

ISBN 978-89-255-6028-1 (03840)